NINRAGON

DER RING DER ELFEN 4

RUNENSCHMIEDE

HORUS W. ODENTHAL

Bibliografische Information der Deutschen Nationalbibliothek:

Die Deutsche Nationalbibliothek verzeichnet diese Publikation in der Deutschen Nationalbibliografie; detaillierte bibliografische Daten sind im Internet über http://dnb.dnb.de abrufbar.

Impressum

Deutsche Erstausgabe 04/2025
Copyright © 2025 by Horus W. Odenthal
Lektorat: Django
Korrektorat: Myra Frost
Covergestaltung: Elementi.studio
NINRAGON-Logo: Martin Schlierkamp
Horus W. Odenthal, 52525 Heinsberg, Overather Feld 20

Verlag: BoD · Books on Demand GmbH, Überseering 33, 22297 Hamburg, bod@bod.de
Druck: Libri Plureos GmbH, Friedensallee 273, 22763 Hamburg
ISBN: 978-3-7693-9784-0

*Trage dich jetzt in meinen Newsletter ein und erhalte
kostenlos das eBook „Elfenränke" mit mit einem
Roman und einer Bonus-Prequel-Novelle. Unter
diesem Link bekommst du das kostenlose eBook:
http://eepurl.com/dEtt_5*

HORUS W. ODENTHAL

DER RING DER ELFEN

RUNENSCHMIEDE

WAS BISHER GESCHAH ...

Erion lebt in Kharnuk-Bragha, einer Stadt unter dem Berg. Einer Zwergenstadt, wie die unwissenden Menschen dort draußen sagen würden.

Dort leben verschiedene Rassen miteinander: die kolosshaften Duerga, welche die Menschen manchmal auch Trolle nennen, ihr Unterzweig der Firimduerga, die kleiner als der Rest ihrer Rasse, sogar kleiner als die Menschen sind, dafür aber kundig in der Schmiedekunst und anderen Handwerken, die Dwerc, die aus der Vermischung von Menschen und Firimduerga hervorgegangen sind und die in freien Gemeinschaften mit Angehörigen dieser beiden Rassen leben.

Normalerweise. Denn in Kharnuk-Bragha ist nichts frei.

Die Stadt steht unter der Herrschaft des Despoten König Morlugh, der mit seinen Duergaanhängern die Schwesterstadt Ishuk-Bragha überfallen und deren überlebende Einwohner nach Kharnuk-Bragha verschleppt hat, wo sie fortan als Bürger zweiter Ordnung in abgetrennten und elendigen Vierteln leben müssen.

Auch Erion ist einer von ihnen. Verschlimmert wird das

dadurch, dass seine Mutter eine Ninra ist – eine Elfe, wie viele sie nennen –, sein Vater ein Mensch war. Nach dessen Tod verließ sie die Gemeinschaft ihrer Rasse.

König Morlugh macht Erion das Leben schwer. Nicht nur, weil ihm der ungebärdige Freigeist ein Dorn im Auge ist, sondern auch, weil er einen abgründigen Hass auf die Rasse seiner Mutter verspürt, die in alter Zeit der mächtigste Feind Anaudragors, des Alten Drachen, und seiner Erzverheerer war, einer Geißel, die auch jetzt wieder in Gestalt Kinphaidranauks, der dunklen Heerführerin der Kinphauren, ihr Haupt erhebt und große Teile der Länder der Menschen erobert hat.

Erions größter Traum aber ist es, zur Grauen Schar der Sechzehnten zu gehören, einer geheimnisvollen Truppe, die den Kinphauren in den von ihnen besetzten Ländern schwer zusetzt.

Wie sehr König Morlugh Erion hasst, wird diesem erst offenbar, als der ihn wegen eines Ärgernisses und eigentlich einer Heldentat zur Zwangsarbeit in den Minen Kharnuk-Braghas verdammt. Und dann dessen Mutter ermordet. Auch wenn Erion in Morlugh noch nicht den wahren Täter erkennt, so wird ihm doch klar, dass er aus Kharnuk-Bragha fliehen muss.

Seine treuesten Freunde überredet er, ihm zu folgen.

Kunja, seine Freundin seit Kindertagen in Ishuk-Bragha, die der Rasse der Dwerc entstammt, einer Vermischung von Menschen mit dem kleinwüchsigeren Zweig der Firimduerga.

Malaiar, eine Firimduerga, die eine begnadete Stollenspürerin ist.

Die beiden Duerga Duvruk und Turam.

Sein Menschenfreund Agranor, der genau wie er, Gehilfe der Runenschmiedin Dunjak-Dhar ist, bleibt in Kharnuk-Bragha zurück.

König Morlugh und seine Schergen verfolgen sie unerbittlich, auch mithilfe des wilden Bergstamms der Hasghar-Duerga, nehmen Turam gefangen, foltern und töten ihn.

Als König Morlugh mit seinen Schergen ihnen den Durchgang durch eine verlassene unterirdische Zwergenstadt versperrt, welche die einzige Passage heraus aus dem Gebirge und nach Süden darstellt, müssen sich Erion und seine Gefährten ihm stellen. In einem erbitterten Zweikampf gelingt es Erion nicht, Morlugh zu besiegen. Nur mit einem Trick kann er dafür sorgen, dass eine Drazghul-Brutmutter ihn hinunter in ihren Bau zieht. Morlughs beide Leibschergen können von seinen Freunden getötet werden, und der Weg in den Süden ist frei.

Wie durch einen Zufall treffen sie kurz darauf auf Angehörige der Grauen Schar der Sechzehnten, jener Truppe, der Erion so sehnlichst beitreten möchte. Ihr Anführer Auric, den die Elfen Ninragon nennen, befindet sich darunter, ebenfalls die komplette Führungsriege. Zu seinem Erstaunen stellt Erion fest, dass diese Führungsriege, die sich der Kreis der Neun nennt, bis auf Auric komplett aus Ninraé, den Angehörigen der Rasse seiner Mutter, besteht.

Weniger erfreulich für ihn ist, dass seine Aufnahme in diese Truppe weder selbstverständlich ist, noch ihm leicht gemacht wird. Findrac, einer aus dem Kreis der Neun, wird zu seinem erbitterten Widersacher und stellt sich konsequent Erions Aufnahme entgegen.

Den Grund dafür erfährt weder Erion noch sonst jemand: Erions Mutter war Findracs große Liebe und es traf ihn schwer, als diese einen Menschen ihm vorzog und dessen Lebensgefährtin wurde. Nur muss er die Verkörperung seiner Schmach – das Kind, das aus dieser Vereinigung hervorging – immerzu vor sich sehen.

Unter Führung der Sechzehnten sammeln sich Rebellenkräfte und rücken zu einem Eroberungsmarsche auf Hugen vor. Sie wollen die zweitgrößte Stadt des Nordens von den Kinphauren befreien, um ein Zeichen für die restlichen zerstrittenen Rebellen zu setzen, sich ihnen zu einem gesammelten Widerstand anzuschließen.

Aurics Geheimwaffe ist dabei Amara Schattenflügel, ein Mädchen, jünger als Erion, das über magische Fähigkeiten verfügt, die sie unter anderem in die Lage versetzen, jeden aus dem feindlichen Lager auszuschalten, von dem sie die „Signatur" besitzt, eine geistige Kennung.

Kinphaidranauk wird bald des erstarkten Widerstands im Norden gewahr und entsendet Brannaik-Var, den Vollstrecker, um die ränkesüchtigen Kinphaurenklans zu einen und eine Verteidigung gegen die vorrückende Rebellenmacht zu organisieren.

Trotz alles Widerstände gelingt es Erion jedoch, sich den grauen Mantel der Sechzehnten zu verdienen: indem es ihm durch einen beherzten und tollkühnen Plan gelingt, ein Artefakt an sich zu bringen, durch das er Amara in die Lage versetzt, eine schon verloren geglaubte Entscheidungsschlacht doch noch zu ihren Gunsten zu wenden.

Während dieser Zeit hat jedoch eine Untersuchung durch magiekundige Ninraé ergeben, dass die stärker werdenden Anfälle, von denen Erion seit seiner Kindheit geplagt wird, auf einen Block sowohl gegen angeborene Ninraéfähigkeiten als auch latente magische Befähigungen zurückzuführen ist. Durch die widerstreitenden Kräfte in ihm wird seine Lebenskraft unaufhaltsam aufgezehrt, sodass ihm nicht mehr viel Zeit bleibt. Selbst eine mögliche Abhilfe, die Schöpfung und Verleihung eines Familiargenius, der Menschen mit einer schlummernden Gabe zur Magie befähigt, indem er die naturgegebene Barriere dieser Rasse zu den Geisterräumen überbrückt, der Quelle der Magie, kann ihm keine Rettung bringen. Nicht nur jeder Versuch, die Blockade in Erion zu brechen oder jeder direkte Kontakt mit Magie, verschlimmert seine Lage drastisch, sondern auch die Nähe zu einem Familiar.

Das stellt sich als besonders tragisch heraus, da bei

seiner Jugendfreundin Kunja eine latente magische Befähigung festgestellt und ihr daher ein Familiar verliehen wird. In ihr entfaltet sich eine besondere, bis dahin unbekannte Fähigkeit: Sie wird zu einer Feuermagierin.

Dies belastet ihr Verhältnis nur noch weiter, nachdem Kunja schon darüber erbittert war, dass Erion anscheinend von fern die unerreichbar erscheinende Amara anschmachtet. Durch die darauffolgenden Ereignisse wird es nur noch stärker zerrüttet.

Die Eroberung Hugens durch die Rebellen gelingt. Doch stellt das nicht den erhofften glorreichen Sieg dar, denn die weitläufige Stadt ist schwer zu beherrschen und Sabotage, Hinterhalte, Anschläge und weiterer Widerstand innerhalb der Stadt setzen den Rebellen schwer zu. Es ist umso schmerzlicher, da sich unter ihren Gegnern auch menschliche Organisationen befinden, die sich von den Kinphauren instrumentalisieren lassen.

Auch Erions persönlicher erhoffter Triumph zerrinnt ihm zwischen den Fingern. Findrac und seine Anhänger sorgen dafür, dass er selbst als Mitglied der Sechzehnten nur an unbedeutende Posten gestellt wird, an denen ihn nur zermürbende Routinearbeit erwartet.

Als Erion widersetzlich seine Freunde zu einem erfolgreichen Einsatz gegen ihre Feinde innerhalb der Stadt zusammenbringt, liefert dies Findrac den letzten Vorwand, ihn hart zu strafen: Er wird zu einer unbedeutenden Wacheinheit im Umland versetzt und ihm wird jeglicher Kontakt zu seinen Freunden verboten.

Dort erlebt Findrac den ersten verheerenden Angriff eines neuen Kinphaurenheeres. Dessen Speerspitze wird durch eine furchtbare Macht gebildet: die Geisterhexer oder Birgenvettern, die Magierkaste der Kinphauren, die Kinphaidranauk in den Norden beordert hat, um den dortigen Widerstand gegen ihre Herrschaft endgültig zu brechen.

Die kompletten versammelten menschlichen Schutz-

und Wachtruppen werden grausam massakriert. Erion überlebt als Einziger, weil ihn der Feind nach einem seiner Anfälle für tot hält.

Als wichtiger Zeuge des Vorfalls wird er nach Hugen gebracht, wo er mitten in der eroberten Stadt in einen neuerlichen Angriff dieser Geisterhexer gerät, der schreckliche Folgen hat und den Rebellen letztendlich ihre Angreifbarkeit vor Augen führt. Es wird immer mehr klar, dass Hugen für die Rebellen nicht zu halten ist oder der Versuch zumindest zu einer deutlichen Schwächung ihrer Position führt.

Ein Rückzug aus Hugen wird erwogen. Die Lage der Rebellen erscheint verzweifelt gegen einen derart mächtigen Feind.

In dieser Lage spinnt Auric einen Gedanken, als Abzweigung aus einer ursprünglichen Schöpfungskraft ein „Elmsartefakt" zu schaffen, das ihnen eine Handhabe gegen die Geisterhexer gibt. Um eine derart gewaltige Kraft zu meistern, würde es eines Ankerartefakts bedürfen. Die Ninraé, die mit ihm von dieser verrückten Idee angesteckt sind, spinnen mit ihm weiter, dass etwa ein Ring als ein solches magische Ankerartefakt dienen könnte.

Letztlich will man diese Idee jedoch als ein bloßes Hirngespinst verwerfen, da ihnen dazu alle möglichen Voraussetzungen fehlen und der Gedanke als reine Anmaßung erscheint.

Hier greift Erion ein und verkündet, dass er jemanden kennen würde, der wahrscheinlich in der Lage sei, ein solches Artefakt zu schmieden: seine ehemalige Lehrmeisterin in Kharnuk-Bragha, die Runenschmiedin Dunjak-Dhar.

Nachdem er nur kurz Gelegenheit hat, seinen Vorschlag zu erläutern, lässt ihn Findrac schon aus dem Versammlungsraum und in den Kerker werfen.

Dort erwartet er auf das schlimmste Urteil, als ihn

Findrac dort aufsucht und erneut vor die Versammlung der Rebellen bringt.

Zu seiner Überraschung wird ihm mitgeteilt, dass er selbst ausgesandt wird, um nach Kharnuk-Bragha zurückzukehren, dort seine alte Meisterin zu kontaktieren, um festzustellen, ob sie in der Lage ist, die von ihr verlangte Aufgabe zu bewältigen. Findrac, der sich erstaunlicherweise für ihn eingesetzt hat, stellte als einzige Bedingung, dass er allein dorthin aufbricht.

Am Morgen seines Aufbruchs wird Erion jedoch nicht nur klar, dass allein wirklich allein heißt – nicht nur ohne seine Freunde, sondern ohne jede Unterstützung –, sondern auch, dass wahrscheinlich niemand an seine Mission glaubt, sondern sie ihn nur losgeschickt haben, damit ein Todgeweihter die Möglichkeit erhält, Frieden mit seinem Schicksal zu schließen.

Umso überraschter ist er, als ihn bei der ersten nächtlichen Rast seine Freunde überraschen. Amara hat sie zu ihm geführt, und sie sind entschlossen, sich entgegen jeglicher Weisung seiner Mission anzuschließen.

„Siehst du, du gehst nicht allein", sagt Amara beim Abschied. „Niemand weiß besser als ich, wie wichtig es ist, in einer scheinbar aussichtslosen Situation Freunde an seiner Seite zu haben."

Amara spricht ihm aus der Seele. Er ist aufrichtig dankbar, auf dieser wichtigen und schweren Reise seine Gefährten an seiner Seite zu haben.

Für die dies doch schließlich auch eine Art Heimkehr ist.

Und bei dem, was vor ihm liegt, kann er jede Unterstützung gebrauchen.

TEIL I

DIE STADT IM BERG

1

VOR DEN TOREN

Ich hätte nie gedacht, dass ich diesen Anblick noch mal
sehen würde."

Kunja war stehen geblieben, Erion und die beiden
anderen mit ihr.

Vor ihnen zeichnete sich der mächtige, kantige Umriss
des Berges ab, in dem sich Kharnuk-Bragha befand, die
Stadt unter dem Berg. Ringsum breiteten sich steinerne
Hänge, dunkelgrüne Wälder und ocker-grüne Matten aus.
Sie erhoben sich hinauf zu den schroffen Gipfeln, doch
keiner davon war so hoch, steil und mächtig wie der Berg
vor ihnen.

Erion nahm den Anblick eine Zeit lang in sich auf,
wusste nicht recht, wie er sich fühlen sollte, jetzt, da sie
endlich hier waren, am Ziel ihrer Reise. Zurückgekehrt. Da
war ein seltsames Ziehen in seiner Brust, doch wirklich
benennen konnte er es nicht. Schließlich wandte er sich vom
Berg ab und sah sich um. Er, Kunja, Duvruk und Malaiar
standen auf einem Höhenkamm, der ihm merkwürdig
bekannt vorkam.

Das rief erneut so ein Gefühl hervor, dem er keinen

eindeutigen Namen geben konnte. „Hier haben wir gestanden, als wir durch die Kluft dem Berg entkommen sind und dann erst mal ein paar Meilen hinter uns gebracht hatten. Hier sind wir stehen geblieben und haben zurückgeschaut."

Erion merkte, wie die anderen sich umsahen, einander anschauten und dann betretene Mienen zogen. Nur Grolk hockte da und betrieb weiter ungeniert Körperpflege, als ginge ihn das alles nichts an.

Duvruk war es, der aussprach, was sie alle bewegte. „Da waren wir noch mehr." Es schien, als müsste er schlucken, bevor er in der Lage war fortzufahren. „Da war Turam noch bei uns."

Ja, und genau hier, an dieser Stelle, hatte er ihnen gestanden, was er getan hatte. Dass er den Eidstein gestohlen hatte, weil er dachte, es wäre eine tolle Idee, um König Morlugh eins auszuwischen, und es ginge danach gleich wieder zurück nach Kharnuk-Bragha – das alles wäre nur ein kurzer Ausflug. Er hatte nicht im Geringsten damit gerechnet, dass er durch diese Tat die tödliche Rache König Morlughs auf sie gezogen hatte.

Turam hatte für diesen Fehler mit seinem Leben bezahlt, und die Erinnerung an ihn musste nicht nur Erion selbst, sondern ihnen allen wie ein Kloß im Magen liegen. Duvruk am schlimmsten, denn die beiden waren schließlich vorher unzertrennlich gewesen: der leichtherzige, unbeschwerte Turam-Jhir, der zu raschen hitzköpfigen Entscheidungen neigte, und der schwermütige, grüblerische Duvruk-Haik, der die von Tragik und Dramatik erfüllten Lieder und Balladen der Duerga liebte.

Duvruk hatte sich seitdem verändert. Offenbar hatte er den Schwur, den er am Grab seines Freundes geleistet hatte, ernst genommen. Statt in Trauer zu versinken, hatte er das Leben seines Freundes geehrt, indem er dessen Leichtigkeit in sich aufgenommen hatte. Dieser Teil von Turam lebte dadurch weiter und wurde von Duvruk hinaus in die Welt getragen. Man merkte es ihm an, in allem, was er sagte, in allem, was er tat. Duvruk war nicht mehr derselbe. Er war … mehr geworden. Er war über sein früheres Selbst hinausgewachsen.

„Turam war der Einzige von uns, der wieder zurückwollte", hörte er Kunja sagen, den Blick noch immer auf den Berg gerichtet.

„Und er ist der Einzige, der's nicht geschafft hat", meinte Malaiar.

Eine Weile standen sie in Schweigen versunken da.

Dann hörte er Kunja seufzen. „Ob sie noch immer Schmiedekartoffeln braten?"

„Klar, Schmiedekartoffeln gibt's immer. Wird's immer geben." Zwar wollte er seine Freundin trösten, aber er sprach auch für sich selbst aus tiefster Seele. „In jeder sinnerfüllten Welt gibt's Schmiedekartoffeln."

„Dann müssen wir wohl dem Rest der Welt Schmiedekartoffeln bringen." Er hörte Malaiar auflachen, wusste nicht, ob sie das ernst meinte oder nicht.

„Das und die Drachentochter niederwerfen", erwiderte Duvruk.

„Eins nach dem anderen", meinte Malaiar. „Eine Aufgabe nach der anderen."

„Ich weiß schon, welche leichter ist." Erion musste lachen. „Auf jeden Fall das mit den Schmiedekartoffeln. Wenn einer dort draußen die erst mal probiert hat, verbreiten die sich ganz von selbst."

„Wenn wir da sind, will ich auf jeden Fall welche haben", sagte Kunja.

Er hörte die beiden anderen leise seufzen, und auch er konnte einen Wehmutslaut nicht unterdrücken.

„Wie's da jetzt wohl aussieht?", fragte Duvruk mit tiefem Grollen in der Stimme.

Wieder Schweigen. Jeder von ihnen musste sich das in

der Zwischenzeit gefragt haben. Doch auf ihrer Reise hatten sie das Thema meist vermieden.

„Ob wir da überhaupt willkommen sind?", fragte Kunja. „Immerhin haben wir den … *König* der Stadt getötet."

„Ob man das erfahren hat? Die restlichen vier aus Morlughs Horde wissen nicht, was in den Höhlen von Duarka-Vanur passiert ist."

„Wirklich, Duvruk?" In Kunjas Stimme lag mehr als eine Spur von Sarkasmus. „Wir haben ihnen die Leichen seiner beiden Leibschergen direkt vor die Füße geworfen. Den Rest werden sie sich denken können."

Erion sah, wie Duvruk mit seinen mächtigen Schultern zuckte. „Vielleicht sind wir für die Leute in Kharnuk-Bragha so was wie Befreier? Morlugh war schließlich ein verfluchter Despot."

Jetzt wandte Kunja sich vom Anblick des Berges ab und sah Duvruk direkt an. „Das glaubst du nicht wirklich, oder? Kronpfosten Morlugh hatte ganz schön viele Anhänger. Und die haben in Kharnuk-Bragha das Sagen gehabt."

Wieder zuckte Duvruk die Achseln. „Vielleicht hat sich was geändert, nachdem sie keinen Anführer mehr hatten."

„Du meinst, ein Umsturz?", fragte Malaiar. „Ein Umsturz in Kharnuk-Bragha?"

„Wer weiß?", meinte Duvruk. „Ich kann's mir vorstellen. Du kennst den *Gesang vom Bergsturz*."

„Vorstellen können wir uns viel." Kunjas Stimme klang nüchtern, als sie erneut das Wort ergriff. „Wissen tun wir's erst, wenn wir's sehen. Ich schlage vor, wir schleichen uns in der Nacht nach Kharnuk-Bragha rein und schauen es uns mal an. Ich bring uns an den Wachstreifen vorbei und Malaiar bringt uns in den Berg rein."

„Nein."

Alle sahen sich nach ihm um. Erion war selbst ein wenig erschrocken darüber, wie schroff und bestimmt er geklungen hatte.

Er schaute sich im Kreis um, biss sich auf die Lippen. „Ich weiß nicht, wie lange ich zu leben habe. Und in der restlichen Zeit, die mir bleibt, habe ich keine Geduld mehr für Versteckspiele."

Auf dem Weg hierher hatte er mehrere seiner Anfälle gehabt, und die zeigten ihm ganz klar, wie knapp es für ihn wurde. Seine Freunde sahen ihn betreten an.

„Was ist, das ist", fuhr er entschieden fort. „Und was geschieht, das geschieht. Aber Herumdrücken bringt nichts. Wir gehen damit um, wenn es auf uns zukommt." Er schaute ringsum, sah jeden seiner Freunde an. „Wir kriegen das hin!", setzte er dann entschlossen hinterher.

Da war er wieder, sein alter Kampfgeist. Zumindest eine Spur davon. Es fühlte sich gut an. Und das musste offenbar auch seine Freunde überzeugen. Er sah es in ihren Augen.

Auch Kunja musste sich da wohl geschlagen geben. „Gut. Dann übernachten wir hier, schlafen durch und nähern uns morgen früh der Stadt. An den ersten Patrouillen –"

„Nein."

Kunja sah ihn erstaunt an.

Er deutete zum Berg hinüber. „Wir könnten es vor dem Anbruch der Nacht schaffen. Warum sollten wir da auf den Morgen warten?" Jeder neue Sonnenaufgang brachte ihn nur dem Tod näher.

Das hier war seine Chance, vorher noch etwas Wichtiges und Sinnvolles zu tun und zu hinterlassen. Dafür zu sorgen, dass der Widerstand gegen Kinphaidranauk eine Chance bekam, indem er Dunjak-Dhar und die anderen Runenschmiede von Kharnuk-Bragha überzeugte, einen Ring zu schaffen, an den diese mächtige Kraft gebunden werden konnte, von der Auric gesprochen hatte. Ohne ein solches Instrument hatte der Widerstand gegen die Herrschaft der Kinphauren und die Wiederkehr eines neuen dunklen Zeitalters unter der Drachentochter keine Aussicht auf Erfolg. Sie hatten Hugen erobert und würden es wieder aufgeben müssen. Es half nichts. Mit den Birgenvettern hatte ihnen Kinphaidranauk einen Feind entgegengeworfen, dessen Macht sie nicht widerstehen konnten.

Es hing allein an ihm und seinem Auftrag.

Es war egal, ob niemand sonst an seine Mission und die Idee, auf die sie gründete, glaubte. Wahrscheinlich nicht einmal Auric, der den Einfall ursprünglich gehabt hatte.

Er glaubte daran, und das musste reichen. Er glaubte aus ganzem Herzen daran.

Er sah Kunja an. „Bring uns an den äußeren Wachstreifen vorbei, und danach gehen wir geradewegs auf die Tore von Kharnuk-Bragha zu. Dann werden wir sehen, was geschieht."

Kunja schaute ihn eine Zeit lang an, schaute dann noch etwas länger gedankenverloren vor sich hin, hob schließlich erneut den Blick und musterte stirnrunzelnd, was er tat.

„Was machst du da?", fragte sie, als er das Bündel aus seinem Gepäck entrollt hatte und dabei war, sich den grauen Umhang über die Schultern zu streifen.

„Ich ziehe den Mantel der Sechzehnten an. Wenn ich Kharnuk-Bragha betrete, dann als deren Vertreter." Und er wollte es deutlich sichtbar tun. Schließlich hatte er sich die Zugehörigkeit zu dieser Truppe und deren Gewand hart erkämpft.

Ohne ihre Antwort abzuwarten – und ohne ihre Reaktion sehen zu wollen –, drehte er sich um.

„Komm, Grolk", sagte er.

Das Tier sah zu ihm hoch.

„Es geht in dein Zuhause." Wahrscheinlich war Grolk der Einzige von ihnen, für den Kharnuk-Bragha wirklich noch als ein Zuhause galt.

Grolk richtete sich auf seine Hinterbeine auf, Erion streckte den Arm aus und Grolk sprang, sauste hoch zu seiner Schulter.

Sie erreichten das Tor von Kharnuk-Bragha, als dort gerade die Fackeln entzündet worden waren.

Es war das gleiche Tor, vor dessen Innenseite sie bei ihrer Flucht gestanden und gewusst hatten, dass es mit seinen Wachen davor für sie unüberwindbar war und dass sie einen anderen Weg finden mussten. Mit fünf- bis sechsfacher Mannsgröße saß es versenkt in der steinernen Flanke des Berges und bestand aus massivem Holz und Eisen.

Davor stand ein Dutzend ebenfalls massiver Duergawachen.

„Wer schleicht sich denn da bei Einbruch der Nacht an unsere Tore?", fragte einer von ihnen, offenbar der Befehlshabende.

„Wir schleichen nicht", erwiderte Erion und hob die Hand zu seinem Grolk, damit der bloß nichts Dummes anstellte.

„Auch wieder wahr", erwiderte der Duerga. „Ihr kommt einfach so dahermarschiert." Er musterte sie genauer. „Ich kenne euch." Verzog dabei das Gesicht. „Dich erkenne ich trotz dieses komischen grauen Mantels. Du bist dieser Erion Leichtfuß, das ist Malaiar-Jhin, die Stollenspürerin, und die anderen …?" Er rieb sich das Kinn.

„Den einen kenn ich." Der neben dem Befehlshaber schielte zu Duvruk, zeigte dann auf ihn. „Das ist Duvruk-Haik. Der gehört auch zu den fünf, die sich davongemacht haben."

„He, Hiksam-Jick", erwiderte Duvruk. „Bist du befördert worden oder einfach nur versetzt? Von drinnen nach draußen. Wichtiger Posten." Erion sah, wie Duvruk dem Kerl zuzwinkerte.

Der Befehlshaber des Wachpostens deutete auf Grolk und feixte grimmig. „Kommst du zurück, weil du das hässliche Ding auf deiner Schulter wieder hier abliefern willst? Wüsste nicht, dass es bei so 'nem Vieh eine Rückgabe gibt."

Erion kraulte Grolk das Kinn, spürte dabei schon, wie es in dessen Kehle grollte, und setzte sein freundlichstes und breitestes Lächeln auf. „Nein, wir kommen zurück, weil es wichtige Dinge zu bereden gibt. Wir haben ein paar Vorschläge bei den entsprechenden Stellen anzubringen, die vielleicht für ganz Kharnuk-Bragha von entscheidender Bedeutung sind."

„Aha", meinte der Befehlshaber. „Dann kommst du also als Parlalem... Parmalem..."

„Botschafter?", schlug Hiksam-Jick von der Seite her vor.

Der Befehlshaber bedachte ihn mit einem knappen finsteren Seitenblick. „Genau, als so was."

„Ja, so könnte man sagen." Erion ließ seine Stimme heiter schwingen und federte dabei leicht in den Knien. „Wir kommen im Auftrag einer bedeutenden und aufstrebenden Macht, um ein Angebot zu unterbreiten."

„Oh." Der befehlshabende Duerga zog die Brauenwülste hoch. „Wenn das so ist. Na, dann bringen wir die Gesellschaft doch gleich mal in die Stadt."

Hiksam-Jick stieß ihn von der Seite aus sacht an. „Wenn sie Botschafter sind, heißt das Gesandtschaft."

Woraufhin sich der Befehlshaber des Wachtpostens ihm zuwandte und ihn mit grimmigem Blick beständig anstierte.

So lange, bis Hiksam-Jick dies schließlich mit einem „Ich mein ja nur" quittierte.

Der Befehlshaber schenkte erneut ihnen seine Aufmerksamkeit. „Gut, also hereinspaziert." Er zwinkerte Erion zu. „Ihr werdet euch wundern ... Wir haben jetzt einen ganz neuen, besseren Häuptling bekommen. Und das mit dem Eidsteinhüter? Na ja, ihr werdet sehen."

Na bitte! Wenn sich das nicht nach einer Art Umsturz anhörte. Mit einem Grinsen im Gesicht drehte er sich kurz zu seinen Freunden um. Und zwinkerte ihnen zu, genauso wie der Duerga ihm zugezwinkert hatte.

Der Befehlshaber aber machte kehrt, ging zum Tor und öffnete darin eine Klappe von der Größe seiner Faust.

„Das Tor auf!", rief er in die Öffnung, als darin die Augenpartie eines Duerga erschien.

Erion hörte ein Brummen neben sich und wandte sich Malaiar zu, von der es gekommen war. „Was denn?"

„Mir hat dieses Grinsen nicht gefallen, mit dem er das gesagt hat."

„Ach, komm schon", erwiderte er. „Ein neuer Häuptling? Eine neue Art von Eidsteinhüter? Das kann doch nur besser sein. Was soll schon schlimmer sein als Kronpfosten Morlugh?"

Malaiar schwieg. Kunja sah auch nicht gerade glücklich aus. Aber von der hatte er auch nichts anderes erwartet.

Knarrend und unendlich langsam und träge öffneten sich die beiden schweren Torflügel. Und je mehr sich der Spalt dazwischen weitete, umso deutlicher hörbar drang von drinnen das Malmen und Ächzen der Zahnräder des Mechanismus hervor, der das massive, eisenbeschlagene Tor in Bewegung setzte.

2

NACHT ÜBER KHARNUK-BRAGHA

Vor ihnen lag der Hügel, auf dessen Spitze unter dem Himmel der Höhlendecke die Eidhalle von Kharnuk-Bragha thronte.

Am immer steiler ansteigenden Ende der Hinkelsgasse wuchs auf einer Anhöhe eine sich hochwölbende Gebäudemasse um mehrere Ebenen an. Massive Säulen, kantig vorspringende Ausbauten verliehen ihr die Erscheinung eines stumpfzackigen Sterns, auf dessen höchstem Punkt sich wie eine Krone die eigentliche Eidhalle erhob. Sie wurde getragen von acht tiefen Rechteckpfeilern mit nach außen abgeschrägten Seiten.

Bei ihrem Anblick überkam Erion ein mulmiges Gefühl.

„Dahin? So …offiziell?", fragte er. Obwohl *offiziell* nicht das Wort war, das sich ihm eigentlich aufdrängte.

Der Befehlshaber der Duergawache vom großen Eingangstor, der sie mit einer Eskorte bis hierher begleitet hatte, betrachtete ihn von oben herab. „Du hast gesagt, du hättest eine wichtige Botschaft, die für die Zukunft Kharnuk-Braghas von großer Bedeutung ist."

Da hatte er wohl recht. Das war seine Aufgabe und seine

Mission. Das war es, wofür er hergekommen war. Und Bangemachen galt nicht.

Dennoch hatte sich, während sie durch die Stadt hierher geleitet wurden, immer stärker ein Gefühl der Beklommenheit und Unruhe in ihm breitgemacht. Das Wiedersehen mit diesem Ort, der so viele Erinnerungen für ihn barg – meist schlechte –, führte dazu. Wenn er unauffällig zu seinen Freunden schielte, erkannte er, dass es ihnen kaum anders erging. Auch ihre Blicke wanderten unter den Augen ihrer Duergaeskorte verstohlen hierhin und dorthin und nahmen den Anblick der Stadt im Berg in sich auf.

Ein vertrauter Anblick und gleichzeitig wiederum nicht. Wahrscheinlich färbten die Rückkehr und die Erinnerungen ihn ein.

Kharnuk-Bragha war vom Tage zur Ruhe gekommen. Die Feuer der großen Essen in den Nebenhöhlen und Kavernen des Schmiedeviertels waren erloschen oder zu einem schwachen Glimmen herabgedämpft. Ihr hellroter Schein kroch schwach über Felswände und Gebäude und nur verhaltene Betriebsamkeit war von dorther noch zu erkennen.

In der gewaltigen Hauptkammer war das runenverstärkte Felsenlicht der großen Pfeiler bereits abgeschwächt und die titanischen Reliefbilder und Runenfriese waren nur noch schwach auf ihrer Oberfläche sichtbar. Entlang der Straßen und in den Häusern wurden die ersten Fackeln und Feuersphären entzündet. Nur wenige Gestalten waren auf den Straßen zu sehen, da sie die umtriebigen Viertel umgingen: ein paar Duerga, Firimduerga und hin und wieder ein Dwerc oder Mensch.

Lag es an der Abendstimmung oder an den bösen Erinnerungen, die alles mit ihrer Schwere sättigten? Der gedämpften Ruhe wohnte etwas Unheimliches, verhalten Schlummerndes inne, das Erion umso mehr mit Bangigkeit und Anspannung erfüllte. So viel hing an dieser Mission und an ihrem Gelingen. Und hier war er – gemäß seinem Auftrag – und marschierte geradewegs in die vom Schein gedämpfter Feuer erleuchtete Kaverne der Duerga hinein.

Doch jetzt lag das Ziel ihres Weges geradewegs vor ihnen, und ein Zurück gab es nicht mehr. Die Hälfte der breiten Stufen hinauf zur Eidhalle war bereits bewältigt, und die Krone des Bauwerks ragte vor ihnen auf.

Sowohl die breite Treppenflucht als auch der Anblick der eigentlichen Eidhalle weckten in ihm üble Erinnerungen. Das letzte Mal war er hier hochgeschleift worden, hilflos am Kragen gepackt und übers Pflaster gezerrt, sodass seine Hosenbeine durchscheuerten und seine Knie aufschürften.

Das musste seinen Freunden ebenfalls durch den Kopf gehen, doch unter den Augen ihrer Eskorte gaben sie wohlweislich kein Wort darüber von sich.

Sie wurden erwartet. Mit vor der Brust überkreuzten Armen säumten Duergawachen im Abstand die Treppenstufen, und oben, rund um die eigentliche Eidhalle, das Herz der Anlage, waren jetzt Fackeln entzündet worden, vor denen ebenfalls eine ganze Abteilung von Duerga harrte. Alle waren sie unterschiedlich gekleidet, trugen aber außer breiten Gürteln, Lendenschurzen und vielleicht noch einer Fellweste wenig. Gemeinsam war ihnen allen die kolosshafte Statur der Duerga, die mächtigen Schultern, die graue, haarlose Haut über dornbesetzten Horn- und Knochenplatten. Außerdem trugen alle eine ganze Sammlung von Ringen, Bändern, Spangen und Ketten aus Knochen und Totemzeichen. Viele hatten ein rotes Zeichen auf die Stirn gemalt, das er jedoch nicht so recht erkannte. Sie starrten sie alle stumm und unbewegt aus gelben Augen unter schweren Brauenwülsten hervor an. An ihren Gürteln trugen sie Gehänge mit Äxten, Streithämmern oder Breitschwertern.

Erion hörte Grolk auf seiner Schulter leise knurren, schaute sich nach seinen Gefährten um und sah bei ihnen nur unbewegte, beinahe finstere Gesichter. Sodass er sich bemüßigt fühlte, ihnen allen ein aufmunterndes Lächeln zuzuwerfen.

Na, immerhin sollte es einen neuen ... *Häuptling* geben. Von *König* war keine Rede mehr. Es musste sich also einiges zum Besseren gewendet haben.

Einer aus der Reihe der Duerga trat vor, und ihr Führer wandte sich an ihn. „Der hier hat dem Häuptling eine wichtige Botschaft zu überbringen."

„Wichtig?", knurrte der Wortführer der Eidwache.

„Ja, für die Zukunft Kharnuk-Braghas. Sagt er."

Der Anführer der Eidwache nickte stumm, und auf seine Gesten hin reihten sich die Wachen zu einer Kette auf und gingen ihnen voran in die Eidhalle.

Kunja warf ihm unter gerunzelten Brauen einen skeptischen Blick zu, den er mit einem Zwinkern und aufmunterndem Nicken erwiderte, und sie folgten dem auffordernd ausgestreckten Arm ihres Führers und traten zwischen den tiefen Säulen hindurch in die Eidhalle.

Unter den schweren Schatten einer steinernen Decke erstreckten sich drinnen umlaufende Stufen hoch zum Podest des Eidsteins. Beleuchtet wurde der Raum nur von zwei flackernden Feuerschalen. Ein erneuter Anblick, der böse Erinnerungen weckte. In einer dieser Feuerschalen hatte eine der beiden Leibschergen Kronpfosten Morlughs damals den Kopf des von Erion erlegten Jäger-Drazghuls verbrannt. Doch Erion kniff die Augen zusammen, biss die Zähne aufeinander und versuchte, sich nichts anmerken zu lassen.

Die Eidwachen hatten bereits die Stufen erklommen und sich an deren Kopf aufgebaut, sodass sie noch die Sicht auf das Podest des Eidsteins verdeckten.

„Tretet näher!", wies sie der Anführer der Eidwache an und unterstrich das mit einer Handbewegung.

Erion wechselte einen Blick mit seinen Freunden und

stieg dann die Stufen hinauf. Als er, mit den dreien knapp hinter ihm, oben angekommen war, teilte sich die Reihe der Duerga, wodurch der Blick auf das Podest des Eidsteins frei wurde.

Erion schaute ratlos zwischen den Duerga hin und her und wusste nicht recht, was von ihm erwartet wurde. Er hörte Grolk leise tief in der Kehle grollen.

„Wer ist denn nun der neue Häuptling? Und wo steckt er?"

Das auffordernde Nicken und der Wink mit dem Kopf ließen keinen Zweifel daran, was von ihm erwartet wurde. Die wollten, dass er ganz hinaufging. Na, jedenfalls musste er diesmal nicht auf den Knien hochrutschen.

Erion trat durch die Lücke in der Reihe der Duerga, woraufhin sie weiter Platz für seine Freunde schufen.

Sockel und Deckplatte des Eidsteinpodestes waren achteckig. Genau wie der Eidstein selbst. Erion erinnerte sich nur zu gut an ihn. Eine schlichte, achteckige, tellergroße Steinplatte, mit Runen verziert.

Er stieg die letzte Stufe hinauf und trat an das Podest heran, um einen Blick auf dieses mit so viel Bedeutung beladene Objekt zu werfen … und ein Schock durchfuhr ihn.

Der Eidstein lag dort, doch er war gespalten.

Ein schartiger Riss zog sich durch dessen gesamte Platte und teilte sie in zwei Hälften. Er verlief genau durch die Rune Kharnuk-Braghas in der Mitte und war so grob und mit abgesplitterten Kanten, dass von ihr nicht mehr viel zu erkennen war. Am ehesten noch ein Teil von *Kharnuk*.

Eine kalte Klammer zog sich um sein Herz zusammen, und sein Blick wanderte über die Oberseite des Podests und dessen Kante hinweg. Dort unten, auf der anderen Seite am Fuß der Stufen, regte sich etwas.

Er hörte, wie einer seiner Freunde scharf einatmete. Sie hatten den geborstenen Eidstein ebenfalls gesehen.

Etwas Großes und Wuchtiges bewegte sich da unten in den Schatten, am Fuß der Stufen. Da war ein Aufblitzen von Metall im Dunkel und etwas trat näher, aus den Schatten hervor. Der Umriss wurde nun sichtbar. Eine der Schultern war derart ausladend, als würde sie von einem mächtigen Panzerteil bedeckt.

Grolk fauchte auf und sprang von seiner Schulter herab, knurrte und fauchte irgendwo am Boden leise weiter.

Mit schwerem Tritt kam die Gestalt die Stufen herauf, und der Kopf war dabei das Erste, worauf der flackernde Schein der Flammen fiel.

Und, bei Urnak, war der schrecklich!

Monströs und ungeschlacht, von einer grässlich tiefen Narbe durchzogen, als hätte etwas diesen Schädel halb durchtrennt und er wäre danach wieder behelfsmäßig zusammengedrückt worden. Blau und krank rosig schimmerte es an den Kanten und Ausläufern der Narbe. Sie verlief zu einer Augenhöhle hin, die nicht aus Fleisch bestand, als hätte man sie mit einer Eisenfassung zusammenhalten müssen. Erion war sich nicht sicher, ob das, was darin düster funkelte, ein echtes, natürliches Auge war. Metall verlief von dort aus ebenfalls hoch über den Schädel, als wollte es fehlende Teile der Knochenschale ersetzen, und es verlief ein Grat darüber, der in Metall die Dornen und Auswüchse der Duerga nachzeichnete, jedoch auf eine groteske Art und Weise.

Etwas kam Erion an diesem Gesicht bekannt vor, diesen entstellten, breiten, brutalen Zügen, an den drei Nasenringen in jedem Nasenflügel, einer durch den Knorpel der Trennwand. An den eisernen Stacheln, die neben den Knochendornen aus dem noch unversehrten Fleisch ragten, an den Ziernarben, die gegen die eine große, grässliche beinahe untergingen.

Ihr Führer, der Befehlshabende der Torwache, erhob jetzt seine Stimme. Sein Ton hatte etwas höhnisch Gackerndes. „Da hast du es, Bübchen! Wir haben einen neuen Häuptling. Man erkennt ihn kaum wieder. Es ist der alte … nur besser. Anders und besser."

Erion blieb die Luft weg. Er hatte das Gefühl, irgendetwas wäre in seiner Kehle stecken geblieben und wollte sich nicht mehr rühren.

„Morlugh?", brachte er schließlich mühsam hervor.

Die Gestalt stieg weiter die Stufen zu ihm herauf und bot damit noch mehr seiner Gestalt dem flackernden Feuerschein dar.

Auf seiner rechten Schulter trug er tatsächlich einen wuchtigen, ausladenden Panzerschutz, und darunter ragte etwas hervor, das nicht die bloße metallische Ummantelung eines natürlichen Arms sein konnte. Zu fremdartig, zu massiv, zu seltsam verzerrt und voller stachelartiger Auswüchse war er. Und er lief in einen gewaltigen Panzerhandschuh aus.

Am Rest des Körpers wurden noch mehr an Narben von der Art sichtbar, wie sie sein Gesicht durchzogen, zusammengehalten durch weitere der metallenen Klammerteile.

Erion hörte die Entsetzenslaute seiner Freunde. Er selbst konnte nicht anders, als einen Schritt zurückzuweichen, als die Gestalt bis zur letzten Stufe hochstieg und somit ihr gewaltiger Schatten auf ihn fiel.

Morlugh, in seiner ganzen ungeschlachten, grausig entstellten Pracht, trat ihm auf der anderen Seite des Podests entgegen.

Seine Lippen spannten sich, verzogen sich zur grotesken Karikatur eines Grinsens und entblößten dabei Reihen schiefer, spitzer Zähne.

„Oh, da ist er ja wieder, unser Schönling!", stieß Morlugh schnaufend aus verzerrter Fratze hervor.

Erion hatte Mühe, sich zu fassen. Allein das Atmen war ein Kraftaufwand. Noch mehr Anstrengung forderte es ihm jedoch ab, zu glauben, was er da gerade sah.

Morlugh, der Mörder seiner Mutter. Morlugh, den er tot geglaubt hatte, verschleppt und verschlungen von einer Drazghul-Brutmutter, stand wahrhaftig und lebendig vor ihm.

Doch die Wahrheit, die Tatsächlichkeit, die vor ihm stand und die ihm seine Sinne vermittelten, war unumstößlich. Und diese unumstößliche Tatsächlichkeit bewegte sich mit einer Geschmeidigkeit, die man dem massigen Körper nicht zugetraut hätte, um das Podest herum, holte blitzschnell mit dem natürlichen Arm aus und verpasste dem Befehlshaber der Torwache mit der Rückhand einen Schlag ins Gesicht, dass dieser zurücktaumelte.

„Was erzählst du da?", fauchte das Monstrum, das Morlugh war, den Getroffenen an, der sich mühsam hochrappelte und sich das Blut von der grauen Haut wischte. „Der alte? Ich bin nicht mehr der Alte, merk dir das!"

Morlugh trat zurück, warf sich in seine mächtige Brust. Erion hörte, wie seine Freunde die Luft einsogen.

„Morlugh der Eidsteinhüter ist tot", donnerte er grollend, dass Geifer zwischen seinen Zähnen hervorsprühte. Er hatte die gleiche Farbe wie die feuchten Ränder seiner Narbe. „Er starb in der Grube der Drazghul."

Die ungeschlachte, entstellte Gestalt schob sich vor das Podest und Erion wich noch weiter zurück, bis er gegen einen Körper mit verhornt harter Haut stieß.

„Aus ihr auferstanden ist Morlugh-Khar, der Zorn der Duerga." Er schlug sich gebieterisch mit der Hand aus Fleisch und Knochen vor die Brust. Ein gelbes Auge und ein bleiches, jedoch merkwürdig funkelndes in einer Metallfassung starrten auf Erion herab. „Und dieser Zorn und die Vergeltung treffen jeden, der sich gegen mich und meinen Auftrag erhebt." Morlugh-Khar, der Zorn der Duerga, fletschte die Zähne. „Und ganz bestimmt trifft er diejenigen, die das schon in der Vergangenheit getan haben."

Der riesige, grausig entstellte Duerga durchbohrte ihn mit seinem Blick, während er selbst unfähig war, sich zu rühren.

Als Morlugh dann aus seiner furchterregenden statuenhaften Starre erwachte, geschah das jäh, überraschend, dass es Erion zusammenzucken und rückwärtstaumeln ließ. Morlugh hob den Kopf in den Nacken, warf die Arme hoch.

„Oh, diese Zeit der Wiedersehen!", stieß er mit bedrohlich falscher Schwärmerei hervor. Einer seiner spitzen, wie angefeilt wirkenden Eckzähne trat dabei zwischen seinen verzogenen, narbig zerfurchten Lippen hervor. Er drehte sich um, winkte hinter sich, über das Podest hinweg. „Jetzt komm schon! Bestimmt hat er sich auch nach dir gesehnt."

Erion reckte den Hals. Irgendetwas in einem seltsamen gewandartigen Kleidungsstück regte sich am Rand der Schatten, wo auch Morlugh gewartet hatte. Eine schlanke, beinahe abgemagerte Gestalt, deren Bewegungen etwas Wieselartiges hatten.

„Komm, Quislung!", sagte Morlugh. „Komm zu uns, und begrüße deinen Ziehsohn!"

3

DIE RÜCKKEHR VERTRAUTER UMSTÄNDE

Wieder einmal saß Erion in einer Zelle, doch diesmal nicht allein. Abgesehen von Grolk saßen seine Freunde auf den gegenüberliegenden Pritschen und starrten vor sich hin: Duvruks mächtige, düster brütende Gestalt, sein dorniges Kinn auf die Faust gestützt; Malaiar im Schneidersitz, die Hände in ihrem Schoß; und Kunja, beide Hände zwischen ihren Knien wie zu einer einzigen Faust verschränkt. Er war sich nicht klar, ging ihr Blick zu Boden oder schaute sie unter düster zusammengezogenen Brauen zu ihm hin.

Er musterte sie der Reihe nach. „Ich hab euch hier mit reingerissen", sagte er schließlich.

„Könnte man so sagen", erwiderte Kunja, ohne groß den Kopf zu heben. „Du hast es gesagt, wir haben's gemacht."

Was sollte er darauf erwidern?

Jetzt hob sie den Kopf, bot ihm ihre erzürnten Züge dar. „Du bist ein verdammter Sturkopf, Erion Leichtfuß!"

„Das sagt die Richtige", sprudelte es aus ihm hervor.

Grolk regte sich jäh an seiner Seite, wie aus dem Dösen hochgeschreckt.

Jetzt richtete sich Kunja auf, stützte die Fäuste auf ihre Schenkel. „Wär ich nur stur gewesen! Dann hätten wir das anders angegangen."

Wollte er das hören? Es sah jedoch nicht so aus, als hätte er eine Wahl. Duvruk und Malaiar sahen Kunja nur aus den Augenwinkeln an.

„Es wäre so einfach gewesen", legte Kunja nach. „Wir hätten uns heimlich in der Nacht in die Stadt gestohlen. Wären dann direkt zu Dunjak-Dhar gegangen, um mit ihr zu reden und ihr deine Idee zu unterbreiten. Und dann hätten wir in aller Stille zusammen überlegt, wie wir weiter vorgehen." Düster ruhte ihr Blick auf ihm, doch dann funkelte es zornig in ihren Augen, und sie fuhr auf. „Aber du hast ja alles im Griff! Du musst es ja unbedingt auf *deine* Art machen."

Darauf konnte er nichts entgegnen. Nichts, was er nicht schon gesagt hätte. Dass ihm nämlich die Zeit davonlief und all so ein Zeug.

Zum Glück ließ Kunja davon ab, ihn finster anzustarren, und sah wieder zu Boden. Viel mehr konnten sie jetzt in dieser Lage auch nicht tun. Ein Entkommen war kaum möglich.

Erion sah sich in ihrem Gefängnis um. Was er erblickte, kam ihm ziemlich bekannt vor. Nichts als nackte Wände, Pritschen, eine Tür mit einem kleinen Guckloch, diesmal nicht vergittert, sondern von außen mit einer soliden Klappe verschlossen. Ein einziger Fensterschlitz saß hoch oben in der dieser Tür gegenüberliegenden Wand, wo man ihn ohne Hilfe nicht erreichen konnte, und wenn es einem doch gelang, so war er zu schmal, um irgendwie mehr als seinen Arm hindurchzuzwängen.

Kerker sahen sich bemerkenswert ähnlich.

Ach ja, und ein Kackeimer stand in der Ecke. Größer diesmal, weil er wahrscheinlich nicht nur auf mehrere Personen, sondern auch gleich auf den Stuhlgang eines

Duerga ausgerichtet war. Entsprechend stank er. Wahrscheinlich waren die Bemühungen, ihn nach der letzten Benutzung zu säubern, nicht besonders gründlich gewesen.

Anders als in seiner Zelle in Hugen waren hier die Wände nicht schludrig gestrichen. Stattdessen bestand zumindest eine aus massivem Fels, die anderen waren grob verputzt, sodass man es nicht erkennen konnte, was dahinter war. Man hatte sie in einer tief im Stein verborgenen Zelle untergebracht, damit sie ja zu niemandem Kontakt haben konnten und für sie keine Aussicht auf Flucht oder Befreiung bestand.

Und da befand sich keine Zeichnung auf der Wand, die, wenn man sie nur günstig deutete, irgendwie Zuversicht versprach. So weit zu Schicksalszeichen und anderen trügerischen Hoffnungen.

Was sie erwartete, war ziemlich klar. Eine Verhandlung vor einem Morlugh-Khar-hörigen Tribunal oder gar mit ihm als oberstem Richter. Und was an deren Ende stehen würde, das hatte Morlugh-Khar nur allzu klargemacht.

Verflucht! Er hatte sie gewaltig reingeritten. Aber wie hätte er das alles auch voraussehen können?

„Ich frag mich wirklich, wie Kronpfosten Morlugh das hat überleben können. Bei Urnak, ihr habt es auch gesehen! Ihr wart dabei. Eine Brutmutter der Drazghul hat ihn gepackt und mit sich runter in ihre Stollen gerissen."

Duvruk hob den Kopf, sah ihn an. „Na ja, sie hat ihn ziemlich übel zugerichtet. Das sieht man ja."

„Aber wie hat er das überleben können? Wie ist er aus dem Nest der Drazghul wieder rausgekommen?"

Duvruk zuckte die Achseln. „Na, er ist Morlugh."

„Aber die Verstümmelungen …"

Er kam nicht dazu, seine Zweifel weiter in Worte zu kleiden, denn Malaiar sprang von ihrer Pritsche auf. Sie blickte hoch zum Fenster. Grolk war ebenfalls aufgesprungen und starrte nach oben. Der Grund dafür wurde gleich klar. Denn von dort kam ein Zischen, das er wohl vorher durch ihr Gespräch überhört hatte.

„Pssst!"

Jetzt standen sie alle und schauten zum Fensterschlitz hoch.

„Wer ist da?", fragte Erion.

„Ich bin's ... Agranor."

Erion und seine Freunde sahen einander an.

Im nächsten Moment standen sie alle auf den Pritschen und reckten sich zum Fenster hoch. So konnten sie noch immer kein Gesicht erkennen, nur undeutlich etwas, das den Fensterschlitz verdunkelte. Aber die Stimme war eindeutig die ihres alten Freundes.

„Agranor! Wie hast du uns gefunden? Ich habe gedacht, sie haben uns im tiefsten Kerker versteckt, damit bloß niemand weiß, wo wir sind."

Jetzt hörte er von oben ein Lachen. „Ach, ihr wisst doch, ich kenn Urnak und die Welt. Ich kann mit allen gut. Na, mit beinahe allen. Was in Kharnuk-Bragha geschieht, erreicht mich irgendwann auf irgendwelchen verschlungenen Wegen."

„Agranor, wie ist es dir ergangen?" Agranor war derjenige von seinen Freunden gewesen, der sich dagegen entschieden hatte, Erion auf seiner Flucht zu begleiten und stattdessen in der Stadt zurückgeblieben war. Er hatte Angst gehabt. Obwohl er doch der beste Kämpfer von ihnen allen war.

„Anscheinend immer noch besser als euch", hörte er seinen alten Freund sagen. „Aber es hat sich einiges geändert in Kharnuk-Bragha. Viel mehr, als ihr euch vorstellen könnt."

Erion verkniff es sich, ihm zu sagen, dass schließlich Agranor derjenige gewesen war, der in Kharnuk-Bragha seine Heimat und seine Zukunft gesehen hatte. „Doch, können wir", erwiderte er stattdessen. „Nach dem, was wir gesehen haben, können wir uns das ziemlich gut vorstellen."

Es kam ein Zögern von jenseits des Fensterschlitzes. „Ich … glaube nicht."

„Aber du bist immer noch als Gehilfe bei Dunjak-Dhar?", fragte Malaiar und warf ihnen dabei einen Blick zu. Als glaubte sie, Agranor stellte einen Weg dar, an die Runenschmiedin heranzukommen. Wo sie doch nach wie vor in dieser Zelle festsaßen.

„Es hat sich einiges geändert", kam Agranors Stimme, „aber ich bin noch immer bei Dunjak-Dhar."

„Hast du eine Ahnung, wie Morlugh das überleben konnte?"

„Du meinst, wie er aus der Grube der Drazghul entkommen ist?"

„Ja, und wie er … diese Verletzungen überleben konnte." Das war für ihn noch immer das Erstaunlichste daran.

„Na, darüber, wie er der Brutmutter der Drazghul entkommen ist, gibt es vor allem *seine* Geschichte." Ein bitteres Auflachen oben hinter dem Fensterschlitz. „Die kannst du dir wahrscheinlich vorstellen. Irgendwas Episches vom Geist der Duerga und davon, wie er selbst zum *Zorn der Duerga* wurde und überhaupt. Wie er sich dann mit schlimmsten Verletzungen aus der Grube der Drazghul herausgeschleppt hat und wie seine Leute ihn gefunden haben, mehr tot als am Leben. Aber natürlich siegreich."

„Ja, aber wie hat er die Verletzungen überlebt? Und kann jetzt so vor uns stehen?"

„Das war zum größten Teil Dunjak-Dhars Werk."

Die Seitenblicke seiner Freunde zeigten ihm, dass das Erstaunen nicht allein auf seiner Seite lag. „Dunjak-Dhar? Wie konnte sie so was tun?" Und die größte Frage: „Warum *hat* sie das getan? Bei … Morlugh?"

„Ihr blieb nicht viel anderes übrig. Morlugh hat sie dazu gezwungen."

Das verstand er nicht. „Aber Morlugh muss doch halb tot gewesen sein. Wie kann er da jemanden zwingen?"

„Ein Elixier der Alchymiker hat ihn lang genug am Leben erhalten. Und auch wenn er selbst nicht zu allzu viel in der Lage war, hat er seine Anhänger. Die ziemlich überzeugend sein können. Jedenfalls hat er Dunjak-Dhar dazu gebracht, seinen Körper wiederherzustellen, so, wie ihr ihn gesehen habt."

Erion rief sich Morlughs Erscheinung vor Augen, wie er ihm am geborstenen Eidstein entgegengetreten war. „Zu so was … ist Dunjak-Dhar in der Lage? So was kann sie?"

Bisher hatte er nur mitbekommen, dass sie überlieferte Runen fertigen und in Gegenstände einarbeiten konnte, in Werkzeuge, Gerätschaften und allerhand anderes, sogar durch überlieferte Runen die Leuchtkraft der Felspfeiler derart verstärken konnte, dass sie die ganze Hauptkammer von Kharnuk-Bragha erhellten. Aber so was wie die künstlichen Körperteile von Morlugh? Das war ihm bisher nicht klar gewesen. Doch gab ihm das Hoffnung für ihre Mission. Wenn sie nur aus diesem Kerker heil rauskamen.

Er musste mehr wissen. „Wie konnte sie …"

Doch Agranor unterbrach ihn. „Keine Zeit!", hauchte er ihnen zu. Kurz erhellte sich der Fensterspalt. „Ich muss hier weg! Bevor man mich …" Er brach ab, sein dunkler Umriss verschwand ganz.

Dafür hörten sie einige Zeit später den schweren Tritt eisenbeschlagener Stiefel. Die Schritte stoppten. Der Fensterschlitz verdunkelte sich erneut, diesmal jedoch so, dass beinahe alles Licht blockiert wurde. Grolk ließ knurrend seine Zähne rasseln. Das Scharren von Sohlen, ein missgelauntes, argwöhnisches Brummen. Dann ein kurzer Wortwechsel, den sie nicht verstanden, und die harten Schritte entfernten sich wieder.

Kaum war ihr Klang in der Ferne verschwunden, stiegen

er und seine Freunde von den Pritschen und sahen einander an.

„Dunjak-Dhar hat das gemacht? Sie kann so was? Das heißt …"

Kunja sah ihn streng an. „Das heißt für uns gar nichts. Wenn wir nicht hier rauskommen."

„Was ist mit deinen Fähigkeiten?", fragte er sie. „Du bist … was? Eine Feuermagierin?" Irgendwie hatte er noch immer nicht ganz verstanden, worin die Natur ihrer Kräfte bestand und was das aus ihr machte.

Kunja zuckte die Schultern. „Joh, dann tritt mal beiseite, damit ich uns kurz einen Weg durch den Fels brennen kann."

Hm, da war was dran. „Aber die Tür …"

Sie schüttelte den Kopf. „Zu massiv."

„Dann sobald man uns abholt?"

Kunja zog die Stirn in Falten. „Ich denke, es ist besser, wenn wir erst mal meine Fähigkeiten geheim halten."

Jetzt war es Duvruk, der einen Einwand erhob. „Wozu geheim halten? Sobald man uns hier die Nase rausstecken lässt, schlagen wir zu."

Kunja blickte zu ihm hoch. „Und dann? Wir sind immer noch von Mauern und Fels und einer ganzen Stadt von Feinden umgeben. Wir brauchen schon eine echte Gelegenheit."

Duvruk brummte gedankenverloren vor sich hin. „Vielleicht hast du recht." Nachdenklich umschloss er das dornige Kinn mit seiner Pranke. „Wenn sie uns rausbringen, warten wir auf die beste Gelegenheit. Oder wenn es für uns wirklich hart auf hart kommt. Und dann …" Er nahm die Hand vom Kinn, schlug mit der anderen Faust hinein. „Dann können wir uns unseren Weg hier raus erkämpfen." Er sah Kunja begeistert an. „Ich mit meiner Kraft und du mit deinem Feuer!"

Es wurde still. Erion schaute von einem zum anderen.

„Wir ... beide?" Kunja blickte Duvruk an, als hätte er sie nicht mehr alle am Wackerstein. „Ja, du bist ein Duerga. Aber weißt du, wie viele Duerga da draußen sind, die alle auf Morlughs Seite stehen?"

Diesmal wurde auch Duvruk still.

Eine ganze Weile sagte niemand mehr etwas und jeder brütete nur düster vor sich hin.

Wie, um des Berges willen, sollten sie hier nur rauskommen?

4

RECHTS VOM BERG

Der Morgen brach an.

Sie bemerkte es in ihrem Kerker dadurch, dass nicht länger der schwache Schein, der durch ihren Fensterschlitz hereinfiel, vom Fackelschein rötlich gefärbt war, sondern gelb vom Licht der großen Hauptsäulen, deren Runen zum Leben erwachten.

Das war es jedoch nicht, was sie weckte – oder von der Pritsche trieb, denn geschlafen hatte Erion nicht besonders gut –, sondern das Gebrüll von draußen, das selbst durch die dicken Steinwände drang. Es waren tiefe, dunkle Stimmen, grollende Chöre, die rhythmisch dröhnend zu ihnen hineintönten. Wie Sprechgesänge. Oder laut skandierte Parolen.

Sie führten dazu, dass sie alle miteinander in der Zellenmitte standen, ihnen lauschten und einander zwischendurch besorgte Blicke zuwarfen.

Die Tür wurde aufgerissen, sie wurden von vier Duerga aus der Zelle und durch düstere Gänge hinausgeführt.

Am Ende eines letzten langen Flures bekam Erion einen Stoß in den Rücken und taumelte durch eine schwere, geöffnete Tür, kaum anders als die ihrer Zelle, nach draußen.

Und musste zunächst einmal gegen die Helligkeit anblinzeln.

Doch nicht das Licht der Hauptsäulen war es, das seine Augen blendete. Sondern der flackernde Schein unzähliger Fackeln.

In den Händen gewaltiger Duergakolosse drängten sie sich im Vordergrund dicht wie die Sterne am Himmel. Weiter entfernt zogen sie in Bahnen aus dem Fels gehauene Stege und Brücken entlang. Fackelprozessionen und Aufzüge krochen über die steinernen Pfade Kharnuk-Braghas. Die Höhlen und Kavernen hallten vom Scheppern und Rasseln des Eisens und vom Klirren der Waffen wider.

Der Fackelschein beleuchtete ein Heer kriegslüsterner Duergakrieger. Sie schwangen Äxte und Breitschwerter und Schlachthämmer, und aus rauen Kehlen stimmten sie ihren Kriegsgesang an, dass die Gewölbe Kharnuk-Braghas davon widerdröhnten. Das Stampfen ihrer eisenbeschlagenen Stiefel und das Klirren ihrer Waffen lieferten den Rhythmus dazu.

Sie sangen ein Lied, von dem Erion nur Fetzen mitbekam. Es handelte von Kriegern, die miteinander in Wettstreit gingen, wie sie Heere von Feinden erschlagen und wie sie diese unter ihrer Macht begraben und ersticken würden. Von Hämmern, die niedergingen und von Äxten, die herab auf ihre Feinde fuhren. Es hatte einen spitzen, harschen Klang.

Erion prallte zurück und stieß gegen Duvruk.

Der schaute betroffen über ihn hinweg. „Die stimmen ein ganz anderes Lied an als den Gesang vom Bergsturz."

Da hatte Duvruk auf bemerkenswerte und erschreckende Weise recht. Dieses Lied der Duerga von Kharnuk-Bragha hatte nichts von der grollenden Sicherheit, der Unvermeidlichkeit, dass ein getreuer Schulterschluss am Ende siegen muss. Es war stattdessen der beständige zerhackende und zerschlagende Beschuss mit Steinbrocken und Feuergeschossen, von Katapulten und anderen Kriegsmaschinen, der alles zerfetzte und zerstörte.

„Was ist hier nur geschehen?" Kunja nahm den Anblick mit geweiteten Augen in sich auf.

„Agranor hatte recht", hörte er Malaiar sagen. „Wir hatten keine Ahnung, wie sehr Kharnuk-Bragha sich verändert hat."

Es entstand ein Gedränge beim dicksten Duergaknäuel. Erion bemerkte jetzt, dass sie alle das rote Zeichen auf der Stirn trugen. Kämpfer wurden beiseitegeschoben, eine Gestalt ragte bereits über die Köpfe hinweg auf, und aus der Menge der kriegslüsternen Streiter trat Morlugh in seiner neuen Gestalt hervor.

Noch mächtiger und bedrohlicher, als er je gewirkt hatte. Grausig und schrecklich anzusehen in seiner Vermählung von Stahl und entstelltem Fleisch. Jetzt fiel Erion auf, dass Morlugh nicht länger einen Kronreif oder etwas Ähnliches trug – er brauchte es nicht mehr. Seine Ausstrahlung sagte schon alles, und sie war Drohung genug für jeden, der sich seinem uneingeschränkten Anspruch nicht unterwarf.

Die Korona seiner Begleiter blieb am Rand der Menge stehen, die den Platz säumte – auch sie jeder mit diesem Zeichen auf der Stirn –, und allein schritt er vor in den freien Raum. Unter denen, die am Rand verblieben waren, entdeckte Erion die gegen die Duergas schmächtig wirkende Gestalt Quislungs in seiner ockerfarbenen Toga.

In der Mitte des Platzes stoppte Morlugh ab, stand zunächst wie angewurzelt da – erneut wie eine Statue –, mit breiten Schultern, die einen Karren tragen konnten, jetzt auf der einen Seite noch durch das Panzerteil verstärkt, einem mächtigen, von Muskeln quellenden Arm auf der einen und einem verdreht bedrohlichen Metallgebilde auf der anderen.

Plötzlich riss Morlugh seinen natürlichen Arm hoch, und Erion sah, dass er in dessen Faust eine mächtige

Doppelaxt hielt, so groß und schwer, wie Erion sie bisher noch nicht gesehen hatte.

Der Lärm aller Stimmen verstummte augenblicklich.

In die Stille hinein brach Morlughs Stimme wie der Einschlag eines Felsbrockens in eine morsche Festungsmauer.

„Der Eidstein ist gespalten", schrie er donnernd, ließ eine kurze Pause, bis der rasselnde Hall seiner Worte verklang. „Kharnuk-Bragha zieht in den Krieg!"

Das letzte Wort zog er laut und triumphierend in die Länge, und jetzt brach ungehemmter Jubel aus, laut und dröhnend, dass Erion glaubte, seine Zähne und Knochen würden ihm im Leibe beben.

Wieder hob Morlugh seine Doppelaxt. „Es gibt nur eine Macht im Berg. Wir sind die Kharnuk-Duerga. Wir sind rechts vom Berg. Wir sind der Berg. Wir tragen unsere Macht hinaus in die Welt. Wir ziehen in den Krieg und die restlichen Kreaturen dieser Stadt werden uns rüsten. Im Schweiß ihres Angesichts und ihrer geknechteten Leiber werden sie uns die Waffen und das Rüstwerk schaffen, die Äxte, die auf unsere Feinde niederfahren und die Hämmer, die ihre Schädel zerschmettern."

Die Feinde, auf die ihre Waffen niederfahren sollten, das waren dann wohl die Sechzehnte und alle Gruppierungen des Widerstands – seine Freunde, Kampfgefährten und Kameraden – und das idirische Heer im Süden, das noch immer verzweifelt Gegenwehr gegen das Vordringen Kinphaidranauks leistete.

Der donnernde Jubel versiegte leicht und hinein fuhr erneut Morlughs schmetternde Stimme, die Doppelaxt war hoch zur Decke der Höhle gereckt, das zweifache Blatt fing das flackernde Licht unzähliger Fackeln und schien dadurch von einem eigenen rastlosen, kriegslüsternen Leben erfüllt.

„Wer ist der Zorn des Berges?"

„Wir, die Kharnuk-Duerga!", antwortete ihm der brandende Chor rauer Stimmen.

„Wer ist der Herzschlag und die Stimme des Berges?"

„Morlugh-Khar, der Zorn der Duerga!", kam die Antwort aus tausend Kehlen.

Erion stand wie vom Blitz getroffen da. Welcher Wahnsinn hatte hier nur alle ergriffen?

Kaum bekam er mit, wie er gestoßen wurde, um ihn auf den Weg zu schicken, wie seine Freunde sich um ihn scharten, oder eher mit ihm von den vorwärtsdrängenden Duergaleibern zusammengepfercht wurden. Er sah, wie sich in der Menge eine Gasse bildete, durch die sie getrieben wurden. Und weiter ging es durch ein Spalier, das sich entlang der an den Platz grenzenden Straße bildete.

Als sie sich vom Platz entfernten, dünnte die Masse der Duerga aus und an ihre Stelle traten immer stärker Firimduerga, Dwerc und Menschen und andere Duerga, die weniger kriegerisch, sondern wie ganz normale Bevölkerung wirkten.

Man bemerkte sie, so sah Erion aus dem Augenwinkel, während ihm der Blick voraus zu einem mahlenden Tunnel wurde, und schloss sich ihnen an.

Vage nur nahm er ein einzelnes, ihm bekannt erscheinendes Gesicht innerhalb der Menge des ihnen folgenden Zuges wahr. Die Stimme hatte er kürzlich noch gehört, doch das Gesicht dazu hatte er lange nicht mehr gesehen – nur als dunklen Umriss im Kerkerfenster. Er schaute genauer hin und musterte Agranor. Noch immer erschien er so gut trainiert und muskelbepackt, wie er ihn in Erinnerung hatte. Noch immer trug er das Hemd halb offen, damit man ja seine athletische Statur bemerkte.

Ihm fiel auf, wie die Leute Agranors Nähe suchten, manche ihm sogar unauffällig auf die Schultern klopften. Ja, offenbar hatte er gestern Abend nicht übertrieben. Er war noch immer bei allen beliebt, einer, der mit jedermann gut Freund war und sich mit allen gut hielt.

Anscheinend hatte er all die Veränderungen in Kharnuk-Bragha gut überstanden.

Erion wurde weitergestoßen und Agranor verschwand aus seinem Blickfeld. Jedoch nicht aus seinen Gedanken.

Vielleicht war Agranor zu feige gewesen, mit ihnen aus Kharnuk-Bragha zu fliehen, aber offenbar gehörte er hierher. In diese Stadt, in der er, ungeachtet des Umschwungs und der durchgreifenden Veränderung, noch immer sehr beliebt war.

Vielleicht ist das ja für ihn wichtiger als alles andere, dachte Erion bitter.

Was hatte seine Meisterin Dunjak-Dhar über Agranor gesagt? *Er muss dir nicht leidtun. Er wird das leichtere Leben haben.*

Als er wieder den Blick hob, um den Weg zu verfolgen, sah er, wohin dagegen ihn und seine Gefährten das alles führen würde.

Die Hinkelsgasse neigte sich aufwärts, bergan. Es ging zur Eidhalle. Einmal wieder.

5

TRIBUNAL

E rion Leichtfuß und seine Kumpane sind übelste
Verräter wider die Gemeinschaft Kharnuk-
Braghas."

Vom Kopf der Treppen vor dem Eingang zur Eidhalle
tönte Morlughs Stimme hinweg über die versammelte
Menge. Hinter ihm hatte sich erneut eine Reihe grimmiger
Duergakrieger aufgebaut, eine weitere große Schar seiner
Anhänger war auf der Plattform rund um die eigentliche
Eidhalle versammelt. Erion und seine Gefährten standen
bewacht von einem halben Dutzend Duerga vor ihnen, und
die Menge der Zuschauer hatte sich auf der breiten Stufenflucht verteilt, die hinauf zur Kuppe des Eidhallenbaus
führte.

Nach hinten eingerückt an Morlughs Seite fand sich
Viedgor Quislung. Er hielt den Kopf gesenkt, hob ihn nur
hin und wieder, um Erion aus seinen schmalen, dunkel
umrandeten Augen tückische, hasserfüllte Blicke zuzuwerfen.

Grolk saß zu Erions Füßen, starrte beständig Morlugh
an, ließ hin und wieder ein Knurren tief aus seiner Kehle

hören, was man allerdings nur in Morlughs Sprechpausen wahrnahm.

„Erion Leichtfuß und seine Kumpane", fuhr Morlugh jetzt fort und übertönte damit erneut Grolks Knurren, „haben sich zum tückischen, verbrecherischen Bündnis gegen die Gemeinschaft Kharnuk-Braghas verschworen.

Sie haben den Eidstein aus den Kreisen der Stadt geraubt, zu Zeiten, als er als Symbol des Bündnisses aller Einwohner Kharnuk-Braghas galt. Sie haben damit jedem, der in dieser Stadt wohnt, ins Gesicht gespuckt."

Also kein zum Richter einbestellter Lakai – Morlugh führte das Tribunal selbst im Alleingang aus. Als Prozess konnte man das kaum bezeichnen.

„Diese Verbrecher haben gegen ihren König, als der noch als Eidsteinhüter dieser Stadt galt, die Waffen erhoben und Krieg geführt. Sie haben die Leibwächter des Königs ermordet und Erion Leichtfuß in Person hat das auch bei ihm selbst versucht. Er wollte mich, seinen Souverän, töten."

Morlugh hielt inne, Grolk knurrte. Morlugh musterte Erion von oben herab und fletschte dabei die Zähne. Eine zähe, bleiche Substanz quoll aus seinem eisengefassten Auge hervor und zeichnete eine Spur über die Wange zur Narbe hin, in der sie dann versickerte.

„Er hat aber nicht damit gerechnet", sprach er weiter, „dass die Macht Morlugh-Khars unbezwingbar ist und dass der Zorn der Duerga sich nicht bändigen lässt."

Morlugh hob die klobige, eiserne Pranke, deutete auf ihn. „Das ist Hochverrat am alten Kharnuk-Bragha und seinem Eidsteinhüter."

Als würde er sich besinnen, senkte Morlugh jetzt den Kopf, wandte sich dann nach links und bedachte Quislung mit einem Seitenblick. „Hör gut zu und sieh zu, wie man eine Stadt führt", sagte er im Verschwörerton. Wenn er leise sprach, klang es, als müsste sich seine Stimme mühsam schnaufend und feucht rasselnd einen Weg zwischen all den Verwüstungen seines Körpers hervorbahnen. „Wenn ich dann mit meinem Heer ausgezogen bin, wirst du der neue Herrscher Kharnuk-Braghas sein. Zwar ein schäbiger Herr über ein mageres Trüppchen Zurückgebliebener in der leeren, spröden Hülle einer Stadt, aber immerhin."

Ohne Übergang wandte sich Morlugh – oder Morlugh-Khar – wieder Erion und seinen Freunden zu. „Und eure Taten sind Blasphemie wider den neuen Herrn der Duerga Kharnuk-Braghas, den Zorn der Duerga und die Stimme des Berges. Und wider die Kharnuk-Duerga, die den wahren Geist Kharnuk-Braghas verkörpern." Jetzt, da er wieder laut sprach, war seine Stimme volltönend, wie grollender Donner, als hätte sie einen Widerstand überwunden.

Verächtlich wandte Morlugh den Kopf ab. Das Hochziehen der Augenbraue wäre in diesem verwüsteten Gesicht unter anderen Umständen ein Schauspiel gewesen – wenn man Ekel und Abscheu vor diesem grotesken Anblick bezwang. Allein das Farbspiel auf dem zernarbten, verquollenen Fleisch war bemerkenswert – doch Erion konnte nicht die Galle niederkämpfen, die ihm bei diesem Anblick in der Kehle aufstieg.

„Vielleicht hat einer der Angeklagten ja noch etwas zu sagen. Vielleicht – was ich mir kaum vorstellen kann – ein Wort der Verteidigung. Vielleicht der Reue, in der Hoffnung, die Härte der Strafe damit zu mildern." Morlugh zog den Mundwinkel hoch, bleckte die Zähne, gab ein rasselndes, knurrendes Geräusch von sich, das wohl ein hämisches Lachen sein sollte. „Oder um sein Gewissen zu erleichtern."

Grolk fauchte in rhythmisch abgehackten Stößen, die immer wieder in scharfes Knurren ausliefen.

Erions Herz schlug wild wie eine dunkle Trommel, und die Angst wollte ihm in den Nacken kriechen. Aber er hatte das schließlich gewollt. Er hatte förmlich um diese Mission gebettelt. Jetzt war er hier, sah, wie es um Kharnuk-Bragha stand, und er sollte sich, verdammt noch mal, zusammennehmen.

Erion wandte den Blick von Morlugh und seiner beeindruckenden, Furcht einflößenden Erscheinung ab, sah sich um, ließ ihn an der Reihe seiner Freunde entlangwandern – rasch, bevor er allzu deutlich die Blicke wahrnahm, die sie untereinander und mit ihm tauschen wollten – und hin zu der Menge, die sich auf den Stufen versammelt hatte.

Zuvor streifte sein Blick allerdings über Morlughs Anhänger hinweg. Jetzt konnte er auch das rote Zeichen deuten, das sie alle auf der Stirn trugen. Die Runen standen für Kharnuk, wenn auch fast bis zur Unkenntlichkeit vereinfacht.

Dann wanderte sein Blick über eine Ansammlung von Zuschauern hinweg, die sich tief hinab zum Fuß der Stufenflucht und in den Eingang zur Hinkelsgasse zog. Ja, es waren Duerga darunter, doch die meisten davon drängten sich hier oben auf der Plattform mit dem eigentlichen Herz der Eidhalle rund um Morlugh-Khar oder unten um den Fuß der Treppen herum. Auf der Treppe selbst überwogen hingegen Dwerc, Firimduerga und Menschen. Es hatte sich sogar eine kleine Truppe der Alchymiker eingefunden, die er an ihrer Zunfttracht erkannte, den dunklen Lederteilen, Schürzen, Schulterpolstern mit Brustharnisch, mit den entsprechenden eingeprägten Runen. Irgendwie hatte man offenbar von ihrer Ankunft und Gefangennahme gehört und wollte jetzt sehen, was mit ihnen geschah.

Wenn nicht jetzt, wann dann hatte er die Chance, möglichst viele Leute in Kharnuk-Bragha zu erreichen und sie für seine Mission und eine neue Zukunft zu gewinnen?

Er trat einen Schritt vor, näher an die Kante der Stufenflucht heran. Bemerkte die Hand, die nach seinem Arm greifen wollte, schaute hoch und in Kunjas Gesicht, in dem sich ein flehender Ausdruck abzeichnete.

Als ahnte sie, was er im Begriff stand, zu tun.

Nein, jetzt war nicht der Moment, da sie ihn aufhalten würde.

Er räusperte sich leise, um seine Stimme zu klären, den letzten Kloß im Hals loszuwerden, sah dann über die versammelte Menge und begann zu sprechen.

„Man hat gefragt, ob einer von uns noch etwas zu sagen hat." Er machte eine Pause. „O ja, das habe ich allerdings."

Hinter sich hörte er Kunjas resigniertes Seufzen. Aber er hörte auch das leise Tappen von Grolks Füßen und erkannte daran, dass der sich offenbar an seiner Seite hinkauerte.

Er atmete durch, fasste die Menschenmenge ins Auge. Irgendwo, ziemlich vorne, entdeckte er auch wieder Agranor.

„Wisst ihr, was ... hm, Morlugh-Khar nennt er sich jetzt, aber ich kenne ihn einfach als Morlugh ..." Er hörte den raschen Tritt schwerer Stiefel, sah einen mächtigen Schatten auf den Boden vor sich fallen.

Er wollte sich schon unter dem vermuteten Schlag wegen seiner Respektlosigkeit wegducken, doch da erklang Morlughs Stimme. „Lasst ihn reden."

Das ließ er sich nicht zweimal sagen.

„Wisst ihr, was er für euch und für Kharnuk-Bragha vorsieht? Er und seine ... Kharnuk-Duerga?" Er zuckte die Schultern, als er über die Masse der auf ihn gerichteten Gesichter sah. „Sicher wisst ihr es. Es dürfte euch kaum entgangen sein."

Er warf einen knapp angedeuteten Blick über die Schulter, dorthin, wo er Morlugh wusste. „Uns hat er es eben laut verkündet. Kaum zu überhören. Vor seinem versammelten Duergaheer, als wir aus dem Kerker geführt wurden. Mit seiner Axt in der Hand."

Er hörte ein Grunzen hinter sich. Das musste wohl Morlugh sein.

„Er will", fuhr Erion fort, „mit seinem Heer von Duerga in den Krieg ziehen. An der Seite der Kinphauren und

Kinphaidranauks, die sich als Drachentochter und Erbe des Alten Drachen Anaudragors sieht. So wie die drei Stämme in den Feuerkriegen, die vom Rest ihres Volkes dafür geächtet wurden. Sie wollen an der Seite derjenigen kämpfen, die schon damals unsere Feinde waren und heute wieder ein dunkles Zeitalter über diese Welt bringen wollen. Und der Rest Kharnuk-Braghas soll wie Sklaven schuften, um ihnen die Waffen dafür zu schmieden und sie zu versorgen."

Alle Augen waren auf ihn gerichtet. Alle sahen ihn erwartungsvoll an.

„Ich kann mir nicht vorstellen, dass das, was Morlugh da als Vision entwirft, die Zukunft ist, die sich die Mehrheit der Einwohner Kharnuk-Braghas wünscht."

Ein Murmeln ging durch die Menge. Unter den Duerga, die er mit einem roten Zeichen auf der Stirn in seinem Blickfeld sah, zumeist dort unten am Rand des Eidhallenbaus, erhob sich wütendes Grollen. Fäuste und Waffen wurden gehoben, wie um den Rest der hier versammelten Bevölkerung einzuschüchtern. War klar, dass seine Worte ihnen nicht schmecken dürften.

Er trat einen weiteren Schritt vor. Das war sein Moment. Das war es, da er etwas bewegen konnte. Er trug den Mantel der Sechzehnten um die Schultern, den er sich hart erkämpft hatte.

„Mein Leben" – er legte die Hand auf die Brust, wo sein Herz aufgeregt schlug – „ist nicht von Bedeutung." *Und dauert eh nicht mehr lange und ist bald dahin.* „Aber es geht hier um mehr. Es geht um das Volk von Kharnuk-Bragha, um die ganze Rasse der Duerga, mit ihnen die Firimduerga, und die Dwerc und Menschen, die in ihren Gemeinschaften leben."

Wieder erhob sich Gemurmel. Er betrachtete prüfend die Gesichter. Sah er da düstere Zustimmung? Da war Agranor. Auf seinen Zügen zeichnete sich ein anderer Ausdruck ab.

War das Bestürzung? Entsetzen? Passierte da vielleicht etwas in seinem Rücken, was ihm entging?

Er schaute über die Schulter. Nein, Morlugh und seine Duerga standen genauso da wie zuvor. Morlugh hielt erwartungsvoll den Arm aus Fleisch und Blut und den Metallarm über der Brust gekreuzt. Der eine Duerga, der Erion offenbar für seine Respektlosigkeit seinem großen Führer gegenüber züchtigen wollte, war sogar wieder ein Stück zurückgetreten.

Was er dagegen sah, war ein ähnlicher Ausdruck wie bei Agranor auf den Gesichtern seiner Gefährten. Besonders bei Kunja. *Ja, Freunde, wenn nicht jetzt, wann dann?*

Außerdem war *er* es, der sprach. Ihn traf allein der Zorn. Und was hatte er schließlich zu verlieren? Sein Leben? Hah, das war doch längst verspielt. Es galt nur noch, mit dem Rest auch etwas Gescheites anzufangen.

Und vielleicht konnte er sogar noch einige der Duerga auf ihre Seite ziehen. Sie hielten doch so viel auf Ehre und Tradition und all das Zeug. Auf einen schweren Tritt. Eben!

„Es ist an der Zeit", sprach er und fühlte, wie sich dabei ein aufrichtendes, antreibendes Gefühl in seiner Brust breitmachte, „aus dem Schatten hervorzutreten, der das Handeln dreier Stämme auf eure ganze Rasse geworfen hat! Es ist an der Zeit, sich von dem Makel zu befreien, der früher nur von den wenigen ausging. Doch jetzt kämpfen beinahe alle Stämme auf der Seite Kinphaidranauks.

Jetzt ist es an euch, zu zeigen, dass diesmal nicht die ganze Rasse der Duerga unter Anaudragors Schatten fällt, sondern dagegen einige, vielleicht sogar viele, aufstehen, um für das Gute in der Welt einzutreten und zu kämpfen."

Ja, da trat plötzlich ein Funke der Hoffnung in viele der Augenpaare, die zu ihm hochsahen! Seine Worte hatten ihn entzündet. Und vielleicht senkte ihre Saat sich auch in die Herzen einiger Duerga, die nicht ganz so fest auf der Seite Morlughs standen.

Er suchte in der Menge nach Agranor, fand dessen Gesicht. Doch der senkte den Blick. *Das passt ihm wohl nicht, dass er sich damit gegen jemanden stellen muss. Dann stände er sich ja nicht mehr mit allen gut.*

Jemand trat näher an ihn heran. „Hör auf!" Er hörte Kunjas leise raunende Stimme. „Hör besser auf, bevor du es für uns alle nur noch schlimmer machst." Sie stupste ihm zwar nicht in die Seite, aber sie stand offenbar kurz davor.

„Die hören mich. Die hören, was ich zu sagen habe." Merkte sie das denn nicht?

„Sei lieber ..."

Und er hatte gedacht, sie hätte sich verändert. „Du trägst doch Feuer in dir!" Er merkte, wie wütend seine Stimme klang. „Hier siehst du den Zunder dazu. Du musst ihn nur entfachen!"

Genau das war es doch – ein Aufstand in Kharnuk-Bragha. Kunja würde schon zur rechten Zeit ihre Fähigkeiten anwenden. Hier waren Menschen, die auf ihrer Seite standen. Die schon zu lange die Herrschaft Morlughs ertragen hatten. Zusammen konnten sie es schaffen. Wozu hatte Kunja schließlich diese Macht erhalten?

Er wandte sich wieder an die versammelte Menge. „Ich bin mit einem Auftrag hergekommen. Mit dem Schlüssel zu einer neuen Zukunft. Einer anderen Zukunft als die Hölle, die Morlugh für euch vorsieht."

Wieder suchte er die Menge ab. Er hatte die Hoffnung gehegt, dass auch *sie* gekommen wäre. „Ich bin hier, um mit meiner alten Meisterin, der Runenschmiedin Dunjak-Dhar zu reden. Ihr will ich ihr einen Vorschlag unterbreiten. Diese Gelegenheit will ich erhalten." Er wandte sich zur Seite, schaute wieder andeutungsweise über seine Schulter. „Bevor hier das Urteil über mich gesprochen wird. Ich bin überzeugt, Dunjak-Dhar wird mein Angebot verstehen und für mich eintreten. Und gemeinsam werden wir dem Volk von Kharnuk-Bragha einen anderen Weg eröffnen, als den von Blut und Tod. Der nie sein Schicksal war."

„Um Inaims willen!" Wieder hörte er Kunjas Stimme direkt neben sich. „Willst du sie so überzeugen? Ist *das* dein Plan?"

Sein Blick jedoch, der suchend über die Menge ging, sah, wie rund um Agranor ein Gedränge entstand, und hinter ihm trat Dunjak-Dhar hervor, schob sich nach vorn und bot sich seinem Blick dar.

Ja, wenn er nur mit ihr reden könnte, würde er sie überzeugen. Sie hatte Morlugh wiederhergestellt. Sie musste in der Lage sein, gemeinsam mit den anderen Runenschmieden und den Ninraé einen solchen Ring zu schmieden.

Eine Stimme schnitt jäh durch das sich erhebende Gemurmel. Hart und grollend. Und höhnisch. „Was soll daraus denn schon werden? Ein Gespräch? Was soll das schon für eine Zukunft sein? Und was soll eine Runenschmiedin dazu beitragen?"

Erion wandte sich um und sah, wie Morlugh, der Mörder seiner Mutter, näher an ihn herantrat, einige seiner Duergaschergen mit ihm.

Er musste hart um seine Fassung ringen, doch es war wichtig, dass er die heiße, in ihm aufkeimende Wut bemeisterte und ruhig blieb. Damit er die Leute überzeugte.

„Was sie dazu beitragen kann?" Trotz Morlughs verhohlener Drohung fühlte er sich von einer inneren Sicherheit getragen. „Sie soll das tun, was sie am besten kann. Sie soll etwas schmieden. Etwas, das eine neue Zukunft der Duerga erschafft und ein Bündnis begründet. Einen Ring, der für die Vereinigung der Duerga mit dem Bund aller freier Völker steht."

Morlugh trat näher, schritt dabei so gezielt und so voll provozierender Gewaltbereitschaft auf Erions Freunde zu, dass Malaiar und Duvruk vor ihm zurückweichen mussten.

„Die Zukunft der Duerga?", schmetterte Morlugh hervor. „Ein Bündnis?" Er schüttelte sich, als wollte er etwas, das ihn befallen hatte, wieder loswerden. „Ein Bündnis ist gut. Aber eins in Eisen und Blut. Ein Bündnis mit der Heerführerin, die uns in eine glorreiche Zukunft führt. Der Zorn der Duerga an der Seite des Zorns der Kinphauren."

Morlugh trat noch näher heran. Fauchend sprang Grolk weg und knurrte und grollte ihn von der Seite an. Morlugh aber packte Erion bei der Schulter und schob ihn einfach beiseite, um dann auf die Menge und – wie er erkannte – geradewegs auf Dunjak-Dhar herabzublicken.

Erion sah, wie Morlughs Schultern – die aus Fleisch und Blut und der stählerne Panzer auf der anderen – sich spannten. „Was ich von einer Runenschmiedin brauche, ist ein Morgenstern" – er ballte seine Faust, als wäre sie eine Waffe –, „den ich schleudern kann und der dann immer wieder zu mir zurückkehrt." Er hob diese Faust. „Ich brauche eine Axt, die Helme wie nackte Schädel spalten kann" – er ließ die Faust niederfahren –, „weil ihr Blatt denkt, es wäre nur schwaches Fleisch, das es zerteilt." Halb wandte Morlugh sich ihm zu. Er spürte die Macht von der rohen Präsenz, die von ihm und seinem grausig entstellten und auf schreckliche Art wiederhergestellten Körper ausging. Morlughs Atem dampfte und seine Narben schwärten. „Das sind die Dinge, die eine Runenschmiedin für mich schmieden soll."

Er drehte Erion wieder den Rücken zu, blickte die Stufen hinab. „Dunjak-Dhar hat mich zusammen mit den anderen Runenschmieden wiederhergestellt, sie sollte also auch dazu in der Lage sein."

Jetzt streckte er den muskelbepackten Arm aus Fleisch und Blut aus. Erion folgte der Richtung, in die er deutete, und fand die kleine Gruppe von Firimduerga in der dunkel ledernen Zunfttracht.

„Genauso, wie ich von den Alchymikern ein Elixier brauche, das die Tore aller Festungen, aller Städte unserer Feinde zerschmettern kann, und seien sie aus Eisen und Stahl."

Erion sah es Morlughs Rücken an, wie er sich duckte, dabei drohend seinen Kopf vorstreckte. „Auch ihr" – er musste mit seinen ungleichen, grauenerregenden Augen auf die Gruppe der Alchymiker herabstieren – „werdet euch mir nicht mehr lange widersetzen, sondern euch meinem Kampf für eine neue Zukunft anschließen."

Seine Stimme hallte nach, dann senkte sich eine bedrohliche Stille über die Plattform um die Eidhalle und die Stufenflucht, die von ihr herabführte.

Wenn etwas geschehen sollte, dann musste es jetzt sein! Bevor Morlugh sie alle wieder einschüchterte. Er trat an den Rand der Stufen, sah, wie Morlugh sich mit seinem mächtigen, ungeschlachten Körper langsam zu ihm umwandte.

„Das, was du da von mir verlangst, das kann ich nicht!"

Eine Stimme hatte sich dort unten erhoben und ließ ihn innehalten. Erion erblickte Dunjak-Dhar, die ein weiteres Stück vorgetreten war, während die Menge ihr respektvoll Platz machte.

Doch – und das ließ in ihm einen klammen Schauer aufsteigen – in der Menge war kein Zeichen eines Aufbegehrens zu entdecken. Sollte er sich derart verrechnet haben?

Morlugh stierte auf Dunjak-Dhar herab. „Kannst du es nicht oder willst du es nicht?"

„Ich kann es nicht. Was du verlangst, liegt außerhalb meiner Möglichkeiten. Und auch –"

Morlugh unterbrach sie schroff. „Dann tritt wieder in die Reihe und troll dich zurück in deine Werkstatt! Dort kannst du zumindest herkömmliche Waffen für unseren Feldzug schmieden und sie mit deinen üblichen Runen versehen. Die Werkzeuge, die durch deine Hände gehen, sind nachher besser, die Messer schärfer, die Hämmer haben mehr Wucht. So kannst du uns zumindest auf –"

„Nein!" Dunjak-Dhars Worte hallten zu ihnen empor. Sie trat ein, zwei Stufen höher.

„Was?"

Erion sah, wie Morlughs Hand aus Fleisch und Blut sich zu einer Klaue formte.

Unerschrocken und stolz hob Dunjak-Dhar ihren Kopf. „Ich werde keine Waffen für euren Feldzug schmieden", sagte sie. „Ich werde meine Künste nicht für üble Zwecke missbrauchen. Ich habe mich geweigert, eure sogenannten Treueringe zu schmieden, die nichts als Fessel- und Knecht-schaftsringe sind, und ich werde auch keine Waffen schmie-den, die ihr für Kinphaidranauks dunklen Feldzug benutzen wollt."

Sie stand da in ihrer Zunftkleidung, ihrer Schürze aus dickem, starrem, anthrazitfarbenem Leder, in die symme-trisch breite Rinnen eingeprägt waren, und die Art, wie sie da stand, ließ diese Kluft wie eine Rüstung erscheinen.

„Es war ein Fehler", fuhr sie fort, „deinen Körper wiederherzustellen, das sehe ich jetzt. Ich trage dadurch Mitschuld an allem, was du hier angerichtet hast und noch anrichten wirst. Das ist schon zu viel. Aber ich werde nicht weiter daran Anteil haben. Ich ziehe hier die Grenze. Das endet hier." Den letzten Satz unterstrich sie mit einem entschiedenen Nicken und Erion glaubte, selbst von hier oben ihre gelben Augen unter den Brauenwülsten blitzen zu sehen.

Gut, dachte er, *damit hat sie endlich auch ein Zeichen gesetzt. Noch jemand, der sich Morlugh widersetzt.*

Als Morlugh dann sprach, war das träge und bedrohlich. „Damit", so sagte er, „hast du selbst das Urteil über dich gesprochen."

Er machte eine Geste zu den Duerga am Rande des Platzes hin, und Erion sah, wie sie langsam durch die

Menge in Richtung der Runenschmiedin vordrangen. Die Menge machte ihnen zwar murrend, doch anscheinend notgedrungen Platz. Und keiner machte Anstalten, sich irgendwie zu widersetzen und aufzulehnen.

„Es sind zu viele." Kunja hatte offenbar seine Blicke bemerkt und gespürt, wie er sich fühlte. „Sie sind zu stark. Sie hätten keine Chance."

„Vorher", übertönte Morlughs Stimme alles, was Kunja sonst noch sagen wollte, „konnte ich nicht gegen dich vorgehen, Dunjak-Dhar. Weil du die größte Runenschmiedin Kharnuk-Braghas warst und dadurch zu viel Macht und Einfluss hattest." Jäh drehte Morlugh sich um. Erion fühlte sich von seinem wütenden Blick durchbohrt. „Du warst dadurch sogar in der Lage, dieses Bürschchen, diesen verdammten Elfenschönling, vor allem zu bewahren, was er er sich selbst eingebrockt hat."

Hinter sich hörte er Stiefeltritte und dunkles Grollen. Die Duerga hier oben auf der Plattform rückten offenbar ebenfalls vor.

Morlugh wandte sich wieder der Menge und Dunjak-Dhar zu. „Aber wenn du dich jetzt weigerst, für uns zu arbeiten, dann hast du jeden Wert und damit auch jede Macht verloren."

Morlugh streckte sich, wurde dadurch noch einmal ein Stück größer und bedrohlicher. „Zur Strafe für deine Weigerung wirst du in die Minen verbannt."

Die Duerga hatten sich inzwischen durch die Menge geschoben und Dunjak-Dhar beinahe erreicht. Keiner widersetzte sich ihnen. Keiner erhob die Hand. Agranor, der jetzt ein Stück von Dunjak-Dhar entfernt stand, senkte einfach nur den Blick.

„Genau wie die Alchymiker", fuhr Morlugh fort, „wenn sie sich weiterhin weigern, für mich zu arbeiten und für mich ihr Donnerelixier herzustellen."

Morlugh machte eine Geste, und daraufhin setzten sich

die Duerga auch in Richtung der kleinen Gruppe der Firmduerga in der Zunfttracht in Bewegung.

Morlugh fuhr herum, jäh und ungestüm, diesmal nicht nur mit dem Kopf, sondern mit seinem ganzen Körper.

Erion hatte sich vorgenommen, nicht mehr vor diesem Tyrannen zurückzuweichen, aber dennoch zuckte er zusammen und wankte rückwärts.

„Genau wie du!", donnerte Morlugh ihn mit derartiger Macht an, dass er glaubte, es würde ihm die Knochen und Zähne im Körper durchrütteln.

Unwillkürlich sah Erion sich um. Er erkannte, dass die Duerga, die vor den Säulen der Eidhalle Posten gestanden hatten, zusammen mit den anderen Duerga auf der Plattform, den Kreis um sie enger geschlossen hatten. Alle trugen sie die rote Kharnuk-Rune auf der Stirn. Eine wahre Wand kolossaler Körper. Er sah Duvruk, der sich ebenfalls nach ihnen umschaute. Malaiar schien keinen Blick zu brauchen, um sich über die Lage im Klaren zu sein. Die Duerga waren ihnen kräfte- und zahlenmäßig überlegen, trugen Äxte, Breitschwerter oder Schlachthämmer, und sie selbst hatten keinerlei Waffen. Kunja schaute ihn mit finsterer Mine an, sagte aber kein Wort.

Das tat allerdings Morlugh. „Auch du, Erion Leichtfuß, hast mit deinen Worten das Urteil über dich und deine Spießgesellen gesprochen." Seine Nasenflügel bebten, das ganze Narbengewebe seines Gesichts bebte mit ihnen. „Du wirst zusammen mit ihnen in den Zermalmer geworfen." Seine zerfurchten Lippen teilten sich zu einem hämischen Grinsen, sodass weißlicher Speichel zwischen den spitzen, schiefen Zähnen hervortroff. „Kopf voran."

6

ZERMALMER

Da stand er also und blickte auf das Konstrukt hinab, dessen Name allein ihm schon immer einen namenlosen Schrecken eingejagt hatte.

Der Zermalmer.

Das Ding, mit dem man jedem Kind drohte, das sich nicht benahm. *Kinder, die nicht gehorchen wollen, Kinder, die nicht schlafen wollen, kommen in den Zermalmer. Tu, was ich dir sage, oder sie kommen dich holen und werfen dich rein!*

Dabei war der Zermalmer nicht dazu geschaffen, ungehorsame Kinder zu erschrecken und zu zermahlen, sondern Gestein, Felsbrocken und Geröll zu knacken, zu zerkleinern und dann in feinen Grieß zu verwandeln.

Und jetzt gähnte unter Erion, jenseits der Gesteinskante, das Maul dieser Apparatur.

Kreisende, mahlende Rollen und Räder gespickt mit langen stählernen Stacheln, die sich das Gestein griffen und es dann hinein in das erste Paar Walzen zogen, das nur die groben Stücke knacken und zerbrechen sollte, dahinter weitere rotierende Stachelkränze und dornenversehene

Zylinder, die das Gestein weiterbeförderten zu den feineren
Reiß- und Mahlwerkzeugen, zu den malmenden stachelbe-
wehrten Schlünden, die es noch weiter zerkleinerten und
zerrissen.

Erion stand zwischen den Schienen, auf denen die Loren
bis zur Kante geschoben wurden, damit deren Inhalt über
den Rand auf die verrostete Rutsche gekippt wurde, um
dann hinab ins Räderwerk zu schlittern. Er warf einen Blick
über die Kante hinweg. Es war nicht schwer, sich vorzustellen, was diese Maschinerie mit einem Körper anstellen
würde, wenn ihn erst einmal die Dornen und Greifer
erfassten.

*O Urnak! Der Zermalmer! Turam hat auf der Flucht
noch Witze drüber gemacht, dass er uns erwarten würde,
wenn man uns schnappt. Und allein das schon hat gereicht,
um dir eine Scheißangst einzujagen. Und jetzt hast du mit
deinem Leichtsinn dafür gesorgt, dass man dich in dieses
Ding wirft.*

Sicher, er war durch seine sich steigernden Anfälle
ohnehin dem Tode geweiht. Aber er hätte doch auch einfach
im Vergessen der ewigen Nacht versinken können, wenn
eine letzte große Attacke ihn schließlich niedergestreckt
hätte. Das wäre gnädig gewesen.

Aber das!

Über dem Grollen und Knirschen der Räder hörte er das
Rauschen des Wasserfalls, der dieses Konstrukt antrieb, um
dann in einer Kluft in die Tiefe zu stürzen. Die Felswand
dahinter war glatt, glitschig und moosüberzogen von seiner
Gischt.

Grolk war verschwunden. Bis hierher war er ihm
gefolgt, aber ein Blick auf den Zermalmer und er hatte sich
aus dem Staub gemacht.

Er wandte den Blick von dem Abgrund des Grauens ab,
als er merkte, wie die beiden Duerga mit Stricken herantra-
ten, um ihn zu fesseln und vorzubereiten, damit er an einem

Seil langsam die schiefe Ebene der Rutsche hinabgelassen werden konnte, bis er vom Mahlwerk der Stacheln und Räder erfasst wurde.

In den gelben Augen der Duerga lag kein Mitleid und keine Gnade, nur eine grausame Vorfreude, ihn von dieser Gerätschaft zerlegt und zermalmt werden zu sehen.

Einer der beiden gab dem anderen ein Zeichen. Wahrscheinlich, dass der ihn packen und festhalten sollte, während er selbst ihn fesselte und verschnürte.

„Beim zweiten Nachdenken allerdings ...", hörte er jetzt Morlughs Stimme über dem Rauschen des Wassers.

Erion wandte sich um und sah, wie Morlugh dort stand und gedankenverloren mit dem Finger seiner natürlichen Hand rhythmisch gegen sein Kinn tippte.

Morlugh hielt inne, schürzte die Lippen. „Hm, ich überlege mir das gerade." Erneutes Kinntippen. „Ich denke, ich ändere meine Meinung." Morlugh sah jetzt ihn direkt an, hob demonstrativ seine Metallhand. „Für das, was er mir angetan hat, hat er keinen schnellen Tod verdient." Er wandte sich an die beiden Duerga mit den Stricken. „Streicht das mit dem Kopf voran! Ich denke, wir lassen ihn besser mit den Füßen zuerst in den Zermalmer. Damit er etwas länger noch erlebt, wie Stück für Stück sein Körper zerrissen wird." Er warf Erion einen hasserfüllten Blick zu. „Genauso wie er es für mich vorgesehen hatte, nicht wahr? Von einer Drazghul-Brutmutter zerfleischt. Und erst am Ende wird dann sein Schädel mit all den wirren Ideen darin zermalmt."

In gespieltem Bedauern hob Morlugh die Hand, Handfläche nach oben. „Tja, du hast es so gewollt. Du bist hergekommen, damit in Kharnuk-Bragha etwas geschmiedet wird. Und sieh an ... du hast es selbst getan. Nur war es dein eigenes Schicksal."

Um Morlugh versammelt war die Schar seiner Kharnuk-Duerga, die ihm von der Eidhalle hierher gefolgt waren. Ihr

Grinsen und ihre hämischen Blicke signalisierten Zustimmung und grausame Vorfreude.

Ebenso hatte es ein Großteil der restlichen bei der Eidhalle versammelten Menge hierhin gezogen. Platz bot die Örtlichkeit genug. Schienen führten von allen Seiten hierher, über welche die Loren den Abraum aus den Minen hertransportierten. Am Rand erhoben sich Kräne und Gerüste, dahinter die steile Felswand.

Vor dieser ganzen Versammlung aus Morlughanhängern und den anderen Bewohnern Kharnuk-Braghas standen seine Freunde Kunja, Duvruk und Malaiar, die ebenfalls von einer Reihe von Kharnuk-Schergen bewacht wurden. Genau wie er selbst waren sie noch ungefesselt. Denn schließlich sollten sie ja fachgerecht verschnürt werden, um sie in den Zermalmer hinabzulassen.

Dunjak-Dhar genoss diese Freiheit nicht, wie vorübergehend sie auch immer sein mochte. Ihre Hände wurden mit schweren eisernen Schellen vor dem Bauch zusammengehalten.

Ähnlich war es auch der Gruppe der Alchymiker ergangen. Sie hatte sich sogar seit dem Tribunal vor der Eidhalle weiter vergrößert, denn die Duerga hatten von ihrer Zunft noch mehr zusammengetrieben, um sie in Ketten hierherzuführen. Unter ihnen entdeckte er auch Meister Hisiciar, der durch seine eigenwillige Schädelform und seinen zu Zöpfen geflochtenen dichten, eisengrauen Bart auffiel. Erion vermutete, dass sie zwar nicht alle Alchymiker, doch zumindest alle maßgeblichen Meister dieser Zunft hier versammelt hatten.

Und er war dafür der Auslöser gewesen. Was hatte er nur angerichtet?

Sein Blick ging zu Dunjak-Dhar hinüber, deren braunes Firimduergagesicht wie versteinert wirkte, während sie die Geschehnisse verfolgte.

Jetzt hast du Dunjak-Dhar auch noch reingezogen, hatte Kunja ihm zugezischt, als sie abgeführt worden waren.

Seine alte Meisterin aber hatte abgewehrt. *Es war unausweichlich*, hatte sie gesagt. *Erion hat es nur beschleunigt und mir die Gelegenheit gegeben, zu dem zu stehen, was das Richtige ist.*

„Na los! Worauf wartet ihr noch?", unterbrach Morlughs harsche Stimme seine düsteren Gedanken. „Dann ist endlich der Letzte dieser Elfensippe in Kharnuk-Bragha ausgemerzt."

Die beiden Duerga mit ihren Seilen traten näher an ihn heran. Der eine winkte in Richtung seiner Hände. „Her mit den Patschern! Oder muss ich dich zwingen?", fragte er höhnisch grinsend, als würde er diese Möglichkeit vorziehen.

Was dachte sich der Kerl? Bis zum letzten Atemzug würde er sich wehren! So konnte das einfach nicht enden. Und so *sollte* das auch nicht enden.

Sein Blick ging an der mächtigen Gestalt des Duerga vorbei, suchte Kunja. Das war der Augenblick, in dem sie ihre Feuermagie einsetzen musste – jetzt, da sie noch alle ungefesselt waren.

Aber – Erion konnte es nicht fassen – Kunja starrte ihn nur mit versteinerter Miene an, die Stirn trotzig in Falten gezogen. Wollte sie etwa, dass er für seine Fehler mit einem schrecklichen Ende bezahlte? Er konnte das nicht glauben. Duvruk trat von einem Bein auf das andere, schien alles um ihn herum mit wachsam verstohlenen Blicken zu mustern. Bereit, loszuschlagen.

In der Menge hatte er Agranor entdeckt, ihren alten Freund. Zu dem sah er jetzt erneut hinüber. Ihre Blicke begegneten sich ... und Agranor senkte die Augen.

Feigling! Aber von dem war ja kaum etwas anderes zu erwarten.

Dann war es wohl an ihm!

Der Duerga hielt ihm den Strick hin. Er wartete bis zum letzten Augenblick, als er schon das raue Seil auf der Haut seines Handgelenks spürte. Und tauchte dann zur Seite weg.

Rannte hinein in eine Wand aus Muskeln und Hornplatten. Ein dritter Duerga, der seine Verwirrung nutzte und ihn blitzschnell bei den Armen packte.

Wie konnte das passieren? War es durch das Grollen des Zermalmers und das Rauschen des Wasserfalls, dass er überhört hatte, wie dieser Duerga hinter ihn getreten war? Verzweifelt wand er sich in dessen Griff, doch die Pranken hielten ihn wie Stahlklammern, während er Erion hämisch anstarrte und in einem Grinsen seine spitzen Zähne sehen ließ.

„Na?", hörte er Morlughs Stimme. „Vielleicht doch noch ein Akt der Gnade? Ein Einlenken dem ehemaligen treuen Gehilfen zuliebe?"

Morlugh musste dem Duerga, der ihn hielt, ein Zeichen gegeben haben, denn der zwang ihn so herum, dass Morlugh in sein Blickfeld geriet. Und er somit erkannte, dass die Worte an Dunjak-Dhar gerichtet waren.

Morlugh beugte sich zu ihr herab und grinste sie von oben her an. Ein Berg aus verheertem Fleisch und Eisen, der ihre dagegen winzige Gestalt überwölbte. „Vielleicht auch die Chance für dich selbst, ein furchtbares Schicksal in den Minen gegen Freiheit und redliche Arbeit im angestammten Handwerk einzutauschen?"

Dunjak-Dhar verzog keine Miene.

„Du musst nur zustimmen, sonst nichts", säuselte Morlugh, soweit ihm das mit seiner grollenden Stimme möglich war. „Bist du bereit, für mich solche Waffen zu schmieden, wie ich sie brauche? Eine Axt, die Rüstungen wie Butter zerteilt und Schädel wie weiches Fleisch spaltet?"

Erion sah, wie Dunjak-Dhar den Kopf wandte, um Morlugh direkt in die Fratze zu sehen. Noch immer war ihre

Miene ungerührt. „Ich könnte zwar, wenn ich wollte, die Axt dazu schmieden, theoretisch auch eine Rune, die in der Lage ist, die entsprechende Fähigkeit aufzunehmen." Unerschütterlich hielt sie Morlughs Blick stand. „Wenn ich eine Rune, die so etwas vermag, kennen würde. Doch erst recht nicht könnte ich den Geist dahinter schaffen. Dazu braucht es jemanden, der über höhere Fähigkeiten verfügt als ich. Eine solche Rune kennt kein Runenschmied."

Morlugh richtete sich leicht auf, zog finster seine Brauenwülste zusammen.

„Doch selbst, wenn ich es könnte", fuhr Dunjak-Dhar fort, „würde ich nicht tun, was du verlangst. Nicht noch einmal. Dass ich deinen Körper wiederhergestellt habe, war schon mein schwerster Fehler. Denn ich jetzt bedaure."

Morlugh streckte sich zu seiner vollen Größe. „Dann liegt das Bedauern ganz bei mir. Für deinen Zögling und für dich. Denn wenn du nicht für mich arbeiten willst, bist du nutzlos für mich und wanderst in die Minen. Bis du dich besinnst oder dort stirbst. Was gewiss nicht lange dauern wird."

Morlugh wandte sich um und trat zu der Gruppe der Alchymiker hinüber, die in Ketten aufgereiht dort stand.

„Auch euch frage ich, ob ihr euch endlich bereit erklärt, das zu tun, was ich von euch verlange. Wollt ihr für mich das Donnerelixier herstellen?" Er zog die Brauenwülste hoch, hob den Kopf und sah an seinem knochendornbesetzten Kinn entlang auf den Gildenobersten Meister Hisiciar herab. „Ich denke, Kinphaidranauk würde euch das wohl reich vergelten."

O Urnak! Nicht auszudenken, was geschah, wenn die Kinphauren eine solche Waffe in die Hände bekämen. Was das für den Verlauf des Krieges bedeuten würde. Nein, das durfte auf keinen Fall geschehen!

Meister Hisiciar sah zu Morlugh auf. Die runden Gläser, die er in seine Augenhöhlen gekniffen hatte, reflektierten das Licht, sodass man den Blick seiner grünen Augen nicht sehen konnte. „Ich hab Euch schon gesagt, dass es uns bisher nur gelungen ist, dieses Elixier in kleinen Mengen herzustellen. Und alles davon ist in den Minen verwendet worden."

„Dann stellt neues her, zur Hölle!", donnerte Morlugh los. „Was ist daran so schwer?"

Hisiciar hielt Morlughs Ausbruch wacker stand. Man hätte denken können, er hielte seine geketteten Hände in einer Geste des Trotzes vor seinem Bauch. „Wir werden kein neues Elixier für eure Kriegszwecke herstellen. Ich habe es gesagt, und wir bleiben dabei."

„Oh, das müsstet ihr gar nicht." Wäre es nicht Morlughs Stimme und wären seine Worte nicht so rasselnd aus der Kehle seines verheerten Körpers gekommen, hätten sie sich beinahe zuckersüß angehört. „Denn zufällig weiß ich, dass ihr, entgegen Eurer Behauptung, werter Meister Hisiciar, noch einen gehörigen Vorrat eures Elixirs irgendwo in euren Werkstätten versteckt habt."

Morlugh sah die Reihe der gefesselten Alchymiker entlang. „Jetzt müsste mir nur noch jemand sagen, wo." Mit einem breiten Grinsen, das sein vernarbtes Gesicht in etwas wahrhaft Groteskes verwandelte, beugte sich Morlugh auf die Höhe der Alchymiker herab. „Vielleicht ist es ja auch so, dass nicht alle Eure etwas unvernünftige Einstellung teilen, Meister Hisiciar."

Mit einem jähen Ruck begann Morlugh die Reihen abzuschreiten und sah dabei auf jeden Einzelnen der Angeketteten herab. „Denn ich kann mir nicht vorstellen, dass sie allesamt ein Leben der Qual und des harten Frondienstes vorziehen, der ihre Körper schon in kürzester Zeit aushöhlt und zerrüttet. Vor allem, wenn sie an den härtesten und gefährlichsten Orten der Minen eingesetzt werden. An den Orten, zu denen sie selbst erst den Zugang geöffnet haben. Ihr kommt runter in die Eisenhölle! Und die

Drazghulfresser werden besonders gnadenlos mit euch verfahren. Sie werden euch schuften lassen und prügeln, bis ihr tot umfallt. Und sie werden ihren Spaß daran haben."

Seine Stimme dröhnte donnernd und rasselnd in einem fort. Sie drosch geradezu auf die aufgereihten Alchymiker ein. Er malte ihnen die Qualen aus, die ihnen bevorstanden, ging zu Knochenbrechen, Abschneiden von Gliedmaßen und anderen Scheußlichkeiten über. Er unterstrich das, indem er seine schwere Axt schwang, sie niedergehen ließ und nur knapp vor Gesichtern und Köpfen abstoppte. Eine Firimduerga erwischte er dabei mit der flachen Seite des Axtblatts, sodass sie stürzte und einen Teil der Reihe mit ihr Angeketteter mit sich riss, die sich mühsam wieder aufrappelte.

Erion sah den Alchymikern an, wie sehr Morlughs Vorstellung ihnen zusetzte. Sie waren alle Wissenschaftler und Handwerker, die solch harte Knochenarbeit nicht gewöhnt waren.

Doch alle blieben sie standhaft. Bis auf einen. Erion erkannte ihn, sah schon vorher an seinem Verhalten, dass er es war, der am ehesten einknicken würde. Morlugh machte ihn natürlich ebenfalls aus und konzentrierte seine Drohungen ganz besonders auf ihn.

Dann trat er schließlich zurück, stemmte seine natürliche Hand in die Hüfte und fragte, „Haben wir denn jetzt jemanden unter den Versammelten, der aufgrund dieser Zukunftsaussichten seine Meinung doch noch ändern möchte?"

Es dauerte etwas, doch dann trat der Kandidat zögerlich aus der Reihe. Nur einmal schaute er nach rechts und links, danach aber ließ er es rasch bleiben, nachdem er die tödlich ergrimmten Blicke gesehen hatte, mit denen seine Zunftgenossen ihn bedachten.

„Was denn?", fragte Morlugh in seine Richtung.

„Ich … ich wäre bereit, für euch zu arbeiten", brachte der Kerl stotternd hervor.

Noch einmal sah er knapp über die Schulter.

Oh, du miese Kanaille denkst dir wohl, dass du doch unmöglich der Einzige sein kannst.

Erion als auch der Verräter sahen, dass ihn diese Hoffnung wohl getrogen hatte. Die Reihe der restlichen Alchymiker stand fest und einig.

„Na bitte, so ist es gut." Die grässliche Visage Morlughs strahlte, sodass Erion schon den Eindruck hatte, die tiefe Narbe, die sie teilte, würde sich noch mehr auseinanderziehen. „Einer, der weiß, was eine weise Entscheidung ist und auf welche Seite man sich zu schlagen hat." Nachdem er sich triumphierend zu seinen Kharnuk-Duerga umgesehen hatte, starrte Morlugh erneut den Verräter an. „Kennst du denn das Versteck des Elixiervorrats?"

„Nein." Der Kerl wich verängstigt ein Stück zurück, als Morlugh daraufhin einen Schritt auf ihn zu machte. „Aber ich kenne beinah alle Schritte der Herstellung … bis auf einen einzigen …"

Bedrohlich beugte sich Morlugh zu ihm herunter.

„Aber den werde ich schon herausfinden", versicherte der Kerl ihm beflissen. „Meister Hisiciar allein kennt diesen Schritt. Und er hat es in einem Rezept festgehalten. Es kann nicht so schwer sein, es zu finden, wenn ich Zugang zu seinen privaten Räumen erhalte."

„Den kriegst du. Wir haben unsere ganz spezielle Art von … *Schlüsseln*, wenn andere nicht aufzutreiben sind." Morlugh hob seine schwere Doppelaxt, drehte sich, die Waffe wiegend, im Halbkreis herum. Er bot dabei die Travestie eines wohlwollenden Herrschers dar, mit der Axt anstelle des elegant geschwungenen Zepters. „So wie es uns auch bestimmt auf diese Weise nicht schwerfallen wird, Meister Hisiciars eisernen Vorrat des Donnerelixiers aufzuspüren. Meint Ihr nicht auch, Meister …?" Jetzt kreiste der mächtige, entstellte Körper praktisch auf dem Absatz um seine eigene Achse, was einen grotesken Anblick bot, um in Richtung dieses verräterischen Kerls zu enden, dem er fragend, auffordernd seinen Kopf entgegenreckte.

„Harghberd …"stammelte der Alchymikerschuft. „… Meister Harghberd."

Erion hätte gewettet, dass er sonst nicht mit Meister angesprochen wurde und vielleicht nicht mal einer war.

Genauso jäh wie vorher wandte Morlugh sich wieder in die andere Richtung, vollzog dabei die Drehung, sodass er mit der Axt auf dem Boden aufgestützt aufkam, die Hand lässig auf deren Knauf gestützt. „Aber genug der heiteren Possen", sagte er. „Wenden wir uns doch wieder ernsthaften Dingen zu."

Erion sah, dass Morlughs Blick in seine Richtung wanderte. Die Miene wurde augenblicklich todernst. „Wie war das? Wollten wir nicht irgendso einen Leichtfuß in den Zermalmer werfen?"

Erion schrak hoch.

Der Duerga hatte ihm in der Zwischenzeit etwas Bewegungsfreiheit gelassen, doch der Griff seiner Hände war noch immer eisern. Jetzt riss er Erion wieder näher zu sich hin.

Die beiden mit den Stricken kamen näher. Kam es ihm nur so vor, oder knirschten und ächzten die Walzen und Räder des Zermalmers in diesem Augenblick ganz besonders laut?

Wenn es hart auf hart kommt, hatte Duvruk gesagt. Jetzt kam es hart auf hart. Jetzt ging es, verflucht noch mal, um Leben und Tod.

Er sah zu Duvruk hinüber. Der spannte seine Schultern, doch wie auf Kommando trat ein halbes Dutzend besonders kriegerisch aussehender Anhänger Morlughs vor und scharte sich in drohender Haltung um ihn.

Sein Blick zuckte hinüber zu Kunja.

Na, komm schon! Leg los! Lass dein Feuer frei! Gib uns das Überraschungsmoment, das wir brauchen! Worauf wartest du denn noch?

Doch Kunja begegnete seinem Blick nur mit versteinerter Miene.

Er konnte es nicht fassen! Was war nur los mit ihr? Selbst der feige Agranor zappelte herum, das sah er doch! Aber sie …

Er wurde beinahe von den Füßen gerissen. Der Duerga, der ihn aufgehalten hatte, zog an seinen Armen, sodass er sie wohl oder übel einem der beiden anderen darbot, die mit den Stricken bereitstanden.

Er schaute an ihnen vorbei über die Kante hinweg, sah, wie jenseits der abschüssigen Fläche die Maschine, die Felsen zerknackte und zu Schotter und Staub zermahlte, rasselte und schepperte und malmte.

Der grobe Strick scheuerte schon über seine Handgelenke. Gleich ging es abwärts. Hinein ins reißende Räderwerk. Ab zu Schmerz und Blut …

Verzweifelt bog und wand er sich im eisernen Griff des Duerga, musste sich den Hals verrenken, um an ihnen vorbei einen Blick auf seine Freunde zu erhaschen.

„Kunja!", schrie er. „Jetzt tu doch was!"

Er sah, wie sie breitbeinig dastand, die Fäuste geballt wie im Trotz, das Gesicht wahrhaftig, als wäre es aus knorriger Eiche geschnitzt, die Züge hart wie versteinertes Holz, die Augen zu schmalen Schlitzen verkniffen.

Ja, sie standen gegen eine wahnwitzige Übermacht, gegen die sie eigentlich keine Chance hatten … Aber wenn Kunja ihr Feuer losließ, wer wusste schon, was dann …

„Was denn? Was soll sie machen?" Er sah, wie Morlugh sich umwandte, zu Kunja hinsah.

Die Duerga, die Duvruk umringt hatten, standen im Begriff, sich auf ihn zu stürzen, denn der wirkte, als wollte er gleich losstürmen.

„Jetzt zier dich nicht so!" Der Duerga mit dem Strick hatte offenbar Schwierigkeiten, ihm das Seil um die Handgelenke zu winden. Der zweite trat hinzu, um ihm zu helfen.

„Kunja! Jetzt oder nie!"

Sie presste die Lippen fest aufeinander. Zwischen zusammengekniffenen Lidern schienen ihre Blicke hektisch hin und her zu zucken.

Er sah, wie ein orangerotes Flämmchen von der zusammengeballten Faust aus ihren Arm entlanglief.

In diesem Moment ertönte eine Stimme.

„Vielleicht kann ich ja ein paar Ideen beitragen, die über das reine Zermalmen von Köpfen und Körpern hinausgehen."

7

EINSPRUCH

Jemand drängte sich durch die Menge. Erion sah, wie in die Blicke, die sich dem Neuankömmling zuwandten, Verwunderung trat.

Heraus aus dem Gedränge der Versammelten verschiedener Rassen trat Nadragír.

Den Blick keck, die Augen blitzend.

Das lichthelle Haar ein wenig zerzaust wie immer, ansonsten so, als träte er einfach nur hinaus zu einer Gruppe befreundeter Ninraé, um mit ihnen zu diskutieren.

Was war denn das? Erion glaubte, seinen Augen nicht zu trauen. War er vielleicht vor lauter Panik einer Wahnvorstellung erlegen? War er mitten in einem Anfall und hatte angesichts der Aufregung und Gefahr nicht erkannt, wie er ihn überkommen hatte?

„Nadragír!" Ein Ruf heller Überraschung. Der kam von Kunja.

Er halluzinierte also nicht. Sie sah ihn auch.

„Wer. Ist. Das", hörte er Morlugh grollen.

Mit einer Leichtigkeit des Schritts, als könnte nichts ihn

anfechten, kam Nadragír heran. Morlughs Kharnuk-Duerga rückten näher auf ihn zu.

„Oh, mein Name ist Nadragír. Und ich bin ein Ninra."

„Ein … Ninra", hörte er Morlugh grollen.

Doch Nadragír fuhr unbekümmert fort. „Ich komme zu euch mit dem Angebot, mich persönlich mit dieser offenbar sehr begabten Runenschmiedin auszutauschen und zu aller Vorteil zusammenzutun. Ich habe das Wissen meiner Rasse anzubieten, das genau in den wichtigen Teilen über das hinausgeht, wo der Kunst der Runenschmiedin enge Grenzen gesetzt sind. Und ich bin sicher, wir könnten gemeinsam Ideen für eine neue gedeihliche Zukunft schmieden. Bestimmt wird auch das eine oder andere Elixier dabei herauskommen. Es muss doch sicher mehr und nutzbringendere Anwendungen für Runen und ihre Magie geben, als nur Köpfe zu zerschmettern."

Nadragír war jetzt beinahe bei Morlugh angekommen und der sah ihn an, als wäre er geradewegs vom Mond vor seine Füße herabgefallen.

So ähnlich schien es ja auch.

Erion konnte es nicht glauben.

War der wahnsinnig? War der wirklich so naiv und hatte keine Ahnung, wer diese Duerga waren?

Er sah sich um, spähte zu den Rändern der Höhle hin. Oder steckte ein raffinierter Plan dahinter, für den dieser Auftritt nur Vorwand oder Ablenkung war?

Doch er konnte beim besten Willen nichts erkennen, was darauf hindeutete.

Kunja zeigte sich ähnlich entgeistert. Als befürchtete sie … Wie hatte sie sich ausgedrückt? … Nadragír habe sie nicht alle am Wackerstein. Doch in ihre Züge mischte sich auch etwas anderes – die Sorge um ihr Schätzchen.

Oh, für den würde Kunja bestimmt sofort, wenn es eng wurde, ihr Geheimnis preisgeben.

Nadragír zeigte sich von all dem Wirbel, den er verursachte, unbeeindruckt. „Als Ninra bin ich in der Lage, neues Wissen einzubringen, das zu neuen Erkenntnissen und Früchten führen könnte. Man könnte damit eine neue, eine andere Stadt erschaffen, eine blühende Stadt im Berg. Ein Zukunft für Kharnuk-Bragha jenseits von Krieg und Mord. Ich habe keine Zweifel, wenn ich, die Runenschmiedin und diese Gelehrten, die ihr Alchymiker nennt, sich zusammensetzen, finden wir miteinander für alle hier in dieser Stadt völlig neue Möglichkeiten und Ziele."

Eine Weile stand Morlugh nur starr da, schaute Nadragír an – vielleicht verdattert –, während seine Schergen, die Waffen in der Hand, rund um den Ninra näher rückten.

Erion hielt den Atem an. Von Kunja und den anderen kam ebenfalls kein Wort.

Endlich löste sich Morlugh aus seiner Bewegungslosigkeit. Er reckte sich, sodass das Blatt der vorher schlaff in seinem Griff hängenden Axt über den Boden scharrte, baute sich vor Nadragír auf, der ihn immer noch völlig ungerührt anschaute.

„Neue Möglichkeiten und Ziele?" Morlughs Stimme glich dem Grollen von Felsbrocken und dem Knirschen von Kies. „Neue Zukunft?" Bedrohlich stand er vor Nadragír, der gegen dessen ungeschlachte, riesenhafte Gestalt winzig und zerbrechlich wirkte. „Solche Dinge sterben in Kharnuk-Bragha einen schnellen Tod."

Morlugh streckte die Arme, hob die schwere Axt. „Ab jetzt kennt Kharnuk-Bragha nur noch ein Ziel und nur noch eine Zukunft."

Nach wie vor schaute Nadragír ihn ungerührt an, als hätte er es mit einem Gegenüber zu tun, der in einem Disput lediglich ruhig ein Gegenargument vorgebracht hatte.

Erion sah, wie Kunja mit gefurchter Stirn langsam den Kopf schüttelte.

„Sicher meint ihr den Krieg." Nadragír hob einen Finger, deutete damit vage auf Morlugh und schüttelte dann den Kopf. „Aber so etwas ist doch kurzsichtig. Das muss jeder bei näherer Betrachtung einsehen. Denk doch einmal nach! Geh in dich! Was kann aus einem Krieg anderes erwachsen als Zerstörung? Und davon hat am Ende niemand etwas." Er hob seine Rede unterstreichend die Hand. „Du nicht, diese Stadt nicht. Niemand hat von einem Krieg Gewinn. Nicht einmal der Sieger. Was dabei an Gütern und Werten geschaffen wird, sind allein Waffen. Und aus denen zieht ihr keinen Gewinn, sondern nur die Zerstörung von Gütern. Krieg ist nichts als eine Vernichtung von Wohlstand und Möglichkeiten. Ihr habt hier in Kharnuk-Bragha ein derart reiches Potenzial, ein großes Reservoir schöpferischer Geister. Und ihr wollt es mit der Arbeit in den Minen zerstören? Es einfach so verschwenden? Dabei hättet ihr doch alle Möglichkeiten, an der –"

Morlugh schnitt ihm grob das Wort ab. „Ich habe vor allem die Möglichkeit, sie alle in die Minen zu werfen und dort verrecken zu lassen. Ich habe die Möglichkeit, in den Krieg zu ziehen und mir unsterblichen Ruhm unter dem Banner Kinphaidranauks zu erwerben. Das und die Rückkehr alter, glorreicher Zeiten." Er deutete mit dem Finger seiner stählernen Hand in Nadragírs Richtung. „Das ist mein Gewinn."

„Aber –"

„Ich verhandle nicht." Wieder unterbrach Morlugh ihn schroff, beugte sich ein wenig zu ihm herunter, um Nadragír besser ins Auge fassen zu können. Nadragírs edle, ein wenig kecke Züge und Morlughs ungeschlachter Schädel kamen beinahe Nase an Nase. „Freundchen, du bist nicht in einer Position zu verhandeln. Und außerdem …" Er verzog seine entstellte Fratze. *Ich verhandle nicht.*" Den Satz unterstrich er mit knapp brutaler Geste. „Ich bin in der Lage, mir das, was ich will, zu holen. Warum sollte ich da verhandeln?" Er zuckte mit seinen mächtigen, breiten Schultern.

„Du sagst, du verfügst über Kenntnisse und Fähigkeiten?" Er erhob sich, fuhr noch immer an Nadragír gewandt fort und deutete dabei nacheinander in Dunjak-Dhars Richtung und dann in die der geketteten Alchymiker. „Ich habe ihr und ihnen schon gesagt, wozu ich sie brauche. Sie hat sich geweigert. Sie haben sich geweigert. Wenn sich daran nichts geändert hat, dann hat sich auch an meiner Entscheidung nichts geändert, sie in die Minen zu schicken."

Morlugh wandte sich ab, drehte sich zu Dunjak-Dhar hin. „Hat sich daran etwas geändert?"

Die antwortete ihm mit stummem Kopfschütteln.

Er ließ den Blick zu den Alchymikern wandern, die ihm nur mit grimmigem Schweigen begegneten.

„Da haben wir's." Morlugh zuckte die Schultern, fasste erneut Nadragír ins Auge. „Ich nehme an, du bist nicht bereit, deine Kenntnisse und Fähigkeiten in den Dienst meiner Ziele zu stellen. Da habe ich dich doch richtig verstanden, oder?"

„Nicht für Krieg. Nicht für Zerstörung. Vor allem nicht für einen Krieg unter Kinphaidranauks Banner."

Morlugh hob beide Arme, die Axt lässig in der einen Hand, in einer Geste, die resigniert wirkte, als würde er hier nur seine Zeit verschwenden. „Also, ab in die Minen mit dir! Was reden wir noch länger?"

Auf sein Zeichen hin, traten die Duerga dicht an Nadragír heran, packten ihn bei den Armen. Der sah nur ruhig auf ihre Hände hinab, eine nach der anderen, und ließ noch immer kein Zeichen der Gegenwehr erkennen.

Hatte Nadragír diesen Ausgang etwa erwartet? Wieder fragte sich Erion, ob das alles vielleicht Teil eines raffinierten Plans war. Das musste es doch wohl!

Bevor die Duerga Nadragír abführen konnten, sah Erion, wie dieser noch einen letzten Blick mit Kunja wechselte. Dann wandte er sich im Griff der Duerga ab.

„Warte …" Eine Stimme durchschnitt rau die Luft.

Morlugh stand da in grüblerischer Haltung, richtete den

massiven Finger seiner natürlichen Pranke auf Nadragír und seine Bewacher. „Ich denke, du hast mich überzeugt."

Nachdenklich wiegte Morlugh den Kopf und bedachte die Szenerie mit einem musternden Blick, schaute am Ende zu seinen Kharnuk-Duerga hin. „Er hat recht. Es wäre tatsächlich eine Verschwendung wertvoller Arbeitskraft, was wir hier vorhaben."

Morlugh wandte sich um, sah zu ihm herüber. Wieder schockierte Erion der frontale Anblick von Morlughs verheertem, eitrig nässendem Gesicht mit den Metallteilen rund ums Auge und zur Schädeldecke hoch.

„Der da, Erion Leichtfuß", sagte er und deutete auf ihn, „und seine Spießgesellen ... Sie könnten uns doch wirklich besser dienen, wenn sie zusammen mit den anderen in der Mine schuften, um dort das Erz für unsere Waffen und den Krieg herauszuholen. Danach ..." Er ließ eine gewichtige Pause, in der er seine Axt von einer Hand in die andere wandern ließ. „... wenn sie entkräftet, ausgepresst und für nichts mehr zu gebrauchen sind ... dann erst werden wir sie alle miteinander in den Zermalmer werfen. Um alle miteinander andächtig zu lauschen, wie sie ihr letztes, blutiges Arbeitslied anstimmen."

Erion bemerkte, wie sich Nadragír im Hintergrund aufrichtete. Im Griff der beiden Duerga und im Pulk der anderen, die ihn flankierten, wandte er sich um und sah direkt zu Kunja hinüber.

Ein Lächeln zeigte sich auf seinem Gesicht. „Na, siehst du", sagte er.

Kunja schloss die Augen und schüttelte nur langsam den Kopf.

TEIL II

DAS DUNKEL IM BERG

1

TIEFER, TIEFER ...

W arum hast du nichts getan?"
Das war bei nächster sich ergebender Gelegenheit Erions erste Frage an Kunja. Die Möglichkeit dazu ergab sich, als sie alle in Richtung der Minen
geführt wurden und er dabei zu ihr hingedrängt wurde.

Ihr Blick war verschlossen. „Ich *wollte* ..."

„Wollte? Ja, am Ende, als nichts anderes mehr übrig
blieb, da wolltest du vielleicht." Er spürte, wie der Zorn bei
der Erinnerung daran träge durch seine Glieder kroch. „Ich
meine vorher."

Sie senkte den Blick, während die anderen ebenfalls in
engem Knäuel um sie geschoben wurden, sah ihn nur aus
den Augenwinkeln an. „Wir hatten keine Chance. Das musst
selbst du sehen. Wir gegen die Duerga einer ganzen Stadt.
Das sind Hunderte, wenn nicht sogar Tausende. Was stellst
du dir vor?"

Er hörte Duvruk brummen. Seine massige Gestalt war
dicht bei ihnen und schirmte sie zu einer Seite hin ab, damit
ihre Wächter nichts von ihrem Austausch mitbekamen.

„Hadert nicht miteinander." Das war Nadragír, der sich

zu ihnen hindrängte, wahrscheinlich eher zu Kunja als zu ihm. „Ihr lebt. Es hätte schlimmer ausgehen können."

„Du sei lieber ganz still!" Der Blick, den Kunja ihm zuwarf, war tödlich.

Das brachte bei ihm die Frage auf, die ihm schon die ganze Zeit auf der Seele gebrannt hatte. „Ja, warum hast du eigentlich nichts getan, Nadragír? Lässt dich einfach wie ein Lämmchen abführen. Du bist doch ein Magier! Ich dachte, du hast was drauf!"

Nadragír lächelte nur milde auf Kunja herab, streifte ihn lediglich mit einem Seitenblick.

Erion spürte das Verlangen, Nadragír gepflegt eine reinzusemmeln – erlauchter Kreis der Neun oder nicht. Und er vermutete, selbst Kunja wäre es nicht anders ergangen, doch die wurde in diesem Moment von einem der stumpfen Kharnuk-Duerga angerempelt und dadurch abgelenkt.

„Aus dem gleichen Grund wie sie." Nadragír wies zur schimpfenden Kunja hin. „Ja, ich bin ein Magier. Aber trotz all meiner Magie bin ich immer noch sterblich und kann getötet werden."

Nadragír wandte in ihrem zusammengepferchten Knäuel im Weitergehen den Kopf, deutete dabei zu ihren Bewachern hin, die sie wie eine Mauer aus Körpern umgaben. „Diese Duergabrocken hätten mich auf der Stelle zerlegt. Und wenn nicht sie, dann der Rest ihrer Horde, der auf Zuruf bereitstand. Selbst ein Magier kann nicht gegen eine ganze Armee bestehen. Und wie Kunja sagte … das sind Hunderte, vielleicht sogar tausend." Erion sah Nadragír die Achseln zucken. „Zumindest hat mein Eingreifen euch vor dem sofortigen Tod bewahrt."

„War *das* etwa dein Plan?", entgegnete Kunja unwirsch, deren Aufmerksamkeit jetzt wieder ihnen galt.

„Eigentlich nicht …" Nadragír wandte den Blick ab, in sich gekehrt. „Ich … ich hatte da eine Hoffnung."

„Eine Hoffnung?" Kunja sah Nadragír mit gerunzelter Stirn an.

Vor ihnen entstand ein Gedränge. Erion erkannte, dass sie den eigentlichen Eingang zu den Minen erreicht hatten. Sie waren zum Halten gekommen, und die Anführer ihrer Bewachertruppe hatten irgendwas mit den Posten an den Eingängen der Stollen zu debattieren. Dadurch war er mit seinen Gefährten und dem Ninra für den Augenblick nicht länger zwischen Duergakörpern zusammengedrängt.

„Ja … eine Hoffnung", erwiderte Nadragír, jetzt, da er freier sprechen konnte, auf Kunjas Nachfrage. „Da muss doch irgendwas in diesem Morlugh sein, was man erreichen kann. Irgendein Funke."

„Ich glaube, da funkt gar nichts mehr."

Das kam von Malaiar. Erion wandte sich zu ihr um.

„Ich glaube, wir müssen uns damit abfinden", fuhr Malaiar fort, „dass es Geschöpfe gibt, die einfach nicht mehr zu retten sind. Die einfach eine Grenze so weit überschritten haben, dass sie ungebrochen vom Bösen beherrscht und nur noch von niederen Empfindungen umgetrieben werden. Auch wenn uns dieser Gedanke nicht gefällt …"

„Aber selbst wenn …" Nadragír hatte die Brauen gefurcht, und es arbeitete in seinem Gesicht. „Selbst so jemand muss doch zu retten sein. Es muss doch etwas in ihm geben … Etwas, das man berühren, das man anklingen lassen kann, wenn man nur den richtigen Ton trifft."

Wieder sah Erion, wie Kunja sich ganz entschieden Nadragír zuwandte, und wieder schüttelte sie den Kopf. Doch in dem Blick, mit dem sie zu ihm hochschaute, lag kein Zorn mehr, auch kein Trotz. Es war ein ganz anderer Ausdruck, der Erion die Stirn runzeln ließ.

„Du bist so unendlich klug, was manche Dinge betrifft", sagte sie, während sie Nadragír in die Augen sah, „und du verstehst so viel. Aber bei so was bist du dermaßen naiv."

Nadragír erwiderte nichts, schaute nur stumm. Erion beobachtete, wie die beiden einen Augenblick so verharrten. Dann trat Nadragír einen Schritt näher und nahm Kunja in die Arme.

Die Art ihres Wiedersehens, die Art wie sie sich jetzt küssten und einander umarmten – doch vor allem die Art, wie sie davor miteinander gesprochen und umgegangen waren –, all das machte Erion nun eindringlich klar, wie es wirklich um die beiden stand. Er verstand es. Endgültig. Und die Art ihrer Beziehung wurde dadurch für ihn zu einer Wirklichkeit.

Ein Kratzen an den Beinen störte ihn aus seinen Gedanken auf. Er schaute hinab, sah Grolk. Den hatte er ganz vergessen – seit dem Zermalmer war er verschwunden gewesen. Wahrscheinlich hatte ihm dieses grollende, malmende Ding den gleichen abgründigen Schrecken eingejagt wie ihm selbst. Er bückte sich herab, nahm Grolk auf und sofort duckte das Tier sich auf seiner Schulter nieder, schnurrte ihm verängstigt ins Ohr.

„Mein Mantel ist weg, aber du ... du bist wieder da", murmelte er in Gedanken vor sich hin.

Nehmt diesem Kerl endlich diesen dämlichen grauen Fetzen ab!, hatte Morlugh gebrüllt, woraufhin ihm ein Duerga das so heiß ersehnte, hart umkämpfte Kleidungsstück vom Leib gerissen hatte.

„He, weitergehen, ihr Turteltäubchen!", blaffte in diesem Moment einer ihrer Bewacher in rauem Ton.

Die noch immer in einer Umarmung begriffenen Nadragír und Kunja wurden angerempelt und stolperten auseinander.

„Ist kein Ausflug hier. Runter in die Minen mit euch!"

Erion sah, wie Duvruk ebenfalls von einem ihrer Bewacher einen Stoß erhielt und sich wütend nach ihm umschaute. Der bot ihm jedoch nur eine ungerührt grimmige Miene dar.

Was immer ihre Wachen mit den Posten zu besprechen hatten, schien inzwischen geklärt. Die Posten traten hämisch grinsend beiseite und gewährten ihnen Einlass ins Stollenmaul.

Während sie in den Mineneingang weitertrotteten, entging ihm nicht der Blick, mit dem Duvruk die Posten bedachte. Immerhin war er früher auch einer der Aufseher in den Minen gewesen. Vielleicht kannte er sogar den einen oder anderen von ihnen.

Es ging hinein in die in den Fels gegrabenen Gänge, die hier noch in regelmäßigen Abständen von Feuersphären erhellt wurden. Erion sah sich um. Ihre Bewacher flankierten sie nicht mehr so dicht, sondern nur noch in einigem Abstand zueinander. Wohin sollten sie schließlich in diesen Tunneln zu den Seiten hin ausbrechen?

Daher drängte er sich an Kunjas Seite, sah an ihr vorbei zu Nadragír hinüber. „Du hast es gewusst", sagte er mit einem Wink des Kopfes zu dem Ninra hin. „Dass er uns folgt." Er erinnerte sich, dass sie bei ihrem Aufbruch aus Hugen irgendwas in der Art gesagt hatte, Nadragír sei näher bei ihr, als er sich vorstellen könne. Sie hatte dabei die Hand auf ihr Herz gedrückt. Er hatte sie wohl missverstanden.

„Ich habe was geahnt", erwiderte sie. „Aber ich hätte nicht gedacht, dass er … *so was* tut." Wieder warf sie Nadragír einen erbosten Blick zu.

„Warum bist du uns überhaupt gefolgt?", fragte er Nadragír, als der daraufhin den Kopf zu ihnen umwandte.

„Warum?" Nadragír runzelte die Stirn. „Weil ich das Potenzial in dem Vorschlag sehe, den du vor dem Rat angebracht hast." Er verzog die Lippen. „Sagen wir, ich habe ein gewisses persönliches Interesse an diesem Projekt. Und ich wollte mir selbst anschauen, wie sich das weiterentwickelt." Nadragír zuckte die Achseln. „Die Bestätigung, dass zumindest etwas an der Sache dran ist, habe ich hier gefunden. Deine Runenschmiedin ist genau das, was wir brauchen.

Und diese Alchymiker könnten auch hilfreich sein. Ich sehe hier große Möglichkeiten."

Nadragír hatte wieder dieses Leuchten in den Augen. Und wie der gerade den Mund verzogen hatte. Beinahe so, als würde er lächeln. Als würde er nicht wirklich begreifen, was hier mit ihnen geschah!

„Dunjak-Dhar ist der Name", kam es von hinten, gefolgt von einem Brummeln. „*Seine* Runenschmiedin hat auch einen Namen."

Erion hatte kaum bemerkt, dass sie jetzt, da ihre Bewacher sie nicht mehr so dicht umdrängten, in ihre Nähe geraten war. Anders als die Alchymiker. Die wurden noch immer durch eine Gruppe Duerga von ihnen abgeschirmt.

„Aber all diese Möglichkeiten, von denen Ihr sprecht, Meister Ninra", fuhr jetzt Dunjak-Dhar fort, als sie sich alle zu ihr umwandten, „wandern leider gerade hinunter in die Minen."

Na, da war zum Glück eine Stimme, die den Ernst ihrer Lage nicht aus den Augen verlor.

Ihre breite Hand legte sich auf seine Schulter. Die andere Seite, die nicht durch Grolk belegt war. Der reckte der Firimduerga den Kopf entgegen und maunzte sie an.

„Ich sehe, du wirst noch immer von diesem Geschöpf begleitet." Dunjak-Dhar musterte Grolk mit gerunzelter Stirn, aber auch mit einem Lächeln, wandte dann jedoch den Blick wieder ihm zu. „Schön, dich zu sehen, Erion Leichtfuß. Wenn auch unter diesen unglücklichen Umständen. Trotzdem, schön dich zu sehen."

Und mit diesen Worten zog sie ihn zu sich heran und drückte ihn an ihre breite, von der Lederschürze bedeckte Brust.

Erion war zunächst verdattert. So etwas hatte sie noch nie getan. Sie war immerhin seine Meisterin gewesen, eine Respektsperson, zu der er aufgeblickt hatte. Doch einen Moment später erwiderte er die Umarmung. Und in der engen Berührung schien er noch etwas anderes zu spüren als nur das Leder und ihre hornige Haut unter seinen Fingern. Eine Wärme schien von ihr auf ihn überzugehen, die etwas merkwürdig Stetiges, Untergründiges und Verlässliches an sich hatte.

„Weitergehen!"

Der Moment wurde grob unterbrochen. Während ihrer Umarmung waren sie stehen geblieben, was den Zug um sie zum Stocken gebracht hatte, und jetzt wurden sie weitergestoßen.

Wieder trotteten sie schweigend durch Gänge, die hier so breit waren, dass sie zu mehreren nebeneinander gehen konnten. Eine Weile marschierte er schweigend neben seinen Freunden her.

„Habt ihr Agranor gesehen?", fragte er schließlich in deren Richtung. Die Erinnerung an dessen Gesicht in der Menge war wieder in ihm aufgeblitzt.

„Ja, keinen Finger hat er gerührt", brummte Kunja vor sich hin.

„Unser alter Freund ..." Duvruk schüttelte den Kopf. „Der mit seiner muskulösen, durchtrainierten Gestalt, auf die er immer so stolz war. Der Geschickteste von uns im Kampf. Was für eine Enttäuschung!"

„Er war Euer Gehilfe. Bis zum Schluss." Erion sah Dunjak-Dhar an.

Die blickte nur nachdenklich vor sich hin. „Ich habe einmal zu dir gesagt, er würde das leichtere Leben haben", sagte sie schließlich. „Inzwischen, hm, zweifle ich daran." Sie schaute sich argwöhnisch über die Schulter um.

Dunjak-Dhar, seine alte Runenmeisterin. Er hatte zwar seine Hoffnung in sie gesetzt, doch seit ihrem Wiedersehen stellte sie für ihn ein Rätsel dar. Vor allem eins war es, was ihm im Kopf herumgeisterte.

„Wie ist es überhaupt, möglich, dass Ihr in der Lage wart, nach diesen schweren Verstümmelungen Morlughs

Körper wiederherzustellen? Ich meine, ihm fehlte ein Arm, und jetzt hat er wieder einen, den er bewegen kann, als wäre er aus Fleisch und Blut …"

Dunjak-Dhar schürzte die Lippen und blickte eine Zeit lang verschlossen vor sich hin. „Sagen wir, ich habe schon im Vorfeld gewisse Forschungen betrieben, die mich auf diese Aufgabe vorbereitet haben. Das eine Meisterstück, das mir gelungen ist. Der andere große Erfolg, etwas Eigenes über die Überlieferungen hinaus zu erschaffen. Neben meinen Adelsteinen."

Er sah, wie sie mit den Fingern in ihrer Tasche mit etwas herumspielte. Ah, sie trug selbst jetzt ihre Spezialrunen, ihren kleinen Sonderkniff, bei sich.

„Aber dass Ihr *das* könnt. Ich meine, einen künstlichen Arm, der sich bewegen kann …" Wenn man mit jemandem tagtäglich umging, war es vermutlich so, dass man manche Dinge nicht wirklich wahrnahm. Wahrscheinlich hatte er die ganze Zeit über seine alte Meisterin Dunjak-Dhar stark unterschätzt.

Einer ihrer Mundwinkel verzog sich zu einem Lächeln. „Nun ja, ich bin niemand, der mit seinen Fähigkeiten prahlt, aber wenn man es bedenkt, so glaube ich schon, dass man mich als die Erste unter Kharnuk-Braghas Runenschmieden ansehen kann." Sie hielt einen Augenblick inne. „Deshalb habe ich auch immer für dich eintreten können."

Das war es also, was Morlugh vorhin mit ihrer Macht und ihrem Einfluss gemeint hatte. Und jetzt verstand er auch erst richtig, warum sie ihn vor dem Schlimmsten hatte schützen können, was Morlugh ihm hatte antun wollen.

„Aber leider", fuhr Dunjak-Dhar jetzt fort, „kann ich mich nicht vollkommen von der Schwäche des Stolzes freisprechen." Sie senkte den Blick. „Sonst hätte mich Morlugh niemals dazu bringen können, seinen Körper wiederherzustellen. Es war mein Stolz, zu so etwas in der Lage zu sein. Das war meine Schwäche. Der war es, der mich dazu trieb.

Und der Ehrgeiz, es zu versuchen und zu erreichen. Bei meinem Stolz und meinem Ehrgeiz, bei diesem Makel hat er mich gepackt." Ihre Miene wurde düster, sie schien sich ins Grübeln zu verlieren. „Das war mein größter Fehler, mein tiefster Frevel und meine schwerste Schuld. Ich bedaure das alles zutiefst." Ihr Blick hob sich wieder, ihre Augen glommen finster. „Und jetzt bezahle ich dafür."

„Nein!" Ein neues Feuer ergriff ihn, eine neue Hoffnung. Wenn sie zu so etwas wie der Wiederherstellung von Morlughs verstümmeltem Körper in der Lage war, dann dürfte sie auch die Fähigkeiten haben, einen solchen Ring zu schmieden, wie sie ihn brauchten, um der Macht der Birgenvettern etwas entgegenzusetzen. „Nein, Meisterin, es ist noch nicht zu spät. Ihr könnt das alles wiedergutmachen. Um ein Vielfaches könnt Ihr das."

Dunjak-Dhar warf ihm einen verwunderten Blick zu.

„Später", war seine knappe Antwort darauf. Denn er sah sich jetzt um.

Die Tunnel, durch die sie von dem Kordon aus Duerga geführt wurden, führten immer steiler abwärts. An der Abzweigung zu dem Sektor, in dem er nach Morlughs Verurteilung zur Zwangsarbeit geschuftet hatte, waren sie längst vorbei. Wohin brachte man sie nur? Ihn überkam ein ziemlich ungutes Gefühl.

Dunjak-Dhar würde die Gelegenheit bekommen, ihre Schuld wiedergutzumachen. Ja, aber nur, wenn sie hier je wieder lebend rauskämen.

Stimmenlärm und Gedränge rissen ihn aus seinen Gedanken. Er reckte den Hals und versuchte, am Pulk der Körper vorbei zu erspähen, was dort vor sich ging. Offenbar kam ihnen auf dem Schienenstrang ein mit Erzen beladener Lorenzug entgegen und nach kurzem Disput hatten ihre Wächter entschieden, dass man ihn vorbeilassen wollte und deswegen alle zu den Tunnelwänden zurückweichen sollten.

Die Loren wurden von mehreren Grubenpferden gezogen. Sie stemmten sich wacker in ihr Geschirr und zogen die Wagen mit quietschenden Rädern träge den Stollen hinauf. Erion musste kurz an den alten Bergol denken, das Grubenpony, dem Dunjak-Dhar in ihrer Schmiede ein Gnadenbrot bot, und die Tiere, um die er sich während seiner Zwangsarbeit gekümmert hatte. Doch dann flammte jäh eine andere Anwandlung in ihm hoch.

Eine Unterbrechung! Eine unvorhergesehene Situation.

Er drängte sich rasch an Kunjas Seite, stieß sie an. „Kunja, Kunja! He, was ist?" Ihre besondere Kraft, vielleicht bot die ihnen jetzt eine Möglichkeit. Vielleicht durch den Effekt der Überraschung. „Das ist vielleicht die Gelegenheit für dich …"

An die Tunnelwand gedrängt, bedachte Kunja ihn mit einem derart unwirschen Blick, dass der ihn erstarren ließ.

„Halt an dich! Geduld! Bloß nichts Vorschnelles!" Sie sah an ihm herauf und herab. „Bloß kein überstürztes *Wir schaffen das schon*!"

An ihr vorbei bedachte ihn Nadragír ebenfalls mit einem Seitenblick.

Ihr Blick, ihre Nähe zu Nadragír an ihrer anderen Seite, ihre Bemerkung … Sie trieben ihm einen heißen Stachel tief in die Seite.

„Eben nicht, als man mich in den Zermalmer stürzen wollte? Jetzt nicht? Was braucht es denn eigentlich, damit du endlich was tust? Muss man erst dein Liebchen hier an den Eiern aufhängen und das Messer ansetzen, um ihm die Gedärme rauszuschneiden?"

Ihr Blick war starr, als wollte sie ihn damit aufspießen. Sie hielt den seinen für lange Zeit. Funken schienen in ihren Augen zu glimmen, sodass er schon dachte, er hätte sie doch endlich überzeugt, zu handeln.

Als sie dann sprach, geschah das so unvermittelt, dass es ihn überraschte, und sie tat es mit immer noch versteinerter Miene. „*Eine* Gelegenheit, Erion. Nur eine einzige. Mehr nicht. Dann ist der Überraschungseffekt verbraucht. Dann wissen sie Bescheid. Und die eine Gelegenheit muss eine verdammt gute sein."

„Bescheid? Über was wissen sie Bescheid?"

Ein Schreck durchfuhr Erion bei dieser schroff geäußerten Frage.

2

... IMMER TIEFER

Erion wandte sich in die Richtung, aus der die Frage gekommen war.

Ein Schauer der Erleichterung durchfuhr ihn, als er erkannte, dass es Dunjak-Dhars Stimme gewesen war. Trotz der gedämpften Stimmen hatte sie etwas von ihrem Gespräch mitbekommen. Die Runenschmiedin starrte sie verwirrt an.

Erion sah, wie Malaiar sich zu ihr hinbeugte und ihr ins Ohr wisperte, wie Dunjak-Dhar dann die Brauenwülste hob, langsam nickte. Ihm entging auch nicht der Seitenblick, mit dem sie daraufhin Nadragír und dann Kunja musterte.

Inzwischen war der Lorenzug an ihnen vorbeigepoltert und ihre Bewacher trieben sie weiter. Ihre Gelegenheit – wenn es denn je eine gegeben hatte – war dahin.

Sie kamen jetzt zu einem neuen Kreuzungspunkt innerhalb der Tunnel. Die Wände traten zu den Seiten zurück, es ergaben sich Löcher und Durchbrüche, durch die man in andere Teile der Höhlen sehen konnte. Breite Gänge mit lauter Schienensträngen für die Erzloren zweigten von hier ab, deren Verlauf von Fackeln und Feuersphären erhellt wurde und die sich in der Tiefe des Berges verloren. Alle Wege führten von hier abwärts, manche davon sehr steil.

Durch die verwinkelte und unregelmäßige Natur dieser Kammer ergaben sich Öffnungen, die wie natürliche Fenster wirkten und ihnen einen Einblick in die tiefer gelegenen Höhlungen und Kavernen boten. Es war, als befänden sie sich in einem riesigen steinernen Bienenstock, und an diesem Knotenpunkt wurde es ihnen möglich, durch die Durchbrüche in die anderen Wabenbereiche zu schauen.

Lichter und Feuer glommen darin, hell tanzte mancherorts der Widerschein der Fackeln über Fels und Anlagen. Sie beleuchteten die ausgehöhlten steinernen Eingeweide, in denen Züge oranger Leuchtpunkte träge daherkrochen, als würden sich Würmer durchs Gedärm des Berges graben. Dies mochten Grubenlampen an den Helmen der Arbeitstrupps sein, die dort entlang der Simse und Überwege und Konstrukte entlangzogen. Der rötliche Schein der Feuer beleuchtete Gerüste, die sich über Abgründe zogen, aus denen vager Lärm heraufdrang, ein Gemenge aus Fluchen und Stöhnen, dem Klirren und Donnern der Hacken und Hämmer dort unten in der unsichtbaren Tiefe.

Der Hall der Kammern und Steindome verstärkte und verdichtete die Geräusche zu einem einzigen malmenden Getöse, das wie ein Herzschlag auf eine beirrende Weise anschwoll und abklang. Es entfaltete einen Sog, der die Aufmerksamkeit ganz hineinzerren wollte, wie in einen unentrinnbaren Strudel, der einem die Sinne raubte und das Ich zermahlte.

Ein raspelndes Knurren an seinem Ohr ließ ihn jäh hochschrecken.

O nein!

Lass dich nicht hineinziehen! Lass es nicht zu!

Es ist einer deiner Anfälle, der mit seinen Krallen nach dir greift. Versinke nicht darin. Das Gelärme ist nur die

Maske, nur das Werkzeug, dessen es sich bemächtigt. Die Tiefe, in die es dich hinabziehen will, das ist der Tod.

„Erion, Erion, was ist?"

Jemand zupfte an seinem Ärmel.

„Erion, du bist totenbleich." Jemand stieß ihn an.

Wieder das raspelnde Knurren, diesmal lauter, bestimmender vor dem Lärm, der jetzt für ihn wie ein Vorhang zurückwich.

Er schreckte endgültig aus seinem grausig kalten Taumel hoch. Sah hin, wer an ihm rüttelte. Nein, es war nicht Kunja. Bei ähnlichen Gelegenheiten hatte die ihm schon eine Ohrfeige verpasst. Es war Malaiar, die ihn aus ihren gelben Augen besorgt ansah. Und es war Grolk, der in sein Ohr knurrte.

Er nickte ihr zu. „Ist schon wieder gut. Danke, Malaiar." Er drehte den Kopf zu seiner Schulter hin. „Danke, Grolk." Grolk zirpte ihn an, offenbar noch immer um seinen zweibeinigen Freund besorgt.

„Na, was für ein Wiedersehen!", dröhnte in diesem Moment eine Stimme durch die Kammer zu ihm hin.

Erion war nicht der Einzige, dessen Kopf sich in die Richtung wandte.

Wer stand da, das Maul in seinem hässlichen Duergaschädel zu einem Grinsen verzogen? Eine Visage, die er aus seinen früheren Tagen hier unten in den Minen bereits zur Genüge kannte.

Erion sah Duvruk aus ihrer Reihe heraustreten. „Bokhar! Du?"

Bokhar musterte Duvruk von oben bis unten. „Jawohl, ich, Bokhar."

„Was machst du denn hier? Warst du nicht ganz woanders eingesetzt?"

„Was ich hier mache?" An Duvruk vorbei sah Erion, wie Bokhars Blick erneut an seinem ehemaligen Arbeitskollegen entlang von unten nach oben wanderte. „Von hier an bin ich euch als euer freundlicher Reisebegleiter zugeteilt, der euch an die abgelegenen und malerischen Orte führt, an die ihr auch hingehört."

Bokhar kniff barsch die Augen zusammen, während er Duvruk erneut musterte. „Und keine Extrawürste, Duvruk. Darauf brauchst du erst gar nicht zu hoffen. Du bist hier, du hast dir das verdient."

Duvruk schwieg einen Moment, während es für Erion aussah, als würde der seinerseits seinen ehemaligen Mitaufseher eingehend begutachten. „Ich sehe, du bist deiner Natur und deinem Wesen absolut treu geblieben … Bokhar-Vurnak. *Bokhar* ist ein Name für einen Freund oder jemanden, den man noch entfernt für einen Genossen halten könnte. Aber das bist du nicht mehr."

Mit der Treue Bokhars zu seinem Wesen hatte Duvruk wohl etwas Wahres ausgesprochen. Denn im Gegensatz zu Duvruk und dessen Freund Turam hatte Bokhar schon immer seine Freude daran gehabt, die Arbeiter zu drangsalieren und gnadenlos anzutreiben. Jetzt aber hatte er offenbar endgültig diese Linie überschritten.

„Das ist ja lustig." So wie Bokhar das sagte, hörte es sich gar nicht nach Humor an. „So nennen mich jetzt alle. Aus Respekt."

Es entstand eine Pause, in der die beiden einander maßen. Wie angriffslustige Kampfhähne standen sich die beiden gegenüber. Jeder von ihnen schien nur auf den entscheidenden Funken zu warten, um auf den anderen loszugehen.

Erion hielt den Atem an.

Die klamme Stille ringsum zeigte ihm, dass es seinen Gefährten ähnlich erging. Auch ihre Bewacher waren verstummt. Bokhar … oder Bokhar-Vurnak schien vor Grimm zu schäumen und es sah wahrhaftig aus, als stände er kurz davor, Duvruk einen Faustschlag verpassen.

Erion merkte, wie sich seine Fäuste unwillkürlich ballten, und er spähte rastlos umher.

Sie waren von einer Überzahl Duerga umgeben, hatten alle keine Waffen. Gegenwehr war für Duvruk nicht ratsam, und sie ihrerseits konnten nichts tun, um ihrem Freund beizustehen. Und Kunja weigerte sich ja, ihr Talent einzusetzen, und hatte damit auch offenbar ihren Freund Nadragír angesteckt.

Man würde sie gnadenlos niederdreschen.

Der mit Spannung geladene Moment zog sich hin …

Ein dumpfer, jedoch durchdringender Ton erklang aus einem der abwärts führenden Tunnel.

Er ließ die Duerga herumschrecken.

Der Laut wurde zu einem Ruf, einem wiederholten An- und Abschwellen, das wie ein dumpfer Hornstoß klang – oder eher, als würde jemand in einen zum Instrument ausgehöhlten Stein blasen. Trotzdem glaubte er, erkennen zu können, dass es menschenähnliche Kehlen waren – vielleicht die von Duerga –, die diesen Ton erzeugten.

Die Unruhe, die er unter den Duerga hervorrief, war bemerkenswert. Wo sie sich doch auf ihrem eigenen Terrain befanden und nichts zu befürchten haben sollten.

Auch Bokhar-Vurnak hielt zwar seinen Kopf noch immer Duvruk zugewandt, doch sein Blick schweifte ab und seine Entschlossenheit und Angriffslust schienen zu bröckeln.

Der Ruf brach ab, wiederholte sich dann. Die Kharnuk-Duerga wandten sich unruhig dem Tunneleingang zu, aus dem der Laut drang.

„Was ist das?", hörte er auch Kunja fragen.

Ein paar Herzschläge später erhielten sie die Antwort.

Ein Dutzend Duerga trat aus diesem Tunnel. Auf den ersten Blick schon wirkten sie noch wilder und ungeschlachter als ihre Artgenossen. Was auch an ihrer besonderen Aufmachung lag, stellte er gleich darauf fest. Im Gesicht und am Körper waren sie auf ganz eigene Weise rötlich bemalt, mit zackigen Streifen, und sie trugen Ketten aus Knochen und anderen bizarren Dingen. Ganz besonders aber fiel darunter die eine besondere Art der Kette auf, die sie um den Hals trugen.

Er entdeckte sie als Erstes bei ihrem Anführer, und er wunderte sich, von welchem Tier wohl jene langen gebogenen Fangzähne stammen mochten. Doch dann fiel sein Blick auf die Bemalung. Die Eigentümlichkeit der Farbe machte ihn stutzig. Sie bildete eine zähe, leicht blinkende Schicht auf der Duergahaut, wie von Harz oder – jetzt begriff er auch, woran ihn die Form der Fangzähne an den Halsketten erinnerte – wie von …

… Drazghulblut!

Und an den Ketten trugen diese Kerle Drazghulzähne um den Hals!

Die mit Blut bemalten Duerga hielten an, grimmigen Blickes, die Arme vor der Brust verschränkt.

Nur ihr Anführer trat vor.

Die Kharnuk-Duerga ihrer Eskorte waren einen Schritt zurückgewichen.

„Wir sollen hier ein paar Gestalten einsammeln und mit uns in die Eisenhölle nehmen." Die Augen des Anführers glommen düster in den Augenhöhlen, seine Duergazüge waren wie versteinert.

Bokhar-Vurnak rührte sich jetzt endgültig aus der starren Haltung, mit der er Duvruk gegenübergestanden hatte, und wandte sich dem Anführer der neu erschienenen Truppe zu.

„Ja", sagte er. „Ja, klar." Selbst Erion merkte, dass er sich um einen festen, möglichst bestimmten, grollenden Tonfall bemühte. „Wir haben welche, die sind für euch und die Eisenhölle bestimmt."

Unter ihren Bewachern gab es einige Unruhe, als Bokhar-Vurnak sich zu ihnen umdrehte, um einige Befehle zu erteilen.

Erion nutzte dies, um sich an seine Gefährten zu wenden. „Wer ist das? Weiß irgendwer über die ... Kerle hier Bescheid?"

Es war Malaiar, die ihm Antwort gab. „Das sind die Drazghulfresser. So nennen sie sich jedenfalls. Sie sind die härtesten der Härtesten, und sie haben mit dem Rest ihrer Genossen kaum Kontakt. Sie arbeiten als Aufseher in den tiefsten Schichten, wo ständig die Gefahr durch Drazghul besteht. Sie arbeiten nicht nur da, sie leben auch dort und kommen fast niemals nach oben und in die Stadt. Deshalb bekommt sie kaum jemand zu Gesicht. Sie haben schon Drazghul erlegt und sie essen ihr Fleisch, daher ihr Name."

„Sie jagen Drazghul und essen sie?"

Er sah Malaiar auf seine Frage hin die Schultern zucken. „Wie viel davon stimmt und was nur Legende ist ... Na, jedenfalls müssen sie zumindest ein paar Drazghul getötet haben."

Auf Bokhar-Vurnaks Befehle hin hatten hinter ihnen die Duerga unwirsch herumgeschnauzt und -kommandiert. Jetzt entstand dort ein Gewoge und Geschiebe im Gang. Die Aufstellung in ihrem Rücken geriet in Bewegung, und zum ersten Mal, seit sie die Minen betreten hatten, bekamen sie die Alchymiker wieder genauer zu Gesicht.

Sie wurden von ihren Bewachern vorangedrängt und an ihnen vorbeigetrieben. Erion sah sie in enger Aufstellung vorbeistapfen, wie eine Formation, als versuchten sie dadurch, unter den einschüchternden Rufen und Drohgebärden der Duerga eine stoische Miene und ihre Würde beizubehalten.

Lediglich Meister Hisiciar mit seinem eisengrauen, geflochtenen Bart starrte nicht unverwandt vor sich hin, sondern schaute kurz zu ihnen herüber.

Erion bemerkte, wie der Anführer der Drazghulfresser die Alchymiker mit zusammengezogenen Brauenwülsten musterte. Sein Blick blieb an Meister Hisiciar hängen.

„Das sind unglückliche Umstände, unter denen wir uns wiedersehen", sprach ihn der Anführer der Drazghulfresser an.

„Es lag nicht in meiner Macht, sie zu bestimmen. Nur eine Entscheidung zu treffen, die ich für die einzig richtige hielt."

Der Drazghulfresser brummte grimmig, nickte dann schroff. „Wir haben euch die Eisenhölle zu verdanken. Ihr habe den Zugang zu ihr geöffnet. Sie ist jetzt unsere neue Heimat."

„Ja, und jetzt kriegen sie mit, wie es ist, mit den eigenen Händen dort unten zu rackern und nicht auf ihre tollen Alchymikertricks zurückgreifen zu können", meldete Bokhar-Vurnak sich zu Wort. Die hämische Genugtuung stand ihm ins Gesicht geschrieben. Offenbar waren ihnen schon Morlughs Boten vorangeeilt und hatten Bokhar-Vurnak und wer weiß wen noch genauestens instruiert. „Dann merken sie mal, wie echte Knochenarbeit aussieht. Wenn sie dann langsam vor lauter Plackerei vor die Hunde gehen und anfangen Blut zu kotzen oder einen nach dem anderen die Drazghul holen, dann denken sie vielleicht mal drüber nach, ob sie nicht doch auf Morlugh-Khars Vorschlag eingehen und auf unsere Seite wechseln. Tja, mit Donnerelexier geht alles leichter. Auch für uns, wenn wir in den Krieg ziehen."

Der Anführer der Drazghulfresser musterte ihn unbewegt von oben bis unten. Erion glaubte, einen Ausdruck von Verachtung in seinem Blick zu erkennen.

„Die Eisenhölle?", raunte Erion seinen Gefährten zu.

„Das ist der Ort, wo die Drazghulfresser jetzt leben." Diesmal war es Dunjak-Dhar, die ihm Auskunft erteilte, sich jetzt aber seiner Firimduerga-Freundin zuwandte. „Es hat sich einiges hier unten geändert, seit ihr fort seid, Malaiar."

Malaiar schaute sie erstaunt an.

„Eisenhölle? Hoffen wir für sie, dass es nicht so schlimm ist, wie es sich anhört", hörte er Nadragír sagen.

„Die Eisenhölle ist der Bereich, den die Alchymiker durch ihren Vortrieb selbst geöffnet haben", fuhr Dunjak-Dhar mit ihrer Erklärung fort. „Er liegt noch unter den bisher, aus gutem Grund, unangetasteten Schichten."

„Aus gutem Grund?", fragte er nach.

„Nur der Todesvortrieb geht in diese Schichten hinein", antwortete Dunjak-Dhar. „Direkt darunter, so vermutet man, liegen die meisten der Röhren und Nester der Drazghul. Und der neue Sektor, den die Alchymiker durch den Vortrieb mit ihrem Elixier geöffnet haben, liegt selbst noch unter der Schicht der Drazghulnester.

Man sagt, die Alchymiker hätten durch ihren Vortrieb die Drazghul aufgestört, und das hat zu neuen Attacken geführt. In diesem neuen Bereich dort unten waren alle besonders gefährdet, und die Opfer unter den Duergawächtern waren besonders hoch, weshalb niemand dort arbeiten wollte. Bis eben auf die Drazghulfresser."

„Wie, den die Alchymiker mit ihrem Elixier geöffnet haben?"

Erion erkannte Nadragírs Stimme, doch er ignorierte dessen Frage – wie offenbar alle anderen auch.

„Warum lässt Morlugh die Alchymiker dann dort runterbringen?"

„Um ihren Willen zu brechen?" Dunjak-Dhar zuckte die Achseln. „Und wahrscheinlich will er auch nicht, dass wir mit ihnen reden."

Anders als Nadragír bekam Dunjak-Dhar eine Reaktion. Von Bokhar-Vurnak.

„Sei still, Firimweib! Genug geredet!", schnauzte er die Runenschmiedin an.

Einer ihrer bisherigen Bewacher wandte sich jetzt an den Anführer der Drazghulfresser. „Passt besonders auf ihren Gildenmeister auf."

„Ich kenne Meister Hisiciar", erwiderte der Sprecher der Drazghulfresser. „Deshalb werde ich ein Auge auf ihn haben. Wir werden dafür sorgen, dass ihm nichts geschieht."

„Gut. Das ist gut. Aber schuften soll er ordentlich. Genau wie die anderen. Morlugh-Khar sagt, er braucht ihn vielleicht noch. Placken soll er bis aufs Blut, aber nicht sterben."

Auch ihn musterte der Drazghulfresser mit einem eisigen Blick, gab dann seinen Leuten einen Befehl, worauf diese die Alchymiker zwischen sich nahmen. Ohne einen Gruß oder ein weiteres Wort wandten die Drazghulfresser sich um und verschwanden mit den Alchymikern im Dunkel des Tunnels.

Bokhar-Vurnak drehte sich wieder zu ihnen und den Kharnuk-Duerga um. „Los!", dröhnte seine Stimme. „Worauf wartet ihr noch? Genug geglotzt! Wir verschwenden hier wertvolle Zeit, in der ihr längst schuften könntet."

Er drehte seinen ungeschlachten Schädel und ließ seinen Blick an ihrer Gruppe entlanggleiten. „Ihr setzt euch jetzt alle in Bewegung!" Er deutete dabei auf einen der abzweigenden Gänge, der sich im Dunkel der Tiefe verlor. „Da geht's lang!"

Erion schaute sich noch einmal um, während sich die Duergawachen, um sie gruppierten, um sie in die bezeichnete Richtung zu treiben.

Sein Blick fiel dabei auf eine angrenzende Stollenöffnung. Eine andere als die, in der die Drazghulfresser mit den Alchymikern verschwunden waren. Rote Runenreihen zogen sich hinein in diesen Schlund, und davor waren noch zusätzlich hölzerne Warnzeichen aufgebaut.

Er wusste nur zu gut, was das bedeutete und wohin

dieser Weg führte. An einen Ort, der gefürchtet und berüchtigt war. Vielleicht klang sein Name nicht so abschreckend wie jener der Eisenhölle, doch er genügte, um jeden einzuschüchtern, zum Gehorsam zu zwingen und erschaudern zu lassen. Zum Glück ging es für sie nicht in diese Richtung. Ein leises Aufatmen entrang sich seiner Brust.

„Urnak sei Dank!", raunte er Malaiar zu, die neben ihm zu stehen kam. „Die Alchymiker steckt er in die Eisenhölle. Aber so wütend wie Morlugh auf uns ist, hatte ich schon gedacht, der steckt auch uns glatt nach Khaz-Dhum Sechs." Selbst dieses Wort auszusprechen, erschien ihm als unheilvolles Omen, das in der Düsternis der Tunnel einen finsteren Widerhall heraufbeschwor. Dunjak-Dhar hatte ihn damals nach seiner Verurteilung zur Zwangsarbeit nur knapp vor diesem grausamen Schicksal bewahren können. „Dann hätten wir aber alle genauso verflucht schlechte Karten wie in der Eisenhölle. Vielleicht noch schlimmer. In Khaz-Dhum Sechs überlebt keiner lange."

„Khaz-Dhum Sechs?", fuhr vor ihnen Bokhar-Vurnak auf. Offenbar hatte er nicht nur ein grobschlächtiges, sadistisches Wesen, sondern auch dazu noch scharfe Ohren. „Hat da jemand Khaz-Dhum Sechs gesagt?"

Er wandte sich zu ihnen um, baute sich erneut mit in die Hüften gestemmten Fäusten vor ihnen auf. Seine grauen Lippen verzogen sich zu einem Grinsen, das seine allzu vielen spitzen Zähne aufblitzen ließ. „Nach Khaz-Dhum Sechs werdet ihr euch noch hinwünschen. Nein, Khaz-Dhum Sechs wird euch da, wo ihr hinkommt, wie ein Paradies vorkommen."

Heiser und gehässig lachte er auf. „Man merkt, dass ihr lange fort wart. Khaz-Dhum Sechs war gestern. Die Sprengungen mit dem Donnerelixier haben nicht nur die Eisenhölle geöffnet, sondern noch eine ganz neue Höhlenkammer darüber. Einen neuen Sektor, in dem es noch härter, noch gefährlicher und gnadenloser zugeht."

Er deutete mit dem Finger seiner klobigen Pranke auf sie.

„Ihr, meine Schätzchen, ihr wandert nach Khaz-Dhum *Sieben*.“

3

IN DER HÖLLE

Ein Elixier? Ein … Donnerelixier? Und eine neue Höhlenkammer hat es geöffnet? Indem es, was? … den Fels *weggesprengt* hat?"

„Mach besser weiter! Der Aufseher hat dich schon im Blick. Elf und so. Da hat er dich schon von vornherein gefressen. Du kannst auch beim Reden arbeiten."

Nadragír sah kurz zu Kunja hinüber, die das zu ihm gesagt hatte, und ließ dann wieder die Hacke auf den Fels niedergehen. Eine Weile war nur der Lärm ihrer Arbeit, das Klirren der Hacken und Hämmer auf Fels und das Geräusch ihres angestrengten Atmens zu hören.

Erion musste Nadragír zugestehen, dass er sich ordentlich ins Zeug legte. Dafür war er sich immerhin nicht zu fein. Er schielte zu den beiden rüber.

Kunja und Nadragír arbeiteten in ihrem Schacht Seite an Seite im gleichen Vortrieb. Den grauen Umhang trug Nadragír jetzt nicht mehr. Man hatte ihn dem Ninra zwar nicht abgenommen wie ihm selbst, doch Nadragír hatte ihn abgelegt und in ihrem Schlafloch zurückgelassen, weil er ihn behinderte.

Erion war gespannt, wie lange seine feine Ninraéklei-
dung das mitmachen würde, doch bisher war die nur dreckig
und mit einer Staubschicht überzogen. So wie auch ein
feiner Dunst von Steinstaub im ganzen Tunnel hing.
Anscheinend war das Material seiner Kluft ganz schön
robust.

„Trotzdem … Ein *Explosivstoff?*" Die Sache ließ
Nadragír offenbar keine Ruhe. „Ich dachte, so was sei seit
dem Ausbruch des Elmssogs bei Moratraneum nicht länger
möglich." Er wischte sich mit dem Handrücken den
Schweiß von der Stirn, blickte kurz von seiner Arbeit auf.
„Kann es sein, dass der Einfluss des Elmssogs nachlässt?"
Er sah sich um. „Ich würde mich nur zu gern mal mit den
Alchymikern darüber unterhalten."

„Aber die sind weg, wie du weißt. Die hat man
anderswo hingebracht", meinte Dunjak-Dhar, die in der
Nische nebenan ihren Hammer auf eine stetig effektive und
kraftvolle Art schwang, wie es einer Schmiedin anstand.

Zumindest hatten Erion und seine Gefährten das Glück
gehabt, dass man sie nicht auseinandergerissen hatte. Sie
arbeiteten jetzt im Raum dieses Tunnels an verschiedenen
Vortrieben, sodass man einander nicht immer sehen, aber
sich doch meist verständigen konnte. Sofern die Aufseher
das nicht unterbanden. Wahrscheinlich wollte Morlugh sich
durch dieses Arrangement den Spaß machen, sie alle miteinander brechen zu sehen. Oder vielleicht zu erleben, wie sie
sich am Ende gegenseitig an die Gurgel gingen.

Erneut erfüllte nur das Klirren der Hacken und das
Donnern der Hämmer den Gang, und Erion schwang ebenfalls verbissen sein eigenes Werkzeug. Er war inzwischen
schweißüberströmt, und obwohl er sich für gut trainiert
hielt, schmerzten ihn inzwischen all seine Muskeln, sogar
die, von denen er bisher nichts gewusst hatte. Erneut drang
der ferne Klang einer Glocke an sein Ohr. Er wurde durch
die verzweigten Tunnelröhren weitergetragen und diente

hier unten dazu, im ewigen, nur von Fackeln und Feuern erhellten Dunkel nicht den Überblick über den Gang der Zeit zu verlieren.

„Und sie haben die Alchymiker dorthin gebracht hat? In diese ... Eisenhölle?", rief Nadragír zur Runenschmiedin hinüber. „Zu der sie selbst den Zugang gesprengt haben?"

„So ... ist es", stieß sie zwischen zwei Schlägen hervor. „Wir müssen ... irgendwie zu ihnen hin ... Wir müssen ... wissen ... ob es diesen Vorrat des Donnerelexiers ... wirklich gibt." In den Sprechpausen hörte man immer wieder ihren schweren Atem und das Schmettern des Hammers. Ihre tiefe Besorgnis konnte man selbst unter der Anstrengung der Arbeit heraushören. „Nicht auszudenken ... was Morlugh damit anstellen könnte ... wenn es ihm in die Hände fällt."

Oh, tatsächlich! Über ihrer eigenen Misere und der scheinbaren Ausweglosigkeit ihrer Situation hatte er diese Bedrohung ganz aus den Augen verloren. „Verdammt! Dieser Verräter unter den Alchymikern. Er hatte was gesagt? Er könne ..."

„Ja, wenn ... das stimmt, dass er ... ohne Hilfe das Donnerelixier ... für Morlugh herstellen kann ... haben wir –"

„Was ist das da vorne für'n Gequatsche?" Die Stimme eines Duergaaufsehers hallte dröhnend durch die Tunnelröhre. Und schon kam er auch mit stampfendem Schritt heran, sodass seine massive Gestalt einen Großteil des Ganges ausfüllte. Einer seiner Kumpane folgte ihm auf dem Fuß.

Erion hielt in seiner Arbeit inne, sah zu ihm herüber.

Der erste Duerga baute sich vor ihnen auf und betrachtete das Ergebnis ihrer Arbeit. „Das ist genug!", schnauzte er. „Los, los, los! Das Zeug, das hier rumliegt auf die Karren! Macht sie ganz voll, dann schafft sie raus! Aber flott! Ihr habt die Glocke gehört. Die nächste Schicht muss schon unterwegs zur Ablösung sein."

Es waren normale Wagen, die von ihnen mit Geröll beladen werden mussten, keine Loren auf Schienen. Danach mussten sie die Karren aus eigener Kraft hier rausbewegen. Für Grubenponys war in diesen Schächten kein Platz. Oder aber man dachte gar nicht daran, den Minensklaven die Arbeit irgendwie zu erleichtern. Erion packte sich eine Schaufel fürs Geröll, Duvruk schickte sich an, sich die größeren Brocken zu schnappen, um sie auf den Wagen zu hieven.

„Hab gehört, du warst Aufseher", raunzte ihn einer ihrer Bewacher von der Seite an. „Dann weißt du doch, wie das ist."

Duvruk würdigte ihn keines Blickes.

Erion bemerkte, wie Nadragír sich streckte, nach rechts und links sah und dann den Kopf schüttelte. „Das ist alles so uneffektiv", hörte er ihn sagen.

„Ach?" Kunja, die sich über ihre Schaufel beugte, um sie hochzustemmen, sah ihn von unten her an. „Arbeitest du jetzt für die? Vielleicht reichst du ihnen noch eine Liste mit Verbesserungsvorschlägen ein."

Duvruk ließ einen schweren Brocken auf die bisherige Ladung herabpoltern, dass eine Staubwolke hochstob. „Hab ich alles schon gemacht. Zu meiner Zeit als Aufseher. Haben sie alles verworfen und als dämlichen, verqueren Neuerungsmist abgetan."

„Vielleicht weil es dämlicher, verquerer Neuerungsmist war", schnauzte ihn einer der Aufseher an.

Duvruk gab ihm keine Antwort, bedachte ihn nur mit einem knappen Blick und schüttelte dann den Kopf.

Pünktlich, als sie die Wagen in Bewegung setzen wollten, kam Grolk irgendwo aus den Schatten angehopst. Erion raunzte er nur kurz zu und hüpfte dann zu Duvruk weiter, der sich im Alleingang gegen den Ersten der Wagen stemmte. Er rannte an dem Duerga hoch, bis er in dessen Nacken ankam.

„Klar", sagte Erion kopfschüttelnd, „er hat ja auch den breiteren Rücken. Da sitzt man besser."

Dann legte er sich auch schon mit den anderen ins Zeug, um ihren eigenen Wagen ins Rollen zu bringen. Der Boden war hier mit zertrampeltem Steigwurz bedeckt, was den Weg stellenweise schlüpfrig und unsicher machte. Auf dem Hinweg hatten sie noch die Stollenwände mit Springpocken bedeckt gefunden, die alle bei ihrer Annäherung aus dem Stein geplatzt und davongehüpft waren. Jetzt war von ihnen nichts mehr zu entdecken.

Mitten im Gang kam ihnen ihre Ablösung entgegen. Durch den Schweiß, der ihm von der Anstrengung in die Augen lief und zwischen den hochgestreckten Armen der anderen hindurch, die den Karren schoben, sah er, dass Egso und Sicco unter ihnen waren.

Egso griente zu ihnen rüber. „Bloß nicht nachlassen! Immer schön gleichmäßig schieben!"

Sicco warf ihm einen scheelen Blick zu und stieß ihm den Ellbogen in die Rippen. „Quatsch bloß nicht mit denen! Was redest du überhaupt mit denen? Ich sag doch, das sind keine von uns. Und werden es auch in diesem Leben nicht mehr werden. So lange, wie ihnen davon noch bleibt."

Dann waren die beiden mit den anderen ihrer Truppe vorbei und Erion stemmte sich weiter gegen ihren eigenen Wagen.

Egso und Sicco. Da waren sie also wieder – Egso mit seinen sehnigen knotigen Muskelsträngen, der Mähne aus verfilztem Haupthaar und Bart, und Sicco mit seiner auffälligen Hakennase, den dunklen, stechenden Augen und den beiden Zöpfen. Und sie waren nicht die Einzigen.

Alle waren sie wieder da. Alle hatte er hier unten in Khaz-Dhum Sieben wiedergetroffen. Diese Umgebung dazu hätte er allerdings niemandem von ihnen gewünscht. Nicht mal dem Ätzer Sicco.

Aber offenbar war genau er selbst der Grund dafür, dass

sie hier gelandet waren. Was Egsos und Siccos Haltung ihm gegenüber irgendwie erklärte.

Endlich hatten sie die Wagen in die Hauptkammer geschoben, ein verzweigter Raum aus unregelmäßigen Wänden, Kammern und schroffen Felsblöcken. Er bildete den Knotenpunkt für die auswuchernden, sich gabelnden Stollen, mit denen man von hier aus den Fels durchlöchert hatte. Dies hier war offenbar eine der zahlreichen Höhlungen, auf die man bei den Grabungen und Sprengungen gestoßen war.

Das Licht von Feuersphären und Kohlebecken ließ unstet einen rötlichen Schein über raue Wände und Flächen wandern, sodass mal dieser, mal jener Bereich deutlicher erkennbar wurde, während andere in Dunkelheit versanken. Monströse Schatten von Wesen – gequälten Kreaturen und ihren kolossalen Peinigern – sowie durch den Feuerschein bizarr verzerrte Gerätschaften krochen über die Wände. Es herrschte ein unablässiger Lärm: wechselnde, sich durchkreuzende Wogen von Gebrüll, Hämmern, Scheppern und Rasseln, dazwischen hin und wieder der verzweifelte, gequälte Ruf eines Tieres oder menschlichen Wesens.

Ponys und Mulis liefen in Räderwerke eingespannt im Kreis herum und hielten alles in Gang. Oder sie legten sich in ihr Geschirr, um Seilzüge auf- und abzubewegen. Dwerc, Menschen und Firimduerga – selten ein trollhaft großer Duerga – plackten sich hier ab oder wurden in Kolonnen durch dieses wirre Getriebe hindurch oder in Höhlenöffnungen hinein- oder hinausgetrieben. Überall sah man Aufseher, die mit Peitschen und Feuerstäben die sich endlos Plagenden gnadenlos antrieben und malträtierten.

All das ließ das hier herrschende Chaos wie die Szene aus einem mit Dämonen bevölkerten Albtraum erscheinen – und so weit weg von der Wahrheit, fand Erion, war dieser Eindruck tatsächlich nicht.

An der Seite des von ihnen geschobenen Karrens vorbei

entdeckte er auch schon die beiden anderen, die er hier unten wiedergetroffen hatte. Er fand sie jetzt unter den Arbeitern, die den Abraum umluden oder die Kräne bedienten, die mit rasselnden Ketten die Lasten auf die Fahrgestelle der Loren hievten.

Hurga-Jhin und Bovluk standen oben auf einem der Wagen und zerkleinerten die gröbsten Brocken, damit man sie besser transportieren und auf wertvolle Einschlüsse kontrollieren konnte. Bovluk entdeckte sie und winkte zu ihnen herüber. Mit seinem langen, geflochtenen Bart, der knolligen Nase und dem verfilzten Schopf, der unter dem Spangenhelm hervorstarrte, bot er das Musterbild dessen, wie sich unwissendes Volk dort draußen einen Zwerg vorstellen musste. Er stupste die kräftige, kolosshafte Hurga-Jhin neben sich an, und die nickte ihnen ebenfalls grüßend zu.

Da traf es sich gut, dass Erion und seine Gefährten ihre Wagen in diese Richtung schieben mussten, damit diese als Nächstes an die Reihe kamen.

Während sie sich ächzend und keuchend auf den letzten Metern gegen die Wagen stemmten, wurde einer der Arbeitstrupps auf dem Weg zu den nächsten Schichten an ihnen vorbeigetrieben.

Erion schielte zu ihnen herüber.

Offenbar handelte es sich dabei um einen jener Trupps, deren Angehörige auf der letzten Stufe ihrer Schinderei in Khaz-Dhum Sieben angekommen waren.

Bis zum Äußersten abgemagerte, heruntergekommene und zerlumpte Gestalten stolperten mehr an ihnen vorbei, als dass sie gingen. Die Duerga, die sie als Bewacher flankierten, schwenkten ihre Flammenstäbe und ließen diese immer wieder drohend hochlodern, damit diese elenden Kreaturen überhaupt in Bewegung blieben. Zum Einsatz brachten sie die Flammenstäbe wohl kaum, denn das hätte diesen Geschundenen wahrscheinlich den Rest gegeben –

wo doch ohnehin nur Duerga mit ihrer widerstandsfähigen Haut die volle Behandlung durch diese Folterinstrumente ertragen konnten, ohne ernsthafte Verletzungen davonzutragen.

Ihrem Zustand nach zu schließen, waren die Bedauernswerten schon länger hier unten – oder Khaz-Dhum Sieben war sogar noch härter als befürchtet. Sie wirkten mehr wie Leichen, die man aus Versehen aus der Unterwelt entlassen hatte, denn wie lebendige, menschliche Wesen, und nun wurden sie von ihren Herren dem letzten Abschnitt ihrer Verwendung zugeführt.

Schon heute, an seinem ersten Tag, hatte Erion mitbekommen, unter welch furchtbaren Bedingungen diejenigen schuften mussten, die hier unten in Khaz-Dhum Sieben angekommen waren. Die Duerga unter den Zwangsarbeitern konnte man an einer Hand abzählen; Hurga-Jhin war eine der wenigen. Wer wusste wohl, was sie angestellt hatte, um zu diesem Schicksal verdonnert zu werden? Wahrscheinlich etwas Aufmüpfiges und Tapferes.

Dass sie oft durch enge Tunnel kriechen mussten, durch welche die massiven Duerga sich nicht zwängen konnten, war jedenfalls nicht der einzige Grund dafür, warum sich kaum Duerga unter den Zwangsarbeitern befanden. Die Wege zu den Arbeitsplätzen waren mordsgefährlich im wahrsten Sinne. In einigen dieser Röhren war es unerträglich heiß, etwa wenn sie in der Nähe der plötzlich hochflammenden Feuerschlote vorbeiführten. Im nächsten Moment aber konnte ein eiskalter Wind aus der Tiefe durch sie hindurchpfeifen. Darum husteten hier auch alle, und es gab kaum jemanden unter ihnen, der nicht elendig krank war.

Schließlich kamen sie bei dem Wagen an, auf dem Hurga-Jhin und Bovluk arbeiteten. Sie ließen erschöpft von ihrem eigenen Karren ab und lehnten sich schnaufend gegen dessen Wände, während ihre beiden Bewacher sie an beiden Seiten des Durchgangs zwischen den Wagen flankierten. Sie nahmen dabei mit ihren Schultern fast die ganze Breite ein. Ein Entkommen war nicht möglich.

Nicht von hier, nicht aus Khaz-Dhum Sieben.

Denn selbst, wenn man den anderen Duergawachen in dieser Höhle entging ... Alle Ausgänge und Spalten, die es aus Khaz-Dhum Sieben gab, waren schwer zugemauert oder mit Geröll versperrt worden. Es gab nur einen einzigen, streng bewachten Zugang. Wie unüberwindlich der war und wie viele Duerga dort postiert waren, hatte Erion auf dem Weg hierher feststellen können.

Er hatte die ganze Zeit schon darüber nachgedacht, wie man es schaffen könnte, zu entkommen – bisher war ihm noch kein Weg dazu eingefallen. Außer es ergab sich etwas. Etwas Unvorhergesehenes. Eine Ablenkung. Zum Beispiel, dass eine Dwerc-Arbeiterin plötzlich in Flammen stand und mit Feuerkugeln um sich warf.

Noch immer schwer atmend ließ er verstohlen den Blick zu den beiden Turteltäubchen hinübergleiten, doch die schienen ihn gar nicht wahrzunehmen.

Hurga-Jhin und Bovluk hielten jetzt in ihrer Arbeit inne und schauten zu ihnen herab. Mit wohlgesonnenen Mienen, wie Erion vermerkte. Was durchaus anders hätte sein können. Denn dem Vernehmen nach war er der Grund gewesen, dass sie alle hier in der Hölle von Khaz-Dhum Sieben gelandet waren.

Niemand sprach es offen aus: Jeder, der während der Zeit seiner Strafe als Minenarbeiter mit ihm näheren Umgang gehabt hatte, war inzwischen hier unten in Khaz-Dhum Sieben gelandet – das konnte kaum ein Zufall sein. Als befürchtete man, dass er einen Virus in sich barg, der sich auf jeden übertragen konnte, mit dem er es zu tun hatte.

Er hatte sich gegen die Herren dieser Stadt gewandt. Ihm war das gelungen, was als unmöglich galt – das Entkommen aus Kharnuk-Bragha, der Stadt im Berg, die schon damals unter König Morlughs Herrschaft stand –, schon bevor er sich selbst zum Zorn der Duerga ernannt hatte und seine Gefolgsleute sich Kharnuk-Duerga nannten.

Selbst die Aufseher waren offensichtlich von diesem Fluch, der an Erion klebte, nicht ausgenommen gewesen. Wahrscheinlich war Khaz-Dhum Sieben auch nicht gerade der Arbeitsplatz, den sich Bokhar-Vurnak erträumt hatte. Vielleicht ging er deshalb nur umso gehässiger und boshafter mit ihnen um.

Doch zumindest Hurga-Jhin und Bovluk zeigten sich ihnen gegenüber noch immer wohlgesonnen. Im Gegensatz zu Egso und Sicco. Aber das war immerhin kaum eine Veränderung.

„Na, Leichtfuß, hast du deine zweite Schicht besser überstanden?", rief ihm Hurga-Jhin von oben zu und stützte sich dabei mit beiden Unterarmen auf ihr mächtiges Arbeitsgerät, das Erion schon aus ihrer ersten erzwungenen Zusammenarbeit miteinander kannte, eine Mischung aus Hammer und Hacke.

„He, ihr da oben! Habt ihr gehört, dass einer was von Aufhören gesagt hat?" Zwischen den Wagen klang die Stimme von einem ihrer Bewacher zu ihnen herüber.

„Und, Kleiner, hast du schon mal erlebt, dass ein Mädchen mit dir den Boden geputzt hat?" Hurga-Jhin bedachte den Kerl mit einem breiten, aalglatten Lächeln.

„Was? Was sagst du da?"

Hurga-Jhin zuckte die Achseln. „Was hast du denn gehört?"

„Pass bloß auf, mit wem du dich anlegst!"

„Aber immer doch. Stets dabei." Das Grinsen hielt sich hartnäckig auf Hurga-Jhins Zügen.

Der Aufseher beließ es dabei, noch irgendwas Unverständliches vor sich hinzubrummen.

„Besser, du passt wirklich auf." Erion sah Bovluk besorgt zu ihr hochblicken.

„Oder?"

Bovluk merkte auf, da er offensichtlich etwas aus den Augenwinkeln bemerkte, und deutete mit einem Wink seines Kopfes in die entsprechende Richtung. „Oder so was passiert dir auch."

Hurga-Jhin spähte ebenfalls dort hinüber. „Bah, nie im Leben! Keiner von den Armleuchtern trägt mich über der Schulter. Nicht mal, wenn ich einverstanden wäre."

Erion verrenkte sich den Kopf, um zu sehen, wovon die beiden redeten, konnte aber zwischen den Wagen hervor nichts erkennen.

Der Wächter an diesem Ende bemerkte es, schaute selbst über die Schulter nach und trat dann grinsend beiseite. „Schaut's euch ruhig an. Könnte für euch lehrreich sein."

Erion trat einen Schritt auf die entstandene Lücke zu und merkte, wie auch die anderen ihm folgten und sich um ihn scharten. Duvruk hatte von seinem eigenen Wagen her aufgeschlossen und hing jetzt wie ein schwerer Schatten über ihm. Durch den Ausblick sah Erion, wie ein Duerga dahergestapft kam und einen schlaffen Körper über der Schulter trug. Ob Mensch oder Dwerc, war für ihn nicht erkennbar. Der Duerga hielt auf einen kleinen Schuttberg zu und ließ den Toten darauf herabplumpsen. Als Erion, durch die Art des Aufpralls stutzig geworden, genauer hinsah, erkannte er, dass dort bereits weitere Leichen lagen.

„Was für ein verdammt elender Ort! Was für ein elendes, widerwärtiges Gesocks, das hier das Sagen hat!", hörte er Bovluks Stimme von oben her.

„Ich hoffe, dieser Adlatus lässt diesen ganzen Laden, diese ganze verseuchte Stadt irgendwann hochgehen", erwiderte Hurga-Jhin.

„Ach, träum du nur weiter!", gab Bovluk zurück.

Erion drehte sich zu seinen Freunden um und entdeckte nur versteinerte Blicke.

„Noch immer wild drauf, diesem Laden eine Runderneuerung zu verpassen?" Kunja blickte zu Nadragír hoch. Der antwortete nicht.

„Davon werdet ihr in den nächsten Tagen noch mehr sehen", kam Hurga-Jhins Stimme von der Ladefläche des Wagens. „Ist das heute ein günstiger Schnitt, Bovluk? Was würdest du sagen?"

Bovluk brummte vor sich hin. „Fünf Tote am Tag? War ein guter Tag, würde ich mei–"

Seine Worte wurden jäh abgeschnitten, denn plötzlich gellten Schreie durch die Höhlenkammer. Schreckliche Schreie.

Der Duergawächter kam jetzt wieder in seinen Sichtbereich: Er trat von den Wagen fort und mit ihm ein Kumpan.

Da ihn niemand mehr hinderte, kam auch Erion zwischen den Wagen hervor, die anderen mit ihm.

„Was ist da los?", hörte er Nadragír fragen.

„Ich hab da so eine Vermutung", gab ihm Malaiar zur Antwort.

Die meisten hatten jetzt in ihrer Arbeit innegehalten und starrten in die Richtung, aus der die Schreie gekommen waren. Nur die Mulis und Ponys trabten unverwandt träge in ihrem unentrinnbaren Kreis herum. Man hörte zwischen den von den Wänden zurückgeworfenen Schreien das Knirschen und Ächzen der Achse und des Räderwerks.

Mehr Stimmen kamen aus der Ferne hinzu. Woher, war innerhalb des Gewirrs der Tunnelröhren nicht klar. Die Schreie jagten einander hin und her. Schreie der Aufregung, Schreie der Pein und des Entsetzens, hilfloses Gebrüll.

„Heute werden's wohl mehr auf dem Haufen", hörte er die Stimme von Bovluk. „Ich denke, der Tag heute geht an die Wyrm."

„Wyrm?", hörte Erion jemanden fragen. Er vermutete, dass es Nadragír war.

„Ja, Wyrm. Das alte Menschen- und Dwercwort für Drazghul", kam es von Malaiar.

Was Drazghul waren, hatten sie Nadragír nach der Episode mit den Drazghulfressern erklärt. Er kam ja aus der Welt dort draußen. Aber hier im Berg musste man niemandem erläutern, was das bedeutete: Der lauernde Tod war wieder unterwegs. Der Tod, der in den Röhren und Tunneln lauerte, die er sich tief in den Berg gegraben hatte. Der Tod, der durch das Donnerelixier und den Vortrieb der Alchymiker erneut aufgestört worden war. Er kam hervor in Gestalt der Jäger-Drazghul, um Nahrung für ihre Brutmutter zu besorgen, oder um den eigenen Hunger und die eigene Blutlust zu stillen.

Schon immer hatten die Drazghul die Städte unter den Bergen aufgesucht und ihre Beute geschlagen, und niemand hatte sie daran hindern können. Denn keiner war in der Lage, ihnen durch ihre Röhren und Stollen zu folgen und ihre Nester aufzuspüren. Oder niemand wagte es, sich in das Reich im Herzen des Berges zu begeben, in dem sie uneingeschränkte Herrscher waren. Jetzt hatten sie immerhin einen guten Hinweis darauf, wo ihr Reich lag. Und Khaz-Dhum Sieben war verdammt nah am Herzen des Berges. Die Eisenhölle kam ihm sogar noch näher. Sie lag sogar noch unter diesem eigentlichen Reich der Drazghul.

Zusammen mit allen anderen stand Erion erstarrt da und lauschte dem Grauen, das sich dort in den Stollen und Schlünden vollzog. Die Aufregung flammte immer weiter hoch, schlug von hier nach dort über. Immer mehr Stimmen fielen in diesen Choral des Entsetzens ein. Zwischendurch glaubte man, ein Fauchen und Kreischen zu hören und ein Geräusch, als würde etwas schleifend und schlitternd über Fels gleiten.

Er fühlte etwas seine Haare streifen, ein Gewicht auf der Schulter, entdeckte beim Wenden des Kopfes, dass es Grolk war, der sich ganz flach geduckt an ihn drückte.

„Macht einer was?", hörte er wie von fern Nadragírs Stimme fragen.

Denn alle – ob Arbeiter, ob Aufseher – standen wie angewurzelt da, wie vom Schrecken gelähmt.

„Mach du doch selber was, Elf!", erwiderte irgendjemand, eine Duergastimme. „Ich weiß nicht mal, wo das ist. Ich weiß nicht mal, wo diese verdammten Drazghul gerade sind."

„So, wie es sich anhört, überall", kam es von anderswo.

Das traf wohl so ziemlich den Nagel auf den Kopf. Es hörte sich an, als würde das blutige Spektakel sich durch den ganzen Höhlenkomplex bewegen, mal hier, mal dort sein.

Jemand kam aus einem Stollen gerannt, einen Herzschlag später ein halbes Dutzend Leute hinter ihm her. Entsetzen stand allen ins Gesicht geschrieben.

„Sie veranstalten eine Hetzjagd. Heute Nacht wird eine Brutmutter fett." Das war Bovluks von grimmiger Ruhe erfüllte Stimme.

„Es wimmelt hier unten von ihnen." Eine Stimme von irgendwo. „Das ganze Gestein ist von ihnen durchzogen. Man passt besser auf, denn manchmal weiß man nicht, welche Tunnel wir gegraben haben und welche von ihnen sind. Kommt davon, wenn man sich zu nah an ihr Reich wagt."

„Man sieht's an ihrem Blut", sagte Erion unwillkürlich. Er sagte es zu sich selbst, ohne irgendjemanden im Besonderen zu meinen. „Man sieht an ihrem Blut, welche Tunnel von ihnen sind."

„Was meinst du'n damit, Jungchen?"

Er schrak auf. *Komm zu dir! Lass bloß nicht zu, dass die weiße Taubheit dich einholt mit ihren Spinnwebschatten!* Er schaute sich um, wer da gefragt hatte, fand aber niemanden. Es war eine Duergastimme gewesen. Es hätte aber jeder von ihnen sein können.

„Sie lassen überall, wo sie sind, Spuren ihres Bluts zurück." Er schüttelte den Kopf. „Das müsst ihr doch wissen." Wie konnte man sonst hier in der Tiefe nahe bei ihren Nestern überleben?

„Klar kennen wir Drazghulblut."

„Vielleicht ist es auch kein richtiges Blut, wie wir es haben." Das hatte er sich schon manchmal gedacht. „Sondern ein Sekret. Was weiß man schon über die Drazghul?"

„Malaiar weiß was. Die weiß was über Drazghul." Diese Duergastimme erkannte er allerdings – das war Duvruk. „Die kennt ein paar Lieder über sie."

„Lieder? Dann weiß sie wohl'n Scheiß."

„Na, mach dich nicht über Lieder lustig. In den alten Liedern steckt oft tiefe Wahrheit." Er hätte diesmal nicht die Stimme erkennen müssen, um zu wissen, dass es Duvruk war, der so etwas sagte.

„Halt bloß die Klappe von Liedern!" Die Stimme des Duerga klang äußerst wütend.

Inzwischen kamen immer mehr aus den Tunneln geflüchtet. Ihnen allen stand das Grauen ins Gesicht geschrieben. Erion fiel auf, dass trotz des offenbaren Gemetzels niemand einen Toten mit sich trug. Weder Leichen noch schwer Verletzte wurden von irgendjemandem geborgen.

Er wandte sich um zum Wagen, auf dem Hurga-Jhin und Bovluk hockten. „Was hat er denn gegen Lieder? Warum macht ihn das so sauer?"

„Sie singen es leise", raunte Hurga-Jhin.

„Was singen sie?"

„Na, den Gesang vom Bergsturz. Sie singen es leise bei der Arbeit. Eigentlich summen sie es nur."

„Warum summen?"

„Was *denkst* du denn?", fragte Bovluk mit finsterem Blick unter seinem Helmrand hervor. „Glaubst du, man lässt sie? Wenn man sie dabei erwischt, wie sie das Geisterlied singen, werden sie ausgepeitscht."

„Das Geisterlied?"

„Ja, das Geisterlied aus dem Berg."

Ein Schatten fiel auf ihn. Jemand trat nahe an ihn heran. Ganz offensichtlich ein Duerga. „Sicher, dass du dir das alles hier ansehen willst? Sonst kriegst du glatt wieder 'nen Anfall wie in deiner ersten Schicht heute Morgen."

Erion drehte sich um. Und da war er – der Letzte der Sammlung.

Gobrur-Vhan, Duvruks und Turams alter Kumpel vom Aufseherdienst. Auch ihn stufte man offenbar als zu nahe in Erions Dunstkreis geraten ein, sodass man ihn auf einen Posten unten in Khaz-Dhum Sieben versetzt hatte.

Und seinem Gesichtsausdruck und seiner Bemerkung nach, nahm der ihm das – anders als Hurga-Jhin und Bovluk – ziemlich übel.

„Noch mal lassen wir dich nicht von deinen Kumpeln aus einem Tunnel ziehen. Das nächste Mal bleibst du drin liegen", fuhr Gobrur-Vhan mit hämisch verzogenem Gesicht fort. Natürlich trug auch er jetzt die rote Kharnuk-Rune von Morlughs Anhängern auf der Stirn. „Ich find ja, so ein Gerippe macht sich immer gut als Mahnung für die anderen, sich bloß ordentlich ins Zeug zu legen."

Er hörte ein Brummen, sah die Gestalt von Duvruk aus dem Augenwinkel. „Schwer vorzustellen, dass du mal mein Freund gewesen sein sollst."

„Tja", versetzte Gobrur-Vhan, „die Zeiten ändern sich. Und wir mit ihnen." Er deutete auf die rote Rune auf seiner Stirn. „Oder wir gehen unter."

Schroff wandte sich Gobrur-Vhan im Halbkreis um und maß offenbar Erions Gefährten, bevor sein Blick wieder zu ihm zurückkehrte. „Und jetzt verzieht euch! Du auch, Elfenjunge, bevor du hier noch umkippst. Ab in eure Löcher! Jede Dochtspanne, die ihr hier rumtrödelt, geht euch von eurer Schlafenszeit ab."

Er drehte sich um, winkte zu einem seiner Genossen, die sie bewachten. „Los jetzt! Bring sie schon weg!"

Fügte dann hinzu, „Hier könnt ihr eh nichts mehr machen."

Die Schreie waren tatsächlich inzwischen zum größten Teil verstummt. Jedenfalls die gellenden Schmerzens- und Todesschreie. Die aufgeregt blaffenden und irgendwie planlos wirkenden Befehlsrufe ertönten jedoch noch immer irgendwo aus den Tunnel- und Höhlenöffnungen hervor. Einige davon schallten inzwischen auch durch diese Kammer, denn viele Wärter und Arbeitssklaven strömten jetzt aus dem Tunnellabyrinth herein. Es gab anscheinend nur Leichtverletzte unter ihnen – alle anderen hatten die Drazghul sich wohl geholt. Beinahe das Einzige, was für die Sklavenhalter zu tun blieb, war die Arbeiter wieder zusammenzupferchen, und das taten sie dann auch mit Eifer. Damit bloß niemand auf dumme Gedanken kam. Aber trotzdem … Bei diesem Tumult …

Wenn nicht jetzt …

Verstohlen sah er sich nach Kunja um. Die fing diesmal seinen Blick auf und schüttelte wieder nur ganz langsam, beinahe träge, den Kopf.

Verflucht! Wirklich?

Er ballte seine Fäuste, entrollte sie, ballte sie wieder. Vielleicht sollte er es einfach tun! Ohne auf jemanden zu warten. Einfach im Alleingang loslegen. Dann waren die anderen gezwungen, ihm zu folgen.

Obwohl … wenn er sich ihre Gesichter ansah – besonders das von Kunja –, dann war er sich da gar nicht mehr so sicher. Wahrscheinlich würde sie einfach seelenruhig zusehen, wie er zusammengeschlagen wurde.

Grummelnd kamen jetzt ihre Bewacher zu ihnen herüber, nahmen sie zwischen sich. Damit auch niemand von ihnen auf dumme Gedanken kam. Verflucht, die Gelegenheit war vorüber … mal wieder.

Als ihre Wachen sie in die Richtung ihrer sogenannten „Quartiere" führten, drängte er sich an Kunja heran.

Sie kam ihm zuvor. „*Eine* Gelegenheit. Nur eine", raunte sie ihm hitzig zu. „Das ist alles, was wir haben."

Er spürte, wie der Zorn an seiner Beherrschung nagte. „Worauf, bei allen Verheerern, wartest du denn noch?"

„Vielleicht auf einen Bergsturz", zischte sie zurück.

Wütend stieß er die Luft zwischen den Zähnen hervor. „Da kannst du wohl lange warten!"

4

BERGSTURZ

E r konnte es nicht verstehen. Er konnte Kunja einfach nicht verstehen.

Erion starrte blicklos ins Dunkel des Lochs, das als ihr Quartier galt.

„Wird das da draußen endlich mal ruhiger?", hörte er Duvruk fragen, was ihn dazu brachte aufzublicken.

Sein riesiger Freund hatte sich an die Rundung der Felswand geschmiegt zusammengerollt und blickte jetzt verärgert über die Schulter zum Ausgang des Höhlenlochs hinüber. „Die paar Glockenspannen, die uns gegönnt sind …"

Erion konnte ihn gut verstehen. Dass man sie nachtags nur drei Glockenspannen schlafen ließ, bevor es wieder an die Arbeit ging, konnte selbst an jemandem mit der Konstitution eines kräftigen Duerga mächtig zehren. Da musste man jeden Augenblick, den man bekam, zur Ruhe nutzen.

Und der Lärm, der von draußen her durch den Eingang ihres Schlaflochs drang, wollte einfach nicht aufhören. Der Aufruhr in der großen Höhlenkammer zog sich scheinbar endlos hin.

„Was zur Hölle machen die da überhaupt noch?", fuhr Duvruk ergrimmt fort. „Schwerverletzte gibt's nicht. Die sind alle von den Drazghul fortgeschleppt worden."

Grolk hatte sich statt an ihn an Duvruk angekuschelt, wohl weil er spürte, dass Unruhe Erions Seele umtrieb und an dessen Seite in dieser Nacht wenig Frieden zu erwarten war.

„Was weiß ich." Er sagte es ohne innere Beteiligung, einfach nur, um etwas zu sagen.

„Ich glaub, die machen nur einfach irgendwas", erwiderte Duvruk brummig. „Damit sie sich sicherer fühlen."

„Sicher in Khaz-Dhum Sieben?", hörte er Kunjas Stimme. „Selbst für die Wachen …"

Sie brach ab. Ein Schatten fiel plötzlich auf den Höhleneingang. Etwas Schweres, Massives blockte den schummrigen Widerschein der Fackeln und Feuer vom Grund der Kammer ab.

Instinktiv zuckte Erions Hand in Richtung der Nische, des kleinen Lochs, in dem Nadragír seinen grauen Mantel der Sechzehnten verstaut hatte. Doch jäh fiel ihm ein, wo er war. Unterbewusst hatte er an jenes Felsloch auf dem Sims über ihrem damaligen gemeinsamen Treffpunkt gedacht, in dem er in alten Tagen hier in Kharnuk-Bragha immer sein ninraidisches Schwert versteckt hatte. Doch von dort war er weit entfernt.

Und auch von seinem Schwert. Das hatten sie ihm zusammen mit all ihren Waffen abgenommen, lange bevor sie ihm den Mantel der Sechzehnten vom Leib gerissen hatten.

Verflucht!

Auch die anderen wichen vom Eingang zurück. Der dunkle Schatten wurde zu einer massiven Gestalt, die sich anschickte, durch den Eingang zu ihnen hereinzukriechen. Erion sah gelbe Augen im Schwarz des Umrisses, deren

Blick umherwanderte und alle Ecken ihres Schlaflochs ausspähten.

Grolk fauchte auf. Er war erschreckt aufgesprungen.

Kein Schwert, keine Waffen!

„Ja, da kriegt ihr kleinen Scheißer es wohl mit der Angst", kam eine tief grollende Stimme vom Eingang her. „Bei all den Schrecken, die hier unten in der Tiefe umherschleichen und sich jeden reißen, der ihnen über den Weg läuft."

„Wer ist da?", hörte er Malaiar fragen. „Zeig dich! Ein Drazghul bist du jedenfalls nicht."

In der Dunkelheit sah er im Augenwinkel einen Funken aufblitzen. Besann Kunja sich endlich doch auf ihre Fähigkeiten? Und was war mit Nadragír? Gewiss, wehren konnten sie sich. Aber dann war diese sagenhafte einzige Gelegenheit, von der Kunja immer sprach, garantiert vertan und verschwendet …

„Keine Spielchen!", ertönte Malaiars Stimme erneut. „Zeig dich! Wir sind mehr als du …"

„Spielchen?", erklang die dröhnende Stimme vom Eingang her. „Wegen Spielchen komm ich bestimmt nicht her. Spielchen hab ich nicht gerade im Sinn." Es klang, als würde die Gestalt in sich hineinlachen.

„Stimmt", hörte er jetzt Duvruk sagen. „Für ein Spielchen unter Kumpels warst du nie zu haben … Gobrur-Vhan. Also, was bringt dich als Aufseher hierher?" Duvruk schob sich nach vorn. Erion sah ihm an, dass er auf einen Kampf vorbereitet war. „Willst du dich etwa an uns rächen, weil du glaubst, wir sind schuld dran, dass du hier unten nach Khaz-Dhum Sieben versetzt worden bist?"

Gobrur-Vhan lachte rau. „Rächen? Nein, nein, nein. Ihr wart es nicht, die mich von meinem alten Posten abgezogen und hier runter abgeschoben haben. Das haben andere entschieden. Ist nicht eure Schuld. Was soll ich mich an euch rächen?"

Er war noch immer nicht wirklich von Gobrur-Vhans Harmlosigkeit überzeugt. „Hörte sich vorhin dort unten aber anders an." Er spürte, wie Grolk sich an seine Beine schmiegte – offenbar traute er dem Eindringling auch nicht.

Jetzt sah er, wie sich der Blick der gelben Augen auf ihn richtete. „Was denkst'n du, was ich sagen soll? Dass ich dich am liebsten in den Arm nehmen und … *kuscheln* möchte, bis dein Autschi wieder besser ist? Was meinst, du, was ich dann von meinen Kumpels hören würde? Die würden das gar nicht lustig finden, dass einer der Aufseher Mitleid mit den verdammten Rackersklaven hat." Wieder lachte er auf. „Nein, ich muss sehen, dass ich hier nicht auffalle. Sonst lande ich da, wo ihr jetzt seid."

„Was willst du?", hörte er Malaiar fragen.

Erion erkannte gegen die Öffnung des Ausgangs, wie Gobrur-Vhan sich umsah. „Lasst mich erst mal rein. Bevor sich noch einer was dabei denkt."

Er schob sich in ihr Schlafloch, füllte beinahe den ganzen Raum vor dem Eingang aus und sah sich anscheinend erneut um. Die gelben Augen zogen sich argwöhnisch zu Schlitzen zusammen. „Habt ihr hier eine Zündzange oder so was versteckt? Oder eine Zunderbüchse und 'nen Feuerstein? Ich mein, ich hätte vorhin was gesehen …" Er schaute in Kunjas Richtung. Ihr Flämmchen hatte ihm gegen das Dunkel der Höhle kaum entgehen können.

Wenn Gobrur-Vhan nur nicht auf die Idee kam, nach etwas zum Feuermachen zu suchen! Er würde nichts finden und vielleicht Verdacht schöpfen, was Kunja betraf.

„Was immer ihr hier reingeschmuggelt habt …" Erion konnte erkennen, dass Gobrur-Vhan die Hände hob. „Ist mir egal. Ich werd euch bestimmt nicht verraten."

Erleichtert atmete Erion auf.

„Was willst du dann?" In Duvruks Stimme klang noch immer Argwohn gegen seinen ehemaligen Arbeitskumpan durch.

„Hier!" Gobrur-Vhan kramte im Dunkel herum. „Ich hab euch sogar was mitgebracht. Was zu essen", sagte er. „Ich weiß, wie schlimm der Schlabberfraß ist, den ihr hier bekommt."

Zwar war das Misstrauen nicht augenblicklich verflogen, aber zumindest gaben sie ihre Abwehrhaltung und Kampfbereitschaft teilweise auf. Erion hatte wirklich wahnsinnigen Hunger, und das, was ihnen als Suppe zugeteilt worden war, konnte man weder als nahrhaft noch als wirklich essbar bezeichnen.

Einen Moment später verteilten sie die Brotkanten, den Käse und die aufgeschnittene Wurst untereinander, den Gobrur-Vhan in einem Tuch zusammengerafft mitgebracht hatte, und schlangen alles gierig in sich hinein. War es vor zwei Tagen, am Abend, als sie zum Tor von Kharnuk-Bragha aufgebrochen waren, dass Erion zum letzten Mal etwas Richtiges gegessen hatte? Und in der Zwischenzeit hatte er hart arbeiten müssen.

„Ich kann euch mehr bringen", hörte er Gobrur-Vhan sagen. Erion sah aus dem Augenwinkel, wie er sich zu Duvruk hinbeugte. „He, wir sind schließlich alte Freunde. Auch wenn ich immer noch Aufseher bin und ihr jetzt Gefangene seid. Tut mir leid, dass ich nicht mehr für euch tun kann. Gibt es was, was ich euch besorgen kann? Etwas, das euch lieb und teuer ist und ihr bei der Flucht zurücklassen musstet?"

„Was meinst du?"

„Na, irgendwas. Irgendein Teil, an dem ihr hängt. So was wie meinen Armreif hier. Der stammt von meinem Großvater. Der hat ihn bei der Schlacht am Hakrainhorn für seine Taten verliehen bekommen. Wenn ich den verlieren würde, würd ich den auch ganz schön vermissen. Also, habt ihr was, was ich für euch holen kann?"

„Unsere Waffen vielleicht?"

Gobrur-Vhan lachte bitter auf. „Nein, nein, das kann ich

leider nicht. Weiß nicht mal, wo man die hingeworfen hat.
Aber wenn ihr eine Nachricht an jemanden loswerden
wollt ... Ich kenne viele Leute in der Stadt. Ihr würdet euch
wundern."

Kunja murmelte etwas vor sich hin, von ihren Eltern
und ihrem Bruder, schien sich dann jedoch anders zu
besinnen.

„Hast du Angst wegen der versteckten Zündzange?",
fragte Gobrur-Vhan sie. „Mach dir keine Sorgen! Von mir
hört keiner ein Sterbenswörtchen."

Darauf brummte Kunja wieder nur vor sich hin und
widmete sich ganz dem Brotkanten, den sie bekommen
hatte.

Zündzange! Hah, wenn der gewusst hätte!

Gobrur-Vhan war fort, wieder herabgestiegen über die
Leitern und Stege, die das höher gelegene Gewirr der
Höhlenlöcher, die den Arbeitern als Unterkünfte dienten,
miteinander verbanden. Dunjak-Dhar war getrennt von
ihnen in einem anderen Schlafloch untergebracht worden.
Wahrscheinlich, damit sie sich nicht allzu viel mit ihnen
austauschen konnte. Vielleicht fürchteten sie, über welche
Macht oder Kenntnisse die Runenschmiedin noch immer
verfügen mochte.

Die anderen hatten sich zum Schlaf gelegt. Doch
obwohl er wusste, dass er die Ruhe dringend brauchte, fand
er keinen Frieden.

Duvruk schnarchte schwer und träge, und Grolk steuerte
dazu eine leise schnurrende Gegenstimme bei. Von
irgendwo draußen, wie von ganz weit weg und nur durch
das Echo in Stollen weitergetragen, klang geisterhaft eine
Melodie, die ihm vage bekannt vorkam, als würde dort in
der Tiefe ein Chor singen. Doch es schien ihm so leise und

gespenstergleich, dass es auch Einbildung oder ein Singen in seinen Ohren oder seinem Blut sein mochte.

Wirre, schwer greifbare Gedanken wogten wie dunkle Wolken durch seinen Geist, und er konnte es nicht lassen, immer wieder in die Richtung hinüberzustarren, in der er Kunja und Nadragír hingekuschelt wusste.

„Sie geht dir im Kopf rum."

Die leise Stimme aus dem Dunkel ließ ihn zusammenschrecken. „Malaiar, du bist auch wach?"

„So wie du." Eine Spur wohlwollender Belustigung klang in ihrer Stimme an.

Eine Weile herrschte Schweigen zwischen ihnen. Duvruk und Grolk schnarchten munter weiter.

„Sie treibt mich in den Wahnsinn", sagte Erion schließlich.

Wieder waren eine Weile nur die beiden unterschiedlichen Register des Schnarchens zu hören.

„Weißt du", sagte Malaiar endlich, „ich stimme ihr zu."

„Was?"

Er spürte ihre Hand, die sich auf seine Schulter legte. Wahrscheinlich um ihn zu mahnen, seine Stimme zu dämpfen und die anderen in ihrem Schlaf nicht zu stören.

„Ich weiß, du hörst das nicht gerne", fuhr Malaiar leise fort, „aber ich bin tatsächlich mit ihr einer Meinung. Es braucht Geduld. Das Wasser findet immer einen Weg. Wir werden ihn auch finden."

Ihre dunkle, melodische Stimme schien ihn tatsächlich zu besänftigen. Fast gegen seinen Willen.

„Aber anders als das Wasser", sprach Malaiar jetzt weiter, „sollten wir nicht einfach die erste Ritze nutzen, die sich uns bietet. Das Wasser *muss* ihr folgen, wir haben die Wahl. Wir müssen auf die *richtige* Gelegenheit warten."

„O ja, wie könnte ich das vergessen? Die hochheilige richtige Gelegenheit!" Gleich glomm es wieder zornig und bitter in ihm hoch. „Ich bete sie an. Ich stehe so kurz davor, einen Schrein in ihrem Namen zu errichten."

Ein leises Lachen ertönte im Dunkel, Stille, dann wieder Malaiars Stimme. „Wenn du nur die Chance für einen einzigen Schlag hast, dann sollte dieser Schlag auch eine große Wirkung haben."

„Was? Stößt du jetzt etwa auch in dieses –"

Ein harter Stoß traf jäh seinen Arm.

„Au! Was machst du da?" Er rieb sich die schmerzende Stelle.

„Ich zeige dir etwas", antwortete sie. „Und? Kippst du jetzt um?", schob sie hinterher."

„Nein ... Nein!" Was sollte das? „Fängst du jetzt wie Gobrur-Vhan vorhin an mit seinem ... Autschie?"

Das sah Malaiar so gar nicht ähnlich. Auf ihrer Reise hatte er ihr in nächtlichen Gesprächen unter vier Augen sein Herz über sein offenbar unabwendbares Schicksal ausgeschüttet. Sie war es gewesen, die ihm zugehört hatte, die all seine Ängste, seinen Schmerz, seine Trauer und Verzweiflung angesichts seines unentrinnbar bevorstehenden Todes geduldig in sich aufgenommen hatte. Sie hatte ihm zwar auch keinen endgültigen Trost spenden können, doch immerhin hatte sie ihm ihr Ohr, ihre Schulter, ihre Umarmung und ihre verständnisvolle Seele dargeboten. Warum machte sie dann jetzt so was?

„Nein, tu ich nicht. Ich will dich nicht verhöhnen", entgegnete sie jetzt. „Ich will dir nur etwas zeigen. Wenn schon Worte dich nicht erreichen können. Siehst du, wenn ein Schlag nur einfach irgendeine Stelle trifft, tut er weh, aber das wars dann. Es war eben nur ein Schlag."

„Eben nur ein Schla–"

Das Wort blieb ihm im Hals stecken. Die Luft blieb ihm weg.

Da war ein Stoß gewesen ... Er wusste nicht einmal, ob er das Schlag nennen sollte. Etwas hatte ihn aus der Dunkelheit getroffen. Es hatte seinen ganzen Körper durchfahren. Nicht nur seinen Arm. Als wäre er eine Glocke, die angeschlagen worden war ... und die sich dann aus dem Dasein auflöste.

Denn er spürte seinen Arm nicht mehr. Er spürte ... Panik überkam ihn!

„Sch-sch, schhhh, schhhh", machte Malaiar, und ihre Hand legte sich sanft auf seine Schulter.

„Bist du verrückt? Was ist in dich gefahren?"

Duvruks Schnarchen stoppte abrupt. Es hörte sich an, als würde er aus dem Schlaf hochfahren.

„Ich kann meinen Arm nicht mehr bewegen."

Duvruks Atem beruhigte sich wieder. Der stete Rhythmus seines Schnarchens kehrte zurück.

Er fühlte seinen Arm nicht mehr! Er fühlte plötzlich ... Wurde ihm etwa leicht im Kopf? Er fasste sich an die Stirn. „O nein, wenn ich jetzt ..."

„Wirst du nicht."

„Wie willst du ...?"

„Ich weiß es", hörte er Malaiars sichere Stimme. „Das Gefühl im Arm kommt wieder. Das lässt bald nach. Aber siehst du ...? Es war ein Schlag an genau die richtige Stelle."

Sie hatte recht. Das fühlte sich nicht wie einer seiner Anfälle an.

Doch wie hatte sie im Dunkeln *genau die richtige Stelle* treffen können? Offensichtlich steckte in Malaiar mehr, als sie durchscheinen ließ – das wurde immer wieder klar.

„Und wir", fuhr Malaiar ruhig, unbeirrt, bedächtig fort, „müssen warten, dass sich uns diese genau richtige Stelle zeigt."

Er spürte, wie ihre Handfläche seine Schläfe berührte, dort einen sanften Druck ausübte. „Und jetzt schlaf."

Er wollte etwas sagen. Doch seltsamerweise fand er, dass er schlagartig träger wurde, schwerer, friedvoller. Hatte etwa ihr Schlag auf diese eine Stelle das bewirkt, die Berührung an der Schläfe danach, oder war das nur ein … nur ein …

Tiefe Dunkelheit hüllte jeden weiteren Gedanken ein, der auch nur verschwommen in ihm aufglimmen wollte. Sanft sank er in einen tiefen Schlummer.

„Was hast du gemacht, Malaiar, heute Nacht?" Er schwang weiter seine Hacke und trieb sie in den Stein.

„Ich hab dir ein bisschen Frieden geschenkt. Man kann darüber streiten, ob das oder eine Maulschelle angenehmer ist, aber na ja … das mit der Maulschelle ist nun mal *ihre* Art."

Malaiar schaute zu Kunja hinüber, die sich in diesem Moment an Nadragírs Seite umwandte und ihnen über die Schulter einen knappen Blick zuwarf, dann aber wieder ihre Hacke im Takt niedersausen ließ.

„Das war nicht nur der Schlag, stimmt's? Als du mich an der Schläfe berührt hast –"

„He, hört mit dem Gequatsche auf. Ihr sollt arbeiten und keine Reden schwingen!"

Wieder war es eine der Duergawachen, die drohend auf sie zutrat und einen Feuerstab schwang, ihn dann in Malaiars Richtung stieß. Wohl weil der Kerl wusste, ihre dicke Haut würde sie vor schweren Auswirkungen schützen.

Malaiar schreckte jedoch nicht zurück, und das schien den Aufseher umso mehr zu verärgern.

„Passt besser auf!", fuhr er mit wütend verzogener Visage fort. „Ihr steht sowieso als Nächste auf der Liste für den Todesvortrieb. Betet lieber, dass es da nicht noch mehr Ausfälle gibt, denn dann seid ihr dran." Er lachte gehässig. „Darauf hat Morlugh-Khar großen Wert gelegt. Ich weiß sowieso nicht, warum ihr nicht längst allesamt dort gelandet seid."

„Todesvortrieb", meldete sich Duvruk grollend zu Wort. „Das hab ich doch schon mal gehört."

Vielleicht, dachte Erion, als er die Stimme seines Duergafreunds hörte, war es Gobrur-Vhan, der sie bisher vor diesem Schicksal geschützt hatte. Vielleicht war es das Einzige, was der – als Aufseher unter Aufsehern – für seinen alten Kumpel Duvruk tun konnte.

„Solltest du auch." Der Duergawächter schwang lässig seinen Feuerstab über die Schulter. „Heißt so, weil keiner von dort zurückkommt. Der Todesvortrieb geht ganz tief in den Berg runter. Ganz nah ans Reich der Drazghul. Nur die Löcher, die die Alchymiker runter in die Eisenhölle freigesprengt haben, gehen tiefer. Wer da drin arbeitet, kann schon mal sein Testament machen."

Erion sah, dass Malaiar offenbar trotz der Drohungen des Aufsehers noch immer zögerte, den Blick mit gerunzelter Stirn in der Höhle umherwandern ließ. „Komm, mach besser weiter!"

In diesem Augenblick jedoch wandte der Aufseher sich brüsk von Duvruk ab und schaute zu ihnen herüber. „Na, was ist? Haut rein! Sonst landet ihr schneller da unten, als ihr wohl eure Hacken schwingen könnt."

„Das gefällt mir hier alles nicht ..."

„Das hier ist auch nicht dazu da, dass es dir gefällt." Der Aufseher hatte Malaiar offensichtlich gehört. „Zum Arbeiten bist du hier, nicht zum Spaß haben."

Es ließ den Funken am Ende seines Feuerstabes aufblitzen.

„Komm, los, mach weiter!", sagte Erion, da sie sich noch einen Moment länger umsah, bevor sie dann auf ihn hörte und wieder ihren Hammer schwang. Nicht ohne Kopfschütteln. Schon vorher hatte sie ihren Widerwillen deutlich gemacht, den sie als Stollenspürerin gegen die ihrer

Meinung nach groben und falschen Arbeitsmethoden empfand, zu denen sie hier gezwungen wurden.

Ihr blieb jedoch nichts anderes übrig, als den Befehlen zu folgen, und einen Herzschlag später bearbeitete sie wieder gemeinsam mit ihm und den anderen mit ihrem Werkzeug den Fels, um einen weiteren Vortrieb zu schaffen. Der Rhythmus ihrer Hämmer und Hacken klang spitz klirrend im Raum der Grottenkammer wider, in die man sie zur Arbeit getrieben hatte. Wenn sie an dem Vorsprung ihres Vortriebs vorbeischauten, konnten sie durch Durchbrüche andere angrenzende Grottenkammern erkennen, in denen weitere Minensklaven arbeiteten.

Schon der Weg hierher war äußerst gefährlich und anstrengend gewesen. Er hatte auf der Strecke immer wieder zahlreiche Spuren von Drazghulblut entdeckt, und sie hatten teilweise überflutete Höhlenkammern durchqueren müssen, in denen sie beinahe bis zum Hals im Wasser standen. Außerdem ließ die Hitze in den Stollen darauf schließen, dass sie nahe an Feuerschloten vorbeikamen.

Die ihnen zugeteilten Aufseher mussten diesen beschwerlichen Weg zusammen mit ihnen auf sich nehmen – was ihre Stimmung nicht gerade besserte –, denn in der Reihe von verbundenen Höhlungen, die bei früheren Grabungen freigelegt worden waren und in der sie sich jetzt abschufteten, war wohl eine vielversprechende Ader von Runenerz gefunden worden.

Malaiar hatte schon beim Betreten dieser Kammern den Zugang und die Befestigungen der Höhlenteile argwöhnisch gemustert. Er war sich nicht sicher, ob er wissen wollte, was die geschulten Augen und außergewöhnlichen Sinne einer einstmals äußerst gefragten Stollenspürerin ihr über deren Beschaffenheit verrieten. Schließlich hatten sie keine Wahl, als genau an den Stellen und genau auf die Art zu arbeiten, wie ihre Aufseher sie anwiesen.

Eine Weile arbeitete er so angestrengt und in dumpfen

Gedanken vor sich hin, bis er bemerkte, dass Malaiar von seiner Seite verschwunden war.

Besorgt sah er sich nach ihr um und fand seine stille Vermutung bestätigt.

Sie stand am Stollenmaul des Zugangs und betrachtete die Balken und Bretter, mit denen er verstrebt war. Er wollte sie unauffällig mahnen, zu ihrer Arbeit zurückzukehren, doch es war zu spät.

Der Aufseher hatte sie bereits bemerkt.

„He, was hab ich gesagt? Nicht quatschen! Und auch nicht rumglotzen! Schon vergessen? … Todesvortrieb." Das letzte Wort zog er genüsslich lang.

Malaiar drehte sich allerdings gar nicht erst zu dem brutalen Koloss um, der bedrohlich auf sie zustapfte. Sie betrachtete nur weiter eingehend den Tunnel und die Konstruktion.

„Das hier muss anders abgestützt werden. Die Schicht hier drüber ist zu schwer; man sieht sie an manchen Stellen durchkommen." Sie streckte den Arm aus, zeigte durch einen der Durchbrüche in der Felswand in Richtung der benachbarten Kaverne, aus der man den Lärm der dortigen Arbeiter vernehmen konnte. „Ich hab's da drüben gesehen. Und in der Nähe der Feuerschlote sammelt sich in den porösen Schichten leicht Gas. Wenn da was einstürzt oder wenn jemand aus Versehen mit seiner Hacke einen Durchstoß öffnet –"

„Dann kratzt sein räudiges Vieh als Erstes ab und dann sind wir gewarnt." Der Duerga deutete auf Erion, meinte mit *Vieh* also wohl Grolk. „Los, an die Arbeit, und halt hier nicht weiter Maulaffen feil! Meinst du, wir haben keine Grubenmäuse, die uns warnen?"

Jetzt wandte Malaiar sich schließlich doch zu dem Kerl um. Sie wirkte nicht, als würde der Duerga sie einschüchtern, aber dennoch war ihre Stirn gerunzelt. „Aber ihr stellt ihre Käfige an den ganz falschen Stellen –"

„Willst du uns etwa belehren, wie wir unsere Arbeit machen sollen?", herrschte der Duerga sie an und trat einen Schritt auf sie zu.

Besser, er griff ein, bevor das noch hässlich endete. „Sie ist eine Stollenspürerin, deshalb weiß sie Bescheid. Sie heißt Malaiar. Du musst den Namen doch schon mal gehört haben."

Der Duerga griff sich nachdenklich ans dornenbesetzte Kinn. „Malaiar, den Namen hab ich allerdings schon mal gehört. Aber du –"

Grolk fauchte auf.

Erion zuckte herum.

Plötzlich war da ein durchdringendes Grollen, dass es durch seinen ganzen Körper und seine Knochen lief, dann nur Herzschläge später ein donnerndes Poltern. Die ganze Höhle um ihn herum schien zu erzittern, und er schwankte leicht auf den Beinen. Alles verschwamm im Staub. Schreie tönten durcheinander, wurden aber vom Donnern erstickt.

Durch Schleier aufgewirbelten Steindunstes nahm Erion wahr, wie alle von der Richtung wegstürzten, aus der der Lärm kam, Arbeiter wie Aufseher, ein panisches Gedränge.

Schreie erschollen.

„O Urnak!"

„Bei den Verheerern!"

„Urnak schütze uns!"

Grolks Krallen gruben sich durch den Stoff der Kleidung in seine Haut, als er sich den Weg sein Bein hoch und auf seine Schulter suchte.

Zusammen mit seinen Gefährten und den Aufsehern fand er sich in einem eng zusammengedrängten Knäuel wieder. Er wurde gegen jemanden geworfen, von jemand anderem angerempelt. Ein gewaltiger Duerga knurrte ihn an. Auf seiner Schulter fauchte Grolk zurück. Ein aufgeschrecktes Stimmengewirr.

Es verging so schnell, wie es gekommen war. Nur ein tiefes Grollen im Gestein des Berges blieb davon zurück.

Er starrte blind vor sich hin. Das Blut pochte ihm in den Schläfen, und sein Herz schlug so heftig, als wollte es ihm aus der Brust springen. Wieder stieß er gegen jemanden. Er schrak herum, sah Kunjas Gesicht.

„Das ist nicht der Bergsturz, auf den du gehofft hast!" Die Worte stürzten ihm in wildem, willenlosem Spurt über die Zunge und waren heraus, bevor er darüber nachdenken konnte.

Kunja starrte ihn mit erschüttertem Blick an.

Zu einer Antwort kam es nicht, denn im nächsten Moment gingen auch schon die Schreie los. Dumpfes Klagen und markerschütterndes Jammern.

Einer der Aufseher stieß einen anderen an. „Schau nach, was los ist!"

Entgeistert glotzte der Koloss zurück.

„Na, was schon?", hörte er Malaiars Stimme durch den Aufruhr. „Einer der Stollen oder eine Höhle ist eingestürzt. So, wie ich es vorhergesagt habe."

Er sah, wie der Duerga ihr seinen wuchtigen Körper zuwandte, kaum mehr ein bloßer Umriss im Steinstaub. „Na, dann haben wir ja Glück gehabt, dass es nicht unsere Höhle und unser Gang wa–"

Seine Worte gingen unter erneuten gellenden Schreien aus den anderen Kammern unter. Hilferufe. Die abbrachen. In Husten und wortlosem ersticktem Jammern untergingen.

„Es ist noch nicht vorbei", sagte Malaiar mit tödlicher Ruhe. „Das Gas. Da ist Gas frei geworden. Sie ersticken."

Einer der Duerga drehte sich um, bot Erion seine massive Front dar. „Ihr bleibt schön hier! Keiner rührt sich von der Stelle!"

Jetzt wandte er sich an seinen Kumpan. „Das kommt nicht bis hier." War das noch ein Grollen in seiner Stimme oder schon ein leichtes Beben?

„Kann sein." Wieder Malaiar. „Aber wenn wir hier wieder rauswollen, müssen wir durch Tunnel, die sich, wenn wir nicht schnell genug sind, auch mit Gas füllen. Und dann haben wir nur die Wahl zwischen Ersticken oder hierzubleiben und zu verhungern."

Panische Schreie hallten erneut von irgendwoher, von Husten und Ächzen überlagert. Als alles für einen Moment abklang, hörte man in die aufgeladene verhältnismäßige Stille hinein das erbärmliche Quieken einer Maus.

Erion sah, wie ein Aufseher, wahrscheinlich der, der vorher mit Malaiar gesprochen hatte, erstarrte, sich dann in ihre Richtung wandte.

„Du bist *die* Malaiar? Die Stollenspürerin?"

„Die bin ich."

„Du kennst den Berg. Bring uns hier raus!"

„Wurde auch Zeit."

Keiner der Duerga reagierte auf den Spruch. Sie hatten wohl alle Dringenderes im Sinn, als auf Disziplin und Unterwürfigkeit ihrer Arbeiter zu achten.

Er hörte, wie Malaiar ein paar kurze, knappe Worte ausstieß, die er nicht verstand, doch er sah, wie die Arbeiter und einige der Duerga augenblicklich darauf reagierten.

5

DER GESANG

Sie schafften es! Dank Malaiars kundiger Führung und ihrem anscheinend untrüglichen Gespür für die Regungen des Berges, gelang es ihnen allen, lebend in die Hauptkammer zurückzukommen! Doch es war knapp.

Unterwegs konnten sie noch weitere Trupps von Arbeitern und Aufsehern auflesen und mit sich nehmen. Wieder hatte sie sich mit ihnen durch diese merkwürdigen knappen Worte in einer ihm unbekannten Sprache verständigt.

Tatsächlich hatte auch Nadragír nachhelfen müssen, damit sie lebend durch die instabilen Spalten und Gänge kamen und von den giftigen Nebeln unbeschadet blieben. Was der Ninra da genau tat, wusste er nicht, doch so verstohlen Nadragír seine Gesten auch ausgeführt hatte, Erion hatte es bemerkt, da er dicht hinter ihm war, und hatte kurz einen Blick mit ihm getauscht. Na, immerhin hatte er endlich was getan mit seinen magischen Kräften, statt in die Litanei seines Liebchens von der heiligen einzigen Gelegenheit einzustimmen.

Arbeiter und Aufseher, die weiter von der Einbruchstelle entfernt gewesen waren, hatten sich schon in die Hauptkammer retten können, und so erwartete sie dort bereits ein ziemliches Durcheinander, über das die Duergawachen mit eiserner Hand die Kontrolle wahrten.

Als sie heraus waren, als allen klar wurde, dass sie es endlich geschafft hatten, stürmten die Arbeiter auf Malaiar zu, sodass er selbst Mühe hatte, nicht überrannt zu werden. Keiner ihrer Aufseher verwehrte es ihnen, denn die waren selbst heilfroh, mit dem Leben davongekommen zu sein. Die hielten sich zwar zurück, was das Bestürmen und Umarmen betraf, doch auch von ihnen kam anerkennendes, dankbares Brummen, begleitet von vielleicht ein paar kargen, aber für ihre Verhältnisse halbwegs warmen Worten.

„Wird schwer, die Verluste des Tages zu zählen", meinte einer von ihnen mit Blick auf den Ausgangstunnel, aus dem sie gerade gekommen waren. „Wer weiß, wer alles da drin zurückgeblieben ist."

„He, lasst doch die Frau mal zu Atem kommen. Die kriegt ja kaum noch Luft."

Diese Worte zogen seine Aufmerksamkeit zu Hurga-Jhin, die zusammen mit Bovluk ebenfalls herangekommen war und sich einen Weg zu ihnen bahnte.

„Jaja, sie hat sie da rausgeholt." Eine krächzende Stimme fräste sich quäkend durch das Stimmengewirr. Er suchte nach dem Sprecher und fand Sicco. „Ihr ging's doch auch nur drum, ihre eigene Haut zu retten. Also, was soll der ganze Aufstand?"

Er sah, wie Hurga-Jhin sich zu dem Kerl umdrehte. „Oh, Sicco! Was bist du nur für ein Ätzer?"

„Ist doch wahr!", schnauzte der zurück, wandte sich dann zu einer Gruppe von Arbeitern um. „Schaut sie euch doch an! Eine Stollenspürerin und zwei Elfen. Keine von uns. Die sind ... *was Besseres*. Die kochen doch nur ihr eigenes Süppchen."

„Ihr kriegt 'ne Sonderration. Du, Malaiar und deine

Kumpels." Das kam von dem Kerl, der sie noch vorhin bei der Arbeit zusammengestaucht hatte.

„Ach, was?" Bokhar-Vurnak trat hinzu, beäugte kurz seinen ehemaligen Arbeitsgenossen Duvruk mit böswilligem Blick – ganz der fiese Schinder wie eh und je. „Warum 'ne Sonderbehandlung? Hakennase hier hat recht. Die haben doch nur das eigene Leben retten wollen. Und die Anweisungen von Morlugh-Khar, was sie betrifft, waren klar."

„Na, komm schon!" Auch Gobrur-Vhan hatte bei dem ganzen Trubel und Herumgerenne zu ihnen gefunden. Er zwinkerte Bokhar-Vurnak begütigend zu. „Eine Extraration haben sie sich verdient. Was ist denn schon dabei?" Offenbar hatte er sich jetzt doch, trotz aller Vorsicht, die er sonst an den Tag legte, dazu durchgerungen, sein Möglichstes zu tun, um das Beste für sie herauszuschlagen.

Doch Erion achtete nicht weiter auf ihn. Er spähte umher. Dieser Tumult, war der vielleicht ihre Chance?

Als er sich reckte, um über die Köpfe hinwegzuschauen, sah er auch schon die feste Reihe von Duerga, die sich trotz des Durcheinanders ringsherum gebildet hatte, um alles abzuschirmen, sollte irgendjemand auf dumme Ideen kommen.

Ihre grimmigen, starren Mienen sagten ihm augenblicklich, die ließen sich nicht ablenken, die hatten ausschließlich ihre Aufgabe im Blick, nämlich die Arbeiter zu kontrollieren und jedes auffällige oder aufmüpfige Verhalten aus ihrer Richtung sofort im Keim zu ersticken.

Da mochte es in seiner Nähe noch so turbulent zugehen, rings um sie war ein Kreis gebildet worden, dem niemand entgehen sollte. Die Wachsamkeit in Khaz-Dhum Sieben ließ keinen Wimpernschlag nach.

Ein gellender Schrei ertönte.

Erion zuckte herum. Das Stimmengewirr um ihn

verstummte, sodass das markerschütternde Gebrüll nur noch greller hervorstach.

Es zog seinen Blick zum Ort des Geschehens. Einer der Arbeiter wurde von einer Kette in die Höhe gerissen. An seinem Arm, an seiner Hand, die offensichtlich irgendwie in der ganzen aufgeregten Atmosphäre vielleicht durch einen Moment der Unachtsamkeit in den Mechanismus hineingeraten war. An der eingequetschten Hand baumelte er durchdringend schreiend, dass es einem wie der Schnitt einer schartigen, scharfen Klinge durch und durch ging, vom Kettenzug herab.

Dieses Bild erhaschte Erion jedoch kaum länger als einen Herzschlag lang. Denn im nächsten Moment schon stürzte der arme Kerl abwärts. Blut spritzte dabei aus seinem Armstumpf.

Ein Augenblick der Stille trat ein. Irgendwo hörte er Grolk einen seltsamen schnarrenden Laut von sich geben. Dann ging das Schreien erneut los, anders, doch nicht minder gellend.

Er nahm eine Bewegung im Augenwinkel wahr, sah, dass Hurga-Jhin offenbar zu der Stelle des Unfalls hineilen wollte. Die Ansammlung der Arbeiter teilte sich vor ihr.

Doch dann musste er beobachten, wie sie auf die Mauer der rings um sie versammelten Duergabewacher stieß, nur kurz zurückprallte, sich dann gleich wieder hindurchdrängen wollte.

Doch die hatten sie augenblicklich in ihrem Griff. Für Hurga-Jhin bestand keine Aussicht, sich ihnen zu entwinden, so kräftig sie auch war, so sehr sie sich auch mühen mochte. Gegen eine Wand aus Duerga hatte sie keine Chance.

Durch die Lücke, die kurzzeitig in der Barriere entstand, sah er die Mulis und Grubenpferde unvermindert in ihrem Rad im Kreis herumtrotten.

„Jetzt helft ihm doch, verdammt! Bei den Hämmern

Khzu-Radhs!"", schrie Hurga-Jhin die Duerga an, die sie hielten.

Erion nahm am Rand seines Sichtfelds wahr, dass seine Gefährten offenbar neben ihn getreten waren. Ein Seitenblick zeigte ihm, dass auch Malaiar wieder unter ihnen war. Doch fiel ihm auch Siccos hakennasige Visage ganz in der Nähe auf, von dessen Kopf seine zwei bescheuerten Zöpfe abstanden.

„Wir kümmern uns schon um ihn. Ihr bleibt ganz ruhig, wo ihr seid", hörte Erion einen der Duerga sagen, die Hurga-Jhin in ihrem Griff hielten.

„Ja, das seh ich, dass ihr euch um ihn kümmert. Wenn *ihr* schon nichts tut, um Berges willen, dann –"

„Du gehst jetzt mit deinem Zwerg zurück in die Reihe der anderen oder dir fehlt gleich mindestens auch eine Hand. Oder der Kopf."

Hurga-Jhin und der Duerga, der ihr gedroht hatte, durchbohrten einander mit Blicken, während die Reihe der restlichen Duergawachen in einschüchternder, gewaltbereiter Haltung eingefroren schien und Erion und die mit ihm Versammelten anstarrten. Dann schüttelte Hurga-Jhin jäh die Hände der Duergawachen ab, stierte noch einmal wütend von einem zu anderen, trat dann einen Schritt zurück, aber mehr auch nicht.

Nur einen weiteren Schritt dahinter, etwas seitlich von ihr, stand Bovluk, ebenfalls in starrer Haltung der Wand der Duerga zugewandt.

„Zurück!", herrschte der Wortführer der Duergawachen Hurga-Jhin an. „Sofort zurück! Ihr fallt jetzt sofort wieder in die Reihe der anderen zurück oder –"

„Du nennst mich nicht noch mal Zwerg!", kam es in barschem Ton von Bovluk.

Na ja, wenn einer wie ein Zwerg aussah, dann Bovluk mit seinem wüsten Bart und seiner Knollennase.

„Oder was?"

Bovluk stand da mit seinem ewigen Spangenhelm auf dem Kopf wie bereit zur Schlacht. Nur trug er weder Schild noch Waffe noch ein Werkzeug in Händen, das er als solche hätte nutzen können.

„Keine Antwort? Dann sag ich dir, was passiert, wenn du versuchst aufzumucken. Wir brechen dir alle Knochen und werfen dich dann auf den Totenhaufen. Egal, ob du noch schnaufst oder nicht."

Im Hintergrund brach das Schreien jäh ab.

Der Wortführer der Duergawachen deutete einen Blick über die Schulter an. „Noch einer für den Totenhaufen. Sollen's heute noch mehr werden? Liegt ganz an euch." Er visierte Hurga-Jhin und Bovluk an, starrte dann an ihnen vorbei mit drohend verzogener Miene zu Erion und der Menge, an deren Front er sich befand.

Erion schaute sich verstohlen um, wurde sich der Aufseher bewusst, die sich in Abständen auch unter sie gemischt hatten. Es war nicht schwer, sie herauszupicken, denn sie ragten über dem Rest auf und hatten kampfbereite Haltung angenommen. Was dadurch hervorgestrichen wurde, dass sie die Einzigen waren, die Waffen trugen, die einige von ihnen jetzt deutlich sichtbar in Händen hielten. Unter den Arbeitern gab es nur Werkzeuge und selbst das nur spärlich, denn nur wenige kamen direkt von der Arbeit und hatten sie behalten können.

Er wurde sich der Hacke bewusst, die plötzlich merklich schwer in seiner Hand lag.

„Der Totenhaufen, das ist für euch die einzige Art, wie ihr aus Khaz-Dhum Sieben rauskommt", blaffte jetzt einer der Duerga, der zwischen ihnen stand. „Kapiert?"

Erion sah sich um, erkannte Bokhar-Vurnak, der sich offenbar seiner Führungsrolle besann und sich jetzt durch ihre Reihen hindurch in Richtung des Walls der Duergawachen drängte.

Neben sich fand Erion Kunja – ausgerechnet –, daneben

Nadragír und Malaiar, auf der anderen Seite Duvruk, daneben Dunjak-Dhar. Klar, sie mussten erkennen, was sich ihnen hier darbot!

„Das ist unsere Chance", raunte er. „Jetzt haben wir die anderen Arbeiter auf unserer Seite. Malaiar hat sie gerettet. Die sind alle ganz schön aufgebracht. Die haben die Schnauze voll. Und das Durcheinander hier –"

„Die Schnauze voll?", unterbrach ihn Kunja. Für ihn klang sie wie die knarzende Wurzel eines alten Baumes. „Woran siehst du das? *Ich* seh das nicht."

Er schaute sie an.

Sie starrte auf die Duergawachen. „Und die Reihe der Duerga steht. Das ist ein fester Wall."

„Den durchbrechen wir", kam es grollend von seiner anderen Seite. Duvruk – Urnak sei Dank, einer stand ihm bei!

Er starrte an Duvruk herunter. Der hielt ebenfalls noch den Hammer von der Arbeit in der Hand.

„Er hat recht", stimmte er Duvruk zu. „Wir haben schon gegen eine Übermacht gekämpft, wir haben schon Reihen durchbrochen!"

„Wann denn?"

Ihre sture Sicherheit brachte ihn ins Stocken. „Aber deine Kraft, Kunja! Nadragír …"

„Was ist los?" Beinahe träge war Hurga-Jhin während ihres Austauschs auf ihre Höhe zurückgewichen.

„Das ist unsere Gelegenheit. Du siehst das auch, oder?"

Hurga-Jhin schaute auf ihn herab, dann ging ihr Blick zum Wall der Duerga hin. „Wir haben keine Waffen, die schon."

Er wog die Hacke in seiner Hand. „Einige schon. Und der Rest nimmt ihnen die Waffen ab."

Wieder schaute Hurga-Jhin auf ihn herab. „Hm, so stellst du dir das vor?"

„Ja, klar. Genau so." Was hatten die nur alle? Er wandte

sich in Kunjas Richtung. „Wenn du hier den Feuerzauber abziehst" – er ignorierte das wütende Zischen und den tödlichen Blick, den sie ihm zuwarf –, „und wenn Nadragír, na, auch irgendwas abzieht ..."

„Sei still! Sofort!", raunzte Kunja ihn an.

„Feuerzauber?", fragte Hurga-Jhin.

„Ja, genau. Wir kriegen das hin!"

„Feuerzauber?", wiederholte Hurga-Jhin.

Erion bemerkte, wie Bovluk über die Schulter zu ihnen hochsah. Er starrte so kampflustig unter seinem Spangenhelm hervor, wie man nur kampflustig starren kann. Na bitte! Mit seiner Ledermontur mit lauter Riemen und Schnallen sah er ohnehin schon wie zur Schlacht gerüstet aus.

Und das Rasseln, das in diesem Moment erscholl, passte ebenso dazu.

Dennoch irritierte es ihn.

Es kam aus der falschen Richtung. Aus der ihrer Gegner.

„Oh, da kommen sie ja." Das sagte Bokhar-Vurnak, der inzwischen in den Raum zwischen ihnen und den Duergawall getreten war. „Genau richtig. Wie gerufen." Er wandte sich zu ihnen um, und auf der Fratze des Aufsehers zeichnete sich ein von lauter spitzen Zähnen starrendes, höhnisches Grinsen ab. „Weil wir sie ja auch gerufen haben."

Einen Augenblick später sah er schon, was Bokhar-Vurnak gemeint hatte und woher das rasselnde Geräusch kam, das ihn an eine Schlacht erinnert hatte. Es war der Stiefeltritt eines wahren Regiments von Duerga, das in Reihen hinter dem bestehenden Wall Aufstellung nahm.

„Morlugh-Khar hat sich schon so was gedacht, dass es hier heftig funken könnte", sprach Bokhar-Vurnak, noch immer mit einem Grinsen im Mundwinkel. „Er kennt schließlich seine Pappenheimer. Der Schönling, der mit seinen Kumpanen schon einmal Rabatz gemacht hat. Und jetzt hat er auch noch einen weiteren Elfen mitgebracht." Es hörte sich an, als würde er sich jedes Wort auf der Zunge zergehen lassen. „Da kann man nicht vorsichtig genug sein, sollte man meinen, was?"

Sein Mundwinkel zuckte hoch, ließ ein paar Zähne aufblitzen. „Ist Morlugh-Khar aber." Er zeigte mit dem Daumen hinter sich auf die Reihen neu aufmarschierter Duerga. „Deshalb hat er eine zusätzliche Einheit hierherbeordert. Für den Fall des Falles. Harte Jungs, genauso hart wie die Drazghulfresser, möchte ich wetten." Jetzt drehte er sich zu der verstärkten Wand aus Duerga um. „Alles klar, Jungs?"

Erion versuchte, sich unauffällig umzuschauen, um abzuschätzen, wie viele sie auf ihrer Seite hatten. Dabei begegnete sein Blick dem von Gobrur-Vhan, der zu den Aufsehern gehörte, die sich unter sie gemischt hatten. Knapp und verstohlen zuckte der die Achseln und wandte die Augen sofort wieder ab.

Klar, da hörte seine Hilfe auf.

„Lass es!" Offenbar hatte Kunja seinen Blick mitbekommen.

„Die stehen hinter uns. Die warten nur …"

„Wir sollten alle wieder zurück an die Arbeit gehen", hörte er in diesem Moment eine leicht krächzende Stimme. Als er hinsah, erkannte er Sicco. Klar, dass der nicht auf ihrer Seite war.

„Junge …" Die dunkle, ruhige Stimme ließ ihn auf seine rechte Seite schauen. „Die sind noch nicht so weit", raunte Dunjak-Dhar, ohne ihm mehr als einen Seitenblick zu schenken.

„Heute nicht", hörte er von seiner anderen Seite, hinter Kunja, leise Nadragír sagen. „Aber das hier ist ein Schritt vorwärts, um sie in die richtige Richtung zu lenken."

„Wenn nicht jetzt …" Seine Hand war so fest um den Stiel der Hacke geballt, dass es schmerzte. Die Wut ihn ihm kämpfte gegen die aufkeimende Verzweiflung an. „Sie stehen hinter uns. Sie sind bereit." Ständig kam jemand, der alles auf Morgen verschob. Morgen, morgen, morgen … Wer wusste, ob er morgen noch lebte? Wer wusste schon, ob sie alle morgen noch lebten? Immerhin befanden sie sich in Khaz-Dhum Sieben.

„Hörst du sie etwa rufen?" Kunja raunte es zwischen zusammengebissenen Zähnen hervor. „Hörst du sie ihre Aufseher beschimpfen? Hörst du sie etwa auch nur murren?"

Aber – verflucht! – das Feuer in ihr musste doch ganz bestimmt schon danach gieren hervorzubrechen! „Aber wenn wir ihnen zeigen …"

„Glaub mir, die sind noch nicht so weit." Diese grollende Stimme kam von vor ihm. Von Hurga-Jhin. „Es gibt Kämpfe, die man gewinnen kann und Kämpfe, die aussichtslos sind. Ich spreche aus Erfahrung. Ich habe es erlebt." War das etwa der Grund, warum man sie zur Arbeit in den Minen verurteilt hatte?

„Was denn? Wollt ihr sie etwa aufstacheln?" Das war Siccos ätzende Stimme, jetzt plötzlich hinter ihm.

„Wenn nicht jetzt, wann dann?" Er merkte, dass auch seine Zähne zusammengebissen waren und er die Worte förmlich zwischen ihnen hervorknirschte.

„Es geht nicht nur um uns", hörte er Nadragír sagen. „Es geht um eine ganze Stadt. Das Schicksal einer ganzen Stadt steht auf dem Spiel."

Klar, dass du auf ihrer Seite stehst. Ihr mit eurer verfluchten einen, einzigen Chance. „Verflucht, das Schicksal der ganzen Welt steht hier auf dem Spiel."

Wie sollten sie ihr Ziel erreichen, wie sollte er seine Mission als Teil davon vollenden, wenn sie immer nur zögerten? Bis am Ende seine Zeit abgelaufen war? „Ach was, ist mir jetzt egal! Ich habe eine Hacke. Und wer noch keine Waffe hat, der holt sich eine …"

Jemand packte ihn von hinten. „Du lässt das schön sein, Bürschchen!" Er fuhr herum, blickte in Siccos hakennasige Visage. Der schon wieder! „Du machst noch, dass wir alle –"

Seine freie Faust zuckte hoch. Siccos Fratze schrie geradezu nach ihr. Dem würde er eins verplätten, dass ihn selbst seine Mutter nicht mehr erkannte.

Doch genau da packte ihn jemand anderer, und auch auf Siccos Schulter lag plötzlich eine braune Hand. Erion wandte sich um, schaute in Dunjak-Dhars braunes Firimduergagesicht.

„Nicht heute", sagte sie. „Nicht an diesem Tag."

Sie stieß Sicco zurück in die Menge, der, anscheinend verwirrt durch das unerwartete Eingreifen, widerstandslos zurücktaumelte. Dann wandte Dunjak-Dhar sich leise an ihn. „Ich warte. Ich warte auch. Genau wie ihr. Und es nagt an mir und ich ringe mit mir. Mindestens genau so wie an euch." Sie schwieg, seufzte. „Und ich sage euch … nicht an diesem Tag."

„Dann wohl eher an gar keinem!" Die Wut schoss in ihm hoch. Aus dem Augenwinkel sah er die kolosshafte Gestalt Duvruks, die neben ihm aufragte. Auch er wirkte von der Art seiner Haltung keineswegs, als hätte er sich mit dem Nachgeben abgefunden. Unruhig schwang der Hammer in seiner Faust auf und ab.

„Gobrur-Vhan", hörte er ihn grimmig murmeln. „Ich dachte, er wäre mein Freund. Und er ist nicht der Einzige. Hier sind noch mehr, die früher an meiner Seite gearbeitet haben. So viel ist also ihre Kameradschaft wert. Was für eine üble Bande!"

„Die anderen Arbeiter werden uns schon wahrnehmen." Es war Malaiar, die jetzt auf Erion einredete. „Aber noch sind sie nicht so weit. *Wir* sind nicht so weit."

„Wenn wir das denn noch erleben!", zischte er wütend zurück.

„Was habt ihr da zu verhackstücken?", hallte in diesem Augenblick Bokhar-Vurnaks Stimme dröhnend zu ihnen herüber. Er hatte die eine Hand in die Hüfte gestemmt, die andere lag auf dem Griff seines Breitschwerts. Hinter ihm standen grimmig und kampfbereit die Reihen der Duerga-wachen. „Ich habe jetzt lange genug gewartet, dass ihr euren Scheiß geregelt bekommt. Jetzt ist meine Geduld endgültig zu Ende."

Drohend trat er vor, zog sein Schwert eine Handbreit aus der Scheide. Ein Klirren ertönte, als in seinem Rücken diejenigen unter den Duerga, die ebenfalls mit einem Breit-schwert bewaffnet waren, es ihm nachtaten. Äxte und Hämmer lagen schon genug in den Händen.

„Jeder von eurer Bande, der eine Hacke, einen Hammer oder sonst was hat", fuhr Bokhar-Vurnak fort, „tritt jetzt ganz langsam vor und legt das Ding gut sichtbar auf den Boden."

Eine angespannte Stille entstand, in der Erion glaubte, die Sehnen seines Körpers wie Taue knarren zu hören.

„Das wollen wir sehen, ob sie noch nicht so weit sind", kam es in diesem Augenblick grollend von seiner Seite.

Duvruk war einen Schritt vorgetreten. Seinen Arbeits-hammer hielt er in der Hand erhoben. Ganz langsam ging er in die Knie, den Hammer vor sich gestreckt, doch wirkte er auf Erion dennoch gar nicht wie jemand, der gewillt war, seine Waffe niederzulegen.

Erion sah, wie Duvruk so dort hockend aufblickte. Dann ertönte erneut dessen Stimme. Tief, dunkel, melodisch.

„So grollt, Brüder, grollt, der Felslawine gleich. Rollt wie der Felsrutsch, Stein um Stein, eng beieinander, grollt und singt das Lied der mahlenden, dröhnenden Steine, die versetzen den Berg …"

Verwunderung – und ein leises Beben – erfasste ihn. Duvruk stimmte den Gesang vom Bergsturz an.

Bevor der jedoch in den Kehrvers überging, hielt

Duvruk inne, wandte sich bedächtig um, ließ seinen Blick über die Menge der Arbeiter wandern.

Erion tat es ebenfalls. Sein Blick streifte an den mit ihnen Versammelten entlang, an den vereinzelten Duerga vorbei zu den Gruppen seiner Leidensgenossen. Sein Herz schlug aufgeregt und voller Erwartung in seiner Brust.

Doch dann erstarrte er.

Niemand machte auch nur Anstalten, das Lied mitzusingen. Da waren zwar geöffnete Lippenpaare, doch niemand schien bereit, Duvruks Gesang in irgendeiner Weise aufzunehmen.

Ihm sank der Mut, ihm sank die Hoffnung.

Aus den Reihen ihrer Leidensgenossen schlug ihm nichts als klirrende, eisige Stille entgegen.

Das konnte doch nicht wahr sein! War es so wenig wert, das Lied vom Zusammenhalt und darüber, dass man gemeinsam jedes Hindernis überwinden konnte?

Wieder wandte er den Kopf, schaute zurück zu Duvruk, der sich noch immer mit einer Maske der Enttäuschung, der Erschütterung umschaute.

Ihre Blicke trafen sich.

Das absolute Schweigen, das dazu von Kunja, von Nadragír, von Dunjak-Dhar, von Malaiar kam, schien ihm wie ein stummer Richtspruch über seine Hoffnungen und Erwartungen. Es schien ihm wie ein Schlund zermalmender, mit Zähnen versehener Walzen, der schon still seiner harrte, um ihn tiefer und tiefer hinunterzureißen.

In diese eisige Stille hinein klang mit einem Mal ein leiser Laut, zuerst ein Hauch nur, nicht mehr.

Geisterhaft klang er aus der Ferne und bohrte sich von dort aus immer stärker in die Wahrnehmung herein. Schaurig, gespenstisch hallte er hohl aus der Tiefe der Tunnel hervor.

Erion wandte den Kopf. Andere taten es ihm gleich. Dort, aus der Dunkelheit der Schächte und Stollen ertönte eine feine Melodie, klangen Worte, die Erion nur allzu gut kannte.

„… Schulter an Schulter", hallte es von dort, „Stein an Stein, Brocken an Brocken. Singt es unverzagt …"

Es glich einer Geisterstimme, ohne Ursprung, ohne Quelle. Eine Stimme, die klang wie aus vielen Splittern zusammengesetzt, zunächst zerbrochen, in der Tiefe verschollen und dort aus Fragmenten neu zu einem Klang zusammengefügt, eine Stimme, die auch vom Wind aus der Tiefe hätte stammen können, der unaufhörlich durch die Höhlen und Schächte strich.

Und er erkannte in ihr die geisterhafte Melodie, die er des Nachts in ihrer Schlafhöhle von fern gehört und beinahe für Einbildung gehalten hatte.

„Da haben wir ihm schon die Zunge herausgeschnitten und jetzt singt er immer noch." Es war eine grollende Duergastimme, die in den Gesang hineintönte.

Erion sah sich um: Sie kam von Bokhar-Vurnak, der wie versteinert dastand und in die Tiefe der Höhle starrte. Doch es lag nicht länger ein Befehlston darin – etwas anderes war hineingekrochen.

„… wenn alle wir Steine sind, die rollen in einem Takt, so werden wir das Grab der Feinde. Wir alle zusammen. Der Bergsturz, er naht. Hört ihr seinen Donner schon?", so klang es von fernher aus Höhlen und Klüften.

„Es ist sein Geist", raunte ein anderer Duerga. „Sein Geist singt, er singt in den Stollen."

„Der Bergsturz, er naht. Hört ihr seinen Donner schon?", hallte es unbeirrt weiter schaurig aus der Tiefe, und es durchdrang Erion wie ein sachtes Beben, das an seine eigenen Tiefen rührte, an Hoffnungen, die er schon glaubte, begraben zu müssen.

Doch ließ es auch die feinen Härchen auf seiner Haut abstehen, als würde ein feiner Frosthauch daran entlangstreichen.

6

BESUCHER IN DER NACHT

Nicht lange, nachdem man ihn so grausam verstümmelt hat", hatte ihnen Hurga-Jhin erklärt, „ist der Skalde verschwunden. Man glaubt, dass er sich in die tiefen Stollen geflüchtet hat, dort verhungert oder zur Beute der Drazghul geworden ist. Seitdem singt sein Geist aus den dunkelsten Stollen heraus sein Lied."

„Das war also nicht das erste Mal?", hatte Erion gefragt. Dann wäre es in der Nacht keine Einbildung gewesen.

„Nein, war es nicht", hatte Hurga-Jhin mit einem grimmigen Grinsen zurückgegeben. „Und es fuchst Bokhar-Jungchen und die anderen Aufseher ungemein. Dass es ihnen unheimlich ist und ihnen einen Schauer den Rücken herabjagt, wäre vielleicht zu viel verlangt. Und wenn es so wäre, würden sie es sich niemals anmerken lassen."

Nachdem das Geisterlied verklungen war, war auch die letzte Spur einer Auflehnung endgültig zusammengebrochen. Nein, eher hätte man sagen können, der äußere Aufruhr hatte sich gelegt. Erion war sich nicht sicher, wie er die Stimmung bewerten sollte. An einen offenen, gewaltsamen Aufstand war an diesem Tag jedenfalls nicht mehr zu denken.

Auch er hatte mit allen anderen seine Hacke zu Boden gelegt.

Die Duerga hatten sie an sich genommen, jedoch nicht mit der erwartbaren grimmigen und hämischen Befriedigung.

Eine merkwürdig geisterhafte Stimmung war mit dem Verklingen des Geisterlieds in der Hauptkammer zurückgeblieben, in der selbst die geblafften Befehlsrufe der Aufseher ihm irgendwie körperlos erschienen waren.

„Sie weiß es jetzt." Die Stimme riss ihn aus seiner Erinnerung in die Gegenwart und die Umgebung ihres Schlaflochs zurück.

Kunjas erbitterter Blick schien ihn durchbohren zu wollen, als sie ihn jetzt über die Düsternis hinweg anstarrte. „Oder ahnt es zumindest. Dank dir!"

Er erinnerte sich, dass Hurga-Jhins Blick, nachdem sie ihnen das über den verschollenen Skalden erzählt hatte, kurz an Kunja haften geblieben und dabei ihr Mundwinkel hochgezuckt war.

„Aber sie würde niemals irgendwas verraten", gab er jetzt ins Halbdunkel ihres Höhlenlochs zurück.

Die Art, wie Kunja sich brummend wegdrehte, um sich endgültig zum Schlafen hinzulegen, deutete nicht gerade darauf hin, dass sie das milder stimmte.

Aber auch Erion war wütend. Er war es immerhin, der guten Grund dazu hatte. Diese Art, wie sie sich benommen hatte, als sich die Chance zu einem Aufstand geboten hatte! Als würde sie sich nun endgültig gegen ihn stellen. Kein Wort der Unterstützung! Kein Wort, dass sie ihn verstand, aber ihre Gründe hatte … Nicht mal das!

Trotzig und bockig! Und er hatte gedacht, das wäre überwunden … nachdem sie ihr Feuer gefunden hatte.

Er sah Nadragír, der sich entweder noch an irgendetwas

vor dem Ausgang zu schaffen machte oder aber nach unten zum Boden der Hauptkammer hinabspähte, jenseits der Leitern und Laufgänge – genau war das nicht auszumachen.

„Ich hab noch immer nicht raus, was es ist, das du an ihr findest."

Nadragír drehte sich zu ihm um, Verwunderung in seinem Gesicht. Offenbar war sein Tonfall schärfer gewesen, als er beabsichtigt hatte. Aber dieser verdatterte Gesichtsausdruck auf Nadragírs schmalen Ninraézügen reizte ihn nur noch mehr.

„Ist es irgendwas Verdrehtes? Weil sie eine Dwerc ist und so? Ist es das? Der Kitzel, sich mit … *einer wie ihr* einzulassen?" Er wurde sich der Bitterkeit gewahr, die sich in seinen Ton gestohlen hatte, und erschrak fast darüber. Wie schaffte Kunja es nur immer, so was in ihm hervorzubringen?

Nadragír schien es nicht zu schocken. So weit er das im Halbdunkel sehen konnte, hatte er zwar die Stirn gerunzelt, doch von Zorn über seine Bemerkung war da nichts erkennbar.

„Es ist mir ganz egal, *was* sie ist", antwortete Nadragír ihm ruhig. „Sie ist eben, was sie ist. Und sie ist etwas ganz Besonderes. Darum liebe ich sie. Davon abgesehen, dass sie eine wunderschöne und bezaubernde Frau ist."

Ein verächtliches Zischen brach zwischen seinen Zähnen hervor. Er schüttelte den Kopf, und jede weitere Reaktion verbarg er dadurch, dass er sich abwandte.

Eine wunderschöne und bezaubernde Frau? Etwas ganz Besonderes? Die feurige, knackige Kleine, hatte Esgart aus Bagswick sie genannt.

Er schüttelte erneut den Kopf. Hätte es beinahe noch einmal getan, als er sah, wie Nadragír seinen Weg zu dem Schlafplatz suchte, wo sich Kunja schon hingebettet hatte, und sich dann zu ihr legte.

Für ihn war Kunja immer seine Kindheitsgefährtin

gewesen, seine beste Freundin, seit sie beide laufen gelernt hatten. Seine Vertraute. Von allen Menschen, die er kannte, hatte sie ihm – neben seiner Mutter – immer am nächsten gestanden.

Es schmerzte ihn, sie jetzt so zu sehen. So ganz bei Nadragír. So ganz gegen ihn.

Er schaute zu ihr hinüber, spürte ihrem vertrauten Umriss nach, der sich unter einer der fadenscheinigen Decken, die man ihnen zugeteilt hatte, abzeichnete. Plötzlich schien er ihm fremd, als hätte er ihn vorher noch nie wahrgenommen.

Die … knackige Kleine? Also wirklich!

Schroff wandte er sich ab. Und starrte in ein Augenpaar, das in einem menschlichen Umriss vor dem Eingang zu ihrem Höhlenloch in der Düsternis glänzte.

„Schhhhhh…", zischte die Gestalt, und Erion erahnte, dass sie einen Finger auf die Lippen legte.

Kein Duerga. Nicht Gobrur-Vhan. Nein, ein menschlicher Umriss. Doch irgendwie vertraut.

„Leise!", kam es von der Gestalt. „Hier oben hört uns zwar kaum einer, wenn wir nur einfach normal reden. Aber wenn einer vor Überraschung aufschreit, fordert das das Schicksal doch heraus."

Die Stimme kam ihm immerhin bekannt vor. Das letzte Mal hatte er sie unverhofft in einer ähnlichen Situation gehört.

Aber das konnte nicht sein!

„Agranor?"

„Pssst, leise! Kein Aufstand!" Wieder lag der Finger auf den Lippen – diesmal sah er es ganz deutlich. Und erkannte jetzt auch etwas von den vertrauten Zügen und der Statur wieder.

„Agranor", zischte er diesmal mit gedämpfter Stimme. „Unmöglich! Wie kann es sein, dass du hier unten bist? Wie kommt man nach Khaz-Dhum Sieben? Außer als Aufseher oder als Zwangsarbeiter."

Er packte Agranors Arm. Er fühlte sich echt genug an. Durch den Stoff der Kleidung spürte er die Muskelstränge von Agranors durchtrainiertem Körper, auf den er so stolz war.

Er hielt inne. „Du bist doch kein Zwangsarbeiter? Du bist doch nicht etwa auch verknackt worden?" Das sah Agranor gar nicht ähnlich, wo der sich doch immer vorsichtig zurückhielt.

„Nein, bin ich nicht", erwiderte Agranor. Am Aufblitzen seiner Zahnreihen erkannte man sein breites Lächeln.

„Agranor?" Jemand regte sich hinter Erion. Die anderen hatten wohl etwas gehört und den Besucher ebenfalls entdeckt. Er spürte, wie man hinter ihn rückte. Am Brummen erkannte er, dass Duvruk ebenfalls wach war.

„Agranor? Wie kommst denn du hier runter?"

Die gleiche Frage, die auch er gestellt hatte. Und noch einige mehr, wild durcheinander.

„Wie ich hier runterkomme?", antwortete Agranor, der sich noch immer mit den Händen am Rand des Eingangslochs festhielt. „Na, es hilft zumindest schon mal, dass ich jeden kenne und dass ich mit den meisten gut stehe."

„War noch was?", kam in diesem Moment eine knarzende Stimme von draußen. „Egso steht nämlich unten und …"

Agranor drehte sich von ihnen weg, der Stimme dort draußen zu. „Nein, ist gut, Sicco. Du kannst jetzt gehen. Und danke!"

Ein Brummen antwortete ihm.

„Sicco? Dieser miese Sausack? Na, du hältst dich wirklich mit *jedem* gut."

Er sah Agranor die Achseln zucken. „Na, kann auf keinen Fall schaden."

„Um hier runterzukommen, musst du dich aber mit mehr als diesem Ätzer gut gestanden haben."

„Ist auch so. Selbst hier unten gibt es mehr stille Verbindungen als die Duergawachen wissen."

„Stille Verbindungen? Na, du hast dich ja auch im neuen Kharnuk-Bragha ganz fein arrangiert."

„Du bist sauer auf mich?" Agranor sah ihn an. „Weil ich am Zermalmer nichts getan habe?"

„Außer nervös rumzappeln? Aber das hätte uns auch nicht vor den Reißzähnen geschützt."

Erion hörte Grolk knurren. Der hockte plötzlich neben ihm, den Kopf mit den schwärzlichen Haarbüscheln vorgereckt, und grollte tief aus der Kehle Agranor an. „Jetzt erst?", meinte Erion zu ihm. „Na, du bist mir aber eine feine Wache."

„Ich habe schon von Wachhunden gehört, aber von Wachgrolks noch nie." Er sah, dass Duvruk mit seiner Pranke das Tier im Nacken kraulte.

„Ich hab euch am Zermalmer nicht helfen können", sagte Agranor, als er wieder zu ihm hinsah. „Es stand zu viel auf dem Spiel."

„Klar, dein Leben." Das war der Punkt, an dem jeder zauderte. Verdenken konnte er es ihm nicht. Aber vielleicht hätte er ja noch andere mitgezogen, wenn er nur den Mund aufgemacht hätte.

Agranor starrte ihn eine ganze Weile an, ging aber nicht drauf ein. Ja sicher, bloß nicht in die Auseinandersetzung gehen!

Kurz senkte Agranor den Blick, sagte dann, „Alle außer Morlugh-Khars Kharnuk, die mit ihm in den Krieg ziehen, sind jetzt vom Waffentraining ausgeschlossen."

„Und? War ja zu erwarten."

Jetzt, nachdem er erneut kurz zu Boden geschielt hatte, lag ein Glanz in Agranors Blick. „Ich habe deine Tradition des geheimen Waffentrainings fortgeführt. Ich hab an dich,

ich hab an *uns* gedacht. Das können die Duerga nicht verhindern. Was sie nicht wissen –"

Das hörte sich derart hohl an. Als wollte er sich für etwas entschuldigen. Als wollte er nachträglich seinen Segen dafür haben, dass er sie nicht bei ihrer Flucht aus Kharnuk-Bragha begleitet und dass er am Zermalmer keinen Finger gerührt hatte. „Und wozu soll das gut sein, wenn du allein und heimlich trainierst."

Agranor legte den Kopf schief, wirkte auf ihn ein wenig wie ein geprügelter Hund. „Na, ein paar sind schon dazugekommen."

„Ein paar?"

„Ein paar mehr." Agranor sah an Erion vorbei zu Duvruk, Kunja und den anderen hin. „Mehr, als wir damals waren."

„Sicher, das stählt *schön* den Körper." So wie früher immer trug auch jetzt Agranor sein Hemd offen, sodass man den Ansatz seiner kräftigen Brustmuskeln erkennen konnte. „Agranor, schön, dass du hier bist, schön dich zu sehen … Aber was willst du eigentlich?"

„Wenn ich was für euch tun kann …", begann Agranor.

„Das hat uns schon Gobrur-Vhan angeboten."

„Gobrur-Vhan?" Agranor schien verblüfft.

In diesem Augenblick kam ein gedämpfter Pfiff von draußen, kaum mehr als ein Zischen. Agranor spähte aus dem Eingangsloch nach unten, wandte sich dann gehetzt wieder ihnen zu. „Ich will, dass ihr wisst, wir haben euch nicht vergessen. Wenn ihr etwas braucht … Wenn …"

„Ach … Wie willst du denn –"

Der Kopf von Sicco erschien vor dem Eingangsloch – er erkannte seinen Umriss deutlich an den beiden Zöpfen. „Du musst verschwinden! Schnell! Da ist was passiert! Sie werden gleich …"

Agranor wandte sich von Sicco wieder zu ihnen um. „Ich werd erfahren, wie es euch hier unten geht."

„Ach, wie denn? Über ihn?" Er deutete mit einem Ruck seines Kopfes zu Sicco hin.

„So, wie ich dastehe, kommt alles auf irgendwelchen Kanälen irgendwann an mein Ohr. Ich hab ja schon immer von allen alles Mögliche gehört."

„Und wenn du was hörst, was willst du dann machen?"

Jetzt hörten auch sie Lärm von unten her. Da waren aufgeregte Stimmen, Befehle wurden gebrüllt.

Agranor zuckte die Achseln, sah kurz hinab, schlüpfte dann durch das Eingangsloch raus und war schon verschwunden. Als hätte jemand eine Falltür geöffnet. Seine Vorstellung war vorbei.

Und weg war er. Wie auch schon am Tag ihrer Rückkehr am Gefängnisfenster.

„Was war das denn?", hörte er Malaiar fragen.

Kunja streckte den Kopf durchs Loch, als spähte sie hinunter, wohin Agranor verschwunden war. „Dass der sogar gut mit Sicco steht?"

„Ist eben einer, der sich mit allen gut hält und überall Schönwetter macht", erwiderte er. Grolk hing ebenfalls an der Kante des Eingangs und knurrte Agranor hinterher. „Nur leere Versprechungen und am Ende kneift er aus." Genau wie damals bei ihrer Flucht.

Kunja wandte sich zu ihm um. „Du warst ziemlich fies zu ihm."

„Ja, ich bin auch ziemlich sauer." Und daran war nicht allein Agranor schuld, aber das würde er ihr nicht noch mal aufs Brot schmieren. Das müsste ihr inzwischen eindeutig klar sein.

„Was wird wohl Dunjak-Dhar sagen, wenn wir ihr davon erzählen?", hörte er Malaiar fragen.

„Sie wird wieder sagen, dass er das leichtere Leben hat. Was sie damals schon gesagt hat", antwortete er. „Und recht hat sie. Wer sitzt schließlich hier in Khaz-Dhum Sieben fest?"

„Was? Agranor? Er war da? Hier unten? Diesen Nachtag?"

Unten herrschte noch immer irgendwelche Aufregung. Erion hatte die Gunst der Stunde genutzt, sich mit den anderen zu dem Höhlenloch hinzustehlen, in dem Dunjak-Dhar mit ein paar anderen Firimduerga untergebracht war.

Der Teil von Khaz-Dhum Sieben, in dem sich die Schlafkammern befanden, bestand aus Höhlungen, die an sich überschneidende Hohlkugeln erinnerten und waben-artig von meist oberflächlichen Löchern durchzogen waren. An manchen Stellen war das Gestein darin porös, sodass die Insassen zwischen einzelnen Höhlenlöchern winzige Sprachlöcher oder Durchreichen gegraben hatten. Da die Wächter natürlich davon wussten, gab es regelmäßige Inspektionen. Dafür mussten dann die wenigen Firimduerga oder Dwerc unter den Aufsehern ran. Denn der ganze Bienenstock an Schlaflöchern war über ein Netz von Leitern, Stegen und Laufgängen miteinander verbunden, ein beinahe unüberschaubares kreuz und quer verlaufendes Gewirr. Die wichtigeren Zugänge davon waren natürlich so solide, dass sie auch einen Duerga trugen, doch eben nicht überall und auch nicht bis in den letzten Winkel. Ohnehin hielten sich die meisten Wachen, bis auf die gefürchteten Inspektionen, meist unten am Grund und in der Haupt-kammer auf. Da waren sie auch jetzt – offenbar die meisten wach – und riefen durcheinander.

„Einer von außerhalb der Minen schafft es leibhaftig hier runter?", fragte Hurga-Jhin.

Auf dem Weg zu Dunjak-Dhars Unterkunft waren sie an ihrem und Bovluks Höhlenloch vorbeigekommen, und die beiden hatten sich ihnen angeschlossen.

Erion sah jetzt zu Hurga-Jhin hinüber. „Agranor hat's offensichtlich geschafft. Agranor ist einer, der sich mit allen gut hält."

„Da muss er sich schon mächtig gut halten", erwiderte Bovluk an Hurga-Jhins Stelle und strich sich über seinen langen, geflochtenen Bart. „Es gibt zwar Möglichkeiten für Botschaften hier raus. Aber leibhaftig so einfach am Wachpunkt vorbei?" Er sah Hurga-Jhin an.

„Außer den Aufsehern und von ihnen zugelassenem Personal? Hab ich noch nie gehört. Aus Khaz-Dhum Sieben kommt keiner raus. Nicht an den Wachen vorbei. Kein Schleichweg, nichts. Alles versperrt und zugemauert. Fragt doch eure Stollenspürerin!"

„Malaiar?"

Sie saß mit konzentrierter Miene da, hatte sich alles angehört und sah jetzt auf, anscheinend überrascht, als sie so plötzlich angesprochen wurde.

„Es gibt Wege aus dem Gewirr der Schlafhöhlen raus, das habe ich inzwischen gemerkt", sagte sie. „Aber das bringt uns nicht weiter. Denn es gibt keine, die weiter nach oben führen. Alles entweder durch Geröll und Stein sicher versperrt oder zugemauert. Da kann selbst ich nichts machen. Es gibt nur den Weg durch den Wachraum."

„Aus Khaz-Dhum Sieben kommt keiner raus. Aus den Minen überhaupt kommt keiner raus", warf Hurga-Jhin ein. „Was, Bovluk? Sonst hätten wir es längst …" Hurga-Jhin verstummte, denn von unten erscholl jetzt Gebrüll aus zahlreichen Kehlen, und dazu noch wurde die große Glocke angeschlagen.

„Die meinen's ernst", sagte Hurga-Jhin. „Die wollen uns alle da unten versammeln."

„Wär sowieso bald Ende der Ruhepause", meinte Bovluk. „Haben es eben nur was vorgezogen. Wegen dem, was sie so in Aufregung versetzt hat."

Was das war, bekamen sie schließlich mit, als alle Arbeiter von Khaz-Dhum Sieben unten auf dem Höhlengrund angetreten waren. Die eigens von Morlugh-Khar hierherbeorderte Unterstützungstruppe hielt sich bedrohlich im Hintergrund bereit.

Es hielt zwar keiner von den Aufsehern eine Ansprache, aber von dem, was sie alle durcheinanderschnauzten, wurde klar, dass es einen erneuten Angriff von Jäger-Drazghul gegeben hatte. Sie hatten sich mehrere Arbeiter geholt. Doch diesmal hatte es auch zwei Aufseher erwischt.

Entsprechend aufgeregt und aufgebracht waren die Duergawachen.

Mit noch lauterem Gebrüll als üblich wurden die Arbeitstrupps in die Stollen geschickt, offenbar auch solche, die mit ihrer Schicht eigentlich noch gar nicht dran waren.

Malaiar stupste Erion an.

Er folgte ihrem Blick und sah Bokhar-Vurnak, der wütend auf sie zugestapft kam. Hinter ihm erblickte er Gobrur-Vhan, der sich bemühte, mit Bokhar-Vurnak Schritt zu halten. Genau wie der Wachtrupp, der ihnen folgte.

„Ihr habt ja so ein verdammtes Glück!", donnerte Bokhar-Vurnak ihnen schon entgegen.

„Soll das was Gutes bedeuten?", hörte er Kunja raunen.

„Eigentlich ..." Bokhar-Vurnak baute sich mit in die Hüften gestemmten Fäusten vor ihnen auf. „Eigentlich hättet ihr alle miteinander runter in den Todesvortrieb wandern sollen. Die Drazghul haben heute welche von den Arbeitern verschleppt, die dort rackern, und ihr seid, laut Morlugh-Khars Anweisung, die Nächsten, die auf der Liste zum Nachrücken stehen."

Erion atmete erleichtert durch. Dieses *Eigentlich* bedeutete also etwas Gutes.

„Aber ...", fuhr Bokhar-Vurnak gewichtig fort. „Eure Stollenspürerin hat ja wohl die Herzen aller gewonnen, weil sie gestern nicht nur eine ganze Reihe von euch Arbeitshunden, sondern auch ein paar von unseren Brüdern und Schwestern gerettet hat."

Bokhar-Vurnak zeigte mit dem Daumen über die Schulter. „Und Gobrur-Vhan hier, der eigentlich gar nichts damit zu tun hat, weil er nicht unter den Geretteten war, hat wohl sein weiches Herz für euch entdeckt und hat ganz schön gefleht."

„Ich hab nicht gefleht", beschwerte sich Gobrur-Vhan empört.

Mit zu einem Grinsen verzogenen Mund sah sich Bokhar-Vurnak über die Schulter nach ihm um. „Oh doch, du hast gefleht."

Bokhar-Vurnak wandte sich wieder ihnen zu. „Jedenfalls bin ich niemand, dem Gnade fremd ist."

Erion gingen zwar ein paar Gedanken dazu durch den Sinn, doch er hütete sich, irgendetwas davon nach außen dringen zu lassen. Schließlich wollte er sich nichts von dem verscherzen, was Malaiars Tat ihnen eingebracht hatte.

„Und so", fuhr Bokhar-Vurnak fort, „bleibt ihr von der Versetzung in den Todesvortrieb verschont." Er ließ eine Pause. „Alle …" Er hob die Stimme. „Bis auf einen."

Erion schrak zusammen, denn Bokhar-Vurnak starrte mit seinem tückischen Blick aus gelben Duergaaugen geradewegs ihn an.

Er spürte die Blicke seiner Gefährten ebenfalls auf sich liegen. Nach allem, was er aus den Augenwinkeln davon erhaschen konnte, lag in ihren Mienen und Haltungen Betroffenheit. Er selbst fühlte sich jedoch vollkommen taub. Es wunderte ihn, denn er war eigentlich weniger geschockt, als er gedacht hätte. Das passte einfach schon alles in die Kette der Dinge, die ihm widerfuhren. Beinahe fühlte er sich sogar leicht …

Er hob die Hand zu seiner Stirn, fand dort kalten Schweiß.

O nein!

„Ich denke", hörte er Bokhar-Vurnak wie durch einen Schleier hindurch fortfahren, „Morlugh-Khar wird sich schon zufriedengeben, wenn nur du dorthin versetzt wirst. Auf dich hat er es anscheinend am meisten abgesehen."

Bokhar-Vurnak war zwar für ihn noch deutlich zu sehen, doch zu den Rändern seines Blickfelds bleichte sein Bild aus und fasriges, huschendes Gewebe stahl sich von dort herein. Graue Spinnennetze ...

„... außerdem kam es mir so vor, als wärst du gestern derjenige gewesen, den der Geist der Rebellion am meisten gezwickt hat. Sah mir ganz nach Auflehnung aus ..."

... Gefaser an einem schwärend gelbrötlichen Himmel, wie ein Stochern unendlich langer, knochiger Spinnenbeine ...

„Erion, was ist mit dir?"

„O nein, lass mich ran! Ich weiß wie ..."

„Es trifft also ganz den Rich... Was ist? Willst du ihm etwa eine ..."

Der Schlag traf seine Wange, doch er rief ihn diesmal nicht in die Gegenwart zurück, er schien ihn nur weiter wegzukatapultieren. Er spürte ihn kaum, er fühlte sich an wie ein Geisterschlag ... der ihn in bleiche Wehen des Vergessens hineintreiben ließ ... wo ein Kratzen und Krabbeln ihn erwartete und raschelnd wispernde Geisterstimmen ...

Wie von fern hörte er eine letzte Stimme aus der Welt fasslicher Dinge herübertreiben, die er gerade hinter sich ließ. Es war keine, die er gern als Letztes gehört hätte.

„O nein, jetzt kippt dieser Leichtfuß uns schon wieder um ..."

7

IM TODESVORTRIEB

Es war eine Hölle, in der er gelandet war.

Ein Eishauch wehte beinahe ständig hier, und wenn es heiß wurde, dann wurde es jäh heiß und mit solcher Macht, dass man glauben mochte, die Haare würden einem vom Kopf gesengt und das Fleisch würde einem von den Knochen gekocht.

Es musste hier in der Nähe unglaublich viele Feuerschlote geben, und ihr Höllenatem rauschte und dröhnte durch die Schächte und Spalten. Zwar sah man die Flammen nicht, doch wenn man ihr Fauchen hörte, dann brachte man sich besser in den engen Hohlräumen hinter einem Felsvorsprung in Sicherheit. Er hatte Arbeiter gesehen, die wie der geschwärzte Bodensatz der Hölle aussahen. Vom schwarzen rußigen Abrieb und von Qualm geschwärzte Haut hatten hier zwar die meisten, doch viele hatten von Feuerschlotausbrüchen auch rote oder weißlich aufgequollene Blasen davongetragen.

Die grausige Kälte kehrte danach ebenso plötzlich zurück. Der Berg von Kharnuk-Bragha musste einen frostigen Eiskern als sein Herz haben. Er wollte Malaiar danach fragen. Wenn er dazu noch einmal die Chance bekam.

Aus dem Anfall, der ihn überkommen hatte, war er zwar wieder aufgewacht, doch er wusste nicht, wie viele Schichten im Todesvortrieb er noch überstehen würde.

Denn neben all dem war auch die Gefahr von Drazghulangriffen allgegenwärtig. Man fand nur deshalb hier keine Überreste ihrer Opfer, weil sie die weg in ihre Nester schleppten.

Grolk schien das alles nichts auszumachen. Er tollte munter umher, als wäre das die absolut natürliche Umgebung für einen Grolk. Vielleicht war sie das auch. Man wusste viel zu wenig über diese Viecher. Außer dass sie manchmal in Scharen auftauchten, um über Felsen, Mauern und Dächer hinwegzutoben und dann wieder an den Rand der Stadt oder auch ganz von der Bildfläche zu verschwinden.

Todesvortrieb war eigentlich die vollkommen falsche Bezeichnung für das Gewirr aus Ritzen und Spalten. Doch wahrscheinlich hatte es in den Ohren der Duerga so gut geklungen, dass sie dem Wort als Namen dafür nicht widerstehen konnten.

Die meiste Zeit kroch er mit nur wenigen Leidensgenossen durch die engen Spalten, manchmal auch ganz allein zusammmen mit Grolk. Man schien sich keine Gedanken über die Möglichkeit einer Flucht zu machen. Einer der Arbeiter hatte ihm verraten, dass etliche Stollenspürer versichert hatten, es gäbe ganz sicher keine anderen Ausgänge aus diesem Spaltengewirr. Auch danach hätte er Malaiar gerne gefragt. So, wie es stand, ließ man den Arbeitern die Wahl, wenn die Glocke zum Schichtende durch die Tunnel drang, sich wieder auf den Weg zurückzumachen, wo einen vor der nächsten Schicht eine Mahlzeit und etwas Schlaf erwartete, oder sich in den Ritzen und Röhren zu verkriechen, um dort zu verhungern und zu verdursten. Und das in völliger Finsternis. Denn die zugeteilte Glimmkugel würde bald unerbittlich kurz nach dem Ablauf ihrer Arbeitszeit verlöschen.

Außerdem bestand bei den Verschollenen immer die Möglichkeit, dass ein Drazghul sie sich geholt hatte. Spuren von Drazghulblut hatte Erion hier oft gesehen. Der Todesvortrieb reichte dem Vernehmen nach an die Grenzen ihres Kernreiches heran. Wenn die Stollenspürer sich also irrten, dann führten mögliche Wege raus nur durchs Territorium der Drazghul. Er vermutete stark, dass die Stollenspürer, die das untersucht hatten, nicht allzu scharf darauf waren, sich in deren Jagdgründe zu wagen.

So oder so hatte man nie von einem gehört, der entkommen wäre, und so oder so gab es keinen Körper, den es zu entsorgen galt. Wer drin blieb, blieb drin. Schon in seiner ersten Schicht war Erion auf die Leiche eines Arbeiters gestoßen. Der Verwesungsgestank wehte ihm durch den Schacht entgegen. Das waren die, welche die Drazghul nicht erwischt hatten, sondern die dem Verhungern und Verdursten zum Opfer gefallen waren.

Die Hoffnung war es, welche die Arbeiter am Leben hielt, bis der Todesvortrieb sie tötete.

Runenerz war hier gefunden worden. Zwar in kleinen Mengen, doch trat es immer nur in kleinen Mengen auf. Umso wertvoller war es und umso schwieriger waren die kleinen, raren Nester zu finden.

Wer Runenerz fand, durfte raus aus dem Todesvortrieb. Es hieß, sogar raus aus Khaz-Dhum Sieben. Doch weil man nie einen von den angeblich Glücklichen wiedersah, gab es keine Möglichkeit, zu überprüfen, was wirklich mit ihnen geschah.

Einmal hatte er etwas gesehen, was er für ein Stück Felswand gehalten hatte, was sich aber bei seiner Annäherung jäh zurückgezogen und einen schmalen Spalt hinterlassen hatte.

Es war der Anfang seiner dritten Schicht hier unten. Er

machte sich Sorgen um seine Freunde, denn er hatte sie bei seiner Rückkehr von der Arbeit nicht in ihrer Schlafhöhle angetroffen. Er betete, dass sie in der Zwischenzeit nicht irgendeiner Schikane zum Opfer gefallen waren.

Erion hatte sich gerade durch einen besonders engen Spalt gezwängt. Nicht in der Hoffnung auf einen Runenerzfund und die Belohnung. Er wäre ganz schön blöd, wenn er glaubte, dieser Handel gelte auch für ihn – so wie Morlugh es auf ihn abgesehen hatte. Nein, er war hier hineingekrochen, um endlich ein kleines bisschen Ruhe zu haben, endlich mal wieder seine eigenen Gedanken zu hören. Um dann vielleicht die Möglichkeiten abzuklopfen, wie sie hier je wieder rauskamen.

Es war das unruhige Trappeln und Scharren Grolks, das ihn warnte. Er hatte schon in der kurzen Zeit gelernt, dass es zuverlässig war und ihn in seiner Vermutung bestärkt, dass genau in solchen Spalten die eigentliche Heimat seiner Rasse zu finden war.

„Ja, ich weiß schon. Der Ausbruch eines Feuerschlots. Aber wo willst du denn hin? Wohin willst du dich in Sicherheit bringen?"

Hm, wenn das ihre Heimat war, dann sollte man einem Grolk vielleicht auch darin vertrauen, wohin man sich hier am besten flüchtete.

Also krabbelte er Grolk hinterher. So schnell er konnte, denn er hörte schon leise den fauchenden Atem und spürte eine Hitzewelle, die sich langsam in seinem Rücken aufbaute.

Ja, da war eine Ritze, in der Grolk verschwand, doch passte er da hinein? Mit den Beinen zuerst schob er sich Grolk hinterher, drückte sich an der Kante ab, um ganz hineinzuschlittern. Eine Hand hielt er dabei zur Faust geballt und damit seine Glimmkugel umfasst, und nur wenig Licht drang zwischen den Fingerritzen hervor. Er musste an der engen Stelle den Kopf zur Seite biegen, doch es gelang.

Er spürte einen sengenden Hauch an seiner Kopfhaut, blickte hoch und sah statt Dunkelheit den Eingang des Spalts in einem vagen Glühen abgezeichnet. Dem Scharren zufolge floh Grolk immer weiter. Dies schien ein besonders schlimmer Hitzesturm zu werden.

Wer war er, in dieser Hinsicht gegen Grolk zu argumentieren?

Also krabbelte er fieberhaft tiefer in die Enge hinein, öffnete die Faust um die Glimmkugel ein wenig, um sich zu orientieren.

Sein Fuß glitt jäh ab, ein Schreck durchfuhr ihn. Mit einem scharfen Aufschrei stürzte er.

Und prallte gegen harten Stein. Lichter tanzten ihm vor den Augen, und er rieb sich den Hinterkopf. Öffnete die Hand mit der Glimmkugel und sah sich dann um.

Er war in einen schmalen Hohlraum geraten, in dem vielleicht noch eine weitere Person eng gedrängt hineingepasst hätte. Ein Rauschen und Fauchen drang hohl verzerrt durch den Spalt zu ihm hin. Ein warmer Hauch traf ihn.

Er drehte den Kopf. „Na, Grolk, da haben wir aber gerade noch mal Glück gehabt. Danke, mein Kleiner, ohne dich …"

Grolk schnarrte. Es klang alarmiert. Wie eine Warnung.

Was war los? Den Hitzeschwall hatten sie doch sicher überstanden.

Ein schrecklicher Verdacht überkam ihn. Waren sie etwa in diesem Hohlraum nicht allein?

Erion erstarrte, ließ nur seine Augen umherwandern, während ihm sein Atem als ein gefährlich überlautes Keuchen und Stampfen erschien, und zwang sich zur Ruhe. Seinem Herzen konnte er kaum befehlen, nicht länger wie eine Pauke zu dröhnen.

Doch selbst über dessen Takt hörte er das feine Gewisper und Gezischel.

Nein, er und Grolk waren hier nicht allein.

Doch wer immer das war, befand sich nicht mit ihnen in der Höhlung – das zeigten ihm seine Augen im Licht der Glimmkugel. Sondern außerhalb davon.

Der Klang von Stimmen drang durch einen Spalt zu ihm hin. Und jetzt, da er sich anstrengte, sah er sogar einen Schimmer, durch den sich dieser Spalt zwischen seinen Füßen abzeichnete.

Rasch schloss er die Faust um seine Glimmkugel und wand und bog sich in dem engen Raum, damit sein Ohr näher an den Spalt kam.

„… hältst schön den Mund, Quisling, und überlässt mir das Reden. Du kannst noch genug plappern, wenn unser Heer ausgezogen ist und dir dann diese Stadt gehört, nur noch von den sterblichen Hüllen der feigen Geister bevölkert, deren Herzen zu schwach für den Krieg sind. Also hör zu und lerne!"

Ja, eindeutig Stimmen. Und die hier kannte er nur allzu gut. Er hielt den Atem an.

„Also, Meister Hisiciar, wo waren wir stehen geblieben? Ah ja, ich erinnere mich. Dass ihr euch endlich … *fügen sollt!*" Die letzten Worte wurden so laut und unvermittelt gebrüllt, dass jeder Zweifel schwand, wer hier die Rede führte. Gleich darauf – wie es eben Morlughs Art war – wurde seine Stimme wieder leise, beinahe säuselnd. „Habt ihr nicht schon genug hier gelitten? Pfeifen nicht einige von euch schon aus dem letzten Loch? Ich hab gehört, einen haben schon die Drazghul geholt. Kommt schon, gebt's zu, ihr macht es nicht mehr lange. Wozu sich quälen? Wenn es am Ende doch nutzlos ist?"

Er spürte, wie Grolk dazu ansetzte, feindselig zu schnarren. Rasch packte er ihn, hielt ihm die Hand vor die Schnauze und hoffte, dass Grolk ihm nicht in die Finger biss. Ja, er hasste Morlugh auch!

„Es ist nie nutzlos, sich gegen einen brutalen, mordgierigen Despoten zu stellen."

Das war wirklich Meister Hisiciar, der oberste Alchymiker. Er erkannte ihn genau an seiner Stimme.

„Arge Worte sind das", hörte er Morlugh knarren und schnaufen. Seine Verletzungen machten seine Stimme nur noch liebenswürdiger. „Na, zumindest zeigt Ihr so Eure Farben. Aber ist es nicht besser, zähneknirschend am Leben zu sein, als mit reinem Gewissen elendig zu verrecken oder von Drazghul gefressen zu werden?"

Keine Antwort, nur ein kalter Hauch aus dem Spalt. Bei Urnak, er musste irgendwie durch die Höhlungen nahe an die Stelle herangekommen sein, an die man die Alchymiker zur Zwangsarbeit verdammt hatte – den Ort, den sie Eisenhölle nannten.

„Vor allem ist Euer Leiden derart sinnlos", hörte er Morlughs Stimme durch den Spalt erneut an sein Ohr dringen. „Wir stellen alles auf den Kopf, in all Euren Werkstätten. Und glaubt mir, wir stehen kurz davor, Euren Vorrat an Donnerelixier zu finden. Glaubt Ihr mir etwa nicht?"

„Wie sollte ich auch nur irgendein Wort glauben, das aus dem Mund eines skrupellosen Lügners kommt?"

„Oh, ich sehe, Ihr legt es darauf an, mich nur umso gewogener zu machen und Eure Lage dadurch enorm zu verbessern." Morlugh hatte diesen konzilianten Ton angenommen, der einen – wie Erion aus eigener Erfahrung wusste – mehr noch als seine Grobheit bis aufs Blut reizen konnte.

Doch von Meister Hisiciar kam anscheinend nur Schweigen.

„Und darüber hinaus ...", fuhr Morlugh jetzt fort. „Meister Harghberd macht große Fortschritte, den letzten Schritt bei der Bereitung eures Donnerelixiers, in den Ihr ihn nicht eingeweiht habt, selbst herauszufinden. Oh, er scheint äußerst fähig!"

„Dieser erbärmliche Verräter! Diese schäbige Ratte!"

Ein Auflachen von Morlugh. „Oh, ich werde ihm Eure

Grüße ausrichten. Das wird ihn zu noch mehr Eifer antreiben."

„Tut das nur", kam es von Meister Hisiciar zurück. Erion konnte nicht glauben, wie ruhig er jetzt wieder klang.

„Und wenn er wacker so weitermacht, dann brauchen wir Euer verstecktes Rezept erst gar ..."

Der Klang einer Glocke klang hohl und sehr leise nur von der anderen Seite des Zwischenraums.

Doch in seiner Anspannung schreckte er Erion auf, sodass er zusammenzuckte. Dabei entließ er Grolk so plötzlich aus seiner Faust, dass der hochsprang. Ein leises Fauchen und ein Kratzen seiner Krallen über Stein.

„Was war das?"

Erion erschrak bis ins Mark, erstarrte auf der Stelle, hielt den Atem an.

Schweigen kam jetzt aus dem Spalt. Er stellte sich vor, wie Morlugh dort unten stand und lauschte. Außerdem nahm bei ihm die verrückte Vorstellung Gestalt an, wie Morlugh mit seinem gewaltigen Körper, seinem stählernen Arm und seinem Hass auf ihn, den Berg auseinandernehmen, alles zertrümmern und den Spalt aufbrechen würde, nur um an ihn zu kommen.

Erion wagte nicht, sich zu rühren. Und er betete, dass auch Grolk sich ruhig hielt.

Schließlich hörte er Morlughs Brummen. „Waren wohl nur Grolks im Gemäuer."

Erion hatte genug mitbekommen. Kein Risiko mehr! Außerdem war die Glocke erklungen, und wenn er sich nicht beeilte, würde seine Glimmkugel erlöschen, bevor er diesen Tunneln entkommen war.

8

_____

EIN ENTSCHLUSS

D as hat er gesagt?"
Dunjak-Dhar starrte düster vor sich hin.
Erion hatte Glück gehabt. Am Ende dieser
Schicht im Todesvortrieb hatte er die anderen wieder in
ihrem Höhlenloch angetroffen und erfahren, dass sie an
einer Stelle eingesetzt worden waren, bei der sie woanders
hatten übernachten müssen. Dringlicher als die Wiederse-
hensfreude war allerdings, dass alle von den Neuigkeiten
erfuhren, und so hatte er sie gedrängt, gemeinsam mit ihm
zu Dunjak-Dhars Schlafloch hochzuklettern.

Die Aufregung hielt Erion noch immer gepackt. Er
schüttelte den Kopf. Er konnte es nicht fassen. „Wie konnte
Meister Hisiciar dabei nur so ruhig bleiben? Mir kam es vor,
als hätte er sich nur über den Verrat dieses einen Alchymikers aufgeregt, aber nicht über die Drohung, dass dieser
Kerl einen Weg findet, das Donnerelixier selbst herzustellen
oder dass man kurz davorsteht, den versteckten Vorrat
davon zu finden. Versteht Ihr das?"

Dunjak-Dhar schüttelte nur sacht den Kopf und ließ das

dann in ein nachdenkliches Wiegen übergehen. „Ich habe gebetet, dass er es nicht schafft", sprach sie dabei mehr wie zu sich selbst. „Ich habe so sehr gebetet."

Sie starrte noch eine Weile düster vor sich hin, dann hob sie jäh den Blick.

„Wir können nicht darauf vertrauen, dass alles nur leere Drohungen von Morlugh sind: dass sie kurz davorstehen, das Versteck des Donnerelixiers zu finden, dass Harghberd bald in der Lage ist, den letzten Schritt von dessen Herstellung nachzuvollziehen. Wenn wir uns irren, wären die Konsequenzen einfach zu schrecklich." Sie schnaufte, starrte nachdenklich hoch zur Höhlendecke. „Unausdenkbar ... diese Macht in Morlughs Händen!"

Ein Ruck durchfuhr sie. Sie sah sich im Kreis der um sie Versammelten um. „Wir müssen etwas tun! Wir müssen einfach sichergehen. Irgendjemand muss zu den Alchymikern und mehr erfahren."

„Aber wie ...?", kam es von Nadragír.

„*Ich* hab den Spalt entdeckt. *Ich* arbeite im Todesvortrieb." Es war für Erion klar.

„Aber der Spalt ist zu eng. Du kommst da nicht durch. Hast du selbst gesagt." Kunja sah ihn mit gerunzelter Stirn an.

„Ich find schon was. Ich find schon einen Weg ..."

„Bist du dir da sicher? Bist du plötzlich ein Stollenspürer?"

Er wandte sich um und erkannte den Ausdruck auf Malaiars Gesicht. Wenn sie sich einmal entschlossen hatte, dann hatte sie sich auch richtig entschlossen.

„Nein, auf keinen Fall! Wie willst du da reinkommen?" Dass sie ihn begleiten wollte, war Wahnsinn!

Malaiar blieb ungerührt.

Die Antwort kam stattdessen von Kunja. „Meinst du ernsthaft, die kontrollieren, wer im Todesvortrieb in die

Schicht geht? Es ist ja nicht so, als würde sich jeder darum reißen." Sie starrte ihn mit diesem ernsten Blick an.

Er deutete mit beiden Händen auf die beirrend ruhige Malaiar. „Aber sie wird in eurem Trupp fehlen. Das wird man merken und …"

„Ich habe eine Idee!" Dunjak-Dhars Stimme ließ ihn herumfahren. Er schaute sie erwartungsvoll an. „Für diese verbohrten Kerle sieht doch eine Firimduerga wie die andere aus."

„Ja?"

Statt auf ihn einzugehen, wandte sie sich um. Im Hintergrund, ein Stück vom Eingang zurückgezogen, hinter einer Engstelle hockten oder lagen die Firimduerga, mit denen Dunjak-Dhar zusammen in diesem Höhlenloch untergebracht war.

Erion sah, wie sie eine von denen ansprach, die noch nicht schliefen.

„Du hast gesagt, euer Aufseher zählt euch nicht richtig durch?"

„Ja, ist so. Weiß gar nicht, ob der dämliche Hund überhaupt richtig zählen kann. Er weiß, aus Khaz-Dhum Sieben kommt keiner raus. Er nicht und wir schon gar nicht. Also lässt er's schleifen."

„Was hältst du davon, mit Malaiar hier die Kleidung zu tauschen und den Platz in ihrer Schicht zu übernehmen?"

Oh, er sah, worauf das hinauslief.

Er bemerkte, wie Nadragír die beiden nachdenklich betrachtete. „Hm, sie haben ungefähr dieselbe Statur. Und Malaiars Kleidung einer Stollenspürerin ist so auffällig, dass sie sich einprägt. Wenn sie den Kopf von den Aufsehern wegdreht und sich gebückt hält, müsste es klappen."

Malaiar deutete auf die Firimduerga, die sie ersetzen sollte. „Mein blaues Tuch ist auch ziemlich auffällig. Wenn sie das noch so um den Hals trägt, dass es jeder sieht, müsste es klappen."

„Und wir sind ja dabei, um sie notfalls zu decken und die Aufseher abzulenken", ergänzte Nadragír.

„Würdest du das tun?", fragte Dunjak-Dhar die Firimduerga.

„Geht's drum, diesen Arschkrampen von Kharnuk-Duerga eins auszuwischen?"

„Immer", erwiderte Dunjak-Dhar.

„Klar. Dann bin ich dabei. Ein Schacht ist so schlimm wie der andere."

Dunjak-Dhar wandte sich wieder ihnen zu. Ihr stand ein entschlossenes Lächeln ins Gesicht geschrieben. „Dann machen wir's so."

„Wartet!"

Er sah, wie Kunja an ihrer Kleidung herumnestelte und ihm schließlich etwas auf ihrer Handfläche entgegenhielt.

„Hier, falls es nicht so läuft, wie ihr denkt. Ich hab noch ein paar Glimmkugeln. Die hab ich noch von unserer Flucht übrig. Ich dachte mir, dass wir sie irgendwann mal gebrauchen können. Als wir hier runterkamen, hab ich sie im Futter meiner Kleidung versteckt."

„Ach, ich bin nicht die Einzige, die den Trick nutzt. Den Duerga kommt's nur auf Waffen an; darüber hinaus sind sie nicht besonders sorgfältig." Dunjak-Dhar sah von Kunja zu ihm herüber. „Erion, ich will, dass du dir ganz sicher bist. Ich will nicht, dass du ..."

Er sah sie zögern, legte ihr die Hand auf die Schulter. „Ach, Meisterin, jetzt redet doch nicht rum!" Trotz allem spürte er, wie seine Mundwinkel zu einem Lächeln hochzuckten. „Ich mach's. Einer muss es tun. Und mein Leben ist ohnehin nicht viel wert."

Er merkte ihr an, dass sie noch etwas sagen wollte, doch Malaiar kam ihr zuvor.

„Und ich pass auf ihn auf." Sie legte ihm einen Arm um die Schultern, grinste ihn verschwörerisch an. „Zusammen kriegen wir das hin." Sie zwinkerte ihm zu. „Was meinst du, haben wir das im Griff?"

„Na klar haben wir das im Griff", sagte er. „Wo wir doch das verdammte Glück gepachtet haben."

So sah's aus! Sonst säßen sie wohl nicht hier unten in Khaz-Dhum Sieben, oder?

Er hielt sein Grinsen, auch wenn es ihn Mühe kostete.

9

DIE PFADE DER TODGEWEIHTEN

Kunja hatte recht behalten.

Keiner der Aufseher kam auf die Idee, dass jemand freiwillig in den Todesvortrieb ging. Sie schoben sie einfach wie eine Herde Schafe voran in den Schacht, von dem aus es kein Entkommen gab und hinter dem sich die zahllosen Spalten und Schlünde auftaten, in denen sie nach Runenerz suchen mussten.

Erion zuckte zusammen, als einer von ihnen beim Durchwinken Malaiar auf den Rücken klopfte, doch die duckte sich einfach weg, den Zipfel des Mantels halb wie eine Kapuze über den Kopf gezogen, und trottete weiter, ohne länger beachtet zu werden.

„Wie machen wir's?", fragte Malaiar, als sie in die engeren Tunnel kamen.

„Da gibt's nichts groß zu tricksen. Die lassen uns in Ruhe, weil sie wissen, wir kommen nicht anders raus. Also komm mir nach zu der Stelle, die ich gefunden habe!" Er zeigte in den Stollen hinein. „He, schau mal, Grolk kennt den Weg und will schon voraus. He, Grolk warte!", rief er ihm hinterher.

Ausnahmsweise hörte Grolk auf ihn.

Sie mussten nämlich warten, bis die meisten Arbeiter vorüber waren, da viele von ihnen ganz heiß auf den großen Runenerzfund waren, der sie hier rausbringen sollte, und daher eifersüchtig den anderen hinterherspionierten.

Viele der Arbeiter hier benutzten Garnspulen, der Rest kratzte Zeichen in den Fels, um wieder zurückzufinden, aber er hatte schon in seiner ersten Schicht gelernt, sich ganz auf Grolk zu verlassen.

Auch jetzt schien Grolk genau zu wissen, wohin es ging. Und wohin Erion wollte. Es schien, als könnte er Gedanken lesen.

Doch Grolk war klein und wendig, sie aber hatten Mühe, sich durch enge Spalten zu zwängen, und auch sonst fiel es ihnen schwer, mit dem quirligen Tier mitzuhalten.

„Warte, Grolk, warte!", musste er ihm immer wieder hinterherrufen, wenn Malaiar anhalten wollte, um den Fels zu spüren, mit geschlossenen Augen, manchmal durch die flachen Tunnel im Liegen. Sie legte dann ihre Hände und die Stirn auf den Stein und versank einen Augenblick lang in Konzentration.

Sie hatte das schon mehrmals gemacht, bevor sie nur dem Spalt nahe kamen, der hinunter zur Eisenhölle führte. Er wurde ungeduldig. Sie waren schließlich nicht hier, um dem Berg Ehre zu erweisen oder irgendwelche Erzadern aus ihm rauszukitzeln.

Endlich waren sie in dem Schacht angekommen, in dem er beinahe vom Hitzeschwall überrascht worden war.

„Jetzt komm schon! Grolk ist schon ein ganzes Stück voraus", drängte Erion. Aber sie wollte wieder irgendeinem Flüstern des Steins nachspüren.

„Warte, ich muss ein Gefühl für die Struktur kriegen …"

„Kannst du das nicht tun, wenn wir bei dem Spalt sind? Jetzt komm schon!"

Er krabbelte voran, und er hörte an den Geräuschen,

dass sie ihm offenbar folgte. Allmählich glaubte er, im Licht der Glimmkugel etwas wiederzuerkennen. Das war die Stelle, wo der Boden grober wurde, nicht so glatt wie vorher.

„Hier bin ich ziemlich schnell drübergekrabbelt. Grolk hat mich gewarnt. Und dann hab ich auch schon selbst den Hitzeschwall vom Ausbruch des Feuerschlots gespürt."

„Hier ist der Fels von Rissen durchsetzt. Deshalb dringt die Hitze überall durch."

Ja, das würde es erklären. Aber für so was war keine Zeit. Sie hatten Grolk verloren. Er war außerhalb des Scheins der Glimmkugel.

„Das macht es tückisch. Das kann auch den Stein ..."

Aber Grolk konnte in diesem Spalt schließlich auch nirgendwo ...

„Erion!"

„Was denn?" Er wandte den Kopf, um zu sehen, was Malaiar da von ihm wollte.

Er spürte den Abwärtsruck, und eine Kälte schoss ihm jäh unter die Schädeldecke hoch.

Er schrie auf.

Der Boden unter ihm gab nach. Kippte. Und es riss ihn abwärts.

Er hörte Malaiars Schrei.

Wollte sich auf der kippenden, stürzenden Bodenplatte festhalten. Etwas stieß ihm ins Kreuz, und er sauste vorwärts. Heißer Schreck in all seinen Gliedern.

Mit einem Knall prallte die Bodenplatte auf, der Stoß durchfuhr ihn hart und warf ihn hoch. Ging ihm durch alle Knochen und ließ etwas in seinem Genick sengend aufflammen. Er hatte das vage Gefühl, mit irgendwas verknäuelt zu sein, doch alles verlöschte in einem Schwall staubiger Benommenheit, der ihn dumpf umfing.

Einen Moment rang er um sein Bewusstsein, dann rollte

er sich herum, spürte, wie sich ein Widerstand um seine Beine entwand. Er rieb sich den Nacken, schaute auf. Im sich legenden Staub sah er vage einen Umriss, in dem er Malaiar erkannte. Ihrer beider Beine waren einander beim Sturz ins Gehege gekommen.

Verflucht, die Glimmkugel musste seiner Hand entglitten sein und war irgendwo hingerollt, von wo sie noch immer Licht spendete. Aber nicht so, dass er allzu viel erkennen konnte.

Nur Malaiar vor sich. Die zwar benommen, aber dem ersten Anschein nach nicht schwer verletzt schien.

„Der Boden ist durchgebrochen."

„Ja, ich wollte dich noch warnen, aber ..." Sie blickte auf. Es war zwar düster, aber irgendwas gefiel ihm an ihrem Blick nicht.

Der war so starr, als ob sie ... „Malaiar, bist du in Ordnung?"

Ihr Blick blieb weiter an ihm vorbei gerichtet, wie durch ihn hindurch. Er sah, wie ihre Hand sich hob. Sie deutete über seine Schulter. „Erion ..." Dorthin, so erkannte er jetzt, ging auch ihr Blick.

Er wandte den Kopf, um sich umzuschauen.

Die Glimmkugel war wirklich ungünstig gefallen. Er erkannte nur irgendwelche Umrisse. Zum Glück hatte er ja noch weitere von Kunja bekommen – er langte in seine Tasche. So erhaschte er nur irgendwas Glattes, gelblich Pralles ... Das so gar nicht nach Stein aussah.

Und sich wand und streckte. Daneben noch ein Umriss von derselben Art.

Dann hörte er auch schon das Rasseln und Schnarren. Ein Zirpen und pfeifendes Keuchen. Dazu ein Geräusch, als glitte etwas Glattes über Stein hinweg.

Den Finger auf der Auslöserrune der Glimmkugel, erstarrte er.

Scheiße!

Er brauchte gar nicht erst eine der Ersatzglimmkugeln auszulösen, um zu wissen, was sie erwartete.

Man sagte, das sei das Reich der Drazghul.

In dem sie ihre Nester hatten.

Und sie saßen mittendrin in einem dieser Nester.

10

DRAZGHULNEST

Der Boden war unter ihnen durchgebrochen, und die Steinplatte, die sich gelöst hatte, war in den Hohlraum darunter gesaust und an dessen Grund beim Aufprall in der Mitte durchgebrochen.

Kein Drazghulleib schaute unter den Trümmern der Steinplatte hervor, also hatten sich die Biester alle rechtzeitig in Sicherheit bringen können, als ihnen das Ding so plötzlich auf die Köpfe herabgedonnert kam – entweder ihrer sagenhaften blitzartigen Schnelligkeit geschuldet oder einfach nur Glück für die Drazghul.

Trotzdem sahen sie nicht gerade erfreut aus. Er war zwar kein Experte für Jäger-Drazghul, doch so viel glaubte er, sagen zu können.

Um die geborstene Steinplatte, auf der sie saßen, hatte sich ein Kreis von ihnen gebildet. Der wand sich, rasselte und fauchte.

Nach ihrer Entdeckung hatten sich er und Malaiar blitzschnell umgedreht, sodass sie jetzt Rücken an Rücken saßen und er, genau wie auch sie, einen Halbkreis des Drazghulrings um sie im Auge behielt. Dazu hatte er die zweite Glimmkugel ausgelöst.

Denn die Hoffnung zu hegen, sich hier unentdeckt herausschleichen zu können, hätte einfach nur bedeutet, dass man gänzlich, vollkommen und mit Haut und Haar des Wahnsinns fette Beute geworden war. Milde ausgedrückt.

Im Licht der neu ausgelösten Glimmkugel erkannte er ziemlich gut, dass alle diese Jäger-Drazghul ihren Wurmleib auf ihren kurzen Stummelbeinen aufgerichtet hatten; das andere dürre, gelbliche Gliederpaar streckte sich und spreizte lang gebogene Krallen ab.

Aus den stumpfen Köpfen am Ende der schlangenhaften Leiber starrten sie Augenpaare an, die auf befremdliche Art so gar nicht an ein Tier denken ließen. In den kleinen Augen lag der stechende Blick eines von kaltem Zorn erfüllten Menschen. Tentakel hingen von den Lefzen der von scharfen Zähnen starrenden Mäuler herab. Von den Lidrändern her streckten sich ähnliche Auswüchse, wie sie vom Maul herabhingen, aufwärts.

Die Jäger-Drazghul rasselten im Chor.

Das hörte sich verdammt unheimlich an. Aber vor allem sah das alles nicht gut aus. Nicht für sie.

Es sah aus, als bräuchte es gar keinen letzten Anfall, der ihn endgültig aus der Welt der Lebenden riss. Doch das Versinken in bleichen Wehen stellte er sich gnädiger vor als das, was Drazghulzähne und -klauen mit ihm anstellen konnten.

Er war wie erstarrt. Konnte sich gar nicht vorstellen, sich irgendwie zu rühren, und wenn es nur darum ging, einen Finger zu bewegen.

„Beim letzten Mal hatte ich eine Waffe", raunte er, wobei er seinen Halbkreis des Nests von Jäger-Drazghul fest im Auge behielt. „Da war's auch nur einer." Oh, er konnte nicht nur sprechen, er konnte sogar den Kopf biegen, wenn auch nicht so weit, um über die Schulter hinweg Malaiar wirklich zu sehen. „Hast *du* eine Waffe?"

„Ich denke, du kennst die Antwort", kam es von ihr zurück.

„Schade!" Nur zu gern hätte er sich von ihr überraschen lassen. In Malaiar steckten manchmal ganz schöne Überraschungen. „Wirklich schade."

„Kann man so sagen."

Noch griffen die Drazghul nicht an. Sie beschränkten sich nur auf ihre Drohhaltung. Und ihr Rasseln.

Er reckte sich, um jenseits des Walls der Leiber schauen zu können. Das Licht der ihm entglittenen Glimmkugel erleichterte es ihm, dort etwas zu erkennen. „Da drüben ist ein Spalt. Als würde der in einen Tunnel führen." Er schluckte. Ein Teil des Kloßes in seinem Hals verschwand. „Ich seh einen Ausgang."

„Kommen wir dahin?"

„Nein, die Drazghul sind dazwischen." Das war das Dilemma. „Wir haben echtes Glück, dass keine Brutmutter darunter ist!"

„Ach?"

Jeden weiteren Kommentar unterließ Malaiar. Auf jeden Fall mussten sie sich schnell was einfallen lassen. Die Jäger-Drazghul würden nicht ewig warten. Manche von ihnen ließen ihren Wurmleib schon bedrohlich vorschießen.

Wie bei einem Wettstreit. Als wäre es zwischen ihnen noch unentschieden, wer das Recht des ersten Happens hatte.

„Grolk ist nicht mitgefallen. Vielleicht kann Grolk seine … seine … Herde holen, oder so. Und sie ablenken oder so was. Und uns so retten."

„Dein Ernst?"

„Nein, nicht wirklich." Es war die reine Verzweiflung, die ihm solche wilden Ideen eingab. Er hatte nicht mal einen blassen Schimmer, wohin Grolk verschwunden war. Und ob er ihn je wiedersehen würde.

Ein verrückter Gedanke blitzte in ihm auf.

Es war so lange her, dass er es genutzt hatte, dass er es beinahe nicht mehr fühlte und fast vergessen hätte. „Ich könnte über sie drübertanzen." Und bevor sie wieder nach seinem Verstand fragen konnte: „Ich *kann* das. Schon vergessen? Ein Sprung und dann über sie rüber. Das macht sie wütend, lockt sie hinter mir her und du kannst …"

„Auf gar keinen Fall!"

Ein Fauchen und Zischen. Zwei der Jäger-Drazghul zuckten mit ihren Schädeln aufeinander zu, als würden sie sich um die Beute streiten. Der Rest fixierte sie und gab weiter sein bedrohliches Rasseln von sich.

„Ich seh aber keine andere Möglichkeit. Einer muss hier raus und mit den Alchymikern sprechen. Ich finde den Weg nicht, ich bin kein Stollenspürer. Und ich bin sowieso schon so gut wie tot."

Egal, ob sie das einsah oder nicht, es war die bittere Wahrheit.

Langsam, um die Drazghul nicht vorschnell zu reizen, streckte er sich, spannte die Beine an, nahm den angepeilten Kurs ins Visier.

„Also, ich springe j–"

„Halt!"

Zischen.

Er würde sich auf keinen Fall von ihr aufhalten lassen …

„Es gibt einen Weg."

„Was?"

„Es gibt das Lied von der Wyrmsängerin."

„Das Drazghullied? Malaiar, bist du jetzt überge-schnappt? Ich spring –"

„Warte!"

Die scharfe Warnung brachte ein paar der Drazghul

dazu, vorzustoßen, sodass er, schon fast im Sprung, zurück-wich, weil er sonst genau zwischen ihren Zahnreihen gelandet wäre. Er duckte sich tief, bereit zum schnellen Ausweichen. Doch die Jäger-Drazghul zischelten nur, zogen ihre Köpfe wieder zurück. Anscheinend war der Wettstreit um den ersten Bissen noch nicht durch.

Dieses Zischeln jetzt war allerdings seltsam. Es brauchte ein, zwei Herzschläge, bis er erkannte, dass es nicht von den Drazghul vor ihm, sondern direkt hinter seinem Rücken kam. Ein kehliges Summen verwandelte sich in einen seltsam schwingenden, hohen Ton.

Als er den Blick wandte, erfasste er zunächst nur etwas sich Biegendes, Windendes. Doch ein praller Wurmkörper war das nicht. Es war Malaiar, die ihre leicht gedrungene Firimduergastatur zu Bewegungen brachte, die man ihr gar nicht zutrauen wollte. Sicher, er hatte dieses seltsam Flie-ßende schon vorher an ihr bemerkt, wenn er einen Blick auf sie im Kampfgetümmel erhascht hatte. Und er erkannte auch dieses Sichlösen aus träger Bewegung zu etwas jäh Vorschnellendem wieder, wenn sie in den Angriff überging.

Wie bei den Drazghul.

Deren Zischeln er hörte. Zwischendurch durchwoben von einem tiefen Schnarren.

Was, bei Urnak, machte Malaiar da?

Und warum zog es offenbar eine Veränderung bei den Drazghul nach sich?

Denn genau so war es. Das stellte er fest, als er sich traute, wieder ganz langsam den Blick zu wenden.

Die Jäger-Drazghul, sie wanden, sie bewegten sich beinahe im Einklang mit den Bewegungen und dem Gesang Malaiars.

Das war es! Sie ahmte die Art der Drazghul nach. Sie gab Laute von sich, wie die Drazghul sie von sich gaben.

Das melodische Dröhnen, das sie in ihrer Kehle erzeugte, wurde beinahe zu einem Rasseln, wie er es von den Drazghul gehört hatte. Die Töne wanden sich hoch zu den zirpenden und pfeifenden Lauten der Kreaturen rings um sie. Und in der sich schlängelnden Abfolge dieser Laute war verdeckt dennoch so etwas wie der Verlauf eines Liedes zu hören. Das ihm vage bekannt vorkam.

Die Laute der Jäger-Drazghul wurden dazu immer weniger heftig, immer weniger angriffslustig.

Sein Herz schlug immer noch rasend schnell, doch voller Verwunderung ging sein Blick zwischen dem Ring der Drazghul um sie und seiner Freundin Malaiar hin und her. *Was macht sie da nur? Was, bei Urnak, geht hier vor?*

Und in einem Moment, als sein Blick auf ihr lag, verwandelten sich kurz die schlangengleichen Bewegungen ihrer Arme zu so etwas wie einem Winken, einer Geste zu ihm hin, als wollte sie ihm eine Anweisung geben. Während sich Malaiar zugleich vorschob, wobei der Strom der auf- und abwärtsschwingenden Laute aus ihrer Kehle keinen Moment abriss.

Tu, was sie will! Folg ihren Zeichen!

Er fügte sich ihrem Bewegungsmuster ein. Sie beide glitten umeinander, ihre Glieder wanden sich aneinander vorbei, einen Moment in einem gemeinsamen Tanz gefangen, der dann sofort wieder zu Malaiars Tanz wurde, mit dem sie sich allmählich auf den Ring der Jäger-Drazghul zubewegte und die Führung übernahm.

Langsam, gemächlich schritt Malaiar voran, und der Lautstrom aus ihrer Kehle wogte und wand sich, teilweise in Lauten, zu der er keine menschenähnliche Kehle für fähig gehalten hätte. Von denen er manchmal glaubte, sie kämen wahrhaftig von den Drazghul. Und tatsächlich schien es ihm, als würden sie ihr antworten, als vermischten sich ihre Laute mit dem Lied, das von Malaiar kam, als würde ihre Kehle manchmal mehr als nur eine Melodie, mehr als nur einen Laut hervorbringen.

Sie bewegte sich auf die Reihe der aufgerichteten

Wurmleiber zu, und er musste mit Staunen erleben, dass diese zurückwichen, um ihr Raum zu geben. Malaiar tanzte und sang, ahmte darin ihre Bewegungen und ihre Laute nach, und bannte sie, beschwor und hypnotisierte das Gewürm der Jäger-Drazghul.

Es war verrückt, es war der reine Wahnsinn, doch er sah es mit eigenen Augen, hörte diesen Banngesang aus merkwürdigen Lauten aus ihrer Kehle, vermischt mit denen der Drazghul, mit eigenen Ohren.

War er verrückt geworden? War er in einen Wahntraum gefallen? Hatte ein Anfall ihn übermannt und das waren die Bilder und Klänge, die sein Absinken in eine andere Welt ihm vorgaukelten?

Bei allen Engeln Urnaks! Ich bin in einen Rausch versunken. Ich bin in einen Bann geraten und unter einen Zauber der Drazghul gefallen, von dem bisher niemand je gehört hat.

Dennoch tat er so, als wäre das alles reine wahre Wirklichkeit. Besser, es wäre so! *Spiel mit! Tanz dich hinter ihr aus dem sicheren Rachen des Todes raus!*

Ganz dicht hielt er sich hinter Malaiar, folgte ihren windenden, sich schlängelnden Bewegungen, aus Angst, diese zur Ruhe gebannte zischelnde Welle, die sich vor ihnen teilte – und die unglaublich scharfe und unglaublich viele Zähne besaß –, könnte unvermittelt wieder zu einer Unzahl angriffslustiger, blutgieriger Körper zerfallen und mordgierig über ihn herfallen.

Ganz allmählich, ganz langsam hielten sie auf jenen Spalt, den Ausgang aus dem Drazghulnest, zu, den er vorhin gesehen hatte. Die Leiber der Kreaturen richteten sich um sie auf, ihre vorderen Greifarme woben einen schleppenden Rhythmus, ihre Mäuler hatten sich geschlossen, die Zahnreihen waren eingeklappt. Sie ließen einen Abstand um sie, wanden sich weg wie ein Wald aus Steigwurzeln vor dem Fuß eines Eindringlings.

Und allmählich überwanden Malaiar und er so den Ring der Jäger-Drazghul. Erion hielt die Hand mit der Glimmkugel erhoben – an seiner verlorenen Glimmkugel waren sie vorbei –, und der Schein leuchtete hinein in den Spalt. Ein Seufzer der Erleichterung entfloh ihm. Der Spalt führte tatsächlich weiter. Na, irgendwie mussten die Drazghul schließlich hier reinkommen.

Ohne in ihrem Tanz und ihrem Gesang innezuhalten, schritt Malaiar vor ihm in diesen Gang hinein, blieb dann auf der Stelle stehen, damit er sich an ihr vorbeiwand. Erion nahm den Schein mit sich hinein in den Felsspalt, der offenbar immer weiterführte.

Malaiar folgte ihm in seinem Rücken, ließ dabei von ihrem Gesang nicht ab, ließ den Strom ihrer Laute weiter hinter ihnen durch den Tunnel hallen. Wie einen Schutzbann vor den Drazghul. Ewig, ewig lang erschien es Erion.

Dann berührte sie ihn unversehens an der Schulter. „Lauf!", zischte sie.

Und das taten sie dann auch.

Sie liefen, sie krabbelten, kletterten und krochen, zwängten sich durch Spalten und Engstellen. Weiter, immer weiter.

Jeden Moment glaubte Erion, die rasselnden, fauchenden Laute der Drazghul in ihren Nacken zu hören. Doch nichts dergleichen geschah.

Als hätte Malaiar sie dauerhaft mit ihrem Bann umstrickt.

Er verlor die Orientierung, wohin sie liefen, welchen Gängen sie folgten, doch das verlor an Wichtigkeit dagegen, den Drazghul zu entkommen. Er wusste nur, dass ihr Sturz in das Drazghulnest sie ein ganzes Stück tiefer herabgebracht hatte, auf eine darunter liegende Schicht.

Ein Fauchen. Voller Schrecken zuckte Erion herum, doch es war nur Grolk, der irgendwie zu ihm zurückgefunden hatte. Er machte Malaiar darauf aufmerksam.

Wenn Grolk bei ihnen war, dann waren sie auch nicht länger verloren im Gewirr der Spalten. Nicht, dass er Malaiars Stollenspürerfähigkeiten nicht vertraut hätte …

Nach einer Weile wurden sie langsamer und hielten in einer Kammer an. Gerade rechtzeitig, denn die Glimmkugel erlosch. Er kramte die nächste hervor und löste sie aus. Dann lehnte er sich gegen den kalten Stein und wartete darauf, dass sein Herzschlag sich endlich beruhigte.

„Nicht nur du … kannst tanzen", hörte er Malaiar neben sich noch immer außer Atem sagen. „Du tanzt … über die Köpfe, ich tanze … zwischen Drazghul hindurch."

„Zum Glück für uns beide", keuchte er und ein breites Grinsen wollte beinahe sein Gesicht zerreißen. „Wie hast du das gemacht? *Was* hast du gemacht?"

„Ich habe die Laute der Drazghul auf die Melodie des Zwischenteils des Lieds von der Wyrmsängerin angewendet, den Teil, mit dem sie die Drazghul besänftigt haben soll. Der Rest war reine Intuition."

„Ach? Reine Intuition? Sonst nichts? Mehr war für dich nicht dabei?" Er sah sie erstaunt an. So wie sie das sagte, hörte es sich an, als sei es nichts gewesen. Aber für ihn war es ein Wunder, dass jemand so etwas können sollte.

„Denk an das Wasser!", sagte sie. „Es findet immer seinen Weg. So war es auch mit der Melodie und den Lauten. Hat man einmal den Anfang, ist der Rest unvermeidlich. Wie beim Wasser, wenn es erst einmal den Riss gefunden hat." Ein Lächeln verzog jetzt ebenfalls ihre braunen Lippen. „Es ist nicht nur einfach ein Lied, das eine Geschichte erzählt. Er ist eine Überlieferung. Eine Überlieferung der Methode, wie man die Drazghul besänftigen kann. Wie die Wyrmsängerin die Drazghul besänftigt hat."

Er musste lachen. „Duvruk hätte seine Freude dran. Da hätte er glatt wieder seinen Spruch gerissen: Es steckt viel Weisheit in den alten Liedern." Er ahmte dabei Duvruks würdevoll grollenden Tonfall nach.

Einen Augenblick lehnten sie im Licht der Glimmkugel an der Felswand. Dann hörte er Grolk schnurren, richtete sich auf. „Wo sind wir eigentlich?"

„Finden wir's heraus", antwortete Malaiar. „Schau mal dort! Das sieht aus, als wäre das ein künstlich geschaffener Gang."

„Na, dann mal los!" Er ging auf die Öffnung zu. „Schließlich haben wir …"

Grolk fauchte auf.

Ein Schatten zeichnete sich vor ihm ab. „Halt, keinen Schritt weiter!"

11

RUNENRÄTSEL

Bist du nicht der Kerl, den sie in den Zermalmer werfen wollten?", fragte die Stimme, und zu dem Schatten an der Wand gesellte sich die dazugehörige Gestalt, die jetzt teilweise hinter der Gangbiegung sichtbar wurde.

Erion trat einen Schritt seitwärts, um sie ganz sehen zu können, und musste jäh gegen einen Lichtschein anblinzeln, der die Gestalt für ihn nur als Umriss erkennbar werden ließ.

„Wie ein Halbelfe siehst du aber nicht mehr aus", sagte die Gestalt, die derart mächtige Schultern aufwies, dass sie beinahe die Breite des Gangs ausfüllte. „Ich habe dich zuerst nur an deinem Grolk erkannt."

Grolk war leise knurrend zu Erion zurückgewichen und drückte sich an seinen Knöchel.

Es sah aus, als deutete der Fremde jetzt auf sie. „Und du bist Malaiar, die Stollenspürerin, die bei ihm war." Der Fremde trat ein wenig beiseite, sodass er nicht mehr gänzlich im Gegenlicht stand. „Wie, bei allen Verheerergewerken, kommt ihr denn hierher?"

Erion betrachtete jetzt die Gestalt genauer. „Lange Geschichte."

Er erkannte, dass sie in eine aus dunklen Lederteilen zusammengesetzte Tracht gekleidet war: eine Schürze, Schulterpolster mit einem Brustharnisch, in den Runen eingeprägt waren.

Ein Alchymiker.

„Und genau euch haben wir gesucht", fügte er daher hinzu.

Der Alchymiker wandte sich besorgt um. „Leise, leise, dass euch die Drazghulfresser nicht hören." Er drückte sich gegen die Felswand, lehnte den Kopf zurück. „Die lassen uns zwar bestimmte Freiheiten ... Urnak weiß, weshalb, es hat wohl was mit Meister Hisiciar zu tun. Aber sie halten trotzdem eine strenge Wacht und führen auch ein hartes Regiment, was die Schufterei betrifft. Das hier ist zwar der hinterste Spalt der Eisenhölle, aber man weiß ja nie. Ich habe mich rausgestohlen, um mein letztes verstecktes Kräuterblatt zu rauchen. Da sehe ich diesen Spalt, den ich vorher noch nie gesehen habe." Er hob seine Hand hoch und Erion erkannte, dass er darin einen ausgedrückten Stummel hielt.

„Er ist durch ein ganzes Nest von Jäger-Drazghul an seinem Ende versperrt."

Der Alchymiker seufzte. „Wäre auch zu schön gewesen."

„Und schafft man's durch, kommt man auch nur in den Todesvortrieb und nach Khaz-Dhum Sieben."

„Khaz-Dhum Sieben?", entfuhr es dem Alchymiker. „Nein, da will wirklich keiner hin. Dagegen haben wir es hier ja noch richtig gut! Auch wenn man's die Eisenhölle nennt." Er zögerte. „Dann stimmt es also. Khaz-Dhum Sieben grenzt an das Reich der Drazghul. Und wir haben mit unserer Sprengung diese Schicht durchstoßen und sind noch tiefer runtergelangt. Na, wenn ihr da durchgekommen seid, dann war euch ja immerhin ein gewisses Quäntchen

Glück hold. Denn … was sagt ihr? Ihr habt ein Nest von Jäger-Drazghul umgangen?"

Erion verkniff es sich, ihm zu sagen, dass sie es nicht wirklich umgangen hatten; das hätte ihn nur noch mehr verwirrt.

„Außerdem habt ihr nach den Alchymikern gesucht", fuhr der Firimduerga fort, „und ihr habt mich gefunden. Mit so viel Glück seid ihr bestimmt die Ersten, die jemals aus Khaz-Dhum Sieben rauskommen." Die Art, wie er den Satz beendete, ließ Erion vermuten, dass die wirkliche Überzeugung dahinter fehlte.

„Er trägt ein Schicksalszeichen", hörte er Malaiar sagen, bevor er darüber nachdenken oder etwas erwidern konnte. Sie war jetzt zu ihm herangetreten. „Vielleicht liegt es daran."

„Schicksalszeichen?" Der Firimduerga schüttelte verwirrt den Kopf. „Nie gehört. Kann man das als Elixier brauen?" Er schien sich zu besinnen. „Du sagst, ihr wolltet zu uns."

„Ja, zu euch Alchymikern, und genauer noch zu Meister Hisiciar."

„Na, dann kommt mit mir. Ich führe euch zu ihm."

Er ging ihnen voran. Erion hörte, wie er leise „Schicksalszeichen" vor sich hinbrummelte.

Offenbar waren sie durch den Bodeneinbruch beinahe ganz hinab auf die Höhe gestürzt, aus der Erion durch den Spalt die Stimmen gehört hatte. Knapp über der Eisenhölle, zu welcher die Alchymiker durch ihre Sprengung einen Zugang eröffnet hatten und in die sie nun zum Arbeitsdienst verbannt worden waren.

Zwischen Tropfsteinsäulen und Spalten in kantigen Felsblöcken drückten sie sich hindurch. Während des Wegs brummelte der Alchymiker immer wieder vor sich hin. Obwohl er vorher noch vor den Drazghulfressern gewarnt hatte. „Der ganze Berg ist durchlöchert wie ein Dwerc-Käse. Da sollte man lieber verdammt vorsichtig sein. Und die wollen immer nur noch mehr Donnerelixier, pfff! Unglaublich!" Erion beschlich die Vermutung, dass die harte Arbeit hier unten ihn schon in der kurzen Zeit etwas seltsam im Kopf hatte werden lassen. Oder er war schon immer so gewesen.

Durch eine weitere Ritze mussten sie sich in die Unterkunft der Alchymiker zurückzwängen. Ihr Führer passte so gerade hindurch, er selbst hatte es etwas leichter. Grolk sowieso – der war schon vorausgesprungen.

Drinnen traf er eine Gruppe Alchymiker beieinanderhockend an, die ihn erstaunt musterten, da sie bereits durch Grolks plötzliches Auftauchen hinter ihrem Gildengenossen aufgeschreckt waren. Alle sahen sie durch ihren Aufenthalt hier mitgenommen aus. Erion bekam den Eindruck, die stolze, trotzige Haltung, die sie noch bei Morlughs Ultimatum am Zermalmer angenommen hatten, brachten viele von ihnen selbst unter Mühen nicht mehr zustande.

Einer von ihnen erhob sich. Erion erkannte ihn schon allein an seinem zu Zöpfen geflochtenen, eisengrauen Bart und seiner eigenwilligen Schädelform – oben merkwürdig spitz und nach hinten langgezogen. Meister Hisiciar wirkte auf ihn noch erstaunlich ungebrochen und wacker. Nur seine runden Sehgläser saßen ziemlich schief auf seinem Nasensteg.

„Was bringst du da für einen verdreckten Hänfling mit?"

Sein Blick fiel auf Grolk, der vor Erion durch die Ritze hereingekrochen war, wanderte dann wieder an Erion hoch. „Erion Leichtfuß? Dunjak-Dhars alter Gehilfe?"

„Und Malaiar-Jhin, die Stollenspürerin", ergänzte ihr Führer, indem er hinter Erion deutete.

„Na, das ist ja ein Zusammentreffen!" Ein herbes Lächeln blitzte auf Meister Hisiciar Zügen auf.

★★★

„Ja, es ist wahr", erklärte Meister Hisiciar. „Wir verfügen tatsächlich über einen ziemlich großen Vorrat an Donnerelixier. So groß, dass er halb Kharnuk-Bragha in die Luft sprengen könnte."

Erion hatte von dem belauschten Gespräch zwischen ihm und Morlugh erzählt und kurz angeschnitten, wie es ihnen inzwischen ergangen war.

„Hm, Dunjak-Dhar schickt dich?" Meister Hisiciar starrte nachdenklich vor sich hin. Er setzte sich wie in einem gerade gefassten Entschluss auf. „Dann gebe ich dir etwas mit, was sie verstehen wird. Aber sonst auch niemand. Für den Fall, dass du geschnappt wirst oder jemand den Zettel sonstwie findet."

Er kramte in den Taschen seiner Kluft herum, förderte mehrere Fetzen Papier zutage, die er brummend und stirnrunzelnd durchsah.

„Das haben sie euch gelassen?", fragte Erion verwundert.

Meister Hisiciar sah auf, zunächst verwirrt. „Ja, für den Fall, dass wir uns darauf besinnen, doch noch die Formel für das Donnerelixier aufzuschreiben. Oder dass einer es heimlich tut und ihnen zusteckt, um von hier zu entkommen." Er sah sich im Kreis seiner Gildengenossen um. „Aber hier ist zum Glück niemand unter uns, der solch ein mieser Überläufer ist wie unser guter ... *Meister Harghberd.*"

Er rückte an den hölzernen Tisch heran – einen Tisch ließ man ihnen sogar – und machte sich umständlich darübergebeugt daran, mehrere Runenzeichen aufs Papier zu malen. Er gab sich offenbar Mühe, alle Verzweigungen sehr deutlich darzustellen. Es waren die gleichen Zeichen, wie Dunjak-Dhar sie auch benutzte, um ihre Runenbanne zu wirken und festzuhalten, um sie danach unter ihren arkanen Prozeduren in ihre Artefakte einzuarbeiten.

Eins davon erkannte Erion auf Anhieb. Es war das Zeichen der sich erhebenden Sonne. Es hatte sich ihm eingebrannt, nicht nur, weil es eines der bedeutendsten und wandlungsfähigsten Runenzeichen war – was von Uneinge- weihten leicht übersehen wurde –, sondern auch besonders, seit er entdeckt hatte, dass Dunjak-Dhar es als Merkhilfe für die Abfolge der Öffnungszeichen ihres Runensanktums benutzte.

Meister Hisiciar rollte den Zettel zusammen und hielt ihn ihm hin. „Pass gut darauf auf. Dieses Runenrätsel führt sowohl zum Vorrat als auch zum Rezept des Donnerelixiers. Denn sie befinden sich beide am gleichen Ort."

Etwas verunsichert blickte Erion auf die zusammenge- rollte Notiz, dann auf den Gildenobersten der Alchymiker. „Nichts für ungut, Meister Hisiciar, aber ist das nicht fahr- lässig, beide am gleichen Ort zu verstecken?"

„Eben nicht." Meister Hisiciar kicherte in sich hinein. Was Erion befürchten ließ, er wäre unter dem Druck der Ereignisse vielleicht auch ein wenig … wunderlich gewor- den. „Es ist verrückt", murmelte Hisiciar jetzt vor sich hin. „Es befand sich die ganze Zeit direkt unter ihrer Nase. Aber Morlughs Schergen werden es nie finden, so sehr sie sich auch ein Bein ausreißen."

Er hob erneut den Blick. „Aber mit diesen Runen als Zeichen sollte Dunjak-Dhar in der Lage sein, Rezept und Vorrat zu finden."

Er hoffte zutiefst, dass Meister Hisiciar noch bei klarem Verstand war und wusste, was er da tat. Oder getan hatte.

Er erinnerte sich an das belauschte Gespräch. „Was ist mit Harghberd? Morlugh hat gesagt, er stände kurz davor, selbst herauszufinden, wie man das Donnerelixier herstellt."

Wieder dieses Kichern, verbunden mit dem einen Blick, der ihm eher nach innen gerichtet erschien. „Dieser miese kleine Verräter wird nie in der Lage sein, den letzten ihm fehlenden Schritt zu ergründen." Hisiciar hob gewitzt den Finger. „Ihm fehlt dazu nämlich die geheime Zutat."

Musste er sich Sorgen machen?

„Es ist so widersinnig." Meister Hisiciar redete wieder wie zu sich selbst und streifte ihn nur beiläufig mit seinem Blick. „Durch das, was Morlugh-Khar getan hat, durch die Strafe, zu der er uns verurteilt hat, ist der Verräter derzeit denkbar weit von der Lösung entfernt." Der Alchymiker schien sich seiner Gegenwart jetzt bewusst zu werden und deutete auf Erion und Malaiar. „Aber wir, du und sie, ich, sie alle." Er wandte sich den anderen Alchymikern zu. „Wir sind so nahe an ihr dran." Seine Augen blitzten grün hinter seinen runden Sehgläsern. „Gefährlich nah."

Dann kicherte er erneut in sich hinein.

TEIL III

DAS GROLLEN IM BERG

1

RÄTSELRATEN

Es brauchte etwas, bis Malaiar einen anderen Weg fand, der nicht geradewegs durch ein Drazghulnest führte. Selbst wenn sie sich wirklich vollkommen darauf verlassen hätte, dass ihr Besänftigungsgesang auch beim zweiten Mal funktionieren würde, so wollten sie beide doch auf keinen Fall ihr Glück ein weiteres Mal herausfordern.

Während sie wieder einmal Hände und Stirn auf den Fels legte, betrachtete er die Glimmkugel in seinen Händen und fragte sich, ob ihr Licht auch lange genug andauern würde, um sie wieder aus diesem Labyrinth herauszuführen.

Na, er hoffte nur, dass wenigsten dabei sein Schicksalszeichen griff, wie Malaiar behauptet hatte. Er hatte sie bisher nicht gefragt, ob sie das wirklich ernst gemeint hatte. Außerdem waren sie dort unten in der Eisenhölle keinem der Drazghulfresser über den Weg gelaufen.

Aber ehrlich …! Wenn dem so war … Was war das für ein scheiß Schicksalszeichen, das einem bei solch kleinen Sachen half, aber es in Ordnung ging, wenn er zu einem frühen Tod verdammt war?

Wenn es für ihn etwas bezwecken sollte, dann musste es sich aber verdammt beeilen, endlich mal seine Wirkung voll zu entfalten.

Oder es wollte, dass *er* sich verdammt beeilte.

Sie hatten ihr Vorgehen vorher abgesprochen, und das Glück war sogar auf ihrer Seite, was den Zeitpunkt betraf, an dem sie aus den Spalten des Todesvortriebs wieder hinauskamen.

Selbst Malaiar sah sich außerstande, einen Weg aus dem Gewirr des Todesvortriebs am Kontrollpunkt vorbei hinauszufinden. Ihr Glück war, dass gerade eine weitere Schicht begann und die Neuen von den Aufsehern durch den Eingangstunnel geschleust wurden.

Also taperte er im schwindenden Licht seiner Glimmkugel – sie war wirklich auf dem letzten Rest ihrer Kraft – auf die Wachen zu. Das Einzige, was er von sich gab, war ein lang gezogenes Wimmern.

Die Wachen entdeckten und erkannten ihn und reagierten, wie gehofft. Zwar überrascht, dass jemand so lange hier verschollen geblieben war und überlebt hatte, aber auch zum Teil hämisch und mit Schadenfreude. Malaiar hielt sich dabei unauffällig hinter ihm, wobei sie wieder ihre Kleidung halb wie eine Kapuze über den Kopf zog. Erion musste dann nur noch im richtigen Augenblick zusammenbrechen und laut schreiend unzusammenhängendes Zeug von sich geben. So richtig auf jemanden machen, der sich in den Tiefen des Todesvortriebs verirrt hatte und jetzt vor Angst schlotterte und davon im Kopf vollkommen zerrüttet war. Das war es doch, was sie erwarteten und zumindest einigen von ihnen eine diebische Freude bereiten musste.

Es reichte, dass er etwas von einer Firimduerga murmelte, die er ebenfalls auf dem Weg nach draußen aufgelesen hatte. Die schauten die sich dann gar nicht mehr allzu genau an. Vor allem, wenn da plötzlich im entsprechenden Moment ein Grolk in großen aufgeregten und unvorhersehbaren Sätzen herumsprang und laut kreischte. Erion tat es leid, dass er ihn gekniffen hatte, aber eine andere Möglichkeit, ihn zur Mitarbeit zu bewegen, sah er in diesem Moment nicht.

Malaiar wurde einfach so durchgewunken.

Erion hatte ihr vorher Meister Hisiciars Runenbotschaft zugesteckt, damit Dunjak-Dhar möglichst schnell davon erfuhr.

Er selbst musste zuerst das Spiel zu Ende spielen, das er begonnen hatte, und auf seine Gelegenheit warten, um mit der Runenschmiedin zu sprechen.

Die steckte voller Fragen, als er es endlich schaffte, sich mit ihr zu treffen.

„Junge, was hat das zu bedeuten, was mir Malaiar da gegeben hat? Sie hatte kaum Gelegenheit, mir das in die Hand zu drücken, da musste sie schon wieder fort, damit sie nicht auffiel."

Sie hielt den Zettel mit beiden Händen auseinandergerollt und drückte sich mit ihm in eine Ecke ihrer Höhlenunterkunft.

„Hm, alles vollwertige Zeichen, kein Hilfszeichen, keine Flexionsrunen. Das macht die Interpretation schwierig. Wahrscheinlich bewusst. Ein unverwandeltes Draf-Hanur abwärtsgerichtet, ein reines Ur-Hat-Tatva, Vogitva-Turnam, das vollkommen bloße Zeichen der sich erhebenden Sonne, aber ohne jeden Beistrich oder Erweiterung, dann zwei Zeichen für das Erlöschen der Sonne? Was soll das heißen? Der Berg liegt danieder? Der Berg ist begraben … nein, eher, der Berg selbst begräbt etwas. Aber der Rest? Vogitva-

Turnam als Zeichen der sich erhebenden Sonne, die nächste Rune ebenfalls im Zusammenhang mit der Sonne? Dann muss Vogitva-Turnam das darauffolgende Zeichen verstärken. Die Sonne geht nicht einfach nur unter, sie erlischt auf ewig?"

Dunjak-Dhar wandte ihm ihren Blick zu. Sie und er sahen sich eine Weile an. „Das ergibt für mich keinen Sinn. Oder Meister Hisiciar wollte uns mitteilen, dass seiner Meinung nach der Weltuntergang bevorsteht." Der Blick von Dunjak-Dhars gelben Augen verlor sich in der Leere. „Und das glaube ich von ihm wahrhaftig nicht. Wenn er so etwas denken würde, dann wäre er nicht so entschlossen für seine Haltung eingestanden und hätte sich Morlugh-Khar widersetzt. So etwas macht niemand, der alle Hoffnung verloren hat." Sie schüttelte ratlos den Kopf.

Ihm kam ein Gedanke. „Vielleicht soll es gar nichts sagen. Vielleicht soll es gar kein Satz, keine Anweisung oder eine Aussage sein."

Sie sah ihn mit gerunzelter Stirn an.

„Vielleicht soll es sich auf den Ort beziehen, an dem ihr geheimer Vorrat versteckt ist", erklärte er. „Vielleicht ist es ein Wegweiser. Es sind alles vollwertige Zeichen, keine verbindenden. Vielleicht muss man einfach diesen Zeichen folgen." Die vage Idee in seinem Kopf nahm jetzt Gestalt an. „Vielleicht muss man die … Runen aufsammeln. Sie nacheinander auflesen, wie die Brotkrumen in dieser Kindergeschichte, und so ihrer Spur folgen."

Dunjak-Dhar schaute ihn weiter mit nachdenklich zusammengezogenen Brauenwülsten an. „Eine Spur …" Sie massierte mit zwei Fingern ihr Kinn. „Dann braucht man aber einen Anfang. Dann braucht man die Stelle, an der die Spur beginnt." Sie starrte wieder blicklos in die Düsternis des Höhlenlochs. „Hm, der Ort, an dem ihr geheimer Vorrat versteckt ist …"

„Und das Rezept", setzte er hinzu.

„Und das Rezept?" Dunjak-Dhar war genauso verwundert, wie er es selbst gewesen war. „Beide sind an der gleichen Stelle versteckt?" Wenn sie etwas Ähnliches dachte, so äußerte sie jedoch ihre Zweifel an der Weisheit dieser Entscheidung nicht laut. Und Erion hielt den Mund, was seine eigenen Befürchtungen hinsichtlich Meister Hisiciars geistiger Verfassung betraf.

„Richten wir unsere Aufmerksamkeit auf die gute Seite! Auf diese Art müssen wir nur ein einziges Versteck finden, statt zwei. Wenn wir nur wüssten, wo wir beginnen sollen."

Ihm fiel etwas ein. „Meister Hisiciar hat etwas gesagt. Er meinte, es sei verrückt, dass es die ganze Zeit unter ihrer Nase liege." Was hatte er sonst noch gesagt? „Aber Morlughs Schergen würden es trotzdem nicht finden."

„Hmmmm." Dunjak-Dhar brummte nachdenklich vor sich hin. „Das kann nur bedeuten, dass es sich irgendwo direkt in Meister Hisiciars Werkstatt befindet."

„Ja, genau." Das ergab absolut Sinn. „Unter ihrer Nase. Der Verräter ist dort eingezogen und genau dort suchen sie alles ab." Das hatte Morlugh bei der von ihm belauschten Unterhaltung mit Meister Hisiciar gesagt. Aber der machte den Eindruck, als würde ihn das überhaupt nicht beunruhigen. „Er muss es einfach sehr gut versteckt haben. Sodass er sich vollkommen sicher ist, dass niemand auf dieses Versteck kommt. Genau unter ihrer Nase an einer Stelle, an die man überhaupt nicht denkt."

Ein Funkeln kam in Dunjak-Dhars Augen. „Und diese Runen zeigen den Weg dorthin." Sie nickte gewichtig. „Ja, so muss es sein."

Ja, sie waren auf der richtigen Spur. „Man muss ihnen nur folgen. Also muss man in seiner Werkstatt zuerst das Zeichen des reinen Ur-Hat-Tatva finden."

Dunjak-Dhar kniff ihre gelben Augen zusammen. „In Meister Hisiciars Werkstatt sind viele Runen hingekritzelt. Wenn ihm die Ideen kommen und ihm das Papier ausgeht, dann schreibt er einfach auf irgendeinem Tisch oder irgend-einer anderen Oberfläche weiter."

Das konnte es schwierig machen. „Aber wie soll man dann unter dem ganzen Gekritzel diese eine Rune finden?"

„Er wird sie bestimmt besonders gekennzeichnet haben."

Eine plötzliche Ernüchterung bremste jäh die Aufregung ihrer Entdeckungen. „Die Rune zu finden", sagte er, „ist nicht unser größtes Problem."

Dunjak-Dhar sah ihn ernüchtert an. Es war unübersehbar.

„Die größte Schwierigkeit ist, wie kommen wir in Meister Hisiciars Werkstatt rein? Wir sitzen in Khaz-Dhum Sieben fest. Und wir kommen nicht mal hier raus. Denn –"

„Jaja, ich weiß …", unterbrach Dunjak-Dhar ihn mit bekümmerter Miene. „Aus Khaz-Dhum Sieben kommt keiner raus."

„Agranor ist aber reingekommen." Das war verwunder-lich. Aber dann auch irgendwie wieder nicht. „Wer weiß, mit wem der alles rumschwadroniert hat, um an den Kontrollpunkten und beim Wachraum durchzukommen, und wie der das alles gedreht hat. Er kennt schließlich jeden und hält sich mit jedem gut." Er stutzte. „Nur … das Dumme ist, wir können ihn nicht fragen."

„Agranor …" Dunjak-Dhar schien über ihren Gehilfen nachzusinnen. Vielleicht sah sie ihn jetzt wirklich in einem ganz anderen Licht. Nicht nur als einen, der es eben mit seiner Art im Leben leicht hatte.

„Wir könnten Sicco fragen", fiel ihm ein. „Er hatte was damit zu tun, dass Agranor zu unserem Höhlenloch gekommen ist. Er muss ihm irgendwie dabei geholfen haben."

„Sicco? Dieser Kerl mit der Hakennase und den beiden Zöpfen?"

Obwohl, beim zweiten Nachdenken … „Na, vielleicht

doch keine so gute Idee. Wer weiß … Wenn ich versuche, ihn auszufragen, meldet er mich wahrscheinlich auf der Stelle bei irgendeinem Aufseher, und dann sitze ich noch tiefer in der Patsche. Dann ist es mit hier rauskommen ganz aus."

Wie brachte Agranor das nur zustande?

Während er vor sich hinsann, hörte er Dunjak-Dhar gedankenverloren sagen, „Direkt unter ihrer Nase … Dann weiß ich nicht, wie sich Meister Hisiciar so sicher sein kann. Vielleicht hat die Zeit hier unten seinen Verstand getrübt."

Sie war also inzwischen selbst auf diesen Gedanken gekommen.

„Ich habe so sehr gebetet, dass dieser Verräter Harghberd es nicht schafft", fuhr Dunjak-Dhar fort. Ihre Stimme klang schwankend, voller Zweifel. „Aber wenn er es direkt unter seiner Nase hat … Wie können wir da sicher sein? Diese Macht in Morlughs Händen. Das Risiko ist einfach zu groß."

Mit einem Mal blickte sie auf. „Vorher, da konnten wir noch warten und auf eine bessere Gelegenheit hoffen. Aber wenn es sein kann, dass sie jeden Augenblick das Donnerelixier und das Rezept finden, dann ist uns diese Möglichkeit genommen. Dann müssen wir handeln. Und zwar gleich."

Nachdenklich sah er sie an. Er hoffte nur, sie bekam Kunja von dieser Dringlichkeit überzeugt. Dabei wünschte er ihr viel Glück. Für sie alle.

Wenn Kunja gewonnen war, würde sich wahrscheinlich auch nicht Nadragír zurückhalten, endlich seine magischen Kräfte einzusetzen. Und ohne deren Kräfte sah er überhaupt keine Möglichkeit, hier rauszukommen.

Etwas anderes fiel ihm ein. „Sie hatte gesagt, es würde sie wundern, dass jemand hier reinkäme, aber … Hurga-Jhin hat auch gesagt, es gebe Wege, wie man Botschaften rausschmuggeln kann. Vielleicht sollten wir mit ihr und Bovluk reden."

Dunjak-Dhar musterte ihn nachdenklich, wirkte dabei jedoch, als würde sie noch immer einem eigenen Gedanken nachhängen. „Vielleicht sollten wir das tun ..."

Plötzlich schreckte er auf. „Aber das müsst *ihr* tun. Oder ich nach der nächsten Schicht. Aber jetzt muss ich weg. Wenn ich nicht freiwillig antrete, holen sie mich. Dann stellen sie alles auf den Kopf." Grolk fauchte, wie durch seine Aufregung angesteckt. „Das ist das Letzte, was wir hier wollen." Nein, Grolk knurrte Richtung Ausgang.

Rasch hastete er hin, sah, dass Dunjak-Dhar ihm hinterherstürzte.

Er streckte den Kopf durch die Öffnung. Ein großer Schatten draußen vor dem Höhlenausgang. Der sich entziehen wollte, doch nicht rasch genug.

Erion erkannte Gobrur-Vhan, der in der Bewegung über die Schulter schaute. Verstohlen?

Grolk war jetzt vor Erion und fauchte zu Gobrur-Vhan hoch. Jetzt, da er entdeckt war, richtete er sich auf.

Was hatte der hier zu suchen? Hatte er sie etwa belauscht?

„Was machst du hier?"

Es zuckte in Gobrur-Vhans Gesicht. „Wer ist hier der Gefangene? Und wer stellt hier die Fragen?" Er stand auf dem schmalen Steg, der draußen an den Höhlenlöchern vorbeiführte und blockierte den Durchgang. „Und bevor dir jemand anderer von den Aufsehern die Frage stellt, die du mir eben gestellt hast, pass ich lieber auf, dass euer Hin und Her zwischen den Schlaflöchern auch unbemerkt bleibt. Also bring deinen Grolk zum Schweigen!"

Während Erion sich zu Grolk hinunterbückte und ihn aufnahm, lugte Gobrur-Vhan seitwärts am Steg entlang zu den anderen Ebenen hinunter. „Außerdem wollte ich sichergehen, dass du zeitig und unauffällig zu deiner Schicht antrittst. Hab schon gehört, dass es etwas Aufregung gab, als du letztes Mal rausgekrochen kamst." Er beäugte Erion mit einem Zucken im Mundwinkel. „Will ich wissen, was du da drinnen getrieben hast? Den Verzweifelten und hilflos Verlorenen kauf ich dir nämlich nicht ab."

Er griff in eine Tasche, die er an seiner Hüfte trug. „Hier! Wenn du da unten arbeitest, brauchst du alle Kraft."

Erion wickelte das ihm Dargebotene aus.

„Gutes Pökelfleisch", brummte Gobrur-Vhan. „Halt aus, da unten in den Höllenspalten! Ich weiß, du schaffst das. Jetzt iss, bevor jemand es sieht." Er sah sich kurz verstohlen um. „Und dann komm."

Erion schlang das Fleisch in sich rein, gegen das oberflächliche innere Sträuben, diesen Genuss an die Hetze zu verschwenden. Grolk musste er von dem Leckerbissen wegdrängen. Der suchte sich selbst was. Abgemagerter als sonst sah der jedenfalls so gar nicht aus. Wer wusste, was für Ungeziefer der hier jagte. Nur den letzten Bissen Pökelfleisch kaute Erion sorgfältig.

Dabei warf er, bevor er Gobrur-Vhan folgte, der sich schon auf den Weg abwärts machte, einen letzten Blick zurück zu Dunjak-Dhar. Die hatte weiterhin ihre Brauenwülste besorgt zusammengezogen und schaute, nach einem Blickwechsel, argwöhnisch an ihm vorbei und Gobrur-Vhan hinterher.

Ja, so ganz überzeugt war er auch nicht. Trotz des mitgebrachten Pökelfleisches. Warum hatte Gobrur-Vhan sonst zunächst versucht, unauffällig zu verschwinden? Denn diesen Eindruck konnte er einfach nicht loswerden.

2

PLÄNESCHMIEDEN

Keine Ahnung, wie dein Freund hier rein-gekommen ist", sagte Hurga-Jhin. „Selbst ich wüsste nicht, wie. Für einen Außenstehenden eigentlich unmöglich. Wer weiß, wie der Kerl sich durchge-wieselt und wen der an den richtigen Stellen beschwatzt hat. Wenn dieser Agranor so ist, wie du ihn beschrieben hast. Ich bilde mir ein, dass ich durch die ganze Zeit hier unten so gewieft bin, wie man nur sein kann, aber –"

„So gewieft, dass wir jetzt beide in Khaz-Dhum Sieben sitzen", mischte sich ihr Dwerc-Kumpel Bovluk ein. „Da fehlte dir wohl der entscheidende Trick, uns daran vorbeizu-kriegen, was?" Erion sah ihn heute zum ersten Mal ohne seinen Spangenhelm. Sein verfilzter Schopf schien ohne diese Einfassung geradezu zu explodieren.

Hurga-Jhin fixierte ihren Dwerc-Gefährten mit einem bösen Blick.

„Halt du den Mund ... *Zwerg*!" Sie schwieg und ihr Blick wurde bitter und ernst, auf eine Art, die er bei ihr noch nie gesehen hatte. „Ich habe meine Gründe", sagte sie dann düster und flach.

Doch nicht nur ihr Blick wunderte Erion. Zum ersten Mal erlebte er, dass Hurga-Jhin mit ihrem Dwerc-Gefährten wirklich ungehalten wurde. Über das übliche grimmige Frotzeln hinaus. Und noch nie hatte er gehört, dass sie ihn *Zwerg* nannte.

„Wie viele Jahre willst du denn geduldig sein, bis es zu viele sind?"

„Ich habe meine Gründe!", fauchte Hurga-Jhin jetzt Bovluk an. „Und du weißt *gar nichts*!"

Dann erlosch jäh die Wut in ihrer Miene und sie sah düsteren Blicks zu Boden. „Wir werden wissen, wenn es so weit ist", murmelte sie beinahe stimmlos.

„Ja, wir werden es wissen", gab Bovluk knurrend zurück. „Vielleicht am Ende, wenn du deinen letzten Ächzer tust, erkennst du plötzlich genau den Moment, in dem du es hättest wissen müssen."

Hurga-Jhin bedachte ihren Dwerc-Gefährten mit wütendem Funkeln unter ihren Brauenwülsten hervor.

Erion wunderte sich. Bisher hatte er Hurga-Jhin keineswegs als zögerlich kennengelernt. Warum war sie es dann, wenn es um das Entkommen aus dieser Grube ging? Er konnte nicht anders: Er musste über die Schulter zu Kunja rüberschielen. Er musste es einfach. Hurga-Jhin und sie hätten sich gut zusammentun können. Er begegnete Kunjas grimmigem Blick – als hätte sie's gewusst.

Hurga-Jhin und ihr Freund Bovluk mussten offenbar schon lange in den Minen festsitzen – wie lange, wusste er nicht. Er hatte mit ihnen nie darüber gesprochen und irgendetwas in Hurga-Jhins Art hielt ihn davon ab, an diesem Punkt zu rühren. Die meisten, die ursprünglich aus Ishuk-Bragha stammten, waren jedenfalls nicht umgehend auf lebenslänglich in die Minen verbannt worden. Offenbar hatten aber die Jahre unter den harten Bedingungen dazu geführt, dass sie und Bovluk alles, was nur ging, an Tricks und Kniffen mitgenommen hatten.

Und sie hatten bei ihm den Eindruck hinterlassen, dass hier unten so einiges ging. Selbst in Khaz-Dhum Sieben noch. Nur eins ging nicht: Raus kam man nicht. Nicht aus Khaz-Dhum Sieben.

Alle unerwünschten Neben- und Durchgänge in diesem Höhlenkomplex waren von den Herren dieser Grube unüberwindbar versperrt und zugemauert worden, sodass nur ein einziger Durchgangspunkt blieb, ein Nadelöhr, und das wurde sicher bewacht. Besonders nach der Zuteilung der zusätzlichen Einheit durch Morlugh.

Was die Kniffe betraf … Er selbst wusste inzwischen, dass es Wege gab, miteinander in Verbindung zu treten. Sie waren rar, aber alles konnten die Wachen nicht unterbinden. Ständig und überall konnten selbst sie nicht sein, auch wenn sie sich alle Mühe gaben.

„Das liegt in der Natur eines Gefängnisses", hatte Hurga-Jhin einmal gesagt. „Verschließe einen Raum, bewache ihn streng und es bilden sich durch den Druck geheime Wege und feine Adern."

In seinem Geist hatte er dazu Malaiars Stimme gehört, die ihr *Wie das Wasser* hinzufügte. *Es findet immer seinen Weg.*

Jetzt saßen sie in dem Schlafloch, in dem Hurga-Jhin und Bovluk untergebracht waren, ziemlich weit oben unter der Höhlendecke – wieder ihre Kniffe, durch die sich die beiden diese Unterkunft gesichert hatten? Die Stege sahen wacklig aus, und Duvruk hatte auf dem Weg oft befürchtet durchzubrechen, doch sie hielten. Beinahe ein Wunder! Oder nicht?

Duerga und Dwerc waren zwar nicht allein in ihrem schlauchartig sich tief in den Stein ziehenden Schlafloch untergebracht, doch ihren Mitbewohnern saß offenbar ein derart mulmiger Respekt in den Knochen, dass sie Abstand hielten. Dem Schnarchen nach schliefen die auch alle weiter hinten, während Erions Gefährten sich im Raum vor dem

Ausgang zur Höhle hindrängten. Mit ihnen allen zusammen, zwei Duerga darunter, war es in diesem Raum ziemlich beengt. Erion sah zu Nadragír hinüber, der sich dicht beim Eingang hielt. Wahrscheinlich nicht nur als Posten, sondern weil es ihm mit seinen feinen Ninraé-Sinnen besonders schwerfallen musste, sich mit dem Gestank hier drinnen abzufinden.

„Das Donnerelixier … diese Alchymiker … hmmmmm …"

Erion schreckte aus seinen Gedanken auf, als er diese grollende Stimme hörte.

Sie kam von Hurga-Jhin, die anscheinend auch aus ihrem dumpfen Brüten erwacht war. Bovluk saß neben ihr hingekauert, sodass sie beide wie ein großer Felsblock mit einem kleineren Stein daneben wirkten, die ein irgendwie sinnreiches Arrangement ergeben sollten.

„Das Donnerelixier in Morlughs Hand? Wenn es auch nur irgendwie in unserer Macht liegt, da was zu tun, dann *müssen* wir es auch tun." Sie blickte sie unter finster zusammengezogen Brauenwülsten an. „Sicher … einer muss raus, das machen. So viel steht fest."

Die beiden waren von ihnen über die Situation in Meister Hisiciars Werkstatt und dem Versteck darin ins Bild gesetzt worden. „Aber was, wenn man es findet? Und was passiert danach?" In ihren gelben Augen glomm es, doch ihr Blick richtete sich ins Nichts, als erhoffte sie sich von dort eine Antwort.

„Ich werde es schon wissen. Mir wird was einfallen", warf Dunjak-Dhar ein – was Erion dazu brachte, sich jäh zu ihr umzuwenden. „Ein Weg, es unschädlich –"

„Ihr?", platzte er jetzt heraus. „Auf gar keinen Fall!"

Erstaunt blickte sie zu ihm hoch. „Aber nur *ich* weiß –"

„Ich kenne die Runenzeichen auch. Das wisst ihr. Und es ist zu gefährlich für …"

Dunjak-Dhar richtet sich ein wenig in der Hocke auf

und streckte ihre Schultern. „Komme ich dir etwa gebrech-
lich vor … *Gehilfe*?"

„Wer von euch … oder ob beide …", warf Malaiar ein.
„Davor steht die große Frage, wie? Es gibt keinen Weg hier
raus. Es geht nur über die Wachkammer. Ich habe den Berg
gefragt, doch der antwortet nur mit Schweigen."

„Dann eine Ablenkung", meinte Duvruk. „Ein Tumult.
Dabei geht vielleicht …"

„… vielleicht irgendwas … aber keiner raus", fiel ihm
Hurga-Jhin ins Wort. „Keiner kommt raus. Nicht mal in
andere Minenteile."

„Aber du sagst, eine Botschaft geht", beharrte Erion.
„Eine Botschaft muss doch auch jemand transportieren."

„Ja, sicher", knurrte Hurga-Jhin. „Es gibt hier Wachen
und … Personal. Die Wachen knackt man nicht. Unmöglich.
Da beißt man sich die Zähne aus. Aber die anderen. Es gibt
hier schließlich mehr zu tun, als nur Bewachen, Drohen und
Bestrafen. Der Betrieb muss am Laufen bleiben. Ersatzteile
müssen gebracht werden, Sachen geflickt … der widerliche
Fraß, mit dem man uns am Leben hält, muss hier rein."

„Stimmt, ich habe hier nichts gesehen, wo das Zeug
gekocht wird."

„Kochen ist dafür ein *ganz* großes Wort", kam es von
Malaiar.

„Hmmm." In seinem Hirn arbeitete es vor sich hin.
„Wie sieht's aus, sich als einer von denen zu ver-
kleiden …?"

„Keine Chance", grollte Bovluk. „Die werden alle
streng kontrolliert. Und euch kennt man."

„Was den Wiedererkennungswert angeht … damit wärst
du ja dann ganz raus." Hurga-Jhin schielte auf Bovluk
runter.

„Weiß nicht, wie du das meinst", erwiderte der barsch.
Doch gleich darauf fuhr seine Hand verstohlen zu seinem
Bart und von dort rauf zu seiner Knollennase.

„Vielleicht …" Eine Stimme aus Richtung des Ausgangs erwischte Erion vollkommen unerwartet.

Verdutzt drehte er sich um und sah Kunja an. „Ja?"

Ihr trotziger Gegenblick hielt sich kaum einen Wimpernschlag. „Vielleicht geht ja auch etwas mehr als nur irgend so eine kleine Ablenkung wie eine Keilerei oder was ihr da im Sinn hattet."

„Du meinst …" Er wagte es kaum, sie zuzulassen, doch eine stille Hoffnung keimte jäh in ihm auf wie ein Funke in einem lang erloschen geglaubten …

„Feuer", erwiderte Kunja. „Feuer … genau das." Sie nickte düster entschlossen und sah dann zu Nadragír hinüber, ein bedeutsamer Blick von unten her. „Und was man da noch so alles arrangieren kann."

Es rumorte in ihm. Er wollte hoffen, doch er tat sich schwer. „Das ist nicht die große, einzige Chance von der du immer gesprochen hast, Kunja." Trotzdem erwischte er sich dabei, dass sein Herz schneller schlug. „Das ist nur eine Ablenkung, um …"

„Vielleicht kann es mehr sein."

Das war erneut Hurga-Jhins grollende Stimme, die ihn jetzt wieder aus der entgegengesetzten Richtung aufschreckte. Sie wirkte ganz versunken, hatte ihre großen, schwieligen Duergahände im Schoß verschränkt, doch sie konnte ihre Finger nicht davon abhalten, unruhig zu arbeiten.

Sie starrte in die Leere vor sich, doch dann ließ sie ihren Blick abwärts schweifen und fand zu Bovluks Gesicht.

Sie musterte ihn derart eindringlich, als wollte sie jedes Merkmal in seinen eigentümlichen, kauzigen Dwerczügen studieren und ergründen. Als wäre sie ein Steinmetz, der sich ein Antlitz bis ins Tiefste einprägen wollte, bevor er sich dann davon abwandte, um es in seinem Bildwerk einzufangen.

Erion wurde schon ungeduldig, als Hurga-Jhin schließlich zu sprechen anhob.

„Du bist eine verdammte knurrige, alte Nervensäge, Bovluk", sagte sie. „Aber so wie die Sache mit uns beiden steht, ist es wahrscheinlich, dass du derjenige sein wirst, der dabei ist, wenn ich es bin, die ... wie war das? ... *ihren letzten Ächzer* tut."

Sie kniff die Augen zusammen, dass sie fast unter ihren Brauenwülsten verschwanden. „Und das Letzte, was ich will, ist, in diesem Moment von dir so was wie, *Ich hab's dir ja gesagt* oder irgendeinen ähnlichen Mist zu hören."

Bovluk hockte still neben ihr, fast wie in sich gekehrt, und Erion hatte den Eindruck, dass er damit rang, irgendwas zu sagen, spürte, wie er offenbar mehrmals dazu ansetzte. Doch dann hob er einfach nur seine Hand und legte sie auf Hurga-Jhins Arm.

Die gab ein unwilliges Brummen von sich, ließ es aber dann geschehen, und Erion glaubte zu spüren, wie ein Moment der Ruhe durch ihren Leib ging – wie ein leises Flattern –, der gar nichts mit ihrer sonst so ehern wirkenden Unerschütterlichkeit zu tun hatte.

„Kein Einzelner kommt raus", brummte Hurga-Jhin. „Keiner stiehlt sich einfach so durch." Es klang leise, doch tief dröhnend, wie aus dem Untergrund hervor.

Doch dann hob sich jäh ihr Blick, der erneut grübelnd zu Boden gesunken war. „Wenn ihr schon an Feuer denkt ..." Glut lag in ihrem Blick, ein wildes Rumoren in ihren Worten. „... warum dann nicht gleich die ganze Grube hochjagen?"

Sie sah wieder zu Bovluk hinab, dann zu den anderen. „Kein Gefangener geht raus. Aber eine Botschaft."

Bovluk schob nachdenklich seinen Unterkiefer mit dem geflochtenen Bart vor. „Ich wüsste schon, wie man den anderen Arbeitsgruppen jenseits von Khaz-Dhum Sieben eine Botschaft überbringen kann. Die Botschaft nimmt den Weg, den auch der Fraß nimmt."

Botschaft, was redeten sie von einer Botschaft? Als könnte eine Nachricht alles ändern. „Und welche Botschaft soll das sein?"

Hurga-Jhin sprach es sicher und fest ins Zwielicht, das zwischen ihnen wucherte. „Khaz-Dhum Sieben erhebt sich zuerst. Am dunkelsten Punkt entsteht ein Funke. Und am Ende lodern die Flammen hoch." Es glomm in ihren Augen, als sie umherblickte. „Das … ist *unser* Donnerelixier."

Sie meinte das ernst. Sie meinte das todernst. „Was heißt das? Was willst du …"

„Wenn sich Khaz-Dhum Sieben erhebt", sprach Hurga-Jhin mit sicherer Ruhe, „der dunkelste Ort in den Minen Kharnuk-Braghas, die tiefste Sohle, auf der jede Hoffnung erstickt werden soll, dann werden sich alle erheben. Wenn es selbst dort, am dunkelsten Punkt, glimmt und sich regt …"

„Wenn der Funke in Khaz-Dhum Sieben erwacht", nahm Bovluk ihre Rede auf, „dann schlägt er über, und Feuer flammt auf, und die ganze Grube geht hoch und wird brennen."

Im Nachhall der Worte trat eine Stille in der engen Höhle ein, die ihren eigenen Atem zu haben schien.

Und in dieses Schweigen hinein drang eine leise Stimme.

„Die Flamme …"

Erion wandte sich um. Kunja sprach eher wie zu sich selbst.

Sie wurde sich der Aufmerksamkeit bewusst, die sie mit ihren Worten auf sich gezogen hatte, hob den Blick und sah sie an. „Khaz-Dhum Sieben … erhebt sich zuerst." Kunja sprach Bovluks Worte nach, als würde sie ihrem Klang nachspüren.

Ringsum ein Murmeln, wie ein tiefes Grollen, das nicht nur aus ihrer aller Kehlen zu kommen schien, sondern es kam Erion vor, als mischte sich eine weitere Stimme dazu, die all den anderen Klang trug.

„Khaz-Dhum Sieben erhebt sich zuerst."

3

DER WEG DES FRASSES

Die Botschaft sollte den Weg der Nahrung nehmen. Wenn man den Fraß, der hier gereicht wurde, mit diesem Wort adeln wollte.

Erion sah sogar mit eigenen Augen, wie Bovluk, dem Kerl, der am Kessel stand und den Fraß verteilte, den Fetzen zuschob. Die anderen nannten den Kerl nur Kelle. Vielleicht war das auch sein wirklicher Name. Oder er war mit der Zeit hier im Dunkel dazu geworden.

Erion hatte Glück gehabt. Er kam rechtzeitig aus seiner Schicht im Todesvortrieb, um seine Essenspause mit den anderen teilen zu können.

Er hatte den Moment erhascht, den winzigen Eindrucks- splitter, als der Fetzen die Hände wechselte, und hatte schnell den Blick abgewandt, um bloß keine Aufmerksam- keit dorthin zu lenken.

Anscheinend nicht schnell genug. Denn seine Augen trafen auf die eines anderen Arbeiters, der ebenfalls schnell wieder wegsah.

Was hatte Hurga-Jhin über die Natur eines Gefängnisses

gesagt? Im streng verschlossenen Raum würden sich unter Druck geheime Wege und feine Adern bilden?

Offenbar wucherten die feinen, verstohlenen Adern hier emsig.

Einer der Aufseher hielt ihn auf, weil er ihn wegen irgendwas zusammenscheißen wollte. Als er dann zu seinen Freunden kam, sah er, dass sich eine Zahl an Arbeitern um sie gesammelt hatten. Das war merkwürdig, denn sonst nahmen sie ihre Mahlzeit meist allein zu sich.

Als er sich zwischen ihnen niederlassen wollte, hörte er einen der Arbeiter zweifelnd murmeln, „Khaz-Dhum Sieben erhebt sich zuerst?"

War es sein Wunschdenken, das ihn in dieser Stimme unter hohler Verzweiflung etwas von einem zagenden Hoffnungsschimmer ahnen ließ?

Wenn er der Richtung des Blicks darin folgte, fand er Duvruk.

„Du hast es ihnen gesagt?" Des zweifelnden Tons in seinen Worten konnte er sich nicht erwehren.

Duvruk nickte und brummte. „Geht kein Weg dran vorbei. Du kannst dich nicht waschen, ohne dich nass zu machen. Alle müssen es wissen. Alle müssen sich erheben. Sie haben was gesehen. Also warum nicht gleich anfangen?"

Hm, Duvruk hatte recht. Natürlich. Gemeinsam hieß auch Vertrauen. Glaubte er etwa nicht an ihren Plan?

Er spürte, wie eine breite Hand die seine ergriff, sein Blick fand Dunjak-Dhar.

„Es könnte klappen." Eine der Arbeiterinnen murmelte es leise, eine ausgemergelte, aber sehnige Frau mit derart breitem Stirnband, dass von ihrem Haar nur ein paar Strähnen darunter hervorstarrten. „Wenn alle von der

Schicht zurückkommen und bevor die Ersten ihre Werkzeuge abgeben müssen. Genau der Moment! Wir schnappen uns die anderen Hämmer und Hacken. Wir murksen den Kerl an der Abgabe ab."

„Wir nehmen uns seine Waffen", sagte ein anderer. „Und dann so weiter."

Es ging hin und her. Während er den kleinen Brotkanten in die Pampe tauchte, versuchte er, dem erstickten Veitstanz der Bemerkungen zu folgen. Sponnen die nur vor sich hin oder meinten die das schon ernst?

Bis dann schließlich der ernüchternde Satz kam. „Überwältigen? Waffen nehmen? Leute, das sind alles … Duerga."

„Und ich bin ein Ninra."

Der Satz klang befremdlich rein und klar die trübe, erstickte Stille.

Er sah, wie alle ein wenig von Nadragír abrückten, als wären sie sich durch seine Bemerkung erst seiner unangemessenen Anwesenheit in ihrem Zirkel bewusst geworden. Er hielt sich hier immer seltsam zurück. Als wüsste er um diese Wirkung und wollte es nicht für sich und seine Gefährten erschweren.

„Ein Ninra? Was heißt das?", ergriff einer das Wort. „Dass du ein … *holder Lackaffe* bist?"

„Es heißt, dass ich das eine oder andere kann." Nadragír hatte beide Handflächen übereinandergelegt und in ihrer Kuhle glomm ein Schimmer auf, der sich dehnte und zu einem Licht wurde.

Wer es sah, zuckte zusammen. Erion ebenfalls. Wie konnte der? Einfach so? Wo Kunja so darauf bedacht war, ihre Kräfte zu verheimlichen.

Nadragír hob die eine Hand, legte sie über den Schein, als würde er ihn damit löschen.

Jemand packte denjenigen, der Nadragír am nächsten saß – der auch am stärksten reagiert hatte. „Nicht …

Vorsicht!" Ein verstohlener Blick über die Schulter in Richtung der Aufseher.

Auch Erion war von jemandem gepackt worden. Wieder von Dunjak-Dhar, wieder an der Hand. Ein fester, beschwichtigender Druck. Gleichzeitig traf ihn Duvruks Blick. Sein Freund nickte nur. *Ja, ist schon gut. Ich verstehe, dass wir ihnen vertrauen und ihnen etwas Grund zur Zuversicht geben müssen.*

„Das ist nicht alles", sagte Nadragír, ohne eine Regung in seinem Blick und ohne ihn wandern zu lassen. „Aber wir müssen vorsichtig sein."

Er bemerkte, wie Kunja neben Nadragír unauffällig den Blick senkte, als wollte sie sich in den Boden verkriechen und sich unsichtbar machen.

Habt ihr gut hingekriegt! Ihr Geheimnis ist gewahrt. Aber den Hoffnungsfunken hatten sie bekommen.

Eine Glocke wurde heftig angeschlagen.

„Auf, auf, auf, ihr faules Pack! Gelage ist vorbei! Bewegt euch!"

Beim nächsten Essen rotteten sie sich erneut zusammen. Waren es jetzt mehr? Das war gefährlich. Diesmal war es stiller. Aber auch entschiedener.

Erion starrte abwechselnd in seinen Napf und ließ den Blick über dessen Rand gleiten.

Es fehlte noch etwas. Ein gewisser Funke.

„Ich vermisse was", hatte Malaiar ihm auch schon in ihrer Schlafhöhle zugeflüstert. „Was ist los mit dir? Wo bleibt dein *Wir kriegen das hin*?"

Er hatte daraufhin an ein Feld voller Leichen gedacht, die seine Freunde gewesen waren, sieben in Totengewändern darüber schwebende Gestalten und einen Ausblick in einen gärenden Himmel voller stochernder Spinnenbeine.

Ja, irgendetwas war dort auf den roten Feldern vor Hugen mit ihm geschehen. Ein Bruch, ein Riss war durch ihn gegangen. Etwas von seiner Seele war an den ewigen Feind gegangen. Er wurde nicht wieder ganz, wenn er es sich nicht zurückeroberte. Und er wollte wieder ganz sein ... wenn er dem Tod ins Gesicht sah.

Er hob den Blick über den Rand seines Napfes, hob ihn weiter, musterte die dreckigen, erbärmlich ausgemergelten Arbeiter um sich herum, die sich um seine Gefährten geschart hatten.

Was sollst du damit schon verraten?, fragte er sich. *Jeder verfluchte Duerga hier weiß, warum du hier bist.*

„Wegen mir sieht Morlugh aus, wie er aussieht. Ich dachte, ich hätte ihn getötet."

Einen Herzschlag hörte man nicht mal jemanden schmatzen oder schlürfen.

„Sie kann Drazghul beschwören." Duvruk winkte mit dem Daumen unauffällig in Malaiars Richtung.

Erion sah, dass sie aufbegehren wollte, klarstellen, wie sie das sah, und dass es anders war, als Duvruk das klingen ließ. Brauchte es sein sachtes Kopfschütteln, damit sie den Kopf senkte, den Blick finster hob – und es sich verbiss?

Dieser finstere Blick von ihr tat jedoch nur umso mehr seine Wirkung, fand Erion.

„Er kann sich durch ein Schlachtgewühl winden wie der Höhlenwind durch ein Feld von Steigwurz. Besorgt ihm ein Schwert, und er tanzt über Köpfe, zieht drüber weg wie ein Gewitter, das Blitze runterschickt."

Na, das war ein bisschen dick aufgetragen. Aber wenn Malaiar es sich verbiss, ohne rot zu werden, dann konnte er das auch. Im Dienst der Sache.

„Wenn ihr so toll seid, warum habt ihr dann nicht längst den ganzen Laden aufgemischt?" Erion blickte auf, suchte nach dem Sprecher – ein Vernarbter mit tiefschwarzem Haar. „Neulich, als es beinah hart auf hart ging, habt ihr ganz schön den Schwanz eingezogen. Ihr und euer Ninra."

Erion bemerkte, wie Nadragír den Blick senkte. Was tat der nur so scheu? Konnte der keine Duergamine ertragen? Hatte das Dunkel im Berg ihn gebrochen, dass er vergaß, wer er war?

„Ihr?" Duvruk wollte auffahren. Ein Napf scharrte irgendwo über Stein. „Wer ihr? Wer hat denn hier gekuscht und –"

„Psssst!" Malaiar legt ihm mäßigend die Hand auf den Arm.

„Du *dachtest*, du hättest Morlugh-Kharn getötet?" Eine andere Stimme, von anderswo, rau, brüchig. „Und warum lebt er dann noch? Und sieht so aus, wie er aussieht?"

Jetzt war es an ihm, seine Hand auf die von Dunjak-Dhar zu legen. Bevor die Last ihrer Schuld sie noch dazu brachte, etwas Unüberlegtes zu tun. Er sah die anderen beschwörend an. Nicht, dass sie etwas sagen würden, aber …

„Wer kuscht?" Eine krächzende Stimme ließ Erion herumfahren, sodass er sich beinahe den Hals verdreht hätte. „Wer lebt noch und sieht aus, wie er aussieht?"

Hinter ihm ragte die dürre Gestalt von Sicco auf. Er hielt sich irgendwie in der Hüfte eingeknickt, was ihm etwas dreist Lässiges gab.

„Was treibt ihr denn da?", fragte Sicco mit verzogener Fratze. So wie er dastand, sah es aus, als wäre er hinter einem Pfeiler hervorgetreten, wo er sich vorher verstohlen verborgen hatte. „Rumtratschen ohne mich geht ja mal gar nicht."

Ein Schreck breitete sich wie eine kalte Lähmung in Erion aus. Wie lange hatte der schon dagestanden und zugehört? Seine Gefährten versuchten, sich unauffällig zu verhalten, doch er spürte dennoch ihren inneren Aufruhr.

Noch immer verrenkte er sich den Nacken, um zu beobachten, wie Sicco sich feixend im Kreis umsah. „Oh", sagte der. „Ihr macht was über den Brühenpanscher ... Kelle."

Schweigen.

„Wer ist Kelle?" Das kam von Nadragír. Er bekam das unschuldige Gesicht prima hin.

„Wer ist Kelle, wer ist Kelle?", krähte Sicco höhnisch. Um dann gleich weiter den Blick über jeden im Kreis rumschwenken zu lassen – außer über Erion und seine Gefährten. „Eins frag ich euch Simpel ... Warum sollte irgendwen außerhalb von Khaz-Dhum Sieben interessieren, was hier drinnen vorgeht? Alles, was die draußen wollen, ist bloß nicht hier rein."

Unauffällig versuchte Erion zu Bovluk und Hurga-Jhin hinzuschielen. Hatte Sicco etwas von der Botschaft mitgekriegt? Klang verflucht so. Wenn er schon Kelle erwähnte.

„Warum sollte irgendwen kratzen, was mit uns hier passiert?", fuhr Sicco jetzt fort.

Sein Blick wanderte kurz zu Boden, wie in stummer Verärgerung oder Empörung. „Was meint ihr, was es uns dann an den Kragen geht, wenn so was rauskommt, ihr kleinen Spinner!"

Er wusste es! Er hatte es gesehen! Hatte Sicco die Übergabe gesehen, die Botschaft abgefangen oder vermutete er nur was?

„Warum nicht direkt eine Nachricht an den Adlatus adressiert?" Sicco wusste es! Er stemmte die Fäuste in die Hüften, dass es aussah, als spreizte er wie ein Hahn seine kleinen Flügel. „Lieber Adlatus, mach doch bitte diesen Aufstand, von dem alle sprechen, gleich sofort, und hol uns hier raus!" Er ließ wieder die Fäuste baumeln, schaute sich in der Runde um. „Was meint ihr, was es uns an den Kragen geht, wenn euer Blödsinn rauskommt!"

Erion sah sich um. Wenn sie Sicco jetzt ganz schnell runterzerrten, ihn erdrosselten, kriegte vielleicht keiner was mit. Wenn sie sich alle einig waren. Er suchte die Gesichter ab.

„Wovon redest du? Welcher Blödsinn?", stieß Duvruk polternd hervor.

„Ich meine *diesen* Blödsinn." Sicco winkte mit der ausgestreckten Hand. Egso, der sehnige, ausgemergelte Kerl mit den eisengrauen Strähnen in der verfilzten Mähne und im Bart, der oft bei ihm war, trat hinter dem Felspfeiler hervor, hinter dem auch Sicco gestanden haben musste.

Egso hielt einen Stofffetzen hoch.

„Junge, Junge!" Da stemmten sich die Fäustchen wieder in die Hüfte. „Ich glaub's nicht. Draußen interessieren wir'n Dreck. Was denkt ihr euch nur? Euch hat man echt ins Hirn geschissen."

„Besser es versuchen, als hier unten zu verrecken."

Erion wandte sich verwundert um. Das war die Arbeiterin mit dem Kopftuch, keiner von seinen Gefährten.

Sicco wandte sich zum Weggehen. „Jaja, ich bin ja so gerührt." Egso trat nach kurzem Blick zurück an seine Seite. „Na, was man heulen kann, muss man nicht pissen. Wenn gleich auch der dicke Trampel mit dem Fellchen noch anfängt und sein dämliches Lied singt … was meinst du, Egso? … Flennst du dann gleich mit?"

„Was Ähnliches", brummte Egso. „Nur aus'm Hals."

Lachend zogen beide davon.

Erion sah, wie das die Aufmerksamkeit einer kleinen Gruppe von Wachen auf sich zog, die sich daraufhin zu den beiden Widerlingen umblickten. Sicco hob doch glatt wie zum Gruß die Hand und die beiden wanderten schnurstracks hinüber.

„Meinst du …", brummte Duvruk

„Glaube ich kaum." Das war Nadragír.

Erion beobachtete weiter, wie Sicco und Egso bei den grobschlächtigen Aufsehern standen und ein paar Worte mit ihnen wechselten. Wenn er doch nur etwas davon verstehen könnte!

Er sah bloß, wie Sicco sich noch mit einem schmierigen Lachen auf den Zügen umdrehte. Einer der Aufseher lachte ebenfalls in sich hinein.

Erion wäre beinahe hochgeschreckt, als sich plötzlich etwas an seine Seite drückte. Etwas Haariges.

Er sah auf Grolk herab. Was ihm da an unappetitlichen Fetzen am Maul raushing, wollte er lieber gar nicht wissen. „Wo bist du nur, wenn man dich als Wachhund braucht? Hier kann sich wohl jeder ranschleichen."

„Ich meine, er kriegt Speck auf die Rippen, seit ihr hier unten seid", meinte Bovluk.

Jemand schlug die Glocke mit einem Hass, hinter dem etwas sehr Persönliches stecken musste.

Eine weitere Schicht im Todesvortrieb überlebt. Nicht zuletzt dank Grolk. Der wieder mit irgendwas Klebrigem ums Maul aus einer Spalte geschossen kam und ansatzlos an ihm vorbeihetzte. Erion hatte augenblicklich der sachkundigen Erfahrung des Tiers vertraut und es ihm nachgetan und hatte dann auch schon in seinem Rücken das Rasseln und aggressiv scharfe Zirpen gehört.

Die Gefahr durch die Drazghul nahm offenbar zu. Es hatte zwar keinen großen Aufstand wegen Überfällen mehr gegeben – die Aufseher versuchten, alles still zu halten –, aber wenn man aufmerksam war, konnte man bemerken, dass nicht immer alle von den Schichten zurückkamen. Es landete jedoch keine vergleichbare Zahl von Körpern auf dem Leichenhaufen.

Die grausige Wahrheit war, dass nicht nur Grolk dieser Tage etwas auf die Rippen bekam.

Als Erion das nächste Mal in der Essenspause auf die

übliche Stelle seiner Freunde zutrottete, war niemand sonst bei ihnen. Außerdem schien es einen Bannkreis um ihre Gruppe zu geben – alle hielten einen sicheren Abstand.

„Das ist wegen Sicco." Duvruk schielte über die Schulter, wo Erion auch schon die miese bezopfte Hakennase entdeckte, die sich hämisch nach ihnen umdrehte.

„Meinst du, er hat den Wachen was erzählt?", fragte Bovluk finster.

„Das hätten wir schon zu spüren bekommen", antwortete Hurga-Jhin. „Sieht mir auch nicht aus, als hätte er als Belohnung 'ne Sonderbehandlung bekommen."

„Vielleicht lassen sie sich noch nichts anmerken und warten. Und das dicke Ende kommt noch."

„Sicco hat ihnen nichts erzählt."

Erion wurde durch die Stimme überrascht. Er schaute sich um, sah Nadragír. Ihn erstaunte die stille Sicherheit, die darin lag. „Woher willst du das wissen?"

Nadragír zuckte bloß die Achseln und aß weiter.

„Wer ist eigentlich dieser Adlatus, von dem die Pestzecke geredet hat?" Duvruk schaute Hurga-Jhin fragend an. „Jemand hat den Namen hier unten schon mal erwähnt, aber ich hab vorher nie von ihm gehört."

Hurga-Jhin schielte über den Napfrand zu ihm rüber. „Weiß nicht, ob das eine echte Person ist oder nur ein Gespenst, ein Mythos, etwas, das man erfunden hat, damit man sich dahinter verstecken kann."

„Der Name …?" Er sah Malaiar nachdenklich die Brauenwülste zusammenziehen.

„Ich denke, das kommt, weil der Adlatus der Helfer der Unterdrückten ist. Ihr Beistand." Hurga-Jhin sah sich mit gerunzelten Brauen um. „Hat schon was von Wunschdenken. Was meinst du, Bovluk?"

Der Dwerc zuckte die Achseln. „Wie man's hört, scheint der überall zu sein. Deshalb denken manche, es ist mehr als eine Person … einfach eine Maske, hinter der sich mehrere

Möchtegern-Umstürzler verstecken. Ist wie du sagst, Jhin."
Er schielte zu seiner Duergagefährtin hoch.

Ihm kam das alles seltsam vor. „Aber wenn er überall ist, muss ihn doch jemand gesehen haben."

Wieder sah er Bovluk die Achseln zucken. „Was weiß ich … ich steck hier in den Minen fest."

Erion sah sich verzweifelt über ihren Kreis hinweg um. „Was machen wir jetzt? Keiner will mit uns zu tun haben." Er spürte, wie hohle Verzweiflung immer stärker in ihm hochkroch.

„Später", sagte Nadragír, den Blick auf seinen Napf gerichtet. „Wir reden später darüber. Hier wollen wir nicht noch mehr Aufsehen erregen. Wir müssen nicht das erledigen, was Sicco unterlassen hat."

„Wir müssen was tun. Uns bleibt keine Wahl. Bevor es zu spät ist. Wenn Morlugh das Donnerelixier in die Hände bekommt … Vielleicht hat er es sogar in diesem Moment schon …"

Dunjak-Dhar verstummte. Und ihre Hände, die im Schoß beständig miteinander gerungen hatten, kamen jetzt in einer verkrampften gegenseitigen Umklammerung zur Ruhe. Erion konnte nur erahnen, wie sehr die Schuld und die Reue an ihr nagen mussten. Und die Angst, durch ihr Handeln, durch ihren Ehrgeiz und ihre Eitelkeit, dadurch, dass sie Morlughs Drohungen nachgegeben hatte, etwas bisher noch unausdenkbar Schlimmes auf die Welt losgelassen zu haben.

„Aber was sollen wir tun?", fragte er ringsum die in der dunklen Enge der Schlafhöhle zusammengedrängte Runde. „Khaz-Dhum Sieben erhebt sich? So, wie es aussieht, sind wir hier derzeit ziemlich allein mit dem Erheben."

„Wir haben keine Unterstützung hier drin. Die Botschaft

nach draußen ist abgefangen …" Hurga-Jhin ließ den Kopf hängen und lugte verstohlen zu Bovluk hinüber, der mit zwischen breiten Schultern eingezogenem Kopf düster vor sich hinstarrte.

„Wir müssen etwas tun." Kunjas Stimme klang entschlossen. Es blitzte wieder etwas vom alten Feuer in ihren Augen. „Nur weil eine Botschaft nicht durchging …"

„Kelle fällt aus", meinte Hurga-Jhin. „Der war bisher das Bindeglied. Wenn Sicco ihn mit dem Zettel erwischt hat, ist der jetzt kusch und hat den Schwanz eingekniffen. So, wie ich Sicco einschätze …"

„Auch wenn Kelle ausfällt …" Es war Bovluk, der jetzt die Stimme erhob. „Es gibt noch immer die Kette der Fraßbrigade. Sie ist nur an einer Stelle unterbrochen – bei Kelle. Und hat was einen Riss, schließt man den mit einem Band."

„Und? Was willst du damit sagen?"

„Da ist eine Lücke." Bovluk blieb gegenüber Hurga-Jhins Einwurf stur. „Die überbrücken wir. Einer muss raus."

Hurga-Jhin schüttelte den Kopf. „Keiner kommt aus Khaz-Dhum Sieben raus."

„Keiner muss ganz aus den Minen raus", beharrte Bovluk. „Nur bis zum nächsten Kochfeuer." Er hob den Kopf, sah zu ihr hin. „Ich bin das Band. Ich überbrücke den Riss."

Hurga-Jhin starrte ihn verdutzt an. Damit war sie nicht allein. „Wie willst du das machen? Wie willst du rauskommen?"

Bovluk schürzte die Lippen, blieb unbeirrt. „Kelle nimmt bei seinem Gang mit dem Fraßkarren die Botschaft nicht mit? Dann klemm ich mich eben unter den Fraßkarren. Dann bring ich die Botschaft."

Jetzt entstand ein Aufruhr. Bovluk hielt sich standhaft, egal, wie sehr sein Plan als unmöglich und undurchführbar abgetan wurde.

„Ich schaff das. Ich bin zäh und kräftig, wie ein alter

Baum. Ich habe so lange den Hammer geschwungen, ich bin eisern und hart. Ich klemme mich drunter und lass nicht wieder los."

Das mochte gut sein. Er traute es dem Dwerc immerhin zu. „Aber der Karren wird doch kontrolliert. Das fällt bestimmt auf. Die sichern alles ab, die schauen überall nach. Du siehst das jeden Tag. Schau dich um!"

„Wie hast du mich unbemerkt aus dem Todesvortrieb rausgebracht?"

Erion war zunächst baff, dann starrte er Malaiar an.

Und schließlich folgte sein Blick dem ihren runter zu dem schwärzlichen Vieh, das sich mit verrenkten Gliedern den kleinen aschefarbenen Kugelbauch leckte, den es sich angefressen hatte.

Es musste wohl bemerkt haben, dass man es anstarrte, denn es hielt in seinem würdelosen Tun inne.

Erion starrte ihm in die schmutzig-gelben Augen. „O Grolk, das wirst du nicht mögen."

„Jetzt gleich schiebt er ab. Sein Firimduergagenosse hebt schon die Deichsel an."

„Da! Da, jetzt schiebt er sich drunter."

„Seh ihn nicht. Ich hab ihn nicht gesehen."

„Sollst du ja auch nicht. Soll keiner. So war's gedacht."

„Wusste nicht, dass der derbe Proppen so unauffällig sein kann. Ich hab nicht mal 'nen Schatten gesehen."

„Und das Vieh ist bei ihm?"

Alle erstarrten und sahen einander an.

„Er hätt's doch abgebrochen, wenn das nicht geklappt hätte", meinte Duvruk. „Oder?"

Jetzt sahen alle Erion an.

Und er musste daran denken, wie sie versucht hatten, Grolk daran zu gewöhnen, dass Bovluk ihn im Arm gepackt

hielt und an sich drückte. Grolks Scheu war schnell überwunden gewesen. Nur hatte es Mühe gekostet, Grolk dazu zu
bringen, sich ruhig an Bovluks Brust zu halten, statt mit den
Krallen am geflochtenen Bart des Dwerc herumzuspielen.

„Wie hast du ihn denn dazu gebracht, im richtigen
Moment die Duerga abzulenken?", hatte Bovluk Erion
gefragt, während Grolk sich unter dessen Bart an sein Kinn
wälzte.

Erion hatte es ihm erklärt.

„Da kommen sie. Da kommen die Wachen. Gleicht
kontrollieren sie die Unterseite."

„Guckt nicht hin! Tu so, als wolltest du eine andere
Hacke auswäh–"

Ein schrilles Kreischen und Fauchen durchschnitt den
Raum der Hauptkammer. Es hörte sich an, als würde der
markerschütternde, wütende Laut wild von einer Stelle zur
anderen springen, wie ein dem Höllenfeuer entronnener
Dämon.

Darin mischten sich zunehmend die Rufe und Schreie
von Duerga.

„Jetzt! Jetzt kannst du gucken. Jetzt gucken alle."

„Oh, um Berges willen! Bei den mächtigen Hämmern
Khzu-Radhs."

Er sah zu Hurga-Jhin hoch, die sich offenbar nicht
zwischen entsetzt Schauen und sich das Lachen verkneifen
müssen entscheiden konnte.

„Jetzt geht Grolk nie mehr auch nur in die Nähe von
deinem Kumpel", sagte er. „Ich hatte eigentlich an leicht
Kneifen gedacht."

„Hat der was von deinem Fraß gegessen, Kelle?",
herrschte einer der Duerga den Gehilfen an.

„Nicht lachen, Duvruk!"

„Wo ist er jetzt hin, dein Grolk? Eben war er noch da.
Jetzt ist er weg."

„Da ist er. Da springt er rum."

„Oh."

„Was?"

„Jetzt kommt der Moment. Die wollen mit dem Karren weg." Hurga-Jhin versuchte sicherlich, beiläufig zu klingen, doch ihrer brummenden Stimme hörte man die Anspannung an. „Die Frage ist jetzt, kontrollieren sie ihn noch mal vorher oder nicht?"

Erion sah, wie sie erstarrt hinschaute. Er selbst traute sich nicht, hinüberzusehen.

„Nein", schnaufte Hurga-Jhin, „die Essenkarre geht durch."

Er hörte den Laut, mit dem seine Gefährten die angehaltene Luft entließen.

„He, Leichtfuß!" Die laut dröhnende Stimme ließ ihn zusammenfahren. Ein Duerga kam geradewegs auf ihn zugestapft. „Was gaffst du rum? Was hast du hier noch zu trödeln?"

Er bemühte sich, möglichst arglos zu schauen. „Ich hab meinen Grolk gesucht."

„*Dein* Grolk? Na, *ich* find ihn auf Anhieb." Der Duerga ließ fahrig den Blick über das Chaos in der Höhle schweifen. „Mann, Leichtfuß, tiefer runter als in den Todesvortrieb kannst du nicht verdonnert werden. Dein Glück." Er ließ seinen Feuerstab herumschwingen und stieß dessen aufblitzendes Ende drohend in ihre Richtung. „Los, und jetzt weg von deinen Kumpanen! Die gehen anderswohin, du gehst in den Todesvortrieb."

Er tauchte zur Seite weg. „Ich will nur noch meinen Grolk aufsammeln. Der hilft mir, dass ich da unten –"

Der Aufseher vertrat ihm den Weg, warf einen knapp angedeuteten Blick über die Schulter. „Na, das wird wohl heute nichts mehr. Diesmal wirst du wohl mal ohne ihn auskommen müssen."

Er sah Grolk wieder, als er sich mit bleierner Müdigkeit in den Knochen an den Duergawachen vorbei aus dem Spalt des Todesvortriebs herausschleppte. Ihm war tatsächlich auf dem letzten Stück die Glimmkugel ausgegangen, und er hatte in völliger Dunkelheit den restlichen Teil des Weges ertasten müssen.

Grolk saß da hinter der Absperrung, die dürren Vorderbeine mit den schmierigen Fellbüscheln an den Gelenken breit abgespreizt.

Es war vielleicht dumm angesichts dieses Tieres, aber er hatte bei seinem Anblick den Eindruck, dass jedes Leugnen, was seine Beteiligung an dessen Unbill betraf, sinnlos war.

„Ich versprech dir, Grolk, das passiert nie wieder."

Außerdem überfiel ihn beim Wiedersehen mit Grolk angesichts dessen, was er gerade erlebt hatte – der aufkeimenden Panik im Dunkel –, eine große Dankbarkeit. Zum ersten Mal ging ihm auf, dass er vielleicht sein Überleben hier unten im Todesvortrieb diesem anhänglichen hässlichen Wesen verdankte.

Er hockte sich hin, nahm Grolk auf, der auf seine Schulter hochkletterte und ihm das Ohr leckte. Erion fragte sich nicht, was er vorher geleckt hatte oder was in diesem Maul gewesen war.

„He", schallte es hinter ihm her, „ist das nicht das Vieh, das vor der letzten Schicht …?"

Erion drehte sich um, sah den Duerga an, der sich mit drohend verzogener Fratze vor ihm aufbaute.

„Nein", sagte er, „das ist ein ganz anderer Grolk."

Er war froh, als er in ihrem Schlafloch angekommen war. Beinahe augenblicklich ließ er sich zu Boden fallen.

„Schon was von Bovluk gehört?", konnte er nur noch stammeln.

„Nein, und das ist ein gutes Zeichen", antwortete Malaiar.

An den Lauten und dem Brummen, das Duvruk von sich gab, glaubte er zu erkennen, dass Grolk bei ihm Zuflucht gesucht hatte. Mit diesen Tönen im Ohr sank er in den Schlaf.

Er erwachte, weil er spürte, dass rings um ihn jähe Alarmbereitschaft herrschte. Rasch schnellte er hoch, ging sprungbereit in die Hocke.

Mit verklebten Augen versuchte er, etwas zu erkennen. Seine Gefährten spürte er dicht um sich.

Sie starrten alle zum Höhleneingang hin.

Da war etwas.

Kein Rumoren, sondern die noch sachteren, verstohleneren Anzeichen dafür, dass sich da draußen etwas rührte. Er sah vage, wie Duvruk nach etwas tastete, hörte das Scharren von Stein gegen Stein.

Etwas Großes schob sich vor den grauen Schimmer, der das Eingangsloch kennzeichnete.

Erion spürte seine Gefährten zurückweichen. Grolks Zähne rasselten unter seinem zischenden Atem.

Ein ungefüger Schädel, dann breite Schultern zwängten sich unter dem Rand des Lochs durch. Erion hatte den Eindruck, aus der großen Masse hervor würden Augen ins Dunkel schielen.

Dann ein Brummen. „Ah!"

Ein schmallippiges, breites Maul öffnete sich in dem Schädel. Man erkannte es an den Reihen spitzer Zähne, die im Zwielicht heller waren als der umgebende Rest.

Der Kopf schob sich etwas weiter vor und jetzt konnte Erion die Züge eines Duerga erkennen.

„Ich glaube, ihr habt da was verloren", sagte Gobrur-Vhan knurrend.

Allesamt wichen sie zurück, als der Duerga etwas durch das Zugangsloch hereinzog und vor sich zerrte.

Sie hörten das Zähneknirschen, bevor sie den wuchernden Schopf und den geflochtenen Bart erkannten.

Gobrur-Vhan hielt mit seiner riesigen Pranke Bovluk hinten am Nacken gepackt wie in der Zwinge eines Prangers. Der Dwerc in seiner Hilflosigkeit konnte nur mit wütend glosendem Blick vor sich hinstarren.

Gobrur-Vhan grinste. „Ich dachte, euch würde es als Erstes interessieren, bevor ich es jemand anderem zeige."

Erion hatte recht gehabt, dem Kerl zu misstrauen.

4

LEISER DONNER

W as willst du, Gobrur-Vhan?", grollte Duvruk den Aufseher an. „*... alter Freund.*" Es klang wie eine Drohung mit dem Wunsch dahinter, ihm am liebsten auf der Stelle den Hals umzudrehen und das Rückgrat zu brechen.

Der Duergaaufseher stieß seinen Gefangenen in die Höhle, sodass er zwischen sie taumelte.

„Da habt ihr euren Karrenhänger wieder!", schnaufte er. „Ihr habt Glück, dass ich es war, der ihn erwischt und unauffällig wieder reingebracht hat." Erion sah ihn in der Düsternis den Kopf schütteln. „Bei Urnak, was sollte das denn?"

Eisiges Schweigen herrschte in der Höhle.

„Er sollte eine Botschaft rausbringen."

„Was?"

Der Ruf kam nicht aus seiner Kehle, doch fassungslos fuhr auch Erion herum.

Wenn schon nicht an der Stimme, so erkannte er den Ninra doch an seiner Schädelform. Nadragír schien die Achseln zu zucken. „Er weiß es. Er spielt mit uns."

„Spielen? Ihr seid mir welche!", dröhnte Gobrur-Vhans Stimme. Es sah aus, als würde er von links nach rechts zwischen ihnen hinschauen. „Wenn ihr eine Botschaft rausbringen wollt, warum fragt ihr dann nicht mich?"

Ja, sicher! Ausgerechnet. Beinahe wären wir auf dich reingefallen.

Gobrur-Vhan visierte sie über seinen Zeigefinger hinweg an. „Ihr wollt was anzetteln, stimmt's?"

Niemand antwortete. Der eigene Versuch zu leugnen, blieb Erion im Halse stecken. Was hätte er sagen sollen? Durch was hätte er irgendwas erreicht?

Es war Duvruk, der dann dennoch die Stille brach. „Warum denkst du das … alter Freund?" Noch immer klang die verhohlene Drohung in den Worten an.

„Ihr wollt was anzetteln", wiederholte Gobrur-Vhan nur. „Hier unten in Khaz-Dhum Sieben."

Sah er ein feines Glimmen im Dunkel, da, wo er Kunja vermutete? Hatte er den Eindruck, als würde bei der Gestalt dicht an ihrer Seite etwas ins Flirren geraten?

„Ist schon lange fällig", sprach Gobrur-Vhan ungerührt grollend weiter. „Ist nur natürlich. Das hier ist die Hölle. Tiefer runter geht's nicht."

„Was willst du uns sagen?", hörte er Duvruk. Erion beschlich das Gefühl, gegen die Masse der beiden Duerga, die sich dort gegenüberhockten, traten alle anderen Insassen des Höhlenlochs zur Bedeutungslosigkeit zurück.

„Es musste kommen. Es ist ihnen egal, dass ihr draufgeht", brummte Gobrur-Vhan grimmig vor sich hin. „Die rechnen damit, ihr seid Verschleiß. Sogar erwünschter Verschleiß. Die wollen euch sich zugrunde rackern und verrecken sehen. Was habt ihr denn zu verlieren?" Erion sah, wie Gobrur-Vhans Blick zu ihm hinstreifte. „Du … ihr entgeht natürlich dem Zermalmer. Wenn ihr vorher draufgeht. Morlugh-Khar hat noch gar nicht nachgeschaut, ob ihr schon dafür reif seid. Hat wohl derzeit 'ne ganze Menge anderer Sachen um die Ohren."

O ja, er muss das Donnerelixier finden. Dass er noch nicht hier bei uns war, ist also ein gutes Zeichen. Das würde Dunjak-Dhar in ihrer Höhle freuen.

Gobrur-Vhan beugte sich noch ein Stück näher vor, äugte an dem starr wie ein Götzenbild dahockenden Duvruk vorbei, zu ihm und den anderen hin. „Wie hört sich das für euch an? Die Minen gehen in den Aufstand, na? Und ... Khaz-Dhum Sieben erhebt sich zuerst."

Nein, Leugnen hätte gar nichts genutzt. Niemand antwortete, niemand regte sich.

Gobrur-Vhan seufzte auf. „Duvruk, meinst du, ich will das alles hier? Meinst du, das gefällt mir, so, wie es ist?" Er zögerte. „Es hat sich verändert, seit aus König Morlugh Morlugh-Khar, die Rache der Duerga, geworden ist", sagte er dann mit schleppender Stimme. „Meinst du etwa, ich will in den Krieg ziehen?" Es kam ihm hohl und brüchig aus der Kehle. „Denn das werd ich wohl müssen. Meinst du, Morlugh-Khar lässt einen wehrfähigen Duerga hier zurück? Weißt du, was für ihn ein Duerga ist, der hierbleiben will? Ein Verräter! Und weißt du, was Morlugh-Khar mit Verrätern macht? Hier in Kharnuk-Bragha bleibt nach seinem Auszug kein lebender Duerga mehr übrig, um den Laden am Laufen zu halten. Quislung hat das noch nicht kapiert. Morlugh-Khar hält ihn bei Laune, damit er weiter alle antreibt, wie Morlugh-Khar es braucht. Solange er ihn braucht."

Nachdem er das gesagt hatte, hockte Gobrur-Vhan still abwartend da.

Konnte das sein?

War es möglich, dass Gobrur-Vhan das wirklich ernst meinte? Was hätte er schon davon, wenn er sie betrog? Er hatte es schließlich selbst gesagt: Tiefer in der Gülle stecken, als es ohnehin schon der Fall war, ging einfach nicht. Also was hätte Gobrur-Vhan erreichen wollen?

Durch einen Trick aus ihnen herauskriegen, wo das Donnerelixier war? Sie wussten es nicht. Das musste Morlugh klar sein. Und Gobrur-Vhan auch, wenn er in dessen Auftrag handelte.

Unauffällig sah er sich nach seinen Gefährten um.

Er hörte, wie Malaiar in der Dunkelheit „Bist du verletzt?" fragte. „Hat er dir was angetan?"

„Nein", hörte er Bovluk knirschend erwidern.

„Ich habe nur getan, was ich musste", sagte Gobrur-Vhan. „Um ihn unbemerkt wieder zurückzubringen. Aber ihr kennt ihn ja."

Ja, er konnte sich einen erbittert sich wehrenden Bovluk vorstellen.

Gobrur-Vhan beugte sich jäh vor, dass Erion schon zurückschreckte. „Wollt ihr dem Adlatus eine Nachricht zukommen lassen?"

Was? War das also doch eine Falle?

„Dem was?" Wieder war es Duvruk, der gegenüber seinem früheren Freund das Wort ergriff. „Dem Adlatus? Warum sollten wir das? Wir sitzen hier unten, und wir haben gerade erst gehört, dass es angeblich jemanden geben soll, der sich Adlatus nennt."

„Es gibt ihn." Es kam wieder träge, aber dennoch klang ein Unterton von einer triumphierenden Gewitztheit darin an, als Gobrur-Vhan sie jetzt ansprach. „Und ich *weiß*, wie man dem Adlatus eine Nachricht zukommen lässt." Zog er etwa auf einer Seite den Brauenwulst hoch?

„Versteht ihr?", fuhr Gobrur-Vhan jetzt fort. „Das ist auch meine Gelegenheit, lebend und ohne in den Krieg ziehen zu müssen, hier rauszukommen. Meint ihr, ich bin der einzige Duerga in Kharnuk-Bragha, der das so sieht? Sogar von denen, die die Kharnuk-Rune auf der Stirn tragen, sogar von den Aufsehern hier unten geht es vielen so. Meinst du, denen macht es Spaß, in dieser Hölle zu arbeiten und in den finstersten und gefährlichsten Teilen des Berges rumzukriechen?"

Gobrur-Vhan hielt seine Pranke hoch, zählte mit der anderen die Finger ab. „Dughnar-Dhor, Kholgar, Hurgal-Khir, Dhurkan … Soll ich weitermachen?"

Erion schaute zu Duvruk hinüber, der doch aus seiner früheren Arbeit in den Minen einige der Aufseher kennen musste. Duvruk brummte widerwillig vor sich hin, nickte aber bedächtig und so, dass sie es sehen konnten. Die Namen stimmten also.

„Und die anderen Duerga", fuhr Gobrur-Vhan fort, „die nicht das Maul aufmachen, aber denen es genauso stinkt, werden sich entweder uns anschließen oder es uns irgendwann danken." Verstohlen drehte er den Kopf. „Aber trotzdem will ich nicht, dass mein Name dabei groß rauskommt. Nicht hinterher und vor allem nicht jetzt."

„Die Namen, die du da nennst …", setzte Duvruk jetzt grollend an. „Die Unzufriedenen, die angeblich ihre Hoffnung in … irgendeinen *Adlatus* setzen … Was soll das schon sein? Das macht noch keinen Aufstand. Das bringt Morlugh-Khars Herrschaft nicht zu Fall."

„Ihr wart lange weg aus Kharnuk-Bragha", meinte Gobrur-Vhan jetzt. „Und ihr hört nicht, was sie reden und was im Stillen abgeht. Wie solltet ihr?" Erion sah, wie seine gelben Augen umherwanderten. „Meint ihr, alle nicken brav zu Morlughs Plänen und finden das prima? Vor allem in den heruntergekommenen Vierteln brodelt es. Dort, wo die früheren Bewohner von Ishuk-Bragha leben. Auch darunter gibt es Duerga. Es gibt geheime Treffen und ein verstecktes Netzwerk, das immer mehr gewachsen ist. Ohne dass Morlugh in seinem Macht- und Kriegswahn etwas davon bemerkt hat."

Das hörte sich ähnlich an wie das, was Hurga-Jhin schon gesagt hatte. Aber ihm drängte sich dabei auch irgendwie der Eindruck auf, als wäre es wirklich eine einzelne Person, ein einzelner Anführer, der dahintersteckte und das alles zusammenhielt.

„Du kennst den Adlatus?", fragte er.

Jetzt richtete sich Gobrur-Vhans Blick direkt auf ihn. „Ich habe ihn gesehen", sagte er. „Er hat vor mir gestanden."

Malaiars ruhige Stimme setzte sich in der muffigen Dunkelheit ab wie die Töne bronzener Glocken. „Du enthüllst uns das alles plötzlich, so aus dem heiteren Nichts, ohne irgendwelche Anzeichen und Vorankündigungen, und wir sollen dir glauben?"

Er sah Gobrur-Vhan das Kinn heben, sie einen Augenblick von oben herab mustern. „Wer Großes zu verbergen hat, legt besser eine eiserne Maskerade an, an der niemand auch nur den geringsten Zweifel hegt."

„Ist das von dir?", fragte Duvruk schroff. „Das klingt so gar nicht nach dir."

„Das habe ich gehört", erwiderte Gobrur-Vhan. „Es soll vom Adlatus stammen."

„Der Adlatus", hörte Erion jemanden murmeln. Es war Dunjak-Dhars dunkle Stimme. Nicht nur er blickte zu ihr hin. Doch von allen schien er besonders verwundert, ihre Stimme zu hören. War sie aus ihrem Höhlenloch zu ihnen gekommen, als er geschlafen hatte?

„Ihr glaubt ihm?", fragte er Dunjak-Dhar. „Ihr wart in der Zwischenzeit hier in Kharnuk-Bragha. Ihr habt alles mitbekommen, was hier geschehen ist. Meint Ihr, das ist möglich?"

Dunjak-Dhar hob bedächtig den Kopf. „Alles ist möglich. Aber nicht alles ist leicht." Sie brummte vor sich hin, visierte offenbar Gobrur-Vhan an. „Wann, sagst du, kann das stattfinden?"

„Morgen."

„Morgen?"

Ein Wort des Erstaunens, doch von mehreren Stimmen gesprochen.

Gobrur-Vhan zeigte sich ungerührt. „Ja, morgen. Diese Ruhepause ist fast um, also nach der nächsten. Nach der nächsten großen Ruhezeit. Alles steht bereit. Ich weiß das. Und ich kann den Adlatus erreichen. Er erhält meine Nachricht in kürzester Zeit. Wenn der Adlatus erfährt, dass sich Khaz-Dhum Sieben erhebt und mit ihm die ganzen Minen, dann setzt er alles in Bewegung, dann mobilisiert er alle. Dann ist morgen der große Tag."

Gobrur-Vhan streckte die Schultern, drehte den Kopf, wie, um den Halbkreis mit seinem Blick abzufahren.

„Die Stadt und die Minen … beide zusammen." Erion sah, wie Gobrur-Vhan seine geballte Faust hob. „Mit einer Gefahr aus den Minen rechnet Morlugh nicht. Dass von dort der Aufstand rausquillt, hochflammt und es ihm an den Kragen geht, das erwartet er niemals. Seine Kharnuks werden alle zum Eidsteinhaus rennen, um es zu verteidigen. Aber von uns kümmert sich keiner um ein Eidsteinhaus mit einem zerbrochenen Eidstein. Wir kämpfen für was anderes. Wenn beide Seiten sich zusammenschließen, dann können wir ihn besiegen." Wieder sah man an seinen gelben Augen, dass er sich umsah. „Es ist Zeit zusammenzustehen."

„… Stein um Stein … Schulter an Schulter …"

Erion wandte sich um nach diesen beinahe selbstvergessen klingenden, grollenden Worten.

Duvruk wurde sich der Blicke gewahr.

„Ja, genau", sagte Gobrur-Vhan. „Er naht. Der Donner klingt schon leise."

„Aber morgen? So schnell?" Es war Malaiar, die diesen Einwand erhob.

Er sah Gobrur-Vhan die Achseln zucken. „Ich kann die Botschaft abschicken. Jetzt. Alles ist bereit."

Erion wurde klar, dass eine Stimme sich bei alledem bemerkenswert zurückhielt. Er drehte sich dorthin um, wo er vorhin den Funken im Dunkel hatte glimmen sehen. „Sag was, Kunja!"

Es schien, als würde sie durch die Aufmerksamkeit irritiert hochblicken. „Wenn es der Moment ist, ist es der Moment", sagte sie.

„Gut", erwiderte Gobrur-Vhan. „Dann machen wir es so. Wir werden Morlugh-Khar und seine Kharnuk-Duerga wegfegen. Er wird nicht kommen sehen, was da auf ihn herabstürzt."

„Was? Es geht los? Du schickst die Botschaft an den Adlatus und morgen erhebt sich der Berg?" Es kam ihm noch immer alles so unwirklich vor. So plötzlich kam das. Als läge er noch immer schlafend in einem Traum und würde gleich daraus emporfahren.

„Ja, es geht los." Gobrur-Vhan nickte bestätigend. „Morgen erhebt sich der Berg. Und Khaz-Dhum Sieben zuerst. Das ist das Zeichen, das ist die Parole, die an die Minenarbeiter in den anderen Bereichen rausgeht. Khaz-Dhum Sieben erhebt sich zuerst."

Er verlagerte seine Masse in der Dunkelheit, streckte seinen Arm vor. „Als Zeichen, dass alles läuft wie geplant, dass die Botschaft an alle rausgegangen ist und alle bereit zum Losschlagen sind, schicke ich euch meinen Armreif."

Gobrur-Vhan hielt den Reif um seinen Unterarm mit der anderen Hand gepackt, sah zu ihnen hoch. „Ihr wisst doch? Der von meinem Großvater. Den er nach der Schlacht am Hakrainhorn bekommen hat."

Er ließ den Reif los, hob mahnend den Finger. „Und noch was ... Vertraut keinem Duerga! Ihr wisst nicht, wer auf unserer Seite steht und wer nicht. Selbst wenn der Reif zurückkommt, oder ich euch eine Botschaft schicke, dann ist das kein Zeichen, dass der Überbringer eingeweiht ist, sondern nur, dass er mir vielleicht noch einen Gefallen schuldet. Verstanden?"

Erion nickte, die anderen mussten es ihm wohl gleichtun.

Gobrur-Vhan wandte sich im engen Raum der Höhle um. „Und jetzt muss ich verschwinden", sagte er. „Es gibt immerhin einiges zu tun." Grollend lachte er in sich hinein. „Ihr wisst schon ... so dies und jenes." Noch einmal schaute er zu ihnen zurück. „Außerdem ist die Schlafenszeit gleich vorbei. Und ich will nicht, dass man mich sieht."

Schon draußen, auf dem Steg vor dem Höhlenloch, wandte er sich ein letztes Mal um. Er war lediglich als schwarzer Umriss vor dem Grau sichtbar. „Lohnt sich nicht mehr, sich jetzt noch hinzulegen ... aber danach ..." Es sah aus, als würde er den Finger auf die Lippen legen. „Noch einmal schlafen."

Dann war er verschwunden.

Eine seltsame Stille blieb in der Schlafhöhle zurück.

Darin hörte man Duvruk leise rumorende Stimme.

„Es wird wahr."

5

EIN TAG NOCH

Bovluk war rechtzeitig vor dem Ende der Ruhepause in seine gemeinsame Höhle mit Hurga-Jhin zurück-gekehrt. Niemand hatte etwas bemerkt.

Die Duerga verzog nicht das Gesicht, als Erion mit seinen anderen Leidensgenossen in Richtung des Todes-vortriebs geführt wurde. Vielleicht verfolgte ihn ihr Blick ein paar Momente länger als normal aus den Augen-winkeln.

Erion richtete den seinen rasch zu Boden. Einen Tag noch den Todesvortrieb überleben. Einmal noch den Feuer-schloten und durch Spalten schleichenden Drazghul ent-gehen und heil wieder herauskommen.

Seine Hand streifte hoch zu seiner Schulter und fand dort Grolk, so klein zusammengeballt, als wollte er sich unter seinen eigenen Fellbüscheln verstecken. „Du bleibst nah bei mir. Wir schaffen das!"

Die Dunkelheit, die man einfach nur durchschreiten muss,

ist anders als die Dunkelheit, von der man glaubt, dass es aus ihr kein Entrinnen gibt.

Erion schaffte es. Als er herauskam, musste er sich sogar bemühen, seine Schultern schlaffer hängen zu lassen, als es eigentlich seinem Empfinden entsprach.

Grolk leckte sich die Lippen. Er gönnte ihm diesen Leckerbissen, über dessen Natur er noch immer nichts wissen wollte. Sie waren den Fängen der Drazghul entgangen. Ein weiteres Mal. Ein letztes Mal.

Er atmete durch, sah die große Kammer von Khaz-Dhum Sieben mit ganz anderen Augen als bei jeder anderen Gelegenheit, musterte jede Stelle, jeden Weg, jeden Pfad, den man nehmen konnte, jede Ecke … jede Deckung, jede Möglichkeit.

Und sein rastlos schweifender Blick – während er in der Reihe seiner Leidensgenossen, flankiert von ihren Bewachern, dahintrottete – stoppte bei einer Gruppe von Gestalten, die er erkannte.

Seine Gefährten. Die, mit denen er seine Schlafhöhle teilte. Dazu Dunjak-Dhar. An Nadragír fiel ihm auf, dass er heute den grauen Mantel der Sechzehnten trug. Jedoch entdeckte er keine Spur von Hurga-Jhin und Bovluk. Vielleicht ein gutes Zeichen.

Dann wurde er sich ihrer Gesellschaft bewusst.

Bokhar-Vurnak war bei ihnen. Der schon damals die verkörperte Niedertracht und Gemeinheit gewesen war, als er Duvruks und Turams Arbeitsgenosse gewesen waren, noch bevor er zum Oberaufseher von Khaz-Dhum Sieben ernannt wurde. Ein Trupp Duerga hielt sich wie zur Bewachung seiner Freunde im Hintergrund. Das sah aus, als hätte Bokhar-Vurnak seine Freunde aus den Trupps der Arbeiter herausgezogen und wartete darauf, sie wegen irgendwas zur Rede zu stellen.

Bokhar-Vurnak gab einem der Duerga in Erions Nähe ein Zeichen, dass der ihn hinüberführen sollte.

Erion schwante Übles. „Still, Grolk! Ganz still!"

„Gobrur-Vhan war bei euch", wandte Bokhar-Vurnak sich an ihn, kaum dass er bis auf ein paar Schritt an sie herangekommen war. Es war klar, dass die Worte ebenfalls an seine Freunde gerichtet waren.

Deren Blicke schwenkten allerdings bemerkenswert langsam zu Bokhar-Vurnak hin. Alle hielten sich im Zaum.

„Leugnet nicht, ich hab's gesehen", raunzte Bokhar-Vurnak, spie dann aus. „Die elende Flenne! Hat vorher schon ein weiches Herz für euch gezeigt."

„Was sollten wir mit Gobrur-Vhan?", fragte Malaiar.

Er musterte sie einen nach dem anderen, als wollte er abschätzen, wer von ihnen heimlich am meisten auf dem Kerbholz hatte. „Schadet nicht, wenn ich euch umquartiere. Weg von dieser Duergaschlampe und ihrem Dwerc."

Er rümpfte seine kurze, stumpfe Nase. „Passen mir sowieso nicht, die beiden. Wahrscheinlich wird man die trennen müssen. Frag mich sowieso, warum das nicht schon längst passiert ist."

Er sah Kunja die Achseln zucken. „Die eine Höhle, eine andere Höhle? Mir egal. Ich bin müde und ich leg mich hin, wo man mich lässt."

Bokhar-Vurnak zog seinen Mund so breit, dass man dachte, seine grauen, dünnen Lippen würden gleich reißen. „Schön, dass du das so siehst, Dwercstumpen." Seine spitzen, dreieckigen Zähne bohrten sich in seine Unterlippe. „Denn für solche wie euch haben wir ganz besondere Quartiere." Er vollführte einen Wink mit seinem ungeschlachten Schädel. „Ihr kommt rüber in den Block."

Langsam wanderte Erions Blick in die bezeichnete Richtung. Natürlich wusste er, was der Block war und wo er lag. Der Block war ein ausgehöhlter Felsbrocken im hintersten Teil der Hauptkammer, versteckt hinter Loren, Kränen und Schienen, vergraben in der Vergessenheit. Dort hinein wurden jene geworfen, die sich etwas besonders Schlimmes hatten zuschulden kommen lassen oder die einfach den Hass eines Aufsehers auf sich gezogen hatten. Er hatte sich aber nie groß drum gekümmert. Manchmal hatte er sich gewundert, dass sie nicht längst auf Morlughs Geheiß dort drin gelandet waren und hatte dann darüber Erleichterung verspürt.

Aber jetzt? In den Block?

Er spürte, wie auch die Blicke seiner Gefährten untereinander hin und her gingen. Dabei war morgen der große Tag. *Khaz-Dhum Sieben erhebt sich zuerst.* Wie sollte so was von dort aus möglich sein? Aus einer engen ausgehöhlten Zelle in der Mitte eines Steinblocks?

Sein Blick ging zu Kunja, sein Blick ging zu Nadragír. Der hatte sich in der Zeit hier unten so auffällig zurückgehalten, dass Erion ihn schon oft deshalb hatte anfahren wollen. *Ich denke, du hast was drauf? Was machst du dann das Mäuschen? Hat dir der Berg den Schneid abgekauft?* Das hatte ihm häufig auf der Zunge gelegen.

Vielleicht aber hatte er das genau wegen solch einer Lage getan. Wenn wirklich Not am Mann war. Ja, da musste was gehen!

Als sein Blick von Nadragír wegstreifte, traf er auf das gelbe Funkeln in Bokhar-Vurnaks Augen.

„Und der da …" Bokhar-Vurnak entließ seinen Blick, deutete auf Nadragír. „Der Elfenschönling kommt in gar keine Zelle. Der kriegt 'ne Sonderschicht." Wieder verzog sich sein Duergamaul zu einem schiefen Grinsen, als er zu Kunja, die bei Nadragír stand, hinüberblickte. „Ihr habt was miteinander, wie?", feixte er hämisch. „Was findet der an einem Stumpen wie dir?" Erion bemerkte, wie Kunjas Hände sich zu Fäusten ballten, doch ansonsten zeigte sie sich ungerührt. Aber Bokhar-Vurnak sah schon wieder weg, zu seinen Brechern hinüber. „Kann dem Stiesel jedenfalls nicht schaden, auch mal eine Schlafenszeit durchzuarbeiten. Da packt er was drauf auf sein schmales Gestell, und blass ist er ja eh schon wie 'ne Made."

Erion beobachtete Nadragír, wie der sich aus einer leicht gebeugten Haltung streckte, sah, wie wachsam er die Augen herumwandern ließ, ohne dass es jemand allzu sehr bemerken würde.

Wenn es eine Gelegenheit gab, was zu tun, dann jetzt!

Grolk auf seiner Schulter gab ein seltsames Knurren von sich, wie er es noch nie gehört hatte.

Aber wenn jetzt etwas geschah … dann war auch jede kleine, vage Hoffnung, die ihnen noch auf den großen Aufstand morgen blieb, begraben. Dann warfen sie die große Hoffnung fort. Verbrannt, verweht …

Sein Blick traf sich mit dem aus Kunjas Augen. Sie kniff die Lider zusammen, fixierte ihn eindringlich.

Jaja. Die eine große Gelegenheit.

Wie kam sie auf die Idee, dass ausgerechnet er ausscheren und irgendwas Verzweifeltes und Sinnloses unternehmen würde?

Zwei Duerga nahmen Nadragír in die Mitte. Der ließ das widerstandslos und nur mit dem beiläufigsten Blick zurück geschehen.

Dann brachten sie ihn fort.

Erion erwischte sich, wie er ihm noch länger, als gut war, wie betäubt hinterschaute.

Und als er dann betroffen, erschreckt aufsah, traf sich sein Blick mit dem Kunjas für einen seltsam verstörenden Wimpernschlag lang.

„Na los! Das war's mit dem Elfchen!"

Erion fuhr zusammen, als Bokhar-Vurnak sie so anschnauzte.

„Und ihr setzt euch besser auch in Bewegung!"

Jetzt erst bemerkte er, dass sich zwischen den Lorenbahnen für den Abraum und dem Räderwerk mit den unablässig darin umhertrottenden Zugtieren eine kleine Ansammlung von Arbeitern gebildet hatte, die zu ihnen herüberstarrten. Wahrscheinlich, weil diejenigen, die sie beaufsichtigen sollten, ebenfalls pflichtvergessen zu ihnen herüberglotzten.

„Und ihr auch!" Bokhar-Vurnak hatte die Gruppe aus Gaffern ebenfalls entdeckt. „Ab an die Arbeit! Oder der Todesvortrieb kriegt neues Futter. Ich hör schon die Jäger-Drazghul schmatzend durch die Spalten rascheln."

Die Wachen machten sich träge, mürrisch daran, die Arbeiter zusammenzutreiben.

Doch einer aus dem Knäuel der Arbeiter zauderte, drehte sich mit hohlem Blick noch einmal zu ihnen um. Wie ein Geist, der im Bergwerk vergessen wurde. Die an ihm herabhängenden zerlumpten, löchrigen Fetzen passten dazu.

Dann hob diese ausgemergelte Gestalt mit einem Mal den Arm, der fast nur noch aus Sehnen bestand. Die Faust kam geballt auf halbe Höhe.

Mit brüchiger Stimme rief er etwas zu ihnen herüber. „Durmar-Dhak steht auf. Der begrabene Duerga erhebt sich!" Hohl klang es durch den Lärm der Höhlenkammer. Ein Maultier blökte im Räderwerk.

Wer war das? Das war keiner von denen, die sich um sie geschart hatten. Wie kam er darauf? Durmar-Dhak war der Duerga aus dem Gesang vom Bergsturz.

Während er noch seine Augen anstrengte, um ihn genauer zu erkennen, verstellte etwas Erion den Blick auf den Kerl, der gerufen hatte.

Eine dürre Gestalt mit zwei abstehenden Zöpfen, die ihm den Rücken zuwandte, den Kerl, der gerufen hatte, ansah, während sich ein Kumpan lungernd an seiner Seite hielt.

Der Kerl, der gerufen hatte, duckte sich weg, senkte den Blick. Bevor einer der Wachen ihn packte und weiterschob.

Er konnte sich schon die Miene vorstellen, mit der er bedacht – oder eher ausgeweidet – worden war.

O ja. Die Vermutung bekam er auch gleich bestätigt. Sicco drehte sich mit dem eingebrannten Schatten eben jenes Gesichtsausdrucks um, entdeckte unfehlbar Erion, und sein Blick bohrte sich in den seinen, seine Züge bitter und hämisch verzogen.

„Was glotzt du so?", rief Sicco ihm herausfordernd zu.

„Ja, was glotzt du so?", schnauzte Bokhar-Vurnak. „Setz dich in Bewegung, marsch!"

Da war der Block. Er sah aus, als hätte man einen einsamen runden Felsbrocken irgendwo gefunden und ihn dann hier-hergerollt. Doch schien er mit dem Untergrund verwachsen.

Nur innendrin befand sich eine Kammer. In die sollten sie jetzt hinein.

„Na los! Oder sollen wir euch reinprügeln?"

Erion und seine Gefährten sahen einander an. Wenn sie etwas tun wollten, war das die allerletzte Chance. Die Gedanken rasten ihm durch sein Hirn.

Würden die Arbeiter sie unterstützen, wenn sie loslegten und sich wehrten? Oder ging es so wie letztes Mal? Der Kerl, der ihnen das zugerufen hatte, das mit dem begrabenen Duerga, der sich erhebt … Das war offenbar schon das Äußerste gewesen. Sogar schon vor Sicco hatte er gekuscht. Und der war nicht einmal Aufseher und hatte Macht über ihn, indem er ihn zusam-menprügeln oder sofort gleich den Schädel einschlagen konnte.

Nein, die würden dabeistehen und zusehen, wie sie niedergeknüppelt und umgebracht wurden. Futter für den Leichenhaufen.

Für einen Moment hatte alles nach einer großen Chance

ausgesehen. Aber wo blieb jetzt die Unterstützung? Sie waren Narren gewesen. Am Ende standen sie allein.

Er wurde angerempelt, von einem wuchtigen Duerga, gegen die anderen gestoßen und mit ihnen zusammengedrängt. Jetzt oder nie!

Ein Fauchen direkt neben seinem Ohr. Er schrak zusammen. Mit einem großen Satz sprang Grolk von seiner Schulter weg, setzte kurz auf dem Rücken eines Duerga auf und hopste weiter.

„Kann ich verstehen, dass der das Weite sucht", grunzte der Duerga. „Ich wollte da auch nicht mit rein."

Grob packte er Erion am Arm. „Jetzt pack deinen Mist und geh da schon rein!"

Etwas wurde ihm in die Hand gedrückt, beinahe gleichzeitig wurde er nach vorn gestoßen. Auf das rechteckige Loch im Felsblock zu. Malaiar fing ihn auf, bevor er stürzte.

Er tauchte ins Dunkel des Felsinneren ein. Er fühlte sich wie im tiefsten Stollen begraben. Die Körper der Gefährten dicht um ihn. Es roch nach Urin und saurem, trockenem Kot.

Die Tür fiel hinter ihm mit einem satten Poltern ins Schloss. Dunkelheit hüllte sie ein.

Erion blickte hoch, versuchte, etwas in der Düsternis zu erkennen. Nur Schwärze. Daneben nichts als ein grauer Schimmer, kaum handgroß, der schwach nahe des Bodens einsickerte. Beim Herabsehen wurde er sich des Dings in seiner Hand gewahr, erinnerte sich, dass es ihm jemand hineingedrückt hatte. Versuchte, es mit den Fingern der anderen Hand zu ertasten. Schrak zurück. Rempelte dabei jemanden an.

„Was hast du da?" Es war Malaiars Stimme.

Noch immer erstarrt, blickte er auf seine Hand hinab und das, was er darin hielt, obwohl er im Dunkel nichts davon erkennen konnte.

„Ein Armreif", sagte er. „Gobrur-Vhan hat uns seinen

Armreif geschickt, wie abgesprochen. Als Zeichen, dass er die Botschaft an den Adlatus rausgeschickt hat. Wie abgesprochen. Das Signal ist raus."

Stille. Das letzte Echo eines Füßescharrens verhallte.

„Und was tun wir jetzt?", hörte er Duvruk erstickt fragen.

6

IM BLOCK

Gobrur-Vhans Armreif war das Zeichen, dass die Botschaft auf dem Weg war und überbracht wurde.

Sie ging in diesem Moment zum Adlatus und dem Widerstand in den Vierteln der Stadt.

Am nächsten Morgen würde der Aufstand ausbrechen. Dessen Kräfte – wenn sie sich erhoben und sich gegen Morlughs Kharnuk-Duerga wandten – rechneten fest damit, dass ihnen die aufbegehrenden Massen Geschundener und durch endlose Knochenarbeit zum Tode Verurteilter aus den Minen zu Hilfe kommen würden.

Und sie saßen hier im Block fest. Einer engen Kammer, umgeben von einer Masse aus Stein.

„Was ist mit dem, der dir den Armreif gegeben hat? Vielleicht heißt das …"

„Nein", antwortete Erion. „Gobrur-Vhan hat uns gesagt, wir sollen keinem trauen. Selbst wenn uns jemand den Armreif bringt, heißt das nicht, er ist auf unserer Seite. Das ist nur ein Zeichen, dass er Gobrur-Vhan vielleicht was schuldet. Das hat er gesagt."

„Khaz-Dhum Sieben erhebt sich zuerst. Das war das Zeichen."

Hohl klang die Stimme in der Finsternis.

„Wenn hier nichts geschieht, werden die Arbeiter aus den anderen Bergwerksteilen sich nicht rühren."

„Dann kommt den Aufständischen oben in der Stadt niemand zu Hilfe. Sie sind allein auf sich gestellt."

Unerwarteter Beistand aus den Minen, mit dem Morlugh nicht gerechnet hatte, das war die Waffe, mit der die dort oben glaubten, den Sieg davonzutragen. Ein Angriff von zwei Seiten. Um Morlughs Horden in die Zange zu nehmen.

Jetzt würde der Widerstand unter dem Adlatus allein dastehen. Und wahrscheinlich aufgerieben und blutig niedergeschlagen werden. Das war es dann. Jedes Streben nach Befreiung von Morlughs Herrschaft war dann vernichtet. Vor dem Abzug seines Heeres würde der Zorn der Duerga noch einmal ein letztes Aufräumen in einem Tag des Zorns veranstalten. Dann würden er und seine Horden auf die Welt losgelassen und was danach von Kharnuk-Bragha übrig blieb, war fraglich.

Erion konnte inzwischen die Umrisse der anderen erahnen. Grauer Schimmer sickerte aus Kanälen am Boden herein, nicht genug, um wirklich zu sehen, aber ausreichend, um eine Ahnung vom Raum zu erhalten.

Die Laute ihres zornigen Aufbegehrens waren verklungen. Wütend, erbittert hatte Duvruk die Tür untersucht, sie mit seinen Fäusten und mit der Wucht seiner Schultern bearbeitet. Die Tür war so massiv, sie rührte sich keinen Deut. Sie vibrierte kaum unter Duvruks Schlägen.

„Du hast eine Stadtmauer eingerissen", hatte Kunja verwundert angemerkt.

„Ja, das war so eine Geschichte", hatte Duvruk erwidert. „Und du weißt, wie das bei Geschichten ist. In Wahrheit hab ich ihr nur noch den letzten Schubs geben müssen. Das Gemäuer war durch Magierattacken schon so morsch und brüchig gemacht worden, dass es kurz vor dem Einsturz stand." Durch seine Machtlosigkeit und sein Versagen an der Tür ihres Gefängnisses hatte er frustriert geklungen. „Wahrscheinlich haben sich unsere Anführer den letzten Schlag gespart, weil sie dachten, es macht sich besser, wenn ein Duerga durch die Stadtmauer bricht und über die Verteidiger herfällt. Womit sie auch recht hatten … Danach war der Widerstandsgeist unserer Feinde gebrochen." Mit diesen Worten hatte Duvruk sich wieder aufgerafft. „Aber diese urnaksverfluchte Tür hier …" Ein weiteres fruchtloses Anrennen gegen den Eingang ihres Gefängnisses war erfolgt.

Diese Tür war offenbar derart massiv, dass sie keine Luft zum Atmen durchließ. Vielleicht waren die ersten Gefangenen hier drin sogar erstickt.

Man hatte daher Luftschlitze in den Block schlagen müssen. Von dort kam der graue Schimmer. Man konnte zwar mit der Hand hineingreifen, doch sie gingen so tief, dass kein äußeres Ende zu ertasten war – so dick war der Stein, der sie umgab. Duvruks Pranke passte erst gar nicht hinein.

Kunja konnte nicht mal Feuer machen, weil man den Schein wahrscheinlich durch den Luftschlitz gesehen hätte.

„Was tun wir?"

„Was können wir denn tun?"

„Khaz-Dhum Sieben erhebt sich zuerst. Das ist das Signal. Wenn wir nichts tun, ist die Chance dahin. Und der Aufstand geht zugrunde. Sie werden alle sterben. Sie werden ins offene Messer rennen. Denkst du, Morlugh-Khar, der Zorn der Duerga, lässt einen von ihnen am Leben?"

Schweigen.

„Ich kann mich nicht durch Stein brennen." Kunjas Stimme verstummte. „Ich kann mich nicht mal durch die Tür brennen. Unmöglich."

„Was für ein Material ist das nur?"

„Eisenholz?"

„Hast du schon mal Eisenholz gesehen? Gibt es das in Kharnuk-Bragha?"

„Bei der Tür wahrscheinlich schon."

Stille.

Dann, „Wir müssen raus."

„Der Aufstand. Alle werden sterben."

„*Alle* sterben", sagte er. Es klang so bitter, wie er sich fühlte. Jetzt wäre ein guter Zeitpunkt für den letzten Anfall, der ihn hinwegraffte. Dann wäre es ihm aus der Hand genommen, und es lag nicht die Last einer Schuld auf seinen Schultern.

Er hatte immer befürchtet, es würde ihn im Todesvortrieb erwischen, aber kein Anfall war gekommen. Er hatte Panik davor gehabt. Doch kein taubes Gefühl der Leichtigkeit hatte sich in seinen Kopf geschlichen. Kein kaltes Vergessen war sein Rückgrat heraufgekrochen.

Auch hier nicht.

Als hätte sich sein Schicksal mit dieser seltsamen inneren Blockierung zusammengetan – dem Segen seines Vaters –, um ihn das Leiden und die Schuld und das Ersticken an nicht erfüllter Verantwortung bis zur letzten Neige auskosten zu lassen.

Er versank in einer Taubheit, die keine Erlösung brachte und von der er nicht wusste, ob sie in Schlaf überging.

Ein Scharren zerrte an seinen angespannten Nerven und ließ ihn hochfahren.

Murmeln rings um ihn zeigte ihm, dass er nicht der Einzige war.

„Was war das?"

Stille, durchsetzt mit leisem Flüstern, Raunen und unwillkürlichen Lauten.

„Da ist was."

„Da ist was reingeschoben worden."

„Wo?"

„Na, durch den Schlitz am Boden."

„Hast du's?"

„Ja."

„Von den Wächtern?"

„Was ist es denn?"

„Es ist eingewickelt. Lass mich ..."

„Das klappert wie ..."

Stille. Rascheln, Klappern.

Stille.

„Waffen ..."

Stille.

„Unsere Waffen ..."

Atemlose Stille.

„Wer ..."

„Leise! Leise!"

„Wie, leise? Meinst du, durch den Stein hört uns einer?"

„Seid trotzdem leise!"

Die Geräusche beruhigten sich.

Ein dröhnendes Hämmern blieb in Erions Ohren, laut wie der Herzschlag des Berges. Es war sein eigenes Herz, wie seine tastende Hand feststellte.

Eine Weile dauerte es, bis diese Hand sich traute, sich durch die Körper und Arme der anderen zu dem Bündel führen zu lassen.

Doch dann ertastete er neben den Händen der anderen Metall ...

... und dann ...

... sein Schwert.

Sein ninraidisches Langschwert!

Sein Verstand schien auszusetzen, die Pauke seines Herzens schlug unaufhaltsam weiter.

„Das ist … mein Schwert …" Die Worte gingen im allgemeinen Gemurmel unter, klangen nur in seinen Ohren und klirrten in seinem Verstand. Seine Finger stießen auf etwas, das um den Griff gewickelt war. „Da ist ein Zettel."

Er entrollte ihn. „Vielleicht ein winzig kleiner Funke, Kunja? Sodass wir es lesen können. Einen winzigen Funken wird schon keiner sehen."

Es war wirklich nur ein kleiner Funke, der von ihrer Fingerspitze hochleckte. Doch er reichte aus.

„*Findet einen Weg.* Was soll das heißen?"

„Dass wir außer den Waffen auf keine Hilfe rechnen können. Dass jemand sehr viel Vertrauen in uns hat", hörte er Kunja sagen.

Ein Rausch verschlang sie alle miteinander, der die Zeit versinken ließ, sie auslöschte und bedeutungslos machte. Wer etwas sagte, was jemand sagte – es versank gemeinsam mit der Zeit in einem wilden Taumel.

Was blieb, als sie aus dem Strudel der ungestümen Überraschung, den auswuchernden Vermutungen, Hoffnungen, Ängsten auftauchten, waren gestammelte Worte, ihr Klang zwischen Gelöbnis und Offenbarung.

„Ein Geschenk … eine Gabe … aber von wem?"

„Von wem auch immer …Wir müssen … sie nutzen … *Findet einen Weg.*"

„Wie …"

„Was immer wir tun …" Die Worte kamen wie von selbst aus ihm hervor. „… sie sind dazu die geheime Zutat, die jemand hinzugefügt hat … das Rätsel für den Trank … unsere Waffen, so nahe bei uns …"

Niemand schien ihn zu hören. Vielleicht war das besser bei dem Unsinn, der da aus irgendwelchen geheimen Kammern aus ihm hervorsprudelte.

„Ja, das sind unsere Waffen. Aber was nützen uns die,

wenn wir nicht rauskommen? *Findet einen Weg* ist leicht gesagt."

Doch von irgendwoher kreiselte in seinem Gehirn eine Konstellation aus Worten, die aus Nebel und Schleiern hervortrat. Es war Meister Hisiciars Stimme ... Sie raunte etwas von einer geheimen Zutat und ... *Wir sind so nahe dran ... gefährlich nahe ...*

„Geheime Zutat, sagst du?" Es war Dunjak-Dhars Stimme. Sie musste sich in der Finsternis ganz nah bei ihm befinden, sodass sie ihn vorhin gehört hatte. „Zumindest eine geheime Zutat gibt es, die ganz nah bei mir ist. Vielleicht ... könnte die jetzt helfen ..." Die Stimme seiner alten Meisterin verlor sich in einem Brummen, das klang, als würde ein schlimmer Alb auf ihr liegen und sie quälen.

„Ich hab es mir zwar aufgespart für den richtigen Moment ... und das ist sicher der richtige Moment ..." Es war Kunjas Stimme, die hell und klar durch all die Dumpfheit schnitt. Auch sie klang gequält. „... aber ich kann mich nicht durch die Tür brennen. Auf keinen Fall. Das geht nicht. Wenn Nadragír hier wäre ..."

„Wir werden uns morgen erheben." Die Stimme schnitt Kunjas Worte ab. Schwer und träge klang sie, wie das Rollen von Steinen, die nur mühsam in Bewegung gerieten. Dunkel war die Stimme, leicht rau, jedoch voll. Sie klang von unmittelbar neben ihm. Dunjak-Dhar, seine alte Meisterin, hatte gesprochen. Wie zu sich selbst und doch wie zu ihnen allen.

Jetzt herrschte Schweigen.

In das hinein sie ihre Worte wiederholte. „Wir werden uns morgen erheben. Durch die Macht der Geschlossenheit und Einigkeit, der Runen und ..."

„Was?"

„... und der geheimen Zutat", hörte er Dunjak-Dhar hinzufügen. „Khaz-Dhum Sieben erhebt sich zuerst."

„Was? Was meinst du? Was meinst du damit?"

Die Fragen schlugen über Dunjak-Dhar zusammen. Einige schienen auch aus seinem eigenen Mund zu kommen.

„Morgen", sagte sie nur. „Oder kurz vor dem Morgen. Das ist früh genug."

Er spürte die Bewegung, den sachten Luftzug, mit dem sie sich abwandte. „Doch jetzt lasst mir den Frieden. Ich muss an einen anderen, tieferen Ort gehen, wo ich einen Kampf austragen und mit einem Sendboten ringen muss. Dann muss ich den … den Block auf meine Schultern nehmen, den er abgelegt hat. Es ist nicht leicht. Ich habe mich geirrt. Aber auch ich gehe, um zu dienen. Und jetzt lasst mir meinen Frieden."

Mehr war aus ihr trotz aller Bemühungen nicht herauszubringen, und so gaben sie es schließlich auf.

TEIL IV

DER BERG ERHEBT SICH

1

DIE BÜRDE

Niemand hatte vermutlich wirklich geschlafen. Natürlich nicht. Vielleicht hatte er gedöst. Vielleicht waren es Träume gewesen oder auch nur zähe Gedanken. Sie schlangen sich wie dunkle Fangarme um ihn und wollten ihn nach unten ziehen.

Doch jeder spürte es offenbar, als Dunjak-Dhar sich wieder regte. Denn die Bewegung, die sich in der Dunkelheit rund um sie als Zentrum entfaltete, war offensichtlich.

„Genug", sagte Dunjak-Dhar mit einer anscheinend durch den Blick nach innen belegt gewordenen Stimme.

Der Raum der ausgehöhlten Kammer innerhalb des Steinblocks war das Einzige, was mit seinem leise dröhnenden Widerhall antwortete.

Dunjak-Dhar räusperte sich, bevor sie weitersprach. „Der Aufstand der Minen startet nicht ohne Khaz-Dhum Sieben", sagte sie dann. „Khaz-Dhum Sieben erhebt sich zuerst. Ohne die Welle der Erhebung aus den Minen heraus steht der Aufstand dort draußen auf verlorenem Boden.

Außerdem müssen wir in die Werkstätten der Alchymiker, um dort den Elixiervorrat und das Rezept zu finden. Wir müssen aus Khaz-Dhum Sieben ausbrechen und die Fackel entzünden. Dann wird man sich uns anschließen ..."

In der Zeit hier unten hatte sich der Zweifel an solche Hoffnungen in ihn geschlichen. „Wie kannst du so sicher sein, dass sie –"

„Man wird sich uns anschließen", sprach Dunjak-Dhar über seine Bedenken hinweg, „und man wird uns folgen, und dann tragen wir den Aufstand der Gruben Kharnuk-Braghas nach draußen."

Diesmal kam der Einwand von Kunja. „Aber wie willst du –"

„Kunja, deine Fähigkeiten sind hilfreich. Sie sind das Feuer und die Fackel. Doch sie reichen nicht aus. Feuer kann sich nicht durch Stein brennen."

Ein Rascheln und ein sich Regen im Dunkel, dort, wo Dunjak-Dhar war. „Aber es wird uns gelingen."

Wieder hatte er den Eindruck, Dunjak-Dhar würde sich in der Finsternis rühren und die Anmutung von Geschäftigkeit ging von ihr aus.

„Dazu muss ich aber von zweien von euch ein Opfer fordern, eine große Bürde, die es zu tragen gilt." Ihre Stimme klang, als würde sie sich aus einer zusammengekauerten Haltung ihnen erneut zuwenden. „Und zwar für den Rest des Lebens."

Ja, dazu war er nur allzu bereit. Das war es doch, worauf er gewartet hatte. Die Zeit seines Lebens war ohnehin nur noch eine kurze Frist, ein Band, das ständig weiter abbrannte. Er hungerte nach etwas, um sie noch mit Sinn zu erfüllen. Eine größere Flamme zu entzünden, während er selbst zu Asche wurde.

Er straffte sich, drückte seine Schultern durch.

„Ich trage sie immer bei mir", sagte Dunjak-Dhar. „Ich hab sie in die Minen mitgenommen, verborgen in den

Nähten meiner Kluft." Ein trocken belustigtes Aufschnaufen. „Man weiß ja nie, wann irgendetwas noch ein kleines Stückchen besser werden muss."

Oh … Jetzt wusste er, wovon sie sprach.

„Hier, hier hab ich sie. Meine geheimen Runen. Mein kleiner Sonderkniff. Die eine Errungenschaft, die mir gelungen ist … neben der, die mir nur beinahe gelungen ist. Drei hab ich hier."

Er sah es nicht, doch er hörte das Geräusch, das leise, doch schwere Würfeln von Metall, und konnte sich vorstellen, wie sie die drei kleinen siegelartigen Zylinder in ihrer schwieligen, hornigen Handfläche umeinanderkegeln ließ.

„Sie sind ein Teil meines Erfolgs. Denn sie machen das Artefakt, dem man sie hinzugibt, zu ein bisschen mehr als dem, was es eigentlich schon ist. Ein Messer, das schärfer schneidet, ein Hammer der noch fester schlägt, als es die ursprüngliche Rune erreicht hätte. Meine kleine geheime Zugabe und der Grund dafür, warum meine Erzeugnisse so beliebt sind. Es ist so etwas wie eine Rückkopplung, eine Verstärkung, die dafür sorgt, dass die dem Gegenstand oder der Rune ohnehin schon innewohnenden Eigenschaften noch einmal geschürt und zu größerer Macht gebracht werden. Meine Adelsteine."

„Adelsteine?", fragte Malaiar. Genauso wie er damals, in Dunjak-Dhars Runenschmiede, auch gefragt hatte.

„Sie adeln die Dinge, denen man sie beigibt", antwortete Dunjak-Dhar. Er hörte, wie sie sich ihm zuwandte. „Erion …"

Es waren keine Paukenschläge, die sein Herz von sich gab, es war eher wie das sachte, doch drängende Rühren auf dem rauen Fell einer Trommel.

„Ja?"

„Du mit deiner zarten Haut, halb Mensch, halb Ninra … du würdest das nicht überleben."

„Was?" Hatte er das richtig gehört? Hatte sie gemeint, was er gehört hatte?

„Es würde dich auf der Stelle umbringen", sagte Dunjak-Dhar traurig.

„Aber …" Er musste achtgeben, weiter zu atmen. „Aber ich bin doch schon fast tot …"

„Für das, was kommt", fuhr Dunjak-Dhar mit unerbittlich sicherer, ruhiger Stimme fort, „brauchen wir jemanden, der danach auch noch etwas länger am Leben bleibt."

Er wollte etwas sagen, doch an dem leisen Geräusch hörte er schon, wie Dunjak-Dhar sich umwandte. „Malaiar, Duvruk … Wollt ihr das Opfer und die Bürde auf euch nehmen?"

Überraschtes Schweigen.

„Wir?", kam Malaiars Stimme. „Was können wir beitragen?"

„Das, was ihr seid", hörte er Dunjak-Dhar antworten.

„Was … was macht diese Rune mit uns?", erklang Duvruks grollende Stimme.

„Ich weiß es nicht", antwortete Dunjak-Dhar. „Deshalb ist es eine schwere Last, euch darum zu bitten. Ich habe nur meine Vermutungen …" Ihre Worte verklangen.

„Schaut in euch hinein!", hob Dunjak-Dhar dann erneut an. „Seid ihr im Reinen mit dem, was ihr dort seht?"

Die ganze Zeit schon war Erions Kopf erfüllt von einem Sirren mit einem tiefen, untergründigen Bordunton darunter. Rastlos schwoll es an und ab. Es mochte noch so schwer in ihm nagen und rumoren, doch er sah in sich hinein und er wusste … Allein schon aus diesem Grund hätte er es nicht sein können, der die Bürde auf sich nahm. So schwer es auch war, das zuzugeben. Denn das, was dort in seinem Inneren lauerte, das verstand er nicht. Er hatte nur einen schattenhaften Begriff von dieser unergründlich sich dort vollziehenden Machenschaft. Dieser Widerstand, die Dämpfung … Selbst Siganche und Fianaike hatten sie nur unzureichend ergründen können.

Der Segen seines Vaters. Diese schleichende, tödliche Gabe …

Dunjak-Dhars Rune … Wer wusste, was ihre Wirkung auf ihn sein würde? Sie mochte ihn vielleicht in ein Monster verwandeln.

„Ich bin bereit", hörte er Duvruk grollen.

„Ich …" Er hörte das Zaudern in Malaiars Stimme. „… ich kann nicht behaupten … dass ich bereit … Rein? Das ist ein großes Wort …" Ihre Stimme gewann festen Tritt. „… aber ich nehme es auf mich. Ich nehme an."

Dunjak-Dhar gab ein Brummen von sich. „Also gut. Kommt her zu mir." Er spürte sie zögern. „Ich werde euch diese Rune in die Brust hämmern müssen."

In die Brust hämmern?

Ja, die Haut der beiden – die verhornte Haut von Duerga – war härter, dicker, fester. Wenn man ihm ein solches Eisenstück in Herznähe … in die Brust hämmern würde … vielleicht hätte es einen Menschen-Ninraé-Halbling nicht gleich umgebracht, aber es hätte ihn doch so sehr in Mitleidenschaft gezogen, dass es fraglich war, ob er danach zu dem in der Lage war … zu tun, was immer von ihm gefordert würde.

„Selbst meinen Hammer für die Tasche, den ich doch sonst immer bei mir trage, hat man mir abgenommen,", hörte er Dunjak-Dhar sagen. „Dann muss eben die Faust herhalten. Hätte ich doch wenigstens eine meiner Feinzwingen hier, um sie präzise zu packen."

Erion hielt den Atem an … lauschte in die Dunkelheit. Seine Hand hatte sich um den Griff seines Schwertes gelegt.

Der Schlag kam plötzlich. Ein Aufprall, verbunden mit einem heiseren Schrei von Dunjak-Dhars Lippen. Ein Dröhnen und gleichzeitig ein feiner Klang, der auch ein

Anschwellen des Tons in seinem eigenen Kopf hätte sein können.

Er hörte den Laut, der aus Duvruks Kehle kam – eine Mischung zwischen Knurren und Grollen. Es klang für ihn, als hätte sein Freund die Zähne zusammengebissen und presste ihn unter mahlenden Kiefern hervor.

Dann kam der nächste Schlag. Und dann der nächste.

2

ENTFESSELT

Da drin hat einer geschrien. Ich hab's gehört." Der Duerga schielte zum Block hinüber.

„Vielleicht schlägt der Große sich den Schädel an den Wänden ein." Sein Kumpan, der sich jetzt umdrehte und neben ihn trat, lachte hämisch in sich hinein.

„Sollen wir nachschauen?", fragte ein Dritter, der aus der Richtung der Loren hinzukam.

„Kratzt es uns", fragte der Zweite, „auf welche Weise die verrecken? Außerdem könnte das ein Trick sein."

Sie schwiegen. Trotzdem, nach einem kurzen Schweigen, traten sie näher. Und lauschten.

„Jetzt ist es wieder still da drinnen."

„Seht ihr! War bestimmt, wie ich gesagt habe. Der Große …"

Explosionsartig flog die Tür aus der Eingangsnische des Blocks hervor.

Sie traf einen der Duerga und riss ihn nach hinten. Die beiden anderen taumelten, wankten, standen wie verdattert da und schauten in Richtung des Geschosses, das ihren Genossen mitgerissen hatte.

Eine wuchtige Gestalt füllte gebückt den Türrahmen aus, streckte sich dann darunter hervor, stand einen Herzschlag dort. Und mit einem wilden Schrei auf den Lippen, der die Höhle erdröhnen ließ, warf sie sich dann wie ein von einem Katapult geschleuderter Steinblock in ihre Richtung.

„Es tut …" Duvruk hatte gezögert, als alles vorbei war, als nur noch der schwere Atem Dunjak-Dhars zu hören gewesen war.

Ahnte Erion es aus den schwachen Umrissen, die sich aus der Finsternis hervorschälten, oder stellte er sich nur vor, wie Duvruk – genau wie Malaiar – die Hand auf die Brust legte, auf die Stelle, an der nun die Rune saß?

„Nein", war Duvruk einen Herzschlag später fortgefahren, „es tut nicht weh. Es ist etwas anderes. Es ist wie ein Schmerz, aber auch nicht wie ein Schmerz." Seine Stimme klang verwundert. „Es ist kein schlechter Schmerz."

„Malaiar-Jhin?", hörte er Dunjak-Dhar fragen.

„Es … es geht mir gut", kam es nach einigem Zögern.

„Bereit?", fragte Dunjak-Dhar.

Die Antwort kam aus vier Kehlen. Erion packte dabei sein Schwert fester.

Ein kurzes, leises Grunzen und Knurren kam aus dem kurzen Gang, der zu der Eisenholztür führte – Duvruk war bereits bei der Pforte.

Dann ertönte ein Krachen, und gleichzeitig, als wäre die Dunkelheit selbst aufgerissen worden, brach von dort her Licht herein. Stechend wie Dolche nach der langen Dunkelheit, in Salven und Schwärmen.

Sie prasselten auf Erion ein und drangen ihm durch die Augen direkt ins Hirn, dass er die Lider zusammenpresste und aufstöhnte. Das Stechen ließ etwas nach, doch die geschlossenen Lider konnten die Dolchstiche nicht aufhalten.

„Hinterher!", hörte er Dunjak-Dhar rufen.

„Ich zuerst!", drang Kunjas Stimme ganz nah an sein Ohr. Jetzt sah er ihren Umriss neben sich und spürte, wie sie gegen ihn stieß.

Ein Aufbrüllen, und Duvruks Gestalt schoss fort und füllte nicht länger den Türrahmen aus. Dafür leuchtete an seiner Stelle kurz darauf eine menschenähnliche Flamme auf. Auf deren Schulter mit einem Mal ein Getier hockte. Zum Glück weit genug entfernt, dass er nichts davon spürte.

Auch Kunja stürmte fort und war verschwunden. Er zögerte noch, doch jemand stieß ihn vor.

Ja, jetzt kommt der Moment. Genug gewartet!

Kurz stand er dann im Türrahmen, geblendet nach der langen, vollkommenen Dunkelheit. Gegen das Lodern der Fackeln, Kohlebecken und Feuersphären hatte er Mühe, etwas zu erkennen und einen Überblick zu gewinnen.

Er riss sich zusammen und stürmte vor, aus dem Eingang des gesprengten Blocks hinaus in den Raum der Hauptkammer von Khaz-Dhum Sieben.

Beinahe wäre er über die am Boden liegenden Duergaleiber gestolpert. Dahinter lag die von Duvruk aufgesprengte Tür. Etwas regte sich schwach darunter, dazu ein leiser rasselnder, stöhnender Laut.

Im Hintergrund war Duvruk, ein brüllender rasender Titan. Er packte die Streben eines Gerüstbaus, riss ihn ein, sodass die Teile unter Knirschen und Krachen brachen und herabstürzten, direkt in den Weg eines auf ihn zustürmenden Pulks von Gestalten – Duergawachen. Eine Wolke aus Staub, Schutt und Trümmern stürzte herab und stob dann empor, verbarg für Erion das weitere Geschehen und das Schicksal der Angreifer.

„Los, mir nach!"

Das war Dunjak-Dhars Schrei, die an ihm vorbeistürmte, flankiert von Malaiar, hinüber zu den Loren und raus aus der abgetrennten Ecke des Blocks, hin zum Hauptteil der Höhlenkammer.

„Wir müssen die Arbeiter dazu bringen, sich uns anzuschließen!", rief Dunjak-Dhar weiter.

Er sah um die Abraumwagen herum einen Duerga hervortreten, dann einen weiteren, in den Weg, den Dunjak-Dhar einschlug.

Na los! Sind deine Füße plötzlich aus Basalt? Zeig, wer du bist! Jetzt gilt es!

Er stürzte an Dunjak-Dhar vorbei, auf die beiden zu. Der Vordere hob seinen Feuerstab und ließ das Ende aufflammen. Mit raschen Sätzen war er bei dem Duerga, hörte sein Brüllen, wand sich unter dem wilden Schlag weg und spürte einen Hitzeschwall sengend über sich hinweggehen, stieß seine Klinge beidhändig seitwärts und spürte Widerstand. Kam vor den Zweiten, der so klug gewesen war, sich erst gar nicht auf seinen Feuerstab zu verlassen, sondern gleich zu seiner wirksameren Waffe, einem keulenähnlichen Streitkolben, zu greifen.

Dunjak-Dhars Schatten zog an ihm vorbei, als er dem Hieb der Keule mit einem Sprung zur anderen Seite auswich. Der Duerga brüllte ihn an, Geifer flog, zog die Keule wieder hoch, sodass Erion zurückweichen musste. Er sah seinem Gegner bereits den Seitwärtsschwung an, und schnellte sich im entscheidenden Moment hoch und vorwärts. Seine Fußspitze streifte nur noch den vorbeischnellenden Streitkolben, war dann darüber hinweg und vorbei. Er hörte den Duerga verdutzt grunzen.

Nicht jetzt! Nicht dein Zweikampf! Du musst Dunjak-Dhar hinterher!

Und schon spurtete er weiter. Suchte nach Malaiar, fand sie nicht, erhaschte jedoch im Rennen das Chaos, das Duvruk laut brüllend anrichtete. Der Gestank seines vom Feuerstab versengten Haars stach Erion in die Nase.

Dunjak-Dhar kannte offenbar ein klares Ziel. Sie hielt auf das hölzerne Podest zu, auf dem die Hauptglocke von Khaz-Dhum Sieben an einem Gestell angebracht war.

Erion sah sie in langen Sätzen die Stufen hinaufhasten und nach dem dort aufgehängten Hammer greifen. Augenblicke später hallte auch schon der schwere Glockenton durch die Höhlenkammer. Darunter hörte er die Stimme Dunjak-Dhars, die erstaunlich kräftig zu ihm herüberdrang.

„Zu den Waffen! Befreit euch! Nieder mit den Unterdrückern! Khaz-Dhum Sieben erhebt sich!"

Im Rennen und im Wirrwarr fiel es ihm schwer, die einzelnen Gestalten auszumachen – irgendwie sah er nur Duerga, kaum Arbeiter.

Gleich darauf wurde Dunjak-Dhars Ruf auch schon aufgegriffen, diesmal weitaus lauter und machtvoller, beinahe wie Donner, der hoch zur Höhlendecke kroch und davon zurückgeworfen wurde.

„Werft sie nieder! Bewaffnet euch! Khaz-Dhum Sieben erhebt sich!" Das war Duvruk, der das mit rauer, volltönender Stimme hervorschmetterte. „Khaz-Dhum Sieben erhebt sich!"

Dem folgte aus dessen Richtung weiteres donnerndes Poltern und Krachen. Durch Wehen von Staub und Qualm sah er Feuerfetzen durch die Luft flattern, und er erhaschte Bruchstücke eines Tumults zwischen Aufbauten, bei dem an einer wild umherhuschenden Gestalt Flammen entlangzulaufen schienen.

Die Glocke dröhnte volltönend durch die Höhlenkammer, heiseres Blöken mischte sich in ihr Geläut.

Er war jetzt bei dem Podest mit der Hauptglocke, postierte sich vor den Stufen des Aufgangs und sah sich um. Malaiar erspähte er bei der Achse des großen Räderwerks. Sie war dabei, Stricke und Geschirr der Mulis und Grubenponys zu durchtrennen. Ponys trabten aufgeschreckt davon, die Mulis verharrten träge blökend auf der Stelle.

„Khaz-Dhum Sieben erhebt sich!", erscholl erneut Duvruks Ruf.

Aus Richtung des Blocks kamen weitere Duerga in ihre Richtung gerannt. Unter ihnen der von vorhin mit dem Streitkolben.

„Du verdammter, kleiner Elfenbastard!", brüllte ihm der Kerl entgegen.

Erion fasste sein Schwert mit beiden Händen und nahm Kampfhaltung an. Er durfte sie nicht zu Dunjak-Dhar durchlassen, die unbewaffnet hinter ihm noch immer wie eine Besessene die Glocke schlug.

Der Streitkolben des ersten Duerga sauste auf ihn zu, der Kerl brüllte. Erion machte einen Seitwärtsschritt, das schwere Kampfgerät streifte an ihm vorbei, schlug in das Geländer des Aufgangs und zerschmetterte dessen Streben. Ein Trümmerstück prallte hart gegen seine Flanke, und er zog scharf die Luft ein.

Die nächsten weit ausholenden, kraftvollen Schwünge sah er kommen und wich zurück in den Winkel zwischen Aufgang und Podest. Den Duerga focht das nicht an. Sein Streitkolben durchteilte fauchend die Luft, hin und her. Balken des Geländers brachen splitternd, die Trümmer wurden beiseitegefegt. Auch Erion hätten die Hiebe getroffen, wenn er noch da gewesen wäre. Doch ein flinker Sprung hatte ihn aufwärtsgetragen, sodass er mit den Hacken auf der Kante des Podestes zum Stehen kam, einen schnellen Hieb anbringen konnte, der dem Duerga einen heftigen Fluch entlockte und zurückweichen ließ. Ein weiterer Sprung brachte Erion auf den Balken der Umrandung. Von dort stieß er sich ab, segelte in einem Salto durch die Luft und kam hinter dem verdutzten Duerga zum Stehen.

Ein rascher, kräftiger Stoß des Schwertes und der brach stöhnend zusammen.

Nur dumm, dass dem inzwischen ein Kumpan beigesprungen war.

Erion hörte das Sausen der Axt, schrie auf. War instinktiv weggesprungen, doch die Blattschneide hatte ihn gestreift, am Oberarm. Ein hämisches Grinsen auf der Fratze des Duerga, als der sich umwandte, weitere Kumpane hinter ihm. Die Axt kam zum erneuten Schlag hoch, Erion hieb schnell zu, seine Klinge schrammte hart über Hornplatten. Der Duerga schrie, er war weggetaucht. Vor ihm neue Feinde, Schulter an Schulter wie ein Block. Ein Brüllen hinter ihm – das deutlich zeigte, dass von seinem vorherigen Gegner noch Gefahr drohte, drängend, brennend. Dessen Schatten fiel über ihn. Ein Blitzen im Augenwinkel von dessen Axtblatt. Weiß glühend hochschießende Panik.

Ein grelles, rotes Flattern, das heiß und sengend über ihn hinwegzog. Erneutes Brüllen des Duerga hinter ihm, diesmal vor Wut und Schmerz.

Zerstiebende Flammenfetzen fielen über seine Gegner her wie ein Schwarm roter Krähen über Aas. Verwirrung fuhr unter sie.

„Los, Erion! Zeig's ihnen!" Kunjas Stimme.

Kreiselnd warf er sich herum, führte die Klinge in wirbelnder Bahn. *Beidhändig – es geht! Nur eine Fleischwunde, kein Muskel.* Tauchte unter schweren Körpern weg, die von roten Flicken umschwirrt wurden. Seine Schwertspitze schrammte durch Widerstand. Wuchtgetriebene Bahnen von sausenden Schlagwaffen und blanke Klingen umstrickten ihn, nicht nah genug, um ihm zu schaden.

„Das Feuermädchen!", hörte er den Ruf ertönen, aufgegriffen aus anderen Duergakehlen.

Er wirbelte herum, sah sich nicht länger unmittelbar bedroht.

Die Aufmerksamkeit hatte sich jetzt Kunja zugewandt, die sich flink und wendig zwischen den wuchtigen Körpern der Duerga hindurchbewegte. Er erkannte ihre Gestalt zwar als die von Kunja wieder, doch lief Feuer ihre Glieder entlang, als brenne dort eine rastlos ölige Flüssigkeit, die wabernd die Farben wechselte. Flammen lösten sich daraus und sprangen aus blitzschnellen Bewegungen ihrer Glieder hervor, tanzten zwischen den Duerga hin und her, die brüllend davor zurückschreckten.

Kunja ging brennend durch die Reihen der Wachen und führte dabei ihre beiden scharfen Klingen.

Danke, Kunja! Das war genau im richtigen Moment.

Durch ihr Eingreifen erhielt Erion die Gelegenheit, sich weiter umzusehen und etwas von dem Tumult zu erfassen, der die Hauptkammer von Khaz-Dhum Sieben erfasst hatte.

Als er in dem Chaos jedoch Malaiar ausmachte, ergriff ihn ein Schreck.

Zuerst hatte er nur die Horde von Duerga wahrgenommen, die von allen Seiten auf etwas zustürmten. Dann erst, als sein Blick zu diesem Zielpunkt wanderte, machte er Malaiar aus. Gleich würde sie von diesen Kolossen förmlich überrannt und zerquetscht werden. Doch sie stand da, als würde sie das alles nichts angehen. Ruhig, unbeweglich, in sich gekehrt – wie in Trance.

Er hielt den Atem an.

Kurz vor dem Aufeinandertreffen gab es ein Wirbeln, ein quecksilbernes Strudeln, in das sich das Standbild auflöste, zu dem Malaiar geworden war – eine Bewegung, so geschmeidig, als würde ihr Körper förmlich zerfließen.

Der Ring brutal einstürmender Duerga traf sich in einem mächtigen Zusammenprall, einem wilden Knäuel, in dem sich all ihre Wucht entlud.

Schreie, Brüllen, Klirren, dumpfe Aufschläge.

Malaiar aber war fort. Er entdeckte sie außerhalb des kollabierten Gewühls, einem Getümmel sich mühsam entwirrender klobiger Körper. Ein schwerer Leib jedoch blieb reglos in der Mitte liegen.

War das Malaiar gewesen, oder war inmitten des blindwütigen Chaos dieser tote Duerga der Waffe eines Artgenossen zum Opfer gefallen? Er konnte es nicht sagen.

Aber offenbar musste er sich um Malaiar keine allzu großen Sorgen machen. Dunjak-Dhars Adelstein hatte das an ihr verstärkt, was er auch schon vorher im Kampf an der Art ihrer Bewegungen wahrgenommen und was sie einzigartig gemacht hatte.

Dunjak-Dhar! Siedend heiß schoss ihm der Gedanke an seine Meisterin durch den Kopf. Und da erst begriff er, dass die Glocke nicht länger läutete, sondern dass nur noch das verschwommene Nachdröhnen ihrer Klänge durch die Höhlenkammer hallte.

Als er herumschnellte, schritt Dunjak-Dhar bereits die Trümmerstufen des Podests hinab auf ihn zu. „Wer es bis jetzt nicht gehört hat, dem ist nicht mehr zu helfen", sagte sie.

Erion sah sich um, entdeckte, was er gesucht hatte. Rasch spurtete er vor, brach einem Duerga seine Waffe aus dem todesstarren Griff, lief zurück und hielt sie Dunjak-Dhar hin.

„Er war Euer Werkzeug, jetzt soll der Hammer auch Eure Waffe sein."

Sie nahm das Kriegsgerät entgegen, strich mit der Hand über die dunkel fleckige Oberfläche des Hammerkopfes.

„Meiner war mir lieber. Sein Werk war mir lieber." Sie blickte auf, mit grimmigem Blick. „Aber wir haben nicht immer die Wahl. Und wer sich verweigert, macht sich vielleicht nur noch mehr schuldig."

Erion ließ erneut den Blick umherstreifen. „Ich seh hier kaum Arbeiter."

„Die Schicht hat schon begonnen", erwiderte Dunjak-Dhar. „Wir sind spät."

Ja, die vollkommene Abgeschlossenheit im Block hatte ihrem Zeitempfinden üble Streiche gespielt.

„Dann rüber in Richtung der Stolleneingänge. Das ist

die Richtung, in die sie die Arbeiter getrieben haben." Er spähte hinüber durch Trümmer und Rauchschwaden. „Da sind auch Duvruk, Kunja und Malaiar."

Ein brennendes Mädchen richtete Chaos unter den Duerga an, einer der Ihren schlug wie eine Ramme unter jenen ein, die sich ihm entgegenstellten. Irgendwo musste da auch seine Firimduergafreundin sein.

„Rüber zu den Stollen!", schrie er laut. „Rüber zu den Schloten!"

„Rüber zu den Stollen!", griff Dunjak-Dhar mit ihrer tieftönenden Stimme seinen Ruf auf und sie rannten los.

Sie liefen am Antriebsrad rund um die mächtige Hauptachse des Räderwerks vorbei. Er sah sich nach seiner alten Meisterin um. Wenn die nicht ungeschützt hinter ihm gewesen wäre, wäre er längst über das Gestänge des Triebrads und die angrenzende Maschinerie einfach hinweggesprungen. Doch so schlängelte er sich mit Dunjak-Dhar im Schlepptau, so schnell es ging, zwischen orientierungslos dahintrabenden Mulis hindurch, von denen immer wieder eines, wenn sie zu nahe kamen, zu einer jähen Hatz ansetze, die dann jedoch genauso ansatzlos wieder in ein träges Traben überging.

Erion schaute kurz zu den Stollentunneln. Von dort kam eine ganze Reihe Duerga auf sie zu, zurück aus den Tunnel- und Höhlenöffnungen, durch die sie zuvor die Arbeiter in ihre Schichten getrieben hatten. Wie lange war das her? Waren sie alle schon zu weit fort?

Hinter den Zugtieren und dem Räderwerk kamen seine Gefährten aus verschiedenen Richtungen zusammen.

Duvruk grinste breit, ließ seine Muskeln spielen, dass die struppige Fellweste sich über seiner breiten Duergabrust spannt. In der Mitte zwischen deren Säumen saß, eingebettet in seine hornige Haut, Dunjak-Dhars Rune, von der nur die Oberfläche, eine dunkle, kompakte Münze, sichtbar war.

Duvruk spähte umher, legte den Schädel in den Nacken, als sein Blick zu den letzten Ausläufern der Gerüste und Räderwerke hochstreifte.

Nach einem letzten, abschätzenden Blick wandte er sich über die Schulter. „Bereit für ein Tänzchen, Leichtfuß?"

„Für ein feuriges Tänzchen!", rief Kunja, die Duvruks vorheriger Blickrichtung folgte und dann entschlossen nickte.

„Und du, Runenschmiedin, ziehst besser den Kopf ein!", rief Duvruk in Dunjak-Dhars Richtung.

„Ich werde auf sie achtgeben", meinte Malaiar, die plötzlich scheinbar aus dem Nirgendwo hinzugekommen war.

Duvruk spannte die Schultern, dass es knackte wie ein unter Gluthitze zerspringender Steinblock, nahm die auf sie zustürmenden Angreifer ins Visier und stürmte dann los.

Weit streckte er die Arme aus, in einer Hand sein Breitschwert, und rannte mitten hinein ins gröbste wirre Gestänge, direkt zwischen Trägerwerk und Verstrebungen.

Kurz nur sah Erion ihre Angreifer stocken, dann zeigte Duvruks Maßnahme ihre Wirkung.

Das Gestänge schwankte, Balken brachen, Träger knirschten, Tauwerk und Rollen lösten sich aus ihren Verankerungen – die gesamte Konstruktion geriet ins Wanken, kippte, zersprang und barst, löste sich aus ihrem Zusammenhalt in bezugslose, sinnlose Trümmer auf.

Und dann, in einer Wolke aus Schutt und Bruchstücken, stürzte das Ganze ein. Erion hielt den Atem an. Die Duerga brachte ihr Vorstürmen in die Bahn des Zusammenbruchs, doch auch er konnte diesem Einsturz nur durch Kühnheit entgehen. Malaiar schützte seine Meisterin. Also sprang er …

Er flog durch die Luft.

Ein feuriger Schein sauste an ihm vorbei, lodernde Schemen. Die abwärts fliegenden Trümmer fingen Feuer, gingen während ihres rumorenden Falls hinab zum Höhlenboden in Flammen auf, ein brennendes, stürzendes Chaos.

Ihn trug sein Sprung durch die donnernde Lawine des Zerfalls hindurch, von heißem, rot-gelbem Flattern flankiert, wie zwischen zuckend knatternden Fahnen im Sturm, fand sein Fuß flüchtigen Halt – Momente der Begegnung inmitten der Zerstörung, im stürzenden Raum rasend zerfallender Konstellationen.

Die hochstiebende Staubwolke jagte ihn unbarmherzig, von rotem Brand durchlodert, doch dann setzten seine Füße auf, einer nach dem anderen, fanden festen Boden.

In einem Tohuwabohu der Zerstörung zerschellten laut krachend hinter ihm die Trümmer des Balkenwerks. Ein wild in seine Richtung torkelnder Duergakörper – seine Klinge hieb zu, ein fallender Balken schlug den Duerga endgültig nieder.

Ein schwerer Schatten stürzte von hinten auf ihn herab – in einer Schrecksekunde stockte ihm beinahe das Herz –, umschlang ihn. Ein Brummen stieg aus der Brust seines Duergafreundes auf, der sich über ihn wölbte wie ein schützender Überhang während eines Steinschlags. Ein zweiter Körper, kleiner, kompakter, duckte sich neben ihn. Kunja kauerte sich tief zusammen. Ihr Körper glühte, strahlte die Wärme eines bollernden Ofens ab.

Das Prasseln und Donnern in seinem Rücken versiegte. Duvruk erhob sich langsam, und Erion kam aus dessen Schatten hervor.

Vor ihnen lag die Höhlung, in der sich das Gewirr zu den Eingängen der Tunnelröhren und Schächte öffnete. Und aus denen strömten jetzt weitere Aufseher hervor. Auf einer Gleisstrasse, die zu den Stollen führte, stand verlassen eine Lore.

Aber was war mit den Arbeitern? Von denen hatte er bisher nur wenige zu sehen bekommen, und die drückten sich angesichts des Chaos und Tumults ängstlich zu den Seiten weg.

Wo immer sie waren, man musste ihnen zeigen, was hier geschah – dass man auf ihrer Seite war. Dass sie aus den Löchern hervorkommen und sich ihnen anschließen konnten. Dass sie Mut fassen sollten.

Tief atmete Erion durch, dass sein Brustkorb sich blähte, sich wieder zusammenzog und erneut wölbte. „Khaz-Dhum Sieben erhebt sich!", schrie er in die Höhlenkammer hinaus, drehte sich dabei ringsum. Ein paar verstreute Menschengestalten entdeckte er immerhin irgendwo zu den Rändern hin.

Ein Donnern in nächster Nähe antwortete ihm. „Khaz-Dhum Sieben erhebt sich!" Duvruk stieß laut die Parole hervor, er brüllte sie in Richtung der Klüfte, in die man die Minenarbeiter zu ihren Schichten geführt hatte.

Doch für diejenigen, die ihnen von dort entgegenkamen, war die Losung nicht bestimmt. Scharen von Duergawachen strömten weiterhin aus den Höhlungen und Tunnelmäulern hervor und sammelten sich. Sahen das Chaos und schlossen sich enger zu geschlossenen Reihen zusammen. Wie eine Wand aus wuchtigen Leibern ungeschlachter Duergakolosse.

Aber keiner von den Arbeiter ließ sich aus dem Höhlendunkel sehen.

„Sind wir zu spät?", kam ein Raunen von Dunjak-Dhar. „Habe ich den Augenblick verpasst. Habe ich zu lange gezögert?" Es klang kummervoll und schuldbeladen.

Ein einzelnes Röhren tönte aus den Tunneln hervor, sodass sich die Duergawachen umwandten.

Erion spähte in die von den Feuern nur schwach erleuchtete Düsternis des Hintergrundes. Ein Licht wie von einer Glimmkugel zeichnete die Form der Höhlenöffnung nach, und eine Gestalt wurde in dessen Schein sichtbar. Eine große, wuchtige Gestalt, die ein riesiges Werkzeug schwang. Eine kleinere, stämmige wurde gleich darauf an ihrer Seite sichtbar. Hinter ihnen erkannte man weitere Schatten.

Hurga-Jhin kam aus dem Tunnnelmaul hervorgestürmt, schwang ihre Mischung aus Hammer und Hacke, Bovluk ihr dicht auf den Fersen.

Sie hob ihr Werkzeug, das jetzt ihre Waffe war, ließ offenbar den Blick über den Schauplatz schweifen.

„Khaz-Dhum Sieben erhe..." Sie stutzte, hielt in ihrer Bewegung inne und ließ ihre Hammerhacke sinken. „Na, da habt ihr euch ja einiges vorgenommen."

Erion erkannte, dass sie nicht nur die Reihen der aus den Stollen angetretenen Duerga musterte, sondern ihren Blick auch darüber hinweg schweifen ließ. Zu ihnen hin und an ihnen vorbei.

Er wandte sich um.

Aus dem Rauch und dem Staub der von ihnen angerichteten Zerstörung, an den Trümmern eingestürzter Aufbauten und Räderwerke, an der einsam dastehenden Lore vorbei, sammelte sich eine ansehnliche Schar von Gestalten. Schweren, sicheren Schritts rückten sie an. Ein Muli blökte dahinter wie eine verlorene Seele. Das Räderwerk drehte sich längst nicht mehr.

Aus einer zunächst losen Reihe scharten sie sich zur Front einer ansehnlichen Kompanie zusammen.

O Urnak, sie hatten so viel Zerstörung angerichtet, hatten eine gehörige Anzahl von Duerga besiegt, sodass er einfach unterschätzt hatte, wie viele auch nach einem Schichtbeginn noch in der Hauptkammer von Khaz-Dhum Sieben übrig waren.

Erion blickte hin und zurück. Von zwei Seiten kamen die Kolosse auf sie zumarschiert – von den Stolleneingängen und aus der Hauptkammer –, bereit, sie in die Zange zu nehmen.

„Was sagt der? Khaz-Dhum Sieben erhebt sich?", hörte er es aus der Reihe der Duergakolosse, die aus der Hauptkammer nahten, zu ihnen hintönen. „Der Krawall hier? So sieht's für mich aber nicht aus. Der hat sich schnell erledigt." Er wandte sich zu seinem Nachbarn. „Was meinst du?"

Erion sah den zweiten Kerl ausspucken. „Sich erheben? Eher die andere Richtung. Das hier sieht für mich eher nach 'nem blutigen Grab aus."

Erion sah noch einmal auf beide Fronten der aufmarschierten Duerga und konnte sich eines verflucht mulmigen Gefühls nicht erwehren.

3

VEREINT

W as machen wir jetzt?", hörte Erion Dunjak-
Dhar fragen. Er sah, wie sie mit ihrem Blick
die Reihen abfuhr, sich dann umwandte, um
dort genauso zu verfahren.

„Kämpfen", antwortete Duvruk mit dumpfer, schicksals-
ergebener Entschlossenheit. „Was bleibt uns anderes
übrig?"

„Was hatte ich drüber gesagt, gegen eine ganze Stadt
anstinken zu wollen?", kam es von Kunja. „Aber jetzt ..."

„Viele Grolks sind des Drazghul Tod."

Er hörte es und musste sich erst umschauen, um sich zu
versichern, dass wirklich Malaiar das gesagt hatte. Solche
die Moral untergrabenden Sprüche waren eigentlich nicht
ihre Art.

Ja, richtig, es sah wirklich schlecht aus. Aber was nützte
es, das auch noch jedem unter die Nase zu reiben? Er
musste etwas sagen. „Wir kriegen das –"

„Das sind keine Grolks, sondern viele Duerga", fiel ihm
Duvruk ins Wort. „Und genau genommen sind wir nicht der
Drazghul, sondern eher ..."

„Gibt es so ein Sprichwort überhaupt?", hörte er Kunja fragen.

Er sah aus dem Augenwinkel, wie Duvruk seine Schultern lockerte und seine Muskeln spielen ließ. Er visierte offenbar die Reihen ihrer Gegner an. „Los, sag deinen Spruch, Erion!", meinte er grollend. „Der bringt uns Glück."

Jetzt wollte er ihn also hören. Glück? Glück war gut. Aber eher hoffte er auf die Runen in Duvruk und Malaiars Brust, dass die ihnen mehr als Glück, sondern vielmehr einen handfesten Vorteil verschafften. So schlecht es auch aussah.

Genau in diesem Augenblick gingen die Rufe der Duerga vor den Stollenschächten in ein laut dröhnendes Kriegsgeschrei über.

So hörte zumindest niemand sein Räuspern, damit er seine reichlich belegte Stimme freibekam. Um auch nur irgendwie über dem Gebrüll der Duerga hörbar zu sein. „Wir kriegen das hin!"

Jetzt antwortete von der anderen Seite, hinter ihrem Rücken, auch die Horde der aus der Hauptkammer herbeigeströmten Wachen.

„Was haben wir gepachtet?" Selbst Duvruk musste seine Stimme heben, um gehört zu werden.

„Das verdammte …"

Ein Kreischen schnitt ihm das Wort ab, schwoll an, dass es in seinen Ohren schmerzte.

„Was ist denn da–"

Grelles Licht flutete wie eine Welle über sie hinweg.

Ein gleißender Keil schlug bei den Stollen hinter den Duergareihen in den Boden ein und ließ sie auseinanderspringen. Er sah die auffällig große Hurga-Jhin sich hinducken.

Eine einzelne, schlanke Gestalt trat aus einem der Tunneleingänge.

„Nadragír!", hörte er Kunja rufen.

Dann fuhr ein Schwirren und Fauchen aus den Höhlen hervor und fraß sich hoch hinauf. Grelles Gleißen wand sich wie ein Nest von Schlangen in die Luft und peitschte dann nieder.

Blitze und zuckende Lichter erhellten grell die Höhlendüsternis, hoben schlagartig knapp und abgehackt immer wieder bestimmte Gestalten hervor, sprangen augenblicklich weiter, um eine neue, scharf begrenzte Szenerie hervorzuheben. Jaulend und heulend zerfielen und zerfaserten sie, und nur ein sirrendes Jammern blieb an ihrer Stelle als Nachklang zurück.

Die Duerga waren auseinandergestoben, doch dass sich ihre Reihen groß gelichtet hatten, sah er nicht.

„Hört ihr das?" Malaiar schien zu lauschen.

Da war im Nachhall der Blitze ein Geräusch, ein leises Rumoren, wie ein Fauchen und Knurren, das wie eine Welle anschwoll. Zunächst kaum hörbar und vereinzelt aus den Röhren hervor, dann sich ballend und anschwellend.

Erion spähte nach der Quelle aus. Doch er fand lediglich die Gestalt von Nadragír vor dem Ausgang eines der Stollen. Einen Herzschlag später jedoch entdeckte er, dass sich hinter dem Ninra so etwas wie eine vage, dunkle Welle aufbaute. Etwas seltsam Wimmelndes, Krabbelndes, das hinter Nadragír aus dem Tunnel hervorquoll.

Der kam auf sie und damit die Duergafront zugerannt und die dunkle – schwärzliche? – Welle folgte ihm. Das Knurren und Fauchen schwoll mit ihrem Nahen an.

„Sind das …?"

„Viele Grolks sind des Drazghul Tod", hörte er Malaiar ungerührt ihren Spruch von vorhin wiederholen.

Irritiert zog er die Augenbraue hoch.

Ja, wahrhaftig … War das denn zu fassen?

Und im nächsten Moment durchraste eine weitere Salve an Blitzen, Lichtpeitschen und seltsamen, aufblühenden geometrischen Formationen die Luft und entlud sich in Richtung der ohnehin schon zersprengten Front von Duergaaufsehern. Während die Flut aus schwärzlichen Körpern weiter voranquoll, sich in ein Wimmeln von Einzelleibern zerteilte, vorstürzte, sich bei jedem Hindernis in Einzelströme aufspaltete, um danach wieder zusammenzufinden.

Der Blick aus Erions feineren Ninraéaugen offenbarte ihm ein bizarres, aus dem allgemeinen Wirrwarr scharf hervorstechendes Einzelbild:

Nadragír, wie er vorstürmte, dabei vage gestikulierend seine Banne wob, während Pulks von Grolks an ihm vorbei und über ihn hinwegsetzten – über seinen Rücken, seine Arme, seine Schultern, sogar über seinen Kopf.

Es war ein verrückter, irrwitziger Anblick. Der edle, ein wenig kecke Ninra aus dem Ring der Neun und die Horde wimmelnder, wuselnder schwärzlicher Kreaturen, die über ihn hinwegstürzten und strampelten.

Die Grolkwelle fiel über die Duerga her wie ein Schwarm von Ungeziefer über die Ernte.

Ob die Viecher die grobschlächtigen Duerga wirklich gezielt angriffen, war dabei unmöglich zu bestimmen. Doch das mussten sie auch nicht. So oder so – die Grolks schufen reichlich Verwirrung.

Die Duerga schlugen nach ihnen aus, wollten sich die wimmelnde, fauchende Plage dieses lästigen, dreisten Ungeziefers vom Hals schaffen, sie vertreiben, fortscheuchen, doch es waren zu viele, und sie waren zu quirlig und schnell. Ihr Ansturm zerstob unter den hilflosen Hieben klobiger Pranken wie Hagelkörner oder Staub, der durch die Hände rann.

Er sah sich nach Malaiar um. „Viele Grolks sind des Drazghul Tod? Hast du etwa …"

Doch Malaiar zeigte sich unbeirrt, wies ihn mit einer Geste nur wieder zurück zu dem entfesselten Schauspiel.

Die Reihen der Duerga zerfielen noch weiter, als sie es

nach Nadragírs diffusen Magieattacken ohnehin schon waren, wurden löchriger und verloren jeden Zusammenhalt.

Das war die Chance!

„Los, rüber zu uns!", brüllte er aus voller Kraft den von ihren Schichten hergeströmten Arbeitern zu.

Hurga-Jhin und Bovluk musste er das nicht zweimal sagen. Die trieben sie ohnehin schon an. Unter ihnen glaubte er auch die ausgemergelte, sehnige Frau mit dem überbreiten Stirnband zu erkennen.

In deren Nähe sah er einen der Duerga jäh zusammenbrechen. Hinter ihm wurde ein Dwercarbeiter sichtbar, der auf seine mit beiden Händen gehaltene Schaufel starrte, als könnte er noch nicht wirklich fassen, was er da gerade getan hatte.

Eines der schwärzlichen Knäuel war aus der wimmelnden Welle hervorgebrochen und kam hechelnd und japsend über den Steinboden auf Erion zugehetzt.

Er stutzte, dann stieg ihm ein Lächeln zu den Lippen hoch, und er streckte seinen Arm aus. Mit einem Satz sprang Grolk darauf und raste zu seiner Schulter hoch, wo das Schlabbern seiner Zunge sich mit dem Kitzeln und Kratzen seiner struppigen Fellbüschel vermischte.

„Na, hast du ihr ... *Schätzchen* gefunden?", raunte er Grolk zu. Er hatte schon gedacht, nachdem Grolk vor dem Block geflüchtet war, würde er den kleinen Kerl endgültig nicht mehr wiedersehen.

„Khaz-Dhum Sieben erhebt sich!", hörte er Duvruk den Arbeitern zurufen, die vorbei an dem Tohuwabohu der von der Grolkmeute gebeutelten und gepiesackten, hilflos um sich schlagenden Duerga auf sie zueilten.

„Los, bewaffnet euch! Kommt her zu uns!", brüllte Duvruk ihnen zu. „Nehmt euch die Waffen der Duerga. Wer nichts Gescheites hat, beschafft sich Hämmer und Hacken aus dem Magazin!"

Die Welle der Grolk war inzwischen beinahe über die

Duergawachen hinweggeströmt und begann sich bereits wieder zu zerstreuen. Er sah, wie Kunja vorschritt, erneut Flammen sie umhüllten und sie rot loderndes Geflatter in Richtung der Duergareihen schleuderte, um sie noch etwas länger aufzuhalten. Ihre Flammennester trafen sich mit den Bannen Nadragírs und stifteten in den Duergareihen gehörig Verwirrung.

„Sie haben recht gehabt", hörte er eine Stimme jetzt ganz nahe. „Das war nicht nur so hingeredet. Sie haben wirklich Zauberkräfte. Das Dwercmädchen steht in Flammen. Und der Elfenkerl ist ein wahrhaftiger Hexer."

Das war die Frau mit dem breiten Stirnband, die inzwischen zu ihnen aufgeschlossen hatte und das Breitschwert eines Duerga trug.

„Achtung! Die Duerga von der anderen Seite!", rief Dunjak-Dhar.

„Haben wir im Blick!", hörte er Duvruk rufen.

Erion schaute zu ihm rüber und sah, wie er sacht Malaiar beiseiteschob, die sich bereits gewappnet und schützend zu Dunjak-Dhar gesellt hatte.

Duvruk hielt auf die Lore zu, die einsam und verlassen auf der von diesem Höhlenteil zum Ausgang Khaz-Dhum Siebens verlaufenden Schienentrasse stand. Er packte das beladene Gefährt mit beiden Pranken und stemmte sich brüllend dagegen. Quietschend, grollend setzte es sich in Bewegung.

„Ja, wie eine Ramme!"

Die Stimme erkannte er. Es war das laut polternde Organ von Bovluk, dem Dwerc.

„Los, ihm hinterher!", stimmte seine Duergagefährtin an dessen Seite zu.

Ja, das war ihre Gelegenheit, solange die andere Flanke der Duerga noch mit Grolks und den magischen Attacken von Kunja und Nadragír beschäftigt war.

Die massive Lore nahm unter Duvruks Kraft immer

weiter Fahrt auf und rollte unaufhaltsam auf die Reihen der aus der Hauptkammer angetretenen Duergawachen zu.

Ja, das konnte was werden.

„Halt dich fest, Grolk!", sagte er und lief schon los. Das Grinsen konnte er sich dabei nicht verkneifen. Im leichtfüßigen Spurt zog er zwischen Hurga-Jhin, Bovluk und Malaiar hindurch, sah vor sich Duvruks breiten Rücken mit der Lore dahinter.

Mit einem Satz flog er durch die Luft, tippte mit dem Fuß kaum Duvruks Rücken an, setzte kurz auf dem Geröllberg der Lore auf und katapultierte sich in einem Seitwärtswinkel weiter.

Zwischen verdutzten Duerga kam er auf, die zwischen ihm und der heranrasenden Lore hin- und herglotzten. Sein Ninraéschwert schlug zu, einmal, zweimal, dreimal in wild blitzender Bahn, während er bereits erneut sprang, über die Duerga hinweg und aus der Bahn des nahenden Gefährts.

Er kam auf, wirbelte herum. Gerade rechtzeitig, um zu sehen, wie die Lore in die Reihe der Duerga einschlug. Brüllen, Schnaufen, dumpfes Stöhnen und Keuchen, Donnern und Grollen. Wer nicht zur Seite sprang, wurde umgerissen und beiseitegefegt.

Die Lore rollte weiter, und hinter ihr kam Duvruk zum Vorschein, der sie losgelassen hatte und sie jetzt nur noch ihrem machtvollen Schwung folgen ließ. Er selbst fuhr in das zersprengte Gewühl der Duergawachen und trieb sie mit mächtigen Hieben seines Breitschwerts noch weiter auseinander.

Malaiar folgte ihm wie ein geschmeidiger Wirbelwind und glitt mit flinken Klingen zwischen die Duerga, die seinem Ansturm entgingen.

„Los, weiter!", hörte er Dunjak-Dhar rufen.

Der Trupp aus Arbeitern stürmte hinter ihr her. Bovluk und Hurga-Jhin flankierten sie.

„So gefällt mir das schon besser!" Dunjak-Dhar klopfte

ihm auf den Rücken, als sie ihn erreichte, und an ihrer Seite rückte er weiter vor. Grolk auf seiner Schulter knurrte und ließ dabei seine Zähne rasseln, dass es sich wie ein Schlachtgeheul anhörte.

Der wuchtige Schatten Duvruks zog an ihnen vorbei und nahm sich erneut der inzwischen ausgerollten Lore an. „Die brauchen wir noch", grollte er.

„Zum Ausgang!", rief Dunjak-Dhar und reihte sich hinter Duvruk im Schatten der Lore ein.

Erion schaute sich um. Er entdeckte die flammende Gestalt Kunjas und Nadragír. Beide hielten ihnen mit ihrer Magie den Rücken frei. Die Woge der Grolks verlor sich allmählich wieder, doch die von ihnen hinterlassene Verwirrung in den Reihen der Duerga arbeitete offensichtlich noch immer für sie. Außerdem hatten die Duerga noch nie ähnlich wirksame Magie in ihrer Entfaltung erlebt. Sie kannten nur die Kunst der Runen. Auch er hatte schließlich Kharnuk-Bragha verlassen müssen, um solche Magie zu erleben und jene zu treffen, die sie beherrschten.

Unmittelbar hinter Dunjak-Dhar und ihm hatte sich ein Zug jener Arbeiter gebildet, die den Stollen entkommen waren. Nur ein kleiner Teil jener, die hier geschuftet hatten, sicher, aber wichtig war, dass sie zunächst die Grenzen von Khaz-Dhum Sieben durchbrachen und die Parole des Aufstands hinaus in den Rest der Mine trugen.

„Khaz-Dhum Sieben erhebt sich!", rief er laut.

Grollend schob Duvruk seine Lore wie einen Rammbock voran. Malaiar kam jetzt ebenfalls von der Flanke hinzu.

Ja, so konnten sie es schaffen.

Da war der Ausgangstunnel, durch den der Schienenstrang hinaus zum Knotenpunkt führte, jener Kammer, welche die Barriere bildete, über die niemand je wieder hinauskam, wenn er erst einmal in Khaz-Dhum Sieben gelandet war. Entsprechend hatte Erion ihn auch nur einmal kurz gesehen, als man sie auf Morlughs Befehl nach Khaz-Dhum Sieben abgeführt hatte, um dort gebrochen zu werden, bevor man sie endgültig in den Zermalmer warf. Er hatte diese Kammer als ungefähres Sechseck im Gedächtnis behalten, zu dem man das Zentrum der bestehenden Höhlung erweitert hatte.

Und in dem Ausgangstunnel dorthin rumorte es schon.

„Was passiert da vor uns?", hörte er Duvruk fragen. Er ließ die Lore langsamer werden. „Kann einer was sehen?"

Nein, sehen konnte er nichts. Aber er konnte es sich denken. „Sie kommen. Wie zu erwarten war."

Aber mit den Runen, die Duvruk und Malaiar verwandelt hatten, mit Kunja und Nadragírs Magie mussten sie es schaffen. Im Tunnel hinter der Lore ertönte ein schweres Stampfen.

„Wir besitzen die Macht der Einigkeit und haben die Kraft der Runen auf unserer Seite!", rief er. Die Adelsteine, Dunjak-Dhars geheime Zutat, die sie stets bei sich getragen hatte.

„Die Macht der Einigkeit", wiederholte Duvruk. Erneut stemmte er sich gegen die Lore an. „Ja, da dröhnt der Donner ..." Seine Stimme klang zwar gedämpft, aber dennoch machtvoll. „So grollt denn, Brüder, grollt ..." Offenbar sang er zwischen seinen vorgestemmten Armen den Boden an, der die Klänge seines Gesangs zurückwarf.

Der Gesang vom Bergsturz.

„... der Felslawine gleich", griff Erion das Lied auf. „Rollt wie der Felsrutsch ..."

Hinter ihm fielen vereinzelt Stimmen ein.

„Stein um Stein, eng beieinander ..."

Jetzt vereinten sich Duvruks Stimme, die von Malaiar und der anderen zu einem einzigen Chor.

„... grollt und singt ..."

Ein gewaltiger Schlag ließ die Höhle erbeben. Ein

Donner, der sich den Fels des Berges zur Verkörperung gewählt hatte.

Vor Duvruk schlug er in die Lore ein, dass es seinen Duergafreund nach hinten warf.

Die Lore zerbarst unter diesem Donnerschlag. Stein und Geröll flogen umher.

Erion duckte sich, hob schützend die Arme vor den Kopf. Grolk zischte fauchend davon. Etwas schrammte über seinen Unterarm. Ein Prasseln und Heulen.

Staub sank herab, und langsam erhob er sich wieder aus seiner hingeduckten Haltung. Seine Ohren dröhnten.

Duvruk rappelte sich gerade vom Boden auf. Hinter ihm sah Erion durch die Staubschleier hindurch die Trümmer der Lore, die zerborstenen Bretter und die verdrehten Eisenbänder. Eines der Räder kollerte einer trägen Bahn folgend umher.

Die Ladung aus Stein und Geröll, was davon nicht durch die Luft geflogen war, war zwischen den Überresten des Gefährts zu einem Schuttberg zusammengesackt.

Durch den trüben Dunst erkannte er den Umriss einer Gestalt, die diesen Schuttberg hinaufgestapft kam. Sie trug einen gewaltigen Hammer.

Ein ungeschlachter, riesiger Duerga war es, so wurde in den verwehenden Schleiern sichtbar, der jetzt dieses Instrument in seiner Hand grübelnd musterte. „Gutes Ding! Gutes Gerät! Heftige Durchschlagskraft."

Jemand trat aus dem Hintergrund hinzu, ebenfalls ein Duerga, schob sich am ersten mit dem Hammer vorbei. „Jaja, die Macht der Runen", sagte der ungeduldig.

Vor dem Duerga mit dem Hammer blieb der zweite nun stehen.

Voller Schrecken erkannte Erion dessen Züge.

„Gobrur-Vhan?" Es war Duvruk, der das verwundert aussprach.

Ein weiterer Duerga kam jetzt über den Trümmerhaufen gestapft, und im Hintergrund wurde im sich legenden Dunst eine Reihe riesiger Duerga sichtbar. Sie kamen den Gang heranmarschiert und bauten sich wie ein Wall hinter Gobrur-Vhan und Bokhar-Vurnak auf, die jetzt vor dem Hammerträger Seite an Seite nebeneinanderstanden. Deutlich sichtbar trugen beide die rote Rune der Kharnuk auf ihrer Stirn.

Morlughs Sondertruppe war eingetroffen.

„Gut gemacht, Gobrur-Vhan", sagte Bokhar-Vurnak. „Also doch keine Flenne, sondern ein ergebener Diener des Zorns der Duerga. Also, wo ist er jetzt, dein berühmter Rädelsführer?"

„Gobrur-Vhan?" Duvruk klang, als könnte er es noch immer nicht fassen. „Was hat das zu bedeuten?"

Gobrur-Vhan verzog hämisch seine schmalen, grauen Lippen. „Das heißt, du Simpel, es gibt keinen Aufstand. Er wurde abgesagt. Wenn es denn je einen gab. Was immer ihr das nennen wollt, was ihr da veranstaltet … es endet jedenfalls hier."

4

ENTLARVT

Es wurde still nach Gobrur-Vhans Worten.

Keine vollkommene Lautlosigkeit, kein Ersterben allen Lärms, aller Stimmen und Geräusche in Höhlenkammern und Tunnel, dennoch veränderten es sich jäh. Es war, als bräche etwas in sich zusammen.

Der Lärm aus dem Hintergrund der Hauptkammer, das Wüten der von Nadragír und Kunja entfesselten magischen Kräfte, Schreie und Laute versiegten. Auch dort hinten musste man inzwischen erkannt haben, was hier vorne vorging.

Der Donner des Hammerschlags und die Zerstörung der Lore waren ein ohrenbetäubendes Zeichen gewesen.

Duvruk hatte sich inzwischen vor den Trümmern seines Rammbocks aufgerappelt. Alle anderen um Erion standen wie versteinert da.

O Urnak, und wir haben ihm vertraut! Was waren wir für Narren!

Hinter den zerfallenden Staubschwaden, hinter Bokhar-Vurnak, Gobrur-Vhan und dem Hammerträger waren augenscheinlich die gesamte von Morlugh entsandte

Sondereinheit sowie die restlichen Aufseher aus den Wach-
räumen angetreten. Eine Wand aus Duerga, die sich vor dem
einzigen Ausgang von Khaz-Dhum Sieben aufgebaut hatte.
Ein unüberwindlicher Wall.

„Was immer ihr euch da gedacht habt", hob jetzt
Gobrur-Vhan erneut an, „was immer sich in euren Köpfen
zusammmengebraut hat ... nennen wir es meinetwegen
Aufstand ..." – er machte eine schroffe abschneidende
Geste –, „... das gibt es nicht."

Er hatte sie belogen. Er hatte sie von vorne bis hinten
belogen. Und sie waren darauf reingefallen. Erion hätte auf
das leise Rumoren aus seinem Bauch heraus hören sollen,
den Verdacht, der sich gemeldet hatte, als sie Gobrur-Vhan
dabei erwischt hatten, als er sich am Höhleneingang herum-
gedrückt hatte. Als er wahrscheinlich also doch gelauscht
hatte.

„Es gibt keinen Aufstand", fuhr Gobrur-Vhan jetzt fort,
„denn ... na, ihr könnt es euch schon denken ... Eure ...
Botschaft ... die habe ich gar nicht weitergegeben. An wen
denn auch? An irgendeinen hanebüchenen Anführer des
Aufstands? An ein Gespenst, das es wahrscheinlich gar
nicht gibt?" Er lachte hohl in sich hinein. „Den Adlatus?
Was für ein blöder Name. Wer denkt sich denn so was aus?
Keiner, der irgendwie noch Grips in der Birne hat, nennt
sich so." Gobrur-Vhan schüttelte seinen Duergaschädel.
„Khaz-Dhum Sieben erhebt sich zuerst? Was für ein
Blödsinn!"

„Was ist denn jetzt mit deinem Rädelsführer?" Bokhar-
Vurnak neben ihm stieß Gobrur-Vhan an. Er deutete auf
Erion. „Er kann's nicht sein. Der ist ja erst frisch hier."

„Nein, der nicht." Gobrur-Vhan schüttelte ungehalten
den Kopf. „Warum, bei Urnak, hast du sie nur in den Block
gesteckt?"

„Warum hast du mich nicht früher eingeweiht?"

„Wer meinst du, sollte zuerst davon wissen?" Erion sah,

wie Gobrur-Vhan seinem Vorgesetzten einen finsteren Blick zuwarf. „Wolltest du das erleben, wenn wir ihn übergehen? Irgendwo unter den Arbeitern von Khaz-Dhum Sieben gibt's einen Rädelsführer. Genau das denkt er auch."

Hatte Gobrur-Vhan also darum diesen ganzen Betrug aufgezogen? Um diesen angeblichen Drahtzieher aus seiner Tarnung zu locken? „Und du hast gedacht, wenn du uns aufstachelst, wenn wir den Rest dazu bringen, sich uns anzuschließen, dann gibt sich dieser Anführer zu erkennen?"

Gobrur-Vhan bedachte Erion lediglich mit einem herablassenden Blick.

„Vielleicht gibt's ihn, vielleicht gibt's ihn nicht", knurrte Bokhar-Vurnak seinen Kumpan an. „Mir egal. Vielleicht ist der auch nur so'n Gerücht wie dieser Adlatus." Er zuckte seine breiten, mit Knochendornen bewehrten Schultern. „Ist eigentlich gleichgültig. Kann nicht schaden, mal ab und zu Hausputz zu halten. Mal richtig durchlüften, den Dreck raus, was Frisches rein. Gibt genug Ersatz aus den anderen Minenteilen. Oder aus der Stadt. Deren Bewohner brauchen wir bald sowieso nicht mehr."

Bokhar-Vurnak maß sie unter zusammengezogenen Brauenwülsten hervor. „Ihr könnt euch jetzt ergeben. Aber anders wär's mir fast lieber."

„*Die* will er lebend", warf Gobrur-Vhan ein und deutete auf ihn und seine Gefährten. „Die sollen jetzt endgültig in den Zermalmer wandern."

Bokhar-Vurnak wirkte unbeeindruckt. „Schauen wir mal, wie's sich ergibt." Er schaute sich über die Schulter um. „Jungs, zeigt ihnen, was ihr draufhabt!"

Daraufhin traten aus den hinter Bokhar-Vurnak und Gobrur-Vhan angetretenen Duergareihen etwa ein halbes Dutzend besonders wuchtiger und ungeschlachter Kolosse hervor. Natürlich trugen sie alle die rote Rune für Kharnuk auf der Stirn. Und alle trugen sie ähnliche Hämmer wie derjenige, der damit die Lore zerschmettert hatte. Dieser erste Hammerträger trat daraufhin vom Schuttberg herab.

Hauptsächlich mit Gesten und Lauten verständigten sich die Hammerträger miteinander. Einer von ihnen trat auf einen Felsblock zu, Teil einer Formation nahe dem Ausgang der Kammer.

Mit einem Schwung, der von einer bemerkenswerten Leichtigkeit zeugte, ließ er seinen Hammer auf den Felsblock niedergehen. Er traf den Stein mit einem Donnerschlag, dass Funken stoben – ähnlich dem, der die Lore zerschmettert hatte.

Dort, wo der Hammer getroffen hatte, war der Stein bis zum Grund gespalten, der Hammer saß tief im Riss. Mit einer locker erscheinenden Bewegung zog der Duerga sein Werkzeug aus dem Stein frei.

Bokhar-Vurnak wirkte rundum zufrieden. „Tja, denkt ihr, wir würden diese guten Teile an die Arbeiter in den Stollen verschwenden? Arbeiter, die wir ans Rackern bringen können, gibt's schließlich genug. Und an Nachschub fehlt's schließlich auch nicht. Aber diese Hämmer, die sind wertvoll."

Bokhar-Vurnak starrte jetzt Dunjak-Dhar direkt an. „Wenn du dich schon weigerst, *Waffen* für uns herzustellen, dann nehmen wir eben, was wir kriegen können. Ob Stein oder Fleisch und Knochen – dem Hammer ist egal, was er zerschmettert. Und mit der Macht deiner Runen werden wir auch euch zerschlagen."

Erions Blick war zu Dunjak-Dhar gewandert. Deren Augen waren zu Schlitzen zusammengekniffen, ihre Hände hatten sich um den Griff ihres Hammers gekrallt. „Urnak möge euch verfluchen! Ihr seid Frevler an der Gabe, welche die Ninraé mit uns geteilt haben und die uns von den Älteren überliefert wurde."

Er hörte Bokhar-Vurnak höhnisch auflachen. „Den Runen ist's egal, wer sie führt."

Dunjak-Dhars Blick war gesenkt, ihre Miene versteinert. „Es ist meine Schuld. Ich war ehrgeizig, und ich war verblendet."

So ohne Hoffnung hatte er seine alte Meisterin noch nie gesehen. „Du machst es wieder gut. Wir machen es wieder gut."

„Wie denn?" Eine tiefe, müde Leere lag in ihren Augen. „Das sind zu viele, das ist eine Übermacht. Selbst mit Kunja und den durch die Runen veränderten Malaiar und Duvruk haben wir keine Chance." Sie richtete den Blick ganz zu Boden. „Was uns bleibt, ist die Hoffnung, unsere Fehler in einer anderen Welt zu sühnen. Aber in dieser ist unser Weg jetzt zu Ende."

„So seh ich das auch", tönte es von Bokhar-Vurnak. „Zeit für Hausputz! Zeit für euch, zu verrecken!" Er lachte auf, warf dabei seinen Kopf in den Nacken. „Ihr kommt unter'n Hammer."

Als hätte der Drecksack höllischen Spaß an seinem eigenen faden Witz, wandte Bokhar-Vurnak sich noch immer feixend zu den Hammerträgern um. „Na, kommt schon, Jungs! An die Arbeit! Runenhämmer sind was Herrliches."

Duvruk wich zurück, bis er neben ihnen zum Stehen kam. „Wir stehen zusammmen! Bis zuletzt!"

Und er hatte geglaubt, er könnte hier in Kharnuk-Bragha noch etwas mit seinem Leben anfangen, etwas bewirken. Egal, was alle anderen von seiner Mission und dieser Idee dahinter halten mochten.

Nicht mal dem Mörder seiner Mutter konnte er ins Auge schauen, um ihn ein letztes Mal anzuspucken und zu verfluchen. Er fasste sein Ninraéschwert mit beiden Händen, sah, dass die Klinge zitterte.

„Erion …" Eine Stimme aus dem Hintergrund, die beinahe gegen das irre Trommeln seines Herzens unterging.

Er wollte sich umdrehen. Doch in diesem Moment drang

etwas anderes an seine Ohren, zaghaft zunächst gegen den Schmiedehammerschlag in seiner Brust.

Doch dann sah er Duvruk stutzen und wagte allmählich, zu glauben, was er da hörte.

„… Brüder, grollt, der Felslawine gleich …"

„Der Gesang vom Bergsturz", hörte er Duvruk brummen.

„Wer singt denn da?" Bokhar-Vurnak wandte sich um.

„Kommt von hinter uns, Richtung Wachraum", meinte Gobrur-Vhan.

„… Stein um Stein, eng beieinander …"

„… grollt und singt das Lied der mahlenden, dröhnenden Steine …" Jetzt kam das Singen aus einer anderen Richtung.

Erion wandte sich um. Das kam aus ihrem Rücken, aus den Kavernen von Khaz-Dhum Sieben.

„Das Geisterlied", hörte er Gobrur-Vhans Stimme. Sie klang mit einem Mal dünn, kraftlos. „Wir haben ihm die Zunge rausgeschnitten, aber er singt es noch immer."

„Wer zur Hölle singt? Was laberst du da? Wer zur Hölle hat da was zu singen?" Bokhar-Vurnak wandte sich zuerst zur einen, dann zur anderen Seite – zum Gang, durch den er mit der Wachtruppe und den Hammerträgern gekommen war, dann in Richtung der Hauptkammer von Khaz-Dhum Sieben, die hinter Erion und seinen Kampfgefährten lag. Dort konnte sich der Klang besonders gut entfalten. Er hallte in der großen Klangkammer von Decken und Wänden wider, brach sich in den Verzweigungen der Nebenhöhlen. Aus vielen, vielen Kehlen schien er zu kommen.

„Das Lied des Skalden. Es ist sein Geist … es klingt des nachts."

„Es ist aber nicht Nacht", wetterte Bokhar-Vurnak. „Der Bergtag hat gerade mal angefangen …"

Erion sah nicht länger zu den Duerga hin. Er hatte sich umgewandt. Kunja und Nadragír waren erstarrt. Neben dem

Klang des Lieds drang jetzt auch Kampflärm zu ihnen her. Die Duergaschar, die sie mit der Lore als Ramme durchbrochen hatten, war offenbar in ein Schlachtgewühl verwickelt.

„Was geht dort in der Hauptkammer vor?", hörte er Bokhar-Vurnak brüllen.

Einzelne Duerga kamen aus Richtung der Hauptkammer gelaufen. Erion sah Kunja und Nadragír an, dass sie sich wappneten. Doch die Duerga schienen überhaupt nicht an ihnen interessiert.

„Flüchten die? Wovor?", fragte Malaiar.

Den Duerga schien einzig dran gelegen, sich möglichst schnell mit der neu angerückten Streitmacht zusammenzuschließen, der Verstärkung für sie. Die Kerle umgingen ihre Formation, schlossen sich von den Flanken her der von Bokhar-Vurnak geführten Truppe an.

„Es kommt aus den Stollen." Gobrur-Vhan lauschte währenddessen wie weggetreten, ohne sich um den Aufruhr zu kümmern. „Wir haben ihm die Zunge rausgeschnitten, aber sein Geist, er singt es immer weiter ..."

Umso irritierter war Bokhar-Vurnak – zum einen über Gobrur-Vhan, zum anderen, weil sich Lied und Kampflärm zusehends vermischten.

Doch Gobrur-Vhan hatte recht. Wer immer da aus der Hauptkammer kam, wer immer durch den Ausgangstunnel anrückte, sie sangen das Lied des Skalden, das Lied vom begrabenen Duerga und von der Macht der Einigkeit im Angesicht des unbezwingbar erscheinenden Feindes.

„Bei den Hämmern Khzu-Radhs! Was, um Berges willen, soll der Scheiß?" Bokhar-Vurnak sah sich wütend um, schielte zu den Hammerträgern, die sich zu einem Pulk zusammengeschlossen hatten.

„Das kann ich dir sagen." Erion fühlte, wie zaghaft eine neue Hoffnung in seiner Brust aufglomm – auch Duvruk richtete sich jetzt auf, straffte sich. „Khaz-Dhum Sieben erhebt sich."

5

KHAZ-DHUM SIEBEN
ERHEBT SICH

Sie kämpften mit dem Mut der Verzweiflung, denn ihnen hatte der Tod schon so lange vor Augen gestanden. Er hatte sich ihnen ins Hirn gebrannt, und dem Tod fühlten sie sich geweiht. Khaz-Dhum Sieben hatte ihnen alles aus den ausgemergelten Gliedern und aus ihren verdorrten Seelen herausgepresst, sodass keine Angst, kein Zagen mehr in ihnen zurückgeblieben war.

Sie kannten nur noch die Rache, die Vergeltung der Verstoßenen, die man tief ins Herz des Berges geschickt hatte, um sich dort in Kälte und gnadenloser Fron mit dem Tod zu vereinen.

Und den Tod brachten sie mit sich.

Das Heer der todgeweihten Minenarbeiter brandete ohne Rücksicht gegen die Truppe ihrer bereits dezimierten Unterdrücker an, walzte sich förmlich über sie hinweg und begrub diejenigen unter sich, die sich nicht zum Rückzug wandten.

Khaz-Dhum Sieben erhob sich.

Erion sah es nahen. Es strömte aus der Hauptkammer von Khaz-Dhum Sieben herbei, während die übrig gebliebenen Aufseher von dort herübereilten, um sich der Verstärkung durch Morlughs hierher entsandte Sondereinheit und dem Rest ihrer Kameraden anzuschließen.

Das Heer der Minenarbeiter aber formte sich offenbar zu einem losen Keil und marschierte in unerbittlichem Tritt heran.

Kunja und Nadragír traten beiseite und schufen ihm Raum.

An seiner Spitze sah er eine Gestalt, an deren Umriss ihm zuerst die beiden abstehenden Zöpfe auffielen. Direkt daneben ein hageres Gestell, das ihm auf dem Fuße folgte. Der eine hielt eine Hacke, der andere ein Duergaschwert in der Hand. Von beiden tropfte Blut.

„Sicco …?" Er glaubte, seinen Augen nicht zu trauen.

„Hab doch gleich gewusst, dass ihr nicht hier hingehört", krähte der ihm entgegen. „Sonst hättet ihr von Anfang an gewusst, wann's so weit ist und wann nicht."

Schon aus der Entfernung sah er, dass Sicco sein breitestes Grinsen zeigte. „Und jetzt ist es so weit."

„Da! Das ist er! Der Rädelsführer! Ich wusste, es gibt einen. Morlugh-Khar wusste, es gibt einen." In Gobrur-Vhans Stimme klang plötzlich Triumph an, doch auch ein schriller, überdrehter Beiklang lag darin.

Bokhar-Vurnak neben ihm wirkte nur noch wie versteinert.

„Ihr von draußen habt gar keine Ahnung!", rief Sicco Erion und seinen Gefährten entgegen. „Wir waren noch nicht bereit. Sie waren noch nicht bereit. Dazu müssen erst die Geister aus der Tiefe kommen."

Hinter Sicco wurde ein Gerät sichtbar, ein rumpelndes Gestell auf Rädern. Darin hing ein ausgemergeltes Geschöpf, dem nur noch Fetzen statt Kleider vom Leib herabhingen.

„Ist das …?", hörte er Kunja aus der Entfernung fragen.

„Jedenfalls ist das Kelles Fraßwagen", kam es von Bovluk.

„Kelle hat den Löffel abgegeben", krächzte Sicco, der vor dem Karren hermarschierte. „Jetzt kommt der Skalde."

Und weiter erklang dessen Lied. Ohne abzureißen drang es aus den Kehlen der Arbeiter, die Sicco und Egso folgten.

Es strömte außerdem aus dem Tunnel hervor, der zum Wachraum und hinaus aus Khaz-Dhum Sieben führte.

„Singt das Lied, singt seinen Chor. Schulter an Schulter, Stein an Stein, Brocken an Brocken."

Es wurde beantwortet vom Heer der Arbeiter, die aus den Stollen von Khaz-Dhum Sieben hervorgekommen waren. „Singt es unverzagt! Denn der Bergsturz naht."

Erion warf einen Blick zurück, sah, wie Bokhar-Vurnak und Gobrur-Vhan sich noch immer ungläubig umsahen.

„Was ist denn jetzt?" Bokhar-Vurnak wandte sich in Richtung der Hammerträger. „Worauf wartet ihr? Ihr habt eure Befehle! Jetzt macht sie schon fertig!"

„Sie haben ihre Befehle", echote Gobrur-Vhan. „Genau das." Es klang seltsam hohl, wie jemand, dem gerade alle Hoffnung entgleitet.

Unentschlossen, doch mit grimmigen Mienen standen die Duerga mit den Runenhämmern herum, schauten einander an. Schauten sich um, zum Ausgangstunnel hin. In dessen Tiefen eindeutig etwas vor sich ging. Unter dem Gesang gab es jetzt auch von dort ein Rumoren wie Kampflärm. Der vage Eindruck eines Tumults erfasste auch Erion.

Erstaunt sah er, wie die Hammerträger sich wortlos abwandten, auf die hinter ihnen angetretenen Reihen Duergawachen zumarschierten, die vor den selbst für Duerga riesigen Gestalten zur Seite wichen.

„Wir alle zusammen. Der Bergsturz, er naht", ertönte weiter das Lied des Skalden.

„Ja, geht nur!", rief ihnen Bokhar-Vurnak nach. „Sichert

den Ausgang. Macht alles dicht. Um diesen Abschaum werden wir uns schon –"

Duvruk war heran. Sein Breitschwert zuckte herab, von unerbittlicher Macht getrieben.

Bokhar-Vurnak, bis zur Hüfte von diesem Hieb gespalten, sank in zwei Hälften zur Seite weg.

„Jetzt hörst du seinen Donner", sagte Duvruk, zog einen Moment später seine Klinge frei.

Sein Kopf wandte sich. Er starrte direkt in die Augen des Verräters Gobrur-Vhan.

In dessen Augen flackerte Irrsinn. Sein Beil zuckte nieder.

Duvruks Hand schoss hoch, traf auf dessen Unterarm, der mit einem hässlichen Knacken brach. Das Beil baumelte im Griff der abgeknickten Hand, die erschlaffte, den Axtgriff entgleiten ließ.

Mit einem scheppernden Klirren traf das Axtblatt den Boden, Gobrur-Vhans irre Augen weiteten sich. Duvruks Klinge hatte ihn knapp unterhalb der Brust durchbohrt.

„Khaz-Dhum Sieben erhebt sich zuerst", sprach Duvruk in Gobrur-Vhans Gesicht, während dessen Blick brach.

Es gab ein Geräusch wie ein von Stein umhüllter Donnerschlag.

Duvruk wandte sich um, den toten Gobrur-Vhan noch immer auf seiner Klinge aufgespießt, und Erion folgte seinem Blick.

Der Tunnel bebte, der Nachhall des Schlags wurde noch immer von der Röhre zurückgeworfen.

Ein weiterer Felsendonner. Die Runenhämmer schlugen zu.

Duvruk zog sein Breitschwert mit einem Ruck aus Gobrur-Vhans totem Leib, der schlaff zu Boden sackte.

„Der Bergsturz, er naht. Hört ihr seinen Donner schon?", klang es vom Heer der anrückenden Arbeiter, das den stummen Skalden auf dem Gefährt zur Essensausgabe mit sich führte.

„Na, dann mal los!", hörte er Kunja ein Stück entfernt rufen und Flammen leckten erneut von den Armgelenken her ihren Leib entlang. Eine auf den Hinterbeinen sitzende Kreatur erschien auf ihrer Schulter.

Er sah, wie Malaiar geschmeidig an ihm vorbeiglitt, ihre beiden Klingen wie silberne Blitze in ihren Händen.

„Es scheint, als hätte uns der Himmel doch noch eine Chance gegeben", klang Dunjak-Dhars Stimme an seiner Seite.

Hurga-Jhin wuchtete ihre Mischung zwischen Hammer und Hacke hoch, stampfte mit ausladenden Schritten an ihm vorbei. „Dann ans Werk. Und tun wir Buße. Was sein muss, muss sein. Und was getan ist, ist getan."

Er spürte, wie etwas ihn am Ärmel zupfte, senkte den Blick und erkannte Bovluk, der unter dem Rand seines Spangenhelms hervor grimmig zu ihm hochschielte. Außer seinen blitzenden Augen waren da kaum mehr als sein verfilzt auswuchernder Schopf, sein geflochtener Bart und seine Knollennase zu sehen. In den Händen hielt er eine der erbeuteten, für ihn eigentlich riesigen Duergaäxte, doch sie schien zu ihm zu passen, als wäre sie ihm in die Wiege gelegt worden.

„Meister Halbelf!", sagte er und deutete mit einem Rucken des Kopfes in die Richtung, aus der jetzt Kampfgetöse erscholl. „Es hat zwölf geschlagen."

Daraufhin gab er ihm einen schmerzhaften Knuff in die Seite und zog dann ebenfalls davon.

Erion löste sich aus seiner seltsamen Benommenheit, welche die Welt in einem Schleier von Unwirklichkeit hatte versinken lassen.

Reiß dich zusammen! Das geschieht wirklich. Das ist kein irrer Fiebertraum, aus lauter Verzweiflung geboren.

Jetzt nahm er erst wirklich dieses irritierende Geräusch

wahr, das schon die ganze Zeit im Hintergrund seines Bewusstseins geklungen hatte, laut und aufdringlich zwar, doch für ihn irgendwie nicht zuzuordnen neben dem Gesang und all den unglaublichen Dingen, die seinen Verstand ganz in Beschlag nahmen: Grolk saß nach wie vor auf seiner Schulter und schnatterte in einem fort.

Er betrachtete das ninraidische Langschwert, das er noch immer mit beiden Händen hielt. Und das jetzt nicht länger zitterte.

Er drehte den Kopf zur Seite. „Los, verschwinde, Grolk! Geh zu deinem Rudel. Komm wieder, wenn die Gefahr vorüber ist." Wann immer das für ihn selbst sein mochte. „Oder bleib lieber gleich da."

Er musste ihn etwas scheuchen. „Na los!"

Doch dann hüpfte Grolk hinab und starrte aus der Entfernung zu ihm hoch.

Er aber fasste sein Schwert neu und schloss sich dem blutigen Treiben an.

6

DER AUFSTAND DER MINEN

Es war getan.

Er würde sich niemals daran gewöhnen können, und wahrscheinlich war das auch gut so.

Nachdem er mit seinen Gefährten aus dem Gang herausgestürmt war, blieb er zunächst einmal stehen, und während er allmählich wieder zu Atem kam und das Gewimmel zerhackter schrecklicher Bilder des Kampfgetümmels sich wieder zu einem normalen Wahrnehmungsstrom zurückformte, sah er sich in der Wachkammer um. Sie entsprach dem flüchtigen Eindruck, den er von ihr erhalten hatte, als man sie nach Khaz-Dhum Sieben gebracht hatte. Damals war dort noch nicht Morlughs Sondereinheit einquartiert gewesen; die musste wohl erst kurz darauf eingezogen sein.

In einem unregelmäßigen und verzweigten Höhlensystem hatte man das Zentrum erweitert, um dort einen sechseckigen Raum zu schaffen. Von diesem Kernraum zweigten Kammern ab, die Nebenräume bargen, einige wohl Unterkünfte, denn die Reihen der Schlafkojen waren deutlich erkennbar.

Jetzt war dieser Raum leer.

Diejenigen, denen er ursprünglich als Quartier oder Aufenthalt gedient hatte, waren entweder tot oder geflohen. Blutflecken und Leichen waren auf dem Boden zu seiner Schwelle zurückgeblieben. Ein großer Teil des Heers der Zwangsarbeiter war bereits, ohne groß anzuhalten, darüber hinweg- und weitergestürmt. Ihre Rufe und der Lärm des Aufruhrs drangen durch die Gänge zu ihnen zurück, stetig vermischt mit Fetzen des Gesangs vom Bergsturz. Den Skalden auf seinem Karren hatten sie weiter mit sich geführt wie ein Banner.

Erions Gefährten waren zurückgeblieben und hatten sich um ihn geschart.

Eigentlich hatten sie damit gerechnet, dass ihnen hier die Hammerträger ein letztes Gefecht liefern würden, doch von denen hatten sie niemanden mehr angetroffen. Die Wachkammer lag verwaist und stumm da. Aller Lärm und alles blutige Gewühl hatten im Gang davor stattgefunden.

„Wo sind die Kerle nur hin?"

Erion musterte Sicco, der argwöhnisch in jede Ecke spähte. Er musste sich erst mal dran gewöhnen, dass dieser Ätzer jetzt auf ihrer Seite sein sollte. Sein Schatten Egso war bereits mit den anderen Aufständischen weitergezogen.

Sicco bemerkte wohl seinen Blick. „Jetzt schiel mich nicht so an! War alles zu deinem Besten."

„Ich denke, die Kerle haben zugesehen, dass sie Land gewinnen", warf Hurga-Jhin ein, „weil sie schnell kapiert haben, dass sie von der Übermacht erdrückt würden. Trotz ihrer tollen Hämmer."

Sicco beäugte sie von der Seite. „In deinen wilden Träumen, Duergaschnalle. Das Ganze gefällt mir so gar nicht."

„Kann aber sein", sagte Erion. „Wer sich für wichtig hält, ist nicht unbedingt der Mutigste." Amara hatte etwas Ähnliches über die Birgenvettern gesagt.

Jetzt galt Siccos Blick ihm. „Ich hoffe, du hast recht,

Schmalhans. Aber darüber können wir uns jetzt nicht den Kopf zerbrechen."

„Richtig", bemerkte Dunjak-Dhar. „Die Botschaft muss weitergetragen werden, und das schnell. Khaz-Dhum Sieben erhebt sich, die Minen erheben sich."

Also stürmten sie weiter, der Rest der Arbeiterschar mit ihnen.

In den übrigen Minenkammern, in die sie kamen, erwartete sie bereits der Aufstand. Mit dem stummen Skalden und seinem Gesang vom Bergsturz war die Botschaft vom Aufstand weitergetragen worden. Er griff von einem Bezirk zum nächsten über, wie Funken auf dem Wind zu immer neuen Brandnestern überspringend. Überall loderten Fackeln, welche die Aufständischen an den Feuerbecken entzündet hatten, stellenweise brannten Gerätschaften und Gerüste, von überall drang Kampflärm.

Wie schnell das ging! Wie schnell sich der Aufruhr verbreitete! Als hätten alle nur auf das Signal gewartet.

„Man könnte fast meinen, die Botschaft an die anderen Minenteile ist trotzdem rausgegangen", wunderte er sich laut. „Obwohl Gobrur-Vhans Plan nur eine Finte war. Das ging ja richtig wie ein Lauffeuer."

Sicco hörte das, weil er zusammen mit ihnen an einem Durchgang in eine weitere, sich verzweigende Minenkammer stehen geblieben war. „Bist du sicher, dass sie *nicht* rausgegangen ist?" Er schielte ihn von der Seite an. „Eure Duergaschnalle und eure Rübennase sind nicht die Einzigen, die Tricks kennen und Verbindungen haben."

Hieß das, was er glaubte, dass es hieß? „Du kriegst an alles die Nase ran, was?" Er sah Sicco verwundert an.

„Kein Getratsche ohne mich", erwiderte der schulterzuckend. „Was so'n Rädelsführer ist."

Es dauerte nicht lange, bis sie zu der Kreuzung kamen, an der sie auf ihrem Weg hinab in die Minen Bokhar-Vurnak erwartet hatte.

Dunjak-Dhar blieb stehen, hob Einhalt gebietend die Hand und sah sich um.

„Hier war es, wo sie die Alchymiker von uns getrennt und den Drazghulfressern übergeben haben." Sie schaute in Richtung des Tunnels, durch den die Alchymiker abgeführt worden waren.

„O Urnak!", rief Duvruk aus. „Die sind ja noch immer da unten!"

„Ja, bei Urnak! Da hast du wohl recht", erwiderte Dunjak-Dhar. „Sie sind noch immer unten bei den Drazghulfressern. Und die haben keinen Kontakt mit dem Rest ihrer Genossen. Die sind ein eigener Stamm für sich. Du hast es gesehen, als wir ihnen hier begegnet sind und unsere Duergawachen die Alchymiker den Drazghulfressern übergeben haben. Dort runter zu ihnen wird die Nachricht vom Aufstand kaum gelangt sein."

Dunjak-Dhar sah zu Sicco rüber, und der schüttelte den Kopf.

„Was tun wir?" Sie mussten die Alchymiker befreien. Nicht zuletzt, weil die ihnen helfen konnten, das Donnerelixier noch vor Morlugh zu finden. „Kennt einer den Weg dorthin? Wer kann das schaffen?"

„Ich kenn den Weg dorthin", warf Malaiar ein. „Und ich trau mir das zu. Wir beide waren schon einmal zusammen da unten, Erion. Der Weg ist nicht weit, aber gefährlich. Er geht hinab, noch unter die Schicht der Drazghulnester. Ihr habt die Zeit dafür nicht."

„Wir müssen Morlugh auf jeden Fall zuvorkommen. Aber …" Schätzte Malaiar die Gefahren richtig ein? Und ihre Fähigkeiten? So sehr es dort oben Dinge gab, die ihn riefen, so konnte er doch Malaiar nicht im Stich und in ihren

Untergang laufen lassen. „Ich komm mit dir! Ich war immerhin schon mit dir dort unten."

„Nicht du", meldete Nadragír sich zu Wort. „*Ich* werde sie begleiten. Ich bin ein Magier der Ninraé. Und ich habe meine Kräfte bisher nicht besonders nutzbringend einsetzen können. Außerdem mag ich diesen Meister Hisiciar. Also, Malaiar, du weißt mich an deiner Seite."

„Das nehme ich gerne an … o Bezähmer der Grolk." Malaiar schenkte ihm ein knapp hochzuckendes Lächeln.

„Gut, dann ist das ausgemacht." Dunjak-Dhars Stimme klang sicher und entschieden. „Ich gehe und finde Elixier und Rezept vor Morlugh. Ihr beide geht runter in die Eisenhölle und befreit die Alchymiker."

„Nur die beiden?" Erion sah sich um. Ihn selbst trieb die Ungeduld in eine andere Richtung. Er sah Morlughs Fratze vor sich, den Mörder seiner Mutter. Und er wollte Dunjak-Dhar helfen, dass das Donnerelixier nicht in dessen Hände fiel. „Wer geht sonst noch mit?" Er schaute zu Kunja rüber. Sie erschien ihm die natürliche Wahl, wenn Nadragír ging.

Dunjak-Dhars Hand legte sich auf seine Schulter. „Die beiden sind genug", sagte sie. „Nadragír hat recht – er ist ein Magier. Und hast du Malaiar im Tunnel nicht gesehen? Hast du nicht gesehen, wie sie sich verändert hat?"

Hatte er kaum, denn er hatte genug zu tun gehabt. Nur unterschwellig hatte er mitbekommen, wie Malaiar durch das Getümmel geglitten war. Es stimmte mit dem überein, was er von ihrem Kampfstil auch vorher schon gesehen hatte. Aber auf Dunjak-Dhars Fragen hin, rief er sich jetzt seine vagen Eindrücke in Erinnerung, und ihm wurde klar, dass sich ihre vorherige Art zu kämpfen von dem, was sie jetzt an den Tag gelegt hatte, unterschied wie ein sanfter Bergbach zu einer reißenden Flut. „Gut, also die beiden."

Mit einem knappen Abschiedsgruß verschwanden Malaiar und Nadragír im Tunnel, der hinab in die Eisenhölle, den Herrschaftsbereich der Drazghulfresser, führte. Sie aber zogen weiter.

Der Brand, den sie mit ihrem Aufstand angefacht hatten, war nicht mehr aufzuhalten. Donnernder Lärm tönte ihnen aus den Höhlenkammern entgegen. Die rauen, kehligen Schreie der Duergaaufseher brachen auffällig und laut hervor, doch sie klangen vereinzelt, zerrissen. Darunter lag jedoch ein rumorendes Tosen. Immer wieder durchwoben vom Gesang des Bergsturzes, bildeten die Stimmen der Arbeiter einen beherrschenden Chor. Er glich dem Wüten einer Brandung – die Klippen mochten zwar hart und scharf sein, doch der Zorn und die Macht des Meeres waren unermesslich.

Die stärksten Kämpfe hatten sie auszufechten, wenn sie auf Duerga stießen, die sich auf dem Rückzug befanden, weil der Sektor, dem sie zugeteilt waren, überrannt worden war.

Aus den Tunneln und Zugängen schlossen sich ihnen immer weitere Trupps von Arbeitern an. Dunjak-Dhar achtete ihrer kaum, sondern trieb sie zur Eile an. Die Runenschmiedin führte sie zielstrebig weiter, ohne dass sie sich auch nur irgendwie in die überall entbrannten Gefechte einmischten. Immerhin hat sie ein klares, ein dringliches Ziel.

Weiter zogen sie an den Nestern des Aufstands vorbei, an den Kämpfen, die in den verschiedenen Regionen der Minen entbrannt waren, während ihr Anhang aus aufständischen Arbeitern in ihrem Anhang unvermeidlich größer wurde.

Dunjak-Dhar nahm das eher mit einem Stirnrunzeln wahr. „Hm, Heimlichkeit wäre mir lieber gewesen. Wir sind kaum unauffällig", sagte sie, als sie sich bereits dem Bereich des Haupteingangs der Minen näherten. „Ich denke, wenn wir draußen sind, werde ich mich irgendwo in die

Deckung schlagen und sehen, dass ich auf Schleichwegen ins Alchymikerviertel komme."

„Wir gehen mit dir", hielt Duvruk dagegen. „Du kannst dort nicht allein hin. Nicht in einer Stadt voller Duerga. Nicht geradewegs rein in ein Nest voller Duerga. Du brauchst jemanden, der dich beschützt."

Erion sah, wie Dunjak-Dhar den Duerga musterte. „Du bist auch nicht gerade unauffällig."

„Ich bin ein Duerga in einer Stadt voller Duerga. Ich könnte so tun, als wäre ich Euch zugeteilt und würde Euch irgendwohin abführen."

„Ha, ich bin auch eine Duerga", wandte Hurga-Jhin ein. „Zwei Duerga, die Gefangene abführen, wirken überzeugender als einer allein. Was denkst du, Bovluk?"

Der bärtige Dwerc reagierte zunächst gar nicht darauf, weil er sich argwöhnisch nach allen Richtungen umsah. Schließlich stutzte er und meinte, „Ich denke, dass wir jetzt zum Ausgang hin erstaunlich schnell vorankommen. Kein Widerstand durch Wachen mehr?"

Bovluk lugte in einen engen Spalt, leicht zu übersehen, der den Zugang zu einer Nebenhöhle darstellte. Erion kannte sie: Es war die letzte Wachstube vor dem Ausgang. An ihr hatte er sich vorbeigeschlichen, nachdem die Duergawachen dem Skalden die Zunge herausgeschnitten hatten und er unbedingt mit jemandem da draußen hatte reden müssen. Als es ihn zu seiner Mutter und dann zu Dunjak-Dhar gezogen hatte.

„Ich glaube, die sind alle ihren Kumpanen in den Minensektoren zu Hilfe geeilt." So stumpf, bei einem solchen Aufstand einfach nur stur den normalen Wachdienst aufrechtzuerhalten, waren selbst Morlughs Kharnuk-Duerga nicht.

„Oder sie melden es und holen Verstärkung", bemerkte Kunja.

Das Rechteck des Stollenausgangs zeichnete sich jetzt

vor ihnen ab. Hervorgehoben wurde es vom gleichmäßigen Licht der großen Pfeiler der Hauptkammer und ihrer leuchtenden Runenschichten.

Sie näherten sich wahrhaftig dem Ausgang! Endlich, nach Morlughs Richtspruch über sie am Zermalmer, kamen sie aus den Minen frei.

„Umso mehr müssen wir uns beeilen, ins Alchymikerviertel zu kommen", sagte Dunjak-Dhar. „Es wird wohl kaum lange dauern, bis Morlugh vom Aufstand in den Minen erfährt und seine ganze Duerga-Armee auffährt, um ihn niederzuschlagen."

Kunja, die vorausgeeilt war, stoppte jäh ab. „Ich fürchte, darüber müssen wir uns keinen großen Hoffnungen hingeben."

Mit einem Satz war Erion bei ihr und schaute über sie hinweg zum Minenausgang hin. Am Gedränge hinter ihm hörte er, dass alle anderen ihm folgten.

„Da sind sie also alle abgeblieben", hörte er Hurga-Jhin sagen.

Im hellen Rahmen des Minenausgangs sah er riesenhaft ungeschlachte Duerga in einer Reihe aufgestellt; alle trugen sie ungewöhnlich große Hämmer aus schwarzem Metall.

Da standen sie, die Hammerträger. Hierhin hatten sie sich also zurückgezogen – als letzter Wall vor dem Ausgang der Bergwerksgruben von Kharnuk-Bragha. Und nach dem, was er auf den ersten Blick sah, waren sie nicht allein angetreten. Hinter ihnen drängte sich Reihe um Reihe von Duergakriegern. Offenbar so tief gestaffelt und dicht, dass er keine klitzekleine Lücke zwischen ihnen ausmachen konnte.

Wie weit mochte die Aufstellung wohl zu den Seiten reichen? Sollte er sich vorwagen, um …

„Kommt ruhig raus!", hörte er in diesem Moment eine rau gurgelnde Stimme. „Oder denkt ihr, wir haben euch nicht gesehen? So tun, als wärt ihr gar nicht da, gilt nicht." Ein rasselndes Schnaufen ertönte. „Oh, ich rieche es doch ganz deutlich. Da drängt sich Aufrührerpack. Und gleich dazu noch Elfenfleisch."

Erion sah durch den Rahmen des Tunnelausgangs, wie Bewegung in die Reihen der Duerga kam, wie sich jemand hindurchschob, dem man respektvoll Platz machte. Wer das war, war nicht allzu schwer zu erraten.

Etwas tief in ihm stachelte Erion an, das Schwert zu packen, vorzustürmen und es dieser grotesken Monstrosität durch ihr natürlich verbliebenes Auge zu treiben, oder gar direkt hinein in dieses von schiefen, spitzen Reißzähnen starrende Maul … doch ein verräterhaftes, eisig kriechendes Entsetzen nagelte ihn auf der Stelle fest. Er hatte das Gefühl, seine Glieder wären gelähmt, und er hasste sich dafür.

Dann trat er vor, Morlugh, der sich jetzt der Zorn der Duerga nannte, und irgendwie war es Erion unmöglich, da er nun dessen Erscheinung sah, dem Namen seine Berechtigung abzusprechen. In der Hand hielt Morlugh seine mächtige Doppelaxt.

Allein der monströs entstellte Schädel mit der kränklich eiternden, klaffenden Narbe, der eisengefassten Augenhöhle und den Metallteilen, die teilweise den Schädel umkapselten, den eisernen Stacheln und Ringen im schwärend durchwühlten Fleisch reichte aus, ihm all den bitter brodelnden Groll, all die nach blanker, roher Gewalt dürstende Wut vor Augen zu führen, die im dunklen Herzen des üblen, verrohten Teils dieser Rasse wohnte. Als hätte die reinere Seele dieser Rasse all das ausgetrieben, damit es sich wie ein gigantisches jauchegefülltes Furunkel in diesem mit Gift und Galle durchtränkten Fleisch verkörperte.

Der gewaltige, bizarre Schulterpanzer gab der Gestalt etwas angemessen Krummes und Verzogenes, und der massive, kantig verzerrte Metallarm, der darunter hervorragte und in die massive Eisenfaust auslief, taten ihr Übriges dazu.

Krumm beugte sich Morlugh-Khar vor, als müsste er sich kleiner machen, um in den Eingangstunnel hineinzuschielen.

„Waffen?", röhrte er dann rasselnd. „Oh, das ist ja interessant." Ein Finger seiner Metallhand zeigte in den Tunnel hinein. Erion hatte den Eindruck, direkt auf ihn. „Und nicht mal irgendwas Erbeutetes. Das sieht mir ganz nach einer gezierten Elfenklinge aus." Morlugh schnaufte. „Und da dachte ich, die Minen und gerade die unteren Bereiche wären besonders sicher. Aber da schmuggelt mir einer glatt Waffen genau da runter." Dreimal kurz hintereinander zischte er geziert ungehalten zwischen den Zähnen hindurch. „Wahrscheinlich muss ich doch mal mit den Drazghulfressern reden, damit die sich auch im Rest der Minen breitmachen und da mal zeigen, wie man richtig hart durchgreift."

Er räusperte sich rasselnd. „Na, das ist ja jetzt überflüssig. Nach dem heutigen Tag wird alles da unten so sicher sein, wie nur irgendetwas sicher sein kann. Sicher wie eine Gruft." Er lachte kehlig und rau. „Machen wir ein sauberes Ende. Arbeiter, wer braucht die noch? Wo alles bereit für den Krieg ist."

„Da ist er also wieder, der alte Drecksack", hörte er Hurga-Jhin nah neben sich raunen. „Hat sich zwar verändert in den Jahren …" Sie schnaufte brummend. „…aber ja, das passt zu ihm."

Erion sah, wie Morlugh den ungeschlachten, entstellten Schädel hin- und herdrehte, so, als wollte er mit seinem Blick das Innere des Schachts abfahren. „Dunjak-Dhar? Bist du da? Klar bist du das. Wenn man dich brechen könnte, dann wärst du schon längst gebrochen. Altes, knorriges, stures Weib! Hätte mir nicht übel gefallen, mit solchen Waffen wie du Werkzeuge machst, in den Krieg zu marschieren. Aber daran soll's nicht liegen. Deine Hämmer haben wir. Ob Werkzeuge der Minen oder Werkzeuge der

Schlacht. Und ich habe meinen neuen Körper. Den du wirklich fein hingekriegt hast."

Erion hörte, wie Dunjak-Dhar neben ihm ein grollendes Geräusch tief aus der Kehle von sich gab.

„Wie heißt es doch so schön? Sei stets dankbar für alle deine Gaben", fuhr Morlugh fort. „Dankbar sind wir. Und wir sind bereit für den Krieg. Und was wäre da besser, als vorher so ein gediegenes Aufwärmen? Es gibt doch nichts Stärkeres, um eine Gemeinschaft zusammenzuschweißen, als ein nettes, kleines Gemetzel an unnützem Kroppzeug, dessen …" Morlugh hielt inne, schaute unwirsch zur Seite. „Was denn?"

Ein gelb-ockerfarbener Fleck schob sich ins Sichtfeld des Tunnelausgangs. Eine schlanke, beinahe abgemagert wirkende Gestalt trat mit schnellen, wieselig wirkenden Schritten zu Morlugh hin.

„Was soll das, Morlugh-Khar?"

Die Worte klangen scharf und hart, wie gedrechselt, doch mit einem leicht mäkelnden Unterton, wie eine kunstfertig verzierte Tür, die schlecht geölt war.

Der gelb-ockerfarbene Fleck stellte sich als eine Toga heraus, die das Kugelbäuchlein an der ansonsten mager wirkenden Erscheinung nicht vollständig verbergen konnte. Viedgor Quislung wie er leibte und lebte.

„Ich hoffe, das war nur ein äußerst makabrer Scherz", sprach Quislung Morlugh an. „Denn schließlich brauche ich die Minenarbeiter, wenn ihr die Stadt verlassen habt. Wie soll ich sonst hier den Betrieb aufrechterhalten?"

Er sagte das ohne jede Scheu vor der monströsen Gestalt, zu der er aufblicken musste.

Die blickte jetzt zu ihm herab. „Denk dir was aus! Grips hast du ja."

In einer beinahe väterlich wirkendenden Geste legte er Quislung seine Metallhand auf den Kopf.

Der zuckte nur kurz zurück. „Ja, allerdings. Grips habe ich. Und im Gegensatz zu dir weiß ich, da–"

Morlughs Metallfaust ballte sich. Der Schädel, den sie umfasste, wurde geknackt wie eine Eierschale.

Und wie bei einem Ei, mit dem man so etwas machte, spritzte es auch hier durch die Gegend, und etwas, was kein Eidotter war, troff reichlich die metallenen Finger herab.

„Oh, jetzt nicht mehr", sagte Morlugh in falschem Bedauern. „Kein Grips mehr drin. Alles futsch. Hat dich aber auch nicht weit gebracht, dein Grips. Ein Rückgrat dazu hättest du gebraucht."

Die Stahlhand öffnete sich und Quislungs jetzt kopflose Gestalt, an der Brei und Splitter der Überreste nur noch herabliefen, sackte schlaff in sich zusammen, stürzte klappernd zu Boden.

Erion war zurückgezuckt. Der Atem hatte ihm gestockt, und er hörte die erschreckten Laute der anderen ringsum. Er war geschockt, obwohl er keinen Grund hatte, den jähen Tod dieses Mannes zu bedauern.

Quislung hatte seine Mutter zwar gequält, so sehr, dass sie selbst den Verlust ihrer Finger durch den Treuering in Kauf genommen hatte, um ihm zu entkommen, doch er war nicht ihr Mörder.

Derjenige, der den Mord an seiner Mutter begangen hatte, blickte jetzt von der kopflosen Gestalt am Boden auf und wandte sich ihnen erneut zu.

„Und nun zu euch", sagte er und entblößte krumme, scharfe Zähne von der Farbe faulen Fischfleischs.

7

DAS ZWEITE LIED

W as machen wir? Was machen wir nur?"

„Wir machen den Dreckskerl fertig. Ist der tot, dann wird der Rest ..." Er stockte, weil ihm die Absurdität seines Gedankengangs bewusst wurde.

„... uns erst recht abschlachten?", führte Bovluk seinen Satz überflüssigerweise zu Ende.

Erion sah sich nach jenen der Aufständischen um, die ihnen hierher gefolgt waren, bemerkte, dass seine Gefährten es ihm gleichtaten.

Das waren nicht die Tapfersten, nicht jene Verzweifelten, denen sich der Tod tief eingeprägt hatte und deren Hass gegen ihre Peiniger so übermächtig war, dass er alles andere auslöschte. Dies waren nicht diejenigen, die ihre Schicksalsgenossen in ihrem Befreiungskampf in den restlichen Minenteilen weiter unterstützten, sondern jene, die nur am schnellsten aus den Minen rauskommen wollten.

In den Händen einiger lagen Waffen, die sie ihren Unterdrückern abgenommen hatten, bei anderen nur Hacken oder Hämmer – in den Gesichtern der meisten aber stand hohläugiges Entsetzen geschrieben.

„Wenn wir uns ergeben …", murmelte einer von ihnen verängstigt.

„Morlugh hat es gesagt", sprach Duvruk. „Er braucht euch nicht mehr. Er will euch abschlachten. Uns bleibt nur noch der Kampf."

„Das da draußen ist sie, die *ganze Stadt*, von der ich gesprochen habe." Kunja hatte ihre Stimme gesenkt, damit nur er sie hören konnte. „Die paar Hundert. Oder sogar tausend."

Wollte sie jetzt etwa seinen nachträglichen Segen, dass sie mit ihrer Vorsicht und Zurückhaltung recht gehabt hatte?

Vom Tunnelmaul her schallte wieder die grausige Stimme zu ihnen herein. „Hallo! Wenn ihr nicht rauskommt, kommen wir rein. Offenes Schlachtfeld ist zwar schöner, aber so ein mit Blut und Leichen gefüllter Tunnel hat auch was!"

„Denkt nicht schlecht von mir." Dunjak-Dhars Stimme klang hart und entschlossen. „Denkt nicht, ich wäre feige. Aber was immer uns da draußen erwartet … ich werde versuchen, mich davonzustehlen und zu Meister Hisiciars Werkstatt zu kommen, um dort Rezept und Elixier zu zerstören. Das ist es, was ich machen muss, bevor der Tod mich –"

„Psssst!" Er stieß es hervor, hob die Hand, damit sie schwiegen. Schon während Dunjak-Dhars Worten, hatte er zunehmend irritiert gelauscht. „Das Lied …"

Er sah nur verwirrte Gesichter.

„Ja, das ist der Gesang vom –"

„Wir kommen jetzt rein!" Morlughs Stimme schnitt Duvruks Worte ab.

„Nein, das ist was anderes."

Das war nicht wirklich ein Lied, das war eher eine liedhafte Folge von Lauten, wie er sie schon einmal gehört hatte. Sie klang ganz leise, als würde sie durch den Hall in Röhren und Stollen über eine große Entfernung weitergetragen, als käme sie dabei näher. Doch er erkannte den Wechsel von melodischem Dröhnen zu pfeifenden, zirpenden Lauten. Diesmal verwob dies sich allerdings zu einer anderen Melodie als der, die er bereits kannte. Sie brach kurz ab, an ihre Stelle trat ein Ruf – kurz, scharf, knapp –, bevor sie wieder einsetzte.

Ein Rasseln, Stampfen und Klirren vom Tunneleingang übertönte den Lautstrom. Sie kamen jetzt in den Tunnel.

Aber diese Ähnlichkeit ... nur bei einer anderen Melodie ... Das konnte nur eins bedeuten.

„Los", schrie er, „zurück zur letzten Wachkammer!"

Verdatterte, schreckensstarre Gesichter.

„Aber da kriegen sie uns erst recht ..."

„Tut, was ich sage!" Er schrie auf sie ein. „Wenn ihr leben wollt, tut ihr, was ich sage!"

„Ihr habt es so gewollt." Morlughs Stimme klang jetzt wie von den Wänden eines Gangs zurückgeworfen, als sei er bereits in der Tunnelröhre drin. „Wir kommen euch holen. Jetzt seid ihr dran!"

Ob das den Ausschlag gab oder seine drängenden Worte, er wusste es nicht. Jedenfalls rannten sie, alle miteinander. Sie rannten wie die Hasen.

„Hier rein! Hier rein!" Einige wollten weiterlaufen oder hatten den Eingang übersehen.

Dunjak-Dhar, Duvruk und Kunja verstanden.

„Los hier rein!"

Einen nach dem anderen schob er mit ihnen durch den Spalt, eilig fieberhaft. Zwei, drei liefen weiter. Er konnte nichts für sie tun. Oh Urnak, er betete für ihre Seelen.

Dann standen sie eng gedrängt in der Kammer des Wachraums, zwischen in den Stein geschlagenen Nischen mit Bänken und Tischen für die Duergawachen. Er und seine Freunde direkt an der Wand zum Ausgang hin. Hurga-Jhin versuchte, die Arbeiter zu beruhigen.

„Sie kommen! Sie kommen uns holen!", schrie einer immer wieder. Bis Bovluk ihm eine saftige Ohrfeige verpasste. Danach war Ruhe.

Nur das Poltern der Stiefel und die rauen Rufe, die näherkamen.

Aber dann jäh abgeschnitten wurden, von grausig gellenden Schreien.

Sie übertönten das Poltern der Stiefel, vielleicht brachten sie die Duerga sogar zum innehalten. Die Aufständischen drängten sich im eng gepackten Knäuel so dicht an die Höhlenwände wie nur möglich.

„Los, weiter!", hörte er dann Morlughs Stimme durch den Stein gedämpft aus dem Gang dringen. Er klang erschreckend nahe. „Da gehen welche drauf. Gut. Das war's doch, wofür wir sorgen wollten. Also, was ist?"

Würde Morlugh sie entdecken? Würde einer aus der Horde darauf kommen im Wachraum nachzuschauen? Natürlich. Auf etwas anderes zu hoffen, war töricht. Er betete, dass er sich nicht geirrt hatte, dass er sie nicht in eine Falle geführt hatte, in der sie umso besser abgeschlachtet werden konnten.

Das Trampeln der Stiefel, die Rufe der Duerga kamen näher.

Einer aus der Schar der Arbeiter wimmerte. Der Geruch von Urin verbreitete sich penetrant in der eng gedrängten Kammer.

Plötzlich erneut Morlughs Stimme. „Das Geräusch … kenn ich …"

Morlugh musste draußen im Tunnel mehr hören als sie hier drin. Aber jetzt, da Erion lauschte, hörte auch er wieder dieses eigentümliche Lied. Immer wieder aussetzend für einen knappen, scharfen Ruf. Doch nicht mehr! Selbst die Schreie hatten aufgehört.

„Raus hier! Raus hier, schnell!", brüllte Morlugh.

Ja, ganz offenbar hörte er draußen im Gang mehr als sie hier drinnen.

Es erklang mehr von Morlughs Geschrei, dann Getrampel und Duergastimmen. Allerdings jetzt in die andere Richtung schwindend.

„Sie ziehen sich tatsäch–"

„Schscht!" Scharf und hart schnitt er Duvruk das Wort ab, hob dabei knapp und beschwörend die Hand.

Und da hörte er es auch schon.

Das Rasseln, Zirpen und Quieken. Das Scharren und Zischen, als würde raue, schuppige Haut über Felsgestein gleiten. Eine Welle wütenden Fauchens.

Lauter wurde es, bedrohlicher schwoll es an, wurde zu einer Woge, die sich näherte, heranschoss ... und dann an der Spaltöffnung ihres Verstecks vorbeiraste.

Ein rasches, vorzuckendes Spähen um die Ecke des Eingangsvorsprungs – ein Streiflicht einer rasenden Flut von Rasseln und Wieseln und Wimmeln, zusammengedrängt im Splitter eines Wimpernschlags. Es brannte sich in seinem Verstand fest, hielt sich hartnäckig, auch nachdem er schlagartig wieder zurückgezuckt war und sich schwer atmend gegen die Höhlenwand drückte.

Darauf hatte er gehofft. Dass sie die gerade Richtung nahmen und den Spalt übersahen.

Dann ging das Gebrüll los – die Woge war noch nicht mal vorbei. Gedämpft nur drang es zu ihnen, es kam von draußen. Doch nicht weniger schrecklich. Der Strom grässlicher, zischelnd rasselnder Laute hinter dem Eingang riss nicht ab. Es verwob sich jetzt mit den anderen Lauten.

Beklommen schaute er sich nach seinen Gefährten um, erkannte selbst in der Düsternis in ihren Gesichtern einen wilden Wust von Emotionen hin und her flackern.

Endlich riss der Lautstrom draußen vor dem Eingang zu ihrem Versteck ab. Endlich wagten sie wieder, sich zu regen.

„Wie … wie wusstest du …? Wie konntest du das …?"

„Ich war mit ihr da unten, im Drazghulnest. Ich habe Malaiars Gesang gehört, mit dem sie die Viecher gebändigt hat. Aber … Duvruk, du kennst das Lied von der Wyrmsängerin. Es gibt nicht nur ein Lied, nicht nur eine Melodie."

„Der zweite Teil, der andere Gesang", meinte Duvruk leise grollend. „Mit dem einen hat sie die Drazghul in der Grube besänftigt, mit dem anderen hat sie sie zur Rache an den Mördern ihrer Sippe getrieben. An denen, die sie in die Drazghulgrube geworfen haben."

„Ganz genau." Eine hochgepeitschte Erregung trug ihn fort, doch seine Stimme zitterte. Und sie klang ihm befremdlich schrill in den Ohren.

„Wie hat sie das nur gemacht?", fragt Hurga-Jhin.

„Frag mich was Leichteres! Keinen Dunst. Aber ich bin froh, dass sie's kann."

„Wo ist sie?"

Natürlich wusste keiner eine Antwort. Auch ihm war das noch alles reichlich rätselhaft.

„Wir müssen raus hier!" Die jähen Worte Dunjak-Dhars ließen ihn zusammenfahren. Sie wandte sich an die Masse der Arbeiter, die sich noch immer schreckerfüllt an die Wand, möglichst weit weg vom Eingang drängten. „Ihr müsst uns nicht folgen, aber ich rate euch, nicht lange zu warten."

Dunjak-Dhar hatte recht. Sie selbst mussten auf jeden Fall die Gelegenheit nutzen, die sich ihnen durch den Tumult – und das wahrscheinliche Gemetzel dort draußen – bot. Was immer noch geschah, das war ihre Chance, unbemerkt aus den Minen zu entkommen und ins Alchymikerviertel zu gelangen.

Vorsichtig stahlen sie sich aus der Wachkammer hinaus.

Der Korridor draußen war leer. Einzig Streifen und Spuren auf dem Boden wiesen darauf hin, dass hier gerade erst eine riesige Horde von Jäger-Drazghul durchgerast war.

„Drazghulblut", sagte Kunja. Sie hatte sich hingehockt und betrachtete die organgefarbenen, zähflüssigen Spuren, die an glühendes oder blutiges Harz erinnerten, hier jedoch noch nicht ganz erkaltet und ausgehärtet wirkten. Es zog sich in langen Schlieren durch den Tunnel zum Ausgang hin, dem Weg der Drazghul folgend.

Kunja sah zu Erion hoch. „Es ist wahrscheinlich also doch nicht nur ihr Blut." Oder Blut hatte bei ihnen noch einen anderen Zweck. Aber jetzt war nicht die Zeit für solche Spekulationen. „Wir müssen hier raus. Bevor ..."

„Na ... dann mal ... los!", tönte eine Stimme aus dem Mineninneren her den Tunnel herauf.

Erstaunt wandten sie sich um.

Was sie erblickten, war eine hagere Gestalt mit zwei abstehenden Zöpfen, die an der Spitze einer ganzen Rotte von Leuten den Tunnel heranmarschiert kam.

„Sicco!"

„Na, das ging schnell!", meinte Hurga-Jhin erstaunt. „Ich dachte, es wird noch überall gekämpft."

„Wird ... auch", keuchte Sicco und stützte die Hände auf den Oberschenkeln auf. „Ist noch ... längst nicht ... überall durch. Gibt noch kein ... Wort aus der ... Eisenhölle. Wir sind ... gerannt ... wie die ... Irren!"

Er sah jetzt, dass nicht nur Sicco – und Egso direkt hinter ihm – sondern das ganze Heer der Arbeiter ganz schön außer Atem schien.

„Steckst voller Überraschungen, Sicco", sagte Bovluk. „Bei der Arbeit habe ich dich nie rennen sehen ..."

„Hab 'ne Verabredung einzuhalten", krächzte Sicco zurück. „Wenn du 'nen Liebesbrief an die Holde rausschickst, dann erscheinst du auch zum Stelldichein."

Erion reckte sich und staunte, wie viele das sein mussten, die Sicco folgten und immer noch hinter den Ersten zusammenströmte. Vielleicht sogar ein Großteil der Aufständischen.

„Holde? Dein Ernst? Du?", hörte er Bovluk nachfragen.

„So in etwa", gab Sicco zurück. „Schon mal was von Metaphern gehört? Me-ta-phern ..." Er hielt dabei Bovluk seine Hand gestikulierend direkt unter die Nase. „Lass dir das Wort auf der Zunge zergehen, Zwerg!"

„Das mit dem Brief meinst du ernst?", hörte er Kunja fragen.

„Nicht nur die Duergaschnalle und Rübennase haben ihre Kanäle", konterte Sicco. „Und nicht nur wir können uns abhetzen, dass man seinen Augen kaum traut."

Er wandte sich zur Schar hinter ihm um. „Na, wird's bald? Macht schon Platz für die olle Quäke!"

Hinter ihm bildete sich eine Gasse.

„Verdankt ihr schließlich euer erbärmliches Leben", setzte Sicco hinterher.

Durch die sich teilende Menge kam eine vertraute gedrungene Gestalt auf sie zu.

„Der scheint's ja nicht so viel auszumachen wie unsereins. Fliegt durch die Tunnel wie Rotz aus der Nase."

Malaiar-Jhin kam auf sie zugeeilt.

„Nichts für ungut. Und noch mal danke für die Warnung, Stollenschnüfflerin!" Sicco wandte sich wieder von Malaiar ab. „Sonst wären wir alle miteinander verratzt."

„Warnung?", fragte Erion.

„Ja, in Grubenratsch", gab Sicco zurück. „Den ihr Neulinge natürlich nicht kennt. Ich sag doch, ihr gehört nicht hierher."

Grubenratsch? Das waren also die seltsam knappen Worte gewesen, mit denen Malaiar die Arbeiter bei dem Gasalarm gewarnt und ihnen Anweisungen erteilt hatte.

„Also gehen wir jetzt da raus oder nicht?" Sicco machte Anstalten, sich an die Spitze zu setzen.

„Ich brauche eure Deckung", sprach Dunjak-Dhar ihn an, „denn ich ..."

„Jaja, schon klar", fuhr Sicco ihr ins Wort. „Wir gehen raus, und du verpisst dich."

„Nadragír könnten wir jetzt brauchen", hörte er Kunja sagen. Diesmal verstand er sie sogar.

„Den brauchen die Alchymiker dringender", antwortete ihr Malaiar. „Das dort draußen waren längst nicht alle Drazghul."

„Längst nicht alle … Bist du sicher, dass er das alleine schafft?"

Malaiar legte Kunja beruhigend die Hand auf die Schulter. „Ganz sicher. Er hat mich da unten ziemlich beeindruckt."

„Und die Drazghulfresser?", fragte Kunja weiter.

„Sind nicht mehr unbedingt sein Problem. Die fressen keine Drazghul mehr. Eher umgekehrt."

Hinter Sicco marschierten sie rasch Richtung Ausgang. Damit sie nicht von einem Großteil der Arbeiter überholt wurden.

„Eine Brutmutter hat geboren", erklärte Malaiar, während sie weitereilten. „Deshalb gab es so viele Jäger-Drazghul, und deshalb waren sie so leicht anzustacheln. Nadragír muss permanent einen Schutz aufrechterhalten, damit die Drazghul nicht über sie herfallen. Sie scheinen es besonders auf die Alchymiker abgesehen zu haben. Es wird dauern, bis er sie da rausgebracht hat."

„Und dann bist du nicht bei ihm geblieben?" Schwang da ein leiser Vorwurf in Kunjas Worten mit?

„Sei froh", erwiderte Malaiar.

„Ja, sei froh", meinte auch Bovluk. „Sonst wären wir jetzt tot."

„Ich bin den Alchymikern vorausgeeilt, um alle in Grubenratsch vor den Drazghul zu warnen. Nadragír ist bei ihnen geblieben. Ich hatte so ein Gefühl, dass ihr in Gefahr schwebt. Ich hatte so ein Gefühl, dass das Lied gebraucht würde."

„So ein Gefühl ...?", fragte Dunjak-Dhar.

„Ja, nicht nur der Berg spricht. Alles spricht. Aber nur ganz selten kann man es hören."

„Ja, alles spricht. Und manche schreien", sagte Sicco, der schon aus dem Mineneingang herausgetreten war und sich nach allen Seiten umsah.

8

TIERE

Als Erion Sicco aus dem Mineneingang heraus-
folgte, bot sich ihm ein entsetzliches Bild.

Eine Flut von Jäger-Drazghul war aus den
Tiefen hervorgekommen und in einem Schwall aus den
Minen herausgeströmt. Sie hatten sich auf die fliehenden
Duerga gestürzt, waren ihnen wahrscheinlich sogar in den
Rücken gefallen, bis die Duerga sich entschlossen hatten,
sich zum Kampf zu stellen.

Jetzt herrschte ein ganzes Stück entfernt vom Mineneingang ein schreckliches, wirr durcheinander schießendes
Kampfgetümmel.

Die Einheit des Duergaheeres war zerrissen. Alle waren
wild zerstreut und beinahe jeder kämpfte seinen eigenen
verzweifelten Kampf. Nur wenige hatten sich zu kleinen
Gruppen zusammengeschlossen. Die Jäger-Drazghul schos-
sen wild und chaotisch zwischen ihnen umher, schlugen
rasend schnell zu, blindwütig, unvorhersehbar.

Die Breitschwerter, Äxte und Streitkeulen der Duerga
sausten in wilden, mächtigen Schwüngen, doch meist zer-
teilten sie nur Luft. Während Erion zuschaute, erwischte

eine dieser mit Wucht geführten Keulen einen feisten Wurmkörper, woraufhin sich auch ein zweiter Duerga auf das verwundete Raubtier stürzte, um ihm gemeinsam mit seinem Kumpan den Garaus zu machen. Doch dies war nur ein Einzelbild, im Gewimmel erhascht. Meist waren es die Duerga, die den unvorhersehbaren Attacken von einem oder mehreren Jäger-Drazghul zum Opfer fielen.

Duergablut spritzte über felsigen Grund. Überall sah er Drazghul, die ihre verstümmelten Opfer in den Klauen hielten und mit sich fortschleppten.

Er riss sich aus seiner Starre. Der Bann, in den ihn das grausige Schauspiel gezogen hatte, konnte nur wenig Herzschläge gedauert haben.

„Warum kommen sie geradewegs hierher und verlieren sich nicht in den Minen?", hörte er Dunjak-Dhar fragen.

„Ich nehme an, sie folgen dem stärksten Geruch nach Duerga." Es war Malaiars Stimme, die antwortete.

„Aber warum?"

„Ich habe da Vermutungen. Aber für die ist später Zeit. Es hat etwas mit der Wahrheit alter Lieder zu tun."

Er hörte Duvruk brummen. Also war der letzte Satz an ihn gerichtet gewesen.

„Ich vermisse den Knall." Siccos Stimme trat durch seine krächzende Stimmlage aus dem Rest hervor, sodass er Erions Aufmerksamkeit erregte.

„Den Knall?"

„Ja, wo sind die Hammerträger hin? Warum machen sie nichts?"

„Oh."

Das war Kunjas Stimme.

„Was?"

„Ich denke, das ist die Antwort."

Erion folgte Kunjas Blick. So wie die anderen offenbar auch, wenn er nach den Lauten des Schreckens und der Bestürzung ringsum gehen konnte.

Das Umfeld des Mineneingangs war noch immer im gleichen Zustand, wie Erion es auch aus seinen alten Tagen in Kharnuk-Bragha in Erinnerung hatte. Rings um den Zugang zum Tunnelmaul breitete sich ein Wirrwarr aus verstreutem Gerümpel und gestapelten Gütern aus. Es bot sich ein Eindruck der Verwahrlosung, als würde sich keiner darum kümmern, was hier geschah. Dadurch hatten sie die Umgebung zu den Seiten hin auch nicht gleich einsehen können.

Doch jetzt kam von dort rasch eine Reihe von Kriegern aufmarschiert, vielmehr zwei Reihen, denn sie näherten sich im Eiltempo von beiden Seiten, um die Klammer zu schließen. In stapfendem Lauf kamen sie rasch herbeigeeilt. Am erschreckendsten war unter ihnen der grobschlächtige, missgestaltete Leib von Morlugh, der nähergewalzt kam, dass die Erde dröhnte, eine widerwärtig hässliche, grauenvoll abnorme Urgewalt, die alles niederriss, was sich ihr in den Weg stellte.

Keine Chance hindurchzuschlüpfen. Zu erschreckend zielgerichtet und brachial stürmten die Duerga vor.

Und schlossen rasch den Wall.

Hinter dem das Gemetzel zwischen anderen Duerga und Drazghul weiterging. Von den Seiten her strömten jetzt mehr Duerga vor, verstärkten die bisherige Reihe.

„Da wären wir wieder", schnaufte Morlugh und stierte sie mit einem kalt blitzenden und einem unheimlich verschwommen funkelnden Auge in einer Metallfassung an. „Das Mäuschen ist aus dem Loch gekrochen."

Erion konnte nicht anders – er musste immer wieder an der monströsen Gestalt vorbeischauen, zu dem schrecklichen Geschehen, das sich dahinter abspielte. Und das Morlugh-Khar offenbar nicht zu interessieren schien.

Der musste aber wohl Erions Blick bemerkt haben – vielleicht war Erion auch nicht der Einzige, der dorthin starrte –, denn jetzt schielte er über die Schulter und wandte sich ihnen dann erneut zu.

„Ach das?" Zusammen mit seinen schweren Atemzügen schien eine zähe, bleiche Flüssigkeit aus seiner großen und all den kleinen Narben hervorzuquellen und rhythmisch dann wieder davon eingesaugt zu werden. „Ich hab ihnen befohlen, den Drazghul auszuweichen. War aber wohl nicht jeder in der Lage, es sich auszusuchen. Oder wollte nicht. Dann ist das so. So etwas passiert im Krieg. Eine Lehre für die Überlebenden."

Seine narbig zerfurchten Lippen verzogen sich zu einer Grimasse, von der Erion nicht wusste, ob sie Grinsen oder Zähnefletschen darstellen sollte. „Nicht kämpfen, Opfer in Kauf nehmen … so war der Befehl. Stimmt's?" Morlugh wandte sich den Hammerträgern zu, den ungeschlachtetsten Duergakolossen, die sich unmittelbar um ihn gesammelt hatten. Ein paar von ihnen nickten träge, während sie ihre starre Haltung beibehielten.

Schreie und Kampflärm drangen weiter aus dem Hintergrund. Von dort war jedoch kaum noch etwas zu erkennen, denn die Reihen hinter Morlugh schlossen sich dicht. Augenscheinlich sicherten einige den Rücken der Heerschar gegen unberechenbare Drazghulattacken ab.

Erion ballte erbittert die Fäuste. Er hatte einen Fehler gemacht. Er hatte die Größe der Masse von Duergakriegern, die hinter ihrem monströsen Anführer stand, aus den Augen verloren. Das Getümmel hatte seine Aufmerksamkeit ganz in den Bann gezogen, und er hatte angenommen, die Duerga, die darin verwickelt waren, wären schon alle gewesen.

„Die Drazghul sind schließlich nur Tiere", fuhr Morlugh jetzt fort. „Schnappen sich ein paar Opfer, schleppen die in ihr Nest. Damit geben sie sich zufrieden. Sind keine Armee, die solange dranbleibt, bis der Feind besiegt und ausgemerzt ist. Nehmt euch das als Lehre, Soldaten!"

Ja, jetzt dachte er natürlich an den Tag zurück, als man sie aus dem Gefängnis herausführte und die ganze Stadt wie ein rasendes, tobendes Tollhaus voll blutlüsterner und kriegsbereiter Duerga vor ihnen gelegen hatte, von Fackeln erleuchtet, von stumpfer Wut befeuert. Wie hatte er das nur vergessen können? Wie hatte er nur die gewaltige Anzahl an Kharnuk-Duerga, die hinter Morlugh standen, verdrängen können.

„Das da?" Morlugh deutete blind mit dem klobigen Daumen seiner verbliebenen natürlichen Hand über die Schulter. „Ein paar Opfer werden sie sich vielleicht noch reißen, aber dann zerstreuen sie sich und verkriechen sich wieder in ihren Bau."

Er reckte sich vor, als wollte ein Erwachsener sich zu seinem viel kleineren Kind vorbeugen. Seine Doppelaxt ließ er dabei im Griff der Metallfaust an seiner Seite über den Boden schleifen.

„Was habt ihr euch denn gedacht?" Wieder zeigte er hinter sich. „Das sind nur dumme Viecher. Keine Tugenden wie Unerbittlichkeit, Hartnäckigkeit und Gnadenlosigkeit im Leib. Dachtet ihr, in der Welt geht es zu wie in alten Liedern? Na, das wär doch was, Duvruk, häh?"

Morlughs Blick wanderte von Duvruk wieder zurück zu Erion. Er hatte den Eindruck, das silbern glitzernde Auge wäre ein Speer, mit dem Morlugh ihn aufspießen wollte. „Noch einmal, Leichtfuß, versteckst du dich nicht hinter Drazghul."

Morlugh streckte sich wieder zu ganzer Größe, schaute rechts, schaute links an ihrer Reihe entlang. „Was gibt's denn da noch groß zu glotzen? Verloren habt ihr, und zwar gründlich."

Er griff zwischen Schulterpanzer und Haut, zog etwas darunter hervor. Es sah nach einem fasrigen, verdreckten Fetzen Pergament aus.

„Hier, da! Seht ihr?" Morlugh hielt ihn triumphierend hoch.

Irgendwas war auf diesen Fetzen gekritzelt. Es sah nach Runen aus. Etwas Stärkeres als nur eine Ahnung stieg in ihm auf.

„Vielleicht hatte er ja eine Menge Spinnereien im Kopf, aber dazu war Gobrur-Vhan immerhin gut", fuhr Morlugh fort. „Er hat euch belauscht. Und er hat dieses Runenrätsel aufgeschrieben, das ich dann Meister Harghberd vorgelesen habe. Ihm war sofort alles klar. Sonnenklar sogar."

Erion schielte aus dem Augenwinkel zu Dunjak-Dhar hinüber. Die zog eine starre, erbitterte Miene. Sie musste dasselbe denken wie er. War es vielleicht schon zu spät?

Morlugh spie einen Batzen Schleim zur Seite aus. „Und jetzt, da wir uns miteinander darüber im Klaren sind, wie sehr und gründlich ihr verkackt habt ..." Er zuckte die Achseln. „... machen wir euch alle!"

Er hob die Axt zum Zeichen an seine Mörderbande, als hätte die massive Waffe kaum das Gewicht einer Feder.

Und im nächsten Augenblick stürmten er und seine Duerga los. Morlugh geradewegs auf ihn zu.

Wie ein auf ihn zurasendes Geschoss durchschnitt Morlughs Beil die Luft, riesig und roh. Morlughs Gesicht dahinter war eine brüllende, geifernde Fratze. Morlughs Schrei wurde übertönt von mehrfachem Krachen ringsum. Steinerne Donnerschläge.

Das Axtblatt nahte, die Welt zu zerteilen. Erion ließ los, überantwortete die Führung seinem Körper. Und glitt unter dem mächtigen Hieb hindurch. Vor sich sah er die nächsten Duerga, die mit Mordlust im Blick auf ihn zustürmten.

Hinter sich hörte er schrecklich gellende Schreie, bei denen sich sein Magen umdrehte. Und Morlughs Röhren. Offensichtlich hielt er sich nicht damit auf, sich zuerst ihn als Gegner vorzuknöpfen, sondern mordete wahllos, was immer ihm vors Schlachtbeil kam.

Als er den Duerga entgegenstürzte, hatte Erion seine zweite Klinge in der Hand, die ihm im Gedränge nützlicher war, stieß damit zu, hier und dort, während wuchtige graue Körper rings um ihn vorbeizogen, wand sich um die Achse kreiselnd aus dem Gedränge brachialer, muskelbepackter Leiber und tödlicher Attacken seiner Angreifer hervor.

Aus diesem Tumult heraus, bekam er in der Drehung etwas von dem schrecklichen Gemetzel mit, das Morlugh unter den Aufständischen anrichtete. Die Hiebe seiner mächtigen Doppelaxt zermalmten alle, die ihm in den Weg kamen, fegten sie wie bloßen Kehricht beiseite. Unter der Wucht seines Ansturms waren ihre Leiber bloße Reisigpuppen, deren Glieder knickten, brachen und zerschmettert wurden.

Im Schlag traf das Axtblatt mit ungeheurer Wucht auf den Boden, doch eine schartige Klinge tat der Gefährlichkeit der Waffe keinen Abbruch. Ob sie schnitt oder wie eine Streitkeule drosch, machte für den, den sie traf, keinen Unterschied.

Ähnlich mörderisch schlugen die Runenhämmer in die Reihen der Minensklaven ein. Er sah die Funken, die von ihrem Einschlag hochstoben.

Schatten fielen auf ihn, er spürte das Nahen weiterer massiver Körper. Er sprang hoch, ließ das Ninraéschwert dabei einen scharfen Bogen beschreiben. Haarscharf pfiff ein Streitkolben an ihm vorbei. Verdutztes Grunzen, als er einen baumdicken, muskelbepackten Arm in seiner Bewegung als Sprungbrett nutzte. Sein Schwung trug ihn höher und sein Langschwert hieb aus.

Im Flug noch erhaschte er kurz Malaiar, die geschmeidig zwischen den Hammerträgern hindurchglitt, sodass deren Hiebe ins Leere gingen. Deren Brüllen und Gebaren war anzusehen, dass sie das schier in den Wahnsinn trieb. Wenn Malaiar deren Attacken auf sich ziehen wollte, schien das von Erfolg gekrönt.

Er kam auf, musste sich unter einem Axthieb wegducken, die kurze Klinge, versenkt zwischen Leder und Fleisch, musste er heftig freizerren. Irgendwo wand sich eine Flamme durch das Getümmel der Duerga und Feuernester flatterten hoch.

Ein Tritt traf ihn. Ihm wurde schwarz vor Augen, und er wurde durch die Luft geschleudert. Sterne zerplatzten in seiner verschwommenen Sicht, bevor er heftig aufschlug. Mit dem Rücken gegen etwas krachte, was splitternd unter ihm zerbrach.

Stöhnend rappelte er sich aus den Trümmern eines Kistenhaufens auf. Hinter ihm polterten weitere Kästen in einer Kettenreaktion übereinander. Er griff mit dem Arm aus, um sich abzustützen, wieder hochzustemmen. Sein Langschwert war ihm entglitten, er tastete danach, packte es. Dabei erhaschte er eine Bewegung zwischen den Stapeln von Kisten und Gerümpel. Eine stämmige Gestalt in dunkler Tracht huschte dort umher und verschwand rasch in der nächsten Deckung.

Doch vorher hatte Erion sie erkannt. Dunjak-Dhar schlich sich davon, um möglichst schnell ins Alchymikerviertel zu eilen und ein Verhängnis aufzuhalten, das eben in noch bedrohlichere Nähe gerückt war. *Sonnenklar* war Harghberd das Runenrätsel gewesen, hatte Morlugh gesagt. Dunjak-Dhar musste, so schnell es ging, in Meister Hisiciars Werkstatt, um entweder Harghberd die Unheilssaat zu entreißen oder sie vielleicht doch noch vor ihm in die Hände zu bekommen.

Ein Brüllen brandete auf ihn ein. Er warf seinen schmerzenden Körper beiseite. Splitter flogen ihm um die Ohren, als die Axt des Duerga die zerbrochene Kiste vollends zu Kleinholz zerschlug. Mit der langen Klinge stieß er über die gewonnene Distanz hinweg zu, erwischte den massiven, im Hieb noch ausgestreckten Arm tief, dass der Duerga laut aufheulte.

Rasch tauchte er zwischen weiteren Kistenstapeln und Taurollen ab, während der Duerga hinter ihm tobte und wütete und alles nach ihm absuchte.

Sollte er doch! Das würde den Kerl, der wahrscheinlich nur noch einen Arm gebrauchen konnte, Zeit kosten. Doch er musste zu seinen Gefährten zurück. Durch Gassen zwischen den aufgestapelten Gerätschaften und Materialien huschte er hindurch und suchte sich seinen Weg aus dem Gewirr heraus, während Kampflärm über ihn hinwegzog – der Einschlag der Hämmer, das Gebrüll der Duerga, die markerschütternden Schreie jener, die von den Hieben erwischt wurden, ein unbeschreibliches Krachen und Dröhnen, Heulen und Wüten.

Durch den Spalt zwischen aufgetürmtem Krempel und Kisten sah er es jetzt auch, dieses Gewühl. Mit beiden Klingen kampfbereit in Händen trat er hervor, mühte sich um einen raschen Überblick.

Der Bannkreis des Todes, den Morlugh schuf, war darin wie ein Strudel, dessen Sog augenblicklich seinen Blick zu sich hinlenkte. Brüllend wütete er gar nicht weit entfernt unter den Massen der Aufständischen, stetig vorwärtsschreitend, stetig wie der rotierende Rachen des Zermalmers einen neuen Todesfraß mit den Schwüngen seines Beils umfassend und alles darin in den Mahlstrom der Vernichtung reißend. Der Zorn der Duerga hielt eine furchtbare, blutige Ernte, und er ließ hinter sich ein Brachfeld zerbrochener Körper und zerstörter Leben zurück. Und er schnaufte vor Grimm und Entzücken.

Jemand musste ihm Einhalt gebieten, sonst war alles verloren.

Morlugh beschrieb in seiner Mordbahn eine Wende, die ihn näher zu Erion hintrug. In das Gewimmel vor Erion wurde eine Bresche geschlagen und Morlugh kam darin wie eine blutschwitzende Kampfmaschine zum Vorschein.

Während er noch zwischen Entsetzen und dem Drang

zum Eingreifen schwankte, brach eine riesenhafte, stämmige Gestalt aus dem Gewirr hinter Morlugh hervor. Sie hielt ein mächtiges Kampfgerät in den Händen, von dem es rot troff. Die kurzen Zöpfe waren aufgegangen und das drahtige Haar stand wild und struppig ab. Hurga-Jhin sah aus, als hätte sie ihr Lebtag nichts anderes getan, als sich wie eine rächende Todesbotin eine blutige Bresche durch das dickste Gewühl jeder Schlacht zu schlagen.

Sie stieg über die Leiche eines Duerga hinweg, den sie offenbar gerade getötet hatte. Erion glaubte, es förmlich knacken und knirschen zu hören, als sie auf den gewaltigen, ungeschlachten Leib trat. Verwundert sah er, dass neben dessen schlaffer Pranke ein Runenhammer auf dem Boden lag. Hurga-Jhin hatte es mit einem Hammerträger aufgenommen!

„Du hast dich verändert, mein kleiner, verschlagener Schinder", sagte Hurga-Jhin, den Blick fest auf Morlugh gerichtet, der jetzt in seinem Mordwerk innehielt, sich umwandte und sie ebenfalls anstarrte. „Gut. So fällt jedenfalls keine mehr auf dich herein. Die Falschheit steht dir heute ins Gesicht geschrieben."

„Hurga", hörte er Morlugh sagen.

„Ja, die. Ins Dunkel weggesperrt, aber nicht vergessen, wie ich sehe."

Morlughs Haltung erschlaffte. Seine Schultern sackten herab, das Panzerteil, das die eine umhüllte, wirkte plötzlich wie nur lose angeheftet. Die Axt schleifte auf eine Art über den Boden, welche die noch gesteigerte Bedrohlichkeit, die sonst in dieser Haltung lag, für den Augenblick verloren hatte.

Hurga-Jhin packte ihre gewaltige Mischung zwischen Hammer und Hacke mit beiden Händen. Der massive Hammerdorn zeigte zu Boden und tropfte noch immer feucht.

Mit entschlossenem Schritt trat sie auf Morlugh zu. „Die

Schufterei hat ein Ende. Die Sühne hat ein Ende. Heute wird abgerechnet, mein Lieber."

Ihre Schritte wurden schneller, das Werkzeug in ihrem Griff hob sich. „Vielleicht war ich es, die das Tor Ishuk-Braghas geöffnet hat", sagte sie mit einer grollenden Stimme, die Erion noch nie bei ihr gehört hatte, „aber ich werd's auch sein, die für dich alle Türen zuschlägt. Und ich will dich dabei schreien hören."

Sie rannte auf Morlugh zu und schwang ihre Hammerhacke dabei zu einem gewaltigen Hieb.

Morlugh schien jetzt aus seiner Starre zu erwachen, die Axt löste sich scharrend vom Boden.

Hurga-Jhin war heran und ihre Waffe fuhr herab. Ein Schrei löste sich von ihren Lippen.

Ein Klirren erklang, das all den anderen Lärm wie ein Beil aus grellem Licht zu durchschneiden schien.

Hurga-Jhin und Morlugh starrten einander zähnefletschend an. Hurga-Jhin wirkte in diesem Augenblick nur unbedeutend kleiner als Morlugh. Seine Axt hatte den Schlag von Hurga-Jhins Waffe blockiert, hatte sie mitten im Schwung aufgehalten. Die Waffen zitterten und ihre Glieder bebten unter der Anstrengung. Erion sah jetzt, dass Morlugh in die Knie gegangen war – aufgerichtet musste er ein ganzes Stück größer sein als sie.

„War das wirklich ernst gemeint?", knurrte Morlugh ihr ins Gesicht. „Mir kam's ein bisschen schwach vor."

„Ich bring zu Ende, was ich in Ishuk-Bragha begonnen habe", knirschte Hurga-Jhin zwischen ihren Zähnen hervor. „Diesmal gibt es für dich kein Durchwinden."

„Wer will sich denn durchwinden?" Morlughs Stahlhand schoss jäh vor, packte den Schaft ihrer Hammerhacke. Der Schaft brach.

Einhändig drosch Hurga-Jhin den Kopf ihrer zerbrochenen Waffe vor. Morlugh schrie auf. Die Hand, die den

Schaft zerbrochen hatte, packte Hurga-Jhins Schädel wie eine Klammer um die Schläfen. Ein durchdringendes Knacken.

Hurga-Jhins mächtiger Körper erschlaffte. Ihre Hammerhacke donnerte zu Boden.

Morlugh erhob sich aus kniender Haltung, Hurga-Jhin noch immer wie in einer Klammer um die Schläfen gepackt. Jetzt wirkte sie plötzlich klein – schlaff, wie ihr Körper war, und ganz aufgerichtet, wie Morlugh jetzt war. Er stieß sie mit der verbliebenen echten Hand von sich fort, und sie fiel rücklings in die Knie und kippte dann zur Seite weg.

„Doch nicht so ernst gemeint." Morlugh schaute auf ihre Leiche herab.

Dann packte er seine mächtige Streitaxt, hob sie triumphierend hoch über den Kopf.

„Das hier ist Kharnuk-Bragha!", brüllte er donnernd, doch seltsam dumpf verzerrt. „Ishuk-Bragha ist tot und vergessen. Ich bin der Zorn des Berges. Ich bin die rote Axt der Duerga."

Und seine Axt war wahrhaftig rot. Zudem troff es rot aus einem frisch klaffenden Loch in Morlughs Wange. Erion ergriff Entsetzen und der tiefe Schock über Hurga-Jhins Tod ließ ihn bis auf die Knochen erbeben. Kein Gedanke war in ihm, nur blanke, rauschende Leere. Er war erschüttert von dem, was er da erlebt und gehört, jedoch noch nicht wirklich begriffen hatte. Jeder Vorsatz, jeder Wille war aus ihm gewichen.

Er nahm die Bilder der Schlacht in sich auf. Die harte, brutale Macht der Hammerträger, von den Hurga-Jhin schließlich nur einen hatte besiegen können, das Getümmel, das von der erdrückenden Masse von Morlughs Duerga bestimmt wurde. Und alles, was er begriff, war, dass sie dem Untergang geweiht waren. Alle würden sie sterben. Hurga-Jhin war ihnen nur vorausgegangen.

Eine Schicht des Grauens fiel von ihm ab. Und er begriff, dass er etwas tun musste, egal was, auch wenn es am Ende vergeblich sein sollte. Das hier war nicht zu schaffen. Das war nichts, was man wieder in den Griff kriegte. Doch er konnte nicht untätig dem Untergang entgegensehen. Nur gut, dass er Grolk fortgeschickt hatte.

Er wurde sich des Griffs um seine Waffen bewusst, machte sie sich gegenwärtig. Er konnte nur beten, dass Dunjak-Dhar ihr Ziel erreichte, dass sie einen Weg fand, die Unheilssaat des Elixiers zu vernichten, damit sein, damit ihr aller Opfer nicht umsonst sein würde.

Er biss die Zähne zusammen und trat weiter aus den Schatten hervor, in Morlughs Richtung.

Ein Schrei erscholl.

„Du mieser Drecksack!"

Eine kleine gedrungene Gestalt schoss wie aus dem Nichts auf Morlugh zu, bärtig, in Lederzeug und mit Spangenhelm. Sie stürmte auf den Zorn der Duerga zu und schwang ihre Waffe, eine mächtige Duergaaxt, die für sie fast zu schwer erschien, jedoch in ihren Händen absolut natürlich wirkte. Einhändig, beinahe beiläufig holte Morlugh mit seiner eigenen Doppelaxt aus.

Sie erwischte Bovluk mit voller Kraft, und der wurde wie ein Geschoss durch die Luft gedroschen. Über Erion flog er hinweg und krachte gegen die Felswand hinter ihm. Erion hörte das Splittern und feuchte Knacken, mit dem sein Körper am Stein zerschmettert wurde. Schlaff und mit verdrehten, gebrochenen Gliedern rutschte Bovluks Leiche daran herab. Er hörte, wie der Spangenhelm von seinem Kopf zu Boden kullerte.

Morlugh drehte sich in die Richtung, in die er Bovluk geschleudert hatte.

Dabei glitt sein Blick an der Felswand abwärts. Und fiel ganz eindeutig auf ihn, Erion.

Auge in Auge standen sie sich über die Distanz hinweg gegenüber. In Morlughs stahlgefasster Augenhöhle flackerte es wild.

„Oh, da haben wir ja den Leichtfuß."

9

ZORN UND DONNER

Erion starrte Morlugh in die Augen, der seinen Blick kalt fixiert hielt.

Mit dem einen glasig hellen Auge und dem anderen in der Eisenfassung, das vage und auf eine unnatürliche Art flackerte. Und es kam Erion vor, als wollte Morlugh ihm mit beiden ungleichen Augen direkt in seine Seele starren, um schon einmal abzuschätzen, wie er sie ihm am besten aus dem Leib herausreißen sollte.

Erion schrak zusammen. Morlugh riss die Axt hoch, den Blick noch immer starr auf ihn gerichtet.

„Wer ist der Zorn der Duerga?", brüllte Morlugh. „Wer ist die Stimme von Blut und Vergeltung?"

Es dauerte einige Herzschläge, während derer der schreckliche Lärm der Schlacht fortdauerte. Aber dann antwortete ihm gleich ein ganzer Chor von Stimmen.

Nicht jäh und donnernd. Nur leise zuerst, doch dann immer stärker anschwellend. Doch nicht aus der Richtung, die Erion erwartet hätte. Nicht aus der Mitte der Schlacht. Und nicht aus rauen Duergakehlen.

Erst recht waren es nicht die Worte, mit denen er gerechnet hatte.

Da hörte man nichts über Morlugh-Khar, den Zorn der Duerga, die Stimme von Blut und Vergeltung oder etwas Ähnliches.

„… Schulter an Schulter, Stein an Stein …", klang es stattdessen aus Richtung der Stadt herüber.

Erion sah, wie Morlugh sich umwandte.

Scharen von Menschen strömten die Fluchten von Treppen herab, die zwischen den kantigen, Ebene um Ebene getürmten Gebäuden zur Freifläche vor dem Eingang zu den Minen herabführten.

„Singt es unverzagt! Der Bergsturz naht", tönte es weiter aus unzähligen Kehlen.

Von überallher stürmten sie über die Stufen herab, aus allen Ecken, aus allen Vierteln schienen sie sich zu sammeln. Und bewaffnet waren sie. Diejenigen, welche sich ihrer Flut entgegenstellten – ein paar Duerga, die noch in der Stadt zurückgeblieben waren – wurden kurzerhand von der Masse überwältigt, weggefegt und die Stufen hinuntergestürzt.

Inmitten des heranwogenden Auflaufs kletterte jemand über eine Brüstung behände zu einem vorspringenden Felsblock empor. Erion sah die Gestalt einen Augenblick dort stehen, wie ein Heerführer, der das Schlachtfeld überblickte, dann schaute sie sich um, zog ihr Schwert und streckte es hoch aus, schrie Befehle in die verschiedenen Richtungen, zu den unterschiedlichen Abteilungen hin.

Er kannte die Statur, sie war ihm vertraut. Er erkannte diese Gestalt an ihrer Haltung und ihrem Körperbau. Und an ihren blonden Locken. Dem Hemd, das wie immer auf der Brust halb offen war.

Diese kraftvoll athletische Pose war ihm an Agranor bekannt, aber nicht die sichere, selbstbewusste Ausstrahlung, die sich damit paarte und die selbst über die Entfernung spürbar war. Erneut rief er seine Befehle.

Die Menge antwortete ihm mit den Rufen „Adlatus, Adlatus!" und „Wir sind der Donner! Wir sind der Bergsturz!"

Befehlsrufe kamen jetzt auch aus entgegengesetzter Richtung. Näher bei ihm und mit donnernder, doch merkwürdig verzerrter Stimme gebrüllt. Morlugh, der die Situation erfasst hatte, erteilte jetzt ebenfalls seine Weisungen. Seine Stimme entfernte sich von der Stelle, wo Erion stand, und der Lärm eines wogenden Tumults drang dahinter an sein Ohr. Das Schlachtgewühl geriet in neue Bewegung.

Erion aber starrte noch immer hoch zu Agranor – er konnte die Augen nicht von ihm lassen. So sah er, wie dieser erneut seinen Blick schweifen ließ. Und ihn unfehlbar dem Ort zuwandte, an dem sich Erion befand.

Er war sich sicher, Agranor schaute nicht nur zu ihm hin ... er sah ihn über die Entfernung direkt an. Und ihm schien, als läge in diesem Blick etwas Dringliches, wie eine an ihn gerichtete Botschaft.

Ihm war, als hörte er Agranor sagen, *Habe ich's dir nicht gesagt? Ich bleibe auf dem Laufenden, wie es dir da unten ergeht. Ich kenne beinah jeden und ich erfahre so ziemlich alles, egal über welche Kanäle.*

Eine krächzende Stimme direkt in seiner Nähe riss ihn aus seiner Starre.

„Schickst du 'n Liebesbrief an die Holde, läufst du beim Stelldichein besser auch auf."

Er wandte sich um und sah in Siccos Gesicht mit der markanten Hakennase, den dunklen, stechenden Augen und den beiden abstehenden Zöpfen.

„Du? Du hast ihm die Botschaft geschickt?"

„Bist'n echter Blitzmerker, Flitzstiefel!", gab Sicco feixend zurück.

Die Wellen der Aufständischen fluteten die Treppen herab und brandeten gegen die am Rand des Schlachtfelds sich ausdünnenden Reihen der Duerga an. Vielleicht war es die Überraschung durch den plötzlich auftauchenden neuen Feind, doch die ersten der Kharnuk-Duerga wurden von der Übermacht aus Dwerc, Firimduerga, Menschen und auch einigen aus den groß gewachsenen Duergastämmen überrollt.

Anscheinend hatte Erion unterschätzt, wie stark in den zahlreichen Vierteln Kharnuk-Braghas der Widerstand gegen die Herrschaft eines Morlugh-Khars gärte. Das waren nicht nur einfach ein paar Widerständler, hier konnte man von wahren organisierten Rebellenhaufen reden.

Und was hatte Agranor bei seinem überraschenden Besuch in den Minen gesagt? Er habe ihr *Waffentraining* weitergeführt. Anscheinend hatte er auch hier das Ausmaß unterschätzt.

Offenbar hatte aber auch Gobrur-Vhan die Wahrheit gesprochen – unbeabsichtigt zwar, doch immerhin –, als er ihm das Garn vom umfassenden, wuchernden Widerstand vorgesponnen hatte. Hätte der nur gewusst! Erst recht, dass es den Adlatus tatsächlich gab und dass er eine echte Person war, nicht nur eine Larve, hinter der sich mehrere Aufwiegler des Widerstands verstecken konnten.

Doch auch Morlugh schien mit seiner Einschätzung der Drazghul und ihres Verhaltens richtig gelegen zu haben. Jedenfalls konnte er von ihnen kaum noch eine Spur entdecken. Sie schienen tatsächlich nur Opfer geschlagen zu haben, die sie dann mit sich fortschleppten.

„Erion!"

Der Ruf ließ ihn aus seiner Starre hochschrecken.

Es war Kunja, die ihn rief. Ihre brennende Gestalt war selbst für den flüchtigen Blick nicht zu verkennen.

Sie befand sich mitten in einem Getümmel, sah schon nicht mehr zu ihm herüber, sondern wehrte sich gleich mehrerer Duerga. Ein Flammenbanner ließ sie hochlodern. Die Duerga wichen zwar zurück, doch schrecken tat sie das nicht. Die ursprüngliche Angst vor einem brennenden Dwercmädchen hatte sich bei ihnen verloren. Sie schrien erst, wenn Flammen von ihren Schultern hochflatterten, so wie gerade bei einem von ihnen, der danach schlug, um den Brand zu löschen.

Er sah, dass sich Kunja offenbar auf eine neue Taktik besonnen hatte. Sie wirkte flink und wendig neben diesen wuchtigen Kolossen. Nicht nur leckten die Flammen ihre Glieder entlang, auch ihre beiden Klingen brannten grell. Sie schien die Kunst gemeistert zu haben, das Feuer entlang ihrer Waffen zu lenken und es so zu kanalisieren. Er sah, wie sie sich zwischen zwei Duerga durchflocht und mit loderndem Kurzschwert zustieß. Einer der Duerga schrie gellend auf, als plötzlich an seiner Seite Flammen züngelten. Der Brand dehnte sich aus, das Fleisch schwärzte sich, der Getroffene schrie wie am Spieß. Doch zwei weitere Duerga stürzten bereits als Verstärkung ihrer Genossen auf Kunja zu.

Ja, sie brauchte seine Hilfe. Wurde Zeit, dass er eingriff.

Flitzstiefel!, hatte Sicco ihn genannt. Richtig, seine Füße waren schließlich nicht aus Blei.

Die Verstärkung durch die zusätzlich herbeieilenden Kolosse konnte er Kunja zumindest abnehmen.

Er rannte los, nahm Anlauf und nahm die Duerga ins Visier. Sprang im richtigen Moment ab. Zog an den Waffen der verdatterten Duerga vorbei, setzte kurz auf einer Duergaschulter auf, während sein Schwert den Bogen zu Ende beschrieb und durch zähes Duergafleisch biss.

Einer weniger. Mit dem Rest musste Kunja fertigwerden. Denn der Schwung trug ihn weiter. Auf ein Gewühl zu.

In dem man die Duerga dadurch klar erkannte, dass sie ihre Gegner überragten. Gut für ihn.

Leicht setzten seine Füße auf horniger Haut, Lederteilen und Metallpanzern auf. Seine Klinge schlug abwärts, biss sich, wo sich Gelegenheit bot, in Duerganacken, Schultern … Nur nicht verweilen, nur nicht das Momentum verlieren, nur die Gelegenheit nutzen, nichts erzwingen …

Er setzte auf dem Boden auf. Vor ihm stand ein Hammerträger. Unbeweglich, unverrückbar, wie ein Prellbock.

Stand da wie eingepflanzt.

Nur der Hammer und der Arm, der ihn schwang, waren in Bewegung.

Er war es auch, war schon wieder abgesprungen. Der Schwung der Runenwaffe folgte seinem Lauf, durchteilte fauchend die Luft – im Flug setzte sein Fuß auf, berührte den Hammerkopf – nur kurz dessen Oberfläche – und er sprang ab, weiter. Er konnte den verdatterten Blick des Duerga sehen, mit dem dieser versuchte, seinem Schwung zu folgen. Er war über dessen Kopf, streifte ihn mit dem Fuß und stieß abwärts, mit aller Wucht. Das Langschwert wurde dem Duerga tief in die Schulter getrieben. Aus dem Augenwinkel sah er gerade noch, wie der Duerga ins Torkeln geriet, vom kontrolllosen Hammerschlag weitergerissen.

Hinter dem Duerga war freier Grund. Mit Schwung kam er auf, wurde davon weitergetragen. Er folgte ihm, rollte über die Schulter ab und kam wieder hoch.

Ringsum Kampfgetümmel. Nur ein Flecken freien Grunds.

Das Schwert war fort, seiner Hand entrissen. Steckte im Körper des Duerga. Bis auf den kurzen Dolch war er waffenlos.

Rasch sah er sich um. Der Hammerträger lag am Boden, die Runenwaffe seinen starren Händen entglitten. Sein ninraidisches Langschwert steckte tief in dessen Schulter, wahrscheinlich hatte es das Herz durchbohrt. Ein Glück, dass es darüber nicht zerbrochen war.

Er musste es sich wiederholen. Sonst war er verloren, mitten in der Schlacht. Rasch war er bei dem Getöteten. Packte den Griff und zerrte.

„Da ist er, dieser Leichtfuß!"

Oh, sein Name hatte die Runde gemacht.

Die sahen ihn, die sahen ihn über eine Leiche der ihren gebeugt und kamen auf ihn zugerannt. Doch das Schwert saß hartnäckig fest. Er stöhnte und ächzte, doch in der getriebenen Hast bekam er es irgendwie nicht frei. Fette Schweißtropfen liefen ihm brennend in die Augen.

„Nimm dir Zeit! Mach es mit Ruhe! Sonst wird das nichts."

Jaja, wusste er.

Er schrak zusammen, als ihm – schwitzend und bebend – klar wurde, dass die Stimme nicht aus seinem Kopf kam. So laut – und grollend vor allem – redete er normalerweise nicht mit sich selbst.

Er wandte den Kopf. „Duvruk!"

Sein Duergafreund bot ihm den Rücken dar, als wollte er ihn abschirmen, sah ihn nur kurz über die Schulter an. An ihm vorbeispähend wurde ihm klar, dass Eile auch nottat, denn die zwei mächtigen Duerga, die er vorhin ausgemacht hatte, kamen schnell auf sie zugerannt.

Und trotz seiner Lage stockte er. Denn beide hielten sie Runenhämmer in der Hand.

Zwei Hammerträger. Umso wütender auf ihn, weil er einen der ihren getötet hatte.

Er hörte Duvruk grollen wie Donner. Es dröhnte umso stärker in dessen mächtigen Brustkorb wider, da Dunjak-Dhars Adelrune in seine Brust gehämmert worden war.

Dann sah er verwundert, wie Duvruk zu Boden griff,

seine breite Pranke einen duergakopfgroßen Steinbrocken umfasste, eine Beule im felsigen Grund.

Was machte Duvruk da?

Zu seinem Erstaunen sah er, wie Duvruks Fingerkuppen sich rund um die Erhöhung in den Stein gruben, Risse ringsum aufplatzten und er dem Boden diesen einen Steinbrocken entriss. Und ihn mit großem Schwung und brutaler Wucht schleuderte.

Die Steinkugel traf den Hammerträger am Kopf, dass es im Lauf dessen Schädel nach hinten riss.

Duvruk spreizte brüllend die Arme ab und lief los. Mit weit ausgebreiteten Armen rannte er auf die beiden Hammerträger zu. Erion sah noch, wie Duvruks weggestreckte Arme sie erwischten und wie eine Ramme mit sich weiterrissen. Bevor er sich siedend heiß an sein verlorenes Schwert erinnerte, sich fieberhaft umwandte, den Griff packte und sich erneut mühte, es aus dem toten Duerga freizuzerren.

Diesmal gelang es. Er zog im richtigen Winkel und ganz aus dem Rücken heraus. Mit einem Ruck kam die Waffe frei und lag ganz in seinem Griff.

Hinter sich hörte er einen dröhnenden Schrei.

Er wandte sich um und sah Duvruk breitbeinig dastehen, den Kopf zum Höhlenhimmel gereckt. In der einen Hand hielt er sein Breitschwert, in der anderen das mächtige Kriegsgerät eines der besiegten Gegner.

Donnernd stieg sein Ruf auf. „Bei Urnaks glühendem Schmiedezorn! Ich hab jetzt einen Runenhammer!"

Und bevor er sichs versah, wandte sein Duergafreund sich um und rannte, den erbeuteten Hammer schwingend, geradewegs ins dickste Schlachtgewühl hinein. Seine Waffe schlug ein wie Donner, und der Boden erbebte.

Was für eine machtvolle Waffe!

Doch auch er hatte einen Hammerträger gefällt. Er sah

sich um. Dort lag die Waffe, ein Stück von der toten Hand ihres Trägers entfernt.

Das war jetzt seiner!

Im Nu steckte der Dolch in der Scheide, und er packte den schweren Schaft.

Und zerrte und ächzte.

Warum rührt sich das Ding nicht? Wie kann etwas nur so verdammt schwer sein?

Dabei hatte das bei den Duerga so leicht ausgesehen. Aber so schnell gab er nicht auf.

Er legte sein ninraidisches Langschwert ab und versuchte es mit beiden Händen.

Während er sich abmühte und spürte, wie ihm pochend die Adern an den Schläfen vortraten, sah er in der Hocke über den toten Leib hinweg Kunja auf sich zugerannt kommen. Flammen leckten an ihr empor. Verfolger saßen ihr im Nacken.

Ihre kolosshaften Kontrahenten, die ihr so erbittert zugesetzt hatten. Kunja hatte sie nicht alle besiegen können. Und der Rest hatte sich jetzt hartnäckig an das verhasste brennende Dwercmädchen gehängt.

„Erion, lass den Scheiß!"

Sie meinte ihn, sie sah zu ihm hin.

Sie war schon in seiner Nähe, verfolgt von den Duerga, da zerrte er noch immer wie ein Berserker am Hammerschaft. Sie stoppte, drehte sich um, beugte sich, ihm den Rücken zugewandt, vor.

Was zur Hölle ...?

Über ihren Rücken und vorgeneigten Kopf hinweg konnte er, verzerrt durch den von ihr aufsteigenden Flammenhauch, wie über einen Armbrustschaft die Duerga anvisieren.

„Lass den Scheiß und mach dein Ding!", rief Kunja ihm zu.

Das meinte sie ernst. Sie bot ihm ihren Rücken an.

Sie wollte …

„Aber … das Feuer!" Sie würde ihn verbrennen.

Und ihr Familiar!

War nicht zu sehen.

Sah er sie da grinsen, wie sie mit auf die Knie aufge-stützten Knöcheln dastand und die mordgierigen Kerle immer näher kamen?

„Für dich wird mein Feuer sanft. Jetzt mach schon!" Zwinkerte sie etwa? „Du schaffst das."

Augenblicklich packte er sein Schwert, stürzte los.

„Na los!", hörte er, während er absprang.

Sein Fuß kam auf ihrem Rücken auf. Wärme umflutete ihn in diesem kurzen Moment. Und dann trug ihn sein Sprung weiter.

Auf die heranstürmenden Kerle zu, die ihr Blut sehen wollten.

Einer, zwei, noch einer dahinter. Die wutverzerrte Fratze des Vorderen kam ihm gerade recht.

Diesmal wohl nicht leichten Fußes.

Mit beiden Füßen traf er den Duerga ins Gesicht. Er hörte Knirschen und sah unter seinem Tritt Blut spritzen. Der Zusammenprall bot ihm Absprungpunkt genug. Er sprang weiter. Kam beidbeinig auf und ließ augenblicklich seinen Stahl seitwärts schnellen. Ein Schrei antwortete ihm.

„Erwischt!", hörte er Kunja hinter sich.

Der, den er erwischt hatte, taumelte schief umher.

Ein Bild im Bruchteil eines Augenblicks aus dem Ge-tümmel der Schlacht gefischt – Malaiar gleitet in sich win-dender Bahn zwischen einem Pulk von Duerga hindurch. Ihr Klingenglitzern ist wie zuckender, züngelnder Blitzschlag. Entlang ihres Wegs taumeln Duerga, einer sackt zusammen.

Der nächste Duerga kam heran. Also mehr als drei. Grellrote Lohe flackerte im Augenwinkel. Der zog seine stachelbesetzte Keule in wuchtigem Schlag abwärts – Schädel und Schulter sollte der ihm zerschmettern und zerfleischen. Nur war nichts mehr da, nicht Schädel, nicht Schulter. Der Hieb fuhr hinter ihm herab.

Er sah den Schatten, mit dem die Keule erneut hochkam, warf sich herum. Brüllend führte der Duerga einen Waagrechthieb. Der war schnell! Pfeifend zogen ihm die Stacheln durch die Haare, einer kratzte über seine Kopfhaut.

Geduckt war er vorgeschossen, stach im Durchwechseln am Gegner zu, stieß ihm den Dolch tief ins Bein. Die Wucht entriss ihm die Waffe, er wirbelte herum, die Kurve seines Schwerthiebs erwischte den Hals des Duerga. Blut pumpte hervor, der Halsmuskel war durchtrennt – kein Gegner mehr für Kunja.

Rasche Seitwärtsschritte, schnell außer Reichweite.

Keiner in seinem Umkreis. Er sah sich um.

Kunja? Die hielt sich gut, nachdem ihre Gegner ausgedünnt waren. Flammenfahnen, Feuerhiebe ihrer Klingen und dazu ihre Gewandtheit. Sie machte denen die Hölle heiß.

Malaiar entdeckte er dahinter irgendwo, schon wieder quirlig fortgeeilt, gleich dort, wo sie vorher noch gewesen war, Duvruk, dessen Runenhammer unter den Feinden wütete.

Auf der Gegenseite schienen längst nicht mehr so viele Hammerträger zu stehen wie noch zu Anfang. Und Runenhämmer waren nur wirksam, wenn ihre Hiebe auch trafen. Doch die Aufständischen aus den Minen hatten ihre Lektion gelernt und flohen weiträumig vor den wilden Vorstößen der Hammerträger, wichen einfach aus und ließen deren Ausfälle ins Leere laufen. Umso wilder machte das die Kerle. Jetzt, mit dem Eingreifen der Rebellen aus der Stadt, sah es, seit diese Schlacht begonnen hatte, zum ersten Mal so aus, als hätten sie eine Chance, über Morlugh und seine Horden zu siegen.

Nur eines beunruhigte ihn: Morlugh selbst war nirgendwo zu sehen. Sollte der nicht gerade an einem solchen Punkt seine Truppen führen? Verließ er sich noch immer auf ihre Überlegenheit? Sah er ihn nur nicht oder steckte da mehr dahinter?

Morlugh war unberechenbar – das wusste er, und gerade das beunruhigte ihn.

Dunjak-Dhar fiel ihm ein und warum sie so schnell wie möglich aus den Minen herausgewollt hatte. Weil es zuallererst eine furchtbare Gefahr abzuwenden galt. Sie hatten diese eine vordringliche Aufgabe. Die hatte sie schon angetrieben, lange bevor es überhaupt zum Gedanken an einen wirklichen Aufstand kommen konnte.

Dunjak-Dhar und das Donnerelixier.

Sie war allein unterwegs. Sie konnte Hilfe brauchen. Jemand, der sie bei ihrer Mission beschützte und ihr den Rücken freihielt.

Nur kurz währte sein Zögern. Dann war es klar.

Er musste Dunjak-Dhar folgen.

Mit dem Auftauchen und Eingreifen der Rebellen unter dem Adlatus wurden Morlughs Kräfte jetzt von zwei Seiten angegriffen und saßen in jener Zange, die sie von Anfang an geplant hatten. Seine Freunde besaßen die Macht und die Fähigkeiten, das Beste aus dieser Situation herauszuholen. Sie hatten das im Griff. Aber er war nur ein Einzelner, der allein das Seinige dazu beizutragen hätte. Und es gab eine vordringliche Aufgabe.

Also lief er los.

Er hielt sich fern von schlimmem Kampfgewimmel und nutzte geschickt die Lücken und Zwischenräume des Gewoges. Die Rebellentruppen aus der Stadt brachten zusammen mit den Minenarbeitern Morlughs Kharnuk-Duerga gehörig in Bedrängnis.

Er entdeckte den Führer der Rebellen dabei, wie er den Einheiten Befehle zuschrie.

„Agranor!", brüllte er durchs Getümmel rennend.

Durch seinen echten Namen aufgeschreckt, sah sein alter Freund zu ihm herüber.

„Erion?"

Das *leichtere Leben* hatte Agranor offenbar gut genutzt.

„Sorg dafür, dass die Gegend um das Alchymierviertel geräumt wird!" Denn das alles konnte furchtbar schiefgehen. Das konnte auf eine Art schiefgehen, die er noch gar nicht ermessen konnte und wollte. Da war dieses seltsame flaue Gefühl in seinem Bauch, das er geflissentlich ignorierte. Würde er auch nur irgendwie darauf hören, lief er Gefahr, dass es ihn auf der Stelle lähmen und zu einem handlungsunfähigen Knäuel purer Panik machen würde.

„Mach sie fertig, Agranor!", schrie er jetzt noch einmal zu seinem alten Freund hinüber. „Und dann sieh zu, dass alle in Sicherheit kommen."

„In Sicherheit?" Das las er mehr von Agranors Lippen ab, als dass er es hörte.

„Ja, in Sicherheit." Doch wo war das? „So weit weg wie möglich."

„Wovon weg?" Diesmal hörte er es.

„Vom Alchymiker–" Ach, was sollte er ihm sagen? „Einfach weit genug weg!"

Agranors Stirnrunzeln hielt sich, dann kam ein knappes Nicken, bevor der Adlatus sich wieder dem Kampfgeschehen zuwandte.

Das musste reichen. Er hoffte darauf, dass Agranor wusste, was zu tun war. Wenigstens der.

Er selbst wusste es nicht. Nicht wirklich. Nur, dass Dunjak-Dhar seine Hilfe brauchte. Wie weit er wohl gehen musste, um das Schlimmste abzuwenden? Keine Ahnung. Er wusste nur, er musste eine schreckliche Waffe dem Zugriff derer entziehen, die unausdenkbar Furchtbares damit anrichten konnten.

10

DIE GANZE LAST

Tote lagen auf den Stufen, die zur Stadt hinauf-
führten. Ein wuchtiger Duergakörper, der bäuch-
lings in einer großen Lache seines eigenen Blutes
lag, versperrte beinahe ganz einen der kleineren Seitenauf-
gänge, die sich zwischen einzelnen Gebäuden hoch-
schlängelten.

Es gab einen Weg am Stadtrand entlang – er hatte ihn
vor langer Zeit auf der Flucht vor König Morlugh genommen –, doch der Weg mitten durch die Stadt zum Alchymikerviertel war kürzer. Und Eile tat not.

Während er in langen Sätzen die Stufen hochhechtete,
irritierte ihn ein Schatten, der hartnäckig immer wieder am
Rand seines Gesichtsfelds auftauchte. Nein, kein Staubkorn,
keine Schlieren in seinem Blick konnten derart umher-
hüpfen.

Er schaute sich um, erfasste das schwärzliche Gehüpfe,
das seinem Weg die Treppen hinauffolgte.

„Was machst du denn hier?"

Natürlich antwortete Grolk nicht, sondern hopste nur
weiter in unvorhersehbaren Sätzen kreuz und quer die

Treppen hoch, auf das Geländer, auf die Stufen, über Vor-
sprünge. Er japste dabei auf eine Art, dass es fast wie ein
Grinsen wirkte.

„Wenn die Gefahr vorüber ist, hab ich gesagt. Ist die
Gefahr etwa vorüber?"

Grolk raunzte nur.

Woher sollte der auch wissen, dass er geradewegs in die
größte Gefahr hineinlief?

„Los, verschwinde! Verzieh dich gefälligst!"

Grolk ließ sich von seinen Versuchen, ihn zu verscheu-
chen, nicht beirren.

Dafür stutzte er selbst. Aber gewaltig. Und stoppte ab.

Ein Schreck durchfuhr ihn. Er hatte Dunjak-Dhar
eingeholt.

Sie lag da, starr und regungslos. In einer ähnlichen
Körperhaltung wie der niedergestreckte Duerga. Nur dass
ihr Leib weniger wuchtig war, sondern eher klein und
gedrungen. Und er wirkte trotz seiner Kompaktheit und dem
Panzer, als der ihre lederne Schürzentracht sonst erschien,
furchtbar zerbrechlich. Die Haltung ihrer Glieder wirkte
seltsam – hilflos – abgeknickt.

Mit ein paar Sätzen war er bei ihr. Grolk schnüffelte an
ihrem Gesicht, das flach auf dem Pflaster lag.

Er hob sie an. Sie rührte sich nicht. Ihre Lider waren
geschlossen, die Züge schlaff und starr. Blut lief zwischen
den Reihen von Strähnen ihres dunklen borstigen Haares
herab, bedeckte getrocknet ihre Schläfen und verlief in
Rinnsalspuren abwärts. Auf befremdliche Art sah sie so gar
nicht wie Dunjak-Dhar aus, sondern wie etwas, das deren
äußere Form bloß nachbildete.

Im anthrazitfarbenen Leder ihrer Zunftkleidung klaffte
an der Seite ein Riss, und der war ebenfalls blutverkrustet

und in seiner Lage passend zu der feuchten Pfütze auf dem Pflaster.

„O nein!"

Er hatte das Gefühl, als würde ihm ebenfalls das Blut weichen, und eine eisige Kälte erfasste seine Glieder.

Seine Meisterin, die ihn stets beschützt hatte. Die ihm in ihrer Werkstatt eine Zuflucht geboten und das Besondere in ihm gesehen hatte.

Was sollte er ohne Dunjak-Dhar nur machen?

Auf sie war alles gebaut. Sein ganzer Plan, diese verrückte Idee, die Auric angestoßen hatte. Sie war der Grund, warum er überhaupt nach Kharnuk-Bragha aufgebrochen war. Ohne sie fiel das alles in sich zusammen.

Die verrückte Chance der Rebellen, gegen Kinphaidranauk und ihre Geisterhexer doch noch zu bestehen und die vage Aussicht, dadurch ein neues dunkles Zeitalter unter dem Drachenschatten abzuwenden.

Aber da war auch eine neue Gefahr, die in der Zwischenzeit entstanden war. Ein furchtbares Instrument in der Hand ihrer Feinde, mit dem sie Unausdenkliches anrichten konnten.

Das Donnerelixier.

Dunjak-Dhar hätte einen Weg gewusst, es unschädlich zu machen. Sie war die Gelehrte, die sich auf solche Dinge verstand. Und sie war die Runenschmiedin, die Kundige der alten überlieferten Zeichen, die in der Lage war, aus der rätselhaften Botschaft Meister Hisiciars die Spur zum Versteck des Rezepts und des von den Alchymikern zurückgehaltenen Elixiervorrats zu finden.

Er sah an ihrem Körper entlang. Dem erschlafften Griff ihrer Hand war etwas entfallen. Es war der Zettel, auf den Meister Hisiciar sein Runenrätsel aufgeschrieben hatte. Von dem er behauptet hatte, dass Dunjak-Dhar damit in der Lage sein müsste, das Versteck zu finden.

Nichts hatten sie davon zuerst verstanden. Bis sie

begriffen hatten, dass es keine Botschaft, sondern eine Spur sein musste.

Dunjak-Dhar war die tiefe Kennerin der Runenzeichen und ihrer verborgenen Feinheiten. Und jetzt lag sie hier, und keine Macht der Welt brachte sie mehr in Meister Hisiciars Werkstatt, um dort das Geheimnis zu entschlüsseln und diese Bedrohung für die ganze Welt abzuwenden. Mit Meister Hisiciar selbst war vorerst nicht zu rechnen, wie Malaiar gesagt hatte. Wenn er noch lebte.

Morlugh würde die Macht über das Donnerelixier erlangen. Der würde es dann zu Kinphaidranauk bringen. Und was das für die Welt bedeuten würde, war noch gar nicht zu ermessen.

Einen Moment hockte er da und schaute in Dunjak-Dhars erschlaffte Züge.

Dann tastete er nach dem ihrem Griff entglittenen Fetzen mit Meister Hisiciars Runenrätsel darauf. Er erhob sich, straffte sich, sah zu der schwärzlich struppigen Kreatur hin, die ihn aus schmutzig-gelben Augen anstarrte.

„Grolk“, sagte er, „jetzt liegt es wohl allein an uns.“

Er wollte sich gerade abwenden, als er das Gebrüll hörte, das die Stufenfluchten hinauf zu ihm hindröhnte.

„Wo ist er? Wo ist der Kerl? Wo habt ihr dieses schwarze Vieh gesehen?“

Diese Stimme war unverkennbar. Erst recht, nachdem die Verstümmelungen durch die Brutmutter der Drazghul ihr dieses ganz besondere Timbre gegeben hatten.

Damit war es für ihn dann endgültig entschieden. Es gab nur einen Weg.

Er hörte Morlughs Stimme, bisher noch von fern, doch sie kam unaufhaltsam näher.

„Los, weg hier!", zischte er Grolk zu. „Und diesmal halt dich gefälligst in den Schatten."

Grolk starrte ihn aus großen schmutzig-gelben Augen an.

Wieso glaubte er nur, dass dieses Tier ihn verstehen würde? Oder wenn es das könnte, dass es sich ausnahmsweise auch an das hielt, was er ihm sagte?

Jetzt ganz nah schon hörte er das laute Grollen aus Morlughs Kehle. Ohne einen weiteren Herzschlag zu verschwenden, wandte er sich ab und rannte los.

TEIL V

DER DONNER IM BERG

1

DIE SPUR DER RUNEN

E rion! Erion Leichtfuß! Verdammte Elfenbrut. Ich krieg dich! Ich lösche euch aus, euch Ninraé, bis zum Letzten! Auf der Stelle hätte ich dich austilgen sollen. Zermalmer? Zu gut für euch! Gebrochen müsst ihr werden, bis tief hinein in eure dreckigen Seelen!"

Morlughs von Verheerungen gebrochene Stimme hallte hinter Erion her durch die Straßen und Gassen Kharnuk-Braghas. Alles schien leer, alles schien wie ausgestorben. Fast alle, die wehrhaft und gegen die Terrorherrschaft der Kharnuk waren, fand man offenbar bei den Kämpfen unten bei den Minen. Wer noch hier war, schloss rasch die Türen, zog die Vorhänge zu oder versuchte, rasch in Deckung zu huschen und dabei zum bloßen Schatten zu werden.

Sonst waren da nur die Schritte seiner Stiefel auf dem Pflaster, das Schlagen seines Herzens, sein heftiger Atem, das Rauschen seines Blutes in den Adern und das Zischen und Fauchen Grolks. Die Stadt gehörte ganz ihnen und ihrer Hetzjagd. Ihm, Grolk und dem blutlüsternen, ungeschlachten Monstrum in ihrem Nacken, das schon seine Mutter ermordet hatte und jetzt nichts anderes mehr im Sinn hatte, als auch ihn auf brutale Weise zu töten. Und danach alle anderen Ninraé, die ihm in den Weg kamen?

Er musste unbedingt vor ihm das Viertel der Alchymiker und Meister Hisiciars Werkstatt erreichen, um das Versteck des Donnerelixiers zu finden. Er brauchte Vorsprung, denn für die Suche benötigte er Zeit.

Ein wenig von Runen verstand er ja. Das musste reichen. Oh, er betete so sehr, dass es reichen würde.

Hinter ihm waren nicht länger Befehle an irgendwelche Schergen zu hören, kein „Wo ist er?" oder Ähnliches. Morlugh hatte jetzt die Jagd auf ihn zu seiner ganz persönlichen Sache gemacht. Was war das, was den Kerl alles andere vergessen ließ? War ihm klar, welche Bedeutung das Donnerelixier hatte? Oder war es etwas anderes?

Egal … er musste dieses Monstrum unbedingt abhängen. Aber wie? Morlugh war riesig, stark … und *plump*. Der Gedanke kam ihm beim Seitenblick auf eine Mauer mit bewachsener Krone, die offenbar einen kleinen Garten vor Blicken abschirmen sollte.

Er machte einen Satz, packte im Sprung den bewachsenen Rand und setzte in elegantem Schwung über die Mauer hinweg. Er landete zwischen Büschen und musste sich aus dem Griff der Äste befreien. Auf einem gepflasterten Weg hastete er zum Haus, riss dessen Tür auf, stürmte durch die Räume in Richtung der vermuteten Straßenseite. Der Schatten einer Gestalt huschte mit einem Aufschrei in Deckung. Er wollte eine Entschuldigung rufen, da erklang in seinem Rücken, vom Ende des Gartens ein berstendes Krachen.

Unwillkürlich duckte er sich.

Dieser Berserker brach glatt durch die Gartenmauer?

Statt der Entschuldigung rief er ein „Bringt euch in Sicherheit!" in die Räume hinein, fand die Haustür und stürzte hinaus auf die Straße. Hechelnd kam Grolk übers

Pflaster aus anderer Richtung schon auf ihn zugeeilt. Ohne Zeit zu verlieren, hetzte er weiter die Straße hoch.

Hinter ihm ertönte ein erneutes Krachen gemischt mit Schreien. Das hörte sich an, als würde Morlugh das halbe Haus abreißen! Er rief sich den Weg zu Meister Hisiciars Werkstatt ins Gedächtnis und überlegte fieberhaft. Ihm standen mehrere Möglichkeiten frei. Einige davon waren gut geeignet, einen Verfolger abzuschütteln. Doch wenn Morlugh vermutete, wohin er wollte, blieb ihm nur die kürzeste Route.

Einen Straßenzug entfernt öffnete sich der Durchgang zur Küferstiege, die hinauf zu einem höher gelegenen Teil Kharnuk-Braghas mit dem Alchymikerviertel führte.

Er bog um die Ecke und fand sich am Fuß der im engen Zickzack zwischen zwei sich türmenden Gebäudeblöcken verlaufenden Treppe, blickte entlang ihrer Windungen hoch. Hier unten grenzte sie ans Küferviertel.

Ja, hier konnte er Zeit einsparen und einen Vorsprung herausholen.

Er packte das steinerne Geländer, schwang sich daran herum und stürmte die Stufen hoch. Hier unten waren sie noch sehr breit, bevor sie im Verlauf der Windungen immer schmaler wurden, sodass die Küfer an ihrem Rand hochgetürmt Fässer zwischenlagerten.

Ja, Grolk gab ihm den Weg vor. Der hopste bereits über die Fässer hinweg hoch aufs nächste Geländer. Er tat es ihm nach, erklomm die unregelmäßig geschichteten Terrassen gestapelter Fässer und flankte oben angekommen über die Balustrade hinweg auf die gegenläufige nächste Treppenkehre. Einen Moment dachte er daran, die Fässer umzustürzen, Morlugh in den Weg, doch dann wüsste Morlugh, wo er lang war, und da war immer noch die irre Hoffnung, dass Morlugh nicht die kürzeste Route kannte und er ihn abhängen konnte. Stattdessen rannte er weiter und kürzte gleich noch einmal bei der nächsten Gelegenheit mit einem geschickten Sprung ab.

Als er auf der nächsten Kehre dann übers Geländer zurück nach unten lugte, sah er Morlugh bereits am Fuß der Treppe auftauchen. Die Hoffnung hatte ihn getrogen. Morlugh blickte hoch. Sofort duckte Erion sich weg – keine Ahnung, ob Morlugh ihn entdeckt hatte. War aber jetzt auch egal. Morlugh hatte seine Route erraten und hing ihm an den Fersen, so oder so.

Unten hörte er Fässer wild übereinanderpoltern und - kollern, eine Kaskade rollenden, rumpelnden Lärms. Morlugh warf sie in seiner Verfolgung einfach um und kümmerte sich nicht um das Durcheinander hinter ihm. Da hätte es den Kerl auch wenig behindert, wenn er sie ihm in den Weg gerollt hätte. Dem folgte ein Bersten und Brechen von Stein. Morlugh folgte Erions Kurs. Er setzte jedoch nicht über die Brüstungen hinweg, sondern zertrümmerte sie einfach. Er schlug sich selbst seinen Weg nach oben in Stein und Gemäuer, drosch sich seine eigene Treppe durch alle Geländer und Kehren hindurch, einfach auf geradem Weg nach oben.

So viel zum Vorsprung herausholen.

Erion kam am Kopf der Stiege an und Morlugh saß ihm dicht im Nacken. Er schlug sich in enge Gassen, versuchte so, seinen hartnäckigen Verfolger abzuhängen. Dessen Wutgebrüll folgte ihm. Diesmal war kein Agranor zu erwarten, der Morlugh eine Karre in den Weg schob. Niemand war da, der seinen und Grolks Weg gekreuzt hätte. Nur von fern hörte er Lärm. Der Lärm der Schlacht und ein anderer Aufruhr in den Straßen der Viertel.

Morlughs Stimme schallte in einer nicht enden wollenden Tirade hinter ihm her und wurde von den Mauern der Häuser zurückgeworfen.

„Lauf nur, Bürschchen. Laus im Pelz, Feind in meiner

eigenen Stadt. Ich lösch euch aus, restlos. Ich brech dir die Arme, ich brech dir die Beine, ich brech dir die Seele. Und am Ende zermalm ich auch deinen Schädel. Dann ist von euch Drecksninraé keiner mehr übrig."

Hatte er Nadragír vergessen? Der war immerhin auch ein Ninra. War der etwa tot? Seit Nadragír zu den Alchymikern verschwunden war, hatte er ihn nicht mehr gesehen.

Er spähte an den Gebäuden hoch, über die Dächer hinweg. Einer der großen Tragpfeiler der Hauptkammer von Kharnuk-Bragha kam bereits in Sicht. Er näherte sich seinem Ziel.

Diesmal kam er auf den Hauptpfeiler aus einer anderen Richtung zu als auf seiner damaligen Flucht, und zu einer anderen Tageszeit. Das titanische Bild eines Duerga und die dazwischen sich emporwindenden Bänder von Runenzeichen, welche in die eckige Basis der Säule eingearbeitet waren, erschienen am Tag noch stärker flach verzerrt. Jetzt erschienen sie ihm nur noch mehr wie das Symbol einer Herrschaft, das alle Häuser mit ihren Bewohnern darin überragte. Eine Herrschaft, die sie jetzt vielleicht im Begriff waren, zu stürzen.

Diesmal wollte er nicht einfach in irgendeine Alchymikerwerkstatt, um sich darin zu verstecken. Heute wollte er zur Werkstatt des Gildenobersten. Und die lag höher am Hang. Meister Hisiciar konnte von dort aus, als er noch dort wohnte, das Viertel seiner Zunftgenossen überblicken.

Entlang der eckigen Basis des Hauptpfeilers lief eine Treppenflucht dort hinauf. In langen Sätzen hetzte er sie hoch. Offenbar hatte er zumindest einen kleinen Vorsprung herausgeholt, denn als er oben anlangte, war von Morlugh noch immer nichts zu entdecken. Oder er kannte diesen Weg nicht. Selbst sein Gebrüll hatte für den Moment ausgesetzt. Nur der Lärm aus der Stadt hatte inzwischen zugenommen. Er hoffte, dass sich die Kämpfe nicht bis dorthin ausgeweitet hatten, sondern dass seine Gefährten die Schlacht hatten wenden können.

Am Ende der Stufenflucht angekommen, sah er sich um. Vielleicht war es gut, diesen Kurs weiterzuverfolgen und noch etwas an Höhe zu gewinnen. Enge Stufen führten in einer Lücke – beinahe nur einem Spalt – zwischen zwei Häusern hoch. Leicht zu übersehen, doch Erion kannte ihn von früher. Morlugh vielleicht nicht – zu schmal für seine Statur.

Der Aufstieg führte weiter hoch, weiter, als Erion hinaufwollte. Doch er brachte ihn an einen Punkt, von dem er auf die Dächer gelangen konnte. Und das war sein Ziel.

Bald balancierte er über die Firste, zwängte sich zwischen den Giebeln hindurch und tanzte an Schornsteinen, Erkern und Gauben entlang. Da kam Morlugh ihm nicht durch rohe Gewalt bei. Der musste sich, massig wie er war, schön am Boden halten. Grolk folgte ihm wie ein quirliger Schatten auf seinen eigenen Wegen.

Die Art der Dächer zeigte ihm, dass er inzwischen das Alchymikerviertel erreicht hatte. Der Baustil war auch hier oben genauso verschachtelt, kantig bizarr wie beim Rest ihrer Behausungen.

Noch immer war für ihn, selbst von hier oben, von Morlugh nichts zu entdecken. Aber die Hoffnung, ihn abzuhängen, konnte er in den Wind schreiben, das war ihm klar. Doch er hatte die Dächer für sich, und das war eine Abkürzung, bei der ihn Morlugh bestimmt nicht schlagen konnte. Selbst wenn der sich einfach einen Weg mitten durch alle Häuser bahnen würde, so wäre er damit niemals so schnell wie er auf seinem luftigen Pfad.

Bald sah er auch schon das Dach von Meister Hisiciars Werkstatt vor sich auftauchen. Wie auch das einiger anderer Werkstätten war es annähernd geformt wie ein sehr flacher Kegel, doch mit keinem Kreis als Grundfläche, sondern

einem Vieleck. Ringsum zog sich ein Kranz von Dreiecks-
gauben als Oberlichter.

Eines dieser Fenster suchte er sich als Ziel und kauerte
bald in dessen Winkel. Er mahnte Grolk, der sich maunzend
neben ihn hockte, zur Stille und spähte vorsichtig hinein.
Kein von Morlugh zurückgelassener Duergawächter war auf
den ersten Blick zu erkennen. Vermutlich waren die alle im
Gefecht. Unten schien es still, so weit er das einsehen
konnte. Dennoch sollte er vorsichtig sein. Er machte sich
auf die Suche nach einem Oberlicht, das sich öffnen ließ,
verfluchte die Zeit, die ihn das kostete. Noch mehr fluchte
er beim Versuch, es zu öffnen, ohne dabei Lärm zu verursa-
chen, in sich hinein.

Grolk wollte sich vor ihm durchzwängen, weshalb Erion
ihn anzischte. „Grolk, ich schwöre dir …" Er gab es auf,
verstummte, denn, was er ihm schwören oder womit er ihm
drohen wollte, war ihm auch nicht klar.

Er quetschte sich durch die Öffnung und ließ sich dann
vorsichtig hinab ins Gebälk der flachen Kuppel. Viel Holz
in einer Höhlenstadt – das allein zeigte schon die Vorzüge
an, welche die Alchymiker durch ihre Sonderstellung
genossen. Aus Holz war ebenfalls die umlaufende Empore,
die sich als Ring um den kreisförmigen Hauptteil des Innen-
raums zog und auf die Erion sich von den Balken vorsichtig
hinunterließ.

Zuerst sah er sich hier oben um. Hier war niemand. Und
auch sonst recht wenig. Keine Apparaturen, keine Regal-
wände, nichts. Der Rundlauf schien einzig und allein dazu
da, dass man von ihm aus das seltsame Bildwerk bewundern
konnte, das sich um die ganze Rotunde zog. Es war eine
seltsame Mischung aus Gemälde und Mosaik, das augenscheinlich das System der Welten darstellte, mit jedem der
Himmelskörper als einem runden Steinblock von einer
bestimmten Farbe, um den sich entsprechende kunstvolle

Symboldarstellungen sowie Bänder und Flächen von Schriftzeichen zogen.

Seltsam. Es erinnerte ihn an das Astrosphärum, das Meister Hisiciar vor langer Zeit zu Dunjak-Dhar zur Reparatur gebracht hatte. Offenbar war der Gildenoberste fasziniert vom Weltengebäude. Oder sah darin den Schlüssel zu größeren Mysterien.

Unten war noch immer niemand zu entdecken. Nur das Chaos auf der Bodenebene, das sich von hier aus schon offenbarte, deutete auf diejenigen hin, die hier gewesen sein mussten – und dass sie in ihrem Bestreben, alles bei ihrer Suche auf den Kopf zu stellen, furchtbar gewütet hatten. Also wahrscheinlich Morlughs Kharnuk-Duerga.

Eine eiserne Wendeltreppe führte dort hinunter. Er zeigte Grolk seinen vor die Lippen gehaltenen Zeigefinger. Der sah ihn an, als wüsste er nicht, was er von ihm wollte – was wahrscheinlich der Wahrheit entsprach. Aber was sollte er tun? Ihn wegscheuchen kostete Zeit, war vermutlich vergeblich und auffällig für jeden, der sich noch in diesem Gebäude aufhalten mochte. Ihm blieb nichts, als darauf zu vertrauen, dass Grolk die Dringlichkeit schon irgendwie spüren würde. Manchmal klappte das sogar. Die Stufen der Metalltreppe leise hinunterzugelangen war schon schwierig genug.

Unten angekommen duckte er sich zunächst einmal zwischen die Reihen und spähte umher. Auf den Tischen und Werkbänken bot sich ihm ein ähnliches Sammelsurium von Gerätschaften, wie er es vor langer Zeit auf seiner Flucht durch eine der Alchymikerwerkstätten schon kennengelernt hatte – ein Gewirr undurchschaubarer Gerätschaften aus Glas, glitzerndem Kristall oder dunklem Metall –, nur schlimmer. Was für ein Durcheinander!

Hier allerdings stieg derzeit aus keinem der Gefäße und Vorrichtungen irgendwelcher Dampf auf und nirgendwo blubberte es. Stattdessen war eine Flut von Papieren und

Pergamenten überall wahllos und chaotisch verstreut, als wären die aus den Kolben und Gläsern übergekocht. Ob der Zustand durch die Suche der Duerga nach Meister Hisiciars Geheimnissen wesentlich verschlimmert worden war, konnte Erion nicht sagen. Allerdings zweifelte er zunehmend daran. Denn er sah gleich, worauf sich Dunjak-Dhar bezogen hatte, als sie sich seiner Vermutung angeschlossen hatte, die aufgeschriebenen Zeichen beschrieben eine Spur zum Versteck, und das darauf gestützt hatte, dass der Alchymikermeister die Gewohnheit hatte, alles mit Runen und Notizen vollzukritzeln.

O Urnak, diese ganze Werkstatt sah aus wie ein einziges ausgeweidetes und dann zerrupftes Buch, das man auf alle sichtbaren Oberflächen durchgepaust hatte. Alles war hier kreuz und quer mit Zeichen bedeckt.

Wie sollte er da nur die Spur von Meister Hisiciars aufgezeichneten Runen aufnehmen? Hätte der sich als Wegweiser nicht was Leichteres ausdenken können?

Wie sollte er hier die Rune des unverwandelten, abwärts gerichteten Draf-Hanur als Anfang des Pfades zum Versteck aufspüren?

Erneut sah er sich um, ob er noch allein war. Bisher keiner da!

Er hastete durch die Reihen, suchte fieberhaft alles mit hastig umherschweifenden Blicken ab, streifte Papierstapel beiseite, schob den wilden Wust aus Aufzeichnungen und losen Blättern hin und her. Überall Zeichen! Doch nirgends ein vermaledeites Draf-Hanur! Dabei sollte man doch denken, dass es so selten wirklich nicht vorkam. Lauter niedere, für reinen Schriftkram bestimmte, aber nur wenige der hohen Runen, die an die übergreifenden Begriffe der Weltenmysterien rührten. Und selbst die bezogen sich hier alle auf Elemente und Unterklassen, oft in hingekritzelten, unüberschaubaren Reihen und Tabellen. Jedes Mal, wenn er bei seiner Suche größeren Lärm verursachte, schrak er zusammen, doch allmählich wurde er sorgloser. Das ganze Gebäude sah schließlich reichlich verlassen aus. Und er wurde immer verzweifelter. Er schichtete Papierstapel um, schob Gerät beiseite, fuhr mit seinem Blick jede Fläche ab. Selbst von den anderen Runen auf dem Zettel war keine Spur zu entdecken.

Allmählich fragte er sich, ob ihn sein vager Eindruck in den untersten Minenschichten vielleicht doch nicht getrogen hatte, dass nämlich Meister Hisiciar nicht mehr richtig bei Verstand war. Vielleicht war es ein Fehler, ganz auf die Zuverlässigkeit seiner hingekritzelten Hinweise zu bauen.

Er suchte nach weiteren Räumen. Vielleicht gab es in Meister Hisiciars Privatgemächern irgendwo einen versteckten Tresor, der sich durch den Schlüssel der aufgeschriebenen Zeichen öffnen ließ. Er entdeckte einen spitz überwölbten Durchgang zwischen Regalvorbauten, der ihm vielversprechend erschien. Kurz davor zuckte er jedoch zusammen. Ein Poltern! Grolk reckte aufmerkend den Hals. Dann ein Knarzen und Quietschen, als würde eine Tür aufgestemmt.

Und dann donnerte auch schon Morlughs Stimme vom Eingang her durch die Rotunde.

„Wo bist du, Elfenbrut? Ich weiß, dass du hier bist! Du kannst dich nicht verstecken, ich werde dich finden!"

Augenblicklich tauchte Erion in die Hocke ab.

„Habt alles kaputt gemacht, ihr verfluchten Ninraé, die ganze Eroberung Anaudragors, und euch danach in euren verdammten Festungen versteckt. Und jetzt seid ihr wieder da, um uns wieder in die Suppe zu spucken. Aber jetzt mach ich euch alle. Und mit dir fang ich an. Erst die Mutter und jetzt ihr Halbblutbalg."

Er lauschte auf das Poltern der Tritte. Morlugh kam die Gänge herab. Aber weit entfernt. Beinahe auf der anderen Seite der Werkstatt.

Erion huschte weiter die Reihen entlang, entschied sich

für eine der hinteren und schlüpfte hinein. Grolk wieselte neben ihn. Vielleicht konnte er an Morlugh vorbei zum Ausgang schlüpfen. Aber dann gab er die Suche nach Meister Hisiciars Versteck auf.

Krachen, Scheppern und Klirren ertönte. Es klang, als würde Morlugh kurzerhand all die Gerätschaften von den Tischen fegen. Erion duckte sich tiefer.

Ein Donnern und Bersten erscholl, das ihn zusammen-zucken ließ. Natürlich, Morlugh war auf seine übliche Methode verfallen, alles zu zerschlagen, was ihm im Weg stand. Er schlug die Werkstatt kurz und klein. Entweder mit seiner Axt oder der bloßen Metallfaust. Hörte sich nach beidem an.

Schnell weg durch die Reihen, solange es die Reihen noch gab.

Noch mehr Klirren, heftiger, dann ein dumpfer Knall. Ein Fauchen und Zischen. Dann ein Prasseln. Stechender Geruch breitete sich aus. Über die Tischkante sah er Rauch aufsteigen, dann das Züngeln von Flammen. Eine Brandspur schien eine Bankreihe entlangzulaufen.

O nein, Feuer! Morlugh hatte irgendwas zerschlagen, Substanzen waren ineinandergelaufen und entflammt. Jetzt fauchte auch Grolk, doch ging es in den restlichen Geräu-schen unter. Dieser Irre! Kam es dem überhaupt noch darauf an, irgendwas zu finden? War sein Verstand vollkommen zerbrochen wie ein morscher Ast, und Morlugh war nur noch auf Erions Vernichtung aus?

War er derart vom Hass auf die Ninraé besessen? War es das? War das alles, was noch seinen Geist beherrschte?

Erion zuckte herum.

Und schaute in ein verdattertes Firimduergagesicht. Meister Harghberd starrte ihn an. Mit verknautschter, verschlafener Miene kam er aus einer Tischecke hervorge-krochen, wo er anscheinend eingeschlafen war.

Einen Moment lang starrte Harghberd ihn verblüfft an.

Dann fing er an zu schreien. „Er ist hier! Dieser Erion ist hier! Hier steckt der Scheißkerl!", lamentierte der Verräter.

Ein Grunzen, dann ein Aufbrüllen hinter den Tischreihen.

2

KAMPF IM HIMMELSRUND

Erion kam hoch.

Sofort sah er Morlugh. Vor Flammen und waberndem Rauch zeichnete sich sein monströser Umriss ab, durch den Schulterpanzer mit den Stacheln darauf nur umso bedrohlicher verzerrt – eine massiv rohe, brutale Gestalt. Die Verkörperung einer von Hass getriebenen Zerstörungswut. Rot und gelb glitzerte der Feuerschein auf seiner Schädelplatte und den Eisendornen und lief die metallene, kantig verdrehte Form seines künstlichen Armes entlang. Morlugh schnellte vor, um die Reihe entlang zu ihm aufzuholen. Dann jedoch schien er sich zu besinnen und griff auf seine alte Methode zurück. Nicht zwischen den Tischreihen hindurch – direkt durch die Tischreihen selbst.

Er hob die Axt mit seiner natürlichen Hand, ließ sie niedergehen. Splitter, Scherben und Trümmer stoben hoch und flogen durch die Luft. Morlugh brüllte.

Feuer lief das Ende von Erions Gang entlang und leckte die Wände empor.

Erion sprang, landete auf einer zugehäuften Tischplatte und begann sie entlangzulaufen. Solange es diese Reihe noch gab. Bevor Morlugh ihm den Weg abschneiden konnte. In Richtung der Treppe lief er los. Morlugh, zwei Reihen entfernt, brüllend hinter ihm her.

Erion rutschte auf Scherben weg, fing sich, kam ans Ende der Reihe und sprang erneut. Landete auf dem waagerecht abknickenden Teil des Geländers am Fuß der Metalltreppe, hechtete weiter hoch und setzte mit einem Klappern auf den Stufen auf.

Der Hall dröhnte durch den ganzen Rundbau nach. Erst recht das weitere Geklapper, als er die ersten Stufen hochstürzte.

Rauf, nach oben!

An Höhe zu gewinnen, hatte sich bewährt. Je höher rauf, umso mehr Schwierigkeiten hatte Morlugh, ihm zu folgen. Vielleicht würde sogar die Metalltreppe unter ihm zusammenbrechen, wenn er es versuchte. Wenn es hinauf statt einfach nur mit roher Gewalt durch etwas hindurch ging, spielten Morlughs Masse und sein Gewicht gegen ihn. Es hatte mit den Dächern und der Flucht darüber geklappt, womöglich klappte es hier auch.

Ein Brüllen und ein Schatten, ganz nah. Eine riesige Klaue grapschte nach seinem Bein, durch das Raster der Stufen sah er die verzerrte Fratze.

Wie war der ihm so schnell gefolgt? Hatte der sich durch den Raum geworfen?

Immer wieder unterschätzte er die Schnelligkeit dieses Monstrums.

Jetzt sah er ihn schon in der Windung unter ihm, wie er sich das Treppengestell hochwuchtete.

„Ich krieg dich, Elfenbalg!"

Die Treppe quietschte und ächzte gewaltig.

Erion hetzte weiter, schnell die Windungen hoch, bevor …

Schrilles Kreischen und Quietschen! Ja, genau das! Die Treppe verbog sich gewaltig unter Morlughs Gewicht.

Dahinter grelles Flattern.

Davor abgezeichnet sah er Morlugh, eingerahmt vom Gehäuse der Wendeltreppe. Ein bizarrer Umriss vor den sich ausbreitenden Flammen – seine Gestalt inmitten eines verdrehten Käfigs. Die Flammen leckten nach Morlughs Beinen. Der Ausblick auf die Werkstatt dahinter wurde von Rauchschwaden verdeckt.

Rauf, nur rauf, Windung um Windung!

„Ich brech dir alle …" Unter ihm brüllte Morlugh weiter.

Dahinter eine andere Stimme, aufgeregt, panisch, schrill!

„Narren, Narren! Das Feuer. O nein! Wenn es das Donnerelixier findet! Wenn es das findet, was wir nicht gefunden haben!"

Weiteres Quietschen, Ächzen und dröhnendes Knarzen. Das Metallskelett der Treppe verbog sich gefährlich. Morlugh war einfach zu schwer.

Zum Glück war er selbst jetzt oben und hechtete auf den Umgang hinaus. Ein Blick zurück – Morlugh schien verdreht und verheddert im Treppenrahmen. Mit etwas Glück stürzte das Ding unter ihm ein.

Er stürmte hinaus auf den Balkonring. Nur weg von ihm!

Ein Fauchen zeigte ihm, dass Grolk ihm irgendwie durch den Rauch hier hinauf gefolgt war. Er turnte über die Brüstung. Unten erhaschte er das Bild Harghberds, der verzweifelt mit einer Decke auf die Flammen einschlug.

Ein Blick zurück zu Morlugh. Die Hoffnung hatte ihn getrogen. Der war oben angekommen und versuchte gerade, sich aus den verdrehten Überresten der Treppe zu befreien, grunzte und fluchte bei seinen Bemühungen.

Erion hatte Vorsprung, beinahe war er auf der anderen Seite, streifte bei seiner Flucht das ganzen Weltenrund aus Himmelskörpern, die ein unbekannter Künstler auf der umlaufenden Wand festgehalten hatte. Eine wahnwitzige Hoffnung schoss ihm durch den Kopf. Er stürzte zur Brüstung, lehnte sich hinüber und spähte hinab auf das, was er am Rauch vorbei vom Erdgeschoss der Rotunde ausmachen konnte.

Mach den Kopf frei! Versuch die Erwartung dessen, was du siehst, loszulassen!

Mit röhrendem Brüllen schüttelte Morlugh den letzten Rest des Gestänges ab und kam frei.

Erion aber starrte in das Gewirr aus Papieren, Pergament, zerstörtem Gerät ... und Gekritzel.

Offenen Blicks ... ganz offenen Blicks ...

Vielleicht zeigte sich die Rune Draf-Hanur ja von hier oben. Vielleicht ergab sie sich auf wundersame Weise aus dem Zusammenspiel all des wilden Gekritzels.

„Was glotzt du, Elfenbalg? Fragst dich wohl, wie du an mir vorbei wieder runterkommst."

Hektisch wandte er den Blick ab. Im Grunde war es eine gute Idee gewesen. Nur brachte sie nichts. Wahrscheinlich ergab sich so etwas nur in einer von Duvruks alten Geschichten. Oder wenn man genug Zeit hatte. Aber die stand ihm gerade nicht zur Verfügung.

Lieber möglichst viel Abstand zu Morlugh gewinnen. So viel wie möglich. Er lief weiter am kunstvollen, stilisierten Himmelsrund entlang. Am besten den ganzen Durchmesser der Rotunde zwischen sich und dieses Mördermonstrum bringen.

Er blieb stehen, blickte zurück. Doch Morlugh, der jetzt auf der anderen Seite, ihm genau gegenüberstand, hatte sich nicht gerührt.

Der Kerl stierte zu ihm herüber. „Und was wird das jetzt?", fragte der. „Denkst du, ich werd dich jetzt munter immer im Kreis rumjagen, während du wie ein Hase vor mir herläufst?"

Morlugh wandte sich dem verdrehten Treppengestänge

zu und trat auf die Überreste ein. Immer wieder und wieder, bis es sich irgendwo aus seinen Verankerungen löste und krachend nach unten stürzte, wo es in Flammen und Rauchschwaden verschwand.

„So wird das eher was", röhrte Morlugh, als er sich wieder zu ihm umwandte.

Morlugh beließ es aber nicht dabei, sondern hob seine riesige Doppelaxt und ließ sie mit Macht auf den Boden der umlaufenden Galerie niedergehen. Holz und Gestänge brachen und splitterten unter den wilden Hieben, und die Trümmer stürzten in die Werkstatt hinab.

Das Geländer barst und Bohlen brachen.

O nein!

Der Kerl schnitt ihm den Weg ab. Das war es, was er wollte.

Und das mit einer wahnwitzigen Geschwindigkeit und besessener, blindwütiger Hingabe. Stück um Stück der Empore stürzte auf die Bodenebene hinunter, ging in Flammen auf oder zertrümmerte noch mehr der Apparaturen und Gefäße.

Längst war der Abstand zwischen den beiden unbeschädigten Seiten größer, als dass irgendjemand die Lücke hätte überspringen können. Nicht einmal er.

Grollend und schnaufend setzte Morlugh sein Zerstörungswerk immer weiter fort.

In dem Krach und aus seinem Gebrüll hörte er irgendwas von „Vorgeschmack" und anderen blutgierigen Phantasien heraus, während das Monstrum weitertobte und rundum den Laufgang zerstörte.

Der Kerl kam näher. Der wollte wahrhaftig den ganzen Rundlauf zerlegen. Und dann?

Morlugh kam ihm in Richtung des Sonnenlaufs hinterher, also wich Erion Stück für Stück weiter zurück. Denn die Richtung wechseln konnte auch Morlugh nicht mehr. Der Weg hinter ihm war seiner Zerstörungsorgie zum Opfer gefallen. Gut, dass hier alles im soliden Balkenbau verstrebt war. Sonst wäre der Rest der Empore längst mit abgestürzt. Immer wieder lugte Erion im Zurückweichen übers Geländer. Ob sich im Blick von oben vielleicht doch noch irgendetwas zeigte, ob sich irgendeine Eingebung ergab? Aber nichts war dort unten erkennbar, außer Flammen, Rauch und Zerstörung. Und Meister Harghberd, der immer wieder zeternd heraufschaute, wenn er sich nicht gerade vor neuen Trümmerstücken in Sicherheit brachte oder das sich ausbreitende Feuer zu löschen versuchte.

Bald würden ihm hier oben Zeit und Rundlauf ausgehen. Bald kam er zurück zu der Stelle, wo der Kopf der Wendeltreppe gewesen war und wo jetzt der Weg endete. Während Morlugh regelrechte Freude an Abriss und Vernichtung der Galerie zu entwickeln schien.

Mit Stahlfaust und Doppelaxt hieb er mit einer wahren Inbrunst auf Boden und Geländer ein, zerstörte allen Rundlauf hinter sich, sodass von den Stützen nur noch ein paar Spieren einsam und schräg aus den Rotundenwänden ragten.

Auch hinter Erion würde sich bald der Abgrund öffnen. In einen Abgrund hatte dieses Monstrum schon seine Mutter hinabgestürzt. Nein, er würde nicht kampflos untergehen. Schon einmal hatte er mit Morlugh im Zweikampf gestanden.

Und in diesem Augenblick wandte ihm der Kerl in seinem manischen Vernichtungswerk den Rücken zu …

Erion zog über die Schulter hinweg sein Ninraéschwert, stürzte los.

Morlugh wandte sich um.

Grinsend und schnaufend stand er vor ihm, während Erion nähersauste. Hob lässig mit einer Hand die Axt und fegte die Spitze von Erions Waffe beiseite, die auf sein Herz gezielt hatte.

Die Axt hieb zu. Erion sprang gerade noch rechtzeitig zurück.

Er und Morlugh starrten sich über die Distanz zwischen ihnen an.

„Das war's dann. Zu Ende mit Laufen und Springen. Jetzt kommt meine Axt", grollte Morlugh geifernd und dumpf verzerrt. Woher das kam, konnte Erion jetzt erkennen. Denn in Morlughs Wange klaffte ein blutiges Loch, eine weitere grausige Wunde, die Hurga-Jhin ihm geschlagen hatte. Ein Wunder, dass Morlugh überhaupt noch verständlich reden konnte.

Erion schaute über die Schulter. Da war kaum noch Raum. Vielleicht ein paar knappe Schritte.

„Geht los", sagte Morlugh und drang mit wilden Axtschlägen vor, dass es nur so rauschte, als die massive Waffe die Luft zerteilte. Erion wich zwar aus, doch ihm blieb nichts anderes übrig, als zurückzuweichen.

Beinahe spielerisch lenkte Morlugh die Schwünge seiner Axt seitwärts, dass das Geländer barst und das Blatt durchs Holz des Randes drosch.

Die Gelegenheit … Erion stieß zu, als Morlugh noch mitten im Schwung war. Eine Stahlklaue schoss vor. Hätte Erion beinahe den Arm gebrochen. Streifte ihn jetzt nur am Kinn. Er hatte sich weggewunden, sonst hätte das Teil ihm den Kiefer zertrümmert. So explodierten nur Sterne vor Erions Augen.

Er taumelte zurück, schüttelte sich, um den Kopf zu klären.

Und sah Morlughs gewaltig strotzende Statur vor sich, von Stahlteilen zusammengehalten, die mächtige Brust, die breiten Schultern, der Panzer auf einer Seite mit seinen abstehenden Stacheln, der massive, seltsam verdrehte Metallarm aus dem kantige Zacken ragten, in der anderen Hand die riesige, ausladende Streitaxt.

Morlugh nahm damit die ganze Breite ein, da gab's kein

Durchschlüpfen oder Durchwechseln. Es sprach für die tragende Holzkonstruktion des Umlaufs, dass der davon verbliebene Überrest nicht schon längst unter Morlughs Gewicht zusammengebrochen war.

Wieder lugte er hinter sich. Da war kein Raum mehr zum Zurückweichen. In der Tiefe lamentierte Harghberd, während Flammen und Rauch aufstiegen, mittlerweile so hoch, dass man den Ausgangspunkt der von Morlugh angerichteten Zerstörung kaum noch erkennen konnte.

Morlugh schien vorerst nicht mehr mit seiner Axt nach ihm schlagen zu wollen, fixierte ihn nur mit stierem Blick. Weißlich sickernde Flüssigkeit trat mittlerweile nicht nur aus der riesigen Narbe auf seiner linken Gesichtsseite aus, sondern quoll ihm schier aus allen Poren. Durch das Loch in seiner Wange konnte man Sehnen und Zähne sehen.

„Ich sag dir, wie's geht", knurrte Morlugh ihn an. Er machte mit seiner Doppelaxt eine Bewegung über den Emporenrand hinaus und half mit einem Rucken des Kopfes nach. „Du springst runter, ich spring auf dich drauf." Er lachte röchelnd. „Na, den Rest kannst du dir ja denken." Morlugh grinste ihn übers Blatt seiner Axt hinweg an.

Er machte eine Bewegung mit seiner Stahlhand, die wohl als Einladung gemeint war. „Los, spring schon! Springen kannst du doch so gut", sagte Morlugh und griente, dass seine spitzen, schiefen Zähne zwischen den zerfurchten Lippen sichtbar wurden. „Oder soll ich nachhelfen?"

Die Axt schoss vor – einhändig mit erschreckender Leichtigkeit geführt. Erion sprang zurück. Ein jäher Schwindel und der Sog der Tiefe zerrten an ihm. Er schaute an sich hinab, sah, dass er mit halbem Fuß auf der Kante taumelte, schwankte, kreiste mit den Armen, dass er den Rauch in seinem Rücken wegwedelte, um seine Balance auszugleichen. Der Schreck schoss ihm jäh wie ein Eisdorn zur Schädeldecke hoch.

Während Rauch ihn umwehte und ihm in der Lunge biss, umwob graues Flattern die Ränder seiner Sicht. Seine Muskeln und Sehnen spannten sich am Rand des Abgrunds und er spürte, wie leerer Raum seine Fühler nach ihm ausstreckte. Aus dem Augenwinkel, bevor alles wie im Sturz vorbeisauste, erhaschte er noch ein kleines, fauchendes, schwärzliches Knäuel, das aus Qualmschleiern hervorstürzte.

Morlugh schwang die Streitaxt, und die Elfenbrut hüpfte nach hinten, schwankte eine Augenblick an der Kante des Abgrunds. Na, dem konnte er den letzten Ansporn geben. Mit blankem Stahl. Er holte zu einem erneuten Hieb aus, als etwas aus dem Rauch heraus auf ihn zustürzte. Wie eine Ratte. Oder eine Fledermaus.

Er schrie auf. Irgendwas hing ihm im Gesicht und fauchte und zischte.

Dann wurde ihm die Sache klar. Die wiederkehrende Erinnerung.

„Schon wieder? Dummes Vieh!", brüllte er. Das dumme Vieh keifte und kreischte. Fiel dem nichts anderes ein? In die Wade beißen oder so? Ein paar der kleinen Narben in seinem Gesicht stammten immerhin von dem Vieh.

„Hast nichts gelernt, du Pest?" Der musste doch wissen, wie das ausging.

Er griff mit seiner Stahlklaue aus, wollte sich das Vieh aus dem Gesicht reißen und es diesmal gleich zerquetschen.

Die Hand griff ins Leere. Fauchend sprang das Vieh durch die Luft. Prallte gegen die Wand, hüpfte auf den Emporenrand, sprang von dort wieder ab. Hüpfte von hier nach dort. Wie eine ganze Horde aufgescheuchter Springpocken.

Er schlug mit der Axt nach der lästigen, hässlichen Plage.

„Du verdammtes Scheiß-Vieh!"

Das verdammte Scheiß-Vieh sprang erneut ab, war über dem Abgrund und sauste abwärts.

Er schüttelte sich, halb vor Grimm und halb, um das wilde Auf und Ab des Viehs aus dem Kopf zu kriegen. Sah sich dann um.

Die Elfenbrut taumelte nicht länger an der Kante. Hatte sich wahrscheinlich ein Herz gefasst, da der sah, dass er im Moment zu beschäftigt war, um augenblicklich auf ihn draufzuspringen, ihn zu zerstampfen und ihm alle Knochen zu brechen.

Er trat an die Kante, vorsichtig, reckte den Kopf, um durch die Rauchschwaden in die Tiefe zu blicken. „Dem Herrchen hinterher, was? Wo bist du, Erion Leichtfuß? Wo hast du dich versteckt?"

Er musste sich beeilen, sonst schlüpfte diese gerissene Maus ihm noch zum Mauseloch hinaus. Und dann gab es wieder nur eine dumme Verfolgung.

„Denk nicht, du kannst mir entkommen. Wo bist du, Elfenbalg? Ich komme! Und ich zähl nicht bis drei."

Und mit diesen Worten sprang Morlugh ab. War ein Klacks gegen eine Drazghulgrube.

Es gab ein Riesenkrachen. Das wohl eine Menge zertrümmern musste. Bei dem Riesenkörper. Der aber auch durch seine Masse beim Sprung eine Schneise in den Rauch trieb.

Verdammter Rauch! Er biss ihm in der Lunge. Erion bemühte sich hart, sein Husten zu unterdrücken. Damit er sich nicht doch noch verriet.

Er saß mit angezogenen Beinen im Winkel einer Strebe

oben im Gebälk unter dem Dach. Sein Schwert hatte er tief ins Holz getrieben. Das Heft zitterte noch.

Es gab da unten ein Riesenkrachen, aber auch eine Menge Gezeter. Letzteres von Meister Harghberd. Obwohl jede Sorge um seine unredlich angeeignete Werkstatt inzwischen wohl verlorene Liebesmüh war. Da war kaum noch was zu retten. Ja, in die Luft fliegen konnte das Ganze noch. Wenn das Feuer irgendwie das Versteck des Donnerelixiers erreichte.

Aber darum schien sich nur Harghberd, doch nicht Morlugh Gedanken zu machen. Als hätte der vollkommen den Verstand verloren und nichts ginge ihn mehr was an, außer ihn und alle Ninraé zu vernichten, die ihm in den Weg kamen. Und als käme es ihm nicht im Geringsten in den Sinn, dass ihn irgendetwas oder irgendwer daran hindern könnte.

„Feuer? O Feurio! Ja, schrei du nur, du Krakeeler! Du unfähiger Nichtsnutz! Du Niete!"

Jetzt kam unten Morlugh teilweise in Sicht. Er trieb Harghberd vor sich her.

„Du gehst zur Tür!", schnauzte Morlugh den total verängstigten Harghberd an. „Schaust, dass niemand hier rauskommt."

Harghberd eilte davon, wahrscheinlich froh, Morlugh zu entkommen und möglichst nah am Ausgang zu sein, sollte das Feuer das Versteck des Donnerelixiers erreichen. Aber wenn das geschah, half wahrscheinlich auch Rennen nicht mehr.

Dann ging unten etwas hoch. Glas splitterte und im Luftzug von der Tür her wehte eine neue Qualmfahne durch den Raum, sodass sie den Dreckskerl verhüllte. Er konnte ihn zwar nicht mehr sehen, aber über dem Prasseln und Wummern immer noch hören. Ja, das umso mehr.

„Ja, du schreist! Aber Feuer ist was Wunderbares. Etwas

zu verbrennen, ist eine Freude. Und das hier ist nur der Anfang!"

Morlugh brüllte und röhrte, aber beinahe nur wie für sich allein. Ob Harghberd ihn von der Tür her verstand, war zu bezweifeln. Er war sich immer mehr sicher, Morlugh war inzwischen vollkommen durchgedreht.

„Die Welt will ich brennen sehen. Die Elfenbastarde will ich allesamt brennen sehen. Die ganze Welt in Brand setzen, ein Scheiterhaufen, um das Morgen einzuläuten."

Das Donnerelixier! Auch wenn Morlugh die Grenze zum Wahnsinn überschritten hatte, so war er sich sicher, er würde das Zeug an sich reißen und genau so nutzen, wie er es gerade beschrieben hatte. Das passte ganz zu seinem Wahn. Wenn es nicht hochging, wenn es in einer Schatulle sicher aufbewahrt oder ähnlich geschützt war, dann würde Morlugh es auch notfalls aus den rauchenden Trümmern von Meister Hisiciars Werkstatt ausgraben.

Was also war damit?

„Was schaust du?", brüllte Morlugh, als stände Harghberd noch immer vor ihm. „Hast nicht gedacht, dass ich ein Poet bin! Im Scheiterhaufen der Gegenwart, daraus wird die neue Welt geboren. Na, wie klingt das für dich? Verbrennen, Zerstörung. Das ist die reinste Form des Wandels."

Morlugh kam erneut in Sicht, riss die Tischplatten herunter, sodass alles, was noch darauf war, krachend zersprang. „Wo bist du? Wo bist du, Erion Leichtfuß?"

Nein, nicht das Feuer, sondern das Donnerelixier – vor allem in Morlughs oder Kinphaidranauks Hand – stellte wahrhaftig die reinste, die schrecklichste Form des Wandels dar …

Erion stutzte, während Morlugh unten weiterwütete.

Die reinste Form des Wandels …

Vogitva-Turnam!

Die Rune, das Zeichen der sich erhebenden Sonne, das

wandelbarste Zeichen von allen, das in seiner reinsten, ursprünglichen Form allgemein für Wandlung an sich stand.

Alles, das Prasseln des Feuers, das Wüten von Morlugh, trat mit einem Mal für Erion in den Hintergrund, während die Gedanken in seinem Kopf kreisten.

Meister Hisiciars Faszination für das Weltengebäude und das Himmelsrund …

Es dauerte eine Weile und Erion musste dafür den Fetzen hervorkramen, auf den Meister Hisiciar das Runenrätsel geschrieben hatte.

Aber dann hatte er es verstanden.

Kurz darauf stand Erion wieder auf dem Dach von Meister Hisiciars brennender Werkstatt.

Es würde zwar noch etwas dauern, bis die Flammen auch das Dachgestühl erreichten, aber Erion hatte keine Zeit zu verlieren. Er musste das Donnerelixier vor Morlugh in Sicherheit bringen.

Und er wusste, wo er dazu jetzt hinmusste. Er wusste jetzt, was für ihn zu tun war.

3

DIE BOTSCHAFT DER RUNEN

Wir müssen weg! Wir müssen weg hier! Wenn das Feuer das Elixier erreicht …"

„Nein, ich glaube, so funktioniert das nicht. In so einem … Laboratorium bricht leicht mal Feuer aus. Damit muss Hisiciar gerechnet haben. So leichtsinnig war er nicht." Morlugh packte diesen Harghberd am Arm, bevor der noch wie ein Hase die Straße hinab davonrannte.

Die Vernunft seiner Aussage zusammen mit dem harten Griff schien bei dem guten Meister anzukommen, denn offenbar besann er sich, zappelte nicht länger rum, sondern wandte sich stattdessen dem brennenden Gebäude zu und legte in Verzweiflung die Hände wie ein Dach über den Kopf.

„Alles brennt. Alles brennt nieder. Die ganzen Schätze …"

Die ganze Zeit war dieser Harghberd zu nichts nütze gewesen, war dem Ziel, das Donnerelixier herzustellen, keinen Schritt näher gekommen. Und jetzt jammerte er in einem fort vor sich hin.

„Gerätschaften kann man ersetzen", warf Morlugh ihm

über die Schulter zu, schaute dann aber wieder nachdenklich die Straße vor der brennenden Werkstatt rechts und links hinab. „Eine Werkstatt kann man ersetzen." Wo war der Kerl nur hin?

Inzwischen war er sich sicher, dass diese Halbelfenbrut sich nicht länger irgendwo da drinnen verstecken konnte. Dieses Gemäuer war mittlerweile eine brennende Todesfalle. Wer jetzt noch da drin war, kam nicht mehr raus.

„Aber das Abbild des Sternenkreises!", zeterte Harghberd weiter. „Es wurde von Hurum-Navhar selbst gefertigt und ist von unschätzbarem Wert."

Irgendwelche Kunstwerke interessierten Morlugh in diesem Augenblick rein gar nicht. Er grübelte darüber nach, wo dieser Erion Leichtfuß hin sein konnte. Er wollte diesen verdammten Schandfleck in seinem Nest endgültig ausmerzen. Nach seiner verfluchten Mutter, die er überhaupt viel zu lange lebend in seiner Stadt geduldet hatte. Bevor dann der Rest ihrer Brut dort draußen dran war. Wo konnte der Elfenbalg nur hin sein? Zu seinen merkwürdigen Gefährten, um sich bei denen auszuheulen?

Vielleicht war die Schlacht inzwischen geschlagen. Vielleicht hatte seine Seite schon verloren. Aber dann würde er zu den Hasghar-Duerga gehen. Mit denen hatte er schon einmal Seite an Seite gekämpft, und das waren wilde, harte Krieger. Er würde ihren Häuptling zum Zweikampf herausfordern und töten. Dann würde er sich an die Spitze der Hasghar-Duerga setzen und sich mit ihnen dem Feldzug Kinphaidranauks anschließen, um alle Ninraé auszulöschen.

„Man sagt, sein Schöpfer habe in seinen ausgeschmückten Symbolen die Mysterien unendlicher Weisheit verborgen."

Morlugh sah Harghberd ungnädig an. Er erwog, ihn zu erdrosseln. Seinen Wert hatte er verloren, wenn er den je besessen hatte. „Wovon, zur Hölle, redest du da?"

„Na, von Hurum-Navhars Mosaik des Sternenkreises dort oben entlang der ..."

Harghberd verstummte.

„... entlang der Empore", brachte Morlugh den Satz des Alchymikers zu Ende. „Er hat Mysterien darin verborgen, sagst du?", fragte er dann nach.

Er und Harghberd sahen sich an.

Die Erkenntnis, die auch ihm gedämmert war, fand er in Harghberds dämlichen Zügen gespiegelt.

Einen Moment später stand er wieder im Eingangstunnel und lauschte dem Heulen, Fauchen und Wüten der Flammenhölle im Innenraum. Der Hitzesturm, der ihm entgegenschlug, ließ augenblicklich alles Sekret auf seiner Haut und an seinen Narben verdampfen. Was eine ganz angenehme Abwechslung war.

Er spürte Harghberds Atem in seinem Rücken. Sogar diesen Feigling packte die Neugier!

„Da ist nicht mehr ranzukommen." Es hörte sich an, als würde Harghberd an seinem schützenden breiten Rücken vorbei nach oben spähen.

Nein, vor allem für ihn war da oben nicht mehr ranzukommen. Selbst ohne Feuer. Von oben her, über das Dach, bestand für ihn auch keine Chance.

Am besten, man ließ die ganze Kaschemme niederbrennen und grub später zusammen mit den Hasghar-Duerga den Schatz wieder aus. Diejenigen, die sich gegen ihn gestellt hatten, und, verdammt noch mal, diesen Kampf um die Stadt wahrscheinlich gewinnen würden, die würden sich gar nicht die Mühe machen, unter diesen ganzen Trümmern nach der Schatulle oder was auch immer zu suchen. Die hatten die Alchymiker auf ihrer Seite, und die kannten das Rezept und konnten jederzeit neues Donnerelixier herstellen. Warum sich also die Mühe machen, es auszugraben? Nein, das Zeug würde unter den verkohlten Trümmern schön auf ihn warten, wenn er zurückkam, um seine Rache zu nehmen und es zu bergen.

Morlugh überlegte.

Deshalb also hatte der Elfenbalg unbedingt über die Treppe da raufgewollt.

Und er war gar nicht nach unten gesprungen. Und deshalb war er dann auch sofort verschwunden. Weil er jetzt das Donnerelixier hatte.

Also vielleicht doch nicht unter den Trümmern, wo es auf ihn warten würde?

Er wandte sich um, vom Feuer und der Gluthitze ab, schob den Kerl beiseite und trat zurück auf die Straße. Harghberd überschlug sich förmlich, um wieder nach draußen zu krabbeln.

„Wo kann er mit dem Donnerelixier nur hin sein?", fragte sich Morlugh.

„Bestimmt bringt er es zu seinen Gefährten."

Morlugh musterte ihn einen Augenblick. Harghberd nickte beflissen. Morlughs Hand schoss blitzschnell vor, packte zu. Dann brach er Harghberd das Genick. Etwas langsamer, als er ihn sich geschnappt hatte.

„Nein", sprach Morlugh zu sich selbst, als er den schlaffen Körper losließ, sodass er zu Boden sackte. „Dieser Wicht würde es niemals zu seinen Gefährten bringen. Wo er weiß, dass ich lebe, sie alle umbringen und die Schlacht doch noch wenden kann. Er wird das Elixier vorerst in Sicherheit bringen."

Morlugh starrte hinauf zur Höhlendecke.

Sicherheit? Wo wäre für diese Elfenbrut denn Sicherheit?

Wer hatte für den Sicherheit bedeutet? Außer seine Mutter? Wer hatte den Kerl vor allem beschützt? Sogar davor, dass er die gerechte Strafe an ihm vollstreckte, obwohl dieser Balg schon sein ganzes Leben lang eine verdammte Pest gewesen war.

Erion rannte über Dächer und Firste, bis er glaubte, genug Abstand zwischen sich und die Werkstatt Meister Hisiciars und Morlugh gebracht zu haben. Bis er sich sicher war, dass der ihn auf keinen Fall mehr sehen, ihm folgen und das Ziel seines Weges daraus ableiten konnte.

Schon nach kurzer Zeit war Grolk wieder zu ihm gestoßen und hatte sich seiner Hatz über die Dächer angeschlossen. Hinter ihnen stieg Rauch zum Höhlenhimmel empor. Flammen leckten daran hoch, und Funken taumelten vor den Schwaden aufwärts. Der Schatten des großen Hauptpfeilers ragte ebenfalls in seinem Rücken auf, der Umriss des nächsten lag in einiger Entfernung vor ihm und wies ihm den Weg.

Als er von den Dächern herabstieg, musste er feststellen, dass die Straßen nicht länger verlassen waren. Immer wieder stürmten Gruppen von Leuten an ihm vorbei, manche auch mit Karren und Wagen. Auch aus den anderen Stadtteilen war Lärm und Aufruhr zu hören. Zum Teil musste er sich seinen Weg zwischen den Menschenmengen hindurchbahnen, sodass er schon erwog, wieder auf die Dächer auszuweichen. Er wagte nicht, Zeit zu verlieren, indem er versuchte, aus den Leuten herauszubekommen, was der Aufruhr zu bedeuten hatte: Etwas Schlechtes, weil sie in dem Wissen flohen, was ihnen nach einer Niederschlagung des Aufstands als Rache blühte, nachdem das Ausmaß des Widerstands gegen Morlughs Herrschaft offenbar geworden war, oder etwas Gutes, wie zum Beispiel, dass ihre Seite siegreich geblieben war?

Dunjak-Dhars Schmiede war nahe bei dem Hauptpfeiler errichtet, eine ummauerte Anlage aus mehreren Ringen mit ihrem Runensanktum in der Mitte. Dessen Spitze war schon von Weitem sichtbar. Auch als er wieder durch die Straßen und Gassen lief, ragte sie immer wieder über die Dächer hinaus. Als wäre sie ein kleinerer Bruder des großen Hauptpfeilers in deren Nähe.

Bald lag dann auch Dunjak-Dhars Werkstatt vor ihm. Das Runensanktum überragte die Umrandungsmauern aus blauschwarzem Stein wie die Spitze eines langen dunklen Kristallzackens. Erion hatte es immer an einen besonders schlanken, kantigen Sarg erinnert.

Erinnerungen drängten bei dem Anblick in ihm hoch. An eine Zeit, in der er vage geglaubt hatte, die Chance auf ein halbwegs vernünftiges Leben in Kharnuk-Bragha zu haben. Gestört nur von diesem einen Traum, der beharrlich in ihm herumgeisterte: einer der Sechzehnten zu werden, mit ihnen in den Krieg gegen Kinphaidranauk zu ziehen und sie zu besiegen. Und natürlich wurde diese Vorstellung einer friedlichen Existenz in dieser Stadt empfindlich von deren König Morlughs und dessen Schergen durchkreuzt, die es sich als ihr ganz besonderes Ziel gesetzt zu haben schienen, ihm das Leben zur Hölle zu machen.

Ein Versteck. Was wäre das beste Versteck? Wo wäre etwas vor jenen sicher, die alles durchsuchten, was mit den Alchymikern und vor allem ihrem Gildenobersten Meister Hisiciar zu tun hatte?

Jetzt war es ihm klar. Es hätte ihm schon von Anfang an klar sein müssen.

Im Laufschritt eilte er durch die Eingangspforte des blauschwarz gemauerten Steinbogens hinein in den Gang, der den äußeren Ring der Lager und Pferche durchteilte.

Alles war verlassen. Eine tote, verwaiste Hülle aus Steinkreisen und trennenden Mauern und Trägern. Düsternis hatte sich hier jetzt endgültig eingenistet. Keine lodernden, von Blasebälgen hochgefachten Feuer vertrieben sie länger aus ihrem Umkreis, kein pochender Puls von Hämmern auf Stahl und Ambossen war noch zu hören. Dunjak-Dhars Helfer und Angestellte arbeiteten nicht länger hier, nachdem ihre Meisterin in die Minen verbannt worden war. In diesem ummauerten Bezirk war Kharnuk-Bragha bereits zu einer Totenstadt geworden.

Er ließ die Eingangskreuzung mit ihren drei blau-schwarzen Steinbögen hinter sich und durchquerte rasch die Ringe zu Dunjak-Dhars innerem Bereich hin, ihrer eigentlichen Runenwerkstatt. Niemand verwehrte es ihm, niemand mahnte ihn, bloß auf seinen Grolk aufzupassen, der unruhig neben ihm herhopste. Geisterhaft wehten zerfetzte und ausgefranste Tücher herab, die sich aus den Überspannungen der abgedeckten Bereiche gelöst hatten.

Er trat durch den Ring breiter, blauschwarzer Säulen, die durch ihnen aufliegende Blöcke verbunden waren, zwischen dem Sichtschutz schulterhoher Mauern hindurch. Dahinter fand er überall nur verwaiste abgetrennte Arbeitsstätten und Werkbänke.

Wohin hatte sie das Ding nur getan? Erion hatte damals nicht weiter darauf geachtet, weil er zu sehr mit dem Bestaunen all dieser Wunder beschäftigt gewesen war.

Nicht zuletzt, weil er zum ersten Mal an diesem Tag mehr als nur die Spitze von Dunjak-Dhars Runensanktum zu sehen bekommen hatte, dem aus blauschwarz glänzendem Metall gefertigten Kristallzacken, von ähnlicher Farbe wie die Mauern ringsum, der im Zentrum der Anlage auf einem Sockel mit Umbauten und Gerätschaften ruhte.

Unruhig blickte Erion umher. Welchen Weg hatten sie damals genommen? Alles sah so anders aus. An welchen Werkbänken waren sie damals vorbeigegangen? Wo konnte Dunjak-Dhar das Ding nur gelassen haben? Überall an den verschiedenen Arbeitsstätten standen verlassen halb vollendete Artefakte zwischen Teilstücken, Werkzeugen, Gerätschaften, Schwenkarmen und gerahmten Vergrößerungsgläsern herum. Manche davon glichen simplen Werkzeugen, bei anderen konnte er nach wie vor den Sinn nicht erraten. Fieberhaft suchte er eine Werkbucht nach der anderen ab.

Ein empörtes Fauchen schreckte ihn jäh auf. Begleitet

von einem harten metallischen Zuschnappen. Oh, anscheinend wäre es besser gewesen, *wenn* ihn jemand ermahnt
hätte, aufzupassen, dass sein Grolk hier keinen Unsinn
anstellte.

Grolk saß oben auf einer Umrandungsmauer und starrte
auf eine Werkbank herab. Ein Blick und Erion war klar, was
geschehen war. Das metallene Werkzeug sang immer noch
unter der entladenen Wucht.

Offenbar war Grolk über einen der Schwenkarme
gesprungen, welche an den Werkbuchten angebracht waren,
und hatte dabei dessen Rune ausgelöst. Feinzwingen hatte
Dunjak-Dhar diese Werkzeuge genannt, denn sie konnten
den Gegenstand, der zu bearbeiten war, sowohl so sacht wie
möglich – wie von einer Feder berührt –, jedoch auch
unverrückbar einspannen. Gut fürs Arbeiten, schlecht für
Grolk. Denn ohne den Widerstand eines eingelegten Gegen-
stands schnappte die Zwinge einfach zu. Und das hatte wohl
das kleine Untier ganz gehörig erschreckt.

„Lass das und komm hier rüber!" Ausnahmsweise war
Erion wirklich ungehalten mit dem Grolk, denn für so was
hatte er keine Zeit.

Grolk kletterte von seinem hohen Sitz herunter und kam
ungewohnt eingeschüchtert zu ihm herübergeschnürt.

„Benimm dich gefälligst!", ermahnte er Grolk ein letztes
Mal und setzte seine fieberhafte Suche fort.

Bis er schließlich fündig wurde.

Da stand sie, die würfelförmige Kiste, die Meister Hisiciar bei seinem Besuch die ganze Zeit vor dem Bauch
getragen hatte. Verstaubt vielleicht, doch unbeschädigt. Er
öffnete ihre Schlösser, und die Seitenwände samt Deckel
klappten herab. Da war es, das kunstfertig gearbeitete
Gebilde aus Metallkugeln und -bögen verschiedener Farben
und Materialien.

Genauso, wie er es in Erinnerung hatte. Das Astrosphärum. Es stellte eine weitere Verkörperung von etwas

dar, was er heute bereits in anderer Weise dargestellt gesehen hatte. Zeichen und Symbole, formgewordene Auslegungen davon, wie man die Welt in ihrem größeren Bau gestaltet glaubte.

Die Welt in ihrem stetigen Wandel.

Vogitva-Turnam!

Diese Rune war es, welche die reinste Form des Wandels darstellte ...

Das Zeichen der sich erhebenden Sonne, das wandelbarste von allen, das in seiner reinsten, ursprünglichen Ausprägung allgemein für Wandlung stand.

Das Vogitva-Turnam, ohne jeden Beistrich oder Erweiterung – in der Mitte der Runenzeile, die Meister Hisiciar als Hinweis für Dunjak-Dhar aufgeschrieben hatte.

Fieberhaft hatte er in Meister Hisiciars brennender Werkstatt den Fetzen hervorgekramt, als er unter den Deckenbalken eingeklemmt im Dachgestühl gehockt hatte. Die Reihe der Zeichen hatte er betrachtet.

Ein unverwandeltes Draf-Hanur abwärtsgerichtet, ein reines Ur-Hat-Tatva, Vogitva-Turnam, dann zwei Zeichen, die für das Erlöschen der Sonne standen.

Das Zeichen der Wandlung. Er hatte aufgeblickt und der entscheidende Funke hatte in seinem Geist endgültig das Licht einer Klarheit entzündet. Die der Erkenntnis vorausging.

Das Zeichen verwandelte alles, was zuvor geschah.

So war es ... Der Berg, er lag nicht danieder oder war begraben – nein, der Berg erhob sich.

Und das Vogitva-Turnam stand in der Mitte. Wie eine Achse. So stellte es außerdem die Wandlung zwischen zwei Seiten dar – eine Wenn-dann-Verknüpfung.

... wenn der Berg sich erhebt, die Sonne zu verschlingen ...

Dunjak-Dhar hatte sich geirrt: Das Vogitva-Turnam bezog sich nicht auf das folgende Sonnenzeichen. Das tat es nicht, da es keinen Beistrich hatte. Es stand da in seiner reinsten Form.

Das Runenrätsel bezeichnete auch keine Spur. Es war tatsächlich eine Botschaft von Meister Hisiciar an Dunjak-Dhar. *Ihr seid schließlich Runenschmiedin und könnt die Runen lesen und deuten.*

Wenn der Berg sich erhebt, die Sonne zu verschlingen ...

Er hatte sich daran erinnert, diesen Satz schon einmal gehört zu haben.

Von Meister Hisiciar ... an sie. An Dunjak-Dhar gerichtet. Er hatte es zu ihr gesagt.

... es gibt einen Zeitpunkt, an dem Ihr unbedingt danach schauen solltet. Wenn der Berg sich erhebt, die Sonne zu verschlingen. Merkt Euch diesen Zeitpunkt genau.

Ihr meint nie?, hatte Dunjak-Dhar gefragt.

Das könnte gut sein. Das wäre vielleicht sogar besser. Auf jeden Fall bewahrt es gut auf.

Jetzt stand Erion davor.

Es sollte wohl eine Abbildung der Welt mit den sie umgebenden Himmelskörpern darstellen: ihre Domäne, so nannten die Ninraé es. Die zentrale Messingkugel stand für Marain, die beiden an Eisenbögen befestigten kleineren für den großen Trabanten und den kleineren, weit entfernten Drachenmond; der Letztere war in Rot gehalten, wie aus glühend poliertem Kupfer. Auch der runde Stein, der oben in der Rotunde von Meister Hisiciars Werkstatt diesen Himmelskörper symbolisiert hatte, war rot gewesen.

Das Astrosphärum.

Meister Hisiciar hatte es zu Dunjak-Dhar in deren Runenschmiede gebracht, damit sie bei der richtigen Gelegenheit danach schauen sollte.

Wenn der Berg sich erhebt, die Sonne zu verschlingen.

Meister Hisiciar hatte Dunjak-Dhar mit dem Runenrätsel sagen wollen, dass dieser Zeitpunkt jetzt gekommen war.

Der Vorrat und das Rezept hatten sich nicht in der Werkstatt der Alchymiker, sondern die ganze Zeit in Dunjak-Dars Runenschmiede befunden. Im Astrosphärum. Direkt unter *ihren* Augen. Meister Hisiciar hatte damit nicht unter den Augen von Morlughs Duerga, sondern unter denen Dunjak-Dars gemeint.

Vorsichtig nahm er das Astrosphärum auf.

Grolk saß auf der Arbeitsplatte und sah zu ihm hoch. Fasziniert von dem Kunstwerk oder noch immer eingeschüchtert.

Wo darin hatte Meister Hisiciar wohl seinen Schatz verborgen?

Kleinere Bögen, Kugeln und Symbole in den äußeren Umfassungen standen für die Aspekte des Domänenrands. Genau wie in der kunstvollen umlaufenden Abbildung unter der Decke von Meister Hisiciars Rotunde. In diesen Kugeln war wohl kaum etwas drin. Die waren dafür zu klein.

Die Kugeln der Sternnachbildungen waren aus Glas oder Kristall gefertigt. Er löste sie aus der Fassung, linste durch die Löcher an den Polen hinein, an denen sie befestigt worden waren. Er fand sie alle leer, warf sie in seiner Hast achtlos beiseite, sodass sie klirrend zersprangen.

Grolk knurrte dazu.

Mit den Kugeln von Sonne, Erde und dem ersten Mond ging er genauso vor. Alle waren sie leer. Er warf sie über die Schulter.

Wo waren nur der Vorrat und das Rezept? Der Drachenmond war zu klein dafür. Hatte er sich vielleicht doch geirrt? Hatte er vielleicht etwas Wichtiges übersehen?

Nur eines blieb noch. In den Himmelskörpern war nichts. Aber was war mit der Basis?

Die Bodenplatte saß auf vier flachen Scheiben an jeder Ecke. Er legte das Ding auf die Kante. Jetzt war es auch egal, ob die filigranen Kreise und Ellipsen verbogen wurden. Er probierte herum. Erst als er zwei der gegenüberliegenden Fußscheiben drückte – wozu man zwei Hände brauchte –, hörte er ein Klacken. Der Boden des Sockels ließ sich aufklappen.

Grolk kam herbeigehuscht, drückte sich neugierig heran und wollte das Innere von Nahem betrachten oder sogar daran schnuppern.

„Nein, weg da!" Hastig schob er ihn beiseite. „Vorsicht! Hast du von vorhin noch nicht genug?"

Wer wusste, was da drin war. Und wie es auf neugierige Grolkschnauzen oder -pfoten reagieren mochte. Vorsichtig hob er den Deckel. Darunter war ins Innere eine flache Flasche aus dickem Milchglas eingepasst, etwa von der Form einer dieser Taschenflaschen, die manche benutzten, um hochgeistige Getränke bei sich zu führen.

Der Inhalt dieses Behältnisses war jedoch von seiner Wirkung ungleich durchschlagender. Denn das hier war ganz sicher das Donnerelixier. Von seiner giftgrünen, schwappenden Farbe her konnte es gar nichts anderes sein.

Doch wo war das Rezept zur Zubereitung?

Vielleicht unter der Flasche. Denn die war flach, aber groß und nahm so fast die gesamte Grundfläche des Astrosphärums ein. Vorsichtig nahm er sie heraus. Darunter war nichts.

Dabei glitt etwas Kleines unter dem Stummelhals der Flasche hervor, das Erion beinahe auf den Boden gefallen wäre. Mit einer Hand und unter Zuhilfenahme des Knies hantierend, mit der anderen zupackend, fing er es gerade noch auf. In seiner Handfläche lag eine kleine gläserne Phiole, nicht größer als sein Mittelfinger. Die war allerdings durchsichtig, und was sie enthielt, war ihm von Farbe und auch Konsistenz bekannt.

Wyrmblut.

Der Lebenssaft und vielleicht auch das Sekret der Drazghul.

„Was soll denn das?", sprach er leise zu sich selbst.

Sorgfältig sicherte er die Flasche im Rahmen der Astro-sphärumsbasis, passte die Phiole daneben wieder ein und ging dabei in Gedanken das Gespräch zwischen Dunjak-Dhar und dem Gildenobersten der Alchymiker durch. Was der damals gesagt hatte, hatte ihm schon einmal den entscheidenden Fingerzeig gegeben.

Hatte er irgendwas über das Rezept erwähnt? Das lag so lange zurück!

Rezept?

Aber dann – vielleicht dadurch, dass er sich vorher schon diese Unterhaltung an die Oberfläche seines Gedächt-nisses emporgeholt hatte – fiel es ihm ein.

Manchmal ist das Rezept nur die geheime Zutat. Das hatte Meister Hisiciar gesagt. Damals war ihm und Dunjak-Dhar diese Bemerkung rätselhaft erschienen. Jetzt ergab sie plötzlich Sinn.

Die geheime Zutat – das Drazghulblut!

Das Drazghulblut war die geheime Zutat. Seine Zugabe war der letzte Schritt der Herstellung, den Harghberd einfach nicht reproduzieren konnte. Weil ihm das Wissen der geheimen Zutat fehlte.

Dies war die letzte Stufe in der Herstellung eines ansonsten unter den eingeweihten Alchymikern bekannten Rezepts.

Es knirschte hinter ihm. Das Knacken von zerbre-chendem Glas.

Grolk schoss fauchend hoch und sauste davon.

Erschreckt klappte Erion den Boden des Astrosphärums zu und schnellte herum.

4

DER ZORN DER DUERGA

Morlugh-Khar, der Zorn der Duerga, stand vor ihm. Breit, massiv, wuchtig, ungeschlacht, roh und grässlich verheert. So mächtig und gigantisch ragte er unmittelbar vor Erion auf, dass er sich fühlte wie im Schatten jenes die Sonne verschlingenden Berges, von dem Meister Hisiciar gesprochen hatte. Aus den Poren, den reichlichen und tiefen Narben seiner hellgrauen Haut, wo sie nicht von Metallklammern und Platten zusammengehalten wurden, sickerte es weiß und bläulich. Blut quoll noch immer aus dem Loch in seiner Wange. Blaue und schwärzliche Adern durchzogen die Membran über den Hornplatten, rot schimmerten die Wundränder am Rand der Klammern. Der Rest von ihm bestand aus metallenen Kanten, Dornen und Auswüchsen.

Stierer Irrsinn flackerte in seinem unversehrten Auge, das andere, in der eisernen Augenhöhle, gloste unheilvoll vor sich hin.

„Steht es in den Sternen, wo das Donnerelixier ist?", stieß Morlugh rasselnd mit gebrochener Stimme hervor. Der Blick der ungleichen Augen glitt an Erion herab.

Er folgte ihm und sah, dass Morlugh auf das Astrosphärum starrte, das er noch immer in beiden Händen hielt.
Erion stand wie erstarrt, wie von einer Lähmung befallen.

Wie hatte Morlugh nur herausgefunden, wohin er
wollte?

Jetzt sah der ihn erneut an, starrte ihm direkt in die
Augen.

„Du *hast* es gar nicht gefunden", sagte der wie verwundert, als wäre ihm gerade in diesem Augenblick erst eine
Erkenntnis gekommen. „Du hast es gar nicht genommen."

Wovon redete der nur? Wie, er habe es nicht gefunden?
Dabei hatte Morlugh ihn doch erwischt, wie er das Versteck
des Elixiers genau in beiden Händen hielt.

„Du hast es nicht genommen, eben weil du es gar nicht
brauchst", sprach Morlugh jetzt weiter, wie in einer Trance.
„*Ihr* habt schließlich die Alchymiker. Die können euch
jederzeit neues machen. Und so viel ihr wollt."

Ja sicher. Er selbst brauchte den geheimen Vorrat überhaupt nicht. Er wollte ihn nur vor Morlugh und seinen
Kumpanen in Sicherheit bringen.

Wieder sah Morlugh auf das Astrosphärum herab. Erion,
der den Blick nicht von dessen grauenvoll entstelltem
Gesicht lassen konnte, sah ihm an, wie er die leeren Bahnen
und Konfigurationen des Astrosphärums entlangfuhr. „Den
einen hast du bis zuletzt übrig gelassen. Da ist es also
verborgen. Hinter dem roten Stein des Drachenmonds."

Wovon sprach Morlugh da? Offenbar war er mit seinem
durchgedrehten Verstand auf irgendeinen abseitigen Holz-
weg geraten. Am besten, er spielte mit, ließ ihn weiter in die
Irre laufen.

Morlugh sah jäh auf, fletschte die Zähne, während er ihn
musterte, als wollte er mit seinen Blicken Erions Seele
selbst herauskratzen, um sie zu sezieren.

Erion tat sein Bestes, das Bild von jemandem zu liefern,
der gleichzeitig verwundert und erschüttert war.

Morlugh grinste und nickte, als hätte er die Bestätigung erhalten, nach der er gesucht hatte. „Da liegt es sicher. Da kann ich es später ausgraben. Wenn ich zurückkomme. Kinphaidranauk wird es mir danken. Ich glaube, im Stein des Drachenmonds verborgen, wird es selbst den Brand gut überstehen. Und dieses rote Ding werde ich ganz bestimmt finden, und wenn ich dafür jeden Stein in diesem runtergebrannten Schuppen umdrehen muss. Nur müssen wir jetzt zusehen, dass kein Lebender mehr erzählen kann, dass ich davon weiß. Sonst grabt ihr es am Ende doch noch aus, und es ist nicht mehr da, wenn ich zurückkomme. Aber zum Glück bist du der Einzige, der noch lebt und weiß, dass ich das Versteck hinter dem Drachenmond kenne, in dem Meister Hisiciar sein Rezept und seinen Vorrat versteckt hat."

Das Grinsen wurde zu einem einseitigen Zucken, bei dem Morlughs schiefe Zähne von der Farbe verfaulten Fischfleischs sichtbar wurden.

Die Pranke kam aus dem Nichts geschossen.

Der Handrücken erwischte Erion, traf aber hauptsächlich das Astrosphärum. In hohem Bogen flog es aus Erions Griff. Hätte Morlugh mit der Stahlhand zugeschlagen, dann wären Knochen zertrümmert und sein Kopf so herumgeschleudert worden, dass sein Rückgrat bei der gewaltsamen Drehung knirschend gebrochen wäre.

„Damit wär auch diese Spur vernichtet!"

Das Splittern von Glas und die Worte Morlughs hörte er mit klingenden Ohren und durch eine Wolke dumpfen Schmerzes.

Er tauchte zur Seite weg, aus dem Bann seiner Starre aufgeschreckt. Ausgelöst durch den Schlag und den Schock, der ihn durchfuhr, als er das Brechen von Glas hörte.

Das Elixier, das Wyrmblut! *Bei Urnak, gleich fliegt hier alles in die Luft!*, schoss es ihm panisch durch den Schädel.

Zeit, zur Seite zu springen und sein Schwert zu ziehen, blieb ihm jedenfalls noch.

Er wollte im Abrollen geschmeidig wieder auf die Beine kommen, doch er schlug gegen die Kante einer Werkbank.

Trümmer flogen umher und schützend hob er den freien Arm über den Kopf. Morlughs Streitaxt war herabgefahren und hatte die Werkbucht in der Mitte gespalten. Bruchstücke und Teile von Schwenkarmen wurden hochgeschleudert, irgendwo schnappten Feinzwingen klirrend zu.

„Und jetzt, Elfenbankert, stirbt der einzige Zeuge!", schrie Morlugh in wilder Raserei, hob schon wieder die Axt zum nächsten Schlag hoch über den Kopf.

Erion warf sich kurzerhand herum und krabbelte auf allen vieren vorwärts den Gang entlang, zwischen den anderen Werkbänken hindurch. Das Schwert hartnäckig im Griff, die Hand beim Wegkriechen auf den Knöcheln aufgestützt, geriet er in Scherben, unterdrückte einen Aufschrei. Wahrscheinlich sein eigenes Werk, die Überbleibsel der über die Schulter geworfenen Nachbildungen der Himmelskörper. Er kroch um eine Werkbankecke und tauchte in den Schatten eines weiteren Ganges ein.

Das Schmettern, Dreschen und Splittern der von Morlughs Axt angerichteten Zerstörung verfolgte ihn zwischen den Werkbuchten hindurch. Er zog den Kopf ein, um herumfliegenden Trümmern zu entgehen.

Hatte Morlugh ihn entdeckt und kam ihm hinterher, oder zerschlug der wahllos alles, was ihm unter die Axt kam?

„Wo bist du, Elfenbastard? Denkst du, du kannst dich vor mir verstecken? Das hatten wir doch schon mal. Sieh, wohin's dich gebracht hat!"

Zuerst auf die Dächer. Wohin du mir nicht folgen konntest.

Also das oder sich weiterhin ducken und den Kopf einziehen? Er wusste, was ihm lieber war.

Erion kam ans Ende zweier Werkbänke. Ein fauchender,

zischender Grolk zog quer an ihm vorbei und war wieder verschwunden.

„Erst das Vieh und dann der Meister, oder umgekehrt?"

Erion hörte ein erneutes Krachen, dazu ein erschrecktes Aufkreischen.

Oh, er hatte Morlugh in der anderen Richtung vermutet. Der war schnell trotz seines mächtigen Körpers.

Wieder mehrmalige Kreischer Grolks, die hin- und herzuspringen schienen.

Erion sprang auf, sah zuerst Morlughs breiten, mächtigen Rücken. „Wie wär's mit, *Erst den größten Drecksack und dann mal sehen?*"

In einem weiteren Sprung setzte er hoch auf eine Werkbank und stieß sich von dort gleich wieder mit den Beinen ab.

Das Brüllen zeigte ihm, dass Morlugh wütend herumfuhr.

Er war in der Nähe der Begrenzung des inneren Bereichs aufgekommen. Also nahm er sich die Oberkante einer der steinernen Trennplatten zum Ziel, stieß sich mit größter Kraft wieder ab.

Ja, nach oben, in die Höhe. Da bist du ihm überlegen.

Seine Fußspitze traf nur auf den Rand der Querstrebe zwischen zwei Steinblöcken. Eine Schrecksekunde! Dann fand sein anderer Fuß festen Halt.

Einen Moment schwankte er. Und sah Morlugh heranstürmen. Erhaschte jedoch auch die wieselflinke Bewegung hinter dem Duerga am Boden. Grolk, der davonsauste. Auf ein ganz besonderes Trümmerstück zu. Die verdrehten und verbogenen Reste des Astrosphärums, Glassplitter, die herumlagen ... in einer großen Lache – giftgrün glitzernd.

Und Grolk direkt drauf zu.

Nicht! Bloß nicht dran lecken!, wollte er ihm zurufen. Er kannte den kleinen Trottel schließlich nur zu gut.

Doch da war Morlugh, der herangestürmt kam und eine

riesige Streitaxt schwang. Bisher noch zwischen den Reihen der Werkbänke. Aber nicht mehr lange. Da sah er lieber zu, dass er fortkam.

Er rannte über die Querträger, die von Steinblock zu Steinblock gelegt waren. Zu einem Kreis, der rund um den inneren Bereich ging. Was auch keine Lösung war. Er musste zu den abzweigenden Reihen gelangen. Einen Moment überlegte er, orientierte sich, hatte dazu etwas abgebremst.

Morlugh war zwischen den Reihen heraus und brüllte wie ein Irrer.

Erions suchender Blick streifte wieder die Stelle, auf die Grolk zugehetzt war.

Kein Grolk … nur die riesige Pfütze des Donnerelixiers rund um die Scherben der Flasche. Giftgrün.

Und Orangerot gleich in der Nähe.

In Orangerot lief es nämlich an der schrägen Fläche einer Werkbank entlang. An der die kleine Phiole zerbrochen sein musste. Und jetzt lief das Rinnsal Drazghulblut träge wie glühendes Harz daran herab … und würde dann über die Kante hinweg zu Boden tropfen. Genau in die Pfütze des Donnerelixiers!

Und dann …

Es war nur noch eine Frage der Zeit …

Ein Dochtquäntchen, wenn das Drazghulblut so flüssig war, dass es gleich von der Kante tropfte … Ein paar mehr, wenn es so zähflüssig war, dass es an der Kante zuerst die Seite herabbrann, bis es dann schließlich die Pfütze mit dem Donnerelixier erreichte …

Ein Schlag erschütterte den Stein, auf dem er stand. Er stieß sich schnell ab, um nicht das Gleichgewicht zu verlieren.

Ein Blick über die Schulter zeigte ihm, dass Morlugh mit seiner Streitaxt ein paar Säulen entfernt auf einen Querstein eingedroschen hatte. Unter Knirschen stieg eine feine

Staubfahne davon auf. Der Stein hatte einen Riss bekommen.

Erion lief weiter über die verbindenden Träger hinweg. Hinter ihm ein Donnern, mit dem der Querbalken bersten und zu Boden stürzen musste.

Ein weiterer knapper Blick bestätigte es ihm. Das Verbindungsstück war herabgestürzt und lag zerbrochen da. Die angrenzenden Pfeiler schwankten. Zwischen Werkbänken hindurch suchte er nach der giftgrünen Lache. Hatte das Rinnsal des Drazghulbluts die Kante erreicht? Dann sollte es nur noch eine Frage der Zeit sein, bis hier alles in die Luft flog.

Ein erneutes Brüllen. Mit seiner Stahlfaust hämmerte Morlugh auf die wankende Steinsäule ein. Ein Schlag und ein entfesselter Stoß – sie neigte sich.

Kippte.

Stürzte gegen den jetzt unverbundenen nächsten Pfeiler. Riss ihn mit sich um.

Wohin jetzt? Was sollte er tun? Fliehen? Um der Explosion zu entkommen?

Der nächste Pfeiler schwankte ebenfalls, die Querplatte stürzte donnernd herab, und der Pfeiler neigte sich gleichfalls in Richtung des nächsten. Ein Malmen und Knirschen setzte sich durch den Steinkreis fort, dass er es unter seinen Sohlen nur zu deutlich fühlte. Staub stieg empor.

Fliehen! Also fliehen.

Erion rannte weiter.

Morlugh schlug hier alles kurz und klein.

Durch die Staubfahnen sah er, wie der jetzt geradewegs auf ihn zugestürmt kam. Er schwang die Axt in einem hohen Bogen über dem Kopf. Sie sauste herab, krachte gegen einen Strebebalken.

Durchdringendes Knirschen. Alles bebte und tanzte. Erion flog förmlich dahin, jeder flüchtige Tritt ein rettender Glückstreffer auf schwankendem, rüttelndem Grund.

„Ich brauche keinen Runenhammer", hörte er Morlugh schreien. „Ich *bin* der Runenhammer. Dunjak-Dhars Runen sind in meinem Körper drin."

Bestimmt nicht ihr geheimer Kniff, ihre Adelrune. Zum Glück nicht. Dann sähe es hier schlimmer aus. Obwohl … wie konnte es noch schlimmer kommen?

Flucht! Nichts wie weg hier. Wie viel Distanz musste man hinter sich bringen, damit man der Explosion entging?

Ein schrilles Wiehern durchbrach das Getöse.

Der alte Bergol! Das Grubenpony, das hier sein Gnadenbrot bekam. Den hatte man wohl glatt vergessen.

Ein letzter hektischer Blick zurück, ob er das Donnerelixier noch sehen konnte. Konnte er. Wie durch eine getrübte Linse setzte sich das rötliche Glühen des Wyrmbluts auffällig gegen die Staubwehen durch. Es war über die Kante hinweg … und war so zähflüssig, dass es träge an der Seite der Werkbank herablief … zwar unaufhaltsam auf die giftgrüne Pfütze zu, aber es war nicht gleich über die Kante hineingetropft. Also doch mehr als eine Dochtspanne …

Er hatte die Wahl zu flüchten. Das Pony nicht.

Schaute Morlugh zu ihm hin? Sah der ihn? Vielleicht hatte er Glück.

Er ließ sich zur Seite fallen, tauchte ab.

Hart kam er auf, obwohl er die Muskeln entspannt hatte, musste einen Aufschrei unterdrücken. Der alles verdorben hätte.

Durch Dunstschleier blickte er hoch zum schwankenden, bebenden Steinkreis, sah Blöcke taumeln und stürzen. Er wälzte sich vom Kohlehaufen runter, auf dem er gelandet war, duckte sich tief und schlängelte sich zwischen Materialstapeln, Ambossen und Schraubstöcken hindurch, durch eine Reihe von Arbeitsplätzen, über den Mittelgang hinweg, dann in die gegenüberliegende Reihe.

Das Wüten folgte ihm, wurde aber leiser.

Den Weg zum Pferch des Tiers hätte er im Schlaf gefunden. Immerhin hatte er dort ein paarmal übernachtet. Bergol stand innerhalb der Umzäunung und keilte aus. Schnell war er bei ihm und das Tier beruhigte sich unter seiner Berührung, drückte seine feuchten Nüstern an ihn. Es wirkte furchtbar verwahrlost.

Wie lange hatte es nicht mehr getrunken? Wie lange hatte es kein Futter mehr bekommen? Das Holz im Trog war noch feucht, aber nicht die kleinste Pfütze mehr darin.

„Hat man dich im Stich gelassen? Hat an dich keiner mehr gedacht?"

Er betrachtete das Tier genauer und erkannte, was er vor sich hatte: eine greise, sieche Kreatur, die kurz davorstand, diese Welt zu verlassen. Seine Augen waren grau getrübt. Er musste kaum noch etwas sehen können. Nicht nur der Entzug von Wasser und Nahrung, auch die Zeit hatte dem alten Bergol übel mitgespielt, seit er aus Kharnuk-Bragha geflohen war.

Zitternd und klapprig ließ das Tier sich von ihm zum Gatter führen. Er öffnete das Tor und gab ihm einen sanften Klaps aufs Hinterteil.

„Lauf, lauf so schnell du kannst!" Wie schnell das auch immer sein mochte.

Er hoffte, Drazghulblut war sehr, sehr, sehr viel langsamer.

Erion war in den Brettergängen Richtung Ausgang. Er sah Bergol davontraben, jetzt schon ein wenig sicherer, als wüsste er, wie dringend es war, und böte deshalb noch einmal all seine Kräfte auf. Wie weit musste man wohl laufen, um in Sicherheit zu sein? Es war plötzlich schrecklich still geworden.

„Du hast es mit Viechern, was?"

Morlugh trat zwischen Bretterverschlägen und Steinplatten hervor.

Er blockierte den gesamten Durchgang. Obendrein breitete er auch noch seine Arme aus. In der Stahlhand hielt er seine aberwitzig große Streitaxt.

„Grolks, Ponys … Diese Viecher, jene Viecher …" Er unterstrich das mit Gesten seiner freien Hand, als hätten sie alle Zeit der Welt, hier herumzuschwadronieren. Na ja, Morlugh wusste auch nichts von dem in Richtung Pfütze herabrinnenden Drazghulblut. Und dass ihnen mächtig die Zeit davonlief. „Diese Vielfalt der Natur!" Er seufzte. „Bin ein großer Freund davon, wusstest du das nicht? Ja, jede Art nach ihrer Art und jeder das ihre." Er zeigte mit der Hand nach oben über seinen Kopf. „Könnte von mir aus über jedem Tor stehen."

Langsam, bedächtig, hob er seine Axt. Das Blatt hatte ein paar Scharten, doch es war absolut intakt und brauchbar. Denn Schneiden oder Schlagen machten bei dem Ding wenig Unterschied.

„Und für euch Spitzohren weiß ich genau das Richtige." Er lugte mit bohrendem Blick über die Spitze des einen Axtblatts hinweg. „Kannst ja mal raten!"

Erion sah das Anspannen von Morlughs Muskeln. Schnellte herum und rannte in die einzige Richtung, die ihm blieb.

Hinter sich hörte er das Mahlwerk von Bersten und Brechen. Die Gatter, Latten und Bretter mussten den Geräuschen nach unter Morlughs Hieben zu Kleinholz verwandelt werden.

Dazu hörte er ihn wie besessen röhren. „Es ist meine Bestimmung! Es ist meine verdammte Bestimmung! Ich … ich bin der Auserwählte! Ich werde dafür sorgen, dass das ganze verdammte Elfenvolk ausgerottet und vergessen wird."

Morlugh war dicht hinter ihm, da gab es kein Abtauchen in die Gänge der Ringe hinein. Der sah ihn. Blieb nur wieder zurück und die Hoffnung, ihm im Gewirr der

Trümmer und verbliebenen Werkbänke des inneren Bereichs zu entkommen.

Nachdem er zwischen den wild durcheinander gewürfelten Überresten des Steinkreises hindurch war, schlug er Haken, huschte gebeugt, mit eingezogenem Kopf und jede Deckung nutzend weiter. Noch immer lag überall feiner Staub in der Luft. Doch diesmal hatte er ein Ziel.

Er kannte die Öffnungskombination. Dieses Zeichen wollte ihn heute einfach nicht verlassen. Es hatte sich ihm eingebrannt. Das Zeichen der sich erhebenden Sonne.

Das Runensanktum ragte vor ihm hoch empor, die Härchen richteten sich entlang seiner Arme auf, und ein seltsames Kribbeln durchlief seinen Körper – wie beim letzten Mal. Die Stufen aus blauschwarzem Metall hetzte er atemlos hinauf, stand im Schatten der dunkel schimmernden Metallsäule.

Ein Dutzend in Reihen angeordnete Runensteine waren auf der Außenhülle des Sanktums angebracht. Rasch und ohne die Zeichen darauf wirklich wahrzunehmen, berührte er sie nacheinander – in einem Weg, der das Zeichen der sich erhebenden Sonne beschrieb.

Vogitva-Turnam – das Zeichen der Wandlung.

Feiner Dampf trat aus den Kanten des großen frontalen Kristallsegments hervor und aus den Augenwinkeln sah er, wie dichtere Schwaden aus den kleinen Löchern im Boden aufstiegen.

Die Schale des Runensanktums öffnete sich.

5

ALL UNSERE WERKE

Mit einem Zischen schloss sich die Tür des Runensanktums. Ein letzter heller Schein hatte sich noch im letzten Moment entlang der Kante gezeigt.

Morlugh, der zwischen intakten und zerstörten Werkbänken umherstapfte und in alle Richtungen ausspähte, erstarrte. Er fuhr herum. Sein Blick richtete sich auf das Runensanktum.

„Da bist du also. Da willst du dich vor mir verbergen."

Mit stampfenden Schritten marschierte er auf den blauschwarzen Metallpfeiler zu. Er nahm kurz die Runenreihen in Augenschein, schüttelte dann den Kopf und wandte sich dem Eingang zu, auf den lediglich noch die Umrandung einer dünnen Fugenspur hinwies.

Er hob seine Axt und ließ sie auf die Frontfläche einschmettern. Der Innenraum der Runenschmiede erdröhnte wie das Innere eines Glockenturms bei Ablauf einer vollen Spanne.

Morlugh wartete einen Herzschlag, dann betrachtete er

sein Werk. Sein Knurren zeigte an, wie wenig zufrieden er mit dem Ergebnis war. An der Außenfläche des Runensanktums war keine Veränderung zu erkennen. Morlugh jedoch stachelte das nur zu noch größerer Anstrengung an. Wieder und wieder ließ er seine Axt auf die Metallfläche niedergehen, in wildem, ausdauerndem Rhythmus. Nur kurz in seiner Anstrengung innehaltend, um sich des Ergebnisses zu vergewissern.

Doch vielleicht waren da Kratzer, aber keinesfalls eine Delle.

Offenbar erbitterte das Morlugh nur umso mehr.

Er konnte Dunjak-Dhars Runensanktum nicht beschädigen. Im Stillen hatte er damit gerechnet, aber sicher war Erion sich nicht gewesen.

Gut.

Während sich Morlugh am Runensanktum austobte, weil er glaubte, er sei da drin, hatte Erion Gelegenheit, sich davonzuschleichen.

Erion war begierig, von der Gerätschaft wegzukommen, die genau wie die anderen auf dem Ring der umgebenden Stufen auf den zentralen Metallpfeiler ausgerichtet war. Das Ding vibrierte auf merkwürdige Weise und das unheimliche Gefühl, das ihn in der Nähe des Sanktums befallen hatte, empfand er hier nur noch stärker.

Dennoch duckte er sich weiter in den Schatten des Dings, spähte vorsichtig über die Kante hinweg und wartete auf die perfekte Gelegenheit, davon wegzustürzen und in die Deckung der Werkstätten zu verschwinden.

Jetzt, als Morlugh gerade die Streitaxt wieder hoch über den Kopf hob und mit stierem Blick die anscheinend unzerstörbare Metallfläche fixierte – das war sie!

Geduckt stürzte Erion davon, durchquerte den engsten Umkreis und war hinter einem schartigen Trümmerstück einer einstmals sinnreich eingerichteten Werkbuch weggetaucht. Jetzt musste er nur noch sehen, dass er unbemerkt und möglichst rasch den inneren Kreis von Dunjak-Dhars Runenwerkstatt hinter sich ließ.

Dabei kam er unweigerlich in Sichtweite der giftgrünen Pfütze. Und eiskalter Schrecken durchfuhr ihn. Träge war das Wyrmblut weiter die Seite der Werkbank herabgeronnen. Sehr viel weiter. Die orangerote Spur war nicht mehr allzu weit von der giftgrünen Pfütze entfernt. Wo sie dann den letzten Schritt vollenden und das Elixier in wahren Donner verwandeln würde.

Ein verzweifelter Gedanke – hin, und das Wyrmblut wegwischen! Mit dem Ärmel, mit irgendwas!

Er schoss vor …

Es knirschte laut.

Es knirschte laut unter seinen Füßen, als das Glas eines großen Stücks der Schale eines Himmelskörpers unter seiner Sohle zerbrach.

Ein Grunzen. In das Nachtönen eines letzten Axthiebs auf das Runensanktum hinein.

Erions Kopf zuckte herum.

Morlugh war ebenfalls herumgeschnellt. Sah zu ihm herüber. Starrte ihn geradewegs an.

Oh, verflucht!

Ein Wimpernschlag für die Entscheidung.

Morlugh zertrümmerte alles, was ihm in den Weg kam. Wenn er das auch bei dieser einen Werkbank tat, ging alles in die Luft. Wenn Morlugh das nicht tat, sondern bei diesem Anblick innehielt, hatte er das Donnerelixier.

Also weg! Schnell weg in die entgegengesetzte Richtung! Wegtauchen, sich verstecken!

Alles zerstob in einer Explosion von Lärm, Aufruhr, ungestümen Handelns.

Hätte Erion noch irgendeinen Zweifel gehabt, so hätte ihn der nächste hochbrandende Augenblick eines Besseren belehrt.

Rasend, brüllend nahte Morlugh. Sein Zorn nur weiter

entfacht am unverwüstlichen Widerstand des Runensanktums. Seine Axt kreiste in weiten Bögen wie ein Dreschflegel der Zerstörung, beschrieb einen wandernden Zirkel rasender Vernichtung. Als wollte er alles in seinem Weg dem Erdboden gleichmachen, als wollte er eine Schneise der Vernichtung schlagen, wohin er sich auch wandte.

Morlugh brüllte wie eine entfesselte, der Hölle entsprungene Dämonenschar. Seine Stimme vermischte sich untrennbar und wie in irrsinnig einvernehmlichem Chor mit dem Getöse seiner Verwüstungen, dem Scheppern, Klirren, Donnern, Schmettern und Bersten – ein einziger splitternder Mahlstrom.

Der schlug wahrhaftig alles kurz und klein! Wäre der nur in die Nähe des Donnerelixiers gekommen, dann hätte es ein letztes Mal unglaublich heftig gerumst.

Erion merkte, dass er ebenfalls schrie, während er blindlings davonstürzte. Er hörte es selbst kaum in dem Getöse. Den Kopf zog er instinktiv zwischen den Schultern ein. Nur weg aus seinem Blickfeld! Ducken, verstecken, Zeit gewinnen!

Morlugh wütete wie ein Wahnsinniger. Keine Chance, an so einen ranzukommen. Keine Chance, diesen blindwütigen Hieben auszuweichen. Keine Chance, so eine Vernichtungsmaschine auszutricksen. Nicht mit Finten, nicht mit Flinkheit. Bei dieser Riesenaxt gab es auch kein Parieren.

Er schrie, rannte. Morlugh wütete. Alles um ihn splitterte und brach.

Dunjak-Dhars Runenschmiede versank in Trümmern und Scherben.

Kein Rankommen an ihn. Außer von oben.

In Dunst, Staub und Ruinen ragten einzelne Teile auf wie die Hauer im Maul eines Jäger-Drazghuls.

Los, spring und tanz über die Trümmer! Man nennt dich Leichtfuß aus gutem Grund!

Er spannte die Muskeln seiner Schenkel an, nahm Maß

und sprang. Er berührte eine Kante, katapultierte sich weiter.

Und kam schwankend, taumelnd oben auf der Spitze auf. Der Letzte der Steinpfeiler, der noch stand.

Da sah Morlugh ihn allerdings. Selbst in seiner Raserei.

Und fuhr herum. „Dir geht bald der Platz da oben aus!"

Es war eine unheimliche Stille, als im Aussetzen des Vernichtungslärms nur noch ein Nachhall übrig blieb.

Morlugh stapfte durch zerbrechende Trümmerreste näher. „Da oben bist du, aber von da gibt's nichts mehr für dein Weggehüpfe. Kein Platz, keine Rettung."

Nur noch *ein* Sprung. Ein letzter waghalsiger. Um alles auf eine Karte zu setzen. Nur noch ein Ziel.

Von oben war Morlugh vielleicht verwundbar. Von oben war ihm auch ein Felsbrocken an den Kopf geknallt. Als er noch einen Kronreif getragen hatte und König Morlugh gewesen war – nicht Morlugh-Khar, der Zorn der Duerga.

Da hatte er aber auch nicht nach oben geschaut. Das tat er jetzt allerdings. Jetzt hatte sich der Blick von Morlughs ungleichen Augen geradezu an ihm festgefressen. Während er näher kam, die Streitaxt in seiner Pranke aus Fleisch und Blut wiegend.

Weit aufgerissen war das eine unversehrte Auge, starrend vor Wahnsinn. Das andere war gleichbleibend rund und unheimlich in seiner Metallfassung, düster glühend.

Jetzt gleich, jetzt gleich kam die Stunde der Wahrheit, der eine Augenblick, in dem sich entschied, ob er auch gegen jede vernünftige Chance und Wahrscheinlichkeit, wider diesen monströsen, blindwütigen und rasenden Kampfkoloss … das verdammte Glück gepachtet hatte.

Langsam, mit Bedacht langte er über die Schulter und griff das ihm vererbte ninraidische Schwert. *Für meine Mutter. Du Mörder! Du Schandfleck auf dem Erdenrund.*

Jetzt gleich kam der Wimpernschlag, in dem das Los

fiel. Der auf Leben oder Tod hinauslief. Auf den sein Leben … und sein Tod hinauslief …

Er spannte seine Muskeln an und drängte die überwältigende Kälte, die ihn umfangen wollte, beiseite …

Nur diesen einen Moment …

Morlugh stapfte näher, den Blick nach oben auf ihn gerichtet, die Axt erhoben, die Augen voller Hass und Mordlust.

Jetzt gleich. Er atmete ein und aus, fasste sein Schwert in sicherem Griff.

„So hoch oben!" Morlugh starrte zu ihm hoch. „So erhaben. Und trotzdem bringe ich euch alle zu Fall. Und trotzdem reiß ich dich –"

Ein Grunzen entriss sich statt des nächsten Wortes Morlughs Kehle.

Der mächtige Koloss taumelte nach vorn und kippte.

Stürzte und lag da mit verdrehten Gliedern und fluchte wie wild.

Das falbe, abgemagerte Tier, das ihm nicht einmal bis zur Hüfte reichte, rannte davon. Das Tier, das Morlugh in seinem blinden Eifer, ihn endlich zu töten, vollkommen übersehen hatte. Das ihm in die Quere gekommen war und über das er der Länge nach gestolpert war.

Erion hatte es auch nicht gesehen, so ausgerichtet war er auf jenen entscheidenden Moment gewesen.

Er und Morlugh hatten das Grubenpony nicht bemerkt. Den armen, verwirrten, halb blinden Bergol, der auf dem falschen Kurs nach einem Ausweg gesucht hatte. Jetzt trabte er zwischen Trümmern und letzten verbliebenen Werkbänken davon und wieherte verloren auf.

Renn, renn nur, so schnell du kannst! Ich würde dir mein Glück abgeben, wenn es etwas wäre, was ich tatsächlich besäße und weitergeben könnte.

Aber Morlugh …

Ja, das war er, der Moment. Während der sich noch

mühte, sich mit seiner mächtigen und ungeschlachten Gestalt aufzurichten. Und die eine Hand aus Fleisch und Blut noch nach der Streitaxt tastete, die ihrem Griff entfallen war.

Das Schwert zum Stoß gereckt und mit wildem Schrei sprang Erion.

Der Schlag traf ihn in die Seite und drosch ihn aus der Luft.

Weiß glühender Schmerz und ein Aufblühen blinder Ohnmacht.

Ein erneuter Schmerz, als er auf dem Boden aufprallte. Ein Versinken in Wehen zerfasernder Leere.

Taubheit, Dumpfheit, träger, schwerer Schlamm aus Schmerz und stumpfem Dämmer.

Er stöhnte, keuchte, regte verworren die Glieder. Ein Tumult aus stolperndem Willen und erdrückendem, erstickendem Unvermögen. Das Einatmen schoss ihm wie ein Stich in die Seite.

Aber er musste hoch. Musste zu klarem Bewusstsein kommen.

Er öffnete die Augen, schüttelte oberflächlich den Schleier der Benommenheit ab.

Er sah den verschwommenen Umriss einer Gestalt über sich stehen. Trotz der Nebelhaftigkeit unverkennbar.

„Na, das war ja was", hörte er Morlugh sagen. „Wacker, aber dämlich. Und dafür, dämliche Sachen zu tun, hattest du ja schon immer eine Schwäche."

Erion rappelte sich zumindest so weit hoch, dass er irgendwie zum Sitzen kam. Das Atmen tat ihm weh, die Seite tat ihm weh, sein Schädel wurde unter Schmerzen begraben.

„Na, dann wollen wir mal." Morlugh schien ihn interessiert zu mustern, hob dabei die Axt mit beiden Händen. „Womit wollen wir denn anfangen?" Morlugh legte den Schädel schief. „Arme oder Beine? Bei der alten, erhabenen

Schlampe, die dich rausgedrückt hat, waren's ja leider nur die Finger an ihrer Stummelhand. Treuering und so." Er stemmte die Axt mit beiden Händen in die Höhe. „Na, ich glaub, ich nehm die Beinchen, wo das mit dem Hüpfen bei dir ja so eine besondere Sache –"

Ein Fauchen ertönte.

Morlughs Kopf flog herum. „Schon wieder …?"

Da kam auch schon Grolk durch die Luft gesegelt, im Sprung die Krallen ausgefahren, die Haarbüschel wild abstehend.

Morlughs Hand löste sich von der Axt, sauste durch die Luft und fegte Grolk beiseite.

Wie mit einer Keule geschlagen. Erion konnte nicht einmal seinen Flug verfolgen. Er hörte nur am Aufprall, dass Grolk gegen etwas Metallisches geprallt sein musste, ein abgerissenes Aufheulen, dann jedoch keinen Laut mehr.

„Grolk!", schrie er auf.

Er wollte aufspringen. Ein Schmerz durchfuhr seine Seite. Eine Axt hielt ihn nieder.

„U-uhh … so ja mal gar nicht!" Morlugh schielte auf ihn herab, sah dann in Richtung des Runensanktums, wohin er Grolk geschlagen hatte.

„Viecher, Viecher, Viecher. Verdammte Viecher!", meinte Morlugh kopfschüttelnd. „Na, beim dritten Mal klappt's endlich. Ich sag doch … erst das Vieh, dann der …"

Morlugh wandte sich ihm wieder zu, doch Erion war nicht mehr da.

Er war unter dem doppelten Blatt der Streitaxt wegge-schlüpft und hatte sich zur Seite gerollt.

Jede Bewegung schmerzte, jeder Atemzug fühlte sich an, als würde ihm eine riesige Glasscherbe durch die Rippen getrieben. Doch er musste sich bewegen, musste schnell sein.

Er rannte, humpelte, Morlugh brüllte.

Auch wenn er nicht wusste, wie er in dem Zustand gegen Morlugh bestehen konnte. So erst recht nicht.

Nicht mal sein Schwert hatte er mehr. Das war ihm bei Morlughs Schlag aus der Hand geflogen. Er sah es nah an den Stufen zum Runensanktum, wo er auch Grolks leblos schlaffen Körper entdeckte.

Er musste sich verstecken. Weg! In Deckung und erst mal hoffen.

In den Schatten einer der letzten verbliebenen Werkbänke flüchtete er sich. Hechtete in ihren Schutz, während der Schmerz ihn wie ein Feuerschweif umhüllte.

Und das Donnern nicht lange auf sich warten ließ. Mit dem Morlughs Axt auch diesen Arbeitsplatz zerstörte und alles, was darauf war, zerschmetterte und klirrend und scheppernd in alle Richtungen fliegen ließ.

Geduckt, die Hände über dem Kopf flüchtete er weiter.

Eine weitere Werkbank ging in Trümmer. Der Teil eines Schwenkarms flog haarscharf an Erion vorbei.

Zum Glück lag die mit der tödlichen Elixierpfütze auf der anderen Seite des Runensanktums.

Nur eine einzelne Werkbank vor ihm. Wie eine einsame Insel inmitten der Zerstörung.

„Ja, Humpelchen, da ist es plötzlich nicht mehr so doll mit dem Rennen, was?"

Diese Werkbank erkannte er jedoch. Die hatte sich ihm eingeprägt. Die, zu der ihn Dunjak-Dhar vertrauensvoll hingezogen hatte. Um ihm ihre Werke zu zeigen.

Klirren, Scheppern. „Und erst ohne Beinchen ..."

Nein, die durfte Morlugh auf keinen Fall zerstören.

Du Idiot, gleich fliegt hier alles in die Luft! Was zählt da noch so was?

Ihre Werke. Die sichtbaren und die unsichtbaren. Oder kaum sichtbaren.

Eine rot glühende Rune, die sich um die Wölbung einer kleinen, beinahe unsichtbaren Kugel zog.

Halt! Nicht anfassen!, hatte Dunjak-Dhar ihn angeschrien.

Warum nur?

Vielleicht ... Eine vage Hoffnung keimte in ihm auf.

Morlugh hing ihm im Nacken. Gegen den hatte er keine Chance. Was hatte er denn zu verlieren?

Eine letzte Chance, eine letzte Kraftanstrengung.

Wie durch ein Wunder unversehrt, lag die Werkbank vor ihm. Er nahm sich ein Herz und sprang.

Der Schmerz durchbohrte ihn beinahe wie eine Lanze, die ihn im Flug erwischte. Schmerz allein hatte jedoch nicht die Wucht von Morlughs Faust.

Er schrie zwar, hielt aber die Augen offen und hielt sein Ziel angepeilt. Bloß nicht aus Versehen ... Innerlich hielt er den Atem an, der tatsächliche Atemzug stach ihm wie tausend Splitter durch die Rippen.

Sein Fuß traf auf die Werkbank, löste sich wieder. Nichts war geschehen. Auf der Kante ihrer Rückwand kam er auf, balancierte ... was ihm erneut höllische Pein durch den Körper sandte. Er taumelte. Schaffte es selbst noch unter deren Ansturm, den Schritt zu wechseln, dass er dem heranstürmenden Morlugh geradewegs ins Gesicht sah. Hinter seinen Augen brannte es wie Feuer.

Wo war es, das verdammte Ding? War es überhaupt noch da?

Da schimmerte etwas, kaum sichtbar, ein rotes Glühen darin.

Sein Zähneblecken, weil ihn der Schmerz grimassieren ließ, münzte er zu einem hämischen Grinsen um, schwankte trotz des höllischen Stechens spielerisch in der Hocke, als würde er seinen Feind einladen ...

Krieg mich doch! Wo bin ich denn?

Morlugh riss sein Maul zu einem infernalischen Brüllen auf, ließ die Axt, die er hoch über den Kopf erhoben hatte, niedergehen, um Erion wie Schlachtvieh in zwei Hälften zu zerteilen.

Und wieder war Erion nicht da.

Morlughs Axt schlug ein.

Erion war gesprungen. *Oh, Rune, mach was, was ich gebrauchen kann!* Sah im Flug Morlugh mit der Axt in der Hand, Trümmer in alle Richtungen wegfliegen, einen winzig kleinen Wirbel vor dem Dunkel der Werkbucht, der wie eine Samenkapsel aufplatzte – und den Boden, auf dem er elegant abrollen würde.

Morlugh grunzte verwundert.

Plump, schief und ungelenk prallte Erion auf dem Boden auf. Und schrie laut los. Vor Schmerz, der ihm beinahe die Sinne raubte.

Er sah vor Morlugh eine Dunkelheit zerspringen, die rasend auswuchernd Schlingarme in alle Richtungen fortschnellen ließ. Der Einschlag seiner Axt hatte die Rune ausgelöst, bunt wie ein Regenbogen und in Farben darüber hinaus entfaltete sie sich. Wie Speichelfäden in einem schnell rotierenden Maul, die versuchten, dem Sog des Zentrums zu entfliehen. Die Kugel als Kern des Bannes spie sie aus und schien gleichzeitig alles an Raum, was sie zu fassen bekam, verschlingen zu wollen. Dumpfes Ein- und Ausatmen. Ein wirres Gewebe aus Licht und Farben gleich einem Wollknäuel, mit dem eine Katze zu lange hatte spielen dürfen, wie ein Spinnennetz, in den Raum hinein aufgebläht, verdreht und verwirrt, schillernd in allen Farben und allen Dunkelheiten.

Morlugh stand darin verstrickt und versuchte, sich dem Bann zu entwinden. Versuchte offenbar, wieder Herr seiner Sinne zu werden. Er stand im Netz des wummernd platzenden und zusammenbrechenden Chaos.

Was war das? Was hatte diese durchscheinende Rune dargestellt?

Ein fehlgeschlagener Versuch, ein vertrackter Bann, den

Dunjak-Dhar nicht hatte beherrschen können und nur unzureichend eingekapselt hatte? Flüchtig, chaotisch und nicht eindämmbar?

... die kleinste Abweichung vom Überlieferten kann die Magie schon zerstören ... Fetzen von dem, was Dunjak-Dhar gesagt hatte, geisterten Erion durch den schmerzenden, umwölkten Schädel. *... etwas, das beinahe gelungen ist ...* Dunjak-Dhar hatte schwer dabei geseufzt.

Was immer es war, es stellte seine Chance dar.

Stöhnend rappelte er sich hoch, kam schief und humpelnd zum Stehen. Stolperte schmerzerfüllt auf Morlugh zu, der in dem sich zersetzenden und gleichzeitig wuchernd aufbäumenden Bann verstrickt war.

Erion griff zum Gürtel. Er hatte keine Waffe, fiel ihm schlagartig ein. Sein Dolch war im Bein eines Duerga stecken geblieben, sein Schwert lag weit weggeschleudert irgendwo bei Dunjak-Dhars Runensanktum. Er war ohne Waffe.

Wie ein Felsblock ragte Morlugh über ihm auf. Inmitten der Trümmerteile der von ihm zerschmetterten Werkbank. Noch immer im Bann der entfesselten Rune, doch schon schien er seine Orientierung wiederzugewinnen. Immerhin hatte der seine Axt fest im Griff behalten. Morlugh schien jetzt zu stutzen.

Irgendwas, was als Waffe dienen kann. Nur Metall- und Holztrümmer und Segmente der zerschlagenen Schwenkarme. Ohne groß nachzudenken, bückte er sich, langte zu Boden und griff sich eins der Teile.

„Ich werd dich ..." Morlugh wandte sich um.

Es war ein Schwenkarm mit einer Feinzwinge am Ende. Die Dunjak-Dhar und ihre Mitarbeiter genutzt hatten, um heikle, empfindliche Teile einzuspannen. Grolk hatte aus Versehen eine davon ausgelöst und so Morlugh gewarnt, als er ihn anspringen wollte.

Er wollte wieder aus der Hocke hoch, bevor Morlugh

zuschlug. Eines von Morlughs Beinen war dabei in seiner Augenhöhe. Dick und knorrig wie ein Baumstamm, mit prallen Sehnen und Muskeln, Metallplatten und -klammern, die das verheerte Fleisch zusammenhielten.

Erion handelte aus einer Eingebung heraus.

Er stieß den Schwenkarm vor, sodass die weit geöffnete Zwinge Morlughs massives Bein umschloss und löste dann die Rune unter dem Gelenk aus.

Die Zwinge schnappte zu. Morlugh schrie auf.

Erion sprang zurück und sah zu, wie die Feinzwinge sich rasch immer weiter schloss. Die Enden ihrer Backen, die sonst hauchfein nur gerade das berührten und hielten, was sie einspannen sollten, fanden kein Objekt und keinen Widerstand.

Unbarmherzig schlossen sie sich, bis sie einander berührten. Die Zwinge war klein, Morlughs Bein war massiv und dick.

Es wurde bis auf den Knochen durchtrennt.

Morlugh schrie, doch Erion hörte dennoch das Knacken, mit dem der Knochen brach.

Morlugh kippte und stürzte zu Boden. Die Streitaxt entglitt seinem Griff. Ihr Stiel zeigte auf Erion.

Morlughs Geschrei war inzwischen in wüste Flüche übergegangen.

„Hat meine Mutter so geschrien, als du sie in den Abgrund gestürzt hast?" Er starrte auf Morlughs Körper herab.

Statt einer Antwort schlug der mit dem Stahlarm nach ihm aus. Erion humpelte ein Stück zurück, aus Morlughs Reichweite. Er bückte sich, griff nach einem weiteren Schwenkarm mit einer Feinzwinge, die neben ihm am Boden lag. Nun ja, *fein* war die Zwinge nur bei feinen Dingen.

Er sah, wie Morlugh sich herumwälzte, auf den Stiel der

Axt zukriechen wollte. Er zog die Backen der Feinzwinge weit auseinander, stieß sie nach dem ausgreifenden Arm.

„Ist beinah wie ein Treuering", sagte er.

Auf der Seite liegend schielte Morlugh zu ihm hoch. Die Fingerkuppen waren knapp vor dem Axtstiel.

„Ein Treuering ganz speziell für dich. Weil du so verlässlich für alles einstehst, was an Geschöpfen widerwärtig und verachtenswert ist."

Sein Daumen fand die Rune und löste sie aus.

Morlugh brüllte auf, bäumte sich hoch. Wie auch zuvor das Bein wurde der Arm bis auf den Knochen abgetrennt, doch brach der Knochen nicht, weil Morlugh ihn nicht durch sein Gewicht belastete. Aus dem roten Ring blutend, wo in der Mitte der Oberarm durchtrennt worden war, blieb er dennoch am Körper.

Morlugh war verstummt, stierte aus einem hasserfüllten und einem ausdruckslosen Auge zu ihm hoch.

Die große Furche, die aussah, als hätte jemand versucht, seinen Schädel zu durchteilen, klaffte jetzt nicht länger rötlich, ihre Ränder hatten sich verfärbt, als hätte sich schwarzer Schimmel darin eingenistet. Der Rest des Narbengewebes pulsierte und verströmte dabei weißliches Sekret. Speichel schäumte mit schwärzlichen Blasen zwischen seinen Hauern auf.

„Bring es zu Ende", stieß Morlugh zwischen zerfurchten Lippen hervor. „Das tut kein Drazghul für dich."

Ja, er würde es zu Ende bringen. Er humpelte zu Morlughs Streitaxt, die jetzt außerhalb der Reichweite von dessen noch nutzbarem Arm lag, packte deren Schaft. Obwohl erneut Speere des Schmerzes sich in seine Rippen bohrten und das Atmen in seiner Lunge ein Feuer entfachte, bekam er den Schaft schräg angehoben. Doch das mächtige doppelte Blatt war zu schwer. Das bekam er in seinem Zustand nicht hin. Das bekam er nicht vom Boden hoch.

Beim ersten Versuch, es mit aller verbliebener Kraft hochzustemmen, knickte er beinahe vor Schmerzen ein und brach zusammen.

Während er keuchend halb in den Knien hing, ging sein Blick an Dunjak-Dhars Runensanktum vorbei. Und erfasste dahinter die Werkbank, gegen die Meister Hisiciars Astrosphärum geschleudert worden war und an der die Flasche mit dem Donnerelixier und die Wyrmblutphiole zerschellt waren. Ein ganzes Stück entfernt auf der anderen Seite des Runensanktums. Der Weg dorthin von Trümmern versperrt.

Orangerot und für ihn deutlich sichtbar verlief die Spur des Drazghulbluts die Seite der Werkbank hinab und war jetzt kaum noch einen Fingerbreit von der giftgrünen Pfütze entfernt.

Ein eisiger Schreck durchfuhr Erion. Das Drazghulblut rann zwar nur träge, doch jetzt war es bloß noch eine Sache von einem Dutzend Herzschlägen, bis es die Lache mit dem Donnerelixier erreichte. Wenn er Glück hatte.

Doch in dieser Zeit würde er niemals rechtzeitig dorthin gelangen, um das Zusammentreffen des Elixiers mit seinem letzten Bestandteil zu verhindern. Nicht in seinem Zustand, da er nur noch humpeln, aber nicht länger leichtfüßig springen konnte. Und nie und nimmer hatte er Zeit genug, um aus dem Radius der Explosion zu entkommen.

Aus!

„Elfenbastard, du!", brüllte Morlugh mit einer Stimme wie ein schartiges Sägerad des Zermalmers in seinen Moment erstarrten Schreckens hinein. „Deine Mutter hat wie am Spieß geschrien, als sie in den Tod gestürzt ist." Seine unversehrte zerfurchte Wange wurde zu einer dunklen Höhlung, als er die Luft einsog. Dann spuckte er zwischen seinen spitzen Zähnen einen blutig-schleimigen Brocken nach ihm. „Weil sie ein Elfenweichling war", stieß Morlugh hervor. „Und ihre Brut schafft es nicht mal, mich zu töten."

Er schaute noch einmal zu der Wyrmblutspur hinüber, die langsam auf das Donnerelixier zusickerte und es beinahe erreicht hatte.

„Das muss ich gar nicht." Seine eigene Stimme hörte sich in seinen Ohren unendlich müde und traurig an.

6

DAS ENDE

Eine gewaltige Explosion erschütterte die Hauptkammer Kharnuk-Braghas. Wie der Hammer eines Gottes schlug sie zu, und der Berg bebte.

Alles, was sich im Umkreis von Dunjak-Dhars Runenschmiede befand, riss sie mit gigantischer Macht auseinander und schleuderte die Trümmer und Teile hoch empor, dass sie donnernd gegen Höhlenwände und Höhlendecke krachten. Besonders in den nahe gelegenen Hauptpfeiler, der die Decke der großen Kaverne trug und dessen runenverstärkte Leuchtschichten ihr nachts Licht spendeten, schlugen sie ein.

Mit ihrer ungeheuren Wucht ging eine Druckwelle über alles im Umkreis hinweg, rasend schnell, eine immense aufgestaute Kraft, die sich in einem einzigen zusammengedrängten Moment, dem Bruchteil eines Wimpernschlags, entlud. Auch sie brandete mit all ihrer Kraft zuerst gegen den Hauptpfeiler in unmittelbarer Nähe, dann gegen die anderen an.

Donner erfüllte die Kammer des Berges. Donner, wie er kaum jemals draußen unter freiem Himmel gehört wurde, wo keine umgebenden Felsen den Widerhall boten, allein der Himmel und die Erde, Donner, wie ihn kaum ein natürliches Gewitter zustande brachte.

Neben großen Trümmern und Schutt wurden Wolken von Staub und winzigen Bruchteilen hoch in den Hohlraum der Hauptkammer geschleudert. Noch aufsteigend wurden sie schon von herabstürzenden Felsbrocken und riesigen Teilen der Höhlendecke niedergedrückt und erstickt.

Ganze Teile der Stadt brachen ein und fielen in sich zusammen. Im Donner der Zerstörung wurden sie vom Stein des Berges verschlungen, der in die Kammern und Hohlräume hinabstürzte.

Der Nachhall des Donners der ursprünglichen Explosion und der darauffolgenden Zerstörung mischte sich mit durchdringendem Knirschen, Bersten und Malmen. Die riesigen Felspfeiler und -träger hatten unter der gewaltigen Entladung Sprünge und Risse bekommen, die sich ächzend und dröhnend unter der Last des gewaltigen, auf ihnen ruhenden Gewichts wie Spinnennetze ausbreiteten. Ganze Teile brachen aus ihnen weg, donnerten hinab in die Ruinen der bereits angerichteten Zerstörung.

Wolken von Staub verhüllten noch das volle Ausmaß der Vernichtung. Doch auch dessen Schleier konnten nicht verbergen, dass große Bereiche Kharnuk-Braghas unter dem Gestein des Berges begraben oder anderweitig zerstört worden waren. Der Rest schien nur noch knirschend und ächzend den Atem anzuhalten und darauf zu warten, dass sich auch sein Schicksal vollzog und der Untergang ihn unaufhaltsam einholte.

Kharnuk-Bragha, die Stadt im Berg, lag in ihren letzten Zügen.

Ihr Ende war gekommen.

7

ALLERHEILIGSTES

B ist du dir sicher? Ich meine ... du weißt schon, wie sich das anhört?"

„Ja, ich bin ganz sicher. Ich habe es gesehen. Es wurde hoch- und wie ein Geschoss durch die Luft geschleudert. Du kannst Nadragír fragen. Der hat es auch gesehen."

„Nein, kann ich nicht. Weil er nicht hier ist. Aber ja, das hat er gesagt. Nur ..."

„Was?"

„Selbst wenn ... Dann ist es unter dem ganzen Schutt und den Teilen des Berges begraben. Und ist ganz bestimmt zerstört."

„Genau das glaube ich nicht. Ich habe gesehen, wie es gegen den Fels geprallt und dann davon zurückgesprungen ist. Wenn du mir nicht glaubst, dann kannst du ja mal bei ihr nachhören, was sie davon hält. *Sie* ist jedenfalls bei uns. *Sie* kannst du fragen."

Kunja sah sich kurz um, meinte dann, „Sie hätte zurückbleiben sollen. Mit den anderen gehen. Ihr Zustand ... Sie wäre da besser aufgehoben."

„Hast *du* sie zurückgehalten?", kam grollend die Erwiderung. „Meinst du ernsthaft, du oder jemand anderer hätte sie zurückhalten können?"

Die Antwort kam zögernd. „Nein, ich glaube, das hätte keiner von uns geschafft. Sie war verdammt entschlossen."

„Entschlossen, ja, so kann man das wahrhaftig nennen."

„Aber … bist du dir sicher, dass du gesehen hast, wohin es geschleudert wurde? Ich meine, wie kannst du dir …"

„Jetzt glaub mir doch endlich." Auf dem Kamm des Schuttberges angelangt, blieb er stehen und hielt Ausschau. „Schau doch, da ist es!"

Und mit diesen Worten rannte er los.

Es war die über alles andere herausragende metallene, dunkle Spitze, die Duvruk auf das kristallzackenförmige Objekt aufmerksam gemacht hatte. So, wie sie auch vorher schon über die umgebenden Mauern emporgeragt hatte.

Als er hingerannt war, die anderen im Schlepptau, hatten sie festgestellt, dass es nicht vollständig unter Trümmern und Schutt begraben war, sondern in schrägem Winkel innerhalb einer Kuhle steckte und nur sein unterer Teil wirklich verschüttet war. Offenbar waren im Nachhinein weitere Bruchstücke darauf gestürzt.

Jetzt hockte Duvruk in dieser Kuhle und wuchtete ächzend und keuchend die größten der Trümmerteile beiseite, um den Rest des Korpus freizulegen.

„Jetzt helft mir doch schon!", rief er über die Schulter hinweg.

„Wie sollen wir dir helfen? Du bist der Einzige, der diese riesigen Trümmer bewegen kann."

Trotz ihrer Worte eilte Kunja an Duvruks Seite und begann in großer Hast, die kleineren Teile des Schuttbergs zu bewegen.

„Da ist sein Kopf." Die Worte aus dem Hintergrund ließen sie beide kurz innehalten.

„Wessen ..." – dieses eine Wort, beinahe atemlos in bangem Schrecken hervorgestoßen.

„Morlughs Kopf. Zum Glück. Diesmal hat er nicht überlebt."

Dann, nach einer Weile brach Malaiar die darauf eingetretene Stille. „Wartet, ich helfe euch!"

Sie kam ebenfalls in die Kuhle gesprungen und machte sich augenblicklich daran, weitere Steinbrocken beiseite zu hieven, die zwar nicht so beeindruckend wie die waren, welche Duvruk bewältigte, jedoch für Kunja unmöglich zu heben gewesen wären. Sie schien sich dabei nicht allein auf ihre Kraft zu verlassen, sondern geschickt Hebelwirkungen anzusetzen, sodass ihre Anstrengung geringer schien, als das Gewicht der Lasten hätte vermuten lassen.

So kamen sie trotz der zunächst schwer zu bewältigenden Aufgabe erstaunlich schnell voran, zumal sie nicht nur auf Hindernisse, sondern auch auf Hohlräume unter den Trümmern stießen.

„Ja, das ist es!", ächzte Duvruk. „Nur noch ein bisschen. Dann kommen wir an den Eingang ran."

„Und an die Öffnungsrunen", klang die raue Stimme aus dem Hintergrund, oben am Rand der Kuhle. „Kennt *ihr* etwa die richtigen Runen und die Reihenfolge, in der man sie auslösen muss?"

Die Frage traf nur auf Schweigen.

„Seht ihr! Allein deshalb schon musste ich mitkommen." Die Stimme kam bei diesen Worten näher.

„Ich seh sie! Wir kommen ran!", keuchte Duvruk, während er ein letztes Mauerstück beiseite wuchtete.

Eine bräunliche, knorrige Hand löste in schneller Folge Runen in der rasterförmigen Anordnung aus, und Dampf stieg daraufhin weiß und zischend aus den Fugen, die im dunklen Metallkörper jetzt deutlicher zutage traten.

Etwas zischte auch drinnen hinter der Platte des sich öffnenden Schalensegments, und im nächsten Augenblick schoss etwas schwärzlich Zerrauftes aus dem Spalt hervor und zwischen die Gefährten, die daraufhin erschreckt zurücksprangen.

Das Geschöpf macht jedoch rasch kehrt und kam wieder auf die Schwelle zurück, von wo es dann langsam rückwärts, wie auffordernd, ins Innere wich.

„Grolk! Er lebt? Das kann nur heißen ...“

Im nächsten Augenblick schon waren die drei in das Innere der dunklen Metallschale gesprungen. Gleich darauf knieten sie neben der bewegungslosen Gestalt, die gegen die glänzend hellen Rippen gelehnt lag, welche die Wandung bedeckten.

„Erion, Erion!“

„Er lebt, ich weiß es. Er muss leben.“

„Lasst mich ran. Ich will seinen Puls fühlen.“

Doch bevor Malaiar ihre Absicht in die Tat umsetzen konnte, begann der junge Elfenhalbling, sich bereits zu rühren.

Er stöhnte, führte die Hand zum Kopf und öffnete träge die Augen. Unsicher, verwirrt, als würde er auf ein Trugbild starren, schaute er sich um.

„Ihr? Wie habt ihr ...?“

„Duvruk war es. *Er* hat dich gefunden.“

„Nadragír hat es auch gesehen“, erwiderte der Duerga bescheiden.

„Aber du warst es, der das Runensanktum gefunden hat.“

„Wir dachten, du wärst tot“, meinte Kunja noch immer schwer atmend.

„Das dachte ich auch“, erwiderte Erion, griff sich in den Nacken und massierte ihn, betastete mit dem Ballen der anderen Hand seine Rippen und stöhnte schmerzerfüllt auf. „Es war ganz schön knapp. Und ich hatte schon beinahe mit dem Leben abgeschlossen. Aber …" Er atmete durch, verzog erneut das Gesicht. „Selbst mit seiner Streitaxt konnte Morlugh dem Runensanktum keine Delle beibringen. Da kam mir die Idee …"

„Großartige Idee", meinte Duvruk brummend. „Sie hat dich gerettet."

„Ja, mich schon", sagte Erion mit verschleiertem Blick. „Aber all die anderen …"

Duvruk legte ihm die Hand auf die Schulter, was Erion erneut dazu brachte, vor Schmerz zusammenzuzucken.

Duvruk zog seine Hand rasch zurück. „Zum Glück hast du Agranor gewarnt. So konnten die meisten Bewohner der ärmeren Viertel evakuiert werden. Aber es gibt trotzdem zahllose Tote. Wie viele, wissen wir noch nicht."

„Die meisten aber unter Morlughs Kharnuk-Duerga", warf Kunja grimmig ein. „Die Explosion und die Einstürze haben am stärksten die Viertel betroffen, die von den ursprünglichen Duerga Kharnuk-Braghas und damit Morlughs Anhängern bewohnt waren. Und alle, die sich vom Schlachtfeld nicht schnell genug zurückgezogen haben. Die Randviertel, die Bezirke der früheren Einwohner Ishuk-Braghas, der Menschen und Dwerc und Firimduerga, sind zum größten Teil erstmal verschont geblieben."

„Trotzdem … die vielen Tote! Ich wollte es verhindern. Ich wollte …" Er stockte, sah zu der zerrauften, schwärzlichen Kreatur, die neben ihm hockte. „Ich dachte schon, Grolk wäre auch tot. Morlugh hat ihn erwischt. Ich habe mir die kleine Pest trotzdem kurzerhand geschnappt, bevor ich hier reingeschlüpft bin. Ich war mir nicht sicher, ob er es schafft. Er war immerhin besinnungslos."

„Er war sogar noch vor dir wieder munter", meinte Duvruk.

Erions Blick ging ins Leere. „Aber der arme alte Bergol, den konnte keiner retten. Er war in einem furchtbaren Zustand, vollkommen verwirrt, fast blind und konnte kaum noch laufen. Ich hab ihn am Ende nirgends mehr gesehen, und niemals war er schnell genug, der Explosion zu entkommen. Ich hoffe nur, es ist für ihn schnell gegangen. Ein Blitz und alles vorbei ..." Mit fahrig schweifendem Blick schaute er umher.

„Du kannst nicht alle retten", sagte Malaiar mit sanfter Stimme.

Bevor sie ihm jedoch tröstend die Hand auf die Schulter legen konnte, schlug Erion die seinen vor die Augen und brach in heftiges Schluchzen aus.

„Warum nicht? Warum denn eigentlich nicht, verdammt noch mal!" Hauptmann Gangratz hatte er schon nicht retten können, nicht Murnig, nicht den Langen Firk ... keinen von ihnen. Sie waren zu Freunden geworden, und er hatte nichts tun können, um zu verhindern, dass sie abgeschlachtet worden waren. Seine Schultern hoben und senkten sich in heftigen Krämpfen.

Erion senkte langsam seine Hände von den Augen, die tränenverschleiert waren. „Ja, ich lebe. Das tue ich. Aber alles andere? Unsere Aufgabe, unsere Mission, ... Sie ist dann wohl endgültig gescheitert." Er seufzte tief und zitternd. „Unseren Teil von Aurics großem Plan können wir jetzt nicht mehr erfüllen. Dabei hing alles an uns. Die Voraussetzung, das alles umzusetzen, war, dass es irgendeine Möglichkeit gibt, einen Ring zu schmieden, der diese Kraft, die Auric und Nadragír entfesseln wollen, beherrschen kann. Ich weiß nur eine Einzige, die dazu in der Lage gewesen wäre. Doch Dunjak-Dhar ist tot und –"

Eine dunkle knarrende Stimme ertönte von der Öffnung des Runensanktum her. „Ich wäre vorsichtig damit, eine alte, zähe Firimduerga allzu schnell abzuschreiben."

Noch immer mit tränenverschleiertem Blick schaute er in die Richtung, aus der die Stimme gekommen war.

Dunjak-Dhar stieg durch die Öffnung in das Innere des Sanktums hinein und sah sich kurz im eigenen Allerheiligsten um, dem eigentlichen Herzen ihrer Runenschmiede – wie verwundert, als trete sie wie eine Fremde darin ein.

„Dunjak-Dhar!", entfuhr es ihm. „Aber wie ist das möglich? Ich habe dich dort auf den Treppen liegen sehen. Du warst wie tot. Ich habe dich für …"

„Zum Glück nur *wie tot*, Erion Leichtfuß", entgegnete Dunjak-Dhar. „Oder beinahe tot. Aber eben noch nicht ganz. Man hat mich gefunden, und ein Elixier der Alchymiker – das gleiche, das sie auch Morlugh gegeben haben – hat geholfen, meine letzten schwachen Lebenskräfte zu mobilisieren. So weit, dass ich mir danach selber helfen konnte."

Jetzt erst fiel ihm wirklich auf, wie wacklig sie auf den Beinen wirkte, wie gebeugt und schwach. „Dir selbst geholfen? Wie meinst du das?"

Er bemerkte, wie sie zu Malaiar und Duvruk hinübersah. „Ich habe das Gleiche gemacht wie bei ihnen. Nur war es für mich kein Opfer, sondern die einzige Möglichkeit zu überleben."

Langsam begann er zu verstehen. „Du hast dir …"

„Ja, ich habe mir den letzten meiner Adelsteine selbst in die Brust gehämmert. Dazu war auch endlich ein richtiger Hammer bei der Hand. Das hat mich ins Leben zurückgeholt."

„Dein Sonderkniff", entfuhr es Erion. „Dein ganz spezielles Geheimnis. Die Rune, die alles an dem, dem man sie hinzugibt, noch eine Spur besser macht? Dann …" Er stockte, ein verrückter Gedanke keimte in ihm auf. „Vielleicht macht sie dich dann auch zur noch besseren Version einer ohnehin schon genialen Runenschmiedin."

Dunjak-Dhar wollte auflachen. Es geriet ihr ein wenig

kläglich. Sie schien wahrhaftig noch schwach zu sein, und das war nur allzu verständlich. „So viel will ich gar nicht hoffen. Einstweilen bin ich froh, noch am Leben zu sein. Die Rune hat meine verbliebenen Lebenskräfte verstärkt und gesteigert und mich …"

„Dunjak-Dhar." Ihm fiel etwas ein.

Sie stutzte, sah ihn an.

„Du hast einmal gesagt, du kannst nicht von hier fort. Du kannst diese Stadt nicht verlassen. Weil so ein Runensanktum schließlich schwer sei und nicht fliegen könne." Er versuchte sich an einem Lächeln. Es war mühsam. „Kann es doch." Er spürte, wie das Lächeln einer vagen Hoffnung sich in einen Mundwinkel hochstahl. „Wer weiß, was du noch alles kannst, mit dem du gar nicht gerechnet hast."

Er sah sie zunächst die Stirn runzeln, dann jedoch ebenfalls lächeln.

In diesem Augenblick erklang von draußen ein durchdringendes Grollen, das die Hülle des Runensanktums erbeben und ihn und alle anderen zusammenzucken ließ. Gleich darauf hörte man ein Donnern und Malmen, das von weiteren Einstürzen herstammen musste.

Duvruks massive Gestalt schob sich in seine Sicht. Der Duerga sah ihn besorgt an, wobei er immer wieder über seine Schulter schielte. „Ich würde ja sagen, geh es langsam an, Erion, aber tatsächlich müssen wir uns beeilen."

„Wir müssen hier raus!", meinte jetzt auch Kunja. „Der Rest der Stadt steht kurz davor, einzustürzen."

„Ja, ein großer Flüchtlingszug ist schon unterwegs", warf Malaiar ein. „Nadragír hat sich ihm angeschlossen, um ihn zu schützen, sollte es nötig sein. Wahrscheinlich sind sie schon längst draußen. Es wird bestimmt noch mehr solcher Flüchtlingszüge geben, aber von denen wissen wir nichts."

Duvruk half ihm beim Aufstehen. Die Rippen schmerzten, dazu alle Glieder. Der ganze Körper, alles daran tat ihm weh. Er hatte sich zwar bei der Explosion, so gut er nur konnte, an irgendwas im Runensanktum festgeklammert, aber am Schluss hatte es einen heftigen Aufprall gegeben, und er hatte das Bewusstsein verloren. Wahrscheinlich war er danach ganz schön durch das Innere von Dunjak-Dhars Runensanktum hin und her geschleudert worden. Jedenfalls fühlte es sich an, als wäre er überall grün und blau. Wer wusste, ob er irgendwo Brüche oder angeknackste Rippen davongetragen hatte. Wahrscheinlich hatte er Glück, dass er, selbst im Schutz des Runensanktums, überlebt hatte.

Er sah sich um. „Wo ist mein Schwert?"

„Dein Schwert?"

„Ja, ich konnte es kurz bevor ich hier reingeschlüpft bin, noch zusammen mit Grolk an mich nehmen." Er suchte weiter das Innere des Sanktums ab.

„Ich hab es", kam es von Duvruk.

„War's das? Können wir jetzt?" Kunjas Stimme klang unruhig.

„Wie lange war ich …"

„Bewusstlos?", fragte Kunja. „Hier drin? Ich würde sagen, eine ganze Weile."

„Grolk war noch vor dir munter", meinte Duvruk.

Wieder erklang von draußen ein Grollen, und das Sanktum bebte.

„Wir sollten schleunigst machen, dass wir hier rauskommen", sagte Dunjak-Dhar und schaute über die Schulter.

Dennoch blieb Erion draußen noch einmal bei Morlughs abgerissenem Kopf stehen. Selbst im Tod wirkte er grauenvoll und Furcht einflößend. Die eine stählerne Augenhöhle war jetzt leer. Von dem, was darin so düster und unheilvoll geglommen hatte, war nichts mehr zu sehen. Das Maul mit den scharfen, schiefen Zähnen war aufgerissen, als wollte er sie selbst im Tod noch verfluchen. Die meisten seiner

Nasen- und Gesichtsringe waren ihm jedoch durch die Wucht der Explosion aus dem Fleisch gerissen worden. Die große Wunde, die sein Gesicht durchzog, klaffte weit und schwarz offen, dass es wirklich aussah, als hätte jemand versucht, eine riesige, groteske, hartschalige Frucht mit einem Beil zu zerteilen. Auf der anderen Seite konnte man durch das von Hurga-Jhins Hammerhacke gerissene Loch ins Schädelinnere starren.

„Diesmal kommt er nicht mehr wieder", sagte er.

„Da können wir uns sicher sein", fügte Dunjak-Dhar hinzu. „Diesmal würde selbst ich ihn nicht mehr zusammengeflickt kriegen. Selbst wenn ich wollte." Die Runenschmiedin wurde jetzt wieder von Malaiar gestützt.

Erion hingegen hatte jede helfende Hand entschieden abgeschüttelt.

Er würde Kharnuk-Bragha auf seinen eigenen Füßen und ohne stützende Hilfe verlassen. Und wenn es humpelnd war und er sich bei jedem Schritt ein Aufstöhnen verkneifen musste.

Erneutes Grollen durchlief die Kaverne und trieb sie zur Eile an.

8

EXODUS

Draußen angekommen schafften sie es nicht einmal hoch zu der Stelle, von der aus sie zur letzten Etappe ihrer Rückkehr nach Kharnuk-Bragha aufgebrochen waren, bevor unter ihnen gewaltig der Boden bebte.

Die Erde zitterte und schwankte derart, dass sie fürchteten, zu stürzen, und am Hang um ihr Gleichgewicht rangen. Er spürte eine stützende Hand, die sich nach Duvruks Pranke anfühlte. Das Bild seiner Gefährten und der Umgebung dahinter wurde dabei so heftig durchgerüttelt, dass ihm die Umrisse vor Augen verschwammen.

Den Höhenkamm, der für sie bei ihrer Ankunft der Punkt der letzten Ausschau gewesen war, hatten sie erst halbwegs erklommen. Alle wandten sie sich jetzt am steilen Hang um. Ruckelnd und verschwommen sahen sie den Umriss des Berges von Kharnuk-Bragha über eine Wand von Tannen hinweg.

Der mächtige, kantige Umriss des Berges, der Kharnuk-Bragha geborgen hatte, war einen Augenblick noch so zu erkennen, wie er ihn in Erinnerung hatte. Dann, von einem

Moment auf den anderen, veränderte er sich zusehends. Die eine Flanke brach ein, als stürzte sie ins hohle Berginnere. Ein riesige Rauch- und Staubwolke erhob sich aus dem Einsturz und trübte das Licht der Sonne und den Ausblick auf steinerne Hänge, dunkelgrüne Wälder, ocker-grüne Matten und umliegende Gipfel. Wie Erion standen auch seine Gefährten wie versteinert da.

Dies war das Ende von Kharnuk-Bragha. Der Berg hatte sich die Stadt genommen und unter sich begraben.

Keiner sagte ein Wort.

Das vereinzelte Singen eines Vogels klang gespenstisch in die Stille hinein. Nur in seinen Ohren hörte er noch immer einen Nachhall des Grollens.

Duvruk räusperte sich. „Turam wäre das wirklich nahegegangen", sagte er dann.

„Kharnuk-Bragha gibt es nicht mehr." Malaiar fand nun ebenfalls ihre Stimme wieder. „Aber das Leben im Berg geht weiter. Wir waren nicht seine einzigen Bewohner."

Erion sah sich zu ihr um.

„Was glaubt ihr, wovon sich die Drazghul ernähren, wenn sie sich nicht gerade Stadtbewohner holen", erklärte Malaiar auf die fragenden Blicke hin. „An einigen von ihnen seid ihr vorbeikommen, ohne sie zu bemerken. Ich war dabei, und bin sicher, es gab noch unzählige andere Gelegenheiten."

Malaiars Worte offenbarten einmal wieder, dass sie so viel mehr über die Vorgänge im Berg wusste, als sie durchblicken ließ. Dabei fiel ihm etwas ein, das ihn schon die ganze Zeit untergründig beschäftigt hatte. „Wieso wusstest du eigentlich, dass wir so nötig Hilfe brauchten? Dass wir es alleine nicht geschafft hätten? Ich meine, als du die Drazghul aufgepeitscht und zum Angriff getrieben hast."

Malaiar zog ihre Brauenwülste hoch und schaute eine Weile sinnend vor sich hin. „Nenn es eine Ahnung", sagte sie dann. „Nicht nur der Berg spricht zu mir. Irgendwie wusste ich, dass ihr in Gefahr seid. Was ich getan habe, erschien mir einfach als das Richtige."

„Meinst du, diese … Ahnung hat was mit der Rune zu tun?", fragte Kunja und schaute zwischen Malaiar und Dunjak-Dhar hin und her.

„Ich weiß es nicht", antwortete Malaiar. „Möglich ist es. Ich hatte früher schon solche Ahnungen und Anmutungen, aber diesmal war es so stark, wie ich es nie zuvor gespürt habe." Mehr schien sie dazu nicht sagen zu wollen.

„Da wir gerade bei unerklärlichen Dingen sind …" Etwas anderes ging Erion ebenfalls nicht aus dem Kopf. „Was ich mich die ganze Zeit schon frage, ist, wie es möglich war, dass wir im offenbar tiefsten Kerker, im ausbruchsicheren Block von Khaz-Dhum Sieben, auf scheinbar wundersame Weise Waffen bekommen haben. Und zwar nicht irgendwelche, sondern unsere eigenen."

Duvruk klopfte ihm auf die Schulter. „Das lässt du dir am besten von ihm selbst erklären."

Kurz darauf stießen sie auf den Flüchtlingszug, dem sich Nadragír angeschlossen hatte. Und auch Agranor traf er hier an.

Es war ein großer Tross aus Einwohnern Kharnuk-Brag-has, meist Dwerc, Firimduerga und Menschen, nur wenige Duerga darunter. Die Hauptkolonne zog mühsam auf Berg-pfaden dahin, über Hangwiesen und durch lichtere Waldrän-der. Sie war auf Meilen auseinandergezogen, da sie unter-schiedlich schnell vorankamen. Für die Gruppen, die mit Wagen und Karren unterwegs waren, verzweigte sich dazu noch diese Kette, da besondere Wege gefunden werden mussten, während andere einfach querfeldein abkürzten.

„Ich hab sie geborgen", gab Agranor auf Erions Frage nach den Waffen zurück. „Nachdem Morlughs Duerga sie euch abgenommen haben, haben die sie einfach irgendwo in eine abgelegene Kluft geworfen, in der noch andere entsorgte Waffen lagen. Vermutlich der versteckte Müllhaufen für … Weichlingswaffen, wie sie das nannten. Wir haben eine Menge Waffen von dort geholt, nachdem wir die Stelle erst einmal entdeckt hatten."

Die Gruppe, in der Agranor sich befand, war verhältnismäßig klein. Zahlreiche andere – etwas größer als die ihre oder beinahe an die hundert stark – hielten sich in Sichtweite zu ihnen. Erion kam es vor, als würden sich die meisten davon an die Gruppe hängen, in der sich ihr Adlatus befand.

„Wahrscheinlich", fuhr Agranor fort, „hielten Morlughs Duerga ein Ninraéschwert, Kurzschwerter und Dolche für einen echten Duergakrieger für unpassend oder unangemessen."

„Und mein Breitschwert?", fragte Duvruk.

Agranor lachte. „Ist wahrscheinlich für sie von dem elfischen Zeug mitverschmutzt worden. Oder sie haben gar nicht allzu genau hingesehen. Mitgefangen, mitgehangen."

„Und wie sind die Waffen dann zu uns gekommen?", fragte Erion weiter, dem das alles noch immer nicht so ganz klar war.

„Na, ich hab sie zunächst mal an der Stelle verborgen, an der du auch früher immer dein Schwert versteckt hast. Weißt du noch, Erion? Oben über dem Plateau, wo wir uns immer getroffen haben."

„Du weißt, wo ich mein Schwert versteckt habe?" Erion war perplex – er hatte das immer als sein sicheres Geheimnis angesehen.

„Ich weiß und wusste schon immer eine ganze Menge", erwiderte Agranor und fuhr dann fort, „Später, als der Zeitpunkt dafür kam, habe ich sie auf unseren ganz eigenen Wegen zu euch runter schaffen lassen. Jemand hat sie dann klammheimlich durch den Luftschlitz zu euch in den Block geschoben. Du weißt doch, ich kenne Inaim und die Welt und stehe mich mit jedem gut. Ich habe überall meine Verbindungen und kriege fast alles irgendwie auf Umwegen mit." Agranor grinste ihn dabei breit an.

Das, was er über seinen alten Freund zu wissen glaubte, bekam plötzlich eine ganz andere Bedeutung.

Das alles brachte ihn gewaltig ins Grübeln. „Sag mal … Wie lange bist du eigentlich schon … der Adlatus?"

„Oh, schon sehr lange", antwortete Agranor. „So lange, dass es mir beinahe wie schon ewig vorkommt. Ich war der kleine unauffällige Gehilfe bei Dunjak-Dhar, der sich höchstens durch seine Fähigkeiten in den Waffenübungen ausgezeichnet hat." Er nickte zu der Runenschmiedin hinüber. „Aber ich war auch im Geheimen der Beistand für alle, die sich nach Freiheit vom Joch der Unterdrückung sehnten. Die kannten mich als den Adlatus. Für die meisten war das allerdings ein bloßer Name, ein ungreifbarer Schatten. Wenn ich mich tatsächlich zeigte, dann meist maskiert. Nachdem Morlugh dann alle außer seinen Kharnuk-Duerga vom Kampftraining ausgeschlossen hat, haben wir es heimlich miteinander weitergeführt. So wie wir früher untereinander, in unserer Gruppe von Freunden. Gut für uns, dass Morlughs Krieger eine Menge Waffen als eines echten Duerga unwürdig erachtet haben. Und gut, dass sie alle anderen für so dumm hielten, dass sie ihren Waffenmüllhaufen nicht finden würden."

Erion sah von Agranor zu Dunjak-Dhar hinüber. „Hast du davon gewusst?"

Dunjak-Dhar schien sich inzwischen noch weiter erholt zu haben, sodass sie jetzt niemanden mehr brauchte, der sie stützte. „Ich habe nicht das Geringste davon geahnt", sagte sie und musterte Agranor, als würde sie ihn ebenfalls mit anderen Augen betrachten und müsste sich erst einmal daran gewöhnen.

Duvruk schob sich jetzt dazu und sah Agranor mit

einseitig hochgezogenem Brauenwulst prüfend an. „Ich habe damals gesagt, du bist jemand, der das Zeug zum Helden hat. Da hatte ich wohl recht."

Erion verstand jetzt allerdings so einiges. „Deshalb wolltest du auch nicht mit uns kommen, als wir unsere Flucht geplant haben. Du hast damals gesagt, du kannst nicht weg und sowas wie, dein Weg sei ein anderer."

„Ja", stimmte Agranor zu. „Ich konnte unmöglich aus Kharnuk-Bragha fort. All diejenigen, die im Geheimen den Widerstand organisierten, haben sich auf mich verlassen. Ich trug die ganze Verantwortung des Adlatus auf meinen Schultern. Ich konnte unmöglich mit euch gehen. Ich hatte im Stillen gehofft, ich könnte euch eines Tages davon erzählen und dann könnten wir diesen Weg gemeinsam gehen, aber ihr musstet aus Kharnuk-Bragha weg. Das kann ich auch verstehen." Er lächelte. „Aber es hat sich so ergeben, dass ihr zur rechten Zeit wieder da wart, um dabei zu sein, als sich Kharnuk-Bragha erhoben hat."

„Warum?"

Dunjak-Dhars Einwurf ließ Erion herumfahren.

„Warum wart ihr da?", fragte die Runenschmiedin mit gerunzelter Stirn weiter. „Das ist etwas, was ich noch nicht verstehe. Was war der Grund, der euch nach Kharnuk-Bragha zurückgebracht hat?"

Das hatte sie recht. Er hatte es ihr erzählen wollen, als sie runter in die Minen abgeführt wurden. Da hatte er angeführt, sie würde Gelegenheit erhalten, ihren Fehler wiedergutzumachen, dass sie Morlughs Körper wiederhergestellt hatte. Damals hatte er vor ihren Duergawächtern nicht weitersprechen wollen. Aber die Gelegenheit dazu hatte sich später nie ergeben.

„Du hast etwas von einem Ring gesagt, als Morlugh sein Tribunal über euch gehalten hat", fuhr Dunjak-Dhar jetzt fort. „Ein Ring, der für die Vereinigung der Duerga mit den freien Völkern steht. Aber ich kann mir nicht vorstellen, dass du hierher zurückgekommen bist und all die Gefahren auf dich genommen hast, nur damit ich ein Symbol für einen Bund zwischen den Völkern schmiede. Etwas, das auch jeder Feinschmied tun könnte." Dunjak-Dhar schaute zwischen ihnen hin und her. „Der Ninra hat etwas von einem Austausch gesagt, vom Wissen seiner Rasse und neuen Ideen."

„Vielleicht kann der Ninra es auch erklären."

Erion wandte sich um. Ohne dass er es bemerkt hätte, war Nadragír zu ihnen hinzugetreten. Wie so oft lag dieses kecke Lächeln auf seinen Zügen. Jenes Lächeln, das ihm besonders in letzter Zeit so überheblich vorgekommen war und für das er ihn am liebsten geohrfeigt hätte. Doch heute war der Tag, an dem er noch einmal überlebt hatte, an dem auch seine Gefährten noch alle am Leben waren und an dem er herausgefunden hatte, dass Dunjak-Dhar nicht tot und seine Mission doch nicht endgültig gescheitert war. Das stimmte ihn milde. Außerdem schien Nadragír ernsthaft helfen zu wollen, und wer wäre besser als er geeignet, Dunjak-Dhar alles zu erklären.

Er sah, wie Nadragír zu Dunjak-Dhar trat und den Arm um ihre Schulter legte. Die Runenschmiedin ragte dabei nur wenig über dessen Hüfthöhe hinaus.

„Komm, Runenschmiedin", sagte Nadragír zu Erions alter Meisterin, „wir treten ein wenig beiseite und wandern eine Weile miteinander. Dabei kann ich Euch vielleicht erklären, wobei es bei der ganzen Sache geht. Ohne alle anderen zu sehr durch unsere Fachsimpeleien zu langweilen." Er reckte den Kopf, schaute hinaus über die Landschaft. „Vielleicht schaffen wir es sogar, zu den Alchymikern aufzuschließen. Ich habe sie zwar mit den Ersten aus den Toren Kharnuk-Braghas herausgeführt und bin dann zurückgekehrt, um nach dem Wohlergehen alter Freunde zu schauen, aber diese Kameraden sind nicht gerade die schnellsten, und Ihr seht mir aus, als würdet ihr euch so rasch erholen, dass ihr schon wieder ein ordentliches Tempo vorlegen könnt."

„Was er zu sagen hat, wird euch ganz bestimmt gefallen." Erion musste lächeln, als er in die braunen Züge seiner alten Meisterin blickte, die Nadragír aus zusammengekniffenen gelben Augen neugierig musterte. „Vielleicht werdet ihr einiges darin wiederfinden, wonach ihr seit Jahren gesucht habt."

Tatsächlich blitzte in ihren Augen ein merkwürdiger Funke auf, als sie kurz zu ihm hinüberblickte, bevor sie sich dann wieder Nadragír zuwandte, um sich ihm anzuschließen.

Erion sah ihnen nach, während sie Seite an Seite durchs hohe Gras davonzogen: der Ninra und die Firimduerga, die schon nach kurzer Zeit in ein eifriges Gespräch vertieft schienen.

Er blieb mit den anderen zurück, die ein gemächliches Tempo anschlugen, dass es ihnen einerseits ermöglichte, beim Gehen miteinander zu reden und das andererseits keinen allzu großen Abstand zu den anderen, langsameren Gruppen aufkommen ließ.

Erion sah wieder zu Agranor zurück, der ihm jetzt in einem neuen Licht erschien. So als hätte auch er einen von Dunjak-Dhars Adelsteinen empfangen.

Die Rast, die sie spätestens am Abend erwartete, würde ihnen Gelegenheit geben, noch einmal ihrer aller Wiedersehen zu feiern und einander freundschaftlich in den Arm zu schließen. Auch sie beide, der Leichtfuß und der Adlatus. Das Mitglied der Grauen Schar der Sechzehnten und der Rebellenführer aus der Stadt unter dem Berg.

Es würde auch der Zeitpunkt sein, der vielen Toten zu gedenken, die sie zu beklagen hatten. Noch immer konnte er nicht fassen, dass Hurga-Jhin und Bovluk es nicht in die Freiheit geschafft hatten. Ihnen hätte er es am meisten gewünscht, und die beiden konnte er förmlich vor sich sehen, wie sie nebeneinander über die Bergwiesen zogen. Hurga-Jhin mit ihrer fröhlich dröhnenden Stimme und Bovluk munter grollend an ihrer Seite.

Dabei fielen ihm die Worte ein, die zwischen Hurga-Jhin und Morlugh in ihrem letzten Zweikampf gefallen waren.

„Hör mal, Duvruk, hat man nicht immer davon geredet, dass Ishuk-Bragha damals durch Verrat gefallen ist?"

Sein Duergafreund brummte zustimmend. „Man sagt, jemand hätte dem Feind heimlich das Tor geöffnet. Warum willst du das wissen?"

„Ach, nichts", gab er zurück. „Ich musste nur an was denken."

Nein, er würde nichts über seinen Verdacht verraten. Das Hurga-Jhin es gewesen war, welche die Tore geöffnet hatte. Und die sich wahrscheinlich später aus Reue gegen Morlugh gewandt hatte, der sie dafür lebenslänglich in die Minen verbannt hatte.

Doch die Bilder, wie Morlugh sie und Bovluk brutal ermordet hatte, waren zu stark und wollten ihm einfach nicht mehr aus dem Kopf gehen.

Wie so vieles andere. Grässliche Bilder und unerwartete Augenblicke. Alte Feinde und unerwartete Verbündete. Einer davon fiel ihm ein und er fragte sich, ob die Drazghul dabei unbedingt die hässlichsten gewesen waren.

„Sag mal", wandte er sich an Agranor, „war es vielleicht sogar Sicco, der uns die Waffen im Block zugespielt hat?"

„Frag ihn selbst!", erwiderte Agranor. „Viel Glück dabei!"

Ein Grinsen blitzte in dessen Gesicht auf, das Erion wieder an ihre alten Tage erinnerte, als sie noch eine Gruppe von Gefährten gewesen waren, die sich auf einer Klippe hoch über einer Zwergenstadt getroffen hatten.

★★★

Der Abend brachte die von Erion erwartete Gelegenheit, die Freude des Wiedersehens nach errungenem Sieg in einiger Ruhe auszukosten. Doch war sie gemischt mit der Trauer im Gedenken an all jene, die es nicht geschafft hatten, lebend dem Berg zu entrinnen.

Erion saß im Kreis seiner Gefährten an einem Lagerfeuer auf einer Waldlichtung. Der rötliche Schein tanzte über ihre Erscheinungen, im Hintergrund flackerten vor dem Tannendunkel und zwischen dessen Stämmen hindurch weitere solcher Feuer. Die Laute angeregter Unterhaltungen, der Freude, aber auch des Schmerzes und der Trauer drangen zu ihnen herüber. Späher, zu denen auch Kunja gehörte, patrouillierten die Umgebung.

Nadragír, Dunjak-Dhar, der Alchymiker Meister Hisiciar sowie einige Vertreter verschiedener Gruppen waren zuletzt ebenfalls von anderen Feuern hinzugekommen, unter ihnen auch Sicco als Repräsentant der ehemaligen Minenarbeiter.

Agranor hatte recht behalten. Allein schon auf die Andeutung der Frage, ob er etwas damit zu tun gehabt hatte, dass sie ausgerechnet im Block ihre Waffen zurückerhalten hatten, hatte Sicco dazu gebracht, ihn von oben bis unten zu mustern, als sei er der Abschaum vom Abschaum.

„Für wie blöd hältst du mich?", war seine Erwiderung gewesen, die Erion auch nicht schlauer machte; schließlich konnte sie alles heißen.

Nein, er würde mit Sicco wahrscheinlich keine nachträgliche Verbrüderung feiern.

Es erhob sich jetzt hier die unausbleibliche Frage.

Agranor sprach sie aus. „Was wollen wir nun tun? Wo wollen wir hin? Bleiben wir alle als Gemeinschaft zusammen? Trennen wir uns?"

Die Debatte darüber war kurz. Dunjak-Dhar brachte den entscheidenden Vorschlag. Er erhielt keine Gegenstimmen, obwohl absehbar war, dass sich nicht alle ihrem Zug anschließen würden. Aber das war auch nicht nötig. Sie waren alle freie Wesen. Sie waren Kharnuk-Bragha entkommen und hatten das Joch eines Despoten abgeschüttelt – ob der sich nur König Morlugh oder Morlugh-Khar nannte.

Sie beschlossen, nach Ishuk-Bragha zurückzukehren, jener Stadt, aus der ein großer Teil von ihnen nach dem Überfall König Morlughs und seiner Rotte verschleppt worden war.

Dunjak-Dhar verkündete ihren Plan, mit all den anderen ihrer und verwandter Zünfte die dortigen Schmieden wieder instandzusetzen und in Ishuk-Bragha auch ihre neue Runenschmiede zu errichten. „Ich habe dort eine Menge bei der Verschleppung zurücklassen müssen. Einiges davon müsste noch zu gebrauchen sein."

Erion hatte den Verlauf ihrer und Nadragírs Wanderung und ihre gestenreiche, offensichtlich angeregte Unterhaltung von ferne mit großem Interesse verfolgt. Jetzt vermochte er nicht länger, seine Neugier im Zaum zu halten.

„Und ... Meisterin? Denkst du, du bist in der Lage, das zu vollbringen, was die Ninraé von dir erwarten?" Immerhin hing alles daran. Seine Mission, vielleicht sogar das Überleben und der Bestand eines irgendwie gearteten Widerstands gegen die Horden Kinphaidranauks.

Dunjak-Dhar starrte eine Weile ins Leere, während ihre braunen, zerfurchten Züge vom flackernden Schein des Feuers beleuchtet wurden. Was sie nur noch zerfurchter und knorriger erscheinen ließ.

Die Scheite knackten, Funken stiegen hinauf in den Nachthimmel.

Schließlich schürzte Dunjak-Dhar ihre Lippen, runzelte die Stirn. „Es ist, hm ... äußerst interessant, was Nadragír da vorschlägt. Es liegen Möglichkeiten darin. Aber auch große Herausforderungen. Wir werden sehen." Sie nickte bedächtig dazu. „Wir werden sehen." Dann wandte sie sich

Nadragír zu und lächelte ihn an. „Jedenfalls glaube ich, dass dies der Beginn von etwas ist, was sich für beide Seiten noch als äußerst gedeihlich erweisen wird."

Nadragír lächelte zurück. „Der Beginn eines wunderbaren Brückenschlags zwischen zwei Forschern unterschiedlicher Rassen."

„Das Wiederaufleben eines alten Bundes", entgegnete Dunjak-Dhar, „vielleicht sogar einer alten Freundschaft."

Wieder wurde ihr Blick, mit dem sie jetzt Nadragír lediglich streifte, auf eine heitere Art nachdenklich. „Seit ich den … Adelstein in meiner Brust trage, gehen mir plötzlich alle möglichen Verbindungen zwischen Runen und Bannen auf, die mich vorher schon verschwommen als Fragen beschäftigt haben. Oder von denen mir irgendeine Ahnung spukte, die sich mir jedoch immer wieder entzog." Sie schnaufte schwer, jedoch nicht sorgenvoll. „Wir werden sehen, was die Zeit bringt."

EINE BEGEGNUNG

Erion und seine Gefährten hatten sich zusammen mit Dunjak-Dhar und Nadragír vom Hauptteil des großen Zuges getrennt, der nun unter der Führung Agranors die alte verlassene Höhlenstadt Ishuk-Bragha zum Ziel hatte.

Sie jedoch konnten nicht mit ihnen ziehen, denn sie hatten einen Auftrag. Sie mussten die Sechzehnte und ihren Kreis der Neun finden, um ihnen die Nachricht zu überbringen, die ihnen eine neue Möglichkeit eröffnete.

Dazu zogen sie in Richtung Duarka-Vanur, der Ursprungssiedlung, von der aus deren Bewohner in zwei getrennten Gruppen aufgebrochen waren, um jeweils Kharnuk-Bragha und Ishuk-Bragha zu gründen, Rechts-vom-Berg und Links-vom-Berg, jene unterirdischen Städte, die im immerwährenden Zwist miteinander gestanden hatten. Bis die Duerga der einen Stadt unter König Morlugh ausgezogen waren, um die Bewohner der anderen Stadt zu unterwerfen und die Überlebenden zu verschleppen.

Dabei kamen sie an jenem einsam stehenden Tor vorbei, an dem König Morlugh ihren Freund Turam aufgehängt, gefoltert und ermordet hatte. Dort sprachen sie ein stilles Gebet für ihren alten Gefährten.

„Urnak sei Dank ist dieser Schweinehund Morlugh tot", sagte Duvruk und legte Erion seine Hand auf die Schulter.

Auch der Anblick der alten Stadt Duarka-Vanur weckte alte Erinnerungen in ihnen. Sie wanderten zwischen den beiden spitz zulaufenden Säulen hindurch auf die am Hang wie in Terrassen emporlaufende Anlage kantiger Gebäude zu, aus der geduckte, breite Türme wie kantige Bastionen hervorstanden und betraten dann den im Berg gelegenen Teil der Stadt. Diesmal gab es keinen König Morlugh, der ihnen mit seinen Schergen auflauerte, und so zogen sie auf geradem Weg auf den Durchgangstunnel zu, der einzigen Passage weit und breit in den Süden.

Wieder sahen sie die Orte, die bei ihrer damaligen Flucht für sie eine entscheidende Rolle gespielt hatten, den Schacht, durch den sie die Leichen von Morlughs Schergen, den Hugar-Jaghas, hatten stürzen lassen, um die Posten abzulenken und das Loch in der Decke, durch das sie selbst in den Tunnel hineingeschlüpft waren, um schließlich zum Ausgang hin zu entkommen.

Duvruk wiederholte beim Blick hinauf zu diesem Loch – und wahrscheinlich in Gedanken an das, was darüber und dahinter lag – seinen Kommentar: „Urnak sei Dank ist dieser Schweinehund Morlugh tot."

Der freie Himmel, der sich am Ausgang des Tunnels über ihnen eröffnete, rief nicht das gleiche Gefühl der Befreiung wie damals hervor. Doch Erion war sich sicher, dass die anderen, genau wie er, daran zurückdachten, wie viel sich für sie seither verändert hatte, und wie viel sie erlebt hatten. Er erwischte sich dabei, wie er ungewollt zu Kunja hinüberschielte, die neben Nadragír dahinschritt. Ja, sie beide hatten damals ein anderes Verhältnis zueinander gehabt. Er hatte geglaubt, das, was in Duarka-Vanur mit ihr geschehen war, die Veränderung, die sie überkommen hatte, würde sie beide nur stärker zusammenschweißen. Er hatte sich geirrt.

Wieder einmal war er erstaunt, wie sehr es ihn schmerzte, wenn er darüber nachdachte. Deshalb ließ er es auch meistens.

Und so wandte er auch diesmal den Blick wieder ab. Er mochte sie nicht, die Gefühle, die bei dem Anblick von ihr und Nadragír in ihm aufstiegen. Er mochte sie so gar nicht.

Andere Dinge lagen vor ihm. Dinge, die er erledigen, Herausforderungen, denen er sich stellen musste. Dinge, die er gelöst und vollbracht sehen wollte, bevor der letzte, stärkste Anfall ihn aus dieser Welt herausriss und in den großen, unbekannten Abgrund schleuderte.

Und wenn er auch nur einen kleinen Anteil daran hatte, während andere das eigentliche große, bedeutsame Werk verrichteten, so würde ihm das schon Trost genug sein.

Es musste ihm Trost genug sein. Es war besser, wenn er sich mit diesem Gedanken so gut wie möglich versöhnte.

Und so bald wie möglich. Man wusste schließlich nie, wann es vorbei war.

Mit Nadragír ging auch Kunja auf ihre Spähgänge.

Von einem davon kamen sie verfrüht zurück und meldeten, dass sich ihnen eine bewaffnete Truppe von Süden her näherte.

„Sollten wir uns verstecken oder die Richtung wechseln? Wie können wir ihnen entgehen?"

„Ich denke, das willst du gar nicht, Erion Leichtfuß", erwiderte Nadragír. „Ich denke, du willst eher geradewegs auf die mittlere der Gruppen, welche die Spitze bildet, zureiten." Er lächelte dabei.

Ein Keil aus Reitern mit grauen Mänteln kam auf sie zu.

Ein Lächeln breitete sich bei ihrer Annäherung auf Erions Lippen aus. Er hatte gar nicht damit gerechnet, bereits so weit nördlich auf sie zu stoßen.

Es gab doch immer wieder glückliche Fügungen. Zeigte das nicht, dass auch der ganze Widerstand unter einem guten Stern stand und, hm … das verdammte Glück gepachtet hatte?

Die Reiter hielten an und die Vorderen von ihnen streiften ihre Kapuze zurück.

Bei ihrem Anblick jedoch und dem Wiedererkennen von einem nach dem anderen überkam ihn Verwunderung.

„Wo ist Auric?", fragte er Darachel, der an der Spitze ritt. Ganz allein, nicht mit dem Ninragon an seiner Seite. Klar erkennbar durch die eigentümliche Haartracht mit dem spitz in die Stirn verlaufenden Haaransatz.

Auch zwei weitere Gestalten, die in dieser Truppe aufgefallen wären, vermisste er zu sehen.

„Auric ist zusammen mit Amara und dem Grausling unterwegs, um mit möglichen Verbündeten im Widerstand gegen die Drachentochter zu reden", antwortete Darachel. „Die brauchen wir jetzt, da wir uns neu gruppieren müssen. Und jetzt, da wir Hugen nicht länger halten müssen, hält ihn auch nicht die Sorge vor dem Einsatz von Armbrustbatterien an unserer Seite. Oder anderen Attacken, die er aus seiner Erfahrung beim idirischen Heer kennt und daher weiß, wie man ihnen begegnen kann."

„Ihr habt also Hugen aufgegeben." Er konnte sich der Ernüchterung nicht erwehren, als er dies hörte. Es war zwar schon bei seinem Aufbruch beschlossene Sache gewesen, doch diese Preisgabe eines hart errungenen Triumphes vollendet zu sehen, brachte eine nicht wenig schmerzvolle Welle der Enttäuschung mit sich.

„Ja, es war unvermeidlich. Wir müssen uns jetzt auf eine neue Taktik besinnen. Ein Großteil hat sich in verschiedene

Abteilungen aufgelöst, um unseren Feinden weiter zuzusetzen. Für uns andere haben sich die Ausläufer der nördlichen Drachenrücken als Rückzugsort bewährt, und von hier aus stehen uns viele Möglichkeiten offen."

Jetzt allerdings kehrte das Lächeln zurück. Dessen volles Ausmaß er jedoch unterdrückte. Er wollte sich schließlich nicht zum Deppen machen.

„Da du von Möglichkeiten redest. Eine weitere steht uns jetzt offen. Und sie hat sich von einer bloßen, vagen Idee zu einer wirklichen, tatsächlichen Möglichkeit gemausert."

Er wartete gar nicht erst auf einen erstaunten Gesichtsausdruck, sondern wandte sich ab und deutete an seine Seite. „Das ist Dunjak-Dhar, meine alte Meisterin. Eine Runenschmiedin aus Kharnuk-Bragha … die Beste von allen …" Dunjak-Dhar winkte ein wenig halbherzig ab, und er konnte jetzt das breite Grinsen wahrhaftig nicht mehr im Zaum halten. „… bei der ich Gehilfe war und die sich auf das Wirken von Runen und das Schmieden von Runenartefakten versteht wie keine Zweite unter den …" Er überlegte kurz, wie er alle entsprechenden Rassen umfassen konnte, entschied sich dann für, „… na, unter den Zwergen."

Er bildete sich ein, dass Darachels Augen vor Freude ein wenig mehr geweitet und seine Brauen ein wenig mehr hochgezogen waren, als er sich nun Dunjak-Dhar zuwandte und sich vor ihr verneigte.

„Ihr seid also diejenige, auf die er so hohe Stücke hält und auf die er unser ganzes Unterfangen begründet sehen will", sagte Darachel. „Ich grüße Euch, Dunjak-Dhar. Und ich frage Euch, seht Ihr Euch einer solchen Aufgabe gewachsen, wie sie Euch damit auf die Schultern gelegt würde?"

„Ich grüße Euch, hoher Ninra", sagte Dunjak-Dhar, woraufhin es an Darachel war, abzuwinken. „Und ich nenne äußerst breite und knorrige Schultern mein Eigen. Und ja, ich würde diese Herausforderung annehmen. Ich würde mein Bestes versuchen. Auf der Reise habe ich mich schon ein wenig mit Nadragír über die Grundbedingungen und den Rahmen der Herausforderung ausgetauscht, und ich würde sagen, lasst uns die Sache in Angriff nehmen."

Erion sah, wie Darachel sich zu den Ninra in seiner unmittelbaren Nähe hinwandte, unter ihnen Bruc, Cedrach und Siganche. „Das heißt, wir müssen uns jetzt ernsthaft mit einer Option auseinandersetzen, die Ninragon selbst, von dem sie eigentlich stammt, als bloßes Hirngespinst bezeichnet hat. Ein Elmsartefakt zu erschaffen und einen Ring, der es beherrscht."

Er sah Bruc die Schultern zucken. „Du hast es gesagt. Ich habe es immer angezweifelt."

Erstaunt sah er zu Darachel hoch. „Du hast es gesagt?" Bisher hatte er immer geglaubt, nur in Amara und wahrscheinlich noch Auric einen Fürsprecher zu haben, während alle anderen die Idee als Unsinn abtaten und seine Mission nur für einen Gnadenakt hielten, einen Vorwand, damit er vor seinem Tod in seine Heimat zurückkehren konnte, um dort seinen Frieden zu finden. „Das heißt, du hast geglaubt …"

Darachel lächelte ihn aus dem Sattel an. „Ja, ich war mir von Anfang an sicher, dass dein Plan möglich ist. Daher habe ich mich für deine Mission eingesetzt." Darachel lachte auf. „Erinnerst du dich, dass wir damals in der Mühle ein Gespräch miteinander hatten? Als wir davorstanden, Kunjas Familiar zu schmieden?"

Ja, tatsächlich, jetzt, da er nachdachte, erinnerte er sich wieder daran. Aber in der Zwischenzeit war ihm diese Unterhaltung vollkommen in Vergessenheit geraten.

„Wir haben uns damals über deine Meisterin, die Runenschmiedin, unterhalten", fuhr Darachel fort, „und die Verbindung, welche die Runenkunst und die Magie der Ninraé durch ihre gemeinsamen Wurzeln haben. Dieses Gespräch ist mir im Gedächtnis geblieben, und ich habe viel darüber nachgedacht und ein wenig auch nachgeforscht. Das, was du in der Versammlungshalle in Hugen vorgeschlagen hast, erschien mir also wahrscheinlich. Daher habe ich auch für deine Mission gestimmt. Und wie ich sehe, habe ich recht behalten."

In grüßender Geste streckte Darachel seine Hand aus. „Willkommen zurück bei der Sechzehnten."

Das Herz wurde ihm leicht bei diesen Worten und eine Wärme stieg in seiner Brust auf. Er sah an sich herab, an die zerrissenen, dreckigen und schäbigen Kleider, die er trug, mitgenommen von der Arbeit in den Minen und von den Kämpfen in Kharnuk-Bragha.

„Ich denke, ich werde wohl einen neuen Mantel brauchen. Meinen haben sie mir in Kharnuk-Bragha abgenommen."

„Ich denke, das lässt sich machen", antwortete Darachel mit leisem Lächeln.

Aus den Augenwinkeln bemerkte er, wie seine Gefährten näher zu ihm rückten und eine Hand, die von Malaiar schätzte er, legte sich auf seine Schulter.

„Ich höre euch reden", ertönte in diesem Moment eine hohe, leicht scharf klingende Stimme aus dem Hintergrund, „und ich denke, ich verstehe die Welt nicht mehr."

Einer der Reiter der Sechzehnten in zweiter Reihe lenkte sein Pferd neben das von Darachel und streifte jetzt seine Kapuze ab. Ein schlanker Kopf mit hoher Stirn und einem langgezogenen spitzen Kinn kam darunter zum Vorschein.

Zu Schlitzen verkniffene Augen musterten Erion, bevor dann deren Blick zurück zu Darachel glitt.

„Da redet ihr alle so hoffnungsvoll miteinander, als wäre uns plötzlich der wunderbare Rettungsanker in den Schoß gefallen", fuhr Findrac fort. Schlagartig fiel Erion wieder ein, wie sehr er diese zynische Visage doch hasste. „Dabei haben wir nicht einmal die allergeringste Ahnung, wie dieser hanebüchene Plan, dem sich unser junger Halbninra offenbar mit Haut und Haaren verschrieben hat, überhaupt umzusetzen ist. Und wie das eigentlich gehen soll."

Er ließ sein Pferd noch einen Tritt nach vorne machen, und beschrieb dann eine seiner altbekannten Gesten – ein Heben der Hand, das in seiner glatten Eleganz etwas unglaublich Abschätziges hatte. „Ein Elmsartefakt", stieß er dabei spitz hervor. „Das ist zunächst einmal ein Name, der vom Klang seine Wirkung tut. Er hört sich wirklich schön an." Wieder hob er die Hand, diesmal wesentlich ungeschliffener, ruckhafter. „Aber wie soll man es erschaffen? Was soll das überhaupt sein?"

Er wandte sich zu den anderen Reitern hinter Darachel um. „Sagt es mir! Denn ich weiß es nicht."

Halb drehte Findrac sich wieder zu ihnen hin; er sprach jetzt zu allen. „Einen Teil der Kraft des Elmssogs abzuspalten hört sich zwar gut an, aber das ist eine derart ungeheuerlich große Aufgabe. Man will eine Schöpfungskraft der Welt an sich betrügen? Wie stellt man sich so etwas vor? Wie konnten welche aus unserem Kreis überhaupt darauf verfallen, diese hirnrissige, größenwahnsinnige Idee zu verfolgen?

Was soll es ändern", höhnte Findrac weiter, „wenn er jetzt irgendeine zwergische Runenschmiedin anschleppt? Dieser Plan ist totaler Blödsinn. Er ist eine Verschwendung wertvoller Zeit und Ressourcen. Und ich werde mich strikt dagegenstellen, dass dieser Unsinn noch weiterverfolgt wird."

Er spürte, wie Duvruk sich zu ihm hinbeugte. „Na, sehnst du dich schon nach König Morlugh zurück?", raunte Duvruk ihm ins Ohr.

„Nicht wirklich", gab er zurück, den Blick dabei noch immer fest auf Findrac gerichtet. Als würde ihn eine unsichtbare Klammer mit ihm verbinden, als könnte er sie nicht lösen. „Aber einen Vorzug hatte der miese, widerwärtige Sack. Morlugh durfte ich wenigstens töten. Und dann war's auch vorbei."

Findrac schwadronierte inzwischen schon wieder weiter mit Darachel herum und gab seine zersetzenden Kommentare zum Besten.

„Aber dieser Kotzbrocken hier", sagte Erion mit einem Ruck seines Kopfes zu Findrac hin, „ich fürchte, der bleibt mir wohl noch ziemlich lange erhalten."

Fortsetzung folgt in Band 5
„Moratraneum"...

NACHWORT

CH-CH-CH-CHANGES TEIL 1: ICH BIN VIELE – ABER IMMER NUR EINER AUF EINMAL

Liebe Leser …

Unterschiede. Sprechen wir über Unterschiede, Veränderungen und Entwicklungen.

Ich sehe schon, das wird ein bisschen umfangreicher. Daher möchte ich, um es euch angenehmer zu machen, diese Aspekte auf mehrere Nachworte aufteilen, ein Thema nach dem anderen. Was dann auch schon das Motiv dieses ersten Teils sein könnte.

Ich möchte in den beiden ersten Teilen auf zwei wichtige bewusste Erzählentscheidungen eingehen, welche den „Ring der Elfen" und auch meine anderen Geschichten von einem großen Teil dessen unterscheiden, was man in epischer Fantasy gewohnt ist, um danach auf die Veränderungen und Entwicklungen zu kommen, die sich durch meine eigenen Geschichten ziehen und die auf den „Ring der Elfen" hinführen.

Zunächst einmal habe ich mich zu einem anderen Weg entschieden, das große Panorama einer Welt inmitten eines kriegerischen Konflikts dem Leser anders zu präsentieren, als es in einem bestimmten Feld Epischer Fantasy inzwischen schon gewissermaßen zur Konvention geworden ist.

Ich tue das im Gedanken an den Leser und im Hinblick darauf, wie ich es ihm erleichtern kann, meine Welt zu verstehen und zu erfassen.

Von Anfang an stand für mich fest, dass ich viel zu erzählen hatte. In meinem Geist nahm immer mehr ein großes Panorama Gestalt an, und so musste ich mir überlegen, wie ich dies am besten meinem Leser nahebringen konnte.

Ein üblicher Weg ist es, ein solches Epos aus multiplen Perspektiven zu erzählen. Man schildert die Erlebnisse verschiedener Personen, die alle auf irgendeine Weise an jenem Konflikt beteiligt sind, den die Erzählung zum Thema hat, und deren Wege sich irgendwann kreuzen (oder auch nicht), um so aus vielen Facetten innerhalb einer Erzählung das komplette Epos dem Auge des Lesers darzubieten.

Diesen Weg wollte ich nicht gehen.

Er macht es meiner Meinung nach dem Leser schwer, fordert vor allem in späteren Bänden seine Geduld heraus, weil inzwischen so viele Perspektiven zusammengekommen sind, dass es lange dauert, bis man wieder zu einer bestimmten Person zurückkehrt und dann deren Geschichte auch nur unwesentlich und möglicherweise unbefriedigend fortschreiten kann.

Es gibt ja immerhin noch so viele andere Personen, die auch berücksichtigt werden müssen.

Außerdem birgt diese Herangehensweise die Gefahr, sich ganz außerordentlich und gepflegt zu verheddern, die Gefahr, die Geschichte in so viele Perspektiven aufzuspalten, dass sie unübersichtlich und kaum noch zu handhaben ist. Ganz zu schweigen vom Strapazieren der Lesergeduld – wie ich oben schon ausführen konnte.

Ich wollte nicht in die gleichen Fallen tappen wie zum Beispiel ein berühmter und äußerst erfolgreicher Fantasy-Autor, dessen Serie schon verfilmt und als Serie bereits zu Ende gebracht wurde, während sich deren Schöpfer über den Romanen noch die Haare rauft, wie um Himmels willen er das alles nur wieder zusammenbringen will. GRRMmmmm, ist bestimmt einer der Laute, die er über seinen Texten brütend von sich gibt.

Ich will keineswegs den Verdienst und den Wert solcher Bücher schmälern oder mich über deren Autoren stellen. Nein, auf gar keinen Fall. Die Stellung dieses Autors innerhalb der Fantasy und seine Leistung sind unbestreitbar. Alle Autoren, die einen solchen Weg genommen haben, haben alle ihren Platz im großen Kanon der Fantasy und sie machen dieses Genre zu dem, was es ist und es für mich und unzählige andere Leser so wertvoll und spannend macht.

(Außerdem sollte der sich hüten, mit Steinen zu werfen, der nicht ausschließen – oder sogar vorhersehen kann –, dass er zwangsläufig oder eher aus eigener Entscheidung, demnächst auch in einem ganz ähnlichen Glashaus sitzen wird. Ich sage, nein, ich raune nur „Moratraneum" oder „Drachenschiffe" oder andere derzeit noch unnennbare und unaussprechliche Namen. Bitte geheimnisvolle Geräusche der Wahl hier einsetzen!)

Ich wollte lediglich nicht diesen Pfaden folgen und mich diesen Herausforderungen stellen.

Jeder kreative Mensch muss seinen eigenen Weg finden.

Und so wollte auch ich einen ganz persönlichen Weg nehmen, auch mit dem Leser im Blick, mit dem ich ja ständig – zumindest in Gedanken und auf geistigem Wege – im Austausch stehe. Das ist es schließlich, was die Seele des Erzählens ausmacht.

Statt also ein Epos mit multiplen Perspektiven zu beginnen, um gleich zu Anfang ein Riesen-Panorama zu entwerfen, in dem die Fäden nach und nach erst zusammenfinden, und sich im schlimmsten Fall in unendlich vielen aufgespaltenen Perspektiven verlieren, bin ich von Anfang an anders vorgegangen.

Ich erzähle einen Plotstrang nach dem anderen. Alle Teile des einen, großen Gewebes. Sie berühren sich, umweben sich, sie vereinen sich manchmal miteinander, oder winken sich zu … aber der eine Strang bleibt immer dominant.

Ich zeichne nicht den großen Krieg gegen Kinphaidranauk und die Kinphauren als Ganzes, sondern (zunächst) nur immer das, was ein Einzelner davon wahrnimmt. So wie es auch meist in den meisten Romanen geschieht, die in unserer Welt, in unserer Realität angesiedelt sind.

Eine Serie, eine Reihe, ein Einzelband nach dem anderen.

Mit einer klaren Hauptfigur, welche die Erzählperspektive vorgibt. Oder auch im Fall der „Niemandsland-Saga" einer verschworenen Gruppe von Gefährten, mit einem Anführer, dessen Erzählstimme dominiert. (Treue Leser haben sicher bemerkt, dass ich soeben versucht habe, einen Spoiler elegant zu umschiffen.) Bei allem gibt es (hauptsächlich) eine Person, bei der sich die Erzählung bündelt. Die den Fokus der Handlung darstellt.

Beim „Pfad des Magiers" war es Amara Schattenflügel, beim „Ring der Elfen" ist es Erion Leichtfuß.

Die anderen Personen tauchen – wenn sie auftauchen – eher am Rande auf.

So sind im „Ring der Elfen" auch Amara oder Auric – der auch seine eigene Geschichte hat –, (bisher) nur die Nebenpersonen. Das, was sie erleben, wird nur erzählt, wenn es eine Rolle für die Hauptgeschichte spielt.

Vielleicht, wenn es mir interessant erscheint, oder die Leser danach verlangen, greife ich solche Fäden später noch einmal in einer eigenen Geschichte auf.

Aus all diesen verschiedenen Serien und Zyklen erst ergibt sich für den Leser das Gesamtpanorama.

Jedoch nur, wenn er will.

Denn ich versuche, die Geschichten bewusst so zu halten, dass jede davon für sich steht, durch die anderen zwar ergänzt wird, aber nicht nach ihnen verlangt. Jede meiner Geschichten, so mein Anspruch, soll auf ihren eigenen Füßen stehen können.

Ich habe das große, übergreifende Tableau in verschiedene Stränge aufgespalten, die alle unabhängig voneinander zu lesen, aber doch miteinander im großen Bild verbunden sind.

Das ist der Unterschied. Das war meine bewusste Erzählentscheidung.

Im nächsten Nachwort wird es dann um eine andere Erzählentscheidung gehen, die meine Geschichten sicherlich von vielen anderen Fantasy-Werken unterscheidet.

Ich darf schon verraten, es geht um das Thema Sprache in der Fantasy.

Die Saga von Auric dem Schwarzen

– Die standhafte Feste
– Der Keil des Himmels
– Der Fall der Feste

Elfenränke

Die Novelle „Drachenblut" und der Roman „Homunkulus"
in einem Band

Niemandsland-Saga

– Der Pfad der Wolfsklingen
– Der Pfad der Vergeltung
– Der Pfad des Vollstreckers

Der Pfad des Magiers

– Das Kind der Vorsehung
– Der Gefangene der Nebelfeste
– Der schwarze Meister
– Das Feuer der Magie

- Die Eiserne Krone
- Die Saat der Schattenhexe
- Die Stadt der Elfen
- Das Rabentor
- Der Ort der Vorsehung – Teil 1
- Der Ort der Vorsehung – Teil 2

Der Ring der Elfen

- Zwergengroll
- Elfenfreund
- Geisterhexer
- Runenschmiede
(geplant:)
- Moratraneum
- Ringträger
- Runenschwert
- Zwingfeste
- Drachentochter

Verlorene Hierarchien

Das Rad der Welten
- Stadt des Zwielichts
- Ruf der Anderswelt
- Die Feuer Ragnaröks
Schwerter der Anderswelt
- Der Thron der Anderswelt
- Rauch über Skandhur
Das Rad der Schatten
- Das Wrack der Ikaro
- Die Festung der Genienschmiede
- Die Flamme im Stahl

Der Prophet und die Söldnerin

Geschichten aus der Welt von NINRAGON | Ein Roman
und drei Erzählungen

PERSONENVERZEICHNIS

DIE WICHTIGSTEN PERSONEN AUS „RUNENSCHMIEDE"

Agranor: Ein Mensch aus Kharnuk-Bragha. Wie Erion ist auch er ein Gehilfe bei der Runenschmiedin Dunjak-Dhar.

Amara Valerion: Junge Frau, die informell der Führungsriege der Sechzehnten angehört, ohne jedoch zum engen Kreis der Neun zu zählen, der neben Auric allein aus Ninraé besteht.

Auric Torarea Morante, der Schwarze General: Anführer der Sechzehnten, der geheimnisvollen Grauen Schar, die den Kinphauren zusetzt. Der ehemalige General Auric Torarea Morante, Anführer der untergegangenen Sechzehnten Division, der sogenannten Barbarenbataillone des Idirischen Heeres.

Béal: Angehöriger des Rings der Neun, der Führungsriege der Sechzehnten. Stammt aus der Ninraéfeste Himmelsriff.

Bokhar (Bokhar-Vurnak): ehemaliger Arbeitskamerad

von Duvruk, jetzt der Oberaufseher von Khaz-Dhum Sieben.

Bovluk: Dwerc aus Ishuk-Bragha, jetzt Minenarbeiter in Kharnuk-Bragha.

Bruc: Angehöriger des Rings der Neun, der Führungsriege der Sechzehnten. Stammt aus der Ninraéfeste Himmelsriff.

Cedrach: Angehöriger des Rings der Neun, der Führungsriege der Sechzehnten. Stammt aus der Ninraéfeste Himmelsriff.

Darachel: Angehöriger des Rings der Neun, der Führungsriege der Sechzehnten, guter Freund und Vertrauter Aurics. Stammt aus der Ninraéfeste Himmelsriff.

Dunjak-Dhar: Runenschmiedin und Meisterin von Erion und Agranor.

Duvruk (Duvruk-Haik): Ein Duerga aus Kharnuk-Bragha und einer von Erions besten Freunden. Beinahe unzertrennlich mit Turam.

Egso: Mensch, Minenarbeiter in Kharnuk-Bragha, Anhägsel vom Ätzer Sicco.

Erion Leichtfuß: Halb Ninraé, halb Mensch. Ursprünglich aus Ishuk-Bragha stammend, wurde er mit den anderen überlebenden Bewohnern nach Kharnuk-Bragha verschleppt.

Evanaiya: Erions Mutter. Eine Ninraé, die einen menschlichen Mann geheiratet hat und nach dessen Tod ihre Rasse verließ.

Fianaike: Angehörige des Rings der Neun, der Führungs-riege der Sechzehnten. Stammt aus der Ninraéfeste Himmelsriff.

Findrac: Angehöriger des Rings der Neun, der Führungs-riege der Sechzehnten. Stammt aus der Ninraéfeste Mond-fänger.

Gobrur-Vhan: Duerga. Minenaufseher in Kharnuk-Bragha und Freund von Turam und Duvruk.

Grausling (auch Dudjim genannt): Etwas merkwürdiger Begleiter Amaras, der sich als deren Leibwächter sieht.

Grolk: Ein Grolk, eines der Tiere, die in den Höhlen von Kharnuk-Bragha leben.

Harghberd („Meister" Harghberd): Verräterischer Kolla-borateur unter den Alchymikern, der mit Morlugh zusam-menarbeitet.

Hurga-Jhin: Duerga aus Ishuk-Bragha und Minenarbeiterin in Kharnuk-Bragha.

Kinphaidranauk: Der „Zorn der Kinphauren", die unheimliche und geheimnisvolle Heerführerin, die alle vorher zerstrittenen Klans der Kinphauren unter sich einte und zur siegreichen Invasion des Nordteils des Idirischen Reiches führte.

König Morlugh: Der despotische Duergaherrscher von Kharnuk-Bragha.

Kunja: Erions Freundin von Kindesbeinen an. Wie er stammt sie ursprünglich aus Ishuk-Bragha, wurde aber nach

Kharnuk-Bragha verschleppt. Eine Dwerc, Abkömmling eines Zweiges, der sich aus der Vermischung von Firimduerga und Menschen entwickelt hat.

Lhuarcan: Angehöriger der Sechzehnten. Ursprünglich Angehöriger des Rings der Neun. Stammt aus der Ninraéfeste Himmelsriff.

Malaiar (Malaiar-Jhin): Eine Firimduerga aus Kharnuk-Bragha, begnadete Stollenspürerin.

Meister Hisiciar: Firimduerga und Oberster der Gilde der Alchymiker in Kharnuk-Bragha.

Murnig: Brummiger Angehöriger einer Einheit, der Erion im Rebellenheer zugeteilt wird.

Nadragír: Angehöriger des Rings der Neun, der Führungsriege der Sechzehnten. Stammt aus der Ninraéfeste Himmelsriff.

Sekainen: Angehörige der Sechzehnten. Ninraé, die eine Liebesbeziehung zu Auric hat. Stammt aus der Ninraéfeste Himmelsriff.

Sicco: Mensch und Minenarbeiter in Kharnuk-Bragha. Ein echter Ätzer.

Siganche: Angehörige des Rings der Neun, der Führungsriege der Sechzehnten. Stammt aus der Ninraéfeste Himmelsriff.

Skalde: Verfasser vieler bekannter Lieder und Balladen der Duerga, Minenarbeiter in Kharnuk-Bragha.

Turam (Turam-Jhir): Ein Duerga aus Kharnuk-Bragha und einer von Erions besten Freunden. Beinah unzertrennlich mit Duvruk.

Viedgor Quislung: Der Ehemann von Erions Mutter Evanaiya und als Konsul der Vertreter der Dwerc- und Menschengemeinde in Kharnuk-Bragha.

GLOSSAR

DIE WICHTIGSTEN BEGRIFFE AUS DER
WELT DES „RINGS DER ELFEN"

Alchymiker: Gilde, deren Kunst im Verfertigen von allerlei Tinkturen und Stoffen besteht.

Anaudragor: Der letzte Drache, der Alte Drache, Heerführer, der sich in der Doppelgestalt von Kinphaure und Drache verkörperte und in den Späten Feuerkriegen die Welt mit einem furchtbaren Eroberungskrieg überzog.

Birgenvettern (auch Sirith-Drauk): Die Magierkaste der Kinphauren.

Drakhanur: Ein mächtiger, markanter Gipfel in den nördlichen Drachenrücken. Die Städte Kharnuk-Bragha (Rechts-vom-Berg) und Ishuk-Bragha (Links-vom-Berg) benannten sich relativ zu ihrer Lage nach ihm.

Drazghul: Räuberisches Untier, das in den Stollen des Berges von Kharnuk-Bragha lebt. Zu ihnen gehören die Unterarten der Jäger-Drazghul und der Brutmütter.

Duarka-Vanur: Heute verlassene Duergastadt, von der aus die Kolonien Kharnuk-Bragha und Ishuk-Bragha gegründet wurden. Genannt „das Tor des Südens".

Duerga: Eine nichtmenschliche Rasse, kolosshaft groß, deren Körper mit Hornplatten bedeckt sind; ihr Hauptzweig wird landläufig *Trolle* genannt.

Dwerc: Eine Rasse, die aus der Vermischung von Firimduerga und Menschen entstand.

Elfen: Bezeichnung für bestimmte menschenähnliche, aber nichtmenschliche Rassen. In der „Niemandsland-Saga" und dem „Pfad des Magiers" sind damit meist die Kinphauren gemeint. Das Wort wird allerdings auch auf eine Rasse angewendet, die von den Menschen „die Ninre" genannt wird.

Erzverheerer: In den Feuerkriegen die ersten Diener und Heerführer des Alten Drachen Anaudragor.

Firimduerga: Unterzweig der Duerga, der von stämmigem Körperbau und kleiner als Menschen ist; landläufig auch *Zwerge* genannt.

Gesang vom Bergsturz: Ein vom sogenannten „Skalden" gedichtetes Lied, das den Sieg des Zusammenhalts und einer verschworenen Gemeinschaft über jede Unterdrückung und jedes Hindernis besingt.

Glimmkugel: Von Runenschmieden gefertigtes Artefakt, das kurzfristig Licht spendet.

Grolk: Eine Tierart, die in den Höhlen Kharnuk-Braghas lebt.

Hasghar-Duerga: Ein Stamm wilder und räuberischer Duerga.

Hugen: Zweitgrößte Stadt Vanarands, der ehemaligen idirischen Provinz Vanareum.

Idirisches Reich, Idirium: Weltmacht, die vor der Invasion der Nichtmenschen den größten Teil des Kontinents Naugarien sowie den Norden von Kumarautis beherrschte.

Inaimismus: Sammelbegriff für die zahlreichen Glaubensrichtungen, die Inaim als den einen oder obersten Gott verehren.

Ishuk-Bragha: Links-vom-Berg, eine Duergastadt, die von den Bewohnern von Duarka-Vanur errichtet wurde.

Kharnuk-Bragha: Rechts-vom-Berg, eine Duergastadt, die von den Bewohnern von Duarka-Vanur errichtet wurde.

Kharnuk-Duerga: Die Duerga, die sich Morlugh-Khar angeschlossen haben, um auf Kinphaidranauks Seite in den Krieg zu ziehen.

Kinphauren: Elfenrasse, die schon seit uralten Zeiten die Feinde der Menschen sind. Zur Zeit der Späten Feuerkriege erlebten sie mit ihren Verbündeten ihre größten Triumphe. Sie leben im Land hinter den Gebirgsketten des Saikranon, in dem sich auch das Kalte Meer befindet.

Die Kinphauren gelten als zwieträchtig und ränkesüchtig und sind in ihre zahlreichen, sich bekriegenden Klans aufgespalten.

In neueren Zeiten haben sich mehrfach Invasionen über den Saikranon hinaus versucht, die aber nicht zuletzt auch immer wieder an ihrer Zwietracht untereinander scheiterten.

Erst die Anführerin Kinphaudranauk (was übersetzt „Zorn der Kinphauren" heißt) konnte die Klans so weit einen, dass es zu einer großen Invasion aller Kinphauren-klans und ihrer Verbündeten kam.

Ring der Neun (auch Neuer Ring der Neun oder Kreis der Neun): Die Führungsriege der Sechzehnten. Benannt nach einem Zusammenschluss aus lange vergangenen Zeiten.

Ninraé: Eine Rasse, welche of landläufig Elfen genannt wird – nicht zu verwechseln mit den Kinphauren – und die vom Rest der Welt zurückgezogen lebt. Manche halten sie für ausgestorben. Die Menschen nennen sie auch „die Ninre".

Ninragon: Ehrenname der Ninraé für Auric. Bedeutet „Elfenfreund, Freund der Ninraé".

Runenschmiede: Meister einer alten, halb vergessenen Kunst.

Sechzehnte, die Graue Schar: Geheimnisvolle in graue Mäntel gekleidete Truppe, die immer wieder den Kinphauren Niederlagen beibrachte und dort, wo sie zuschlug, den Schriftzug „Die Sechzehnte lebt!" hinterließ, bezugnehmend auf die ehemalige Sechzehnte Brigade – die sogenannten „Barbarenbataillone" –, die unter dem General Auric Morante im Kampf gegen die Kinphauren unterging. Tritt inzwischen offen auf und ist eine Vereinigung größtenteils von Ninraé, die, anders als der Großteil ihrer Rasse, in dieser Welt verblieben, um als positive Kraft ins Weltgeschehen einzugreifen, u. a. um ein neues Dunkles Zeitalter unter Herrschaft Kinphaidranauks zu verhindern.

Steigwurzel: Eine Pflanze, die in den Höhlen Kharnuk-Braghas wächst.

Urnak: Gott der Duerga, wird meist als eine Abwandlung der allgemein verbreiteten Gottheit Inaim gesehen. (Siehe: Iniamismus).

Valgaren: Kriegerisches Volk im Norden Naugariens, das in verschiedene sich bekriegende Stämme zersplittert ist, einstmals als Verbündete der Kinphauren kämpfte und sich jetzt wieder unter dem Banner Kinphaidranauks sammelt.

Vanarand: Größtes Land im Norden Niedernaugariens, vor der Invasion der Kinphauren die idirische Provinz Vanareum mit der Hauptstadt Rhun.

KARTEN

DER ÖSTLICHE TEIL
NIEDERNAUGARIENS | DIE
BEKANNTE WELT

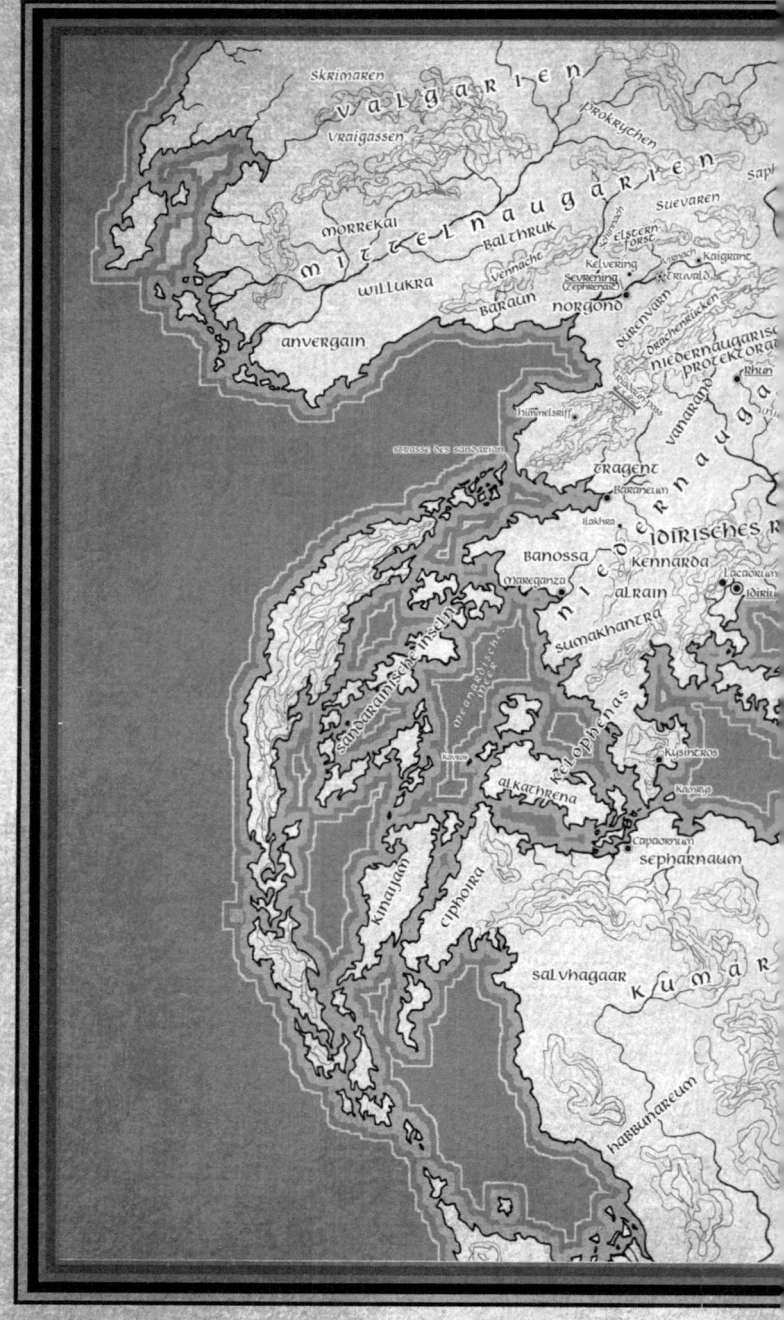

INHALT

ÜBER DEN AUTOR

Horus W. Odenthal schreibt phantastische Romane, meist Fantasy. Schon immer war es das Erzählen, das Horus im Blut lag. Schon immer war er davon besessen und konnte nicht dagegen an.

Sein erster Berufswunsch war es, Schriftsteller zu werden. Einmal als Kind „Der Schatz im Silbersee" gelesen, und alles war zu spät. Später kamen Conan und „Der Herr der Ringe" dazu.

Doch dann entdeckte er das Zeichnen und wurde mit seinen Comics unter dem Namen „Horus" in Deutschland und den USA bekannt. Trotz des Erfolges, trotz der Preise und Nominierungen für seine Werke, war er doch zunehmend unzufrieden mit den Geschichten, die er in diesem Medium erzählen und realisieren konnte. Comics schreiben und zeichnen war zwar schön, aber irgendetwas fehlte ihm dabei. Er hatte mehr und anderes zu erzählen, als für ihn in diesem Medium möglich war.

Als seine Frau ihn aufforderte „Dann schreib doch mal ein Buch.", war das für ihn ein Erweckungserlebnis. Von Stunde an war er süchtig nach dem Schreiben phantastischer Geschichten. Er hatte seine Berufung gefunden.

Gleich seine erste Fantasy-Trilogie wurde zweifach für den Deutschen Phantastik Preis nominiert, in den Kategorien „Bestes deutschsprachiges Romandebüt" und „Beste Serie".

Wenn er gerade nicht schreibt, liest er oder verbringt Zeit mit seiner Frau und seinen wundervollen Zwillingstöchtern.

Mehr über Horus und seine Bücher findest du auf:
horus-w-odenthal.de (oder über: ninragon.de)

facebook.com/Horus.W.Odenthal

instagram.com/horusw.odenthal

threads.net/@horusw.odenthal

tiktok.com/@horuswo